DE MISLEIDING

Charlotte Link

DE MISLEIDING

the house of books

Oorspronkelijke titel
Die Täuschung
Uitgave
Wilhelm Goldmann Verlag, München
Copyright © 2002 by Wilhelm Goldmann Verlag, München
Copyright voor het Nederlandse taalgebied © 2007 by The House of Books,
Vianen/Antwerpen

Vertaling
Gerda Wolfswinkel
Omslagontwerp
marliesvisser.nl
Omslagfoto
Masterfile/David Nardini
Foto auteur
© Robert Brembeck
Opmaak binnenwerk
ZetSpiegel, Best

ISBN 978 90 443 1967 5
D/2007/8899/244
NUR 332

Bericht in de *Berliner Morgenpost*
van 15 september 1999

Gruwelijke vondst in huurwoning Berlijn-Zehlendorf

*Een bejaarde dame deed gisteren in een complex van huurwo-
ningen in Berlijn-Zehlendorf een vreselijke ontdekking, nadat zij
de huismeester had verzocht met een reservesleutel de woning
van haar jarenlange vriendin, Hilde R., voor haar open te maken. De vrienden en bekenden van de vierenzestigjarige alleenstaande dame hadden al weken niets meer van haar gehoord en
ook de telefoon werd niet opgenomen. Even later werd ze dood
in haar huis aangetroffen, gewurgd met een touw. De dader had
met een mes haar kleren opengesneden.*

*Naar verluidt lagen er geen seksuele motieven aan de moord
ten grondslag. Ook schijnt er volgens de politie niets uit de woning te zijn ontvreemd. Men heeft geen sporen van braak gevonden, dus gaat men ervan uit dat de oude dame zelf de deur voor
de moordenaar heeft opengedaan.*

*Volgens een eerste autopsieverslag kan het lijk al sinds eind
augustus in de woning hebben gelegen. Van de dader ontbreekt
elk spoor.*

Deel een

Proloog

Ze wist niet waar ze wakker van was geworden. Kwam het door een geluid of een nare droom, of spookte het gepieker van de vorige avond nog steeds door haar hoofd? Ze nam haar wanhopige gepieker en haar verdriet dikwijls mee naar bed en werd soms zelfs wakker van de tranen die over haar gezicht liepen.

Maar nu niet. Haar ogen waren droog.

Ze was rond elf uur naar bed gegaan en kon moeilijk in slaap komen. Er ging te veel in haar hoofd om en de angst voor de toekomst benauwde haar. Een tijdlang had ze wel de indruk gehad dat ze eroverheen begon te komen, maar ze had telkens weer een terugval.

Er zat een gevoel van beklemming in haar binnenste, alsof er iets dreigde. Het huis aan zee was normaal altijd een oord van vrijheid voor haar, hier kon ze opgeruimder ademhalen. Als ze hier was, verlangde ze nooit terug naar die fraaie, maar altijd ietwat sombere woning in Parijs. Nu echter was ze voor het eerst blij dat de zomer voorbij was.

Het was vrijdag, 28 september. Morgen zouden zij en Bernadette naar Parijs terugkeren.

De gedachte aan haar dochtertje maakte dat ze met een ruk in bed overeind schoot.

Had Bernadette haar soms geroepen of hardop in haar slaap liggen praten? Bernadette droomde nogal intens. Vaak werd ze dan wakker en riep ze om haar moeder. Ze vroeg zich wel eens af of dat normaal was voor een kind van vier, en of ze de kleine meid niet te veel belastte met haar aanhoudende depressiviteit.

Natuurlijk voelde ze zich er schuldig over, maar ze was ook niet in staat het werkelijk te veranderen. Af en toe deed ze een aanzet om zichzelf aan haar haren uit het moeras van gepieker en hopeloosheid te trekken, maar ze slaagde er nooit in een duurzaam resultaat te bereiken.

Behalve vorig jaar, in de zomer...

Ze keek op de elektronische wekker die naast haar bed stond en waarvan de cijfertjes helgroen in het duister oplichtten. Het was bijna middernacht, ze had dus maar kort geslapen. Ze luisterde weer. Er was niets te horen. Als Bernadette haar riep, deed ze dat meestal aanhoudend. Toch zou ze even bij het kind gaan kijken.

Ze zwaaide haar benen op de stenen vloer en stond op.

Sinds de dood van Jacques droeg ze 's nachts alleen nog een versleten katoenen onderbroek en een verschoten T-shirt. Daarvoor droeg ze, zeker in de warme nachten van de Provence, het liefst laag uitgesneden, dunne negligés van zachte zijde, ivoorkleurig meestal, omdat haar bruine huid en pikzwarte haren daar zo mooi bij afstaken. Ze was ermee gestopt toen hij in het ziekenhuis belandde en in etappes zijn gang naar de dood begon. Hij was genezen verklaard, uit het ziekenhuis ontslagen en bij haar teruggekeerd. Toen hadden ze Bernadette gekregen en vervolgens was de terugval ingetreden. Het ging heel snel, en ditmaal was hij niet meer uit het ziekenhuis gekomen. Hij overleed in mei, en in juni was Bernadette ter wereld gekomen.

Het was warm in de kamer. De ramen stonden wijd open, ze had alleen de houten luiken gesloten. Door de spleten zag ze het lichtere zwart van de heldere sterrenhemel en rook ze de geur van verval, de nalatenschap van een gloeiend hete zomer.

Het was trouwens een adembenemend mooie septembermaand geweest; eigenlijk hield ze vooral van de herfst hier. Ze vroeg zich wel eens af waarom ze elk jaar zo hardnekkig begin oktober naar Parijs terug wilde, hoewel ze daar geen enkele verplichting had. Misschien was het een behoefte aan een gestructureerd jaarverloop, om zich niet te verliezen in een gevoel van onwerkelijkheid. Iedereen keerde uiterlijk in oktober naar de stad terug. Misschien wilde ze erbij horen, al verweet ze zichzelf tijdens haar sombere en verbitterde buien dat ze een dergelijke illusie tot iets zinvols in haar leven verhief.

Ze liep de gang op, maar liet het licht uit. Als Bernadette sliep moest ze haar niet wakker maken. De deur van de kinderkamer stond op een kier en ze luisterde voorzichtig of ze daarbinnen iets hoorde. Het kind ademde diep en gelijkmatig.

Dan heeft zíj me in ieder geval niet wakker gemaakt, dacht ze.

Besluiteloos stond ze in de gang en begreep niet waarom ze zich zo onrustig voelde. Ze werd zo vaak midden in de nacht wakker; de nachten waarin ze doorsliep waren eigenlijk een uitzondering, en meestal wist ze niet waarvan ze wakker was geschrokken. Hoe kwam het dan dat ze zich vannacht zo nerveus maakte?

Heel diep vanbinnen zat angst. Angst die kippenvel veroorzaakte en waardoor haar zintuigen eigenaardig scherp werden. Het leek wel alsof ze een of ander gevaar in het duister waarnam, rook, voelde. Zoals een dier, dat voelt dat er een ander dier nadert dat gevaarlijk kan worden.

Doe niet zo hysterisch, riep ze zichzelf tot de orde.

Er was niets te horen.

En toch wist ze dat er iemand was, iemand anders dan zijzelf en haar kind, en dat die zeer vijandig was. Ze bedacht ineens hoe eenzaam het huis hier stond, en het drong tot haar door dat ze slechts met hun tweetjes alleen waren, dat niemand hen kon horen als ze schreeuwden, of het zou merken als er iets niet pluis was.

Er kan niemand binnenkomen, zei ze bij zichzelf, alle luiken zitten op slot. De metalen deurvergrendeling doorzagen zou een hels kabaal veroorzaken. En de sloten zijn sterk, die zijn ook niet geruisloos open te maken. Misschien is er *buiten* iemand.

Er was maar één persoon van wie ze zich kon voorstellen dat

hij 's nachts om haar huis sloop, en die gedachte maakte haar bijna onpasselijk.

Dat zou hij toch niet doen? Hij was dan wel een lastpost, ziek was hij niet.

Maar meteen realiseerde ze zich glashelder dat hij dat juist wél was: ziek. En dat dát juist de reden was geweest waardoor ze zich van hem had gedistantieerd. Ze had zich gestoord aan zijn ziekelijke gedrag, en dat had een langzaam sterker wordende, instinctieve weerzin bij haar opgeroepen. Een tijdlang had ze dat niet zo goed kunnen verklaren, want hij was zo aardig en zo attent. Er was niets op hem aan te merken. Ze leek wel niet goed bij haar hoofd, dat ze hem niet wilde.

Het was je overlevingsinstinct, dat maakte dat je hem niet wilde.

Oké, zei ze bij zichzelf en probeerde diep adem te halen, zoals haar ademhalingstherapeut haar in de vreselijke periode vlak na de dood van Jacques had geleerd, oké, misschíen is hij buiten. Maar hij kan in ieder geval niet naar binnen. Ik kan rustig in bed gaan liggen en gaan slapen. Mocht morgen op de een of andere manier blijken dat hij hier is geweest, dan stuur ik hem de politie op zijn dak. Dan vraag ik om een straatverbod, zodat hij niet op mijn terrein mag komen. Ik ga naar Parijs, en stél dat ik hier ben met de kerst, dan is alles misschien alweer heel anders.

Vastbesloten keerde ze naar haar kamer terug.

Maar toen ze weer in bed lag wilde de nervositeit, die maakte dat ze over haar hele lichaam rilde en waardoor de haartjes op haar huid nog steeds recht overeind stonden, niet overgaan. Inmiddels had ze het koud gekregen, terwijl het in de kamer toch bijna twintig graden was. Ze trok haar dekbed op tot aan haar kin en een golf van hitte benam haar de adem. Opnieuw kreeg ze een paniekaanval, wat zich bij haar altijd met een snelle wisseling van koud naar heet aankondigde. In de periode dat Jacques overleed en ook daarna had ze vaak last gehad van zulke aanvallen, maar dat was ongeveer een jaar geleden voor het laatst gebeurd. En nu werd ze weer overvallen door die maar al te bekende symptomen.

Ze ging door met de ademhalingsoefeningen waarmee ze zojuist op de gang was begonnen. Oppervlakkig kalmeerde het haar wel, maar vanbinnen brandde een rood lampje en ze bleef onder hoogspanning staan. Ze kon het gevoel maar niet kwijtraken dat het geen aanval van hysterie was, maar dat haar onderbewustzijn reageerde op tastbaar gevaar en haar onafgebroken toeriep dat ze moest oppassen. Tegelijkertijd weigerde haar verstand dergelijke gedachten toe te laten. Jacques zei altijd dat het onzin was geloof te hechten aan dingen als voorgevoelens, stemmetjes in je binnenste.

'Ik geloof alleen wat ik zie,' had hij zo vaak gezegd, 'ik neem alleen dingen aan die feitelijk bewezen kunnen worden.'

En momenteel lig ik mezelf gewoon ontzettend op te fokken, zei ze bij zichzelf.

Op dat moment hoorde ze iets en was ervan overtuigd dat ze zich niets inbeeldde. Ze kende dat geluid maar al te goed: het was het zachte gerinkel dat de glazen deur, die het woon- en slaapgedeelte van het huis scheidde, maakte als hij geopend werd. Ze hoorde het wel honderd keer op een dag als zij er zelf doorheen ging of als Bernadette heen en weer liep, en dat wilde zeggen dat hier iemand was. En diegene sloop helemaal niet buiten om het huis.

Hij was ín het huis.

Ze stond met een snelle beweging naast haar bed.

Verdomme, Jacques, dacht ze, zonder te merken dat dit nogal ongewoon was, want ze liet voor het eerst een kritische gedachte over haar overleden man toe die ook nog met een verwensing gepaard ging. Ik wíst toch dat er iemand in huis was, had ik daar nou maar naar geluisterd!

Zij kon haar kamer aan de binnenkant op slot doen en zich op die manier tegen de indringer beveiligen, maar Bernadette sliep in de kamer ernaast; hoe kon ze zich hier opsluiten zonder haar kind? Ze kreunde bij het besef dat haar instinct, zo scherp als van een waakhond, haar had gewekt en haar naar hiernaast had laten gaan. Ze had de kans gehad om Bernadette te pakken en samen met haar een toevlucht in deze kamer te zoeken. Maar ze had die kans niet gegrepen. Als híj inmiddels aan deze kant van de glazen deur stond, was hij nog maar een paar passen van haar verwijderd.

Als gehypnotiseerd staarde ze naar haar kamerdeur. Nu kon ze in haar eigen ademloze stilte zachte voetstappen op de gang horen.

De deurkruk ging langzaam naar beneden.

Ze kon haar angst ruiken. Ze had nooit geweten dat angst zo doordringend rook.

Ze had het nu heel koud en ze had de indruk dat ze niet meer ademde.

Toen de deur openging en ze de schaduw van een grote man in de deuropening zag, wist ze dat ze ging sterven. Ze wist het met dezelfde zekerheid waarmee ze daarstraks had gevoeld dat ze niet alleen in huis was.

Een ogenblik lang stonden ze roerloos tegenover elkaar. Was hij verbaasd dat ze midden in de kamer stond en niet in haar bed lag te slapen?

Ze was verloren. Ze wierp zich op het raam en rukte met haar vingers aan de haak van de houten luiken. Haar nagels braken af en ze schaafde haar hand open, maar dat merkte ze niet.

Van angst gaf ze over op de vensterbank. Toen stond hij achter haar en greep haar hard bij haar haren. Hij trok haar hoofd zover achterover dat ze hem in de ogen moest kijken en ze zag er een volmaakte kilte. Haar hals was open en bloot. Het touw dat hij om haar hals wond schuurde haar huid open.

Terwijl ze stierf, bad ze voor haar kind.

Zaterdag 6 oktober 2001

1

Vlak voor Notre Dame de Beauregard zag hij plotseling een hond op de snelweg. Een kleine, bruinwit gevlekte hond, met een ronde kop en vrolijk wapperende oren. Hij had hem nog niet eerder opgemerkt en kon niet zeggen of het beestje misschien al een hele tijd langs de kant van de weg holde, voordat het overging tot zijn suïcidale poging om aan de andere kant van de weg verder te rennen.

Ach, god, dacht hij, zo meteen is hij dood.

De auto's raasden hier met honderddertig kilometer per uur over de drie rijstroken. Daar kon hij met geen mogelijkheid ongedeerd tussendoor.

Ik wil niet zien hoe ze hem straks aan gort rijden, dacht hij. De angst die plotseling in hem op kwam zetten bezorgde hem kippenvel tot op zijn schedel.

Om hem heen begonnen de auto's af te remmen. Ze konden niet tot stilstand komen, daarvoor hadden ze te veel snelheid, maar ze minderden vaart en probeerden naar een andere rijstrook uit te wijken. Er waren er ook die toeterden.

De hond liep met opgeheven kop verder en het mocht een wonder heten, misschien wás het ook wel een wonder, dat hij onbeschadigd de middenstrook bereikte.

Goddank, die heeft hij gehaald. Althans tot zover.

De man merkte dat het zweet hem uitbrak en dat het T-shirt dat hij onder zijn wollen trui droeg inmiddels aan zijn lichaam

plakte. Hij voelde zich opeens heel slap. Hij reed naar de rech-
terrijbaan en bracht zijn auto op de vluchtstrook tot stilstand.
Voor hem verhief zich – vandaag wel heel somber, leek het – de
rots, waar de kerk van Notre Dame de Beauregard haar smalle
torenspits in de grijze hemel boorde. Waarom klaarde het vandaag niet op? Hij was zojuist de afslag naar St. Remy gepasseerd
en de kust van de Middellandse Zee was nu niet meer veraf. De
bewolkte oktoberdag mocht zo langzamerhand wel eens wat
zuidelijker kleuren aannemen.

Het hondje schoot hem weer te binnen; de man stapte uit de
auto en keek onderzoekend achter zich. Hij kon hem nergens
ontdekken, niet op de middenstrook, maar ook niet tot moes gereden op een van de rijbanen. Zou het hem ook nog gelukt zijn
de snelweg in tegengestelde richting over te steken?

Je hebt een beschermengeltje, dacht hij, of je hebt hem niet.
Als je er een hebt, is een wonder geen wonder, maar een logisch
gevolg daarvan. Die hond holt nu vast en zeker vrolijk door de
velden. Het zal nooit tot hem doordringen dat hij eigenlijk dood
had moeten zijn.

De auto's raasden voorbij. Hij wist dat het niet ongevaarlijk
was om hier te staan. Hij ging weer in de auto zitten, stak een
sigaret op, pakte zijn mobiele telefoon en dacht even na. Zou hij
Laura nu al bellen? Ze hadden afgesproken dat hij zich zou melden als hij op 'hun' parkeerplaats stond, de plek waar je voor
het eerst de Middellandse Zee kon zien.

In plaats daarvan toetste hij het nummer van zijn moeder in
en wachtte geduldig. Het duurde altijd even voor de oude dame
bij de telefoon was. Toen nam ze met een schorre stem op: 'Ja?'

'Ik ben het, moeder. Ik wilde gewoon even wat van me laten
horen.'

'Mooi. Dat is lang geleden.' Het klonk als een verwijt. 'Waar
zit je?'

'Ik sta bij een benzinestation in Zuid-Frankrijk.' Ze zou ongerust worden als ze wist dat hij met knikkende knieën op de

vluchtstrook van een snelweg stond, vanwege een hond die vlak voor zijn ogen aan de dood was ontsnapt.

'Is Laura bij je?'

'Nee, ik ben alleen. Ik ga naar Christopher om te zeilen. Over een week ben ik weer thuis.'

'Is dat niet gevaarlijk in deze tijd van het jaar? Zeilen, bedoel ik.'

'Helemaal niet. Dat doen we toch ieder jaar? Er is ook nog nooit iets fout gegaan.' Hij deed zijn best om een luchtige toon aan te slaan, maar vond dat het volslagen onecht klonk. Laura zou nu gaan vragen: 'Wat klink je vreemd, is er wat? Is er iets niet in orde?'

Maar zijn moeder zou het niet eens registreren als hij op sterven lag. Het was heel typisch voor haar om bezorgde vragen te stellen in de trant van of zeilen om deze tijd van het jaar niet gevaarlijk was. Best mogelijk dat ze het zich inderdaad afvroeg. Maar soms verdacht hij haar ervan dat ze dergelijke vragen als een soort routine afvuurde en niet meer geïnteresseerd was in het antwoord.

'Britta heeft gebeld,' zei ze.

Hij zuchtte. Het betekende nooit iets goeds als zijn ex-vrouw contact met zijn moeder opnam.

'Wat had ze?'

'Klagen. Je hebt weer geen geld naar haar overgemaakt en ze schijnt van geen kant rond te kunnen komen.'

'Laat ze het maar tegen mij zeggen. Ze hoeft zich niet achter jou te verschuilen.'

'Zij zegt dat als ze je op kantoor belt, jij regelmatig doet alsof je er niet bent. En bij je thuis... ze heeft geen zin om elke keer Laura aan de lijn te krijgen, zegt ze.'

Hij had spijt dat hij zijn moeder had gebeld. Op de een of andere manier was dat altijd vervelend.

'Ik moet ophangen, moeder,' sprak hij snel, 'mijn mobieltje is bijna leeg. Een heel dikke pakkerd van me.'

Waarom zeg ik dát nou? dacht hij. Waarom zoiets raars als *een heel dikke pakkerd*? Die dingen zeggen we nooit tegen elkaar.

Met enige moeite kon hij vanaf de vluchtstrook weer invoegen. Veel haast had hij niet; hij reed met een vaartje van honderdtwintig verder. Zou zijn moeder over die laatste woorden nadenken, die haar vast ook vreemd in de oren hadden geklonken?

Nee, besloot hij, dat deed ze niet. Die laatste zin was waarschijnlijk volkomen aan haar voorbijgegaan, zoals alles wat met andere mensen te maken had er door haar werd uitgefilterd.

Hij vond een radiozender en zette de muziek dreunend hard. Met muziek kon hij zich verdoven, even afdoende als anderen met alcohol. Het deed er niet toe wat hij hoorde. Als het maar hard genoeg was.

Tegen zes uur bereikte hij de parkeerplaats waar hij Laura wilde bellen. Als ze samen naar Zuid-Frankrijk reden, stopten ze hier altijd, stapten ze uit en genoten ze van het uitzicht op de baai van Cassis met zijn omringende, halvemaanvormige, zacht glooiende wijnbergen en de steil uit de baai oprijzende rotsen. Als hij alleen ging – naar de jaarlijkse zeilafspraak met Christopher – belde hij Laura vanaf die plek op. Het was een van de stilzwijgende overeenkomsten tussen hen, en daarvan waren er vele. Laura hield van rituelen, vaststaande, terugkerende momenten. Hijzelf had daar niet zoveel mee, maar hij had ook niet het gevoel dat haar voorliefde daarvoor hem werkelijk hinderde.

Hij nam de langgerekte, licht stijgende bocht naar de parkeerplaats. Deze was in geen enkel opzicht te vergelijken met andere, normale parkeerplaatsen langs de snelweg. Het was meer een plekje om een uitstapje naartoe te maken. Er was een groot picknickterras met groepsgewijs geplaatste stenen zitplaatsen, met kiezelpaden en bomen die schaduw gaven. Het uitzicht was er adembenemend. Meestal werd hij overweldigd door het blauw van de lucht en het blauw van de zee. Maar vandaag zou de bewolking niet meer optrekken. Het was heiig en grijs boven zee, en er hing een drukkende, loodzware stilte. Het rook naar regen. Wat een mistroostige dag, vond hij, toen hij de auto parkeerde en de motor afzette.

Niet ver bij hem vandaan zat een andere eenzame man in een witte Renault voor zich uit te staren. Een ouder echtpaar was aan een van de zeskantige tafels gaan zitten en had een thermosfles voor zich staan, waar ze om de beurt uit dronken. Er kwam een hele familie uit een bestelbusje zetten, ouders, zo te zien ook grootouders en een talrijke kinderschaar in alle leeftijdscategorieën. De grootste kinderen droegen dozen met pizza's, de volwassenen sleepten manden met flessen wijn en frisdrank aan.

Wat zalig, dacht hij, op een warme oktoberavond met z'n allen gaan picknicken op een plaats met een geweldig uitzicht. Ze kunnen hier nog minstens twee uur zitten, daarna wordt het donker en koud. Dan stappen ze allemaal weer in het busje en rijden naar huis, waar ze voldaan en blij in hun bed vallen.

Eigenlijk had hij zelf nooit kinderen gewild – zowel zijn zoon uit zijn eerste huwelijk als zijn dochter van twee, die hij samen met Laura had, was door onoplettendheid verwekt – maar hij dacht er wel eens over na hoe het zou zijn om deel uit te maken van een groot gezin. Hij zag het beslist niet door een roze bril: het betekende dat je een eeuw bij de wc en de badkamer stond te wachten, belangrijke dingen niet kon vinden omdat een ander ze zonder het te vragen had geleend, het betekende een heleboel herrie, wanorde, troep, chaos. Maar er konden ook warmte, een gevoel van geborgenheid en kracht van uitgaan. Er was weinig ruimte voor eenzaamheid of angst voor zinloosheid.

Voor de tweede keer tikte hij een nummer in op zijn mobieltje. Hij hoefde niet lang te wachten, ze nam meteen op. Ze had blijkbaar rond deze tijd op zijn telefoontje gerekend en was in de buurt van de telefoon gebleven.

'Hallo!' klonk het vrolijk. 'Jij bent op de Pas d'Ouilliers!'

'Klopt!' Hij deed zijn best om haar vrolijke, luchthartige toon over te nemen. 'Ik heb de Middellandse Zee aan mijn voeten liggen.'

'Glinsterend in de avondzon?'

'Nee, dat niet. Het is erg bewolkt. Ik denk dat het vanavond gaat regenen.'

'O – maar dat kan ook snel weer veranderen.'

'Natuurlijk. Daar maak ik me niet druk om. Maar wind en zon zijn prettiger voor Christopher en mij.'

Zij was aanmerkelijk fijngevoeliger dan zijn moeder. Ze merkte dat hij gespannen was.

'Wat is er? Je klinkt zo vreemd.'

'Ik ben moe. Negen uur rijden is niet niks.'

'Dan moet je nu echt gaan uitrusten. Zie je Christopher vanavond al?'

'Nee. Ik ga vroeg naar bed.'

'Doe de groeten aan ons huisje!'

'Doe ik. Het zal er leeg zijn zonder jou.'

'Dat zul je van louter vermoeidheid nauwelijks merken.' Ze lachte. Ze had een prettige lach, vond hij. Fris en oprecht, en hij leek altijd diep vanuit haar binnenste te komen. Net als haar verdriet, als ze ergens treurig over was. Laura's gevoelens waren nooit opgelegd of halfslachtig. Zij was de meest oprechte persoon die hij kende.

'Dat zou best eens kunnen. Ik slaap straks als een marmot.' Hij keek naar het leigrijze water. Langzaam en dreigend bekroop hem de wanhoop.

Ik moet hier weg, dacht hij, weg van de herinneringen. En ook weg bij die grote, gelukkige familie, met hun pizzadozen en hun onbekommerde gelach.

'Ik ga straks nog ergens een hapje eten,' zei hij.

'Ergens? Je gaat toch zeker naar Nadine en Henri?'

'Ja, een goed idee. Een lekkere pizza van Henri is precies waar ik behoefte aan heb.'

'Bel je straks nog een keer?'

'Als ik in het huis ben,' zei hij. 'Dan bel ik nog voor ik in bed stap, goed?'

'Fijn. Daar zie ik naar uit.' Hij kon door de telefoon heen, over een afstand van duizend kilometer, haar glimlach voelen.

'Ik hou van je,' zei ze zachtjes.

'Ik ook van jou,' zei hij terug.

Hij beëindigde het gesprek en legde zijn mobiele telefoon op de voorbank naast zich. De pizzafamilie maakte een enorm kabaal, en zelfs door zijn gesloten portierraam drongen flarden van gepraat en gelach door. Hij startte de motor weer en reed langzaam weg van de parkeerplaats.

De schemering viel nu snel, maar wachten had geen zin; er zou geen zonsondergang boven zee zijn.

2

Toen Peter om kwart over tien nog niet had gebeld, toetste Laura na enig aarzelen het nummer van zijn mobiele telefoon in. Hij kon heel geïrriteerd reageren als ze zich niet aan de afspraken hield, en in dit geval was de afspraak dat híj weer zou bellen. Maar ze was een beetje ongerust geworden, ze kon zich niet voorstellen dat hij zo lang zat te eten. Vier uur geleden klonk hij zo moe en afgeknapt, dat had ze niet vaak van hem meegemaakt.

Hij nam niet op, na zes keer overgaan ging de telefoon over op de voicemail. 'Spreek uw bericht in, dan bel ik u later terug...'

Ze had behoefte iets tegen hem te zeggen, hem iets van haar bezorgdheid, haar liefde en haar verlangen mee te delen, maar ze deed het niet om hem niet onder druk te zetten. Misschien zat hij druk met Nadine en Henri te praten en hoorde hij zijn telefoon niet, of had hij geen zin om het gesprek te onderbreken. Misschien had hij zijn telefoon wel in de auto laten liggen.

Als ik Henri nu ga bellen, denkt Peter dat ik hem controleer, dacht ze, en als ik hem thuis bel en hij misschien al slaapt, dan maak ik hem wakker.

'Je kunt de dingen soms ook op hun beloop laten,' zei Peter vaak tegen haar. 'Ze lossen zich op de een of andere manier vanzelf wel op, zonder dat jij eerst je hele omgeving tot waanzin hebt gedreven.'

Toch bleef ze nog even bij de telefoon staan en vroeg ze zich af of ze Christopher zou bellen. Peter had gezegd dat hij vanavond niet meer naar hem toe zou gaan, maar misschien was hij van gedachten veranderd.

Het is mijn goed recht om te bellen, dacht ze koppig.

Christopher zou best snappen dat ze ongerust was. Hij zou er niets vreemds aan vinden. Maar Peter zou later evengoed beweren dat ze hem in de ogen van zijn vriend voor schut had gezet. 'Christopher zal wel denken dat ik een hond ben die kort gehouden moet worden. De essentie van mannenvriendschappen zul je nooit begrijpen, Laura. Daar hoort ook een stukje vrijheid bij.'

'Daar doet Christopher vast niet moeilijk over.'

'Hij zou er niets van zeggen, omdat hij gewoon een goeie vent is die zich er niet mee bemoeit. Maar hij denkt er wel over na, geloof dat maar.'

Jij dicht je vriend gedachten en gevoelens toe die eigenlijk alleen maar van jezelf zijn, dacht ze.

Ze ging de trap op en keek in de kamer van Sophie. De kleine meid sliep, ze haalde rustig en regelmatig adem.

Misschien, dacht Laura, had ik toch mee moeten gaan. Samen met Sophie een paar zonnige dagen in oktober in het huis zitten, terwijl Peter zeilt. Dan had ik me niet zo eenzaam gevoeld.

Maar ze was nooit meegegaan als Peter in de herfst naar het zuiden reed voor zijn zeilweek. Vier jaar terug hadden ze het huis in La Cadière natuurlijk nog niet; toen had ze een hotel moeten nemen, en ze zat niet graag alleen in een hotel. Eén keer – dat zou nu wel vijf jaar geleden zijn – had ze bedacht dat ze bij Nadine en Henri kon logeren, in een van die twee gezellige, volstrekt oncomfortabele logeerkamertjes onder het dak die ze af en toe verhuurden.

'Dan heb ik aanspraak als jij met Christopher onderweg bent,' had ze gezegd. Ook toen dacht ze dat ze zo'n week zonder Peter niet zou kunnen uithouden.

Maar Peter was erop tegen geweest.

'Ik vind het niet netjes om voor één keer bij Nadine en Henri te gaan logeren. Dat doen we anders ook nooit. Straks denken ze misschien nog dat we hen normaal gesproken niet goed genoeg vinden, maar dat we wel op hen terugvallen als het niet anders kan.'

Maar sinds ze daar zelf een huis hadden, was dat geen probleem meer. Toch had Peter niet gereageerd op haar voorstel om misschien mee te gaan en ze wilde het niet een tweede keer proberen. Die ene week in oktober was voor Christopher, en dan stoorde het Peter blijkbaar als hij zijn vrouw en zijn dochter zelfs maar in de buurt had.

Ze ging naar de slaapkamer, kleedde zich uit, hing haar kleren netjes in de kast en trok het versleten T-shirt aan dat ze 's nachts altijd droeg. Peter had het op hun eerste gezamenlijke vakantie in Zuid-Frankrijk, acht jaar geleden, voor haar gekocht. Toen had het vrolijke, felle kleurtjes gehad, maar na zoveel wasbeurten vond Laura dat ze zich er niet meer in kon vertonen. Maar Peter wilde niet dat ze het wegdeed.

'Trek het dan 's nachts aan,' vroeg hij, 'ik ben er op de een of andere manier aan gehecht. Het herinnert me aan een heel speciale periode in ons leven.'

Toen waren ze nog maar pas verliefd geweest. Laura was zevenentwintig, Peter tweeëndertig; hij net gescheiden, zij net van haar vriend af. Allebei aangeslagen, wantrouwig, bang zich in iets nieuws te storten. Peters ex-vrouw was meteen na de echt-scheiding met hun zoon naar het andere uiteinde van Duitsland verhuisd, waardoor Peters omgangsrecht een wassen neus was en hij in diepe eenzaamheid werd gedompeld. Hij had er langer voor nodig gehad dan Laura om zich open te stellen voor een nieuwe toekomst.

Ze liep in haar oude T-shirt de badkamer in, poetste haar tanden en kamde haar haren. In de spiegel kon ze zien dat ze bleek was en een zorgelijke trek om haar mond had. Ze dacht eraan hoe ze op de foto's van acht jaar geleden in de straten van Cannes stond: met hetzelfde T-shirt aan, heerlijk bruinverbrand en met stralende ogen. In alle hevigheid door de liefde meegesleept. Overgelukkig, zodat er niets te wensen overbleef.

'Dat ben ik nog,' zei ze tegen haar spiegelbeeld, 'zo gelukkig dat er niets te wensen overblijft. Maar ik ben nu gewoon ouder. Vijfendertig is niet hetzelfde als zevenentwintig.'

Aan de ruwe manier waarop ze met de kam door haar haren ging kon ze merken hoe gespannen ze was.

Eén keer belt je man niet op, dacht ze, waarom laat je je daardoor zó van de wijs brengen?

Van vriendinnen wist ze dat andere mannen op dat punt veel achtelozer waren. Ze vergaten in de helft van de gevallen op tijd te bellen (áls ze al belden), zich aan afspraken te houden of belangrijke afspraken van hun partners te onthouden. Elisabeth, Laura's moeder, zei altijd dat ze met Peter een prachtexemplaar aan de haak had geslagen.

'Je kunt altijd op hem rekenen en hij is heel erg op jou geconcentreerd. Hou hem maar goed vast. Zo iemand vind je niet zo gauw een tweede keer.'

Dat wist ze wel. En ze wilde ook niet zo benepen doen. Maar juist omdát ze altijd op Peter kon rekenen, raakte ze dat gevoel van ongerustheid niet kwijt.

Bovendien was ze natuurlijk veel te veel op hem gefixeerd – dat zei haar vriendin Anne ook steeds – maar...

De telefoon onderbrak haar kwellende gedachten.

'Hè, eindelijk,' riep ze en liep de slaapkamer binnen, waar het toestel naast het bed stond.

'Ik dacht al dat je gewoon in slaap was gevallen en me was vergeten,' zei ze in plaats van een begroeting.

Aan de andere kant van de lijn bleef het verbouwereerd stil. En toen: 'Ik neem niet aan dat je het over mij hebt.' Het was Britta, Peters ex-vrouw.

Laura geneerde zich dood voor haar vergissing.

'Neem me alsjeblieft niet kwalijk. Ik dacht dat het Peter was.'

Zoals altijd klonk er een beschuldigende ondertoon in Britta's stem door: 'Dus Peter is niet thuis. Ik moet hem heel dringend spreken.'

Op zaterdagavond om half elf zeker, dacht Laura geïrriteerd. Niet bepaald een gebruikelijk tijdstip, ook niet voor vroegere echtgenotes.

'Peter zit in La Cadière. Hij komt pas volgende week zaterdag terug.'

Britta zuchtte. 'Hij zal wel nooit meer loskomen van dat stomme zeilen in de herfst met Christopher. Dat is nu al bijna vijftien jaar zo.'

Britta liet altijd zo graag merken dat ze volledig op de hoogte was van Peters voorliefdes en eigenaardigheden, en dat ze hem al veel langer kende dan Laura.

'Goddank heb ik daar niets meer mee te maken,' liet ze er nog op volgen.

'Zal ik Peter vragen of hij je terugbelt, wanneer hij mij heeft opgebeld?' vroeg Laura, zonder op de laatste opmerking van Britta in te gaan.

'Ja, doe maar. De alimentatie voor Oliver staat nog steeds niet op mijn rekening. Het is vandaag al zes oktober.'

'Nou, ik vind...'

'Ik bedoel dus de betaling voor septémber. Die ik op één september had moeten krijgen. Ik denk niet dat ik daar te vroeg voor bel. De betaling voor oktober is er trouwens ook nog niet.'

'Voor zover ik weet heeft Peter daar een automatische betalingsopdracht voor afgegeven,' zei Laura. 'Misschien is er bij de bank een fout gemaakt.'

'Die automatische betaling bestaat al een jaar niet meer,' verklaarde Britta, die haar triomf over dit weetje tegenover zijn huidige echtgenote nauwelijks kon verhelen. 'Peter boekt het geld zelf over, en jammer genoeg bijna altijd met vertraging. Het is soms heel irritant hoe lang ik op mijn geld moet wachten. En het is ook niet goed voor Oliver. Het schaadt het vertrouwen dat hij ondanks alles in zijn vader heeft, als ik hem moet uitleggen dat ik iets niet voor hem kan kopen omdat Peter weer eens achterloopt met de alimentatie!'

Laura moest zich inhouden om niet bits te reageren. Als leidinggevende bij een bankfiliaal verdiende Britta behoorlijk goed, dat wist ze. Ze hoefde echt niet in verlegenheid te zitten en een wens van haar zoon af te slaan, alleen maar omdat Peter zijn geld een paar dagen te laat overmaakte. Als ze dat toch deed, was het alleen maar bedoeld om het beeld dat Oliver van zijn vader had negatief te beïnvloeden.

'Ik zal het tegen Peter zeggen zodra hij belt,' zei Laura, 'en dan belt hij jou. Ik weet zeker dat er een heel onschuldige verklaring voor is.'

'Misschien belt hij vanavond toch nog,' merkte Britta vinnig op. Uit de manier waarop Laura de telefoon had aangenomen had ze uiteraard de conclusie getrokken dat ze dringend op een telefoontje zat te wachten en al een tikje nerveus werd. 'Ik wens het je in ieder geval toe. En morgen kan hij me thuis bereiken. Welterusten.' Ze hing op nog voordat Laura zelf gedag kon zeggen.

'Serpent!' zei Laura uit de grond van haar hart en hing ook op.

Peter had me wel eens mogen zeggen dat hij die automatische betaling had stopgezet, dacht ze, dan had ik nu niet met mijn mond vol tanden gestaan.

Maar stond zij eigenlijk wel met haar mond vol tanden? En

was het opzeggen van een automatische betaling belangrijk genoeg dat Peter het nodig vond er melding van te maken? Daar had je weer die bekende overgevoeligheid van haar, waardoor ze vond dat ze slecht werd behandeld. Iemand anders zou dat gevoel niet hebben. Elke andere vrouw beschouwde die kwestie gewoon als wat het was: gezeik over de alimentatie. Een giftige ex, die het niet kon hebben dat haar gescheiden man gelukkig was in zijn tweede huwelijk, terwijl ze zelf waarschijnlijk altijd alleen zou blijven.

Ik moet eens ophouden mezelf minderwaardig te voelen tegenover die vrouw, zei Laura bij zichzelf. Zij is veel ouder dan ik, ze is gefrustreerd en waarschijnlijk heel ongelukkig. Ze had zich het leven heel anders voorgesteld dan het gelopen is.

Ze keek nog een keer in Sophies kamer, maar daar was alles nog als daarnet; het kind sliep en had warme, rode wangetjes. Die had ze altijd als ze diep in dromenland was.

Laura ging de slaapkamer binnen. Ze keek even naar de ingelijste foto van Peter, die op haar nachtkastje stond, aan boord van de *Vivace*, het schip waarvan hij samen met Christopher eigenaar was. Eigenlijk had Christopher ook op de foto gestaan, maar die had ze weggeknipt. Aan de rand zag je alleen nog een stuk van zijn arm en zijn hand. Peter droeg een blauw overhemd en had een witte, grof gebreide trui nonchalant om zijn schouders geknoopt. Hij lachte. Zijn huid was gebruind en hij zag er gezond en tevreden uit. In harmonie met zichzelf, ongekunsteld en niet geposeerd. Hij had zijn *Vivace*-gezicht opgezet. Zo zag hij er aan boord van het schip altijd uit. Dan leek het soms wel alsof hij een nieuw mens werd.

'Scheepsplanken onder je voeten,' zei hij altijd, 'een zeil dat wappert in de wind en het gekrijs van meeuwen. Meer heb ik niet nodig om gelukkig te zijn.'

Het deed haar altijd pijn dat zij niet in dat optelsommetje voorkwam. Ze had een keer gezegd: 'En ik dan? Heb je mij niet nodig om gelukkig te zijn?'

Toen had hij haar met grote ogen aangekeken. 'Dat is van een heel andere orde. Dat weet je toch wel?'

Ze stapte in bed en trok het dekbed op tot aan haar kin. Buiten kon ze de regen horen vallen. Het was koud in de kamer. Ze had de hele dag het raam open laten staan en de verwarming was nog niet ingeschakeld. Maar met die frisse lucht zou ze vast goed slapen.

Met een zucht keek ze op de verlichte wijzerplaat van de wekker naast haar bed. Het was tien minuten voor elf.

Zondag 7 oktober

1

Ze deed die nacht haast geen oog dicht en had bij tijd en wijle de indruk dat ze naar het verspringen van de cijfertjes op de wekker lag te kijken. Dat was vermoedelijk ook zo. Ze lag met wijd open ogen naar de klok te kijken. Het werd half één. Het werd één uur. Tien over één. Tien voor half twee. Half twee.

Om kwart voor twee stond ze op en ging naar de keuken om een glas water te drinken. Ze had het koud in het dunne T-shirt, maar ze kon haar badjas niet vinden en de tegels in de keuken waren heel koud onder haar blote voeten. Ze dronk het water met kleine slokjes op en staarde naar de jaloezieën voor het raam. Ze gedroeg zich neurotisch, dat besefte ze. Wat was er nou helemaal gebeurd? Haar man was niet thuis en hij had vergeten haar voor het slapengaan nog een keer op te bellen. Hij zou morgenochtend wel iets van zich laten horen. Hij zou verklaren dat hij in bed was gaan liggen, nog een beetje had gelezen en dat hij intussen plotseling in slaap gevallen was. Hij was te moe geweest. Ze herinnerde zich dat ze daar nog over nagedacht had. Over die vreemde vermoeidheid van hem. Hij had nog nooit zo afgemat geklonken. Het was niet zo gek dat hij op zo'n dag per ongeluk iets vergat. Dat hij vergat op te bellen. Dat hij…

Het gezonde verstand waarmee ze haar ongerustheid onder controle had willen brengen, was alweer verdwenen. De angst – dat gevoel van hopeloos alleen zijn – schoot als een steekvlam in haar omhoog. Dit kende ze, het was niet nieuw voor haar. De angst om alleen te zijn droeg ze al haar hele leven met zich mee en ze had het nooit onder controle gekregen. Het overviel haar als een donderslag bij heldere hemel, en Laura had geen wapenen tot haar beschikking om zich ertegen te verweren. Ook stortten nu haar trots en voorzichtigheid, die ze de hele avond overeind had weten te houden, in. Ze liet haar waterglas staan, liep naar de woonkamer en greep de telefoon. Ze toetste het nummer van Peters mobiele telefoon in. Weer hoorde ze aan de andere kant alleen maar de voicemail. Nu sprak ze wel een boodschap in.

'Hallo, Peter, ik ben het, Laura. Het is bijna twee uur 's nachts en ik maak me ongerust omdat je niet hebt gebeld. En waarom kom je niet aan de telefoon? Ik weet wel, het is mal, maar...' Ze merkte dat haar stem huilerig klonk, als van een klein kind, 'ik voel me zo alleen. Het bed is zo groot en leeg zonder jou. Laat wat van je horen, alsjeblieft!'

Ze hing op. Het praten had haar een beetje opgelucht. Bovendien had ze zijn stem op het bandje van de voicemail gehoord en ook dat had iets van contact – al was het uitermate eenzijdig.

Ze dronk zelden alcohol, maar nu schonk ze een borrel voor zichzelf in, uit de fles die voor de gasten op de serveerboy stond. De kamer werd alleen verlicht door de lamp die buiten in de gang brandde en zoals altijd, als ze hierbinnen stond, genoot Laura van zijn bijzondere schoonheid. De woonkamer was buitengewoon geslaagd en dat vervulde haar met trots. Zij had zich vier jaar geleden, toen ze dit huis kochten en naar de chique buitenwijk van Frankfurt waren verhuisd, praktisch in haar eentje met de inrichting ervan beziggehouden. Peter had het in die tijd ontzettend druk en liet alles helemaal aan haar over.

'Geld speelt geen rol,' had hij gezegd en haar een creditcard in de hand gedrukt, 'koop maar wat je mooi vindt. Je hebt een geweldige smaak. Wát je ook doet, ik zal het prachtig vinden.'

Ze was dolblij geweest dat ze een taak had. De dagen duurden meestal nogal lang; af en toe hielp ze Peters secretaresse met de boekhouding, maar die bezigheid schonk haar geen voldoening. Zij was kunstenares. Ze had er geen plezier in papieren te ordenen, documenten te sorteren en kolommen met cijfers op te tellen. Ze deed het om Peter werk uit handen te nemen. Maar ze had constant het verlangen dat ze...

Nee. Zoals altijd kapte ze de gedachte aan haar eigen verlangens meteen af. Het was niet goed onrealistische dromen te koesteren. Ze had een prachtig leven, beter dan dat van vele andere mensen. Zij had dit droomhuis ingericht, bijna dagelijks bedacht ze weer iets anders en ze vond het zalig om in oude antiekwinkeltjes of winkels met kunstzinnige voorwerpen rond te snuffelen, mooie dingen te ontdekken en die mee naar huis te nemen. Zo bouwde ze aan het nest dat ze met Peter samen had geschapen.

Wat is het mooi, dacht ze nu weer, en wat vredig. Die nieuwe gordijnen zijn schitterend.

Ze had ze op de dag voordat Peter vertrok in een Italiaanse winkel gekocht. Ze waren peperduur, maar zij vond ze het geld waard. Ze had ze met veel moeite opgehangen en 's avonds gewacht op wat Peter ervan zou zeggen, maar hij had ze aanvankelijk niet eens opgemerkt. Hij kwam tegen acht uur diep in gedachten verzonken van kantoor thuis. Er was iets wat hem heel erg bezighield, en Laura nam aan dat het de komende reis was. Maar nu ze daar zo in de woonkamer stond en langzaam en met tegenzin haar borreltje opdronk, omdat ze eigenlijk niet van drank hield, zag ze het weer heel duidelijk voor zich: ze stonden daar samen, ongeveer op dezelfde plek als waar zij nu in haar eentje stond.

'Valt je niets op?' vroeg ze.

Peter keek om zich heen. Zijn gezicht stond moe en hij leek afwezig. 'Nee, is er iets dat me moet opvallen?'

Ze was natuurlijk een beetje teleurgesteld, maar ze zei bij zichzelf dat hij in gedachten allang op zijn zeilboot zat en dat hij ook recht had op de voorpret van zijn vakantie.

'We zeiden toch steeds dat die blauwe gordijnen niet zo mooi bij het tapijt pasten,' hielp ze hem op weg.

Eindelijk gleed zijn blik naar de ramen.

'O,' zei hij, 'nieuwe gordijnen.'

'Vind je ze mooi?'

'Heel mooi. Alsof ze voor deze kamer gemaakt zijn.' Op de een of andere manier klonk het onecht. Hij deed alleen maar alsof hij er blij mee was, zo leek het. Maar misschien beeldde ze zich dat in.

'Ik heb ze van dat Italiaanse zaakje voor woningdecoratie. Weet je nog? Ik had je erover verteld.'

'O, ja. Heel apart, echt waar.'

'Ik heb de rekening op je bureau gelegd,' zei ze.

'Oké.' Hij knikte verstrooid. 'Ik ga mijn spullen voor de reis inpakken. Ik wil niet zo laat naar bed.'

'Zou je die rekening nog wel willen betalen? Anders duurt het een beetje lang tot je weer thuis bent.'

'In orde. Ik zal eraan denken.' Langzaam was hij de kamer uitgelopen.

Nu schoot die rekening haar weer te binnen. Paradoxaal genoeg had de alcohol haar hoofd helder gemaakt. De korte paniekaanval vanwege het alleen-zijn was verdwenen. Ze kon weer nuchter denken, en hoewel de kwestie van die rekening niet echt belangrijk was, liep ze naar de werkkamer om te kijken of hij betaald was.

De werkkamer was een kleine ruimte tussen de woonkamer en de keuken, met een glazen pui naar de tuin, die oorspronkelijk als een soort serre bedoeld was. Laura had er een knusse stoel en een mooie oude secretaire neergezet, die ze jaren geleden in Zuid-Frankrijk had ontdekt, en een houten plank opgehangen. Ze deelde deze kamer met Peter: hier deed ze de boekhouding en werkte Peter er in de weekends en 's avonds.

Ze knipte het licht aan en zag direct dat de rekening nog op tafel lag. Precies op de plek waar ze hem had neergelegd. Vermoedelijk had Peter er niet eens naar gekeken, laat staan hem betaald.

Het was ook geen gunstige dag, zo vlak voor zijn vertrek. Hij had heel andere dingen aan zijn hoofd.

Langzaam ging ze de trap weer op. Misschien zou die borrel haar helpen om eindelijk in slaap te vallen.

Het bleef een vrome wens. Ze lag wakker tot aan de ochtendschemering. Om zes uur stond ze op, vergewiste zich ervan dat Sophie nog sliep en ging joggen. Het regende nog steeds en de wind scheen kouder te zijn geworden sinds gisteren.

2

Het regende die zondagochtend ook aan de Côte de Provence. Na een lange, droge zomerperiode bracht de tweede week van oktober een weersomslag. De natuur had die regen ongetwijfeld nodig.

De wolken balden zich samen tegen de bergen in het achterland en hingen zwaar boven de hellingen. De wijnbergen met hun bonte loof straalden niet zoals anders in de herfstzon, maar keken droefgeestig onder de sluiers van nattigheid uit. Op de straten en binnenwegen stonden plassen. De wind kwam uit het oosten, wat inhield dat het weer voorlopig slecht zou blijven.

Cathérine Michaud was vroeg opgestaan, zoals haar gewoonte was. Als ze te lang wakker bleef liggen, kon ze heel gemakkelijk gaan piekeren en dat was gevaarlijk. Dan begon ze ten slotte te huilen of het gevoel van haat en verbittering, dat altijd latent aanwezig was, kwam opzetten en wist ze zich geen raad meer met al die overhoopgehaalde emoties.

Ze had een kop koffie voor zichzelf gezet en was, terwijl ze haar vingers aan het kopje warmde, in haar woning heen en weer gelopen, van de keuken naar de woonkamer, naar de slaapkamer en vandaar weer naar de keuken. De badkamer meed ze. Cathérine had een hekel aan de badkamer in dat huis. Hij deed haar denken aan een soort hoge, nauwe afgrond, waar van ergens ver in de hoogte een klein, vaal streepje licht binnenviel. De vloer bestond uit koude, grijze stenen tegels, waar het vuil van generaties vorige bewoners ingedrongen en niet meer te verwijderen was. Er waren hoeken uit de fletse gele tegeltjes gesprongen, die een krappe meter hoog de wanden rondom bedekten. In een van die tegels, vlak naast de wastafel, had een van Cathérines voorgangers agressief *fuck you* gekrast. Cathérine had geprobeerd er een handdoekenrek voor te hangen om de schuttingtaal met haar handdoek te bedekken, maar de haak was er na twee dagen uitgebroken, en het gat dat nu in de wand gaapte, maakte het er niet beter op.

Het raam zat zo hoog dat je op het toilet moest gaan staan om het te openen. Stond je voor de spiegel boven de wastafel, dan viel het licht in een uiterst ongunstige hoek op je gezicht. Je zag er altijd hopeloos grauw en ellendig uit en jaren ouder dan je in werkelijkheid was.

Ook de spiegel maakte dat Cathérine die ochtend de badkamer meed. Erger nog dan met de adembenemende afzichtelijkheid van de badkamer had ze er vandaag moeite mee een blik op haar eigen gezicht te werpen – zoals dat ook vaak op andere dagen het geval was. In de afgelopen weken had ze zich een beetje beter gevoeld, maar de afgelopen nacht was ze wakker geworden met een brandend gevoel in haar gezicht, een gevoel alsof niet haar lichaam maar haar huid door koorts was overvallen. Ze had zachtjes in haar kussen liggen kreunen, zich met moeite beheerst om niet de nagels van beide handen in haar wangen te slaan en van vertwijfeling de huid van haar botten te trekken. Het was weer zover. Waarom eigenlijk hoopte ze in perioden van rust telkens weer dat de ziekte haar nu definitief met rust liet?

Dat de ziekte het onderspit had gedolven en besloten had genoegen te nemen met wat ze inmiddels al had aangericht? Misschien dat God – of wie er ook achter zat – de lol er niet meer van inzag of eindelijk tevreden was met zijn verwoesting en naar een ander slachtoffer ging omzien. Die hoop was altijd nog vals gebleken. Met tussenpozen van een paar weken – in de beste gevallen wel eens twee of drie weken – brak van de ene dag op de andere de acne uit. Achterbaks genoeg, liet hij haar rug, buik en benen ongemoeid, maar concentreerde hij zich volledig op haar gezicht en hals. Juist daar waar Cathérine die lelijke etterpuisten met geen mogelijkheid kon verbergen, leefde hij zich uit. Enkele dagen lang weelde hij tierig en ebde daarna langzaam weg, met achterlating van littekens, kraters, bobbels, rode plekken en ondefinieerbare vlekjes. Cathérine leed al vanaf haar dertiende jaar aan deze ziekte, en nu, op haar tweeëndertigste, zag haar gezicht eruit alsof ze het slachtoffer was geworden van een wrede aanslag. Ze was mismaakt, ook in de perioden waarin de acne rustte. Dan kon ze het met dikke lagen make-up en poeder in ieder geval enigszins camoufleren, maar in de acute fase had dat geen zin en werd het er juist erger door.

De jeuk in haar gezicht en de benauwende muren van haar sombere, oude woning maakten haar algauw dermate nerveus, dat ze besloot ondanks alles naar buiten te gaan en in een café aan de havenpromenade te ontbijten. In haar woning – in een van de nauwe, donkere steegjes van de binnenstad van La Ciotat – hing zo'n drukkende sfeer dat ze het er soms niet uithield. In de zomer, als het land kreunde onder de hitte, konden de schaduw en de koelte er nog wel aangenaam zijn, maar in de herfst en de winter heerste er een stemming van diepe neerslachtigheid.

Ze trok een dunne mantel aan en sloeg een sjaal om haar hals, die ze omhoogtrok in een poging haar kin en mond zo goed en zo kwaad als het ging te bedekken. De steeg waarin ze naar buiten kwam was vochtig en er was weinig licht. De huizen stonden dicht tegenover elkaar en schenen naar elkaar toe te hellen. Er viel een fijn maar gestaag regentje. Met snelle passen en gebogen hoofd haastte Cathérine zich door de straten, waar op deze vroege ochtend en bij dit slechte weer gelukkig nauwelijks mensen waren. Een bejaarde man kwam haar tegemoet en staarde haar aan. Ze merkte dat haar sjaal verschoven was. Ze wist hoe afstotelijk haar huid eruitzag. Ze kon het de mensen eigenlijk niet kwalijk nemen dat ze terugdeinsden.

Ze haalde opgelucht adem toen ze de laatste huizenrij verliet en de zee voor zich zag. Traag en grauw als de hemel klotste hij tegen de kademuren, zonder de schittering die er anders overheen lag. De enorme kranen in de haven verhieven zich tegen de achtergrond van de Adelaarsrots; overblijfselen uit de oorlog, door de nazi's neergezet en zo solide verankerd dat het een vermogen zou kosten om ze te verwijderen. Dus bleven ze daar staan en zorgden er met hun stalen lelijkheid voor dat La Ciotat nimmer een aantrekkelijk toeristenstadje aan de Middellandse Zee zou worden en waaraan altijd de indruk van een grauwe industriestad zou blijven hangen.

Een lelijke stad, dacht Cathérine, als het ware geschapen voor een lelijke vrouw.

Ze ging het Bellevue binnen, schuin tegenover de haven, het enige café dat op zondag al zo vroeg open was. Ze kende Philipe, de baas van het café, al jaren, dus daar kon ze haar toegetakelde gezicht gewoon laten zien. Ze ging in een van de achterste hoeken zitten en trok de sjaal van haar hals.

'Een café crème,' zei ze, 'en een croissant.'

Philipe keek haar medelijdend aan. 'Het is weer helemaal mis, hè, vandaag.'

Ze knikte en deed haar best een luchtige toon aan te slaan. 'Je kunt er niks aan doen. Het heeft zijn eigen ritme. Ik ben weer de pineut.'

'Ik ga nu meteen een lekkere kop koffie voor je halen,' zei Philipe ijverig, 'en mijn grootste croissant.'

Hij bedoelde het goed, maar zijn overduidelijke medelijden deed haar pijn. Er waren maar twee mogelijkheden waarop de mensen met haar omgingen: vol medelijden of vol afschuw. Soms wist ze niet wat ze erger vond.

Het Bellevue had een overdekt terras aan de straat, dat in het koude seizoen aan de voorkant met een doorzichtige wand van kunststof afgeschermd was. Cathérine kon op straat kijken, waar het langzamerhand wat drukker werd. Twee joggende vrouwen met een watervlug hondje holden langs. Af en toe reed er een auto voorbij. Een man met een enorme baguette onder zijn arm sloeg af in de richting van het centrum. Cathérine stelde zich voor dat zijn vrouw en kinderen hem thuis vol verlangen opwachtten. Zou hij een groot gezin hebben? Maar misschien woonde hij alleen maar samen met een vriendin, een mooie, jonge vrouw, die nog in bed lag te slapen en die hij met een ontbijtje wilde verrassen. Ze hadden vannacht de liefde bedreven en de ochtend erna was vredig en ze hadden nauwelijks in de gaten dat het regende. Waarschijnlijk had de vrouw rozige wangen en keek hij haar bewonderend en verliefd aan.

Ze haatte dat soort vrouwen!

'Je koffie,' zei Philipe, 'en je croissant!'

Met veel zwier zette hij beide voor haar neer en keek toen zorgelijk naar buiten. 'Het blijft een regenachtige dag,' voorspelde hij.

Ze roerde een eenzaam klontje suiker door haar eenzame kopje en merkte dat Philipe nog iets wilde zeggen. Ze hoopte dat hij het niet zou doen, omdat het alleen maar weer pijn zou doen.

'Wat je gezicht betreft,' sprak hij verlegen, zonder dat hij haar daarbij kon aankijken, 'ik bedoel, wat zeggen de artsen daarvan? Je loopt toch zeker bij een dokter?'

Ze had een vinnig antwoord op de lippen, maar ze slikte het in. Philipe had geen schuld aan haar ellende, en bovendien wilde ze geen mot met hem. Als ze niet meer naar zijn kroeg kon, had ze buiten haar eigen woning geen enkel aanloopadres.

'Natuurlijk,' zei ze, 'ik ben al bij tig artsen geweest. Ik geloof dat er nauwelijks iets is wat ze niet hebben geprobeerd. Maar...' ze haalde haar schouders op, 'ze kunnen niets voor me doen.'

'Dat bestaat toch niet,' begon Philipe heftig. 'Dat een vrouw er zo bij moet lopen... Ik bedoel maar, ze kunnen naar de maan vliegen, een hart transplanteren... maar zoiets kunnen ze niet behandelen!'

'Toch is het zo,' zei Cathérine. Wat wilde hij eigenlijk voor antwoord op zijn opmerkingen horen? 'Ik kan alleen maar hopen dat er ooit een dokter is die een manier vindt om me te helpen.'

'Waar komt het eigenlijk door?' Philipe had inmiddels een drempel overwonnen, staarde haar onverholen aan en beet zich in het onderwerp vast. 'Er moeten theorieën over bestaan!'

'Er zijn heel veel theorieën over, Philipe. Heel veel.' Ze zag dat er een vrouw met twee kinderen was binnengekomen en ze hoopte vurig dat Philipe zich nu tot zijn nieuwe gasten zou wenden. 'Het zal allemaal wel loslopen,' zei ze op een besliste toon en was het liefst in huilen uitgebarsten. Haar gezicht brandde alsof het in vuur en vlam stond.

'Niet het hoofd in de schoot leggen,' zei Philipe, en liet haar eindelijk met rust. Ze haalde diep adem. Op dit moment neigde ze ertoe medelijden erger te vinden dan afschuw.

De twee kinderen keken in haar richting. Ze waren misschien acht en negen jaar, twee mooie meisjes met donkere krullen en enigszins ontevreden gezichten.

'Wat heeft die vrouw?' vroeg de jongste van de twee en trok haar moeder aan haar mouw. 'Mama, wat is er met haar gezicht?'

De moeder vond die luidkeelse vraag van haar dochter zichtbaar pijnlijk. Ze siste tegen haar dat ze haar mond moest houden. 'Zit niet de hele tijd zo te kijken, dat hoort niet. Je mag niet zo bot zijn tegen die arme vrouw.'

Haar gezicht begon nog heviger te gloeien. Ze durfde niet meer van haar kopje koffie op te kijken en had geen trek meer in haar croissant. Maar ze hoefde ook niet meer te huilen. Ze voelde de haat weer opkomen, die haar treurigheid zo dikwijls begeleidde. De haat jegens alle gezonde, mooie mensen. De mensen die bemind en begeerd werden, die van hun leven konden genieten.

Waarom, mompelde ze onhoorbaar, waarom toch?

'Mag ik bij je komen zitten?' vroeg een mannenstem. Ze keek op. Het was Henri, en hoewel hij haar langer kende dan wie ook, kon hij toch één tel de schrik vanwege haar gezicht niet verbergen.

'Ach, Cathérine toch,' zei hij hulpeloos.

'Ga zitten!' Ze wees naar de stoel tegenover haar. Ze voelde het meer dan dat ze het zag, dat de moeder van die twee nieuwsgierige meisjes intussen zowel geboeid als verrast in haar richting keek. Henri was een heel knappe man om te zien. Niet het soort man die je haar zou toedichten. En dat hij haar neef was, stond niet op zijn voorhoofd te lezen.

'Ik was daarnet bij je aan de deur,' vertelde Henri, 'maar toen je daar niet was, besloot ik even hier te gaan kijken.'

'Andere mogelijkheden zijn er immers bijna niet.' Ze schoof de croissant naar hem toe. 'Hier, eet maar op. Ik heb geen trek.'

'Maar je moet...'

'Ik moet hem niet. Eet hem op, of laat hem staan.'

Hij begon ervan te eten als iemand die uitgehongerd is. 'Waarom ben je al zo vroeg op de been?' vroeg ze.

'Dat kun je zelf wel bedenken. Ik heb de afgelopen nacht geen oog dichtgedaan.'

'Henri, ik...'

'Nee.' Hij legde haar met een handgebaar het zwijgen op. 'Ik wil er niet over praten.'

'Waar is Nadine?'

'Ze is gisteren in de vooravond weggegaan, maar ze werd vanochtend vroeg naast me wakker. Daarna is ze meteen naar haar moeder gereden.'

'Heb je met haar...'

Zijn bleke, vermoeide gezicht was als van steen. *'Ik wil er niet over praten!'*

'Oké. Oké.' Ze begreep dat het nu geen zin had. Op een gegeven moment zou hij zijn mond wel open willen doen en dan zou hij bij haar komen. 'Wat zie je er ellendig uit,' zei ze alleen maar zachtjes.

'Ik heb je hulp nodig. Zou je me vandaag in de keuken willen helpen? Zoals ik al zei, is Nadine bij haar moeder en ik ben bang dat de zaak vandaag afgeladen vol is met dit weer. Dat red ik niet in mijn eentje. Ik weet dat je vrijdag ook al hebt geholpen, maar...'

'Geen probleem. Ik zou je gisteravond ook hebben geholpen. Als Nadine er niet was zul je wel in de problemen zijn gekomen. Waarom heb je niet gebeld?'

'Dan had je er met me over willen praten... en dat wilde ik niet.'

'Wanneer wil je dat ik kom?'

'Kun je vanaf elf uur?'

Ze glimlachte bitter. 'Heb je ooit meegemaakt dat ik niet kon? Ik zit er immers om te springen dat iemand me nodig heeft.'

Hij zuchtte en zijn gezicht verried oprecht verdriet. 'Ik heb je teleurgesteld, ik weet het. Ik was te zwak. Je hebt geen idee hoe vaak ik wens en gewenst heb...'

'Wat, dat je alles anders had gedaan?'

'Als de mens die ik ben had ik het nooit anders kunnen doen. Zwakheid is een deel van mijn leven, van mijn karakter, een structureel onderdeel van mijn wezen. Daarom gaan mijn wensen heel wat verder. Ik wou dat ik een ander mens was. Niet Henri Joly uit La Ciotat. Maar... ik weet niet... Jean Dupont uit Parijs!'

'Wie is Jean Dupont uit Parijs?'

'Die heb ik gewoon verzonnen. Jean Dupont is manager van

een groot bedrijf. Hij is eerzuchtig, tamelijk gewetenloos, een keiharde onderhandelaar, eerder gevreesd dan bemind, maar iedereen probeert bij hem in het gevlij te komen. Hij zit in de directie en men dicht hem grote kansen toe op een gegeven moment directievoorzitter te worden. Hoe vind jij Jean?'

Cathérine glimlachte, en deze keer was het een zachte glimlach, waardoor haar gezicht een uitdrukking kreeg die verried hoe ze eruit had kunnen zien zonder die ziekte en zonder de diepe verbittering in haar gelaatstrekken. Ze had een heel bijzondere vrouw kunnen zijn, en dan was het de mensen misschien opgevallen hoe mooi haar ogen waren.

'Ik mag die Jean niet,' zei ze, 'integendeel, ik denk dat ik hem ontzettend onsympathiek vind. Dat komt misschien doordat Henri me zo na aan het hart ligt en ik hem geen greintje anders zou willen hebben dan hij is.'

Henri kreeg ongevraagd koffie geserveerd. Die dronk hij zwart, zonder melk en suiker, zoals altijd. Cathérine wist al jaren hoe hij zijn koffie dronk: heel sterk en bitter. Ze droomde er soms van hoe het zou zijn als zij 's morgens koffie voor hem zette, met hem aan het ontbijt zat en hem een kop koffie inschonk. Dan zou ze een stuk stokbrood voor hem opensnijden en er boter en honing opsmeren. Hij was dol op stokbrood met honing. Ook die voorliefde kende ze.

Hij sloot aan bij de laatste zin die ze gezegd had. 'Die Henri, die jij niet anders zou willen hebben... die heeft je zwaar teleurgesteld...'

Ze weerde dat direct af en gebruikte onwillekeurig zijn eerdere woorden: 'Ik wil er niet over praten. Alsjeblieft niet!'

'Goed dan.' Hij dronk in een paar slokken zijn koffie op, schoof zijn kopje van zich af, legde een paar francs op tafel en stond op. 'Tot straks dus? Bedankt alvast, Cathérine.' Hij streek haar vluchtig over haar haren voor hij het café uitliep. De moeder in de andere hoek staarde hem na. Zoals alle vrouwen hem altijd nastaarden.

En ik, dacht Cathérine troosteloos, heb ooit écht gedacht dat hij met mij zou trouwen.

3

Nadine had tien minuten na haar aankomst al spijt dat ze naar haar moeder was gereden. Zoals altijd voelde ze zich niet beter maar slechter, en ze vroeg zich af waarom ze een bekende fout zo hardnekkig bleef herhalen.

Overigens was zij vandaag misschien niet helemaal toerekeningsvatbaar. Het was duidelijk dat ze iets ondoordachts had moeten doen en er hadden haar misschien wel erger dingen kunnen overkomen dan in het mistroostige huis van haar moeder te belanden.

Hoe vaak had ze niet op haar ingepraat om weg te gaan uit dat afgelegen, kleine huis in Le Beausset. Wat hield haar vast in die bouwval, die langzaamaan volslagen overwoekerd werd door de enorme, verwilderde tuin? Het huis lag in een soort ravijn en vanuit de ramen had je geen ander uitzicht dan hoge, steile rotsen die tot in de hemel reikten en elk ander zicht belemmerden. Het ravijn was bovendien dichtbebost en zelfs op heldere zomerdagen beklemmend donker. Op zo'n verregende herfstdag als deze was het hier het toppunt van troosteloosheid.

In de keuken was het koud en rook het naar een of andere bedorven etenswaar. Nadine hield haar warme jack aan en kroop steeds meer in elkaar, maar ze kreeg het toch niet warm. De oeroude stenen muren schermden in de zomer de hitte dermate afdoende af, dat het binnenshuis altijd vochtig en donker bleef. In de herfst en de winter moest er altijd een vuur in de grote stenen haard in de keuken branden, opdat de bewoners zich enigszins prettig konden voelen. Maar in Nadines kindertijd was dat al zelden het geval geweest. Haar vader was op grond van zijn talloze buitenechtelijke affaires bijna nooit thuis geweest en haar moeder had geklaagd en ruziegemaakt, en was meestal te overspannen geweest om zich nog druk te kunnen maken om bijzaken als een brandend fornuis. Op haar twaalfde had Nadine al besloten dat ze zo snel mogelijk bij haar familie weg wilde.

Ook vandaag keek ze om zich heen en dacht vol bitterheid: zo mag je een kind niet laten opgroeien.

Marie Isnard kwam met de koffiepot bij de tafel staan. 'Hier, kind, dat zal je goed doen.' Ze nam haar dochter bezorgd op. 'Wat zie je wit. Heb je wel geslapen vannacht?'

'Niet zo goed. Misschien komt het door het weer. Ik heb er altijd moeite mee als de zomer in de winter overgaat. Dat is niet mijn beste tijd.'

'Het is vandaag wel heel erg slecht,' beaamde Marie. Ze zat in haar badjas, Nadine had haar in bed aangetroffen. 'Maar met Henri is toch alles in orde, hè?'

'Hij is nog altijd even saai.'

'Ach, na vijftien jaar... dan is geen enkele relatie meer opwindend.'

Marie kwam ook aan tafel zitten en schonk koffie voor zichzelf en haar dochter in. Ze had zich niet gewassen, ook niet gekamd, en zag eruit als iemand van halverwege de zestig in plaats van vijftig. Ze had opgezwollen ogen, maar Nadine wist dat haar moeder niet aan de drank was, dus die afhangende oogleden en dik opgezette traanklieren konden niet door dergelijke uitspattingen veroorzaakt zijn. Marie zou wel weer urenlang hebben gehuild. Op een dag huilde ze zich nog eens de ogen uit haar hoofd.

'Moeder,' zei Nadine, 'waarom ga je niet eindelijk weg uit dit huis?'

'Daar hebben we het al zo vaak over gehad. Ik woon hier al meer dan dertig jaar. Waarom zou ik daar nog iets aan veranderen?'

'Omdat je op je vijftigste nog geen oude vrouw bent die als

een kluizenares moet leven. Je kunt nog heel veel van je leven maken.'

Marie streek met de gespreide vingers van haar linkerhand door haar haren. Haar kortgeknipte, nog bijna zwarte krullen stonden als een ragebol overeind. 'Kijk me eens aan! Wat zou ik nog van mijn leven moeten maken?'

In feite was ze nog best een aantrekkelijke vrouw, daar deden zelfs haar onverzorgde uiterlijk en opgezette ogen niets aan af. Nadines moeder, dochter van een wijnboer uit Cassis, was ooit een van de mooiste meisjes van de streek geweest en terecht, zoals uit de foto's bleek. Sensueel, blijmoedig, daadkrachtig en stralend. Geen wonder dat de even sensuele en begeerlijke Michel Isnard verliefd op haar werd en haar zwanger maakte toen ze nog maar net zeventien was. Op heftig aandringen van Maries vader trouwden ze en moesten ze ook een onderkomen zoeken voor zichzelf en baby Nadine.

Nadine had het haar vader nooit vergeven dat hij zich in die tijd opeens in zijn hoofd haalde een romantische, oude bouwval midden in de eenzaamheid te betrekken. Marie vertelde altijd dat hij opeens begon te dwepen met een groot stuk land met geiten en kippen, en een huis dat de bekoring van lang vervlogen tijden ademde...

En zo waren ze aan het krakkemikkige huis in Le Beausset gekomen. Michel verkondigde dat hijzelf de verbouwing binnenshuis op zich zou nemen en er een mooi en gezellig thuis van zou maken. Bij die intentieverklaring bleef het hoofdzakelijk. Michel liep toch al nooit warm voor fysieke arbeid. Hij ging intensiever dan ooit aan de slag in zijn antiekwinkeltje in Toulon, bleef hele dagen weg en ten slotte ook halve nachten. Jaren later begreep Nadine pas dat hij zich in de late uurtjes voornamelijk vermeide met jonge en aantrekkelijke vrouwelijke toeristen, en de kroegen, discotheken en bedden afwerkte. In die tijd begon Marie 's nachts haar kussens nat te huilen en eigenlijk was ze daar nooit meer mee opgehouden. Zij zorgde voor de immense tuin, voor de kippen en de geiten die Michel zo nodig had moeten hebben en voor het kleine meisje, dat de reden was waarom ze begin twintig al door verdriet getekend aan een ongelukkig huwelijk vastzat.

Ze hadden geen stromend water, geen stroom en slecht sluitende ramen. Michel had een aanvang gemaakt met de aanleg van een badkamer, maar er halverwege de brui aan gegeven. Er zaten slechts een paar tegels tegen de wand, de lemen vloer was maar voor de helft met tegels bedekt. Toen Nadine zes was, kwam hij opeens trots met een spiegel thuis, een spiegel in een mooie antieke lijst.

'Voor jou,' zei hij tegen Marie, die al twee nachten lang niet had geweten waar hij uithing en dikke ogen had, 'voor je badkamer.'

Dat was de eerste en enige keer dat Nadine haar moeder als een furie meemaakte. Marie had haar man aangestaard alsof ze verbijsterd was over wat hij zojuist had gezegd of niet begreep hoe hij haar zo onschuldig kon toelachen. Toen pakte ze de spiegel met beide handen vast en smeet hem uit alle macht op de stenen vloer van de keuken. Het glas en de lijst sprongen in duizend stukken.

'Doe dat niet nog eens!' gilde ze, terwijl de aderen op haar voorhoofd opzwollen en haar stem oversloeg. 'Waag het niet me nog een keer zo te beledigen! Houd je troep bij je! Ik wil geen cadeautjes, ik wil niks! Niet van jou! Ik heb geen behoefte aan die stomme grijns en dat geleuter, allemaal dingen die niks waard zijn!'

Nadine was naar haar kamer gevlucht en had haar handen tegen haar oren gedrukt. Op zeker moment, toen het allang stil was geworden in het huis, had ze weer tevoorschijn durven komen en was ze de keuken ingeslopen. Marie zat aan de tafel met haar hoofd in haar handen te huilen. Om haar heen lag een berg scherven van de gebroken spiegel. Van Michel was niets te bekennen.

'Mama,' zei ze zachtjes, 'wat was er nou? Waarom was je niet blij met papa's cadeau?'

Marie keek, op en Nadine vroeg zich voor het eerst af hoe haar moeder eruitzag als ze niet had gehuild.

'Dat snap jij nog niet,' zei ze, 'daar ben je nog te klein voor. Op een dag zul je het wel begrijpen.'

En Nadine had het op een zeker ogenblik ook begrepen. Ze had begrepen dat er aldoor andere vrouwen in het leven van haar vader waren, dat hij een losbol was, die aan zijn grillen toegaf als het hem zo uitkwam, dat hij achteloos van de ene dag in de andere leefde en zelden aan andere mensen dacht. Hij was met het mooiste meisje tussen Toulon en Marseille getrouwd, maar zij joeg hem de deur uit met haar voortdurende gegrien, verwijten en gezanik.

Toen Nadine veertien was, wilde ze niets liever dan het leven dat ze leidde eindelijk vaarwel zeggen. In die tijd werd Michel verliefd op de eigenares van een boetiek in Nice en trok van de ene dag op de andere bij haar in. Hij verpachtte zijn antiek-winkel en vertelde aan iedereen, of hij het horen wilde of niet, dat hij de vrouw van zijn leven had gevonden. In het begin ver-scheen hij nog wel eens bij de school van Nadine om haar op te halen en mee te nemen naar een café, of om ergens te gaan eten, en vertelde haar dan in overenthousiaste bewoordingen hoe goed het hem was gegaan in zijn leven. Maar dat contact werd steeds zeldzamer en ten slotte liet hij zich helemaal niet meer zien.

Nadine bestookte Marie in die tijd met opmerkingen dat ze moest gaan scheiden en eindelijk in een leuk huis aan zee moest gaan wonen. 'Het is toch afgrijslijk! Je verzuurt hier! Er is hier niets te doen en het huis is gewoon verschrikkelijk. En waarom zou je aan een man gebonden blijven die je alleen maar teleur-gesteld en bedrogen heeft?'

Maar al die jaren van frustratie en ononderbroken huilen had-den Marie al haar krachten gekost. Ze bracht de energie niet meer op om verandering in haar leven te brengen. Ze nam genoegen met het huis, met de eenzaamheid, met alle onvervulde beloften waarvan het in haar leven wemelde. Wat overigens niet betekende dat ze ophield met huilen. Ze nam ook de tranen op de koop toe, die waren een vast bestanddeel van haar dagelijks bestaan. Nadine had wel eens het idee dat haar moeder huilde zoals een ander rookte, dronk of zich aan een andere slechte gewoonte te buiten ging. Zodra ze klaar was met haar werk, of als ze alleen maar haar werk onderbrak om even uit te rusten, ging ze aan de keukentafel zitten huilen. Na een tijdje stond ze dan weer op en ging verder met haar werk.

Op haar achttiende ging Nadine van school af en was ze alles hartgrondig beu. Het lelijke, afbrokkelende huis dat alleen nog provisorisch overeind werd gehouden; het eeuwige geldgebrek, dat voortkwam uit het feit dat Marie geen werk had en aangewezen was op de onregelmatige alimentatie van Michel en op wat Maries vader hen toestopte, waar ze ook nog lang om moest smeken; de tranen van haar moeder en de dagelijkse, troosteloze eentonigheid.

Ze dacht vaak dat ze nooit met Henri getrouwd zou zijn als het haar niet de enige kans had geleken om het stof van thuis van haar voeten te schudden.

'Weet je, kind,' zei Marie opeens, 'jij geeft mij aldoor raad over wat ik zou moeten doen om gelukkiger te worden, maar de waarheid is gewoon dat ik mijn leven heb gehad. Maar jij hebt het nog voor je liggen!'

'Ik ben drieëndertig!'

'Dan staat alles nog voor je open, echt. Maar dan moet je het slimmer aanpakken dan ik. Met drieëndertig had ik een bijna volwassen dochter, was ik door mijn man in de steek gelaten, nadat hij me jarenlang het leven tot een hel had gemaakt. Maar...'

'Heel juist,' onderbrak Nadine haar, 'je dochter was bijna volwassen. Je was vrij. Maar je hebt geen vin verroerd.'

Marie zette de beker koffie, die ze juist naar haar mond had willen brengen, met een klap op tafel.

'Je vader,' zei ze heftig, 'heeft langzaam alle daadkracht, energie en levensvreugde uit mijn botten gezogen. Hij heeft me verwoest. Op mijn drieëndertigste was ik verbitterd en moedeloos, een paar jaar later was ik een oude vrouw. Maar bij jou is dat anders. Jij bent gelukkig met Henri. Hij is een geweldige man. Hij draagt je op handen, al van het begin af aan. Er is geen reden waarom je...'

'Nou? Wat wil je zeggen?'

'Je ziet er miserabel uit, om het maar eens eerlijk te zeggen. Dat viel me bij je vorige bezoek al op en dat is bijna acht weken geleden. Het was toen schitterend weer en van een overgang naar de herfst was nog geen sprake. Desondanks trek je een gezicht als een doodgraver. Wat is er toch met je? Je hebt rimpels om je mond die andere mensen over tien jaar pas krijgen.'

'Ach jemig, mam!' Nadine stond op. Ze was de laatste weken erg afgevallen en wist dat ze er ontzettend broos uitzag. De afgelopen nacht had haar van al haar krachten beroofd. Ze was vertwijfeld en had geen enkele hoop. 'Zit me niet opeens zo op mijn huid, mam. Je hebt vroeger nooit ergens naar gevraagd, waarom dan nu ineens wel?'

'Heb ik vroeger nooit ergens naar gevraagd? Ik heb altijd willen weten hoe het met je ging. Ik heb er aldoor naar gevraagd. Ik vind niet dat je me kunt verwijten...'

Nadine merkte dat ze hoofdpijn kreeg. Haar moeder was helemaal geen domme of begriploze vrouw, maar dat ze persoonlijk had gefaald in het leven van haar dochter zou ze niet begrijpen.

'Moeder, ik wil je helemaal niets verwijten. Maar dat vragen hoe het met me ging bleef beperkt tot het bekende "en, hoe gaat het?" en dan zei ik "goed, hoor" of "het gaat wel". Echt doorvragen deed je niet.'

Marie leek een beetje perplex. 'Maar je leek altijd gelukkig te zijn!'

Nadine glimlachte zuur. 'Gelukkig! Je weet dat ik zolang ik leef niets anders wilde dan uit Le Beausset te vertrekken. Uit dat gat hier, waar jij je hebt laten opsluiten en dat voor mij ook een gevangenis was. En hoever ben ik gekomen? Tot Le Liouquet in La Ciotat! Verdomd ver, nietwaar? Tot een idiote keuken met een nog idiotere pizzaoven. Denk je soms dat ik dáár al die jaren in dit ravijn van heb zitten dromen?'

'Maar Henri dan...' begon Marie opnieuw zwakjes.

Nadine liet zich weer op haar stoel zakken. 'Hou op over mij en Henri,' zei ze. 'Hou in godsnaam op over mij en Henri.'

En toen deed ze wat ze haar moeder altijd zag doen: ze legde haar hoofd in haar handen en begon te huilen. Wat praktisch nooit voorkwam bij Nadine.

Maar nu snikte ze zo bitter, dat het leek alsof er een of andere pijn in haar zat die haar opvrat en niets anders van haar overliet dan een zee van tranen.

4

Laura kwam even na zevenen van het joggen terug. Ze zette thee en nam haar kopje mee naar de badkamer, waar ze uitgebreid douchte, haar haren föhnde, zich zorgvuldig opmaakte en ten slotte zelfs haar teennagels lakte. Waarom ze op deze zondagmorgen zoveel aandacht aan haar uiterlijk besteedde, wist ze ook niet. Normaal nam ze het juist op zondag niet zo nauw en liep ze tot 's avonds nog in haar joggingbroek en sweatshirt rond. Maar dit was een uitzonderlijke situatie, vond ze. Ze voelde zich abnormaal slap en ging op zoek naar dingen om zich aan vast te houden. Ze wilde er goed verzorgd uitzien, zodat er tenminste nog íéts in orde was. Haar wereld stond op losse schroeven: ze was voor het eerst naar bed gegaan zonder met Peter te hebben gepraat.

En ze had de afgelopen nacht geen oog dichtgedaan.

Het werd haar ineens duidelijk hoe afhankelijk ze was van bepaalde rituelen, van hém en van dit huwelijk. Haar totale gemoedsrust stond of viel ermee dat het goed was tussen Peter en haar. Ze moest absoluut andere prioriteiten gaan stellen om de boel in balans te krijgen. Alles draaide om Peter: Hij bepaalde of zij met zichzelf in harmonie was.

Gedoucht, geföhnd, opgemaakt en aldus tevreden over haar uiterlijk was ze in de keuken eieren gaan bakken, maar had die vervolgens in de afvalbak gegooid, omdat alleen de gedachte aan eten haar al beroerd maakte. Om half tien had Peter nog niet gebeld.

'Dit is niet normaal,' zei ze zachtjes tegen zichzelf.

Boven in haar kamer begon Sophie te kraaien. Toen Laura binnenkwam stond ze rechtop in haar ledikant met spijltjes en stak haar armpjes naar haar moeder uit. Het was haast belachelijk zoveel als Sophie op haar vader leek. Die wijd uit elkaar staande, grijsgroene ogen, rechte neus en die brede, stralende glimlach had ze van hem. Laura herkende niets van zichzelf in haar kind.

'Als ik niet zeker wist dat ik de moeder ben...' zei ze wel eens bij wijze van grap. Het had haar nooit wat uitgemaakt dat ze Peters evenbeeld ter wereld had gebracht. Maar vandaag stak het haar voor het eerst een beetje, hoewel ze het niet kon verklaren.

Ze nam Sophie mee naar beneden en gaf haar te eten. De kleine meid had het naar haar zin, ze lachte en probeerde alles te pakken te krijgen wat bij haar in de buurt stond.

Het was vijf voor tien en Laura zat haar nog te voeren, toen de telefoon ging.

De opluchting was zó onbeschrijflijk dat het haar bijna schokte. Ze had zo naar dat geluid verlangd dat ze, nu ze het eindelijk hoorde, haast in tranen uitbarstte. Met Sophie op de arm liep ze snel naar het toestel.

'Mijn god, Peter, wat is er toch aan de hand?' vroeg ze.

Voor de tweede keer binnen twaalf uur bleef het verbouwereerd stil aan de andere kant. Gelukkig was het nu Britta niet, maar Laura's vriendin Anne.

'Ik snap niet goed wat er zo tragisch aan is als Peter een keertje niet belt,' vond Anne nuchter, toen Laura alles had verteld. 'Maar als je het zó erg vindt, dan zou ik hem het vuur na aan de schenen leggen. Hij kent je lang genoeg om te weten dat hij je kwetst met zulk gedrag. Houd dan ook maar geen rekening met hem. Bel zijn nummer elke minuut. Op een gegeven moment reageert hij wel.'

'Dat héb ik al geprobeerd. Ik kan alleen maar bedenken dat hij het om de een of andere reden niet hoort. En daar maak ik me juist zorgen om.'

'Of hij hoort het wel en wil niet opnemen,' zei Anne. Toen die woorden waren gevallen drong het tot Laura door dat zij die mogelijkheid al de hele tijd liep te overwegen en het daarom juist zo verontrustend vond.

'Dat zou hij niet doen,' zei ze, 'waarom zou hij?'

'Ik begrijp een heleboel dingen niet van hem, dat weet je best,' zei Anne, die er nooit een geheim van had gemaakt dat ze Peter bepaald niet mocht. 'Misschien beschouwt hij die zeiltocht werkelijk als zíjn week,' opperde ze. 'Alleen met zijn vriend op het schip. Hij wil die tijd helemaal voor zichzelf hebben. Zich weer eens helemaal vrij voelen, zonder ergens last van te hebben.'

'Dus hij heeft last van mij?' vroeg Laura gepikeerd.

Anne zuchtte. 'Ik denk dat je heel goed weet hoe ik dat bedoel. Je wilt ook wel eens iets zonder je partner doen. Met een vriend of een vriendin samen.'

'Maar ik...'

'Bij jou is dat anders, dat weet ik.' Dat klonk helemaal niet verwijtend, wat Laura zeer in Anne waardeerde. Vroeger, toen ze samen naar de fotografieopleiding gingen, en ook later, toen ze hun eerste opdrachten kregen en ervan droomden op zeker moment te gaan samenwerken, ondernamen ze samen voortdurend bepaalde dingen. Toen Peter zijn intrede in Laura's leven deed, was dat in één klap veranderd. Laura dacht dikwijls dat Anne er alle reden toe had gehad de vriendschap te verbreken, en ze was haar dankbaar voor de trouw waarmee zij nog altijd aan haar kant stond.

'Je bent op Peter gefixeerd, daarbuiten bestaat er niets meer,' ging Anne verder, 'maar hoe weet je of dat bij hem ook zo is? Misschien denkt hij er anders over en wordt dat... beknellende van jou hem af en toe te veel.'

'Ik beknel hem niet! Hij kan doen en laten wat hij wil. Hij leeft voor zijn beroep en daar heb ik hem nog nooit bij lastiggevallen!'

'Je wacht te veel op hem. Je gaat hem hunkerend tegemoet als hij binnenkomt. Je belt hem veel te vaak op kantoor. Dinsdag op z'n allerlaatst wil jij al weten hoe en waar je samen het weekend door gaat brengen. Hij moet je iedere seconde van zijn leven beloven. Heb je er wel eens bij stilgestaan dat hij dat als beknellend zou kunnen ervaren?'

Laura zweeg. De woorden van haar vriendin galmden na in haar oren. Ten slotte zei ze zachtjes: 'Het duurt soms allemaal te lang voor me...'

'Je had niet moeten stoppen met werken,' zei Anne.

'Dat wilde Peter absoluut.'

'Toch was het verkeerd. Je had ervoor moeten knokken. Het was zo belangrijk geweest om iets voor jezelf te houden, een terrein dat van jou is, waardoor je leven buiten Peter om ook nog zin had gehad. Geloof me, dan zou het huwelijk je veel gemakkelijker af gaan en dat zou het ook buitengewoon ten goede komen.'

'Wat zal ik doen?'

Anne stopte even, maar besefte toen dat Laura niet doelde op een nieuw begin in haar beroep, maar weer naar het begin van het gesprek was teruggekeerd.

'Bombardeer hem. Hij had beloofd iets van zich te laten horen, en wat hij nu doet, is ontzettend onterecht. Bel hem op, bel zijn vriend. Bel die kennissen van jullie, waar hij wilde gaan eten. Omsingel hem. En maak hem dan duidelijk hoe je over zijn gedrag denkt. Knal de hoorn op de haak en blijf zelf voor de rest van de week onbereikbaar.' Anne haalde diep adem. 'Dat is mijn advies wat Peter betreft. En wat jou aangaat, kan ik alleen maar zeggen: ga eindelijk weer aan het werk. Het is vijf voor twaalf. Peter zal er vast wel over zaniken, maar op het laatst geeft hij wel toe. Ik ken die kerels, uiteindelijk leggen ze zich bij het onvermijdelijke neer. En mijn aanbod staat nog steeds. Ik kan wel een goede medewerkster gebruiken.'

'Anne, ik...'

'We zijn altijd een goed team geweest. Ik denk nog wel eens aan wat we allemaal van plan waren. Het is er nog niet te laat voor.'

'Ik bel je wel weer,' zei Laura en ze hing op.

5

Christopher Heymann ontwaakte die zondag om half elf als uit een soort coma en de hoofdpijn overviel hem als een kwade vijand die al uren naast zijn bed op de loer had gelegen. Naast zijn bed?

Traag registreerde Christopher dat hij helemaal niet in bed lag. Hij voelde hout onder zijn vingers. Hij had het koud, en toen hij naar de deken tastte, kon hij die niet vinden. De ontzettende hoofdpijn overheerste eerst al het andere, maar langzaamaan begon hij nog meer dingen te voelen. Al zijn botten deden zeer.

'Shit,' fluisterde hij schor.

Een voor een namen de beelden voor zijn ogen vorm aan. Hij

herkende de traptreden die naar boven leidden. De poten van een antiek tafeltje. Een geelkoperen paraplustandaard. Het begin van een witgeschilderde trapleuning...

Het was de gang van zijn eigen huis, in de buurt van de voordeur. Hij lag voorover op de grond vlak achter de deur, had een pneumatische hamer in zijn hoofd, voelde botten waarvan hij nooit had geweten dat ze bestonden en merkte dat hij elk moment kon gaan overgeven.

De telefoon ging. Dat was vermoedelijk al een tijdje zo en daar was hij waarschijnlijk ook wakker van geworden. Het toestel stond in het kamertje met de haard, meteen naast de deur, maar hij had geen idee hoe hij er moest komen. Er woedde pijn in zijn lichaam.

Moeizaam probeerde hij de afgelopen avond te reconstrueren. Hij had gezopen. Hij had zich lam gezopen. In een of ander rottig havencafé in Les Lecques. Welk café ook weer? Het krampachtige nadenken maakte de hoofdpijn nog erger. Dat, en het onophoudelijke gerinkel van de telefoon. Wíe hem ook belde, diegene was wel ontzettend vasthoudend.

Schimmig keerden de beelden terug. De haven. De kroeg. De zee. Het regende gisteravond al en het was tamelijk koel geweest. Hij had whisky gedronken. Hij dronk altijd whisky als hij het leven probeerde te vergeten. Op een gegeven moment had iemand, de ober misschien, hem ertoe willen bewegen op te houden. Hij kon zich herinneren dat hij nogal agressief werd en voet bij stuk had gehouden dat hij bediend wilde worden.

En toen brak de film af. Vanaf een bepaald moment verdween alles in het donker. Hij had geen idee meer wat er was gebeurd. Maar omdat hij in de gang van zijn huis lag, moest hij toch op een of andere manier thuisgekomen zijn. Het duizelde hem bij de gedachte dat hij misschien wel autogereden had. Te voet had hij nooit in La Cadière kunnen komen. Als hij inderdaad achter het stuur was gaan zitten, was het een wonder dat hij nog leefde.

De telefoon was een tijdje stil geweest, maar nu ging hij weer over. Christopher besloot naar het toestel te rollen en de stekker eruit te trekken, anders dreef dat geluid hem nog tot waanzin. Hij richtte zich op, leunde op zijn armen en op dat moment werd hij kotsmisselijk. Hij braakte dwars over de vloer en kroop toen door zijn eigen braaksel naar het donkere kamertje. Vlak voordat hij bij de telefoon was gaf hij nog een keer over. Vaag herinnerde hij zich een andere keer in zijn leven dat hij zich zo beroerd had gevoeld en in de kamer had overgegeven. Toen was hij nog klein, een kind, en zijn moeder had het gezin zojuist meegedeeld dat ze wegging. Voor altijd. Hij was gaan schreeuwen en hij had overgegeven, maar ze was niet te vermurwen geweest. Ze was met snelle passen het huis uitgegaan en had zich niet meer omgedraaid.

Hij veranderde van gedachten en trok toch maar niet de stekker uit de muur. In plaats daarvan hees hij zich omhoog aan de tafel, nam op en liet zich langzaam langs de muur weer op de grond zakken.

'Ja?' zei hij. Hij had eigenlijk gedacht dat hij geen geluid zou kunnen voortbrengen, maar tot zijn verwondering klonk zijn stem weliswaar krakerig, maar toch krachtig. Meer alsof hij verkouden was, niet naar een hevige kater.

Na zoveel jaren in Frankrijk verraste het hem in het begin altijd als hij aan de telefoon in het Duits werd aangesproken. Na een paar tellen herkende hij de stem van Laura. De vrouw van Peter. En hij begreep meteen dat hij al had geweten dat ze zou bellen, en ook dat het feit dat hij het gisteravond op een zuipen had gezet er iets mee te maken had.

'Christopher? Met Laura Simon.' Ze meldde zich met haar volledige naam, wat ze tegen hem anders nooit deed en op nervositeit duidde. 'Goddank dat je er bent! Ik probeer het al een halfuur!'

'Laura. Hoe gaat het met je?'

'Ben je verkouden?' vroeg ze terug, in plaats van antwoord te geven. 'Je klinkt zo vreemd.'

Hij schraapte zijn keel. 'Een beetje. Het is vreselijk weer, hier.'

'Daarom zijn jullie zeker ook niet weggegaan, hè? Peter zei dat jullie vroeg wilden vertrekken.'

'Het komt met bakken uit de hemel.'

'Is Peter bij jou? Ik probeer hem al uren te bereiken. Thuis krijg ik hem niet te pakken, op zijn mobieltje niet...'

Het braken had zijn hoofd een beetje helderder gemaakt. Hij kon haar woorden volgen.

Shit, shit, dacht hij, wat moet ik antwoorden?

'Hier is hij niet,' antwoordde hij korzelig, 'geen idee waar hij zou kunnen zitten.'

Aan de andere kant van de lijn bleef het verbijsterd stil. Toen zei Laura met schorre stem, waaraan hij kon horen dat ze al urenlang dodelijk ongerust was: 'Dat kan toch niet. Hoezo, weet je niet waar hij zit?'

'Het is zoals ik zeg. Wat moet ik er verder van zeggen?'

'Christopher, jullie hadden afgesproken! Jullie zouden gisteravond of op z'n laatst vanochtend vroeg bij elkaar komen en wegvaren. Hoe kun je dan zomaar langs je neus weg zeggen dat je geen idee hebt waar hij zit?'

'Hij is niet op komen dagen,' zei Christopher, 'gisteravond niet en vanmorgen vroeg ook niet.'

Ze hapte naar adem. Zo meteen zou ze schel gaan praten. Vrouwen die opgefokt waren, gingen altijd schel praten.

'En jij doet níéts?' vroeg ze verbijsterd. 'Je beste vriend verschijnt niet op het afgesproken ogenblik en dat interesséért je helemaal niet?'

Als ze eens wist hoeveel koppijn hij had! Had hij nou maar niet opgenomen. Hij kon de situatie helemaal niet aan.

'Wat moet ik dan doen?' bromde hij. 'Peter heeft blijkbaar geen zin om te zeilen. Hij is van gedachten veranderd. Nou ja? Hij is een vrij mens. Hij kan doen en laten wat hij wil.'

Hij besefte dat ze hem voor gek verklaarde.

'Christopher, hij is nota bene vanwege het zeilen naar de Côte gereden! Gisteravond om zes uur heeft hij me nog gebeld. Hij wilde bij Nadine en Henri nog wat gaan eten en daarna meteen gaan slapen om vandaag fit te zijn. Hij heeft mij met geen woord gezegd dat hij van gedachten was veranderd.'

'Misschien heeft hij wat afstand nodig. Van alles. Van jou.'

'Christopher, doe me een lol. Ik ben echt bang dat er iets gebeurd is. Rijd alsjeblieft naar ons huis, je hebt de sleutel. Ga kijken of hij daar is. Misschien is hij onwel geworden of ongelukkig gevallen...' Ze huilde nu bijna. 'Alsjeblieft, Christopher, help me. Help hém!'

'Ik kan er niet heen rijden. Ik heb een promillage in mijn bloed waar een ander aan doodgaat. Ik zit hier te kotsen. Sorry, Laura, maar het gaat niet. Ik haal mijn bed niet eens!'

De verbinding werd met een klap verbroken. Verbaasd keek hij naar de telefoon. Die schat, ze had opgehangen. Preciezer gezegd, ze had de hoorn met zoveel heftigheid op de haak gegooid, dat ze het toestel wel kapot had kunnen slaan. Daar stond hij van te kijken; uitbarstingen van temperament kende hij niet van haar. Gewoonlijk was ze veel te druk bezig met vriendelijk te zijn en door iedereen aardig gevonden te worden.

Arme meid, dacht hij, wat een verdomd arme meid...

Hij liet zich nog verder naar de vloer glijden tot hij weer lag. Het braaksel op zijn kleren stonk godsgruwelijk. Toch zou het nog wel even duren voor hij kon proberen de douche te bereiken. Voor die tijd moest hij nog een beetje slapen...

6

Er heerste die zondag topdrukte bij Chez Nadine. Veel toeristen zaten er om deze tijd van het jaar niet meer aan de Côte, maar zij die er nog wel waren, werden door het slechte weer de restaurants en cafés in gedreven en bleven ook langer hangen dan normaal.

Cathérine en Henri werkten helemaal in hun eentje, want Nadine was inderdaad niet meer op komen dagen, en de hulp die af en toe bij Henri werkte, kwam vanaf 1 oktober niet meer, omdat hij haar dan meestal niet meer nodig had.

Hij had nu dringend behoefte aan een paar handen extra. Elk tafeltje was bezet. De mensen zaten hun frustratie over al die regen weg te eten. Hoewel Henri het niet zei, wist Cathérine waar het eigenlijke probleem uit bestond: Henri had iemand nodig om de tafels te bedienen, maar daar kon hij haar niet voor inzetten.

Met zo'n gezicht kon zij de mensen geen eten brengen. Als de ziekte op zijn hoogtepunt was zou geen mens een maaltijd aannemen die zij voor die tijd had aangeraakt, en als ze eerlijk was kon ze het de mensen ook niet kwalijk nemen. Het zag er immers vreselijk uit en het zou per slot van rekening nog besmettelijk kunnen zijn ook. Ze kon niet aan iedereen gaan uitleggen dat die uitslag haar hoogstpersoonlijke noodlot was en dat ze hem niet op iemand anders kon overdragen.

Henri moest de bediening op zich nemen en tegelijkertijd de pizzaoven en de gerechten op het fornuis in de gaten houden. Normaal was zijn plaats in de keuken en deed Nadine de bediening. Vandaag zat hij in een spagaat tussen deze twee taken. Cathérine kon hem in ieder geval in zoverre ondersteunen dat ze de afwas deed, bergen tomaat, ui en kaas sneed om de pizza's mee te beleggen en op aanwijzing van Henri af en toe in de pannen op het fornuis roerde en erop lette dat er niets aanbrandde. Toch zei ze, toen Henri jachtig de keuken weer binnenjakkerde en er zo moe uitzag, dat haar hart bijna brak: 'Henri, ik vind dit zo erg. Ik ben geen hulp voor je. In feite moet jij alles alleen doen, en...'

Met één stap stond hij naast haar en legde een vinger op haar mond. 'Sst! Geen woord meer. Denk niet steeds zo min over jezelf. Ik dank de hemel dat je er vandaag bent, anders zou ik instorten. Je ziet het...'

Toen draaide hij zich alweer om naar het fornuis, schoof met een ruk een pan opzij, greep hectisch naar de plank met kruiderijen, gooide het een en ander bij elkaar en roerde het om. Cathérine wist dat hij een natuurtalent was in het koken en bakken, en dat hij daardoor ook in extreme stresssituaties overeind bleef. Voor zijn pizza's kwamen de mensen van heinde en verre hierheen.

Zijn korte aanraking had haar knikkende knieën bezorgd. Met trillende vingers sneed ze de uien. Nog steeds. Na al die jaren was ze nog steeds diep geroerd als hij haar aanraakte. Haar ogen vulden zich met tranen en ze trok haar neus op. Henri keek even naar haar. 'Is er iets?'

'Nee.' Ze slikte met moeite haar tranen weg. 'Het komt door de uien.'

Henri liep de keuken uit met een dienblad vol glazen. De openslaande deuren zwiepten achter hem heen en weer. Wat misselijk van Nadine, dacht Cathérine, om hem zó in de steek te laten. En het was godbetert vandaag niet voor de eerste keer.

Del, dacht ze uit de grond van haar hart, goedkope del die je bent!

Op dat moment ging de telefoon.

Eén telefoon stond in de keuken, de andere in de zaak op de bar, maar Cathérine nam aan dat Henri geen gelegenheid had om op te nemen. Zijzelf aarzelde; het kon Nadine zijn, die iets van zich liet horen, en ze wist dat Henri het liefst voor haar geheimhield dat hij zijn nicht in de keuken liet werken. Nadine werd kwaad als ze het hoorde, woedend zelfs.

Toen de telefoon bleef overgaan nam Cathérine vastberaden op. Waarom moest ze zich altijd verstoppen? Per slot van rekening sprong zij bij omdat Nadine verstek liet gaan.

Om de verwachte aanval meteen af te weren, meldde ze zich botweg met 'Cathérine Michaud.' Maar toen ze doorhad hoe gek dat was, voegde ze eraan toe: 'Restaurant Chez Nadine.'

Tot haar opluchting was het Nadine niet. Het was Laura Simon, uit Duitsland. Wat klonk dat verschrikkelijk; ze scheen ontzettend ongerust te zijn.

Nadat ze het gesprek had beëindigd, ging Cathérine even op een keukenstoel zitten en stak een sigaret op. Henri hield er niet van als ze in de keuken rookte, en bovendien hadden de dokters haar geadviseerd met haar vingers van de nicotine af te blijven, want dat zou het ziektebeeld kunnen verergeren, maar ze had af en toe behoefte aan een beetje ontspanning en het ziektebeeld werd er toch niet beter op.

Laura Simon. Ze had Laura en haar man een paar keer bij Chez Nadine meegemaakt als Nadine er niet was en ze weer eens moest bijspringen. Ook was ze hen een keer in het centrum van La Ciotat tegengekomen en hadden ze haar uitgenodigd een kop koffie met hen te gaan drinken. Cathérine had hen allebei aardig gevonden, maar kon er – zoals altijd – niets aan doen dat ze hevig jaloers op Laura was, omdat ze een gelukkig huwelijk had en een mooi gezicht met een gladde huid.

Henri kwam de keuken binnen, fronste even zijn voorhoofd vanwege de sigaret, maar zei er niets van. Cathérine stond op en drukte haar peuk in de gootsteen uit. Henri wiste het zweet van zijn gezicht.

'Wie belde er? Nadine?'

Wat is-ie bang, dacht Cathérine medelijdend.

'Laura,' zei ze, 'Laura Simon, uit Duitsland.'

Ze keek hem scherp aan. Hij vertrok even zijn gezicht en zag er opeens nog valer uit.

'Laura? Wat wilde ze?'

'Ze mist haar man. Ze kan hem nergens bereiken, en het laatste wat ze van hem heeft gehoord, is dat hij hier wilde komen eten. Dat was gisteravond.'

'Dat klopt, hij was hier,' zei Henri. Wie hem kende, kon weten dat hij iets te onverschillig klonk. 'Hij heeft hier een hapje gegeten en is toen weer weggegaan. Tamelijk vroeg.'

'Dan moet je terugbellen om het haar te zeggen, want ze maakt zich ontzettende zorgen.'

'Met mijn informatie zal ze weinig opschieten.' Henri legde twee reuzenpizza's op grote aardewerken borden. 'God, wat zitten ze te schranzen, vandaag! Het is niet bij te houden. Ik bel haar wel, Cathérine. Maar straks. Op dit moment lukt het me gewoon niet.'

7

Toen Laura de sleutel van het kantoor vond, was het al vroeg in de middag en regende het eindelijk niet meer. Ze was als een automaat aan het zoeken geslagen – alsof ze een robot was die een opdracht krijgt en daar zonder vragen te stellen gehoor aan geeft. Het telefoontje naar Christopher had haar heel onzeker gemaakt, en bij Chez Nadine hadden ze haar geen stap verder geholpen. Daarna waren haar knieën gaan knikken en haar handen gaan trillen. Op het laatst was ze gaan zitten en had ze zichzelf streng toegesproken dat ze niet over haar toeren moest raken.

'Ik moet goed nadenken wat ik ga doen,' zei ze hardop.

Het liefst was ze in de auto gestapt en naar het zuiden gereden, maar het was al te laat om nog bij daglicht La Cadière te bereiken. Bovendien leek het haar beter Sophie niet mee te nemen, dus moest ze iemand vinden die op haar kon passen.

'Dan kan ik dus morgen pas weg,' zei ze opnieuw hardop tegen zichzelf. 'En hoe kom ik nu de rest van deze verschrikkelijke dag door?'

Ze begreep dat ze iets moest gaan doen wat haar nader tot Peter bracht, iets wat met hem te maken had. Iets wat, al was het maar in de verte, uitsluitsel kon geven over zijn plotselinge onderduiken – ze noemde het 'onderduiken', want 'verdwijnen' klonk te bedreigend en hield te veel afschuwelijke mogelijkheden in.

Ze keek in zijn kasten, in de vakken van zijn ladekast, zonder dat ze ergens op stuitte wat er anders uitzag dan anders. Ze haalde de secretaire in de werkkamer overhoop, maar die had hij nauwelijks gebruikt, en ze vond er alleen maar dingen in die haar herinnerden aan de tijd toen ze de boekhouding van het kantoor nog deed – oude briefjes met aantekeningen, ringbanden en schriften. Bovendien vielen haar de diploma's en gefiatteerde examenbriefjes van de fotografieopleiding weer in handen, maar die deed ze snel weer in het schuiflaatje terug.

En op een gegeven moment kwam toen het idee bij haar op om naar Peters kantoor te gaan. Daar was hij per slot van rekening dagelijks urenlang. Als ze íéts zou vinden, dan was het wel daar.

Peter had de grote sleutelbos met al zijn sleutels natuurlijk bij zich, dus had ze koortsachtig naar de reservesleutel gezocht en hem eindelijk in een lege weckfles in de keukenkast gevonden. Ze kleedde Sophie aan, pakte haar jas en handtas en verliet het huis.

De hele straat in de chique buitenwijk van Frankfurt ademde voorname degelijkheid en heel veel geld. Alle huizen lagen in parkachtige tuinen en waren vanaf de hoge, smeedijzeren tuinpoorten vaak niet eens te zien. Op de brede opritten stonden dure limousines geparkeerd. Hier woonden voornamelijk industriëlen en bankiers. Anne trok altijd haar neus op als ze Laura bezocht.

'Neem me maar niet kwalijk,' had ze helemaal in het begin tegen Laura gezegd, 'maar hier zou ik geen lucht krijgen. Al die tentoongespreide rijkdom...'

'Het is nergens protserig, hoor,' had Laura haar tegengesproken, 'ik vind de omgeving heel smaakvol.'

'Maar er beweegt niets! Ieder huis lijkt wel een vesting! Hoge muren, poorten, alarminstallaties, bewakingscamera's...' Anne had ervan gerild. 'Daarmee demonstreren ze natuurlijk hoe gewichtig ze zijn! En er gebeurt helemaal niets. Geen kind op straat. Alleen maar auto's die zachtjes rijden. Er komt geen geluid van al die lappen grond. Krijg je niet af en toe het gevoel dat je levend begraven bent?'

'Ik kan iemand als Peter toch niet in Westend laten zitten!' Anne had haar doordringend aangekeken. 'En hoe zit het met jóú? Zit jij eigenlijk wel waar je wílt zitten?'

Ze probeerde zich te herinneren wat ze daarop geantwoord had. Ze geloofde dat ze een beetje in elkaar gekrompen was, een beetje maar, misschien meer vanbinnen. Die vraag van Anne had een snaar geraakt, maar ze wilde er eigenlijk niet over nadenken. Ze wist dat hun leven voor het grootste deel verliep volgens Peters ideeën, niet zoals zij het zich voorstelde. Maar ze slaagde er meestal in zichzelf voor te houden dat het geen verschil maakte. In feite hadden Peter en zij toch dezelfde ideeën, dus hoefde ze over die kwestie niet na te denken. Het was wel zo dat híj ervoor had gepleit in deze buitenwijk te gaan wonen en dat zíj er toen helemaal niet zo enthousiast over was geweest. Het idee van een huis met een tuin vond ze wel fijn, maar liever in een wat levendiger en minder dure buurt. Sophie was er toen nog niet geweest. Nu wees Peter haar er steeds op hoe verstandig dat idee van hem was geweest.

'Een heerlijke plek om een kind te laten opgroeien,' zei hij graag. 'Frisse lucht, ruime tuin, nauwelijks verkeer op straat. Ik vind dat wij toen een goed besluit hebben genomen.'

Ook in de binnenstad van Frankfurt was deze zondagmiddag natuurlijk niet veel te doen. Weinig auto's en weinig wandelaars, want de lucht beloofde opnieuw heel veel regen en dan bleven de mensen liever thuis. Het kantoor lag op de achtste etage van een flatgebouw direct aan de Zeil. Laura reed de ondergrondse parkeergarage binnen en zette haar auto op Peters eigen parkeerplaats. Sophie zat reikhalzend in haar kinderzitje op de achterbank.

'Papa!' riep ze blij.

'Nee, papa is er niet,' legde Laura uit, 'wij gaan alleen maar naar zijn kantoor omdat ik daar in zijn spullen wat moet opzoeken.'

Ze namen de lift naar boven. Normaal was het hier altijd een drukte van belang, maar vandaag was het er uitgestorven. Stil en eenzaam strekten de lange gangen zich uit. Het rook er naar schoonmaakmiddelen en naar het tapijt dat een paar weken geleden pas was gelegd. Laura vond dat het helemaal niet verschilde van het tapijt daarvoor – lichtgrijs, fantasieloos.

Peter deelde de achtste etage met een advocatenkantoor. Ze gebruikten dezelfde ingang recht tegenover de lift, maar op de binnengang was een tweede deur, die naar de kamers van de juristen leidde.

Peter bezette met zijn bedrijf een klein gedeelte van de etage, maar hij had ook slechts twee medewerksters en een secretaresse. Een persagentschap, 'klein, maar fijn', zoals hij placht te zeggen. Laura wist – maar had het nooit uitgesproken – dat het persagentschap klein, maar zeker niet fijn was.

Vanuit zijn kamer had Peter een schitterend uitzicht over Frankfurt, helemaal tot aan de wazige, grijsblauwe contouren van de Taunus, die vandaag echter achter regensluiers verscholen ging. Maar Laura had toch geen zin om naar buiten te kijken. Ze zette Sophie op de grond neer, pakte wat meegebrachte bouwsteentjes en plastic figuurtjes uit en hoopte dat het kind daar een tijdje zoet mee zou zijn. Toen ging ze zelf aan het bureau zitten en staarde een ogenblik moedeloos naar de papierberg die voor haar opdoemde. Daarachter zag ze, heel klein, het zilveren lijstje met de foto van haarzelf en Sophie staan. Ze had het Peter de laatste keer met Kerstmis cadeau gedaan. Het ging bijna geheel schuil achter dossiermappen en een torenhoge correspondentie. Peter had het maar ietsje anders moeten neerzetten, dan had hij er nog steeds naar kunnen kijken. Maar dat was klaarblijkelijk niet in hem opgekomen. Of hij had er geen behoefte aan.

Na een uur intensief in alle laden, tussen papierstapels en ordners te hebben gezocht was Laura nog steeds niet dichter bij het antwoord op de vraag waar Peter zich bevond of wat er gebeurd kon zijn. Maar één ding vond ze eigenaardig: ze had verbazend veel aanmaningen gevonden, die kennelijk te maken hadden met een reeks onbetaalde rekeningen. Er lagen flink wat milde 'eerste herinneringen', dringende 'tweede herinneringen' en een aantal aanmaningen waarin met gerechtelijke stappen werd gedreigd. Peter scheen het altijd op het allerlaatste nippertje aan te laten komen, maar daarbij ging het vaak niet om heel grote bedragen die zonder problemen betaald konden worden.

Sinds ik de boekhouding niet meer doe, dacht Laura met een zekere voldoening, raakt het gewoon in het slop.

Peter was altijd een slordige betaler geweest, of het nu om handwerkslieden ging, kisten wijn die hij had besteld, of de omzetbelasting. Of de alimentatie voor zijn zoon. Het probleem was niet zozeer dat hij het gevraagde bedrag moest uitgeven, het ging er meer om dat hij een hekel had aan formulieren invullen. Overboekingen bij de bank waren hem een gruwel. Hij schoof ze zó lang voor zich uit tot hij ze inderdaad vergat. Pas wanneer hij boze brieven kreeg van mensen die hij geld verschuldigd was, werd hij er eindelijk weer aan herinnerd.

Laura had alle aanmaningen gesorteerd en op een hoek van zijn bureau gelegd. Iemand zou zich erover moeten ontfermen – sommige duldden zelfs geen uitstel meer tot na Peters terugkomst. Ze keek in het kantoor om zich heen alsof ze aan de wanden sporen of aanwijzingen dacht te vinden, maar daar was niets. Tussen de ramen hing een kunstkalender; verder zag ze niets wat haar informatie over Peters plannen kon verschaffen.

Vorig jaar had ze hem een foto van de titelpagina van een groot Duits tijdschrift in een zilveren lijst gegeven. Peters agentschap had de foto's en het verhaal geleverd – een groot succes, een van zijn grootste successen van de laatste tijd. Ze had als vanzelfsprekend aangenomen dat hij hem zou ophangen. Maar in plaats daarvan had ze hem in een van de bureauladen gevonden. Tamelijk diep bedolven onder andere papieren. Waarom had hij het min of meer verstopt? Ze voelde zich teleurgesteld en een tikje gekwetst.

Peter had het persagentschap ongeveer zes jaar geleden opgezet. Hij werkte destijds bij een regionaal tijdschrift, maar was dusdanig in onmin geraakt met de hoofdredacteur, dat alle hoop om nog tot een werkbare situatie te komen ijdel was. Opeens had hij de dringende behoefte om voor zichzelf te beginnen.

'Ik wil eindelijk gaan doen wat ík wil en wat ík goedvind,' had hij verklaard. 'Bij god, ik ben oud genoeg om mijn eigen baas te zijn.'

Zijn agentschap leverde foto's en teksten aan kranten en tijdschriften, sommige in opdracht, maar ook veel op eigen risico, die hij vervolgens aanbood. Peter werkte inmiddels hoofdzakelijk voor de boulevardpers en leverde foto's van acteurs en schlagerzangers. Laura wist dat hij aan grotere beperkingen onderworpen was dan hij zich ooit had voorgesteld: de redacteurs van de roddelpers veranderden veel in zijn teksten.

'Ze beschouwen de mensen als debielen,' zei Peter vaak. 'Jemig, zijn die lezers écht zo zwakbegaafd, of denken ze dat?'

Het zal hem allemaal niet zo gemakkelijk vallen, dacht Laura. Eigenlijk staat het heel ver af van de journalistiek die hij ooit had willen bedrijven.

Ze zag dat het buiten weer was gaan regenen. Een nare, sombere dag, waarop het niet meer licht zou worden. Het was half vijf. Aangezien alles erop wees dat ze morgen naar de Provence zou vertrekken, moest ze er nu ernstig aan gaan denken dat ze een oppas voor Sophie vond.

Ze was net het over de hele grond verspreide speelgoed van het kind aan het verzamelen, toen ze bij de deur iets hoorde. Er werd een sleutel in het slot gestoken en omgedraaid. Eén ogenblikje flitste de onzinnige hoop door haar heen dat het Peter was, die terugkeerde om iets belangrijks af te maken, maar ze besefte direct dat dát een absurd idee was.

Ze stond op.

'Hallo?' riep ze.

De onverwachte bezoeker was Melanie Deggenbrok, Peters secretaresse. Die schrok zo dat ze helemaal wit wegtrok. 'Hemeltjelief, Laura!'

'Neem me niet kwalijk.' Laura vond dat ze een raar figuur sloeg zoals ze daar in het kantoor van haar man stond met bouwblokjes in beide handen, alsof ze op diefstal was betrapt. Ze was nog niet klaar met zich te verontschuldigen en ze werd heel kwaad op zichzelf. Waarom maakte zij excuses? Zij was de vrouw van de baas. Zij had minstens zoveel recht om hier te zijn als Melanie.

'Ik ben op zoek naar documenten,' verklaarde ze, terwijl ze snel nadacht of het slim was Melanie in vertrouwen te nemen. Toegeven dat je echtgenoot was verdwenen, was niet van enige pijnlijkheid ontbloot, en ze wilde niet het voorwerp van kantoorroddels vol leedvermaak zijn. Anderzijds werkte Melanie dag in dag uit nauw met Peter samen. Zij wist – wat een verschrikkelijke gedachte – misschien wel meer van hem dan zijn eigen vrouw.

'Kan ik je helpen?' vroeg Melanie. 'Of heb je al gevonden wat je zocht?'

Laura raapte zichzelf bij elkaar. 'Eigenlijk weet ik niet precies waar ik naar moet zoeken,' verklaarde ze. 'Ik zoek informatie...' Snel legde ze uit wat er gebeurd was.

'Ik zie misschien spoken, hoor, maar volgens mij klopt er iets niet. Ik dacht dat ik hier misschien op iets zou stuiten waar ik wat wijzer van word, maar...' ze haalde haar schouders op, 'ik heb niets gevonden.'

Melanie keek met een nogal vreemde, nietszeggende blik langs haar heen. 'Je dochter wordt groot,' zei ze, maar het klonk niet alsof ze zich werkelijk voor Sophie interesseerde. Het leek er eerder op dat ze probeerde antwoord te geven zonder op Laura's woorden in te hoeven gaan. 'Toen ik haar voor het laatst zag, was ze pas geboren.'

Ben ik al zo lang niet meer hier geweest? dacht Laura. 'Arme meid,' zei ze, 'moet je zelfs op zondag werken?'

'Dat is met dit weer misschien wel het verstandigste,' vond Melanie.

Laura wist dat haar man haar een kleine drie jaar geleden in de steek had gelaten voor een andere vrouw, dat ze er niet overheen kon komen en erg eenzaam was. Hoe zou zo'n verregende zondag er voor haar uitzien?

'Nou ja,' zei Laura toen maar, en ze nam Sophie op de arm, 'dan gaan wij maar eens op huis aan.' Melanie kon haar blijkbaar toch niet helpen. 'De kleine moet in ieder geval naar bed.' Er schoot haar nog één ding door het hoofd en ze knikte naar het bureau. 'Ik heb een hele stapel onbetaalde rekeningen gevonden. Kun jij dat afhandelen? Anders staat, vrees ik, over een paar dagen de deurwaarder op de stoep.'

Ze wist niet precies wat haar te wachten stond, een of andere opmerking van bijval wat Peters zwakheid betrof en vervolgens de toezegging dat ze ervoor zou zorgen dat het afgehandeld werd.

In plaats daarvan werd de lege blik van Melanie opeens heel scherp. Terwijl ze Laura aanstaarde werden haar ogen donker van kwaadheid.

'En waar moet ik dat van betalen?' bracht ze uit. 'Kun jij me zeggen waarvan?'

Laura zweeg. Melanie zweeg. Sophie was gestopt met brabbelen. Er was niets anders te horen dan het ruisen van de regen aan de andere kant van het raam.

'Wat?' vroeg Laura eindelijk met een hese stem. Een deel van haar snapte wat de ander had gezegd, terwijl een ander deel dat weigerde.

'Wat?' herhaalde ze.

Melanies gezicht werd opnieuw gesloten, alsof ze het liefst terugnam wat ze zojuist had gezegd. Maar toen scheen ze in te zien dat het daar te laat voor was. Ze liet haar armen zakken en nam een houding aan alsof ze zich overgaf.

'Ach, wat maakt het uit,' zei ze, 'niets meer. Je hoort het vroeg of laat toch. Ik ben vandaag niet gekomen om te werken. Ik kom mijn persoonlijke spullen ophalen. Ik moet een andere baan gaan zoeken, maar ik wilde zo onopvallend mogelijk vertrekken, omdat de twee andere medewerksters het nog niet weten. Ik wil niet degene zijn die het hun vertelt. Dat moet de baas maar doen.'

'Wat moet hij hun vertellen?' vroeg Laura met een doffe stem.

'We zijn failliet,' antwoordde Melanie. Het klonk onbewogen, maar aan haar ogen was te zien hoe erg ze het vond. 'Het bedrijf zit volkomen aan de grond. De aanmaningen die jij gevonden hebt zijn geen teken van slordigheid, het betekent gewoon dat we niet kunnen betalen. Ik heb al twee maanden geen salaris meer ontvangen en ik weet dat de twee anderen deze maand ook niets meer krijgen. Ik wilde loyaal blijven aan Peter, maar... ik moet ook leven. Ik heb een huurachterstand. Ik heb geen andere keus meer.'

'Goeie god,' fluisterde Laura. Ze liet Sophie weer op de grond zakken en leunde zelf tegen de rand van het bureau. 'Hoe slecht staat het ervoor?'

'Erger dan jij het je waarschijnlijk kunt voorstellen. Hij heeft alles belast. Zijn hele bezit. De banken zitten hem al weken achter de vodden.'

'Zijn gehele bezit? Wil dat zeggen, ook... ons huis?'

'Hij kon zich die twee huizen – ook dat in Frankrijk – absoluut niet permitteren. Hij kan de hypotheken niet aflossen en moest voor het afdragen van de rente nieuwe kredieten opnemen... ik denk dat er bij jullie geen dakpan of vensterruit is dat niet belast is. En daar komt nog bij...'

Sophie zat vrolijk klokkende geluidjes te maken. Laura moest zich met beide handen aan het bureau vasthouden.

'Wat komt er nog bij?'

'Hij heeft gespeculeerd. Onroerend goed in het oosten, dat niet te verhuren is en dat geen mens van hem wil kopen. Het staat nog leeg en is niet afbetaald. Hij heeft zich door elke idioot zogenaamde "eersteklas investeringen" laten aanpraten en hij vond zichzelf aldoor zo'n ontzettend clevere zakenman. Maar... nou ja...'

'Besef je wel wat je zegt?' vroeg Laura.

Melanie knikte langzaam. 'Het spijt me. Je had het niet op deze manier mogen horen. Al helemaal niet van mij. Ik was de enige die van de hoed en de rand wist, natuurlijk. Als zijn secretaresse kon hij het voor mij niet geheimhouden. Ik heb hem moeten zweren dat ik geen woord zou zeggen, tegen niemand. Al helemaal niet tegen jou. Ik heb die belofte nu gebroken, maar ik vind dat het onder de gegeven omstandigheden absoluut niet meer uitmaakt.'

Laura fronste haar voorhoofd. Melanie wilde ophouden met voor Peter te werken en vond daarom dat het niet meer uitmaakte dat ze een belofte brak. Maar toch vermoedde ze nog iets anders achter dat 'onder de gegeven omstandigheden...'

Melanie staarde haar aan. 'Nou, denk jij dan dat wij hem ooit nog terugzien? Jij of ik? Je zegt net zelf dat je hem niet meer kunt bereiken. Hij is ondergedoken, dat is wel duidelijk. Ik ga er zelfs van uit dat hij niet meer in Europa is. Die laat nooit meer iets van zich horen.'

Zo ging dat dus, als de bodem onder je voeten wegzakt. Dat ging vrij geruisloos, beslist niet met een donderend geraas, terwijl ze zich de ondergang van de wereld toch erg luidruchtig had voorgesteld. Als een soort aardbeving, waarbij alles met een enorm gekraak instortte.

Dit was meer een zwijgend trillen. De aarde wankelde en overal ontstonden scheuren die steeds verder uiteenweken – en moordende afgronden werden. Zo stil, zo volkomen stil, alsof ze voor de televisie naar een rampenfilm zat te kijken en het geluid had uitgezet om de beelden draaglijker te maken. Anders zou het te luid worden, te luid om het één tel uit te houden.

'Misschien moet je even gaan zitten,' zei Melanie heel in de verte. 'Je ziet eruit alsof je elk moment kunt omvallen.'

Ook haar eigen stem kon ze maar heel gedempt horen. 'Dat doet hij niet! Dat zou hij me niet aandoen. En zijn dochter al helemaal niet. We hebben een kind van twee! Ook als hij mij in de steek zou laten, dan toch zeker Sophie niet! Nooit!'

'Misschien is hij niet de man die je in hem zag,' zei Melanie.

En plotseling dacht ze: zij vindt het heerlijk. Ze geniet ervan mij de waarheid onder mijn neus te wrijven. Gefrustreerd oud wijf!

Haar ontzetting zocht een uitlaatklep. 'Het hoeft niet bij iedereen zo te gaan als bij jou, Melanie,' zei ze hatelijk, 'dat je man met de noorderzon vertrekt. Er zijn er ook die heel wat standvastiger zijn. Waarschijnlijk is Peter nu druk bezig de boel op orde te brengen en komt hij dan terug. Wij hebben altijd een goed huwelijk gehad, moet je weten.'

Melanie glimlachte medelijdend. 'Dus daarom was je zo goed op de hoogte van deze catastrofe in zijn leven, nietwaar? Best mogelijk dat je morgen op straat wordt gezet en dat je daar staat met je kind en niet weet waar je naartoe moet. Ik weet niet of je van een goed huwelijk kunt spreken als je man je zoiets aandoet.'

'Jouw man...'

'Mijn man heeft me bedrogen en in de steek gelaten. Hij was een rotzak. Ik heb hem nooit mooier gemaakt dan hij was.'

Laura veranderde in één groot brok woede. Woede – niet meer op die bleke vrouw voor haar, die geen schuld had aan de gebeurtenissen. Maar op Peter, die de ondergang van hun bestaan voor haar verheimelijkt had. Die haar in de omstandigheid had gebracht dat ze hier op een verregende zondagmiddag in zijn kantoor moest aanhoren dat ze al heel lang met een leugen leefde en dat redding misschien niet eens meer mogelijk was. Daarvoor waren ze dus getrouwd. Om de goede tijden samen te delen en bij slechte tijden de benen te nemen.

Ze zou niet flauwvallen, ook al dacht Melanie dat. De energie kwam terugvloeien.

'Al moet ik tot morgenochtend op dit kantoor blijven zitten,' zei ze, 'ik ga elk papiertje nog een keer doornemen. Ik wil alles weten. Ik wil weten hoe groot de hel is die blijkbaar over me is losgebarsten. Wil jij me helpen? Jij werkt volgens je eigen systeem. Jij kent de weg.'

Melanie aarzelde even, maar knikte toen. 'In orde. Er zit toch niemand op me te wachten, en het is niet belangrijk waar of hoe ik mijn zondag doorbreng.'

'Fijn. Dankjewel. Ik moet bellen. Mijn moeder of mijn vriendin moet Sophie bij zich nemen. Dan breng ik haar daarheen en kom weer terug. Wacht je op me?'

'Natuurlijk.' Melanie ging op de stoel achter Peters bureau zitten en begon te huilen.

Sophie vroeg: 'Papa?'

Laura dacht: dit is vast nog maar het begin van de nachtmerrie.

8

Nadine en Cathérine liepen elkaar bij de achterdeur van Chez Nadine tegen het lijf. Nadine kwam thuis, terwijl Cathérine net wilde gaan.

Ze bleven allebei meteen staan en staarden elkaar aan.

Cathérine had urenlang keihard gewerkt en wist dat ze er zo mogelijk nog onaantrekkelijker uitzag dan die ochtend. Haar haren waren door de dampen van het afwaswater kroezig geworden en leken op een schoonmaakmop. Haar gezicht vol pukkels was lelijk rood geworden. Er zaten zweetplekken in haar kleren en ze rook ook bezweet. Precies het juiste moment, dacht ze, om de mooie Nadine tegen te komen, die, hoewel ze er vandaag ellendig en bleek uitzag – en had gehuild, dat was duidelijk – toch altijd nog ontzettend aantrekkelijk was.

Altijd als ze Henri's vrouw zag, vroeg Cathérine zich wanhopig en woedend af waarom het leven zo verschrikkelijk onrechtvaardig was. Waarom hadden sommige mensen alles en andere niets. Waarom had die barmhartige God – zoals hij zich graag liet lofprijzen – niet voor wat meer evenredigheid gezorgd?

Zou ze één wens hebben mogen doen, dan had Cathérine geen andere wens dan er tot in de kleinste kleinigheid zo uit te zien als Nadine. Afgezien daarvan natuurlijk dat het de grootste wens van haar leven was de vrouw van Henri te zijn. Maar de vervulling daarvan zou gewoon voortvloeien uit de omstandigheid dat ze er dan net zo uitzag als Nadine. Hoe kon een mens door de natuur zo volmaakt gevormd zijn? Groot en daarnaast heel sierlijk, met fijngebouwde, slanke benen, armen en handen. Een olijfkleurige huid zonder enige onzuiverheid. Wijd uit elkaar staande ogen met de kleur van donkerbruin fluweel, waarin ergens heimelijk een paar gouden vonkjes gloeiden. Haren in dezelfde tint als haar ogen, die zwaar, dik en glanzend om haar schouders vielen. Was het dan een wonder dat Henri verliefd op haar werd? En toen hij merkte dat zij zich ook tot hem aangetrokken voelde, had hij er alles aan gedaan om haar te veroveren. Hij was bezeten geweest van de wens om met haar trouwen.

'O, Cathérine,' zei Nadine, en verbrak daarmee als eerste het verraste stilzwijgen, 'heb je hier gewerkt?'

'De hel was losgebroken,' zei Cathérine. 'Henri kon het niet alleen aan.'

'Dat komt door het slechte weer,' zei Nadine. 'Dat jaagt de mensen de horecagelegenheden in.'

Nee zeg, wat een inzicht! dacht Cathérine.

'Nou ja,' zei Nadine, 'erg aardig trouwens, Cathérine, dat je bent komen helpen. Ik moest mijn moeder weer eens opzoeken. Je weet dat ze nogal eenzaam is.'

Ze keek met een trek van onverholen afschuw naar Cathérines gezicht, maar vermeed elk commentaar.

'Wel thuis,' zei ze nog. Cathérine wist heel zeker dat ze het niet zo meende. Het liet haar volslagen koud hoe de nicht van Henri thuiskwam; ze zou het liefst willen dat ze van het toneel verdween.

Cathérine liep langzaam naar haar auto, die aan de overkant van Chez Nadine tegen de stoeprand geparkeerd stond.

Hoe zou Henri's ontvangst zijn, als ze binnenkomt? vroeg ze zich af. Als ik hem was zou ik haar helemaal in elkaar slaan! Voor alles wat ze zich de laatste jaren heeft gepermitteerd en de hele manier waarop ze met hem omgaat. Maar dat kan hij niet. Verdomme nog aan toe, wanneer snapt hij nou eens dat dát de enige taal is die vrouwen zoals zij begrijpen?

Henri stond in de keuken de groente voor die avond te snijden. Hij had even tijd om bij te komen. De stormloop van die middag was weggeëbd en de avonddrukte was nog niet begonnen. In de eetzaal zat nog één echtpaar ruzie te maken, waardoor ze blijkbaar de tijd vergaten, maar ze zaten al twee uur lang achter één glas wijn en hoefden niet bediend te worden.

Henri keek op. 'Daar ben je. Het was verschrikkelijk vandaag. Ik had je dringend nodig.'

'Je had Cathérine toch?'

'Ik kon niet anders dan haar om hulp vragen. Ik had het alleen niet aangekund.'

Nadine knalde de autosleuteltjes op tafel. 'Uitgerekend zij! Heb je gezien hoe ze eruitziet vandaag? Ze schrikt de gasten af. Die zullen nog denken dat ze een besmettelijke ziekte heeft.'

'Ze heeft alleen maar in de keuken gewerkt. Natuurlijk heb ik

74

haar niet laten bedienen. Maar het zou wel fijn zijn geweest als jij...'

Die zachtmoedige manier van verwijten maken irriteerde haar mateloos.

'Ik heb toevallig ook nog een moeder. Daar moet ik af en toe ook eens heen.'

'Op maandag zijn we dicht. Je had morgen naar haar toe kunnen gaan.'

'Ik wil ook wel eens mijn eigen beslissingen kunnen nemen.'

'Jij neemt vaak je eigen beslissingen zonder rekening te houden met andere dingen.'

Ze pakte de autosleuteltjes weer op. 'Ik kan ook weer gaan als je alleen maar ruzie wilt maken.'

Hij legde het mes neer en zag er opeens heel moe uit. 'Blijf hier,' smeekte hij, 'ik kan de keuken en de bediening vanavond niet in mijn eentje af.'

'Ik heb geen zin om voortdurend naar verwijten te luisteren.'

'Oké,' zwichtte hij zoals altijd, 'laten we het er niet meer over hebben.'

'Ik ga gauw mijn handen wassen en me omkleden.'

Ze wilde de keuken uitlopen, maar hij hield haar met zijn stem tegen. 'Nadine!'

'Ja?'

Hij keek haar aan. In zijn ogen stond te lezen hoeveel hij van haar hield en hoeveel pijn ze hem deed door hem haar liefde te onthouden.

'Niets,' zei hij, 'neem me niet kwalijk, er is niets.'

De telefoon ging. Nadine keek Henri aan, maar deze stak verontschuldigend zijn handen omhoog, die vol aarde en groente zaten. Dus nam zij op. Het was Laura. Ze vroeg naar haar man.

Nadine kreeg Peter Simons auto een kleine honderd meter bij Chez Nadine vandaan in het oog. Hij stond op een kleine, nogal provisorische parkeerplaats naast een transformatorhuisje. Het was bijna donker, maar het regende niet meer en de hemel klaarde een beetje op. Er hing een roodachtig licht boven zee en de boomtoppen. Ze herkende de auto meteen en dacht: Waarom heb ik die vanmorgen niet zien staan?

Chez Nadine lag in een straat met eenrichtingsverkeer, dus was Nadine, toen ze vanochtend naar haar moeder vertrok, langs deze plek gekomen. Overigens was ze toen wel volkomen overstuur en in gedachten geweest.

Er waren die avond weer heel veel gasten, maar toch was ze er even tussenuit geknepen om de weg af te lopen. Henri stond in de keuken en wist nergens van.

Zijzelf wist geen antwoord op de vraag waar Peter was, want ze was hier gisteravond helemaal niet geweest, had ze door de telefoon verklaard en de hoorn toen zo snel mogelijk aan Henri gegeven. Deze had zich eerst verontschuldigd dat hij vergeten was terug te bellen. Maar het was ook zo druk geweest in de zaak, en helaas was Nadine er niet geweest om te helpen...

Zij stond achter hem en keek naar het mes waarmee hij de groente had gesneden. Ze merkte dat ze een ziekmakende walging voor hem voelde – vanwege zijn geklaag, zijn slappe gedoe en zijn eeuwige zelfbeklag.

Toen hoorde ze voor het eerst dat Peter vroeg in de avond hier was geweest. Dat vertelde Henri aan Laura.

'Hij kwam zo... tegen half zeven binnen. Het was hier nog niet zo heel druk. We hebben elkaar wel begroet, maar ik had niet veel tijd omdat Nadine er niet was en ik zo goed en zo kwaad als het ging de gerechten moest voorbereiden, want ik wist dat ik later met de bediening enorm onder druk zou komen te staan... Ik heb nog tegen hem gezegd dat ik bang was dat we een regenachtige week voor de boeg hadden, maar daar scheen hij zich niet druk om te maken. Hij ging aan een tafel bij het raam zitten, bestelde een kwartliter witte wijn en een kleine pizza. Wat? Nou ja, hij maakte op mij een wat... in zichzelf gekeerde indruk. Stil. Of gewoon moe, wat niet zo gek is natuurlijk, na zo'n lange autorit. Maar ik kon er ook niet echt bij stil blijven staan, want zoals ik al zei, werd ik helemaal in beslag genomen door mijn werk.'

Daarna stelde Laura blijkbaar weer een vraag en moest Henri even nadenken. 'Ik geloof dat hij zo tussen half acht en acht uur weer wegging. Maar dat kan ik niet met zekerheid zeggen. We hebben elkaar verder niet meer gesproken, en ik vond het geld gepast naast zijn bord liggen. O ja, ik weet nog wel dat hij zelfs die kleine pizza maar voor de helft had opgegeten. Wat zeg ik? Nog niet eens voor de helft.'

Hij luisterde opnieuw. Toen zei hij verbaasd: 'Zijn auto? Nee, die staat niet bij ons voor de deur, dan had ik hem moeten zien. Nee, ik geloof ook niet dat hij verderop staat, ik ben vanochtend vroeg door de straat gekomen, dan was het me wel opgevallen. Waarom zou hij daar trouwens nog staan? Hij is hier gisteravond vast niet lopend vandaan gegaan.'

Hij zuchtte. 'Ik kan je op dit moment niet helpen, Laura, het spijt me. Morgen misschien, morgen is mijn vrije dag. Natuurlijk houd ik je op de hoogte. Tot ziens, Laura.'

Hij hing op en draaide zich om naar Nadine. 'We moeten even gaan kijken of zijn auto hier nog ergens staat. Ze is een beetje over haar toeren. Maar dat is misschien ook niet zo gek.'

'Hoezo is dat niet gek?'

Hij bleef haar even aanstaren. 'Ach wat,' zei hij toen, 'het gaat ons in feite allemaal niet aan.'

Ze had zich omgekleed, haar handen gewassen en de eerste gasten waren al binnengestroomd. Vanaf toen had ze geen moment rust meer gehad. De gedachten tolden door haar hoofd en nog nooit had ze er zó naar verlangd om alleen te zijn en orde te scheppen in de chaos in haar hoofd.

Nu stond ze bij Peter Simons auto en kon maar niet bevatten wat er gebeurd was.

Ze tuurde in de auto. Op de achterbank lagen bagage en een regenjack. Op de voorbank naast hem lag een dossiermap. De

auto wekte de indruk alsof de eigenaar hem slechts een ogenblikje had neergezet en spoedig weer terug zou komen. Maar
waar was hij?

Dat was de hamvraag, en de auto, die verrassend genoeg was
opgedoken, gaf daar geen antwoord op.

Nadine ging op een boomstronk bij de oeverbegroeiing zitten
en keek tussen de bomen door over zee uit. Het was intussen
bijna helemaal donker.

Vanbinnen was ze volslagen radeloos.

Maandag 8 oktober

1

Ze had in de afgrond gekeken en hij was duizelingwekkend. En vermoedelijk was ze nog niet eens tot de allerdiepste krochten doorgedrongen. Maar rond twee uur in de nacht had Melanie gezegd: 'Ik kan niet meer. Het spijt me, Laura, ik ben doodop.'

Toen pas merkte ze hoe moe ze zelf was, en ook dat ze al urenlang niets meer had gegeten.

'Ik denk dat we de essentie nu wel weten,' zei ze. 'Ik heb inmiddels een globaal overzicht. Ik bezit praktisch niets meer dan de kleren die ik aanheb.'

Melanie keek haar aan. 'Ik wou dat ik iets voor je kon doen. Het is een afgrijslijke toestand voor je en...'

'Een afgrijslijke toestand?' lachte ze. 'Ik zou zeggen: dit is een ramp. Een ramp van dusdanige afmetingen dat ik me gewoon afvraag hoe het komt dat ik zo lang absoluut niéts in de gaten heb gehad!'

'Zijn zaken liepen allemaal via het kantoor hier en hij hield jou er verre van. Hij beperkte jou tot het huis en het kind en maakte je nergens meer deelgenoot van. Hoe had je op zo'n manier lont kunnen ruiken?'

'Ik heb mezelf bereidwillig laten beperken,' zei Laura bitter.

Ze dacht terug aan een gesprek van meer dan twee jaar geleden op een warme avond in begin juni, vlak voor de geboorte van Sophie. Ze hadden in de tuin gezeten en opeens zei Peter: 'Als straks het kind er is, hoef jij je niet meer met de boekhouding van het bedrijf bezig te houden. Dat kan Melanie doen. Ik verhoog haar salaris wat en dan gaat dat best.'

Het had haar verrast. 'Maar waarom? Ik doe de boekhouding altijd thuis en niet eens elke dag. Ik kan dat probleemloos blijven doen met een kind erbij.'

'Dat vind ik niet goed. Je moet je echt helemaal op de kleine concentreren. Waarom zou je extra stress op je nemen?'

'Ik vind dat geen...'

Hij was haar in de rede gevallen. 'Vergeet niet dat ik al een kind heb. Jij weet nog niet wat je te wachten staat, maar ik wel. Het is geen lolletje. Doorwaakte nachten, gehuil, borstvoeding geven... je hebt nauwelijks tijd voor jezelf, laat staan voor een bedrijfsboekhouding.'

Zij had het gevoel gehad dat er iets werd doorgesneden – iets wat van levensbelang voor haar was, iets wat haar met het leven verbond. Het leek wel alsof er een eigenaardig soort kou langzaam in haar naar boven kroop die een spoor van verlamming achterliet.

Ze had nog een poging gedaan. 'Ik heb behoefte aan zinvolle bezigheden. Ik heb een beetje eigen geld nodig. Ik ga niet werken. Maar...'

Toen speelde hij zijn laatste troef uit, met argumenten waarvan hij wist dat ze daar niets tegen in kon brengen. 'Ik kan me niet permitteren dat er fouten worden gemaakt. En jij bent straks dermate oververmoeid en afgeleid dat je fouten gaat maken. Snap je dat? Dan ben je geen hulp meer voor me, maar een last.'

Ze had niets meer gezegd.

Nu dacht ze: wat kwam Sophie hem goed uit! Het zat van alle kanten scheef en hij had het niet lang meer voor me kunnen verheimelijken. De baby was zijn redding. Maar hij had toch wel een manier gevonden om me op een zijspoor te rangeren.

'Weet je,' zei Melanie, die haar mimiek had gadegeslagen, 'misschien moet je hem niet al te hard vallen. Hij wilde je niet bedriegen. Hij wilde je ontzien. Hij hoopte de hele tijd dat hij alles weer in de hand zou krijgen. Hij wilde niet als een verliezer voor je uit de bus komen. Het is voor mannen ontzettend moeilijk om een nederlaag te accepteren.'

'Dus dan duikt hij liever onder?'

'Mannen zijn laf,' zei Melanie meedogenloos.

'Maar hij is er wel in geslaagd,' zei Laura. 'Hij is erin geslaagd die hele ellende hier,' ze wees op het bureau, 'twee jaar of langer voor mij geheim te houden. In wat voor wereld heb ik geleefd?'

'In een wereld die hij voor jou heeft gebouwd,' zei Melanie.

'Die ik hem voor mij heb laten bouwen. *It takes two to tango*, Melanie. Wat heeft hij in mij gezien, dat hij heeft gedacht dit met me te kunnen doen?'

'Dat weet ik niet,' zei Melanie vol onbehagen.

Ze weet het heel goed, dacht Laura. Vermoedelijk hebben ze hier op kantoor zelfs over me zitten kletsen. Ze kon wel bedenken hoe ze haar hadden betiteld: als dat wereldvreemde poppedeintje met de grote, onschuldige ogen. Ze wist toch hoe Anne dacht over de manier waarop zij met Peter leefde.

Haar vingers sloten zich om een stuk papier. Het was een rekening die ze in een la van zijn bureau had gevonden – een betáálde rekening, gek genoeg. Van een hotel in Pérouges, waar dat ook mocht liggen. De datum was haar opgevallen, en hoewel ze op dat ogenblik wel iets belangrijkers te doen had, had ze het papier bij zich gestoken om het eventueel later een keer na te trekken. Zij zou die halve week, van 23 tot 27 mei van dit jaar, namelijk niet zo gauw meer vergeten. Het was de aanleiding geweest tot een ruzie tussen haar en Peter. Voor die tijd hadden ze misschien wel heftigere en fellere ruzies met elkaar gehad, maar niet eerder was er zoveel kilte van Peter uitgegaan en had hij zich zó afstandelijk opgesteld.

24 mei was een donderdag geweest waarop een feestdag viel: Hemelvaartsdag. Dat bood de gelegenheid tot een lang weekend; veel mensen namen de vrijdag vrijaf en hadden dan vier dagen achter elkaar vrij.

Peter had 's maandags aangekondigd dat hij op vrijdag een afspraak in Genève had. Het ging om een Duitse schlagerzanger die in Zwitserland woonde en in augustus zijn vijftigste verjaardag zou vieren. Naar aanleiding daarvan wilde hij van tevoren een fotosessie met een tekst laten maken. Peter verklaarde dat het gewoon fantastisch was dat hij met zijn agentschap die opdracht had gekregen.

'Dat is echt een vette vis. Wij zullen het aan praktisch alle Duitse tijdschriften kunnen verkopen en dat brengt een heleboel geld in het laatje. Daarom wil ik die twee meisjes er ook niet naartoe sturen. Ik schrijf het zelf en ik wil ook zelf de leiding hebben over de fotograaf. Ik heb er heel bijzondere ideeën over.'

Laura was blij voor hem geweest. Hij had de laatste tijd weinig over zijn werk verteld en er soms een beetje in zichzelf gekeerd en tobberig uitgezien.

'Dan pak je donderdagavond zeker het vliegtuig zodat je vrijdagochtend meteen aan de slag kunt,' vermoedde ze.

'Ik neem al op woensdagmiddag het vliegtuig van vijf uur. En ik kom zondagavond terug.'

'Wat wil je daar dan zo lang doen?'

'Ik heb de donderdag nodig om goede locaties te zoeken. Het gaat om het landschap op de achtergrond, de lichtval... dat ken je wel. Daar kunnen we op vrijdag geen tijd aan verliezen. De zaterdag wil ik openhouden voor het geval we er niet mee klaarkomen en we misschien toestemming krijgen voor een tweede dag. En op zondag zou ik graag – als je het goedvindt – ergens aan het Meer van Genève willen gaan zitten om een beetje uit te rusten.'

Zijn stem had iets geïrriteerds, wat haar verraste. Haar vraag was niet als kritiek bedoeld.

Toen kwam ze plotseling op een idee: 'Zal ik met je meegaan?'
'Er moet iemand bij Sophie blijven.'
'We kunnen haar meenemen. Of ze gaat naar mijn moeder. Dat is echt geen probleem.'
'Moet je horen, het is geen snoepreisje. Het is hard werken. We zouden helemaal geen tijd voor elkaar hebben.'
Ineens flapte ze er haastig en ondoordacht uit: 'Wij zouden kunnen samenwerken! *Ik* zou de foto's kunnen maken!'
'Godallemachtig, Laura! Je gelooft toch zeker niet, dat...'
Het idee had haar heel enthousiast gemaakt. 'Daar heb ik toch voor geleerd? Ik heb de opleiding als een van de besten afgemaakt. Ik heb een heel dure uitrusting. Ik zou...'
Van louter blijdschap had ze niet in de gaten hoe Peters gezicht betrok. Pas toen hij haar met een scherpe stem onderbrak, begreep ze hoe kwaad hij was.
'Vergeet het maar, Laura! Het spijt me dat ik zo hard tegen je moet zijn, maar je hebt wel een groot gebrek aan zelfkritiek. Weet je wel hoelang je al niet meer in het vak zit? Bijna zo lang als wij bij elkaar zijn, binnenkort acht jaar dus! Weet je wel hoe die dingen veranderd zijn? Weet je wel hoe echte professionele fotografen heden ten dage werken?'
Nou, ik...'
'En kom me niet met je vriendin Anne aanzetten, die je op de hoogte houdt! Je vindt het misschien kwetsend, maar geen mens kent haar. Ze is derderangs. Ik zou nooit met haar willen samenwerken!'
En daarmee had hij haar inderdaad gekwetst. Zij was meer aan Anne gehecht dan hij besefte.
'Je mag haar niet, en daarom wil je niet met haar samenwerken.'
Door die woorden kwam hij pas goed op dreef. 'Denk je dat ik zó kinderachtig ben? Als ik de mensen met wie ik samenwerk erop zou selecteren of ik ze mag of niet, kan ik mijn lier wel aan de wilgen hangen. Als Anne goed zou zijn en zich ook maar een

beetje zou oriënteren op wat de markt van haar verlangt, in plaats van de geëxalteerde kunstenares uit te hangen die zich nergens wat van aantrekt, zou ik haar beslist af en toe hebben ingeschakeld. Maar op deze manier zou ik het niet in mijn hoofd halen!'

Er zat wel een greintje waarheid in wat hij zei, dat wist ze. Anne maakte het met haar eigenzinnigheid moeilijk voor anderen om met haar samen te werken. Ze legde te vaak afspraken of ideeën van anderen naast zich neer. Voor de klussen die Peter deed was ze volslagen ongeschikt. Zij zou overigens ook nooit met hem willen samenwerken. De tijdschriften die hij bediende, keek zij niet eens in.

'Ik ben Anne niet,' zei Laura. 'Je weet dat ik me heel goed kan instellen op wat er van me gevraagd wordt.'

'Het heeft geen zin. Daar moet je je maar overheen zetten. Je moet weten waar je grenzen liggen. Deze opdracht is echt heel belangrijk. Ik heb er de beste fotograaf voor nodig die ik kan krijgen. En dat ben jij niet.'

Die woorden deden haar ontzettend pijn, hoewel ze – dat was het gekke ervan – heel goed wist dat hij gelijk had. Natuurlijk was ze te lang uit de roulatie geweest. Ze had geen enkele routine meer en ze kende de markt niet. Peter kon niet riskeren dat er bij zo'n lucratieve opdracht iets misliep.

Maar wat haar vooral zoveel pijn deed – dat drong later pas tot haar door – was de manier waaróp hij het had gezegd. Hij was kwaad geweest, maar dat rechtvaardigde niet de kilheid die hij aan de dag legde en ook niet zijn minachting. Mínachtend had hij haar nog nooit behandeld en ze wist niet waardoor het veroorzaakt werd. Er was geen incident of gebeurtenis aan vooraf-gegaan die de aanleiding kon zijn geweest. Het was alsof er opeens iets ijzigs tussen hen was ontstaan – zoals wanneer je in een warm meer zwom en plotseling in een onaangenaam koude stroming terechtkwam die uit het niets scheen te komen en ook weer in het niets verdween.

Laura was verkild en verdrietig in haar schulp gekropen en ze had niet meer gevraagd of ze ook zomaar mee kon, gewoon, om een paar fijne dagen te hebben. En hij had ook niets meer gezegd.

Die avond was stilzwijgend en zeer afstandelijk verlopen.

Nu hield ze een rekening van een hotel in Pérouges in haar handen die dateerde van 23 tot 27 mei, en ze dacht: Pérouges? Waar ligt dat? Vlak bij Genève waarschijnlijk.

Ze vermoedde een zekere ongerijmdheid, en omdat ze zich aan elke strohalm moest vastgrijpen, besloot ze die kwestie te onderzoeken.

2

Christopher had nog steeds hoofdpijn toen hij zijn auto op de parkeerplaats van Les Lecques zette en naar de kroeg van Jacques liep. Het was hem intussen te binnen geschoten dat hij daar gisteren de avond had doorgebracht. Jacques, de kroegbaas, mocht hem wel en wist wanneer hij iets moest zeggen, en hij was fijngevoelig genoeg om te zwijgen als hij weer eens gebukt ging onder een depressie.

Het regende niet, maar boven zee was het zwaarbewolkt. De wolken bewogen niet in de windstille lucht.

Met een stevige westenwind, dacht Christopher, zouden we stralend nazomerweer hebben. Maar hij geloofde niet dat het ervan zou komen. Het zou grijs en naargeestig blijven.

Een paar mannen zaten om de ronde tafel te kaarten, en ondanks het vroege uur koffie met de onvermijdelijke pastis te drinken. Ze keken even op toen Christopher binnenkwam, mompelden een groet en gingen weer door met hun spel.

Christopher ging op zijn stamplaats zitten, een tafeltje voor het raam, vanwaar hij een mooi uitzicht had op de schepen in de haven en het platte gebouwtje waarin de zeilschool gevestigd was. Jacques, de uitbater van de kroeg, die met zijn snorretje en zijn altijd vette haren de belichaming van de Zuid-Franse boef uit een gangsterfilm was, kwam meteen op hem af.

'Goddank, je bent nog heel! Ik zag je al om een boom gekruld staan of in zee drijven. Je had zaterdag absoluut niet meer in de auto mogen stappen!'

'Waarom heb je me niet tegengehouden?'

Jacques begon heftig te gesticuleren. Hij praatte altijd met handen en voeten, wat hem algauw een onbetrouwbare indruk verleende.

'Je had jezelf eens moeten zien! We hebben hier met z'n allen op je in staan praten! Je was behoorlijk agressief. Je stond te brullen dat het jouw zaak was of je achter het stuur ging zitten en of je een ongeluk zou krijgen of niet. Ik wilde je de autosleuteltjes nog afpakken, maar toen gaf je me een dreun!' Jacques wees beschuldigend op zijn linkerwang. 'Wat kon ik er verder nog aan doen? De andere gasten vonden ook dat we je maar moesten laten gaan.'

Christopher begon het zich heel in de verte te herinneren.

'God,' zei hij, 'heb ik je geslagen? Dat spijt me, echt waar.'

'Het is al goed,' zei Jacques grootmoedig. 'Een goeie ouwe vriend vergeef je het een en ander.'

'Het mag een wonder heten dat ik thuis ben gekomen.'

'Inderdaad. Je mag je beschermengel wel dankbaar zijn.'

'Vind je? Ik weet het niet. Ik hang niet bepaald aan het leven, zoals je weet.'

'Iedereen hangt aan het leven,' zei Jacques. 'Dat is een automatisme. Je weet het alleen niet. Maar als er opeens iemand komt die je van het leven wil beroven, vecht je als een leeuw.'

'Nee. Ik zou hem zeggen dat hij het kort en pijnloos moet houden, maar laat hij het maar wel doen.'

Jacques zuchtte even. Hij kende die sombere stemmingen

waar Christopher regelmatig onder gebukt ging. Dan sprak hij ervan dat hij dood wilde, omdat hij de zinloosheid van zijn bestaan niet meer kon verdragen. Hij was er vaak vandoor gegaan met de aankondiging dat hij er nu een eind aan ging maken. Eigenlijk nam niemand hem nog serieus, maar soms dacht Jacques: op een dag doet hij het, juist omdat niemand het meer gelooft. Dan doet hij het gewoon, om iedereen een lesje te leren.

Christophers depressiviteit was begonnen op een dag in september, zes jaar geleden. Hij was zondagsavonds van een zeiltochtje met zijn boot teruggekeerd en had daarboven, in La Cadière, een leeg huis aangetroffen. Er lag een briefje op de keukentafel, waarin zijn vrouw hem meedeelde dat ze samen met de kinderen voor altijd naar Duitsland terugging en bovendien echtscheiding zou aanvragen. Christopher had wel geweten dat er in zijn huwelijk onderhuids veel ontevredenheid en agressie heersten, maar hij had er geen rekening mee gehouden dat zijn vrouw haar dreigementen om ermee te kappen echt zou uitvoeren.

Zijn gezin was alles voor hem geweest – zijn middelpunt, de zin en de inhoud van zijn leven, zijn toekomst.

Hij stortte in een diepe afgrond.

Niemand wachtte meer met het eten op hem als hij thuiskwam, niemand verwarmde 's avonds zijn bed. 's Zomers kon hij niet meer met de kinderen naar het strand gaan om te zwemmen of in de herfst op de boulevard met hen gaan skateboarden. Geen picknicks meer op lauwwarme lenteavonden in de bergen, geen gezamenlijke bezoekjes bij McDonald's, geen tripjes naar de lavendelvelden en beboste dalen in het achterland. Geen luidruchtig en uitgebreid ontbijt op de zondagochtend, geen vrolijk gelach in de kamers.

Alleen nog stilte, leegte, eenzaamheid. Deze eenzaamheid maakte voor Christopher de gedachte aan de dood dikwijls verleidelijk. In al die jaren had hij die ingrijpende verandering in zijn leven niet verwerkt.

Jacques had oprecht medelijden met deze man, die hij in de ruimste zin des woords tot zijn vrienden rekende.

'Ik breng je eerst eens een bak koffie,' zei hij. 'Mij dunkt dat je die wel kunt gebruiken.'

'Met een pastis ernaast!'

'Geen alcohol hedenmorgen,' zei Jacques streng. 'Zaterdag ben je op 't nippertje aan een alcoholvergiftiging ontsnapt. Je moet het een tijdje wat rustiger aan doen.'

'Ik ben hier klant, Jacques. Geef me een pastis!'

Jacques zuchtte. 'Op je eigen verantwoording. Je lever krijgt een knauw, hoor, maar jij moet zelf weten wat je hem aandoet.'

Hij ging de keuken in, terwijl Christopher naar de muren staarde en zijn hoofd pijnigde om beeldflarden van de afgelopen zaterdagavond naar boven te halen. Hij kon er geen enkele lijn in ontdekken. Vanaf een bepaald moment zonk de avond weg in een wazige nevel die niet wilde optrekken.

Jacques kwam terug met koffie en pastis en Christopher vroeg: 'Wat was er zaterdag eigenlijk aan de hand?'

'Je bedoelt, toen...'

'Ja. Toen ik zo ongeremd begon te hijsen. Wat was er gebeurd?'

'Niets. Je had je gebruikelijke depressie. Je kwam om tien uur binnen en verkondigde dat het leven geen zin meer had.'

'En toen?'

Jacques haalde zijn schouders op. 'Toen bestelde je een borrel. De ene na de andere. Met af en toe een whisky ertussendoor. Je praatte over je kinderen en over je vrouw. Eigenlijk net als elke zaterdagavond. De weekends, weet je wel, die altijd een...'

'Niet alleen maar de weekends,' zei Christopher. 'O, god, nee, niet alleen de weekends.' Hij draaide zijn glas rond en staarde in de melkachtige vloeistof.

'Het leven,' zei hij, 'is gewoon één grote berg shit.'

3

'Misschien moeten we een keer met elkaar praten,' zei Henri zacht. Het was ochtend, even na achten, en het was ongebruikelijk dat hij op zijn vrije dag al zo vroeg op was. In het weekend was het hard werken, en de maandag gebruikte hij altijd om eindelijk eens echt uit te slapen. Vandaag was hij al om zes uur naar buiten gegaan om een wandeling te maken, maar nu hij terug was, zag hij er niet opgefrist uit, eerder bleek en zorgelijk.

Ouwelijke pizzabakker, dacht Nadine vol animositeit.

Hij zou vroeg oud worden, dat tekende zich nu al af. Misschien leefde hij te gespannen en werkte hij te hard. Toen Nadine hem leerde kennen was hij een vrolijke, onbezorgde man geweest, die er opvallend goed uitzag, uitstekend kon surfen en waterskiën, veel te hard met de auto rondscheurde en in de discotheken langs de kust onvermoeibaar bleek te kunnen dansen. Hij leek Nadine de man bij uitstek die haar uit het trieste leven met haar moeder kon bevrijden.

Ze waren allebei jong, aantrekkelijk, levenslustig en waren algauw een stel. Een tijdlang deden ze alleen maar wat ze leuk vonden: ze huurden een zeilboot en brachten eindeloze zomernamiddagen door in de kleine idyllische baaien langs de kust. Met tientallen vrienden – ook allemaal jong, mooi en onbezorgd – hielden ze barbecueavondjes op het strand of in de bergen. Ze maakten wilde autoritten, liepen 's avonds hand in hand over de boulevard van St. Cyr, aten een ijsje, en Henri, die in de keuken van een hotel werkte, droomde van het kleine pizzarestaurant dat hij op een dag zou hebben. Hij was de zoon van een Italiaanse vrouw, had zijn opleiding tot kok in Italië gevolgd en zei met een aangeboren zelfbewustzijn dat hij de beste pizzabakker in de wijde omtrek was.

'Je zult het zien, ze lopen de deur plat. Ze zullen van heinde en ver hierheen komen voor mijn pizza. Wij zullen de beste reputatie genieten, en de mensen zullen blij zijn als ze bij ons een plaatsje kunnen krijgen.'

Het stond voor hem al vast dat ze samen door het leven zouden gaan, en Nadine zou zich toch niet met iemand hebben ingelaten die niet van plan was met haar te trouwen en haar een onderdak te bieden. Ze vond het een leuk idee eigenares te zijn van een klein maar fijn restaurant, interessante gasten te krijgen en in de verre omtrek bekendheid en erkenning te genieten. Ze smeedden plannen en beleefden een schitterende, hete en verliefde zomer, waarvan Nadine altijd vond dat dát de beste periode in hun relatie was geweest.

Aan het eind van die zomer, toen een warme, gouden herfst aanbrak, vroeg Henri aan Nadine of ze met hem wilde trouwen. Die vraag beschouwde zij als een pure formaliteit, maar Henri kweet zich er stijlvol van, met rode rozen en een kleine ring met briljanten. Nadine gaf haar jawoord en toen sprak Henri aarzelend: 'Nadine, ik wil graag dat je mijn nicht Cathérine leert kennen.'

Hij had wel eens eerder over zijn nicht Cathérine gesproken, maar dan had Nadine nooit goed geluisterd. Henri had gewoon een nicht, die in de havenwijk van La Ciotat woonde en die hij blijkbaar als een soort zus beschouwde. Waarom ook niet?

'Natuurlijk wil ik haar leren kennen,' zei ze. 'Ze komt toch zeker ook op onze bruiloft?'

'Dat weet ik niet zo zeker. Je moet weten... Cathérine had zelf graag mijn vrouw willen worden. Ik vrees dat dat nooit is veranderd.'

'Maar ze is toch je nicht, dacht ik?'

'Dat komt wel vaker voor. Wij zouden niet de eerste neef en nicht zijn die met elkaar trouwen. Het is in elk geval toegestaan, en zoals ik zei, het komt tamelijk vaak voor.'

Vanaf dat moment had Nadine een antipathie tegen Cathérine gehad. Ze was niet meer gewoon een familielid, ze was een rivale geworden.

'En,' vroeg ze, 'beantwoordde jij haar gevoelens? Wilde jij ook met haar trouwen?'

'Dat weet ik niet meer precies. Best mogelijk dat we dat als kinderen een keer hebben besloten. We hebben heel veel tijd met elkaar doorgebracht. We waren als broer en zus.'

'En op een gegeven moment hield je op met haar als de vrouw aan je zijde te beschouwen?'

'Natuurlijk.' Henri had haar heel verbaasd aangekeken. 'Ik nam het toch al nooit serieus, en daar komt nog bij... nou ja, je zult haar wel zien. Ze is een schat van een meid, maar... Nee, ik heb nooit overwogen haar tot mijn vrouw te maken.'

Toen was er een afschuwelijke avond bij Bérard gevolgd en zo duur, dat Henri nog weken daarna over het geld jammerde. De sfeer en Henri's nervositeit gaven Nadine het gevoel dat ze bij haar toekomstige schoonouders op bezoek zat, terwijl ze toch alleen maar de een of andere nicht van haar toekomstige man leerde kennen.

Maar ze begreep onmiddellijk dat Cathérine als vrouw geen serieuze concurrentie was. Een meter achtentachtig lang was ze, met brede schouders en brede heupen, het toonbeeld van een lompe trien. Nadine vond haar gewoonweg lelijk, niet slechts saai, onooglijk of onaantrekkelijk, nee, echt lélijk. En dat, terwijl Cathérine die avond in een fase was waarin haar huidziekte net was weggeëbd. Met behulp van een heleboel speciale make-up en bij het gunstige licht van kaarsen slaagde ze erin de ergste sporen enigszins te verbergen. Nadine zag wel dat die trien bovendien nog een slechte huid had, maar de totale omvang van de destructie die de ziekte al had aangericht ontging haar.

De sfeer was vanaf de eerste minuut gespannen. Cathérine trok een gezicht alsof ze de hoofdrol speelde in een Griekse tragedie. Henri kwekte onophoudelijk en deed veel te veel moeite, en het meeste wat hij zei was onzin. Voor de eerste keer sinds ze bij elkaar waren, kreeg Nadine de indruk dat zij intellectueel op een verschillend niveau zaten, en die gedachte frustreerde haar. De volgende dag zei ze bij zichzelf dat het door de opwinding was gekomen dat Henri zo dom en oppervlakkig had zitten zwammen; pas veel later kwam ze erachter dat ze die avond bij Bérard zonder meer een juist inzicht had gehad: intellectueel was Henri haar mindere, en daarin lag van begin af aan het beslissende zwakke punt in hun relatie.

Nadine begreep dat Cathérine haar vanaf het eerste ogenblik haatte, en zij zag niet in waarom ze niet hetzelfde zou doen. Normaal gesproken zou ze met zo'n ongelukkige vrouw, voor wie haar hele leven lang geen man zich zou interesseren, alleen maar medelijden hebben, maar aangezien Cathérine haar met onverholen minachting bejegende, reageerde zij ten slotte ook alleen nog maar vol afschuw. Had dat lelijke mens serieus gedacht iemand als Henri tot echtgenoot te krijgen? Ze moest wel aan een ziekelijke zelfoverschatting lijden.

Cathérine verscheen niet op de bruiloft, zodat er van Henri helemaal geen familie aanwezig was. Zijn vader leefde allang niet meer en zijn moeder, de Italiaanse van geboorte, was naar haar vaderland teruggekeerd en durfde een reis van Napels naar de Côte de Provence niet meer aan.

'Heb jij behalve je moeder en Cathérine echt helemaal niemand meer op de wereld?' vroeg Nadine laat in de nacht, toen het feestelijke diner met veel champagne achter de rug was en ze in Henri's appartement in St. Cyr samen in bed lagen.

Henri gaapte. 'Ik heb nog een oude tante. Een achternicht, of zoiets, van mijn vader. Ze woont in Normandië. Ik heb al jaren geen contact meer met haar. Cathérine gaat zo nu en dan naar haar toe.'

Die oude tante, van wie Henri nauwelijks nog wist hoe ze heette, bleek een factor van doorslaggevend belang in hun leven te zijn. Nog geen jaar na hun trouwen overleed ze en liet een aanzienlijk sommetje geld na, dat, zo had zij bepaald, in gelijke mate over haar laatste familieleden, Cathérine en Henri, verdeeld moest worden. Dat was natuurlijk hoogst onrechtvaardig, aangezien Cathérine regelmatig bij haar was gekomen, terwijl Henri zich geen enkele keer bij haar had laten zien. Maar het viel niet anders te interpreteren of aan te vechten; ieder kreeg zijn deel. Cathérine zegde haar baan bij een notaris op; het gesmiespel van haar collega's, die haar nooit in hun midden hadden opgenomen, was toch altijd al pijnlijk voor haar geweest. Ze kocht die afzichtelijke, kleine woning in La Ciotat en belegde de rest van haar erfdeel goed, zodat ze er een paar jaar op zeer zuinige wijze van kon leven. Verder had ze er zeer concrete ideeën over hoe ze haar levensonderhoud van nu af aan zou gaan verbeteren.

Want Henri gebruikte zijn geld om een kleine, vervallen kroeg in Le Liouquet te kopen. Het hoorde bij de gemeente La Ciotat, maar lag helemaal buiten de stad. Het huisje, dat slechts door een smalle straat van de zee gescheiden was, beschikte op de begane grond over een ruime maar volstrekt onvoldoende geoutilleerde keuken, een grote gelagkamer met een bar en een klein toilet. Op de eerste verdieping lagen drie kleine kamers en een badkamer, en er liep een steile trap naar de zolder, die je in de zomer ook heel goed als bakoven had kunnen gebruiken.

Buiten lag een bestrate tuin met mooie, oude olijfbomen. Henri was heel enthousiast.

'Een goudmijntje,' zei hij tegen Nadine, 'een waar goudmijntje!'

Zij was sceptisch. 'Hoe komt het dan dat het zo verwaarloosd is? Het ziet er toch echt niet uit als een goudmijntje.'

'De eigenaar was al stokoud. Hij heeft het al jaren niet meer kunnen onderhouden. Wij gaan het anders doen, let maar op!'

Het geld was voldoende om de koop te sluiten, maar ze moesten een tamelijk hoge lening afsluiten om het hele pand in orde te brengen en een keuken te laten aanleggen die overeenkwam met Henri's ideeën en eisen. De afbetaling en de renteaflossing duurden jaren.

De kleine kroeg, die Henri Chez Nadine noemde, kwam volstrekt niet overeen met het idee dat Nadine van een eigen restaurant had. Zij had een deftigere, chiquere ambiance gewild. Ze vond het afgrijslijk dat ze in een paar kamers boven de keuken en de eetzaal moest huizen, met daarboven alleen nog die akelige zolderkamers die bovendien af en toe ook nog verhuurd werden. Een aparte woning zou echter te duur zijn geworden, en ook het verhuren van de kamers bracht de extra francs in het laatje die ze hard nodig hadden. Henri, die uiteraard wel besefte dat dit Nadine helemaal niet aanstond, verkondigde telkens weer dat Chez Nadine slechts het begin was.

'Je begint altijd klein. Op een gegeven moment kopen we dat luxerestaurant in St. Tropez, dat zeg ik je.'

Na verloop van tijd begreep Nadine dat dat nooit het geval zou zijn. Chez Nadine werd goed bezocht, maar het geld was altijd net genoeg om enigszins onbezorgd te kunnen leven – op voorwaarde dat ze tamelijk bescheiden eisen stelden – en ervoor te zorgen dat het restaurant bleef lopen. Ze slaagden er nooit in iets opzij te leggen. Het gourmetrestaurant in St. Tropez kwam steeds verder weg te liggen, en op een zeker moment realiseerde Nadine zich dat ze, als het op Henri aankwam, voor de rest van haar leven in Le Liouquet zou zitten en met pizza's en pasta tussen de keuken en de eetzaal heen en weer zou lopen zeulen. Want híj hield van Chez Nadine. Het was zijn lust en zijn leven. Vrijwillig zou hij er nooit weggaan.

En ook Cathérine had zich inmiddels van een plekje verzekerd. Het bleek namelijk dat ze met Henri was overeengekomen dat zij dagelijks bij Chez Nadine zou komen helpen. Ze zou de afwas doen, schoonmaken en – naargelang de stand van zaken met haar ziekte – helpen met bedienen. Daar verzette Nadine zich in alle hevigheid tegen.

'Ik wil haar niet hier hebben! Die vrouw heeft de pest aan me!

Ik wil niet met iemand onder één dak vertoeven van wie ik weet dat ze me naar de hel wenst – én dat ze jou wil hebben!'

'Maar ik heb het haar beloofd,' zei Henri onbehaaglijk, 'anders had ze haar baan niet opgezegd.'

'Dat is mijn probleem niet. Daarover hebben jullie niets tegen mij gezegd, anders had ik jullie meteen wel verteld dat het geen goed plan is.'

'Maar we hebben wel extra hulp nodig.'

'Daar wemelt het van. Daarvoor hoeven we Cathérine niet te nemen.'

'Het gaat Cathérine echt niet alleen om het geld verdienen. Dat mens is ontzettend eenzaam. Het is bijna uitgesloten dat ze er ooit in slaagt een eigen gezin te stichten. Wees zo edelmoedig en laat haar een beetje deelnemen aan ons leven!'

'Zij heeft míj als eerste afgewezen, niet andersom. Ik wil haar gewoon niet hier hebben, Henri. Heb daar respect voor, alsjeblieft!'

'Jij hebt zoveel meer dan zij. Je kunt toch wel...'

'Nou, wat heb ik eigenlijk?' vroeg Nadine verbitterd. 'Een rottige pizzatent aan mijn lijf. Dat is alles!'

Uiteindelijk kwam het erop neer dat Henri Cathérine zo af en toe te hulp riep als Nadine er niet was en dat er verder verscheidene meisjes uit de omliggende dorpen kwamen helpen. Dat was natuurlijk ver verwijderd van datgene waar Cathérine naar had gestreefd. Ze nam het aan, omdat het het enige was wat ze kon krijgen. Maar haar haat jegens Nadine – en deze wist dat – werd met de dag groter. Nadine negeerde opzettelijk het feit dat de gehate nicht niet vaak bij Chez Nadine kwam en verdrong eveneens dat Henri in zakelijke problemen of kwesties Cathérine veel vaker in vertrouwen nam dan zijn eigen echtgenote.

Hij is er intussen allang van overtuigd geraakt, dacht Nadine soms, dat het slimmer was geweest om met Cathérine te trouwen dan met mij. Die twee leven en sterven voor die idiote tent, die dan Chez Cathérine geheten zou hebben en waarvoor Cathérine zich levend zou laten villen.

'Waar wil je met me over praten?' vroeg ze nu. Ze stond in de keuken en had net een kop thee gezet. Ze sloot beide handen om de warme beker, maar ze wist niet of de kou die ze voelde van de koele ochtendlucht kwam die door de open tuindeur woei of dat het innerlijke kou was, die vanuit haar ziel kwam.

'Ik denk dat je dat wel weet,' zei Henri. 'Ik bedoel, waarover wij moeten praten.'

'Ik heb geen behoefte om te praten,' zei Nadine en klemde haar handen nog krampachtiger om de beker. Fijn porselein zou allang gebroken zijn, maar het dikke aardewerk doorstond het.

'Als je wilt praten moet je zeggen waar het over gaat!'

Hij staarde haar aan. Hij zag er moe en oud uit. Of misschien niet eens zo oud, met zijn zesendertig jaar, maar wel versleten. Moe en versleten. En heel erg kwetsbaar.

'Nee,' zei hij uitgeput, 'dat moet van jou uitgaan. Ik speel het niet klaar om er uit mezelf over te beginnen. Het is... té verschrikkelijk.'

Zij haalde haar schouders op. Innerlijk was ze gespannen, had ze het koud en huiverde ze, en tegelijkertijd wist ze dat ze zich aan de buitenkant koeltjes moest opstellen. Haar gezicht ging altijd meer op een masker lijken naarmate een situatie haar sterker aangreep. Dan verdween al het licht uit haar ogen en werd haar regelmatige gezicht onbeweeglijk en als uit steen gehouwen. Een tegenstander moest zich wel geprovoceerd voelen door zoveel verstarring.

Hij kende haar al zoveel jaren, en toch had hij dat karakterpatroon van haar nooit begrepen. Hij zag alleen haar afwijzende uitdrukking en dacht: op een dag vries ik nog dood bij die vrouw.

En hij besefte dat hij allang bevroren was.

En ook dat zij nooit uit zichzelf naar hem toe zou komen om te praten.

Niet op deze koele oktobermorgen, noch op enig later tijdstip.

4

Om tien uur die maandagmorgen stond Laura's moeder op de stoep om de kleine Sophie terug te brengen en te horen wat verder de bedoeling was. Gisteravond had Laura tot haar verrassing haar kleindochter gebracht en vaag iets gezegd over een 'noodsituatie'. En ze had eraan toegevoegd dat het kon zijn dat ze op korte termijn naar Zuid-Frankrijk moest. Of haar moeder de kleine meid dan nog een weekje bij zich kon hebben. Elisabeth Brandt begreep niet wat er gebeurd kon zijn, maar ze moest en zou erachter zien te komen.

Laura stond met de telefoon tegen haar oor toen ze haar moeder binnenliet. Ze had juist het hotel in Pérouges gebeld en een verveeld mens aan de lijn gekregen met de mededeling dat ze haar zou doorverbinden. Vlak daarvoor had ze Pérouges op de landkaart gevonden, in de buurt van Lyon. De afstand tot Genève leek haar erg groot, en ze kon zich dan ook niet voorstellen dat Peter daar gelogeerd had en drie dagen lang al die kilometers heen en weer had gereden om zijn opdracht in Zwitserland uit te voeren. Ze had het opeens koud gekregen toen het vermoeden in haar opkwam dat het slagveld van haar huwelijk nog veel groter was dan ze na die akelige dag van gisteren had gedacht.

'Ik snap niet waarom je zo plotseling naar Frankrijk moet,' zei Elisabeth, in plaats van een begroeting. 'Ik dacht dat Peter met een vriend aan het zeilen was. Wat heb jij daar nou te zoeken?'

'Zo meteen, mam. Er zijn problemen met het huis.' Ze maakte een gebaar dat haar moeder maar met Sophie naar de woonkamer moest gaan. Zelf bleef ze op de gang achter. Elisabeth sprak en verstond geen Frans, dus kon ze het telefoongesprek niet volgen.

Ze hoorde Elisabeth in de woonkamer babbelen met Sophie. Het kleine meisje giechelde en lachte; ze was erg gesteld op haar grootmoeder.

Aan de andere kant van de lijn meldde zich een receptioniste van het hotel. Laura slikte; ze had het gesprek liever beëindigd nog voor het was begonnen om zichzelf te besparen wat er misschien nu op haar af kwam. Misschien was het soms beter om niets te weten. Maar ze had het gevoel dat ze zich niet langer voor de realiteit kon verstoppen. Het balletje was allang aan het rollen. Het lag niet meer in haar macht het te stoppen.

'U spreekt met het kantoor van Peter Simon in Frankfurt,' zei ze. 'Ik doe de boekhouding en kan een afboeking niet meer terugvinden. Meneer Simon is in mei bij u te gast geweest. Kunt u mij zeggen hoe hoog die rekening was?'

'Meneer Simon. Eén moment...' De receptioniste leek in een boek te bladeren. 'In mei, zegt u? Even kijken, hier... de heer en mevrouw Simon uit Duitsland...'

Meteen begon het luid te dreunen in Laura's oren. De stem van de receptioniste in Pérouges was heel ver weg. Ze noemde haar een of ander bedrag dat Laura als door een wattenlaag hoorde, maar niet begreep. Ze liet zich op de onderste tree van de trap zakken en dacht dat ze zo meteen zou beginnen te klappertanden.

'Mevrouw? Bent u daar nog? Heb ik u hiermee van dienst kunnen zijn?'

De verre stem van de receptioniste drong tot haar door. Ze moest iets terugzeggen.

'Jazeker, hartelijk dank. Dat wilde ik alleen maar even weten. Tot ziens.'

Ze drukte de toets in om het gesprek te beëindigen. Vanuit de woonkamer hoorde ze Elisabeth zeggen: 'Je hebt Sophie gisteren trouwens veel te dun gekleed bij me afgeleverd! Dat kan zo niet in oktober!'

Alweer iemand die antwoord wilde.

'Ja, mam.'

Ze wist niet hoe ze van de trap omhoog moest komen. Als ze het probeerde, zou ze waarschijnlijk door haar knieën zakken. Ze had met het telefoontje moeten wachten tot ze alleen was. Nu had ze geen idee hoe ze de ontzetting, die geen grenzen kende, moest verbergen. Ze had waarschijnlijk een krijtwit gezicht.

De heer en mevrouw Simon.

En wie mocht dan wel de vrouw zijn die hij voor mevrouw Simon had uitgegeven?

Of was dat uiteindelijk niet van belang?

Een of ander smerig affairetje, dacht Laura, goedkoop, clichématig. Te gek om los te lopen; hij had een of ander liefje met wie hij in een exclusief hotel rotzooide en die hij liet inschrijven als zijn eigen vrouw, omdat hij te kleinburgerlijk was om zich onder een andere naam met een vrouw op een kamer terug te trekken.

Plotseling werd ze misselijk. Ze liet de telefoon vallen, sprong overeind, rende naar de keuken en gaf over in de gootsteen. Haar huid was van het ene moment op het andere met een laagje zweet bedekt. Ze rilde en kokhalsde, en toen ze niets meer in haar maag had kwam er alleen nog wat gelig slijm.

Ze hoorde de voetstappen van haar moeder naderbij komen. 'Waar blijf je toch? Ben je nog steeds aan de telefoon?'

Elisabeth stond in de deuropening van de keuken naar haar dochter te staren.

'Moet je overgeven?'

Ja, waar lijkt het anders op? dacht Laura agressief, maar tegelijk probeerde ze niet boos op haar moeder te zijn, want Elisabeth kon het ook niet helpen dat het leven van haar dochter zo rampzalig ineenstortte.

Laura richtte zich op, trok een rol keukenpapier naar zich toe en veegde haar mond af. Elisabeth keek in de gootsteen. 'Dat moet je niet met water wegspoelen. Ik ben bang dat dan de afvoer verstopt raakt. Ga aan tafel zitten en drink een glas water. Ik ruim de boel wel op.'

Laura protesteerde zwakjes. 'Nee, mam, dat kan ik niet van je vragen. Ik doe het straks zelf wel. Ik...'

Elisabeth drukte haar op een stoel aan de keukentafel. 'Jij doet helemaal niets. Je moet jezelf eens zien. Je ziet er ellendig uit; ik heb het idee dat je elk moment tegen de vlakte kunt gaan.'

Ze pakte water uit de koelkast en schonk een glas in. Ze zette het voor Laura neer met de woorden: 'Drink op. Je weet het, altijd alles wegspoelen.'

Ze begon ijverig met de keukenrol het braaksel van haar dochter naar het gastentoilet te brengen en door te spoelen. Ze opende het keukenraam en spoot wat interieurspray rond om de scherpe stank te verdrijven. Zoals altijd ging ze kordaat en ijverig te werk. En zoals altijd voelde Laura zich net een klein kind.

'Mam, Peter heeft een verhouding,' zei ze.

Elisabeth hield even op en ging toen verder met haar bezigheid, alleen een tikje agressiever dan daarvoor.

'Hoe weet je dat?' vroeg ze.

'Hij heeft in mei in een hotel bij Lyon overnacht. Samen met een vrouw die hij uitgaf als zijn echtgenote. Dat lijkt me ondubbelzinnig.' Terwijl ze de stand van zaken beschreef, werd ze weer misselijk. Ditmaal was ze er beter op voorbereid en kon ze haar braakneiging terugdringen.

Wat ontzettend is dit, dacht ze.

'Dus daarom wil je halsoverkop naar Zuid-Frankrijk. Niet omdat er met het huis iets niet in orde is,' stelde Elisabeth zakelijk vast. Ze werd altijd erg zakelijk als er iets emotioneels gebeurde. 'Weet je waar hij is? Ik bedoel maar, dan is hij zeker niet met die vriend aan het zeilen?'

'Aan het zeilen is hij niet, dat weet ik. Maar waar hij dan wel uithangt – geen idee. Ik weet niet eens wie die vrouw is met wie hij me bedriegt. Maar zijn laatste levensteken komt uit St. Cyr.'

'Zeker weten?'

'Ik heb met de baas van een pizzeria daar gesproken. Peter heeft er zaterdagavond gegeten. Dus hij is daar geweest. Maar vervolgens ontbreekt elk spoor.'

'Denk je... dat hij met die vrouw samen is?'

Laura wist dat dit alles een tragedie was voor haar moeder, die intussen de gootsteen stond uit te schrobben met een heftigheid alsof ze hem in onderdelen uit elkaar wilde nemen. Elisabeth zou er bijna niet overheen komen dat ze een dochter met een *mislukt huwelijk* had. Als ze zich van de schok had hersteld, zou ze onvermoeibaar naar een oplossing voor het probleem gaan zoeken.

'Hij zit in moeilijkheden,' zei Laura, 'op financieel gebied.' Dat was zacht uitgedrukt. Maar preciezer wilde ze het haar moeder niet omschrijven. 'Ik kan me voorstellen dat hij... je weet wel, een soort kortsluiting... misschien is hij ergens ondergedoken.'

Elisabeth had nooit de neiging gehad de dingen mooier te maken dan ze waren.

'Je bedoelt dat hij misschien samen met die vreemde vrouw... ergens in het buitenland zit en jou en je kind overlevert aan een onzekere toekomst?'

De misselijkheid kwam weer opzetten. 'Ik weet het niet, mam.'

'Hoe erg zijn die financiële problemen dan?'

'Ook dat kan ik niet precies overzien. Ik ben er gisteren pas mee geconfronteerd. En sinds vandaag weet ik ook van... zijn verhouding. Ik heb al die draden nog niet ontward.'

'Nou, als je mijn mening wilt horen,' zei Elisabeth, en ze stopte eindelijk met het mishandelen van de gootsteen, 'dan zou ik niet naar Frankrijk rijden. Breng eerst de boel hier op orde. Misschien staat je financiële toekomst wel op het spel. Die moet je in orde brengen.'

'Voor mij staat er iets heel anders op het spel,' zei Laura. 'Als de dingen er zo voorstaan als ik nu vermoed, dan is geld wel het laatste wat me interesseert.'

Ze stond op. Deze keer haalde ze wel het toilet en gaf ze opnieuw over. Het gezicht dat daarna vanuit de spiegel terugkeek leek van een vreemde te zijn.

Alsof het bij een andere vrouw hoorde.

5

Monique Lafond had al een week een slecht geweten en besloot die maandagochtend dan ook de dreunende pijn achter haar voorhoofd te negeren, evenals het feit dat ze nog verhoging had. Ze was een plichtsbewust mens en liet zich gewoonlijk ook door ziekte niet afhouden van taken die ze eenmaal op zich genomen had. Maar deze griep had haar met ongekende hevigheid overvallen en zich snel vastgezet in een aanhoudende, zeer pijnlijke voorhoofdsholte- en bijholteontsteking. Monique ging nooit naar de dokter – het was in de zevenendertig jaar die ze inmiddels telde ook nooit nodig geweest – maar nu kon ze uiteindelijk niet anders. Hij had haar medicijnen en strikte bedrust voorgeschreven.

Ze was dan ook niet volgens de afspraak op 29 september naar het huis van mevrouw Raymond gegaan om schoon te maken, maar sleepte zich er meer dan een week later pas heen. En daarom voelde ze zich op een of andere manier schuldig.

In feite zou het mevrouw Raymond niet veel uitmaken. Ze was op 29 september teruggegaan naar haar huis in Parijs en kwam waarschijnlijk pas met Kerstmis weer naar St. Cyr. De afspraak was echter dat Monique op de dag van het vertrek of anders een dag later grondig zou schoonmaken, in de herfst elke twee weken in het huis zou gaan kijken en vlak voor kerst alles netjes in orde zou maken voordat mevrouw terugkwam.

De laatste zaterdag van september had ze geprobeerd mevrouw Raymond in alle vroegte te bellen, maar alleen het antwoordapparaat gekregen. Met schorre stem had ze ingesproken dat ze te ziek was om te komen schoonmaken, maar dat ze meteen aan de slag zou gaan zodra ze weer beter was. Mevrouw Raymond had niet teruggebeld, wat erop duidde dat ze bij het eerste ochtendkrieken al was vertrokken. De dag daarna had Monique nog een keer naar Parijs gebeld, maar ook daar alleen een antwoordapparaat gekregen. Omdat ze verder niets hoorde, ging ze ervan uit dat mevrouw het allemaal wel best vond, maar in haar hart vond ze het nogal onbeleefd van haar werkgeefster. Ze had haar na al die jaren op z'n minst even beterschap kunnen wensen.

Het was bijna middag – de klok wees een paar minuten voor twaalf – toen ze zich eindelijk in staat voelde om op weg te gaan. Ze had drie aspirientjes genomen en zo de pijn een beetje onderdrukt. De lichte verhoging wilde niet overgaan, maar ze besloot zich daar niet veel van aan te trekken.

Mevrouw Raymonds vakantiehuisje lag midden tussen de velden, die zich uitstrekten vanaf het centrum van St. Cyr tot de uitlopers van de bergen. De wegen waren smal en hobbelig, vaak met lage muurtjes erlangs en met wilde bloemen aan de randen. Tussen de wijngaarden lagen kleine boerderijen en dromerige huisjes in de schaduw van oude olijfbomen. In de zomers heerste hier een drukkende hitte, en zodra er een auto te hard over de slingerende wegen raasde, wervelde het kurkdroge stof omhoog. Maar vandaag, na die totaal verregende dag van gisteren, steeg er vocht uit de weilanden op. Het was bewolkt en Monique keek naar de dunne rookslierten die hier en daar uit de schoorstenen opstegen. Oostenwind. Het zag er niet naar uit dat het beter weer zou worden.

Ze ging met de fiets en merkte algauw dat het helemaal niet goed was om dit te doen. Al na een kilometer voelde ze zich slechter, en toen ze afsloeg naar de smalle weg door de velden, die in zekere zin de oprit was naar het huis van mevrouw Raymond, had ze barstende pijn in haar voorhoofd en kreeg ze de indruk dat de koorts weer op kwam zetten. Vanavond zou ze vast opnieuw erg ziek zijn en weer niet naar haar werk kunnen. Monique werkte als secretaresse bij een makelaar. Met het schoonmaken en toezicht houden op vakantiewoningen verdiende ze een extraatje bij, want het enige pleziertje dat zij in haar tamelijk eenzame vrijgezellenbestaan had was de jaarlijkse lange vakantie naar een ver land. Dat kostte een heleboel geld, en daarvoor zwoegde Monique zelfs in de weekends – of zoals nu, terwijl ze eigenlijk nog ziek was. Dit jaar was ze naar Canada geweest. Het komende jaar wilde ze naar Nieuw-Zeeland.

In de voortuin, die bestraat was en vol stond met olijfbomen, sprong ze van haar fiets. Ik hoop dat er niet is ingebroken, dacht ze, want daar zou ik een hoop gedonder mee krijgen.

Het huis lag vredig en stil onder de steeds loodkleuriger wordende hemel, en het zag er niet naar uit dat er ergens geweld was gebruikt.

Hoewel het geen koude dag was, moest Monique opeens rillen. Dat kwam vast van de koorts.

Toen ze de voordeur openmaakte, deinsde ze terug van een walgelijke, doordringende stank die haar tegemoetkwam en haar bijna de adem benam.

O, gadverdamme, dacht ze ontzet, er ligt hier iets te rótten.

Mevrouw had, in de veronderstelling dat Monique onmiddellijk alles zou komen opruimen, vast bederfelijke levensmiddelen open en bloot in de keuken laten liggen. De late zomerhitte van de afgelopen week had geen half werk geleverd. Monique zag het ontbindende vlees vol maden en wormen al voor zich. Af en toe haat ik die bijbaantjes, dacht ze.

In ieder geval was het haar wel duidelijk dat mevrouw Raymond haar berichtjes om een of andere reden nooit had gekregen, en het troostte haar dat het niet uit gebrek aan belangstelling was dat mevrouw niet naar haar gezondheid had geïnformeerd. Er was gewoon iets misgegaan in de informatieoverdracht.

Monique liep door de smalle gang, waar de stank erger werd en haar bijna onpasselijk maakte. Waarschijnlijk een uitpuilende vuilnisemmer. Zoiets walgelijks had ze nog nooit geroken. Het koude zweet brak haar uit en ditmaal wist ze niet zeker of het wel door de griep kwam. Deze stank had iets heel verontrustends, iets waar ze het ijskoud van kreeg en wat een eigenaardig gekriebel op haar hoofdhuid veroorzaakte. Het was een instinctief gevoel van afgrijzen.

Ik ben ziek, dat is het gewoon, zei ze bij zichzelf, maar echt geloven deed ze het niet.

In de keuken tikte een klok en er vloog een bromvlieg tussen de muren heen en weer, maar er kon geen sprake zijn van bergen verrot vlees. Op het aanrecht stond schone vaat in het afdruiprek en de vuilnisbak was goed gesloten. In een schaal op de vensterbank lag fruit te beschimmelen, maar Monique moest de snel opgekomen hoop dat hier de oorzaak van die vreemde weeë lucht lag meteen weer laten vallen. Het fruit rook maar een beetje, en dan moest je er dichtbij komen. Die stank kwám helemaal niet uit de keuken! Hij kwam uit het achterste gedeelte van het huis, daar waar de slaapkamers waren.

Haar maag kneep samen, en opeens besefte ze wat voor instinctieve reactie dit was. Het was als het geschreeuw van de dieren die het slachthuis ruiken.

Ze ademde dood in.

Haar verstand begon onmiddellijk tegen te spreken. Het was absurd. Op klaarlichte dag, in een idyllisch gelegen vakantiewoning in de Provence, rook je geen dood – en hoe rook de dood eigenlijk? Er moest een verklaring zijn voor die afschuwelijke lucht, een simpele verklaring, en die zou ze nu gaan ontdekken. Nu meteen.

Ze liep kordaat de gang in, deed de glazen deur open die het woongedeelte van het slaapgedeelte scheidde en betrad de slaapkamer van mevrouw Raymond. Die lag onder haar raam, gekleed in de flarden van haar nachthemd. Er zat een korte strop om haar hals. De ogen puilden uit hun kassen en haar tong stak zwart en stijf uit haar mond. Over de gehele vensterbank verspreid lag iets wat op braaksel leek. Monique staarde naar de aanblik die ze kreeg en kon haar ogen niet geloven. Haar hersens bleven absurd genoeg nog aldoor naar een redelijke verklaring zoeken.

Toen flitste door haar hoofd: *Bernadette!* Ze stormde de kamer ernaast binnen om naar het vierjarige dochtertje van mevrouw Raymond te kijken. Het meisje lag in haar kinderbedje. Met het kind was precies hetzelfde gebeurd als met de moeder, maar het had blijkbaar liggen slapen toen de moordenaar kwam. Hopelijk was ze niet wakker geworden toen hij haar begon te wurgen.

'Ik moet nadenken wat ik nu ga doen,' zei Monique hardop. De shock vormde een barrière tussen haar en de gruwelijkheden die ze had gezien, en verhinderde dat ze begon te gillen of flauwviel.

Ze liep, wankelend op haar benen, de kamer uit naar de keuken en ging op een stoel zitten. De klok leek nog luider te tikken dan daarvoor, hij dreunde letterlijk, en ook de vlieg begon met elke tel harder te zoemen. Monique staarde naar de rottende vruchten, appels en bananen waren het, die al papperig werden, en ze kon het bruinige, uitlopende vruchtvlees zien. Bruinig, uitlopend vlees...

Het getik van de klok en het gebrom van de vlieg zwollen gezamenlijk aan tot een oorverdovend gedreun. Het lawaai deed pijn aan Moniques oren en werd ondraaglijk. Het drong door tot in haar hoofd, zodat het dreigde te barsten. Ze vroeg zich af waarom de vensterruiten er niet van sprongen. Waarom de muren er niet van omvielen. Dat de wereld niet onderging, terwijl toch het allerergste was gebeurd.

Ze begon te krijsen.

6

Ze had onderweg geen enkele keer gerust. Naast zich op de voorbank had ze een fles mineraalwater liggen waar ze telkens een slok uit nam tot hij leeg was. Vreemd genoeg hoefde ze geen enkele keer naar het toilet, pas toen ze op de Pas d'Ouilliers uit de auto stapte, merkte ze dat ze nodig moest plassen. Ze ging achter een struik op haar hurken zitten en kreeg toen ook in de gaten dat ze stijf was geworden van het lange zitten; ze bewoog zich als een oude vrouw.

Ten slotte ging ze bij een picknicktafel staan en keek naar beneden, naar de duizenden flikkerende lichtjes in de baai van Cassis.

Het was bijna half elf, de avond was koel en bewolkt en hierboven waaide een koude wind. Ze had haar jack aan moeten trekken, maar ze had toch maar heel even willen blijven. Op dit punt had Peter haar voor de laatste keer opgebeld en hier was de draad geknapt. Hier had hij twee dagen geleden – twéé dagen pas? – gestaan en op dezelfde baai neergekeken als zij nu. Als dat klopte. Als hij hier geweest wás. Sinds haar wereld was ingestort, leek er bijna niets meer te zijn waar ze nog in kon geloven, maar omdat Henri Joly had bevestigd dat Peter bij Chez Nadine was geweest, was het heel aannemelijk dat hij daarvoor op de pas was geweest. Hij moest ergens zijn gestopt om te telefoneren – Peter telefoneerde nooit onder het rijden – dus waarom dan niet hier? Hij zou haast automatisch hiernaartoe hebben kunnen rijden, ze stopten hier altijd om te genieten van het eerste uitzicht op zee. Had dat voor hem hetzelfde betekend als voor haar – een gekoesterd ritueel, dat alleen zij met elkaar deelden? Na alles wat er was gebeurd, scheen het haar twijfelachtig.

Als hij van me had gehouden, dacht ze, en ademde diep de

lucht in die zoveel milder was dan thuis, zou er voor hem geen weekend met een andere vrouw zijn geweest.

En vermoedelijk waren het vele weekends geweest. Of stiekeme middaguurtjes, als zíj ook in Frankfurt woonde of er vaak was. Of op zakenreizen. Hoelang was dat al aan de gang geweest? Waarom had zij niets gemerkt? Maar ook zijn avontuurlijke speculaties en investeringen waren totaal aan haar voorbijgegaan.

Ze dacht na hoe haar eigen financiële situatie er de laatste tijd had uitgezien: grote bedragen had ze altijd bij Peter ingediend en die had hij vermoedelijk heel vaak niet betaald. Voor haar eigen behoeften beschikte ze over een kleine rekening, waar Peter met onregelmatige tussenpozen geld naar overmaakte. Er was al een hele tijd niets meer op die rekening gekomen en haar tegoed was behoorlijk teruggelopen. Maar daar had ze zich niet druk om gemaakt, omdat ze er altijd van uitging dat één woord genoeg zou zijn om de geldstroom weer op gang te brengen. Voorts had ze een creditcard die bij een van Peters rekeningen hoorde, maar daarmee had ze al heel lang niets meer gekocht. Als die geblokkeerd was, zou ze het niet hebben gemerkt.

Net Doornroosje. Ze was echt een Doornroosje geweest: door rozen omgeven, in een honderdjarige slaap.

Ze had tot nog toe niet gehuild, en zelfs op dit moment had ze daar geen behoefte aan; heel vreemd voor haar doen, want de waterlanders zaten bij haar tamelijk los en ze was om heel wat mindere redenen in tranen uitgebarsten. Nu stond ze op een plek die met romantische herinneringen verbonden was, en haar ogen bleven helder en droog. Vlak naast haar in een auto zaten twee mannen hevig te vrijen, maar daar had ze nauwelijks oog voor. Zij bevond zich in een innerlijke dialoog met de man die ze meende te kennen, maar die toch iemand anders was.

Je stond hier. Je hebt met me gebeld. Je was moe, zei je. Geen wonder, dacht ik, na zo'n lange rit. Nu begrijp ik dat het geen vermoeide indruk was die je op me maakte; misschien was het

dat waarom ik dat gevoel van onrust en beklemming kreeg. Je
was eerder gespannen en zenuwachtig. Anders was je altijd blij
en evenwichtig als je met Christopher ging zeilen. Maar je straal-
de helemaal geen blijdschap uit. Het ging niet goed met je. Je
was van plan je minnares te ontmoeten en je met haar uit de voe-
ten te maken, en je schulden en je vrouw, die nergens van wist,
gewoon van je af te schudden. Hier stond je en je vond jezelf een
monster en een lafaard – en dat was je ook. Je bent het nog.

Kon ze dat kille oordeel dat ze in gedachten over hem uitsprak
maar voelen. Maar daar was ze nog lang niet aan toe. Ze zou
een lange rouwperiode doormaken, dan een fase van haat en
minachting en daarna zou ze hopelijk ooit op een gelijkmoedige
manier en zonder emotie aan hem kunnen denken.

Op de weg tussen het heden en die toekomst lag de hel.

Een halfuur later deed ze de deur van het huis open. Het was een
klein huis in Quartier Colette, ingebed tegen een licht glooiende
helling, met terrassen waar wijn werd verbouwd. Het behoorde
tot de gemeente La Cadière, maar lag er eigenlijk buiten; je kon
de berg waarop het eigenlijke dorp lag heel goed zien, maar het
was ruim twintig minuten lopen. De wijk lag een beetje afgeschermd en werd alleen doorkruist door een privéweg. Het waren allemaal grote particuliere terreinen met hoge schuttingen
eromheen, en de meeste bewoners hadden een hond. Het aantal
inbraken aan de Côte was weliswaar teruggelopen, maar toch
was iedereen bedacht op de beveiliging van zijn eigendommen.

Als het aan haar lag, was Laura het liefst meteen naar Henri
en Nadine gegaan, want Chez Nadine was het volgende station
waarvan ze wist dat Peter er was geweest. Maar onderweg was
het haar te binnen geschoten dat zij vandaag hun vrije dag hadden, en ze wilde er om deze tijd niet vanwege persoonlijke redenen naartoe gaan. Ze moest tot morgen geduld hebben.

Meteen bij binnenkomst kreeg ze de indruk dat er na het verblijf van haar en Peter in de afgelopen zomer niemand was ge-

weest. Er hing een onaangetaste stilte tussen de muren en er lag stof. Ze liep evengoed de kamers door om zich ervan te vergewissen, maar wat ze zag, bevestigde haar eerste indruk. Er was geen bed opgemaakt, de keurig opgestapelde dekbedden en kussens vertoonden geen knikje of deukje. Het was heel onwaarschijnlijk dat er iemand had overnacht. Er waren ook geen vuile kopjes, gebruikte borden of lepels in de keuken te zien. En in de badkamer lag geen handdoek die uit de kast was gepakt om te gebruiken. Op de tafels, stoelen en planken lag stof. Peter was hier niet geweest.

Het had geen zin om voor vannacht de zware vensterluiken open te doen, dus bleef ze in de gebarricadeerde ruimte zitten, ademde de benauwde, muffe lucht in en probeerde haar gedachten te ordenen.

Waarom was ze hier gekomen? Had het met die vrouw te maken? Waarom wilde ze weten of het een Française was? Het kon ook een heel banale verhouding in Frankfurt zijn die zich in een hotel ergens in het Rhein-Main-gebied had afgespeeld waar ze voor een uurtje een kamer huurden. Als hij een keer niet een weekendje in Pérouges aan haar spendeerde. Dacht ze vanwege Pérouges dat het een Française was? Maar Peter had die plaats misschien alleen maar uitgekozen omdat hij hopeloos francofiel was (hij sleepte míj immers ook altijd mee naar dit land, dacht ze) of omdat hij inderdaad in Genève had moeten werken, alleen niet zoveel, zodat hij tijd had voor een romantisch weekendje. Best mogelijk dat ze samen uit Frankfurt waren vertrokken.

Maar waarom dan naar de Provence?

Dat hoeft helemaal niet met háár te maken te hebben, dacht ze, misschien was ze maar een vluchtig avontuurtje. Misschien speelde ze verder totaal geen rol. Misschien was hij alleen hiernaartoe gereden om nog één keer het land te zien waar hij zo van hield.

Misschien – en dat schoot opeens als een elektrische schok door haar heen – was hij helemaal niet van plan om ervandoor te gaan. Misschien wilde hij alleen maar onderduiken. Het was nooit háár verdenking geweest dat hij naar het buitenland wilde verdwijnen, dat vermoeden had Melanie uitgesproken en Laura had het kritiekloos overgenomen. Omdat het plausibel klonk natuurlijk. Maar daarom hoefde het nog niet zo te zijn!

Ik heb die affaire te veel gedramatiseerd, dacht ze, en ze merkte dat die gedachte de pijn een beetje minder maakte; Peter is in werkelijkheid gewoon in paniek geraakt door zijn schulden. Hij is weggekropen, hij zoekt rust en distantie, hij moet nadenken. Hij moet erover nadenken hoe hij mij ervan op de hoogte stelt dat we financieel aan de grond zitten. Dat we onze twee huizen moeten verkopen en we helemaal opnieuw en klein moeten beginnen.

Opeens was ze er heel zeker van dat hij in haar buurt was. Natuurlijk had hij zich niet in dit huis teruggetrokken, waar hij direct bereikbaar was. Hij zat waarschijnlijk in een hotel of een appartement. Maar ook daar zou hij een keer uit moeten komen. Ze kende zijn wandelroutes en de plekjes waar hij het meest van hield. Een van de komende dagen zouden ze elkaar tegenkomen en dan zou ze met hem praten.

Ik kan weer gaan werken, dacht ze, en het was alsof haar hart haast van vreugde begon te kloppen. Hoe heette het ook weer? Elk nadeel heeft zijn voordeel. Hierna zijn Peter en ik niet meer dezelfde mensen.

Morgen zou ze beginnen met naar hem te zoeken.

Dinsdag 9 oktober

1

Nadine wilde net het huis uitgaan toen Henri haar terugriep. 'Waar ga je naartoe?'

Het klonk niet zozeer scherp als wel bang. Ze draaide zich om. Zij had hem net nog in de badkamer gehoord, waar hij zich stond te scheren, en ze was ervan overtuigd geweest dat hij haar vertrek niet zou opmerken. Nu stond hij in zijn onderbroek en een T-shirt in het gangetje bij de keuken dat naar de achterdeur leidde. Hij had scheerschuim op zijn gezicht en de scheerkwast van dassenhaar in zijn hand. Zijn donkere haar was nog in de war van de nacht.

Wat een knappe man toch, dacht ze, en die vaststelling klopte evenzeer als die van gisteren, toen ze dacht: wat is hij oud! En wat een knappe, zwakke man!

'Moet ik tegenwoordig rekenschap afleggen als ik de deur uitga?' vroeg zij op haar beurt.

'Het is een kwestie van beleefdheid dat je even zegt dat je weggaat, vind ik,' zei hij.

'Ik ga wandelen. Gewoon wandelen. Vind je het goed?'

Hij nam haar van top tot teen op, en hij zou van haar vast niet denken dat ze mooi was. Vanochtend niet. Ze had in de spiegel gekeken en zichzelf onaantrekkelijker gevonden dan ooit. Zelfs toen ze ziek was – wat met haar goede gezondheid zelden voorkwam – had ze er niet zo ellendig uitgezien.

Verwoest, had ze daarnet gedacht, ik zie er *verwoest* uit.

Ze had haar joggingpak aangetrokken, haar slierten haar liefdeloos naar achteren gebonden en geen mascara of lippenstift opgedaan. Dat was niets voor haar.

'Nadine maakt zich altijd op, al gaat ze de plee schoonmaken,' grinnikten vroeger haar vrienden. Haar ietwat mondaine aard maakte op een natuurlijke manier deel van haar uit. Nu vond ze het allemaal overbodig en zinloos.

'Natuurlijk kun je gaan wandelen, wanneer je maar wilt,' zei Henri zacht.

'Dankjewel,' antwoordde Nadine.

'Kan ik er vanmiddag op rekenen dat je me helpt?'

'Waarom vraag je het niet meteen aan je lieve Cathérine?'

'Ik vraag het aan jóú.'

'Ik ben uiterlijk om elf uur terug. Is dat op tijd?'

'Natuurlijk.' Deze keer voegde hij eraan toe: 'Bedankt.'

Zonder verder nog iets te zeggen verliet ze het huis.

2

Cathérine bekeek zichzelf kritisch in de spiegel. De acne-aanval van afgelopen zaterdag was over zijn hoogtepunt heen. De puistjes begonnen te verdrogen. Ze zag er vreselijk uit, maar ook niet meer zo heel vreselijk. Met een heleboel make-up en veel moeite kon ze...

Die gedachte riep een vervelende herinnering op. Drie jaar geleden, toen ze weer in een geestelijk dal zat en dacht dat ze de voortdurende eenzaamheid niet meer uithield, en nog minder het vooruitzicht haar leven lang alleen te blijven, had ze op een contactadvertentie in de krant gereageerd. De tekst beviel haar. Die man schreef dat hij zelf niet erg knap was en ook geen schoonheid zocht, maar een vrouw met hart en gevoel voor romantiek. Hij had een paar teleurstellingen achter de rug en hechtte er vooral waarde aan als een vrouw oprecht en trouw was.

Cathérine meende dat zij aan alle criteria voldeed: zij was inderdaad geen schoonheid, maar ze had wel een hart en gevoel voor romantiek, al zat dat intussen tamelijk goed verborgen achter verbittering en vergeefsheid. Voor trouw en oprechtheid kon ze instaan – aan wat voor verleidingen werd een vrouw als zij onderworpen?

Ze schreef hem onder nummer, maar deed geen foto bij de brief, met de opmerking dat ze op dat moment geen recente foto van zichzelf had en zich niet jonger wilde voordoen met een foto van vroeger. Dat vond ze wel een handige zet van zichzelf, want daardoor kwam ze heel eerlijk over.

Twee avonden later belde de man op. Diezelfde dag had ze na een verbazend lange – té lange – periode van rust weer een aanval gehad. De acne overspoelde haar met buitengewone hevigheid, nu ook via haar hals naar haar buik en haar rug. Ze zag er monsterlijk uit.

'Ik woon in Toulon,' zei de man, die zich voorstelde als Stephane Matthieu, 'niet zo ver bij u vandaan dus. Laten we voor morgenavond een afspraak maken.'

Dat kon natuurlijk absoluut niet. Ze moest het beslist een dag of wat rekken.

'Morgen moet ik vroeg op om naar een tante in Normandië te gaan,' loog ze. 'Ze is ziek geworden en ik ben de enige familie die ze nog heeft.'

'Het spijt me dat te horen,' zei Stephane. 'Wat aardig van u dat u zo voor haar zorgt.'

'Dat vind ik heel vanzelfsprekend,' antwoordde Cathérine, terwijl haar gezicht brandde als vuur. Ze had al haar wilskracht nodig om niet te gaan krabben.

'Een mooie eigenschap,' zei Stephane. 'De jonge vrouwen van tegenwoordig denken meestal alleen maar aan hun pleziertjes. Disco, dure kleren, snelle auto's... mannen moeten aantrekkelijk zijn en veel geld verdienen. Dat is waar het bij hen op aankomt.'

'Weet u,' raapte Catehérine al haar moed bijeen, 'ik ben niet bepaald mooi. Maar ik weet wel waar het in het leven op aankomt. Ik wil maar zeggen dat ik weet welke dingen duurzaam zijn en welke niet.'

'Ik denk dat wij heel interessant met elkaar kunnen praten,' besloot Stephane. 'Belt u mij op als u van uw tante terug bent?' Ze belde hem na drie dagen; haar gezicht was hersteld. Het liefst had ze nog even gewacht, maar ze vermoedde dat hij nog wel meer reacties zou hebben gekregen, en ze was bang dat hij met een andere vrouw zou afspreken en haar zou laten vallen. Zij was die middag al begonnen zich op de ontmoeting van die avond voor te bereiden. Gelukkig was het november geweest en werd het al vroeg donker. Ze had een visrestaurant in Cassis uitgekozen waarvan ze wist dat er 's avonds alleen maar kaarsen brandden. Kaarslicht was gunstig voor haar. Ze had een dikke laag make-up en poeder aangebracht en bij een geschikte belichting kon haar huid er enigszins mee door.

Stephane was niet bepaald enthousiast over haar, dat merkte ze direct. Natuurlijk was ze gewoon te dik, dat kon ook het losvallende gewaad dat ze had uitgekozen niet verhullen. Ze had het risico genomen om ondanks haar lengte een decent hakje te dragen, want Stephane had in zijn advertentie aangegeven dat hij een meter negentig was. Maar het bleek dat hij wel wat gesmokkeld had: hij was kleiner dan zij, ook als ze geen schoenen aanhad. Onder het eten zat hij haar aandachtig op te nemen – Cathérine dankte god op haar blote knieën voor het sombere, mistige novemberweer buiten en het schemerlicht binnen – en zei slechts één keer: 'Hebt u last van allergie?'

Ze verslikte zich bijna. 'Ik ben mijn boekje te buiten gegaan,' antwoordde ze nadrukkelijk opgewekt. 'Ik kan niet tegen chocola met noten, maar ik zwicht wel eens.'

'Dat komt uw figuur ook niet ten goede,' zei Stephane.

Ze mocht hem eigenlijk totaal niet. Hij spreidde een arrogantie tentoon die nergens op stoelde, mopperde over het eten en liet de wijn twee keer terugbrengen voordat hij hem accepteerde. Hij liet een aantal keren doorschemeren dat hij Cathérine te dik vond ('daar valt wel wat aan te doen...') en maande haar geen dessert te nemen ('het is hier peperduur!'). Hijzelf had zijn broekband ónder zijn buik hangen en hij had voor een man een ongewoon slappe hangkont. Hij was misschien net een meter tachtig, in plaats van de aangegeven een meter negentig ('een drukfoutje van de krant'), en zijn stropdas was van een uitzonderlijke lelijkheid.

Met zo'n man oud worden, dacht Cathérine, terwijl de kilte haar bekroop. Maar toen dacht ze weer aan haar sombere, lege woning en de eindeloze eenzaamheid van alle dagen, en ze dacht dat Stephane niet erger zou zijn dan dat, en in de loop der tijd misschien zelfs wel beter.

De rest van de week slaagde ze erin om alleen maar 's avonds met hem af te spreken om het voordeel van de schemering uit te buiten, maar in het weekend, toen hij niet hoefde te werken – hij werkte bij een bank – was dat voorbij. Op zaterdag kon ze nog beweren dat ze bij Chez Nadine moest helpen, maar wat de zondag aanging hield hij hardnekkig vol. Hij wilde in de ochtend met haar naar een antiekmarkt in Toulon.

'Daarna kunnen we ergens een hapje gaan eten,' zei hij, 'en eindelijk eens concreet gaan nadenken over een fitnessprogramma voor jou.'

Ze begon een hekel aan hem te krijgen, maar nog meer haatte ze haar eigen lot, dat haar geen andere keus liet dan die man, en zelfs daar moest ze nog bang voor zijn.

Het was een heldere winterochtend, het licht was scherp en koud en ze wist dat haar huid er verschrikkelijk uitzag.

'Hemel,' zei hij, toen hij voor zijn huisdeur tegenover haar stond, 'ben je deze keer soms in de chocola met noten gevállen of zo?'

Toen keek hij wat beter en fronste zijn voorhoofd. 'Dat zijn allemaal vreselijke littekens! Dat is toch geen allergie! Mij lijkt het een heel erge vorm van acne te zijn, en een die nog actief is ook!' Het klonk als een beschuldiging. Cathérine accepteerde het verwijt, ze had toen ze zichzelf beschreef essentiële feiten weggelaten en waarschijnlijk was hij met recht kwaad.

'Ik heb wel gezegd dat ik niet aantrekkelijk ben,' antwoordde ze zachtjes, 'maar ik...'

'Niet aantrekkelijk? Daar reken ik onder dat je te dik bent, sliertige haren hebt, je onmogelijk kleedt...'

Ze had het gevoel dat ze geslagen werd.

'... maar dit is een regelrechte ziekte! Dat had je niet mogen verdoezelen. Allergisch? Laat me niet lachen!'

'Hoor eens,' zei Cathérine vertwijfeld en bereid nog dieper door het slijk te gaan, 'ik zal echt aan mezelf werken. Ik ga afvallen. Ik neem een permanent en zal...'

'Laten we maar gaan,' onderbrak hij haar geïrriteerd. 'Mijn god, heb je er nooit over gedacht naar een dokter te gaan?'

Ze stapte naast hem voort en probeerde hem uit te leggen dat ze jarenlang van de ene dokter naar de andere was gelopen, dat haar bestaan zich af en toe voornamelijk in wachtkamers en spreekkamers had afgespeeld, maar ze had de indruk dat hij niet luisterde. Ze liepen nog altijd in het schelle licht over de antiekmarkt, en Stephane bleef nauwelijks staan om iets te bekijken. Hij bleef maar zwijgen, en ze zag alleen maar een van woede vertrokken gezicht. Die middag gingen ze naar een restaurantje niet ver van de haven en hij had nog steeds helemaal niets gezegd. Cathérine zat wat in haar eten te prikken, excuseerde zich op een gegeven moment en vluchtte naar het toilet. Daar drukte ze haar gezicht tegen de koude tegels aan de wand en zei zachtjes: 'God, ik haat je. Ik haat je omdat je wreed bent en vol willekeur, en omdat je me zo hard straft voor de moed die ik hiervoor heb moeten opbrengen.'

Na een tijdje keerde ze in de eetzaal terug. Stephane was verdwenen en in eerste instantie dacht ze dat hij op het toilet was. Maar de obers waren al bezig de tafel af te ruimen, en een van hen verklaarde Cathérine dat meneer had betaald en daarna was weggegaan.

Ze ging ervan uit dat ze hem nooit meer zou terugzien en dat wilde ze ook niet. In dat restaurant tegenover die obers te staan was het vernederendste moment van haar leven en het enige wat ze hoopte was dat ze het ooit zou kunnen vergeten. Maar dat kon ze natuurlijk niet. De beelden van die situatie verschenen telkens op haar netvlies en dan beleefde ze ook weer die brandende schaamte. Hierna voltrok zich een verandering in haar innerlijk: mét de hoop op een beetje levensgeluk stierf ook het allerlaatste greintje zachtheid en bereidheid om zich met haar lot te verzoenen. Voortaan bepaalden haat en verbittering haar persoonlijkheid.

En toen, een halfjaar geleden, was ze Stephane opnieuw tegengekomen. In St. Cyr, bij de bank, waar ze voor Henri een cheque afgaf. Stephane was overgeplaatst, en plotseling stond hij tegenover haar aan de andere kant van de balie.

Hij was nog vetter en nog zelfgenoegzamer geworden. Hij schrok toen hij haar zag, maar herstelde zich snel.

'Cathérine! Wat leuk je te zien! Hoe gaat het met je?'

'Goed. Heel goed.' En ze kon de verleiding niet weerstaan: 'Ik ben intussen getrouwd. We zijn heel gelukkig.'

'Wat fijn voor je!' Aan zijn gezicht kon ze zien dat hij zich afvroeg wat voor arme sukkel een dergelijke miskleun was overkomen. 'Stel je voor, ik ben ook getrouwd! We wonen in La Cadière. Op ieder potje past een dekseltje, hè?'

Ze ging het na en ontdekte dat híj inderdaad niet had gelogen. Er woonde een mevrouw Matthieu bij hem in huis, een saai en kleurloos iemand, maar zij zag er ondanks haar grijze muizenbestaan heel wat beter uit dan Cathérine. Ze begon haar te haten, niet op de manier als ze Nadine haatte, maar wel met een heftigheid waar ze soms zelf versteld van stond; Stephane was immers bepaald geen man van wie vrouwen dromen, en eigenlijk moest ze medelijden met die grijze muis hebben. Overigens haatte ze alle gelukkige echtparen, vooral gelukkige vrouwen. Zij vond dat ze allemaal een enorme zelfvoldaanheid uitstraalden.

Op deze ochtend in oktober voelde ze zich weer heel erg over-geleverd aan die machteloze woede. Ze staarde naar haar spie-gelbeeld, dacht aan Stephane en mevrouw Matthieu, en aan Henri en Nadine.

'Waarom heeft Henri nog altijd niet genoeg van haar?' vroeg ze zachtjes en wanhopig. 'Wat mag ze allemaal nog doen voor-dat hij stopt met van haar te houden?'

3

Christopher liep langs het strand van St. Cyr. Het was een koele, winderige dag. De wind was naar het noordwesten gedraaid en de zee was woelig, de golven hadden witte schuimkoppen. Hij droeg een warm jack, maar had intussen wel zijn schoenen en sokken uitgedaan en de boulevard verlaten. Nu stapte hij door het zware, vochtige zand, vlak langs het water. Er waren niet veel mensen, voornamelijk ouderen, die buiten het vakantiesei-zoen naar de Côte konden komen. Sommigen waren zeer ge-bruind door de laatste hete weken van september. Veel mensen hadden honden bij zich, grote en kleine, die over het strand dar-telden, in de golven sprongen en er luid blaffend weer uit vlucht-ten. Hij zag een gezin dat het herfstweer had getrotseerd en het zich op het strand gemakkelijk had gemaakt; het had in de luwte onder het muurtje van de boulevard een deken op het zand uit-gespreid en was daar gaan zitten. De moeder, die een beetje over-vermoeid leek, had haar ogen gesloten en leunde met haar hoofd tegen de muur. Twee kleine kinderen tussen de een en de drie jaar speelden naast haar voeten met plastic auto's. De vader was met de twee grotere kinderen naar het water gelopen; daar ston-den ze op blote voeten en opgerolde broekspijpen in het zee-schuim en leken naar dingen te kijken die zich op het natte strand afspeelden. De vader legde iets uit...

Christopher merkte dat hij glimlachend was blijven staan. Die aanblik maakte warme herinneringen in hem los: aan hem en Carolin en de twee kinderen aan ditzelfde strand. Susanne, het meisje, holde vol ontdekkingsdrang en zin in avontuur vooruit, soms zo ver dat Carolin het eng vond en achter haar aan rende. Tommi, hun zoon, die dromerig en gevoelig was, bleef een eind achter; op hem moesten ze altijd wachten omdat hij dingen ontdekte die niemand zag of plotseling naar de wolken bleef kijken en de tijd vergat. Hij vond het prachtig om die verschillen bij zijn kinderen te observeren en genoot van de uitstapjes naar het strand, van de gezamenlijke maaltijden, van de avondrituelen, zoals in bad gaan en in de winter knus bij de open haard zitten.

Hij klampte zich nog vast aan die idylle en toverde hem voor ogen toen hij allang niet meer bestond. Hij had in feite nooit helemaal begrepen waarom Carolin zich steeds meer van hem verwijderde. Natuurlijk, zij had nooit naar Frankrijk gewild. Toen hij het idee opperde dat je daar kon leven en wonen, had zij het een mooie, niet te realiseren droom gevonden. Ze had zich samen met Christopher verlustigd aan de plaatjes en gezwijmeld van een leven met altijddurende zonneschijn. Ze had niet gezien dat het hem bittere ernst was, en hij had niet gezien dat zij alleen maar een beetje wilde dromen. Op een bepaald ogenblik was het zo ver dat hij het risico kon nemen zijn werk als bedrijfsadviseur, het ging daarbij om contracten en investeringen, ook vanuit het buitenland voort te zetten. Opeens was het fantasiebeeld werkelijkheid geworden. En Carolin had het gevoel dat ze er te ver in mee was gegaan om zich te kunnen terugtrekken.

Zij had heel lang heimwee gehad. Dat merkte Christopher onder andere aan de astronomische telefoonrekeningen, die hoog opliepen door haar eindeloze gesprekken met familie en vrienden in Duitsland. Op een gegeven moment had ze alleen nog maar geklaagd en toen hij haar – tamelijk murw – had aangeboden samen naar Duitsland terug te keren, was het duidelijk geworden dat het probleem van hun woonplaats slechts als voorwendsel diende.

'Ik kan zo niet leven,' had ze tijdens een van hun talloze, vermoeiende discussies gezegd, die meestal op een fluistertoon begonnen, zodat de kinderen het niet hoorden.

'Hoe kun je niet leven?' had hij op zijn beurt gevraagd. Aldoor hetzelfde vraag-en-antwoordspel. Zoals altijd had ze het moeilijk gevonden die vraag naar het *hoe* te beantwoorden.

'Het is zo... benauwd. Ik heb het gevoel dat ik niet kan ademen. Jouw voorstelling van een gezinsleven benauwt me. Er is geen ruimte om je terug te trekken. Er is geen ruimte voor ons sámen. Zonder kinderen. *Alleen wij samen!*'

'Maar we waren het toch eens? Wij hebben dit leven gewild. Het gezin ging altijd vóór alles. We droomden ervan samen dingen te ondernemen. Van samenzijn zo vaak als maar mogelijk was. Van...'

'Maar ergens ben je toch ook nog een individu!'

Dat klonk nou typisch naar zo'n wijsheid uit die boeken over zelfverwerkelijking, maar die las ze zelden, dat wist hij wel. Toen begon ze nogal gewaagde theorieën op te stellen: Tommi voelde zich door die enorme activiteitendrang van zijn vader volkomen uitgeput en vluchtte daardoor steeds meer in zijn droomwereld. Susanne daarentegen kwam niet tot rust door een 'dergelijk gezinsleven' en was daardoor een hyperactief kind geworden. Carolin zelf leed aan allerlei allergieën, want 'mijn lichaam schreeuwt het uit'.

Christopher zag zichzelf steeds meer in de rol van zondebok gedrongen. Hij probeerde zich meer op de achtergrond te houden, reed in het weekend alleen de bergen in of ging in een eenzame baai zeilen om zijn gezin de gelegenheid te geven zichzelf terug te vinden.

Het was te laat. Carolin had zich innerlijk al van hem losgemaakt. Hij had haar gesmeekt het nog een keer te proberen, het in *Duitsland* te proberen, op welke plek dan ook die zij uitkoos of voorstelde.

'Maak het gezin alsjeblieft niet kapot!' had hij telkens en telkens weer gezegd. 'Als je het niet voor mij wilt doen, denk dan tenminste aan de kinderen!'

'Ik denk juist aan hen. Kinderen moeten niet in een ontwricht gezin opgroeien. Tussen ons is er te veel kapotgegaan, Christopher.'

'Wat dan?' Hij begreep haar werkelijk niet. Wat bedoelde ze dan? Ze hadden wel eens meningsverschillen gehad, maar in welk huwelijk gebeurde dat niet? Hij had eerder moeten inzien hóé erg ze het vond om in Frankrijk te wonen, hij had eerder moeten merken dat ze uitermate ongelukkig was. Hoewel het allang duidelijk was dat de oorzaak van het mislukken van hun huwelijk op een heel ander vlak lag, bleef hij er hardnekkig aan vasthouden dat hun verblijfplaats het probleem was, vermoedelijk omdat hij heel goed wist dat je daar wel iets aan kon doen. Zichzelf, en de neiging om grenzeloos op te gaan in het gezin, kon hij niet veranderen.

Toen was Carolin vertrokken, en met haar de kinderen en de boxer Baguette. De scheiding was snel en soepel verlopen; hij had de kracht niet meer kunnen opbrengen om zich ertegen te verzetten, en bovendien had hij wel ingezien dat dat zinloos was.

Nu keek hij naar het gezin dat voor hem her en der op het strand bezig was, en hij probeerde erachter te komen of bij hen ook al die verraderlijke tekenen van verval zichtbaar waren. Er waren bepaalde signalen en hij kende ze, hij kende ze maar al te goed.

Maar dit gezin leek intact. De man riep de naam van zijn vrouw, zij opende haar ogen en glimlachte. Die glimlach leek niet gespeeld, hij was warm en gelukkig. De kinderen waren begonnen bij de vloedlijn een zandkasteel met een ingewikkeld kanalensysteem te graven en daar wilde hij de moeder op attent maken. Ze zwaaide naar die twee, sloot toen haar ogen weer en probeerde een comfortabeler houding tegen de muur te vinden.

Alles in orde. Het gaf Christopher een warm gevoel toen hij

dat zag. Afgunst kende hij niet. Wel verlangen. Een heel sterk, diepgeworteld verlangen, dat bijna net zo oud was als hijzelf en dat ontstaan was op de dag dat zijn moeder wegging. Haastig zette hij zijn wandeling voort.

4

Om tien uur stopte Laura bij Chez Nadine en stapte uit. Voor het eerst sinds zaterdag had ze afgelopen nacht weer geslapen. Er waren veel gedachten in haar hoofd omgegaan, maar op een bepaald moment was ze weggedommeld en pas om acht uur 's morgens weer wakker geworden.

Omdat ze niets in huis had, reed ze naar St. Cyr en ging, diep in haar jack weggedoken, voor Café Paris zitten en bestelde een café crème met stokbrood en marmelade. Ontbijten bij Café Paris was ook een oude gewoonte van haar en Peter. Ze hadden vaak in die zachte, door de zon verschoten groene kussens van de rieten stoelen gezeten en naar de honden gekeken die over het marktplein renden, naar de mensen die vlak daarnaast bij de kapper in en uit gingen, en met toegeknepen ogen in de bladeren van de bomen getuurd. Ze had een beetje gehoopt hem hier aan te treffen, maar ze kon hem nergens ontdekken. Misschien was dat ook wel te snel geweest.

Ze was vol vertrouwen dat ze Peter zou vinden, en al zouden er dan heel wat onaangename dingen tussen hen moeten worden opgehelderd, er bestond nog geen reden om te geloven dat opeens alles over zou zijn.

Bij Chez Nadine waren nog geen gasten. Ze hoorde iemand in de keuken en riep: 'Nadine? Henri?'

Een ogenblik later kwam Henri de eetzaal binnen. Ze schrok een beetje. Wat zag hij er slecht uit! Hij was bruinverbrand en knap als altijd, maar hij had donkere kringen onder zijn ogen, zijn bewegingen hadden iets gejaagds, nerveus, en hij had een trek van pijn en groot verdriet op zijn gezicht, wat ze bij Henri, die eeuwig glimlachende, zonnige, mooie vent, nog nooit had gezien. Hij leek heel wanhopig.

'Laura!' zei hij verbaasd. Hij droeg een groot, felgekleurd schort – het enige wat vrolijk aan hem was – en veegde zijn handen, die onder de tomaat zaten, eraan af. 'Waar kom jij nou vandaan?'

Ze glimlachte luchtiger dan ze zich voelde. 'Als Peter niet naar mij komt, moet ik hem zelf maar opzoeken. Of liever gezegd, *zoeken*. Heeft hij zich hier nog een keer laten zien?'

'Nee. We zijn zondag alleen zijn auto tegengekomen. Die staat ongeveer tweehonderd meter verderop, bij het transformatorhuisje.'

'Wat zeg je?'

'Nou ja, hij is blijkbaar niet met de auto hiervandaan gegaan.'

'Maar... we zitten hier een heel eind buiten St. Cyr! Hij zou het niet in zijn hoofd hebben gehaald om vanaf hier te gaan lopen!'

Henri haalde zijn schouders op. 'Maar zijn auto staat er wel.'

'Dan moet hij hier toch ook ergens zijn!'

Henri haalde opnieuw zijn schouders op. 'Hier is hij niet.'

'Misschien in het hotel aan het begin van de straat?' Meteen aan het begin van de straat waar Chez Nadine lag, was een hotel met een uitgestrekt park erachter. Maar Henri schudde zijn hoofd. 'Dat is vanaf 1 oktober gesloten. Daar kan hij dus niet zitten.' Hij stond weer zenuwachtig over zijn schort te vegen. 'Hoor eens, Laura, sorry, ik moet weer naar de keuken. Het is na tienen, en om twaalf uur barst de storm los. Ik moet nog een heleboel voorbereiden. Ik sta er helemaal alleen voor en ik mag hopen dat Nadine om elf uur terug is.'

Laura had de indruk dat de vraag wat er met Peter was gebeurd hem tamelijk koud liet, en ze merkte hoe ze zich daaraan ergerde. Zij en Peter waren al jarenlang bij hen te gast en bevriend met hen geraakt. Zij vond dat Henri best wat meer betrokkenheid mocht tonen.

'Zijn er nog dingen die je je kunt herinneren?' vroeg ze. 'Is je iets aan Peter opgevallen? Iets vreemds, iets wat anders aan hem was?'
'Nee, eigenlijk niet.' Henri aarzelde. 'Hoogstens...'
'Ja?'
'Hij had een aktetas bij zich. Dat viel me wel op. Ik vond het eigenaardig dat hij een aktetas meenam het restaurant in. Aan de andere kant... het heeft misschien helemaal niets te betekenen. Misschien zaten er papieren in die hij liever niet in de auto wilde achterlaten.'
'Een aktetas...'
'Laura, echt, ik moet...'
Ze keek hem koeltjes aan. 'Ik ga maar eens bij de auto kijken,' zei ze kortaf. Ze draaide zich om en liet hem gewoon staan met zijn felgekleurde schort en zijn zenuwachtige handen.

De wagen was afgesloten en stond erbij alsof de eigenaar elk moment kon terugkomen. Op de voorbank naast de bestuurder zag Laura een dossiermap liggen en op de grond ervoor stond de rode thermosfles die zijzelf die op de ochtend voordat hij vertrok nog met thee had gevuld. Op de achterbank lagen zijn regenjack, twee tassen en daaronder zijn sportschoenen. Uitrusting – liever gezegd, onderdelen daarvan – voor de geplande zeiltocht. Die hij nooit van plan was geweest te maken. Die alleen maar deel uit maakte van het verstoppertje spelen.
Ik moet nog een keer met Christopher praten, dacht ze. Hij zal het toch wel vreemd gevonden hebben dat Peter niet belde, zoals anders, om een afspraak te maken voor de herfst. Of hadden ze wel met elkaar gesproken? Had hij Christopher verteld waarom er dit jaar niets kwam van hun traditionele afspraak?
Christopher had zondagmorgen een te erge kater gehad om zich wat dan ook te kunnen herinneren of duidelijke informatie te kunnen geven. Ze zou het later nog eens proberen, misschien trof ze hem dan in een betere toestand aan. Sinds zijn gezin ervandoor was gegaan, dronk hij af en toe te veel, dat wist ze,

maar een alcoholist was hij niet. Hij zocht alleen zo nu en dan wat vergetelheid.

De geparkeerde auto, die vermoedelijk sinds zaterdagavond niet meer van zijn plaats was gekomen, irriteerde haar mateloos. Als Peter zich niet meer in de directe omgeving bevond – en alles wees daarop – moest hij toch op een of andere manier hier weg zijn gekomen. Waarom zou hij de bus hebben genomen? Reed hier eigenlijk wel een bus, en zo ja, wanneer en waar? Als zij het niet wist, wist Peter het ook niet; hij maakte praktisch nooit gebruik van het openbaar vervoer. Een taxi? Maar waarom, waarom, waarom?

Er bleef nog één mogelijkheid over, maar ze was bang om die onder ogen te zien. Die mogelijkheid hield in dat er iemand met een auto was gekomen die hem had meegenomen. En dat kon weer op een vrouw wijzen – die vrouw met wie hij dat weekend in Pérouges en waarschijnlijk ook ettelijke andere weekends ergens had doorgebracht.

Dan was Chez Nadine de ontmoetingsplaats geweest en had hij zich daar voor de deur laten ophalen... Henri en Nadine mochten het niet merken, en daarom was zijn minnares niet naar binnen gegaan...

Verder wilde ze niet denken. Deze vermoedens deden te veel pijn. Er moest een andere verklaring zijn.

Eerst zou ze Henri vragen de auto open te breken. Ze moest in de kofferbak kijken of hij bagage had meegenomen. Misschien kon ze daar verdere gevolgtrekkingen uit maken.

5

Nadine had een tijdje bij Les Deux Soeurs gezeten, een kroeg die, anders dan de naam deed vermoeden, door *drie* zussen werd gerund en die alle drie uit het rosse milieu kwamen.

Ze hadden een kokkin die verrukkelijke crêpes kon maken, maar vanmorgen had Nadine het alleen bij een kop koffie gelaten. Haar keel leek wel dichtgeschroefd. Toen ze eindelijk opstond en de koffie afrekende, was het bijna half elf. Ze had Henri beloofd om elf uur terug te zijn en eigenlijk zou ze zo langzamerhand op huis aan moeten gaan, maar bij de gedachte aan Chez Nadine voelde ze zich nog ellendiger, en ze dacht dat ze waarschijnlijk zou gaan gillen als ze nu in de keuken moest staan om groente voor op de pizza's te snipperen of de tafels in de eetzaal moest dekken.

'Ons wereldje', had Henri op een keer tegen het restaurant gezegd. Het klonk liefdevol en trots, maar zij was er beroerd van geworden. Zij had altijd de gróte wereld gewild, de echte, grote wereld, waar interessante mensen waren en geen dag was als de andere. Als Henri tevreden was met een kleine wereld moest hij dat vooral doen. Maar op die weg ging ze niet met hem mee.

Maar hoe verliet ze die weg? Ze had geen eigen geld en ze had niets geleerd. Ze kon altijd alleen maar op mannen bouwen, en mannen bleken meestal onbetrouwbaar te zijn.

Ze liep over de boulevard en de wind woei steeds haar haren voor haar gezicht. Geïrriteerd streek ze die naar achteren. Ze zocht in de zakken van haar jack, maar ze had geen haarband of speldjes bij zich. Ach, nou ja, de tranen sprongen haar alweer in de ogen, en het was maar goed dat haar haren dat verborgen. Ze had niet eens een zakdoek bij zich, dus haalde ze luidruchtig haar neus op. Ze zou graag eens echt flink willen uitjanken zoals zondagochtend bij haar moeder thuis. Maar dat was een uitzondering geweest, het zou niet zo gauw nog een keer voorkomen. Over het algemeen was ze er niet toe geneigd haar verdriet eruit te gooien. Het ging meestal niet verder dan vochtige ogen, zoals nu, en dat waren meer tranen van woede. Datgene wat werkelijk pijn deed, zat diep vanbinnen als een grote, zware, onbeweeglijke klomp die niet kapot te krijgen was. Ze kon er niet bijkomen en het kwam er ook niet uit; het zat er gewoon als een dikke, oude pad en werd steeds dikker. Ooit zou het haar hele-maal opvullen. Dan zou er niets meer van haar overblijven.

Ze botste tegen een tegemoetkomende vrouw op en mompelde in gedachten: 'Neemt u me niet kwalijk.'

'Je herkent je eigen moeder niet,' zei Marie hoofdschuddend. 'Ik loop al een hele tijd naar je te zwaaien, maar je reageert niet!' Ze nam haar dochter op. 'Elke keer als ik je tegenkom zie je er slechter uit. Wat is er toch met je?'

Nadine negeerde die vraag en stelde er in plaats daarvan zelf een. 'Wat doe jij hier eigenlijk?'

Haar moeder verliet zo zelden de geborgenheid van haar eigen huis dat het inderdaad een buitengewone gebeurtenis was dat ze haar hier aantrof.

Marie wees op haar handtas en zei met een geheimzinnige stem: 'Daar zit een spuitbus met traangas in. Die heb ik net ge-kocht. Als zelfverdediging.'

'Sinds wanneer denk jij aan zelfverdediging?'

Marie staarde haar dochter aan. 'Weet je dat nóg niet? Zelfs ik, in mijn eenzaam bestaan...'

'Wat is er dan, moeder?'

'Verderop aan de Chemin de la Clare hebben ze een vermoor-de vrouw gevonden. Haar kind van vier is ook dood. De dader heeft hen klaarblijkelijk allebei in hun slaap verrast. De vrouw schijnt nog geprobeerd te hebben bij het raam van haar kamer te komen, maar hij was sneller dan zij.' Marie ging nog zachter praten. 'Hij heeft haar met een touw gewurgd en haar nachthemd was met een mes aan flarden gesneden. Of ze misbruikt is moet nog worden vastgesteld.'

Nadine merkte dat haar eigen problemen even op de achter-grond raakten. 'O, god! Wat afschuwelijk! Aan de Chemin de la Clare, zeg je?'

Die weg lag buiten de stad, maar hoorde bij St. Cyr. De hui-zen lagen er op grote afstand van elkaar afzonderlijk tussen de velden en waren allemaal via een lang, hobbelig pad te bereiken.

Een heerlijke omgeving in een breed, licht dal, waar Nadine nooit dat gevoel van isolement zou hebben gehad als thuis in Le Beausset. En nu was er kennelijk iets verschrikkelijks in die lieflijke idylle binnengedrongen.
'Weten ze al wie het gedaan heeft?' vroeg ze.
'Nee. Er is geen spoor van die gek gevonden. De buurvrouw die het dichtst bij woonde, heeft me gebeld. Je weet wel, Isabelle, die soms boodschappen voor me doet.' Marie beschikte over een heel netwerk aan mensen die al dat soort dingen voor haar deden waartoe zij zichzelf niet in staat voelde. 'Isabelle was tamelijk goed op de hoogte.'
Dat verbaasde Nadine niets, want Isabelle was een eersteklas kletsmeier. Op mysterieuze wijze was zij altijd als eerste op de hoogte van alle nieuwtjes.
'Trouwens, uit het huis schijnt niets weg te zijn. De handtas van het slachtoffer stond midden in de woonkamer met geld en creditcards en al erin, maar niemand had hem zelfs maar opengemaakt. Precies zo was het ook met de kasten en laden. De dader (of daders) is alleen maar gekomen om te moorden.' Ze huiverde om haar eigen woordkeus. 'Alléén maar om te moorden...'
'Wie is het slachtoffer eigenlijk?' vroeg Nadine. 'Iemand uit de buurt?' Er stonden een heleboel vakantiehuizen in die betreffende hoek; daarom vroeg ze het ook.
'Nee, ze woonde in Parijs. Een jonge weduwe met een dochtertje van vier. Haar man overleed aan leukemie toen ze zwanger was.' Isabelle was er blijkbaar in geslaagd elk klein detail aan het licht te brengen. 'Ze is... was vast heel welgesteld. Ze hoefde geen beroep uit te oefenen. Een mensenschuwe, depressieve vrouw, zei Isabelle. Ze leidde zó'n teruggetrokken leven, dat in Parijs blijkbaar niemand heeft gemerkt dat ze eind september niet zoals gepland was teruggekomen. Ze wilde namelijk weggaan, snap je? Ze heeft tien dagen lang gewurgd in haar vakantiehuis gelegen en níémand miste haar!' Marie rilde en voeg-

de er toen met een somber gezicht aan toe: 'Nou ja, niet dat het bij mij anders zou gaan. Ik zou al heel lang dood kunnen zijn voor het iemand opviel!'

'Maar moeder, ik ben er toch ook nog!' protesteerde Nadine schuldbewust, want het klopte wat Marie zei.

'Je belt soms twee weken lang niet op. En langskomen doe je nog minder. Nee, nee,' Marie hief afwerend haar handen op toen ze zag dat Nadine haar mond opendeed om zich te verdedigen, 'dat is geen verwijt. Jij hebt natuurlijk je eigen leven en kunt je niet met je oude moeder belasten.'

'Ik zou wat beter voor je moeten zorgen,' zei Nadine. 'Ik zal mijn leven beteren.'

Deze gedachte maakte nog een somber inzicht los. Voor Marie zorgen betekende: blijven. Het leven voortzetten zoals het was. Haar lot achter de pizzaoven aanvaarden. Het eettentje met zijn middelmatige vakantiegasten. Henri en zijn *wereldje*.

Haar ogen werden alweer nat van woede en ze balde haar handen in de zakken van haar joggingjack tot vuisten.

Intussen praatte Marie verder.

'De vrouw die bij haar schoonmaakt en ook op het huis let als het niet bewoond is, heeft haar gevonden. Monique Lafond, ken je die? Zij woont in La Madrague en ze maakt ook schoon bij Isabelle, daarom weet Isabelle het naadje van de kous. Monique heeft een shock en is voorlopig ziek thuis. Isabelle zegt dat Monique de hele dag die verschrikkelijke beelden voor zich ziet en er 's nachts niet van kan slapen. Vind je het gek? Het moet een afgrijslijk gezicht zijn geweest!'

'En nu ben jij ook bang,' zei Nadine, die terugkwam op het traangas. 'Maar hij had het misschien speciaal op díe vrouw gemunt, moeder. Als hij niets heeft gestolen, is het geen normale inbreker.'

'De politie doet nog onderzoek naar de voorgeschiedenis van de dode vrouw. Het kan natuurlijk een afgewezen minnaar zijn of een vroegere zakenpartner van haar man, die zich wil wreken voor vermeend onrecht. Maar het kan ook iemand zijn die het op alleenstaande vrouwen heeft voorzien, iemand voor wie doden een... een soort bevrediging is. Het dochtertje is immers ook omgebracht, en daar kun je nauwelijks een persoonlijke rekening mee te vereffenen hebben.'

'Wil je een tijdje bij ons komen wonen?' bood Nadine aan. Zij geloofde niet dat haar moeder in gevaar verkeerde, maar ze zou het erg vinden als Marie de komende weken geen oog dichtdeed.

'Nee, nee,' zei Marie. 'Je weet dat ik in mijn eigen bed het beste slaap. Ik zet het traangas gewoon op mijn nachtkastje. Zo hermetisch als ik mijn deuren altijd vergrendel moet ik het kunnen horen als er een opengebroken wordt. Dan heb ik de tijd om me te verdedigen.'

Dat bracht Nadine op een laatste vraag.

'Hoe is hij eigenlijk binnengekomen? Bij die vermoorde vrouw, bedoel ik.'

'Dat is nou juist wat iedereen zo wonderlijk vindt,' zei Marie. 'Er is namelijk geen enkel spoor van gevonden dat hij met geweld naar binnen is gedrongen. Geen kapotgeslagen raam, geen opengebroken deur. Niets.'

'Maar kennelijk heeft ze niet zelf voor hem opengedaan.'

'Nee, want ze schijnt in haar slaap verrast te zijn.'

'Dan had hij waarschijnlijk een sleutel, en dat zou betekenen dat hij toch een oude bekende van haar was,' zei Nadine. Ze gaf haar moeder een zoen. 'Ik geloof echt niet dat iemand iets te vrezen heeft. Het is een privédrama van twee mensen onderling.'

'Wat doe jij hier eigenlijk?' ging Marie plotseling op een ander thema over. 'Moet je vandaag niet in het restaurant werken?' Ze rekende in gedachten. 'Het is geen maandag vandaag,' stelde ze toen vast.

'Henri redt zich vandaag wel een keer zonder mij. Ik moet een paar uurtjes alleen zijn.'

'Laat hem niet te vaak in de steek, kind. Henri is een goede man.'

'Ik bel je morgen nog, moeder. Houd je taai!' Ze zette haar weg voort zonder op antwoord te wachten. Haar moeder had Henri altijd fantastisch gevonden, en zij had op dit moment geen enkele behoefte aan een preek over zijn voortreffelijkheden.

6

Ze stond op de provisorisch aangelegde, zanderige parkeerplaats naast de opengebroken auto van haar man, had zo-even de laatste van de drie reistassen in de kofferbak doorzocht en vastgesteld dat hij, waarheen hij ook verdwenen mocht zijn, praktisch alles had achtergelaten wat hij eerder voor de reis had ingepakt. Ondergoed, hemden, sokken, truien, tandenborstel, hoofdpijntabletten, pyjama, regenkleding, boeken, tijdschriften, Ohropax en zelfs de vitaminepillen. Zonder die dingen ging hij bijna nooit de deur uit, omdat hij meende dat hij zich voortdurend moest beschermen tegen rondvliegende verkoudheidsvirussen.

De aktetas waar Henri het over had, vond ze niet.

Hij heeft bijna niets bij zich, dacht ze, en ze huiverde plotseling, hoewel ze het daarnet nog warm had gehad. Behalve zijn portefeuille waarschijnlijk, die verdachte aktetas en zijn mobiele telefoon. En de laatste bleef hardnekkig uitgeschakeld. *Wat is er met hem aan de hand?*

Henri had het portier aan de kant van de bestuurder opengebroken, zodat ze bij de hendel kon waarmee ze de kofferbak kon openen.

'Weet je wel zeker dat we dat moeten doen?' had hij weifelend gevraagd, en zij had ongeduldig geantwoord: 'Bij god, wat moet ik anders? Mijn man is spoorloos. Misschien vind ik een aanwijzing in die verdomde auto!'

Hij had de wagen buitengewoon snel en handig gekraakt, maar zich daarna onmiddellijk verontschuldigd dat hij weer aan het werk moest en zich in het restaurant teruggetrokken. Voor de tweede keer die morgen ergerde ze zich aan hem, ze vond hem gevoelloos. Hij was anders nooit zo geweest. Die aardige, hulpvaardige Henri gaf haar nu het gevoel dat ze hem tot last was.

Na een ingeving begon ze de zakken van zijn jack dat op de achterbank lag te doorzoeken, maar daar vond ze alleen maar een pakje Tempo-zakdoeken. Ze keek in het handschoenenvak en in de insteekvakken aan de binnenkant van de portieren. Kaarten, gebruiksaanwijzingen, één enkele winterhandschoen, een ijskrabbertje, een leeg briletui... en een envelop die Laura's belangstelling wekte. Hij was niet dichtgeplakt en zag er zo wit en licht uit, dat hij niet al een hele tijd tussen die verfomfaaide, oude spullen in het insteekvak van het portier had kunnen zitten. Ze haalde er twee vliegtickets uit en staarde ernaar alsof ze zoiets nog nooit eerder had gezien.

De tickets stonden op naam van Peter en Laura Simon, de vlucht was geboekt voor afgelopen zondagmorgen van Nice naar Buenos Aires. Aangezien het duidelijk was dat Peter niet met háár had willen vliegen, begreep ze direct dat hij alleen maar haar naam had gebruikt. Voor de vrouw met wie hij in Pérouges was geweest. Voor de vrouw met wie hij een verhouding had. Een verhouding die nooit was gestopt.

Om een of andere reden hadden ze het vliegtuig niet genomen. Maar dat kon haar niet schelen.

Ze kreeg het zó koud dat ze begon te rillen. Ze kon niet meer op haar benen blijven staan. Ze liet zich achter het stuur zakken en keek verbaasd naar haar trillende benen. Ze keek door de voorruit naar de hoge bomen die in de wind heen en weer zwiepten en tussen de takken door kon ze de zee zien, die dezelfde sombere kleur had als de lucht. Ze hield de brokstukken van haar huwelijk in haar hand en keek met een ongewone afstandelijkheid naar zichzelf en hoe zij de afgelopen twaalf uur was geweest: een klein meisje dat in sprookjes geloofde, dat door dik en dun aan dromen van onschuld vasthield en de werkelijkheid net zo lang rechtboog tot ze ermee kon leven, zelfs tegen de prijs dat er tot slot helemaal geen werkelijkheid meer bestond. Wat leende zij zich buitengewoon goed voor bedrog! En als een buitenstaander haar niet bedroog dan deed ze het zelf wel. Bijna euforisch had ze de vorige avond nog op zichzelf ingepraat en Peter tot een engel van onschuld verklaard, omdat ze niet kon verdragen dat hij schuldig was, en had ze zich gekoesterd in een onzinnige hoop.

Nuchter bekeken – en nu confronteerde ze zichzelf wel met dat inzicht – was ze haar man kwijt. Datgene waarvan ze altijd had gedacht dat het het ergste en ondraaglijkste was wat haar in haar leven kon overkomen, was gebeurd. Hij had voor een andere vrouw gekozen, had met haar naar Argentinië willen vliegen en daar vermoedelijk een nieuw leven willen beginnen. Zoals hij in het hotel in Pérouges ook al had gedaan, had hij haar voor zijn vrouw uitgegeven. Iets of iemand had op het laatste moment zijn plannen doorkruist, maar wat of wie dat was geweest, daar hechtte ze geen belang meer aan. Het maakte niet meer uit hoe het allemaal afliep of opgehelderd werd, haar huwelijk met Peter was ten einde. Er was voor hen geen kans meer.

Voor de eerste keer sinds die noodlottige zaterdag begon ze te huilen. Ze boog zich over het stuur en gaf zich over aan een hevig, pijnlijk gesnik, waarvan ze de vorige dagen had gehoopt dat het een keer zou komen en haar van haar innerlijke spanning zou bevrijden. Alle vertwijfeling barstte los, niet alleen van de laatste afschuwelijke ogenblikken, maar van jaren, een vertwijfeling waarvan ze het bestaan nooit had opgemerkt en dat ze steeds opzij had geschoven. Deze vertwijfeling behelsde alles: het verlies van haar beroep en haar zelfstandigheid. Het gevoel dat ze in de ogen van haar man minder was. De groeiende minachting waarmee hij haar had behandeld en wat ze nu pas tot zich door mocht laten dringen. De lange, eenzame dagen waarin ze worstelde met schuldgevoelens, omdat ze het gezelschap van haar dochtertje niet als volwaardig beschouwde, zich met haar verveelde en depressief dreigde te worden. Ze huilde om het huwelijk waarin ze ongelukkig was geweest en té afhankelijk om zelfs maar te bekennen dat ze ongelukkig was. Ze huilde om een heleboel verloren jaren en een enorm zelfbedrog. Ze huilde, omdat haar man haar meer dan lichamelijk had bedrogen en haar van een belangrijk deel van haar leven had beroofd, een deel dat niemand haar kon teruggeven. Daar zat ze dan te janken omdat ze zo'n onnozele hals was geweest. En toen de tranenvloed op een gegeven moment stopte – ze wist niet of het na een halfuur of een heel uur was – hief ze haar hoofd op met het gevoel dat ze in een pijnlijk proces haar oude huid kwijt was geraakt. Niet dat het echt beter met haar ging en ook hadden de tranen haar niet, zoals gehoopt, opgelucht, maar er was iets veranderd sinds ze zichzelf in het gezicht had gekeken en niets mooier had gemaakt. Misschien was ze een deel van haar kinderlijkheid kwijtgeraakt. Beter dat, dan nog meer tijd van leven te verliezen.

Ze stapte uit, knalde het portier dicht en liet de wagen en de bagage van haar man aan hun lot over.

7

'Hallo, Henri, ik ben er,' riep Cathérine.

Ze kwam via de keukeningang binnen. Hij had haar niet horen aankomen en kromp dan ook ineen bij het horen van haar stem. Toen hij haar zag maakte dat, als zo vaak, een warm gevoel in hem los. Niet het bekende gevoel dat vrouwen in hem opwekten en dat ook een spanning, soms opwinding bij hem teweegbracht. Het gevoel dat hij voor Cathérine had deed hem aan zijn kindertijd denken. Zijn vader was vroeg gestorven en zijn moeder had moeten werken om haarzelf en het kind het hoofd boven water te houden. Soms werd het heel laat in de avond en dan was hij een beetje bang geworden, niet vanwege een reëel gevaar, maar door het alleen gelaten zijn. Als hij dan op zeker moment de sleutel in de deur van de woning en haar zachte tred hoorde, en als hij de lucht van sigarettenrook en vet eten opving die ze meebracht uit de kroeg waar ze werkte, kwam er een warmte over hem die hem helemaal vervulde. Dan was hij niet langer alleen; er was iemand die hem veiligheid en steun gaf. Zijn moeder was zeer betrouwbaar geweest. Hij was nooit opgehouden de betrouwbaarheid van de mensen om hem heen in een gevoel van welzijn om te zetten. In de jaren dat hij met zijn surfplank onder de arm, bruinverbrand en met een zwerm mooie meiden om zich heen aan de Côte rondzwierf en berucht werd vanwege het scheuren met de auto, zou niemand die behoefte in hem hebben vermoed, en ook hijzelf was het zich niet bewust geweest. In die tijd had Cathérine, de lelijke, betrouwbare Cathérine, dat verlangen gestild. Hoe ouder hij werd, hoe duidelijker hij in de gaten kreeg dat bij ieder teken van onbetrouwbaarheid de verlatingsangst waaraan hij als kind had blootgestaan hem te grazen nam en dat het, net als toen, nog steeds Cathérine was (en altijd zou zijn) die hem daartegen beschermde.

Ook nu, zoals ze daar in al haar lelijkheid en plompe omvang voor hem stond, werd hij zich dat weer bewust. Zij was zijn rots in de branding. Altijd getrouw, sterk en onverzettelijk. Zij zouden een geweldig team zijn geweest. Maar haar als zijn vróúw te beschouwen en te ervaren, zich de seksualiteit met haar voor te stellen, was hem altijd onmogelijk geweest. Die kant in hem was – nog altijd – geheel door Nadine bezet. Ondanks alles.

'Cathérine!' Hij glimlachte haar toe en zag hoe ze door die glimlach opfleurde. 'Wat fijn dat je gekomen bent. Als ik jou niet had! Mijn eeuwige redster in de nood.'

Hij sprak luchtig en vrolijk, maar ze wisten allebei dat er achter zijn woorden een bittere waarheid schuilging. Cathérine wás de redster in de nood, omdat Nadine zich bij alle gelegenheden drukte. Ook vandaag weer. Tegen de afspraak in was Nadine niet om elf uur verschenen, en toen om twaalf uur de eetzaal vol begon te stromen en Nadine zich nog niet had laten zien, had Henri als zo dikwijls zijn nicht gebeld en haar om hulp gevraagd. Een kwartier later was ze er al. Ze zag er beter uit dan afgelopen zaterdag, stelde Henri vast. De ontstoken plekken in haar gezicht waren minder geworden. Ze was lelijk als de nacht, maar je dacht nu niet meer onmiddellijk aan de builenpest als je haar zag. Hij kon haar zelfs laten bedienen. Hij kon ook niet anders, omdat hij de keuken bijna niet uit kon.

Het is moeilijk, dacht hij gedeprimeerd, het leven is moeilijk, en ik schijn geen manier te kunnen vinden om met die moeilijkheden om te gaan.

'Je weet,' zei Cathérine, 'dat ik er ben als je me nodig hebt.' Dat wat ze níét zei bleef in de lucht hangen: hoewel ik er niets voor terugkrijg – niet wat ik wil hebben.

'Nou ja,' zei hij, plotseling om ondoorgrondelijke redenen verlegen, 'je hebt misschien al gezien dat het vandaag weer helemaal vol zit. Laten we maar aan het werk gaan.'

Ze keek hem aan, en het was opeens alsof ze een grens passeerde die er altijd tussen hen had bestaan, en die ze ook altijd had gerespecteerd. Hij kon letterlijk de seconde in haar ogen aflezen waarop ze besloot zich niet langer aan de onuitgesproken overeenkomst te houden om niet anders dan volstrekt neutraal over Nadine te spreken. Cathérine had die afspraak één keer gebroken, maar toen ging het om informatie waarvan ze vond dat ze het niet voor zich mocht houden. Ze had die informatie met een onbewogen gezicht en emotieloze stem doorgegeven. Maar nu had ze besloten een nieuwe strategie te volgen.

'Hoelang wil je dat nog over je kant laten gaan?' vroeg ze met een schorre stem, en de spookachtige bleekheid van haar gezicht en het gloeien van haar ogen verrieden hoe dicht ze ervoor stond haar gebruikelijke zelfbeheersing te verliezen. 'Hoelang blijf je hier nog tevergeefs staan wachten tot die slet, die je...'

'Cathérine! Niet doen!'

'Je bent zó'n knappe man! Een man die zich volledig aan zijn beroep wijdt. Die zijn leven werkelijk met een vrouw wil delen. Jij had iedere vrouw kunnen krijgen, waarom laat je je belachelijk maken door...'

'Zo is het genoeg, Cathérine!'

Ze deed een stap terug. Haar lelijke gezicht was tot een grimas vertrokken en ze spuugde de woorden bijna uit: 'Ze is een hoer! En dat weet je! Ze had vast en zeker de hele Côte al afgewerkt voordat ze haar klauwen naar jou uitstak, want jij leek haar wel geschikt om al haar hoogdravende plannen in werkelijkheid om te zetten. Maar het erge is, dat ze er nooit mee opgehouden is. Ze doet het nog steeds met iedereen die haar weg kruist, en...'

'Je moet je mond houden,' zei hij, en hoopte dat ze begreep hoeveel moeite het hem kostte zich in te houden. Hij kon niet verdragen hoe ze Nadine door het slijk haalde, te zien en aan te horen hoe ze met die dunne lippen die nog nooit een man hadden gekust, en nu vertrokken waren van nijd en afgunst, haar rivale alles toedichtte wat voor haar onbereikbaar was. 'Houd je mond nou, verdomme!'

Maar ze kon niet meer ophouden. De haat van jaren baande zich een weg naar buiten en was niet meer te stuiten, juist omdat ze hem met zoveel moeite steeds had moeten intomen. Nadine had haar leven verwoest. En ze stond nu op het punt dat van Henri ook te verwoesten.

'Zij is geen vrouw om mee te trouwen, Henri, dat is de grote fout die je hebt gemaakt. Zij is een vrouw voor één nacht, en zelfs daarbij loopt een man het risico dat hij ziek wordt. Ze doet haar benen wijd voor elke landloper die...'

Van ontzetting hield ze abrupt haar mond en staarde Henri met opengesperde ogen van schrik aan. Zijn hand was met zoveel kracht op haar wang aangekomen, dat een minder corpulent iemand dan zij aan het wankelen zou zijn gebracht. De klap galmde nog na in de keuken en loste zich op in het gemompel en het gerinkel van glazen in de eetzaal.

'O, god,' zei Cathérine ten slotte ontnuchterd en met één klap terug in de wereld waarvan ze wist dat zulke uitbarstingen niet waren toegestaan, 'dat spijt me.'

Henri had het gevoel dat hij zich ook behoorde te verontschuldigen, maar hij speelde het niet klaar; hij was veel te verontwaardigd over haar woorden.

'Doe dat nooit meer,' zei hij, 'spreek nooit meer in mijn bijzijn kwaad over Nadine. Zij is mijn vrouw. Wat er tussen ons is gaat alleen haar en mij aan. Daar heb jij niets mee te maken.'

Ze knikte berouwvol, terwijl haar linkergezichtshelft vuurrood werd; ondanks de dikke laag make-up stond de omtrek van zijn hand erin.

'Kun je werken?' vroeg hij, in het besef dat iedere andere vrouw hem zó in de keuken zou hebben laten staan met de woorden dat hij maar moest zien hoe hij zich redde, maar ook in het besef dat Cathérine zou blijven, zelfs als hij haar zou hebben geschopt. Ze had geen keus en de eenzaamheid deed heel wat meer pijn dan een klap in haar gezicht.

'Waar moet ik beginnen?' vroeg ze.

8

'Je hebt er natuurlijk niets aan als ik je er nu aan herinner dat ik je steeds voor die kerel heb gewaarschuwd,' zei Anne. 'Maar je weet misschien nog wel dat ik vaak heb gezegd dat ik vond dat je er ongelukkig uitzag. Dat was niet zomaar. Je was niet gelúkkig met Peter, en je zult ooit nog eens blij zijn dat een andere vrouw het nu met hem moet uithouden.'

Laura had vanaf de ochtend telkens geprobeerd Anne te bereiken, maar het was haar niet gelukt, thuis niet en op haar mobiele telefoon ook niet. Nu, laat in de middag pas, had Anne teruggebeld met de verontschuldiging dat ze aan het werk was en niet gestoord had willen worden.

Ze hadden elkaar sinds zondagochtend – *eergisteren* dus, maar het leek Laura wel jaren – niet meer gebeld. Anne was verrast dat Laura vanuit Zuid-Frankrijk belde.

'Je bent hem achternagereisd! God, Laura, kun je echt geen dag zonder een telefoontje van hem?'

'Wacht, tot ik je alles heb verteld!' En met overslaande stem had Laura verslag uitgebracht: van haar gesprek met Peters secretaresse, van haar ontdekking dat hij failliet was en van zijn ontrouw, van haar reis naar de Provence, van zijn auto, die nog vol lag met zijn bagage. Als laatste vertelde ze van de vliegtickets naar Buenos Aires, waarvan er één op haar naam stond, die blijkbaar voortdurend door zijn geliefde werd gebruikt.

Anne had gefascineerd toegehoord en alleen maar af en toe gemompeld: 'Hoe is het mogelijk!' Ten slotte zei ze: 'Je hebt in twee dagen tijd wel een beetje erg veel meegemaakt, arme meid. Als ik niet bij hoge uitzondering een keer wat lucratieve opdrachten had gehad en niet zo dringend om geld zat te springen, kwam ik naar je toe om je bij te staan.'

'Dankjewel, maar ik denk dat ik morgen toch weer terugkom,' zei Laura. Ze zat in een dikke trui gehuld op het balkon van haar vakantiehuis en keek over het dal uit naar de zee. De wind was helemaal weggevallen en had de dag een eigenaardige stilte nagelaten. Een zware, drukkende stilte, die overeenkwam met Laura's verdoofde gevoel van onwerkelijkheid.

'Ik moet me met de vele problemen die thuis op me liggen te wachten gaan bezighouden,' voegde ze eraan toe. 'De schuldeisers zullen de deur bij me platlopen, en...'

'Dat zijn Péters schuldeisers,' zei Anne. 'Waarom moet jij de shit die hij heeft achtergelaten in je eentje opruimen?'

'Omdat hij onvindbaar is. Ik zou hem dolgraag ter verantwoording willen roepen, maar ik zie er geen mogelijkheid toe.'

'Hm,' dacht Anne na. 'Zijn auto staat voor die tent, met zijn bagage en de tickets. Dat is wel merkwaardig, vind je niet?'

'Nou, ik denk...'

'Hij is dus niet naar Buenos Aires gevlogen. Dat liefje dat hij aan de haak heeft geslagen ook niet. Dat wil zeggen dat hij nog ergens daar in het zuiden moet zitten. In Zuid-Frankrijk.'

'Misschien hebben ze vlak van tevoren omgeboekt en zijn ze ergens anders heen gevlogen.'

'Dat denk ik niet. Zulke dingen regel je lang van tevoren, en je beslist niet van de ene dag op de andere iets anders. Bovendien is het geen verklaring voor de achtergelaten bagage en de auto, de koffer en de tickets... Er is iets tussengekomen dat doorslaggevend is geweest.'

Laura begon zich ontzettend moe te voelen. 'Maar dat maakt voor mij geen verschil, Anne. Mijn huwelijk is hoe dan ook kapot. Wat voor rol speelt het dan nog wát er precies tussengekomen is?'

'En als hij dood is?' vroeg Anne.

Ergens krijste schel een vogel. Ze kon de scherpe rook van een of andere verbranding van herfstbladeren ruiken.

'Wat?' vroeg ze terug.

'Hij is bij eh... Chez Nadine weggegaan. Hij wilde naar zijn auto toe. De auto staat er nog, met alles wat van hem is erin. Dat betekent dat hij misschien nooit bij zijn auto is aangekomen. Op dat stukje ertussen... hoever is dat eigenlijk? Ik bedoel, ligt die parkeerplaats vlak bij het restaurant?'

'Nee, dat is...' Laura dacht na. Ze vond het moeilijk haar gedachten te concentreren op de vraag die Anne stelde. De woorden *en als hij dood is?* dreunden nog na in haar oren. 'Tweehonderd meter misschien, misschien wel meer.'

'Kun je niet dichter bij het restaurant parkeren?'

'Chez Nadine heeft geen eigen parkeerplaats. Meestal zet je je auto aan de overkant, langs een muur rond het terrein van een hotel. Maar als alles volstaat, moet je doorrijden. De eerstvolgende parkeergelegenheid is een kleine inham bij het transformatorhuisje.'

'Als hij zijn auto niet aan de overkant kon zetten omdat daar te veel auto's stonden,' zei Anne, 'dan moet het die zaterdag-avond tamelijk druk zijn geweest bij Chez Nadine.'

'Dat kan. Ja, dat was zeker zo. Maar ik snap niet...'

'Ik denk dat er op die tweehonderd meter tussen het restaurant en de auto iets is gebeurd. Iets wat Peters verdere plannen volledig heeft doorkruist. En misschien heeft iemand iets gezien. Waar veel mensen zijn, valt meestal iemand wel iets op.'

'Ik heb het vermoeden dat zijn... liefje hem daar heeft opgepikt...'

'Maar dan hadden ze de tickets en zijn bagage meegenomen. Daar klopt dus iets niet.'

'Jij bedoelt...'

'Ik bedoel dat hem ook iets overkomen kan zijn. En als dát zo is, moet je het direct uitzoeken.'

'Hoezo?' vroeg Laura, en ze kreeg de indruk dat ze Anne ontzettend op de zenuwen werkte met haar traagheid van begrip. De radertjes in haar hersenen werkten langzamer dan anders. Ze vermoedde dat ze aan een shock leed, erger dan ze zich op dat moment bewust was.

'Hij heeft je goddomme met een berg shit opgezadeld,' zei Anne. 'Je zult geld nodig hebben – en hij heeft vermoedelijk een levensverzekering. Als er iets met hem is gebeurd, moet dat vastgesteld worden. Anders kun je niet aan dat geld komen. Denk aan je eigen toekomst en dat van je kind. Zorg dat je je man vindt. En laat hem dan, als het even kan, dood zijn!'

Woensdag 10 oktober

1

Ze hadden al vanaf die ochtend vroeg ruzie. Carla wist niet meer precies wat de aanleiding was geweest; misschien het slechte weer. Ze was in het veel te zachte, doorgelegen hotelbed wakker geworden en had aan de buitenkant van de gesloten vensterluiken hetzelfde gelijkmatige geruis en gespetter gehoord als op zondag. Dat duidde erop dat het een vreselijke dag zou worden. Ze keek in de schemering naar Rudi, die zachtjes naast haar lag te snurken. Plotseling werd ze woest op hem. Hij wilde op hun huwelijksreis naar de Provence, terwijl Carla veel liever naar een vakantieclub in Tunesië was gegaan. Zij was gezwicht omdat het op bonje dreigde uit te lopen en het haar een slecht voorteken leek om hun huwelijk met ruzie te beginnen.

Bij het ontbijt had Rudi aangekondigd dat het weer zou verbeteren, dat had hij op de radio gehoord, maar zijn Frans was abominabel, dat had Carla hier wel gemerkt, en zijn vertalingen zaten er steeds naast. Hij kon dus van alles en nog wat over het weer hebben gehoord en het verkeerd hebben begrepen.

'Ik denk dat het nu gewoon blijft regenen of koud en bewolkt zal zijn,' voorspelde ze somber. Toen werd Rudi woest en zei dat hij haar eeuwige gemopper zat was.

'Ík wilde hier niet naartoe,' mompelde Carla, om vervolgens de vraag te stellen waarmee ze Rudi aan het eind van elk ontbijt in de problemen bracht: 'Wat gaan we vandaag doen?'

'We kunnen met de auto de bergen ingaan,' stelde hij voor. Carla keek naar de grauwe nattigheid buiten en dacht dat ze dit ongeveer even opwindend vond als een blindedarmoperatie. Het liefst bleef ze de hele dag in bed, ware het niet dat de bedden zo oud en slecht waren dat ze al na een uur pijn in haar rug kreeg. Rudi had er nu zo hartgrondig genoeg van, dat hij snauwde dat ze kon gaan doen wat ze wilde, maar híj ging de bergen in. Als ze niet meeging, ook goed. Toen puntje bij paaltje kwam ging ze natuurlijk wel mee, maar ze spraken bijna geen woord tegen elkaar en keken verbeten een andere kant op.

Ze reden via de Route des Crêtes naar boven, een zeer steile weg met haarspeldbochten, die over de recht uit zee oprijzende rotsen de bergen in slingerde. Hoe verder ze kwamen, hoe rotsachtiger het landschap om hen heen werd en hoe kariger de vegetatie. Er groeide alleen wat laag naaldhout op de stenige grond. Er dreven mistslierten over de weg.

Huiverend trok Carla haar schouders op. 'Je zou hierboven toch niet denken dat je aan de Middellandse Zee bent,' vond ze. 'Wat is het hier ontzettend ongezellig!'

'Begin je nou weer te zaniken? Ik heb toch gezegd dat je niet mee hoefde, maar je wilde per se...'

'Neem me niet kwalijk, maar ik mag toch wel enig commentaar leveren! Of is het me voor de rest van deze heerlijke vakantie verboden mijn mond open te doen?'

Daar zei Rudi niets op terug, maar hij lette alleen geconcentreerd op de omgeving. Plotseling sloeg hij af naar een grote, zanderige parkeerplaats en zette de wagen stil.

'Hier moet het zijn,' mompelde hij en stapte uit.

Carla wachtte even, maar omdat Rudi geen aanstalten maakte haar te vragen of ze meeging, stapte ze uit zichzelf uit en liep achter hem aan. Ze was intussen de tranen nabij, maar gunde hem niet de triomf haar te zien huilen.

Stomme lul, dacht ze.

De rotsen liepen steil af naar de zee onder hen. Rechtsbeneden lag Cassis, met zijn terrasvormige wijngaarden, die zich helemaal tot aan de baai uitstrekten. In de verte waren de twee eilanden te zien, die voor de baai van Marseille liggen. De zee, die zo grijs was, liet van boven af een turkooizen tint zien die ergens vanuit de diepte scheen te komen, maar die in werkelijkheid te maken scheen te hebben met een of ander geraffineerd soort weerkaatsing. Carla stapte wat dichter naar de afgrond toe en huiverde toen ze in de diepte keek.

'Het is... hier wel heel erg hoog,' zei ze benauwd.

'Tweehonderdvijftig tot driehonderd meter,' zei Rudi. 'Als je hier naar beneden springt, ben je op slag dood. Er schijnt hier ergens een plek te zijn waar verliefde stelletjes naar beneden springen als de situatie om een of andere reden uitzichtloos is. Sommigen vereeuwigen voor die tijd hun namen nog in een steen.'

Carla huiverde opnieuw; dat kwam door de wind die hierboven waaide en door de blik in de diepte, en door de gedachte dat je wanhopig genoeg kon zijn om in die eindeloze verschrikking te springen.

Er flitste een gedachte door haar hoofd, en toen ze het zei, wist ze direct dat het fout was om die vraag juist nu te stellen, omdat de broeiende ruzie tussen hen dan opnieuw zou oplaaien.

'Stel je voor dat onze liefde uitzichtloos was. Zou je dan samen met mij springen?'

Een volstrekt hypothetische vraag, met maar één doel: dat zijn antwoord de vrede tussen hen zou herstellen. Als Rudi Carla nu tegen zich aan had getrokken en had gezegd dat zijn leven zonder haar waardeloos was, dan zou de tweede helft van die verpeste dag in harmonie zijn verlopen.

Maar Rudi keek Carla koeltjes aan en zei: 'Waarom zou ik? Er zijn nog zoveel andere vrouwen op de wereld, en met de meesten van hen zou ik beter overweg kunnen dan met jou.'

En daarmee liet hij de zaak escaleren.

Carla stak de weg over en rende in de richting van het binnen-land. De zandpaden liepen kriskras tussen het lage naaldhout, heuvel op en heuvel af, door dalen en verhogingen. Een fijne regen sloeg in haar gezicht, maar de kou van de wind voelde ze niet, zo warm had ze het intussen gekregen. Ze rende weg voor Rudi's felle, koude ogen, voor het gevoel dat hij haar liefdeloos bejegende en het idee dat ze een fout had gemaakt door met hem te trouwen.

Eerst hoopte ze nog dat hij haar achterna zou komen. Ze had hem verbijsterd aangestaard en was toen weggerend. Hij riep nog: 'Hé, ben je niet helemaal lekker? Wat is er nou? Blijf hier!'

Maar hij was haar niet achternagekomen, en ze vroeg zich eventjes af of hij op de parkeerplaats zou blijven wachten, of dat hij gewoon zou wegrijden; hoe moest ze dan in het hotel terug-komen, of zou hem dat niet kunnen schelen?

Ze kreeg weldra steken in haar zij en haar longen begonnen pijn te doen, maar ze wist al geruime tijd dat het met haar con-ditie niet best gesteld was. Ze was door een labyrint van wegge-tjes en uitgeholde paadjes gelopen zonder op de richting te let-ten, en nu ze om haar as draaide stelde ze vast dat ze geen idee had waar ze was.

De weg was achter al die heuveltjes allang uit het zicht ver-dwenen. Om haar heen kolkte de mist. Haar ogen brandden. Ze begon op goed geluk in een richting te lopen waarvan ze niet wist waar ze uit zou komen. Ze kon ieder moment in huilen uit-barsten. Wat een rotkerel was Rudi! Haar moeder mocht hem van begin af aan al niet.

Rudi zat in de auto een sigaret te roken en bedacht dat vrouwen het ergste waren wat er bestond. En Carla was wel de aller-grootste trut die hij was tegengekomen. Ze werkte hem al dagen op zijn zenuwen over het weer, waar hij per slot van rekening ook niets aan kon doen, ze klaagde en jengelde aan zijn kop, en kwam daar bij die rots van de verliefde paartjes ook nog met een vraag op de proppen die zó krankzinnig was dat je er niet anders dan bot of sarcastisch op kón reageren. Of hij ook naar beneden gesprongen zou zijn als... Hij haatte dat soort hypothetische vragen waarmee vrouwen altijd zo'n soort test wilden afnemen. Of je wel genoeg van ze hield, genoeg begeerde, vereerde en wat niet al. Carla was er wereldkampioen in. Moest eeuwig en altijd zeker weten dat zij de hoofdrol speelde in al zijn gedachten. Lieve hemel, wat vermoeiend was dat! Meestal antwoordde hij wat ze wilde horen – je hoefde niet hoogbegaafd te zijn om dat te weten – dan liet ze hem het snelst weer met rust. Maar vandaag kon hij het niet opbrengen, vandaag had ze hem té erg op zijn zenuwen gewerkt. Vandaag had hij haar willen kwetsen; mocht hij zich dan niet eens heel af en toe afreageren? En dan kreeg ze natuurlijk natte ogen, rende ze weg en ze ging er vast en zeker van uit dat hij achter haar aan zou komen galopperen. Maar dan vergiste ze zich. Een of twee minuutjes had hij zelfs overwogen naar het hotel terug te rijden en haar de hele weg te voet af te laten leggen, maar dan was ze vanavond nog onderweg geweest en kwam ze ten slotte nog op het idee te gaan liften, en dan wist je wel wat er allemaal kon gebeuren. Shit, hij was met die vrouw getrouwd. Dus op een of andere manier was hij ook nog verantwoordelijk.

Hij draaide zijn raampje naar beneden en knipte zijn sigaret naar buiten. Chagrijnig staarde hij naar de zee. Carla zou toch niet verdwaald zijn? Maar zo stom was zelfs zij niet. Ze bleef waarschijnlijk gewoon uit koppigheid zo lang weg. Het miezerde continu, dus zou ze intussen wel volslagen doorweekt zijn.

Stomme troela, dacht hij. Waarom heb ik me tot dit huwelijk laten overreden?

En toen zag hij haar in zijn achteruitkijkspiegel.

Ze stak net de weg over en kwam de parkeerplaats op. Ze had iets vreemds over zich, vond hij. Haar haren plakten aan haar hoofd, maar dat kwam door de regen. Haar gezicht leek vertrokken, maar dat kon ook van inspanning zijn; ze had een heel eind gehold zonder enige training. Wat vervelend voor haar, dacht hij met leedvermaak. Ze dacht dat ik wel achter haar aan zou komen hollen, maar nu moet ze in haar eentje terugkomen. Eens kijken hoe ze dat recht breit!

Hij ging achterover zitten, maar hield haar door zijn achteruitkijkspiegel in het oog. Ze struikelde en kon blijkbaar nauwelijks op haar benen blijven staan. Lieve hemel, had ze dan zó'n slechte conditie? Ze kwam naar de wagen strompelen, alsof ze ieder moment in elkaar kon zakken. Ze was nu zo dichtbij, dat hij haar gezicht duidelijker kon onderscheiden, en hij had zich niet vergist, zag hij. Haar gezicht stond verkrampt, veel erger dan het eerst leek, en nu begreep hij ook wat hem zo vreemd had geleken: ze zag er niet gewoon zo uit van inspanning, haar gezicht was vertrokken van angst en paniek, en haar ogen waren groot van afgrijzen.

Als iemand die de dood in de ogen heeft gezien, schoot hem door het hoofd, en hoewel hij haar helemaal niet tegemoet had willen gaan, kwam hij nu snel de auto uit en liep op haar af.

Ze stortte zich letterlijk in zijn armen. Ze stamelde iets, maar hij kon eerst niet verstaan wat ze zei. Hij schudde haar zachtjes door elkaar.

'Rustig maar! Wat is er toch gebeurd? Hoor eens, er kan je niets gebeuren!'

Eindelijk wist ze enkele enigszins samenhangende klanken uit te brengen.

'Een man...' kreunde ze, en hij kreeg de schrik van zijn leven: ze was een psychopaat tegengekomen, daar ergens in de mist, en...

'Hij is dood! Rudi... daarachter in de heuvels ligt hij. Hij zit... onder het bloed... ik geloof dat hij door iemand is neergestoken...'

2

Ze voelde zich doodvermoeid en het leek alsof ze iets deed wat ze helemaal niet wilde doen. Ze volgde Annes advies op, omdat ze ergens in haar hoofd wel besefte dat Anne gelijk had, maar innerlijk voelde ze een bijna verlammende lethargie. Ze was zó uitgeput, dat ze in feite geen enkele andere behoefte had dan rust. Ze wilde gaan liggen en slapen en nergens meer over hoeven nadenken.

Het regende al sinds vanmorgen vroeg. Ze had geprobeerd Christopher te bereiken, maar hij was niet thuis. Ze zou het die middag nog een keer proberen. Tegen half twaalf was ze naar Chez Nadine gereden, waar nog geen andere gasten waren. Nadine stond tegen de bar geleund een kop thee te drinken; ze ging slordig gekleed en was niet opgemaakt. Het leek alsof ze sinds afgelopen zomer, toen ze haar voor het laatst had gezien, jaren ouder was geworden, vond Laura. Haar gezicht was zwaar getekend door frustratie en verbittering. Voor het eerst kon Laura werkelijk aan haar zien hoezeer ze dit leven haatte.

Laura had lange tijd niet geweten dat Nadine ongelukkig was. Ze had eigenlijk steeds gedacht dat zij en Henri een ideaal stel waren dat in Chez Nadine een gezamenlijke levensinhoud had gevonden. Ze herinnerde zich dat ze in de zomer van twee jaar terug voor het eerst met de feiten was geconfronteerd: Sophie was kort daarvoor geboren, en ze gingen voor het eerst met hun drietjes op vakantie naar de Provence. Het was tot Laura doorgedrongen dat ze de eerstkomende tijd geen enkele kans zou krijgen om te gaan werken, want Peter, die haar eerder al uit het persagentschap had gezet, kwam nu steeds met het argument aanzetten dat ze een baby had, en hij liet er geen twijfel over bestaan dat hij haar een slechte moeder zou vinden als ze niet al haar tijd en krachten aan het kind wijdde. Ze had het er een keer met Nadine over en ze liet erop volgen: 'Jij hebt het maar goed. Jij hebt een taak die je bevredigt. Je helpt je man, jullie hebben een gezamenlijke passie, die jullie...'

Nadine was haar in de rede gevallen met een heftigheid die Laura nog niet van haar had meegemaakt. 'Passie! Bevrediging! God, hoe kun je zó onnozel zijn! Denk jij serieus dat ik van dit leven heb gedroomd? Dag in dag uit in zo'n stomme pizzatent staan en die stompzinnige toeristen bedienen? Met een man die zijn levensvervulling vindt in de brandende kwestie of mozzarella geschikter is als pizzabeleg dan een andere kaassoort? Denk je nou echt dat dát het leven is dat ik wil leiden?'

Laura wist nu niet meer wat ze daarop geantwoord had. Waarschijnlijk was ze té verrast geweest om iets zinnigs terug te zeggen.

Vanmiddag drong die scène nadrukkelijk haar geheugen binnen.

Wat is ze wanhopig, dacht ze.

Ze at een pizza, die de eveneens bleke, ongelukkige Henri haar niet wilde laten betalen en die ze, omdat ze hem cadeau kreeg, tot de laatste moeizame hap naar binnen werkte, ofschoon ze na twee happen al geen trek meer had. Ze was 's ochtends op de weegschaal gaan staan en stelde vast dat ze vijf pond afgevallen was. Thuis met Sophie was ze van verveling en onvoldaanheid aangekomen. Deze hele toestand, dacht ze, brengt me in ieder geval weer terug op mijn normale gewicht.

Ze legde aan Henri en Nadine uit dat ze erg ongerust was vanwege de auto die Peter met al zijn hebben en houden erin had achtergelaten. Ze zweeg over de vliegtickets en ook had ze het niet over zijn financiële bankroet of dat er een vaste minnares in het spel was.

'Ik denk dat hem misschien iets is overkomen,' besloot ze, 'en een vriendin van me bracht me op het idee bij de gasten die zaterdagavond hier waren navraag te doen. Misschien heeft iemand iets opgemerkt.'

'Ik was er zaterdag niet,' zei Nadine.

'Zoals gewoonlijk,' zei Henri.

'Ik had je van tevoren gezegd...' vloog Nadine op. Laura, die vreesde dat de situatie op een regelrechte ruzie uit zou lopen, kwam snel tussenbeide.

'Jij was er toch wel, Henri? Kende jij iemand van de gasten? Bij naam, bedoel ik, of zelfs met adres en telefoonnummer?'

'O, god,' zei Henri, 'ik ben bang van niet. Je weet dat het voornamelijk toeristen zijn die hier komen eten. Zelfs als je ze hier een paar keer ziet, krijg je niet te horen waar ze vandaan komen of hoe ze heten.'

'Je was toch zeker niet alleen? Wie heeft je die avond dan geholpen?'

'Niemand. Ik was echt helemaal alleen.'

'Ach,' kwam Nadine ertussen, 'waar was je trouwe Cathérine?'

Hij negeerde haar vraag en zei: 'Ik zal erover nadenken of de naam van een van de gasten me te binnen schiet.'

Maar Laura had niet de indruk dat hij zich er later nog mee bezig zou houden. Niemand scheen te geloven dat er iets ernstigs gebeurd kon zijn. Vermoedelijk namen ze aan dat Peter zich ergens met een meisje amuseerde en dat zijn vrouw daar hysterisch op reageerde.

Jullie hebben allemaal geen idee, dacht ze uitgeput.

Ze ging weg bij Chez Nadine, maar niet voordat ze Henri nogmaals had gevraagd haar te bellen als hem een naam te binnen schoot. Toen ze wegreed kwam ze weer langs Peters auto. Ze werd er meteen nóg depressiever en vermoeider van. Ze merkte dat ze naar haar kind verlangde.

Ik zou eigenlijk naar huis moeten gaan en hier de boel de boel laten. Eigenlijk wilde ze meteen naar het vakantiehuis rijden en gaan liggen, maar merkte opeens dat ze nu niet alleen kon zijn. Ze reed naar St. Cyr, beneden bij de haven van Les Lecques, en ging in een café zitten. De regen leek een beetje minder te worden en ze had de indruk dat het boven zee begon op te klaren. Als het weer wat verbeterde, zou alles gemakkelijker worden, daar was ze van overtuigd. Ze bestelde koffie met een borreltje ernaast en dronk van allebei met kleine slokjes. Ze observeerde gefascineerd hoe de bewolking in snel tempo brak en uiteengedreven werd. Er was wind op komen zetten. De regen hield op en de blauwe hemel breidde zich uit als een uitgestrekte brand. En opeens brak de zon door, met zóveel krachtige directheid, alsof hij zich al veel te lang had moeten inhouden. Hij stortte zich uit over zee, over het strand, over de stenen op de boulevard, de huizen, de afvalbakken, de struiken en herfstbloemen en liet miljarden regendruppeltjes opflitsen en fonkelen.

Wat mooi, dacht Laura, wat ontzettend mooi, en het verraste haar wat voor enorme magie dit moment voor haar had, en hoe sterk ze dat kon voelen.

'Mag ik bij je komen zitten?' vroeg iemand.

Het was Christopher. Hij glimlachte naar haar.

De dialoog die zich in het kleine café tussen hen ontspon zou ze haar leven lang niet meer vergeten. Preciezer gezegd: enkele passages werden in haar geest geprent, terwijl andere in een soort onwerkelijke schemering ondergedompeld bleven en nooit helemaal duidelijk werden.

Na het gebruikelijke heen en weer gepraat van 'wat doe jij hier?' en 'ik heb nog een keer geprobeerd je te bellen', zei Christopher: 'Daarnet zag je er heel verlicht uit. Ik zat je al vijf minuten te observeren, maar ik durfde je niet aan te spreken. Het leek wel alsof je in een betoverde wereld verzonken was.'

'De wereld leek opeens ook net alsof hij betoverd was, met de zon en die glinstering overal...'

Toen volgden er weer wat onbelangrijke frasen, en plotseling vertrouwde ze hem iets van haar gevoelens toe; waarom wist ze niet, normaal was Anne de enige met wie ze dingen besprak die in haar innerlijk speelden.

'Daarnet voelde ik iets wat me even volkomen overweldigde,' zei ze. 'Een opwelling van geluk en lichtheid. Dat kende ik niet meer. Het deed me denken aan mijn jeugd, aan de tijd toen ik me nog onbezwaard voelde en zeker wist dat ik het ging maken, aan de tijd voor...' Ze onderbrak zichzelf en beet hard op haar lippen, maar natuurlijk wist Christopher wat ze had willen zeggen.

'De tijd vóór Peter,' maakte hij haar zin af. Ze sprak hem niet tegen.

Daarna begon ze over de geplande zeiltocht. 'Vond jij dat eigenlijk niet raar, dat Peter niet verscheen?'

'We hadden niet afgesproken.'

'Hadden jullie niet... maar zondag zei je nog...'

'Zondag was ik overrompeld. Ik wist niet hoe ik moest reageren.'

'Was je niet verbaasd dat hij niet met je wilde afspreken? Na al die jaren waarin die week in de herfst een vast onderdeel van jullie leven was?'

'Nee.'

'Waarom niet?'

'Omdat ik overal van wist.'

Een licht gesuis in haar oren. Een zacht geklop achter in haar keel. Gek genoeg twijfelde ze geen moment aan wat hij bedoelde.

'Sinds wanneer?'

'Sinds wanneer ik het weet? Sinds drie jaar. Peter heeft het me drie jaar geleden verteld.'

'Maar ik bedoelde: sinds wanneer loopt die... affaire van hem? Weet je dat?'

'Vier jaar.'

Het gesuis werd luider en het was heel onaangenaam. Ooit had ze tijdens een zware griep dat gesuis gehoord en toen ook de indruk gehad dat ze ver verwijderd raakte van alles wat tastbaar en reëel was. Toen had ze hoge koorts gehad.

'Wie is het?'

'Nadine Joly,' zei hij, en zij dacht dat de wereld onder haar voeten wegzakte en de hemel boven op haar viel.

3

Nadine Joly was er altijd van overtuigd geweest dat er in het leven van iedere man en iedere vrouw een grote liefde was, de tegenhanger, tweelingziel, tegenpool, de andere helft. Het was de vraag wanneer je diegene tegenkwam en of je op dat tijdstip vrij was, om zijn of haar betekenis voor je eigen lot te herkennen.

Ze had op het eerste gezicht geweten dat Peter Simon de man was bij wie haar bestemming lag. Zes jaar geleden, zevenentwintig was ze toen en al wanhopig gevangen in het gevoel dat haar leven op een dood spoor zat, was hij op een gloeiend hete julidag 's middags de tuin van Chez Nadine ingelopen. Zij stond tegen een boom geleund om een ogenblik uit te rusten. Ze hadden één blik met elkaar gewisseld en naderhand beiden vastgesteld dat het in die seconde was gebeurd. Alles wat er na die tijd gebeurde, was in dat moment vast komen te liggen. Eigenlijk had het geen enkele zin gehad dat ze er nog twee jaar lang weerstand aan hadden geboden voordat ze capituleerden voor hun oppermachtige gevoelens – of, zoals ze allebei beseften: hun oppermachtige seksuele begeerte naar elkaar. Twee jaar lang hadden ze naar elkaar gesmacht en in dagdromerijen uitgeleefd wat later werkelijkheid zou worden.

Op een bepaald moment had hij haar verteld hoe hij haar op die eerste dag zag: 'Jij stond daar tegen die boom geleund en het leek wel alsof je deel uitmaakte van dat zuidelijke landschap, van de zon, van de olijfbomen, de lavendelvelden en de zee. Je was heel bruin, maar onder dat bruin was er iets vaals, iets bleeks, en dat maakte je zo zinnelijk. Je zag er vermoeid uit. Je droeg een mouwloze, blauwe jurk tot aan je enkels, je had je donkere haar naar achteren opgestoken, en pas later ontdekte ik dat het bijna tot je middel reikte. Onder je borsten zag ik natte plekken in de stof van je jurk. Het was een ontzettend hete dag.'

Zíj had een man met interessante, grijsgroene ogen gezien en veel grijze strepen in het donkere haar; ze schatte hem ouder dan hij was en het verraste haar toen ze later hoorde dat hij op die dag zijn vierendertigste verjaardag had gevierd. Ze wist onmiddellijk dat hij de man was op wie ze had gewacht. Dat lag niet aan zijn uiterlijk, want ze vond hem zeker niet overweldigend aantrekkelijk, maar aan de band, die onmiddellijk tussen hen voelbaar was geworden. Zij had zich opgericht en hem ernstig en zonder enige koketterie aangekeken, want het was duidelijk dat hij hetzelfde voelde als zij en dat ze elkaar niets wijs hoefden te maken; bovendien had ze zó lang op hem gewacht, dat zij vond dat ze absoluut geen tijd meer hadden voor omwegen en kinderachtig verstoppertje spelen. Eigenlijk waren er tussen hen geen woorden meer nodig.

En toen kreeg ze de jonge vrouw met het gladde bruine haar en de opvallend grote, mooie, topaaskleurige ogen in de gaten en wist ze dat er een probleem was.

Die zomer kwamen ze bijna iedere middag, ten slotte ook 's avonds, en Nadine wist dat *hij* degene was die daarop aanstuurde. Ze was in die weken opgewonden en gespannen; ze besefte dat er iets beslissends op haar afkwam en dat het misschien haar krachten te boven zou gaan. Ze bediende hen nooit, dat liet ze Henri of een van de hulpkrachten doen. Henri had haar een keer gevraagd wat ze tegen die mensen had. 'Ze zijn zo aardig. En het zijn trouwe gasten!'

'Ik mag ze gewoon niet zo,' had Nadine geantwoord, en eraan toegevoegd: 'Vooral háár niet. Ze doet net alsof ze heel verlegen is, maar ik denk dat ze behoorlijk onaardig kan zijn.'

Toen Laura Simon op een dag een gesprek met haar aanknoopte, merkte Nadine al heel gauw dat deze vrouw beslist niet onaardig was, maar gewoon heel aardig en sympathiek. Had ze niet die prachtige ogen gehad, dan zou ze algauw een beetje saai of eentonig kunnen zijn.

'Mijn man en ik zoeken een huis in de omgeving. Een vakantiehuis. Zou u denken dat u ons misschien kunt helpen?' Diezelfde vraag stelde ze ook aan Henri, en hij deed er verbazend veel moeite voor. Hij mocht de Simons echt graag, merkte Nadine. Hij zocht hun vriendschap, en Laura reageerde er ongedwongen en welwillend op. Peter blokkeerde, net als Nadine, maar kon evengoed niet stoppen met Chez Nadine te bezoeken. Hij meed gesprekken met Nadine, maar hij moest haar wel iedere dag zien. Ze kwelden zichzelf enorm, terwijl Henri en Laura totaal niets in de peiling hadden.

Het duurde bijna twee jaar tot het droomhuis was gevonden. Henri had het ontdekt, en toen was het hek van de dam. Nu waren ze vrienden. Laura nodigde hen uit voor een housewarming party en Henri vroeg hen op zijn verjaardag in augustus. Opeens was er over en weer een druk contact, zonder dat het iemand opviel dat het nooit van Nadine en Peter uitging. Overigens deden die twee hunkerbunkers ook nooit iets om de ontmoetingen, die zo vreselijk waren, maar waar ze toch niet buiten konden, te verhinderen.

'Vind je het niet ontzettend gezellig met de Simonsjes?' vroeg Henri op een keer, en Nadine had zich omgedraaid, zodat hij haar gezicht niet kon zien, want ze meende dat alles wat ze voelde ervan af te lezen was.

Peter en Laura kwamen regelmatig met Kerstmis, met Pasen en in de zomer naar de Provence. Peter kwam in oktober nog een keer om te zeilen, maar dan was hij bij zijn vriend en verscheen hij niet bij Chez Nadine. In de weken en maanden daartussen kwam Nadine altijd weer een beetje tot rust. Ze hoefde hem niet voortdurend te zien en ze deed haar best om zijn beeld te laten verflauwen en zo weinig mogelijk gedachten aan hem te wijden.

Maar tegelijk groeide de doffe wanhoop die op haar drukte, want ze wachtte nog steeds op een man die haar van Chez Nadine en het leven aan de zijde van Henri verloste. Ze was echter zó verstrikt geraakt in haar verlangen naar Peter, dat ze geen andere mannen meer kon waarnemen. En Peter zou er nooit met haar vandoor gaan. Soms voelde ze zich als een gekooid beest, dat in een kringetje rondloopt en weet dat het nooit zijn gevangenis zal verlaten.

Twee jaar na de eerste ontmoeting en ongeveer vijf maanden nadat ze het huis hadden gekocht, belde Laura eind september op en zei dat Peter naar St. Cyr zou komen om met zijn vriend Christopher te gaan zeilen. Maar hij zou niet meteen uitvaren, zoals anders, maar twee nachten in hun huis doorbrengen om te zien of alles in orde was. De vrouw die hun huis schoonhield was ziek geworden, en of Nadine zo lief zou willen zijn de sleutel bij haar op te halen en bij *uitzondering* een paar dingen te doen: luchten, stof afnemen en koffie en melk kopen.

Dat zegde Nadine toe. Ze deed wat van haar gevraagd was, en al die tijd groeide de onrust tot in het oneindige.

Hij kwam voor het eerst zónder haar.

Ze ging terug naar Chez Nadine, maar ze had de sleutel nog bij zich. Die avond hield ze het niet meer uit. Het was 1 oktober en het werd vroeg donker, maar het was een warme dag geweest en 's avonds bleef het zacht en vol van geurende herfstbloemen. Op van de zenuwen glipte Nadine ten slotte weg – weer zo'n avond waarop Henri wanhopig Cathérine opbelde – en reed naar Quartier Colette, parkeerde haar auto buiten hun terrein en ging het huis binnen. Ze deed in de woonkamer maar één lamp aan en ging op de bank bij de open haard zitten wachten. Ze had zich niet opgedoft, geen make-up opgedaan, haar haren niet fris gewassen en ze droeg een oude spijkerbroek en een sweatshirt van Henri. Om kalm te blijven rookte ze een heel pakje sigaretten op en om elf uur hoorde ze een auto aankomen. Ze dacht erover na of hij haar auto had zien staan en verwachtte haar hier aan te treffen. Ze verroerde zich niet. De huisdeur ging open, zijn voetstappen kwamen door de gang en hij kwam de woonkamer binnen, waar zij in het zwakke schijnsel van de kleine lamp zat. Later zei hij dat hij haar auto niet had zien staan, maar het desondanks op een onverklaarbare manier logisch had gevonden dat hij haar op de bank aantrof.

'O, god, Nadine,' zei hij alleen maar, en er zat een afgronddiepe zucht in zijn stem, waarvan ze besefte dat die voortkwam uit vertwijfeling dat de situatie voortaan niet meer onder controle te houden was.

Ze stond op en hij zette zijn reistas neer. Aarzelend liepen ze naar elkaar toe, maar zodra hun vingertoppen elkaar raakten, loste onmiddellijk alle verlegenheid zich op. Ze hadden in hun fantasieën al duizendmaal de liefde met elkaar bedreven, en wat ze nu deden leek hun volslagen vertrouwd. Hij stond daar alleen maar en liet zich door haar uitkleden, het overhemd van zijn schouders halen, zijn broek naar beneden trekken. Haar bewegingen waren niet gehaast, maar snel en geconcentreerd. Toen ze voor hem knielde, kreunde hij zachtjes en wist ze dat ze iets deed waar hij telkens weer van had gedroomd.

Toen het voorbij was, trok hij haar overeind, wilde haar omarmen en beginnen met haar uit te kleden, maar ze week achteruit en schudde haar hoofd.

'Nee. Niet zo. Je kunt me niet zomaar krijgen. Gewoon, omdat ik hier ben en de gelegenheid er gunstig voor is.' Ze pakte haar autosleuteltjes van de tafel en ging naar de deur. 'Ik wil dat jíj bij míj komt. En dat je helemaal alleen voor mij kiest.'

4

Ze zaten in een restaurantje in La Cadière aan een tafeltje met een roodwit geblokt kleedje. Laura had haar eten onaangeroerd weer mee terug laten nemen, maar dronk wel haar vierde kop koffie. Ze merkte aan het gebonk van haar hart dat ze de hele nacht geen oog dicht zou doen, maar dat zou zonder koffie ook het geval zijn geweest.

Nadine dus.

Peters affaire had een naam en een gezicht gekregen. Een naam en een gezicht die ze kende. Ze had niet langer met een anonieme geliefde te maken, waarbij ze zich van alles kon voorstellen en die ze natuurlijk allang in een cliché had ondergebracht: aantrekkelijk, onnozel en piepjong, waarschijnlijk niet boven de twintig.

In werkelijkheid was het een vrouw die ooit beeldschoon was geweest, maar die door een ongelukkig huwelijk en jaren van frustratie scherpe lijnen in het gezicht had gekregen en wier ogen hun glans hadden verloren. Nadine was allesbehalve onnozel, en piepjong was ze ook niet. Ze was twee jaar jonger dan Laura zelf, wat geen doorslaggevend verschil maakte.

'Wat heeft hij in haar gezien? Wat heeft hem zo aan haar geboeid? Vier jaar, Christopher! Vier jaar, dat is geen korte, hartstochtelijke gril. Vier jaar betekent iets serieus. En hij wilde zelfs met haar naar Buenos Aires.'

Christopher was verrast. 'Wilde hij wég?'

Ze vertelde hem van de vliegtickets. Van Peters financiële ramp. Het bleek dat Christopher wel iets van de financiële problemen had geweten, maar geen idee had van de totale omvang ervan. En over de geplande vlucht naar Argentinië had Peter niets verteld.

'Ik dacht dat hij... dat hij gewoon een week hier met haar wilde doorbrengen,' zei hij, en streek meteen daarna ongelukkig en verwoed met zijn gespreide vingers door zijn haar. 'O, verdomme nog aan toe! Wat moet dát je afschuwelijk in de oren klinken!'

Ze durfde de volgende vraag, waar ze nu gewoon niet meer omheen kon, bijna niet te stellen: 'Het afgelopen jaar... en het

159

jaar daarvoor... heb jij hem toen gedekt... toen hij in de herfst met je wilde gaan zeilen? Was hij toen in feite ook met...' Ze kreeg het niet voor elkaar die naam uit te spreken, 'was hij toen ook met... háár samen?'

Christopher leek net een kind dat betrapt is en zich in een hoek gedrukt voelt.

'In het voorlaatste jaar én het jaar daarvoor, ja. Je moet van me aannemen dat ik die toestand afschuwelijk vond. Ik wilde het niet. Hij deed een appèl op onze oude vriendschap, op alles wat hij al voor mij had gedaan... maar hoe dan ook, het was schofterig van me en dat wist ik. Vorig jaar heb ik het geweigerd. Toen heb ik hem gezegd dat hij me in een situatie bracht die me te ver ging, waar ik niet tegen kon. Ik geloof dat hij dat ook wel inzag. Hij was tweeënhalve dag met mij op het schip en daarna... nou ja, als jij dan in die tijd had opgebeld, dan zou ik hebben gezegd dat hij niet bij mij was. Dat was hem duidelijk. Ik heb hem uitgelegd dat ik niet voor hem ging liegen. Hij heeft het risico gewoon genomen en jij hebt toen ook niet gebeld.'

'Ik wist dat hij daar een hekel aan had als hij met je ging zeilen. Maar hijzelf belde iedere avond op om te zeggen dat alles oké was... en...'

Ze drukte de rug van haar hand tegen haar mond. Ze werd misselijk. Hij belde op en zei dat hij met Christopher in een haven lag, en dat ze straks nog ergens een wijntje gingen drinken. Dat het een heerlijke dag was geweest... En in werkelijkheid was hij bij háár geweest, had hij vlak daarvoor nog met haar gevreeën en was hij van plan dat aanstonds weer te gaan doen. Maar daartussendoor moest de echtgenote thuis snel even gerustgesteld worden, zodat ze vredig kon gaan slapen en niet op het idee kwam op eigen houtje telefoontjes te gaan plegen.

'Neem me niet kwalijk!' Ze sprong op en snelde naar de wc. Ze braakte de koffie en de pizza van die middag weer uit. Zwaar ademend spoelde ze haar mond. Ze keek naar haar spitse, gelige gezicht in de spiegel.

Nou moet je al voor de tweede keer vanwege Nadine Joly kotsen, dacht ze.

Christopher zat bezorgd op haar te wachten.

'Gaat het weer?' vroeg hij, en trok haar stoel bij.

Ze knikte. 'Jawel. Ik heb gewoon te veel koffie gedronken, denk ik.'

'Je hebt veel voor je kiezen gekregen, vandaag en in de afgelopen dagen. Geen wonder dat je maag in opstand komt.'

Ze ging zitten. Met bevende handen omvatte ze haar koffiekopje.

'Vind je niet dat je toch een beetje moet eten?' vroeg Christopher. 'Hongerlijden maakt je zenuwen nog zwakker.'

Ze schudde haar hoofd. Alleen al bij het horen van het woord eten begon haar maag weer te protesteren.

'Heeft hij...' vroeg ze moeizaam, 'ik bedoel... heeft Peter tegen jou gezegd waaróm hij het heeft gedaan? Heeft hij tegen jou gezegd wat hem bij mij weg en in haar armen heeft gedreven?'

Christopher trok een gekweld gezicht. 'Wat maakt dat toch uit? Waarom wil je jezelf kapotmaken?'

'Ik wil het graag weten.' Ze keek hem onderzoekend aan. 'Hij heeft er met je over gepraat. Jij bent zijn beste vriend. Hij heeft je in vertrouwen genomen.'

'Laura...'

'Ik moet het weten. Alsjeblieft.'

Het was Christopher aan te zien dat hij de situatie verafschuwde. Hij zocht naar woorden. Wellicht zei iets hem dat hij Laura niet met een kluitje in het riet moest sturen en dat ze het zou merken als hij haar de waarheid vertelde of niet. Hij kon alleen maar zijn best doen om haar niet meer pijn te doen dan noodzakelijk.

'In het begin was het waarschijnlijk een sterk seksuele verhouding. Peter bewees zichzelf weer eens wat een fantastische vent hij in bed was, en Nadine haalde een aantal jaren van frustratie in; tussen haar en haar man scheen er allang niets meer te gebeuren. Zij en Peter brachten de tijd voornamelijk in bed door.'

Laura verbleekte, en over de tafel heen streek hij even over haar hand.

'Ik wil daarmee zeggen dat er niet veel diepgang in zat. Naar mijn idee ging het hem erom bevestigd te krijgen hoe onweerstaanbaar hij was. Op dat punt heeft het dus allemaal niet in het minst met jouw kwaliteiten te maken. Sommige mannen komen nu eenmaal in die crisis terecht waar Peter zich blijkbaar in bevond. In zo'n crisis schreeuwen ze om zelfbevestiging en zijn ze ervan overtuigd dat ze die alleen bij een andere vrouw kunnen vinden.'

'En van haar kant?'

Christopher dacht na. 'Ik denk dat zij zich er meer van voorstelde. Peter vertelde me dat ze erg ongelukkig was in haar huwelijk. Dat werd overigens steeds meer een probleem tussen hen. Zij drong op een beslissing aan.'

Laura slikte. 'Een beslissing zou betekend hebben dat hij zich van mij liet scheiden en officieel met haar verder zou gaan?'

'Iets dergelijks zal haar wel voor ogen hebben gestaan. Maar Peter had het nogal moeilijk met dat idee. Ze hadden tamelijk heftige meningsverschillen. Ze zagen elkaar toch al zo weinig, en als ze bij die ontmoetingen ook nog ruziemaakte, was het voor Peter allemaal niet meer zo aanlokkelijk.'

'Maar toch wilde hij nu met haar naar het buitenland.'

'Dat is een verrassend nieuwtje voor me en ik kan het bijna niet begrijpen,' zei Christopher. 'In een van onze laatste telefoongesprekken zei hij nog dat de hele toestand hem boven het hoofd begon te groeien. Ik had de indruk dat hij naar een manier zocht om de affaire te beëindigen. Die ontwikkeling stelde me gerust.'

Ze haalde haar schouders op. Ze was moe en ze voelde zich beroerd.

'Dan kwam het door het geld,' zei ze, maar die gedachte troostte haar helemaal niet, merkte ze. 'Hij moest weg vanwege zijn schulden. Waarschijnlijk vond hij het prettiger om met iemand anders samen in het buitenland opnieuw te beginnen. Het was haar geluk dat hij failliet is gegaan.'

'Mijn god,' zei Christopher, 'dat snap ik niet. Ik ben bedrijfsadviseur! Grote bedrijven nemen mij in vertrouwen. Maar mijn beste vriend vraagt mij niet om raad vóór hij zich in dubieuze zaken stort. Ik had hem kunnen helpen!'

'Zo zijn mannen,' zei Laura. 'Zelfs tegenover hun beste vrienden, of eigenlijk júíst tegenover hun beste vrienden moeten ze de flinke kerel uithangen die zijn problemen in z'n eentje oplost. Of die er helemaal geen heeft.' Ze stond op. 'Ik ga eens kijken of ik daar bij Hotel Bérard een kamer kan krijgen. Ik wil vannacht liever niet in… ons huis slapen.'

Christopher wenkte de ober. 'Ik zal snel afrekenen, dan ga ik even met je mee.'

Donderdag 11 oktober

1

Het was al ver na middernacht en ze lag nog wakker. Bij Bérard sliep ze net zomin als ze thuis zou hebben gekund, maar het betekende toch een zekere afstand, en op een of andere manier leek het haar heel belangrijk om afstand te scheppen. Haar kamer was een suite, veel te groot en veel te duur, maar het was de laatste die nog vrij was. Ze had uitzicht op de straat, niet op het dal, maar dat interesseerde Laura niet; het was toch al donker en ze was helemaal niet in de stemming om sfeer te proeven en ervan te genieten.

Ze lag in een breed hemelbed en meende haar eigen hart luid te horen kloppen. De koffie had haar klaarwakker gemaakt. Ze merkte hoe ze over haar hele lichaam trilde en kreeg nog twee keer het gevoel dat ze moest overgeven. Maar als ze dan in de badkamer stond, verdween de braakneiging weer. Ze staarde naar het vreemde, bleke gezicht in de spiegel en vroeg zich af hoe ze verder moest leven.

Telkens weer vond ze dat Anne gelijk had: het was belangrijk om erachter te komen wat er met Peter was gebeurd. Maar ze merkte dat dát raadsel haar vanbinnen nauwelijks raakte. In haar binnenste woedden heel andere vragen: de vraag naar het waarom, naar Nadine, en hoe het kwam dat ze zo blind was geweest dat ze van dat alles niets had gemerkt.

Om zes uur stond ze op. Ze leek wel geradbraakt en ze was vermoeider dan de avond tevoren. Haar knieën trilden toen ze onder de douche stond en haar maag deed pijn. In de ontbijtzaal, waar zij de eerste gast was, bestelde ze pepermuntthee in plaats van koffie en worstelde zich met kleine hapjes door een croissant heen. Ze had vanaf haar tafeltje door het langgerekte raam aan de voorkant een schitterend uitzicht over het dal. Er hing nog een herfstige nevel tussen de heuvels, maar de hemel was helder en onbewolkt, en in het oosten kroop het stralende morgenrood boven de horizon uit. Het zou een prachtige dag worden, warm, zonnig en vol vlammende kleuren.

Ze kon niets voelen bij die gedachte.

Ze vroeg om de rekening, een gepeperd bedrag, en toen Peters creditcard, die ze nu eindelijk eens wilde gebruiken, werd ingenomen, hield Laura haar adem in. Inderdaad schudde de receptioniste spijtig het hoofd.

'Deze kaart is niet geldig, mevrouw.'

Kennelijk waren inmiddels alle rekeningen geblokkeerd. Ze beschikte nu alleen nog over het weinige geld dat ze vóór haar vertrek van haar persoonlijke rekening had opgenomen.

Ik heb veel grotere zorgen, dacht ze, dan de ontrouw van mijn man. Binnenkort heb ik inderdaad geen géld meer!

Ze telde het bedrag in contanten neer, waardoor haar reserve behoorlijk slonk. Toen verliet ze haastig het hotel. Ze had niets bij zich gehad en verlangde ernaar schoon ondergoed aan te trekken, een andere trui aan te doen en haar haren te borstelen. Zonder te weten wat ze daarna moest gaan doen.

Naar Nadine rijden en haar ter verantwoording roepen?

Ze dacht niet dat ze de aanblik van Nadine zou kunnen verdragen.

Toen ze de oprit naar hun huis opkwam, hoorde ze binnen de telefoon gaan. Ze had de ramen 's nachts open laten staan, niet geheel ongevaarlijk met al die inbraken, die nog altijd in de omgeving werden gepleegd. De telefoon zweeg toen ze voor de huisdeur stond en in haar handtas naar de sleutel zocht. Maar gelijk daarop begon hij weer. Iemand wilde haar blijkbaar heel dringend spreken.

Peter, dacht ze opeens, alsof ze een elektrische schok kreeg. Ze draaide met trillende handen de deur van het slot en liep de woonkamer binnen. Blijkbaar was niemand de openstaande ramen opgevallen, want alles stond netjes op zijn plaats, vriendelijk beschenen door het ochtendzonnetje.

'Hallo?' vroeg ze ademloos.

Haar moeder was aan de lijn, overstuur en doodmoe tegelijk. 'Ik probeer je al de hele nacht te bereiken. Waar zát je?'

'Wat is er gebeurd? Is er iets met Sophie?'

'Ik ben in jullie huis geweest om schone kleren voor Sophie te halen. De politie heeft een boodschap ingesproken op het antwoordapparaat en gevraagd of je terugbelt. Dat heb ik maar gedaan. Ze hadden opdracht van de Franse politie om contact met jou op te nemen. Ze hebben een man gevonden...'

Ze kreeg het ijskoud, en tegelijkertijd brak het zweet haar uit. 'Een man?' Haar stem klonk haar vreemd in de oren. 'Waar?'

'Daar, bij jullie. Ergens in de bergen. Hij was... hij is dood, en hij,' ze haalde diep adem, 'hij had Peters papieren bij zich. Daarom hebben ze hiernaartoe gebeld, snap je?'

'Maar...'

'Ik heb een telefoonnummer voor je. Je moet je daar melden. Ze willen...'

'Wat, mam?' Die rottige croissant van vanochtend kwam naar boven. Zou ze ooit nog in staat zijn binnen te houden wat ze gegeten had?

'Ze willen dat je naar die, eh... die dóde man gaat kijken. Want het zou kunnen dat het... nou ja, dat het Peter is.'

2

Het deed hem ontegenzeglijk een zeker sadistisch genoegen haar gezicht gade te slaan. Dat vrolijke, kokette meisje dat hij meer dan tien jaar geleden had leren kennen, was een volslagen gecontroleerde, kille vrouw geworden, en hij kon zich niet meer herinneren wanneer haar gezicht voor het laatst aan haar beheersing was ontsnapt.

Op het eerste moment werd ze lijkbleek, maar meteen daarop schoot het bloed naar haar hoofd en werd ze knalrood. Ze likte met haar tong over haar lippen en probeerde te slikken. Haar ogen schoten hysterisch heen en weer. Hij kon het zien toen ze hem eventjes aankeek, bijna hulpzoekend, smekend, voordat ze haar blik weer naar de krant liet zakken en tevergeefs probeerde zichzelf onder controle te krijgen.

Henri was zoals altijd vroeger opgestaan dan zij en had in de keuken staande koffiegedronken en ondertussen in de krant gebladerd. Bij het regionale nieuws was een foto van Peter naar voren gesprongen, kennelijk een pasfoto, aan de houding en de gemaakte glimlach te zien. Peter zag er aanmerkelijk jonger op uit dan hij nu was, maar het was zonder twijfel Peter.

Gruwelijke moord in de bergen luidde de kop boven de foto. Uit de korte tekst eronder viel op te maken dat er in de bergen een vermoorde man met een paspoort op naam van Peter Simon was aangetroffen. De politie vroeg de bevolking om aanwijzingen – wie kende Peter Simon uit Duitsland, wie had hem de afgelopen dagen nog gezien, wanneer en waar?

Henri had langzaam zijn koffie naar binnen geslurpt en naar de foto gekeken. Toen had hij het zachte geluid van Nadines blote voeten op de trap gehoord en de krant met de foto naar boven op de tafel gelegd.

Nadine was in haar ochtendjas de keuken binnengekomen. Ze zag er verschrikkelijk slecht uit, met een vreemde gelige teint, en haar haren lagen niet zoals anders verward, maar in slierten en lelijk plat om haar hoofd. Ze had hem geen blik waardig gekeurd, maar een beker van de plank gepakt, koffie ingeschonken en was toen naar de tafel gelopen. Eerst gleed haar blik vluchtig over de krant – hij hield het vanuit zijn ooghoeken goed in de gaten – toen

kreeg ze een schok en keek eens wat beter. Ze kon niet verhinderen dat op haar gezicht een verbijsterde uitdrukking verscheen,
en toch had ze volgens hem nog niet eens goed begrepen waar het
om ging. Peters foto in de krant was al genoeg om haar uit haar
evenwicht te brengen.

Ze liet zich op de stoel vallen – waarschijnlijk had ze slappe knieën gekregen – en staarde naar de foto; toen hield Henri het niet langer uit en kwam ook naar de tafel. Hij ging tegenover haar zitten.

'Hij is dood,' zei hij.

'Ja,' antwoordde Nadine zachtjes.

Het rood trok weg uit haar gezicht en liet een vale bleekheid
achter. Zelfs haar lippen werden grauw en, kenmerkend voor
haar, opeens ook smaller.

'Ik moet me bij de politie gaan melden,' vervolgde Henri, 'om
te zeggen dat hij hier zaterdag nog heeft gegeten. En dat zijn
auto buiten staat.'

Nadine streek met haar handen over haar gezicht. Hij zag dat
het zweet haar uitbrak.

Ze heeft het verdomd te kwaad, dacht hij.

'God,' zei ze. Het klonk als een nauwelijks hoorbare maar
diep vertwijfelde noodkreet.

'Waar was jij trouwens, die zaterdagavond?' vroeg Henri.

'Wat?'

'Waar je was zaterdagavond?'

'Bij mijn moeder. Dat had ik je toch al gezegd?'

'Ik neem aan,' zei Henri, 'dat je dat ook tegen de politie moet
zeggen.'

'De politie?'

'Ik zei toch dat ik moet gaan melden dat hij hier was. Aangezien zijn auto nog buiten staat, zal de politie – net als Laura –
vermoeden dat hem op weg van Chez Nadine naar zijn auto iets
is overkomen. En binnen die context zullen ze ook in ons geïnteresseerd zijn. Ze zullen wel willen weten wat jij zaterdag hebt
gedaan en ze zullen je uitspraken natrekken.'

'We hoeven ons helemaal niet te melden.'

'Zijn auto staat vlak in de buurt van ons huis. En op het laatst zal Laura in ieder geval zeggen dat hij hier is geweest. Dan komt het wel heel raar over als wij ons niet gemeld hebben. Dus moeten we gauw gaan zeggen wat wij weten.'

Ze knikte, maar het was niet duidelijk of ze het echt had begrepen. Ze staarde weer naar de foto, en hij had er een lieve duit voor over om te weten wat voor film zich achter haar voorhoofd afspeelde.

Hij liet haar een minuutje voor hij de volgende aanval inzette. 'Weet je zeker dat je alibi standhoudt bij het onderzoek?' vroeg hij.

Nu begreep ze hem wél. Ze keek op en er verscheen een steile rimpel tussen haar ogen.

'Wát zeg je?' vroeg ze op haar beurt. Hij merkte dat ze in dit vreemde gesprek hoofdzakelijk woorden als *wat, hoezo* en *wat zeg je* gebruikte, terwijl hij de belangrijke vaststellingen deed.

'Nou ja, ik wil je er alleen op wijzen dat het enig verschil maakt of je tegen mij liegt of tegen de politie.'

Hij ging ervan uit dat ze weer *wat* of *hoezo* zou zeggen, maar tot zijn verrassing probeerde ze niet eens te doen alsof ze verwonderd was.

Ze vroeg aan hem: 'Sinds wanneer weet jij dat ik niet bij mijn moeder was?'

'Ik weet het sinds jij aankondigde dat je naar haar toe wou.'

'Je hebt niets gezegd.'

Hij voelde zijn superieure gevoel afbrokkelen. De triomf die haar ontzetting hem had bezorgd was maar heel kort geweest. Treurigheid en uitputting breidden zich in hem uit.

'Wat had ik dan moeten zeggen?' vroeg hij moe. 'Wat had ik moeten zeggen om een eerlijk antwoord te krijgen?'

'Ik weet het niet. Maar openhartig zijn betekent vaak dat de ander ook openhartig moet zijn.'

Hij ondersteunde zijn hoofd met beide handen. Openhartigheid... Hoe vaak had die laatste verschrikkelijke zaterdag in zijn hoofd rondgespookt, en af en toe had hij ook gedacht dat een andere man veel beter met de situatie zou zijn omgegaan dan hij. Waarom had hij Nadine niet ter verantwoording geroepen? Waarom had hij niet met zijn vuist op tafel geslagen? En ook niet pas zaterdag, maar al veel eerder gedurende die lange, kwellende jaren, waarin hij voelde dat hij haar steeds meer kwijtraakte en dat dat afschuwelijke stilzwijgen tussen hen heerste, dat zoveel erger was dan de ruzies in hun eerste huwelijksjaren. Waarom hadden ze nooit een verhelderend gesprek met elkaar gevoerd?

Dat had van mij uit moeten gaan, dacht hij. Zíj had alles al gezegd. Dat ze een hekel aan Le Liouquet en Chez Nadine heeft. Dat ze een leven leidt dat ze niet wil leiden. Dat ze ontgoocheld en gefrustreerd is. In feite heeft ze me zelfs gezegd dat ze iedere gelegenheid zou aangrijpen om uit dit leven los te breken.

'Je wilde Peter zaterdagavond ontmoeten,' zei hij.

Ze knikte. Haar donkere ogen, die verbijsterd en vol ontzetting waren geweest, waren nu vervuld van verdriet.

'Ja,' antwoordde ze. 'Wij wilden samen weggaan. Voor altijd.'

'Waar heb je op hem gewacht?'

'Bij de brug. Het bruggetje tussen La Cadière en Quartier Colette, waar zijn huis is. Hij wilde daar nog een keer naartoe om te zien of hij een paar dingen mee wilde nemen. Hij vond eerst dat ik in het huis zelf op hem moest wachten, maar dat wilde ik niet. Tussen al die foto's van Laura en de baby... en al die spullen die zij samen voor dat huis hadden gekocht... Daarom spraken we bij de brug af.'

Ze zag zichzelf met haar kleine, groene Peugeot aan de kant van de weg staan. Het was donker en de regen benam haar ook nog het zicht. Telkens draaide ze het sleuteltje om in het contact om de ruitenwissers aan te zetten. Dan tuurde ze gespannen naar buiten of er iemand over de brug kwam. Ze had het oplichten van koplampen zo ook wel kunnen zien, daarvoor hoefde ze niet steeds de ruiten te wissen. Maar dan deed ze tenminste iets en was ze niet tot een totaal nietsdoen veroordeeld.

Ze stond aan de kant van Quartier Colette geparkeerd, aan de rand van de velden, een plek die ook voor Peter plaats overliet om te stoppen. Zij zou in zijn auto overstappen en de hare achterlaten. Op een gegeven moment zou Henri haar als vermist opgeven, misschien de volgende dag al, of de dag daarna, en dan zouden ze haar auto ontdekken. Waarschijnlijk zouden ze aan een misdrijf denken, en Henri zou moeten leven met de verdenking dat zijn vrouw vermoord en onder de grond gestopt was, en met de waarschijnlijkheid dat het geval nooit zou worden opgelost. Ze had geen medelijden met hem. Ze was al zó lang opgehouden met iets anders voor hem te voelen dan weerzin.

Misschien zou Marie gaan praten.

Ze had aldoor het gevoel gehad dat ze niemand, maar dan ook echt niémand, ook maar de geringste hint aangaande haar plannen moest geven. Ze had té vaak gehoord en gelezen hoe plannen in rook opgingen omdat iemand zijn mond niet had kunnen houden. En dit plan was het belangrijkste van haar leven. Als er iets misging, stond dat gelijk aan zelfmoord.

Maar ze had wel een moeder.

Ook al voelde ze met niemand een band – niet met vrienden, familieleden, niet eens met haar vader en al helemaal niet met Henri – wat haar moeder betreft kon ze zich niet losmaken van enige gevoelens. Arme, zwakke Marie, die haar leven nooit echt in eigen hand had genomen, die ze daarom had gehaat en misschien zelfs nog haatte, maar voor wie ze zich toch verantwoordelijk voelde, al was het met tegenzin. Henri mocht zichzelf voor de rest van zijn leven aftobben over haar onopgehelderde lot, maar het idee dat ook Marie ermee overhooplag, huilde en nooit meer rust zou kunnen vinden, daar had Nadine moeite mee. Ze had een brief geschreven waarin ze haar moeder smeekte zich geen zorgen te maken; dat het goed met haar ging, beter dan ooit, dat ze met een vriend uit Duitsland wegging en nooit meer terugkwam, en of Marie haar wilde vergeven. Ze nam de brief in haar handtas met zich mee en wilde hem op de luchthaven van Nice, vlak voor het vertrek van het vliegtuig, op de post doen. Ze had Marie in haar brief gevraagd tegenover niemand iets los te laten, maar ze kende haar moeder: het was tamelijk onwaarschijnlijk dat ze haar mond zou houden.

Misschien kon ze die brief maar beter helemaal niet versturen.

Peter had gezegd dat hij tussen zeven en half acht bij de brug zou zijn, nauwkeuriger kon hij het tijdstip niet vastleggen op een rit van meer dan duizend kilometer. Zijzelf was al om zes uur bij Chez Nadine weggegaan; Henri had langdurig op het toilet gezeten, en die gelegenheid was gunstig om de koffers het huis uit te krijgen. Om precies te zijn, was dat de enige gelegenheid geweest, want hij had de hele dag om haar heen gedraaid, had haar hier nodig gehad, daar nodig gehad, dingen gevraagd, of was gewoon als een schaduw overal in huis opgedoken waar ze hem niet verwachtte. Met Peter had ze afgesproken dat hij haar onderweg af en toe op haar mobiele telefoon zou bellen, maar toen had ze hem de hele tijd uitgeschakeld gehad, omdat een belletje vanwege Henri's constante aanwezigheid te riskant zou zijn geweest. Pas in de auto zette ze hem weer aan en luisterde de voicemail af, maar niemand had een bericht ingesproken; dat risico had Peter natuurlijk niet willen nemen.

Toen ze de koffers in de auto had, was de rusteloosheid zo oppermachtig geworden, dat ze het thuis niet langer uithield. Ze wachtte liever in de auto dan daar. Henri was nog altijd achter de deur van de badkamer, en naar de geluiden te oordelen leek het erop dat hij overgaf. Uit plichtsgevoel aarzelde ze.

'Ben je niet in orde?' riep ze.

De waterkraan liep. 'Het gaat alweer,' zei Henri. Zijn stem klonk mat. 'Ik had even de indruk dat er met de vis van vanmiddag iets niet in orde was.'

Zij had van dezelfde vis gegeten en nergens last van, maar daar wilde ze niet over nadenken. Ze verliet het huis zonder een woord, zonder afscheid te nemen. Ze wilde niet het risico lopen dat hij haar toch zou vragen om te blijven. Toen ze bij het middageten zei dat ze 's avonds naar haar moeder ging en daar zou overnachten, was hij tot haar verrassing niet met zijn gewoonlijke gejammer aan komen zetten; in feite had hij bijna niets gezegd, eerst alleen geknikt en toen nog eens herhaald: 'Naar je moeder?'

'Ze heeft weer zo'n depressieve periode. Geen wonder, in die eenzaamheid daar. Ik moet een beetje voor haar zorgen.'

Hij had nog een keer geknikt en was toen weer doorgegaan met eten, waar hij al die tijd tamelijk lusteloos in zat te prikken. Ze was opgelucht geweest dat ze er zo eenvoudig mee wegkwam. Op zaterdagavond was het dikwijls bomvol, ook begin oktober nog, en ze zou gezworen hebben dat hij zou proberen haar te overreden toch te blijven.

Nou ja, hij heeft vervanging, dacht ze. Hij belt Cathérine en zij komt aangerend, zo snel als ze maar kan.

Vlak voor zeven uur probeerde ze Peter op zijn mobiele nummer te bereiken, maar nadat hij vier keer over was gegaan, ging het antwoordapparaat aan. Ze wist dat hij het vreselijk vond om onder het rijden te telefoneren, waarschijnlijk antwoordde hij daarom niet, maar eigenlijk frustreerde het haar wel. Ze snakte zo naar een levensteken, en hij moest toch al wel heel dicht in de buurt zijn. Maar hij had het vanmiddag natuurlijk al meerdere keren geprobeerd en toen was zij niet bereikbaar. Vermoedelijk stopte hij nu niet nog een keer, maar reed hij door. Ze moest geduld oefenen. Vlak voor het doel, dat wist ze uit ervaring, duurt iets altijd lang.

Toch probeerde ze het om acht uur nog eens en toen weer om half negen. Ze had het nu heel erg koud gekregen, en hoewel het intussen stroomde van de regen, stapte ze uit en liep naar de kofferruimte om een dikke wollen trui uit haar bagage te halen. Ze was behoorlijk nat toen ze zich weer achter het stuur liet glijden. Ze had nu twee truien en een jas aan, maar ze bibberde nog steeds. Het ergerde haar mateloos dat Peter niet belde en ook niet op haar telefoontjes reageerde. Hij kon toch wel bedenken dat zij het was. Hij had op z'n minst bij de volgende gelegenheid een parkeerplaats op kunnen rijden en terugbellen. Misschien denkt hij dat het Laura is, dacht ze. Die wil hij in deze situatie helemaal niet spreken. Verdomme, maar hij kan mij toch bellen! Waarom doet hij dat niet?

Voor de duizendste keer die avond zette ze de ruitenwissers aan. Buiten heerste pikzwarte duisternis, door geen lichtstraaltje doorbroken.

Misschien is de batterij van zijn mobieltje leeg. Dat soort dingen gebeurt altijd op het meest ongunstige ogenblik. En hij schiet op de weg minder hard op dan hij had gedacht. Hij heeft last van de regen, en daarbij komt ook nog de duisternis. Het is tamelijk beroerd om nu te rijden. Hij rijdt toch al niet graag...

Om even over negen doken er eindelijk koplampen op. Er kwam een auto over de brug. Ze liet de ruitenwissers zwiepen en tuurde ingespannen naar buiten. Het licht verblindde haar, de auto zelf kon ze niet goed zien. Ze gaf een lichtsignaal. De auto ging langzamer rijden.

Eindelijk, dacht ze, eindelijk.

Tot haar verwondering begonnen haar benen plotseling te trillen.

Maar toen versnelde de auto weer en reed langs haar heen. In haar achteruitkijkspiegel zag ze dat het een rammelkast met een Frans kenteken was. Het was Peter niet. Een of andere vreemde, die alleen maar had ingehouden omdat zij hem had geïrriteerd met haar plotseling oplichtende koplampen.

Ze zakte ineen. Het zenuwachtige getril in haar benen hield niet op.

Op een gegeven moment vulde de auto zich met het getik van haar polshorloge. Ze vond het gek dat ze dat geluid niet van begin af aan had waargenomen. Het klonk akelig luid en maakte de auto tot een gevangenis waaruit ze niet kon ontsnappen. Het klonk zelfs harder dan de regen, die nu nog heviger was geworden.

Het werd tien uur, het werd elf uur. Om half twaalf kon ze bijna geen verklaring meer bedenken. Als hij zo'n vertraging had, had hij haar moeten bellen. Zelfs wanneer zijn mobiele telefoon niet functioneerde, waren er altijd nog wegrestaurants en benzinestations waar hij wel had kunnen bellen. Tussen zeven en half negen, had hij gezegd. Er klopte iets niet.

Om middernacht stapte ze uit en liep een eind de weg op, ongeacht de hevige regen die haar in een handomdraai doornat maakte. Ze hield het gedreun van haar horloge en de urenlange onbeweeglijkheid niet meer uit. Haar gedachten tuimelden over elkaar heen. Het was ontzettend, maar ze begon Peter ervan te verdenken dat hij helemaal niet uit Duitsland vertrokken was.

Ze had al die tijd de angst niet kwijt kunnen raken dat hij het op het laatste moment zou laten afweten. Nadat ze zich lange tijd had ingehouden, was zij immers degene geweest die erop aangedrongen had dat ze allebei met hun oude leven zouden breken, niet hij. Daar waren een telkens terugkerende strijd en eindeloze discussies voor nodig geweest, die afgelopen zomer tijdens dat verschrikkelijke weekend in Pérouges hun toppunt bereikten. Toen leek alles voorbij te zijn; woedend waren ze ieder huns weegs gegaan, ervan overtuigd dat die hele geschiedenis voorbij was. Zij had slechte kaarten gehad sinds de baby er was. Daardoor was Peter, hoewel hij geen kind had gewild, op z'n minst een halfslachtige vader geworden en was haar enige kans zijn constant slechter wordende financiële situatie geweest. Daar ergens tussenin stond zij met haar eis om eindelijk een nieuw leven te beginnen. De slinger sloeg de ene kant en dan weer de andere kant op. Ten slotte belde hij aan het eind van de zomer, op 21 augustus, onverwachts op. Die datum zou ze nooit vergeten: hij had een besluit genomen. Hij vroeg of ze met hem meeging naar het buitenland.

Maar evengoed was tussen die 21ste augustus en deze 6de oktober de angst geen moment geweken. Peter had er te veel moeite mee gehad en kon dus te gemakkelijk ook weer omslaan.

En nu leek het erop dat hij was omgeslagen. Op het laatste moment. Hij had zich niet kunnen losscheuren, hij was weer gaan nadenken en had voor zijn gezin gekozen. En vervolgens was hij ook nog te laf geweest om het haar te melden. Hij had haar midden op een landweggetje, in het donker en de regen, laten staan. Hij had haar ijskoud en zonder enige consideratie afgeserveerd. Hij had het niet eens nodig gevonden haar een verklaring te geven. Ze stond hier maar, midden in de omgeving, als een meubelstuk dat aan de weg was gezet, en ze wist niet hoe het nu verder moest met haar leven.

Even kwam ze in de verleiding hem gewoon thuis te bellen. Dat had ze nog nooit gedaan, en rond deze tijd zou hij tegenover zijn vrouw behoorlijk voor schut hebben gestaan. Maar direct daarna drukten de leegte en de vermoeidheid weer zo zwaar op haar, en besefte ze dat het haar geen enkel voordeel zou opleveren.

Ze liet haar mobiele telefoon, die ze al tevoorschijn had gehaald, weer in haar jaszak glijden en liep terug naar de auto. Druipend van de regen ging ze achter het stuur zitten. Apathisch staarde ze in het donker. Het was al een uur geweest toen ze de motor startte en wegreed.

De volgende morgen aan het ontbijt hoorde ze dat Peter de vorige avond bij Chez Nadine was geweest.

'Het zal je toch opluchten,' zei Henri, 'te horen dat hij hier was. Hij heeft je niet laten zitten. Er is iets tussengekomen.'

Ze staarde langs hem heen. De deur naar de vrijheid stond op een kier. Een paar herfstbladeren die om de hoek zichtbaar waren, vlamden op in de zon.

'Dat weet ik nu pas,' zei ze, en in haar stem drong de ontzetting door, die zich steeds meer meester van haar maakte. 'Hij had ook hier nog een ander besluit kunnen nemen. Maar hij is dood, en... o, god!' Ze drukte haar hand tegen haar mond alsof ze schrok van haar woorden. 'Hoe heeft het kunnen gebeuren? *Hoe heeft het kunnen gebeuren?*'

Hij wachtte tot ze zichzelf weer onder controle had. 'Hij is vermoord.' Hij tikte met zijn vinger op de krant. 'Ergens in de bergen.'

Ze keek weer naar de foto. Hij zag de knokkels van haar verkrampte handen wit worden. 'Sinds wanneer weet je het van hem?' vroeg ze.

'Dat er iemand was, vermoedde ik al jaren. Dat híj het was, weet ik pas sinds vrijdag.'

'Hoe heb je dat opeens ontdekt?'

'Ik heb het helemaal niet ontdekt.' Weer werd hij vervuld van een afgronddiep soort onverschilligheid en hij liet er bitter op volgen: 'Ik wil allang helemaal níéts meer ontdekken.'

Hij nam een slok koffie zonder het te proeven. 'Cathérine heeft het me verteld.'

'Cathérine? Hoe wist zij dat nou?'

'Maakt het wat uit? Ze wist het, en ze heeft het me gezegd.'

Cathérine. Ze stond er niet eens heel erg van te kijken. Ze had van het eerste moment af aan geweten dat ze van die vrouw niets goeds kon verwachten.

En toen schoot haar iets te binnen, en haar hart begon sneller te kloppen. Haar lichaam verstrakte van spanning. Ze ging kaarsrecht zitten en staarde Henri met een kille en heldere blik aan.

'Sinds vrijdag wist jij dat Peter en ik iets met elkaar hadden. Op zaterdag zie je hem hier in je zaak. En vlak daarna is hij dood. Vermoord.'

Henri zei niets. Het woord *vermoord* bleef in de lucht hangen, en daarachter doemde een afgrijslijke verdenking op. Ze hoefde het niet onder woorden te brengen, hij kon het in haar ogen lezen.

'O, mijn god,' zei hij zachtjes.

Vrijdag 12 oktober

1

Pauline Matthieu was een nogal fantasieloze vrouw, en dat was misschien ook de reden waarom ze bijna nooit ergens bang voor was. Als kind was ze al niet bang voor spoken of monsters die zich onder je bed verstopten, omdat ze nooit op het idee zou komen zich zulke idiote dingen in haar hoofd te halen. En dat veranderde later ook niet. Andere meisjes waren bang dat ze examens niet zouden halen, puistjes zouden krijgen of niet aan de man zouden komen, maar als je Pauline op dat soort bedreigende mogelijkheden attent maakte, oogstte je alleen een verbaasde blik. 'Hoezo? Hoe kóm je erop?'

Ze was zo kleurloos dat ze altijd over het hoofd werd gezien. Je zou kunnen denken dat het dan ook vanzelfsprekend was dat ze gevaren, ziekten en andere tegenslagen van het lot niet eens in overweging nam: het was inderdaad aannemelijk dat ook alle schikgodinnen langs haar heen zouden gaan zonder haar op te merken.

Ze vond het dan ook ontzettend vreemd en irritant dat ze al een hele tijd een gevoel van onbehagen had en dat niet van zich af kon zetten.

Nog verontrustender vond ze het dat ze niet eens exact kon zeggen waar dat gevoel uit bestond; eigenlijk zou ze het volslagen belachelijk hebben gevonden om tegenover iemand anders haar gevoel van beklemming uit te spreken en de oorzaak ervan te benoemen.

Al vier weken lang dacht ze dat ze werd gadegeslagen. Niet dat ze continu de indruk had dat er iemand achter haar stond, maar het was wel raar dat ze plotseling een opeenvolging van merkwaardige voorvallen meemaakte. Eén keer kreeg ze het idee dat ze gevolgd werd door een auto. Ze reed in haar kleine Renault over de gewone weg, en de donkerblauwe auto achter haar – ze was niet erg op de hoogte van automerken, maar ze dacht dat het een Japanner was – bleef aldoor op gelijke afstand achter haar rijden. Als zij langzamer ging rijden, reed hij ook langzamer, en als ze versnelde, deed de ander dat ook. Ze had een paar keer de proef op de som genomen. Ze reed ineens zonder richting aan te geven een landweggetje op, was een paar keer abrupt gekeerd en ook een keer minutenlang langs de kant van de weg blijven staan. De achtervolger deed al die plotselinge handelingen na. Pas toen ze de berg naar het oude La Cadière opreed – waar ze woonde – sloeg hij af in de richting van de autobaan en scheurde ervandoor.

Een andere keer zat ze 's avonds bij het open raam in de huiskamer televisie te kijken, toen ze plotseling dacht dat ze een schaduw achter de gordijnen zag. Ze was alleen thuis, want Stephane, haar man, was naar zijn wekelijkse stamavondje in de kroeg. Ze was direct het terras opgelopen, maar daar was niemand meer; toch was ze ervan overtuigd dat ze het tuinhek had horen klapperen.

Het derde voorval had plaats toen ze aan het werk was. Pauline werkte al enige tijd als kamermeisje in Hotel Bérard. Die dag had ze dienst in het oude gedeelte van het gebouw, het voormalige klooster. Ze was helemaal alleen in de gang, met het karretje met stapels schoon beddengoed en handdoeken. Opeens voelde ze een hevige tochtvlaag die ontstond als iemand aan de voorkant de zware poort opende. Onbewust wachtte ze op de voetstappen van gasten die binnenkwamen of het kraken van de trap als er iemand naar boven kwam.

Maar alles bleef stil, en in die stilte was er opeens iets van een ingehouden adem en geloer. Pauline ging rechtop staan en keek om zich heen. Ze kreeg kippenvel over haar hele lijf. De stilte was té stil. Ze zou hebben gezworen dat er achter haar in de gang, met al zijn hoeken, iemand was, zonder dat ze het nuchter zou kunnen beredeneren.

'Hallo?' vroeg ze. 'Is daar iemand?'

Ze vond zichzelf belachelijk, en tegelijk was ze nog nooit zo bang geweest. Die twee gemoedstoestanden – dat gevoel van belachelijkheid en angst – waren zó vreemd, dat het haar verbijsterde.

'Hallo?' riep ze nog een keer.

Meteen daarop voelde ze opnieuw die tocht. De onbekende persoon had het klooster schijnbaar weer verlaten. Misschien was iemand verkeerd gelopen of zocht hij iets, of had een nieuwsgierig iemand de binnenkant van het gebouw een keer willen zien. Er waren tíg onschuldige verklaringen voor, en des te raadselachtiger vond ze het dan ook dat ze bang en ongerust was.

Pauline was achtentwintig. Op haar twintigste hadden haar ouders de Provence verlaten en waren naar het noorden van Frankrijk verhuisd. Zij hadden haar het mooie huisje met de tuin in La Cadière, waar ze was opgegroeid, nagelaten. Ze woonde er alleen en had die baan bij Bérard aangenomen. Het eenzame sleurleven dat ze leidde, zou andere vrouwen in een crisis van zinloosheid hebben gestort, maar zij accepteerde het met dezelfde duffe onverschilligheid waarmee ze uit principe het leven aanvaardde.

Anderhalf jaar geleden had ze Stephane Matthieu ontmoet. Hoewel Stephane, zo bleek later, al een tijdje regelmatig contactadvertenties zette en afspraken maakte met trouwlustige vrouwen, wat echter nooit tot een blijvend succes had geleid, hadden zij elkaar grappig genoeg niet langs die weg maar louter toevallig leren kennen: Bij het inparkeren op de parkeerplaats bij het strand van Les Lecques botste een vreemde auto op die van Pauline. Het was overduidelijk de schuld van de andere bestuurder, maar deze bestreed dat. Stephane, die in de buurt stond en het zag gebeuren, bemoeide zich ermee en bood aan voor Pauline te getuigen.

Al snel daarna trouwden ze, meer op instigatie van Stephane dan van Pauline. Stephane wilde eindelijk wel eens een veilige haven binnenlopen en daar had Pauline niets op tegen. Ze wist best dat ze met hem bepaald geen ideale man had getroffen, maar een betere zou ze niet krijgen, ook daar maakte ze zich geen illusies over, en misschien zou er wel nooit een ander komen. Met zijn tweeën was het leven beter dan alleen.

Ze slaagden er inderdaad in op een vreedzame, saaie manier met elkaar om te gaan. Stephane werkte de hele dag bij het bankfiliaal in St. Cyr en zij ging naar Bérard of zorgde voor het huis en de tuin. Ze had nooit gedacht dat er verandering zou komen in het gelijkmatige, rustige verloop van alledag, zoals nu gebeurde. En steeds opnieuw gebeurde.

Vandaag, vrijdag 12 oktober, werd ze écht nerveus. Het was een heerlijke, stralende dag, maar zij vond hem somber en 'drukkend. In de krant van gisteren had ze wel gelezen over de vreselijke moord op die Duitse toerist, maar dat misdrijf had haar niet bijzonder geïnteresseerd. In de krant van vandaag gingen ze dieper op het thema in. Er waren bij de politie kennelijk een paar eerste vermoedens gerezen. Er waren aanwijzingen dat dit geval parallellen vertoonde met de moord in het vakantiehuis op de jonge vrouw uit Parijs en haar dochtertje, hoewel er tussen de slachtoffers verder geen duidelijke overeenkomsten waren. Ze waren alle drie gewurgd met een korte strop en de lussen waren blijkbaar steeds op dezelfde manier geknoopt. Maar de man in de bergen was bovendien zwaar toegetakeld met een mes.

Boven het artikel stond: *Is dit het begin van een reeks gruweldaden van een seriemoordenaar?*

Pauline voelde zich buitengewoon onbehaaglijk. Stel dat het de moordenaar was die achter haar aan sloop. Ze wist niet waarom hij haar als slachtoffer zou uitzoeken, maar tot nu toe was er ook nog geen systeem in ontdekt. De Duitse toerist en de weduwe uit Parijs hadden niets met elkaar gemeen als er niet een of andere verborgen kwestie op de achtergrond meespeelde. Wat Pauline betrof, ze wist best dat ze die twee mensen niet kende en ook nooit met hen te maken had gehad, maar wie weet wat voor aanleiding een psychopaat nodig had om zijn aandacht op je te richten? Je manier van lachen, praten, bewegen? Ze had geen idee. Maar misschien was ze hem opgevallen, door wat dan ook.

Die vrijdagmorgen zat ze met de opengeslagen krant voor zich aan de eettafel en begon zich steeds hulpelozer te voelen. Stephane had haar al gedag gezegd, bij de voordeur nog een keer kritisch naar haar gekeken en gezegd dat ze er slecht uitzag. Ze had hem niet verteld van haar ongerustheid, omdat ze wist dat hij haar zou uitlachen. Om dezelfde reden wilde ze ook de politie niet bellen. Ze vroegen de bevolking om aanwijzingen, en er hingen waarschijnlijk tientallen oma's aan de lijn die geluiden in de kelder of geritsel onder hun bed hoorden. In dat rijtje wilde ze niet komen.

Aan de andere kant was ze misschien wel degelijk in gevaar.

Ze zou níét bellen. Ze zou afwachten.

Het woord seriemoordenaar zweefde voor haar ogen.

Of moest ze toch bellen...

2

Laura lag die vrijdag tot in de middag in bed.

Ze had de vorige dag direct na het telefoontje van haar moeder contact met de politie opgenomen en was daarna door een agente opgehaald. Zij had als in een trance naast de agente door de lange gang van het forensisch instituut van Toulon gelopen. Heel in de verte had ze haar hakken op de stenen tegels horen tikken en de agente horen praten; nu pas drong het tot haar door dat deze, met in haar achterhoofd dat ze buitenlandse was, gebroken Frans had gesproken op een manier zoals je tegen kleine kinderen of heel oude mensen sprak. Ze had eigenlijk geen idee meer wat die vrouw had gezegd, maar dat kon ook aan haar eigen gevoel van onwerkelijkheid liggen. Ze had nog steeds geen schone kleren of schoon ondergoed aangetrokken en ook haar haren niet gekamd. Ondanks de douche in het hotel van die ochtend had ze de indruk dat ze onaangenaam rook en er met haar lange, verwarde haren en bleke gezicht gewoon afstotelijk uitzag. Ze vroeg zich zelfs al een tijdje af waar die vreselijke smaak in haar mond vandaan kwam, tot ze bedacht dat ze na de laatste keer dat ze had overgegeven haar tanden niet eens had gepoetst. Direct daarop verwonderde ze zich erover dat ze over die dingen zelfs maar nadacht.

Het was maar vaag tot haar doorgedrongen – en het waarom daarvan begreep ze ook pas veel later – dat iemand haar meedeelde dat ze de dode man zodanig hadden toegedekt, dat ze niet bang hoefde te zijn voor de aanblik.

Zonder te aarzelen identificeerde ze Peter. Hij zag er vredig uit, er was niets van te merken dat hij met geweld om het leven was gebracht. Als ze nauwkeuriger had gekeken, zou ze misschien wel sporen hebben gezien, dacht ze achteraf. Zijn lichaam kreeg ze niet te zien; Peter was tot aan zijn kin met doeken bedekt.

Er volgde een lang gesprek met een politieman. Zijn naam had ze niet verstaan, maar ze herinnerde zich dat ze hem heel aardig had gevonden. Er was een tolk bijgehaald, maar die werd weer weggestuurd toen de man merkte hoe goed Laura Frans sprak. Ze vertelde hem het verhaal in een gefilterde versie.

Peter was vertrokken voor zijn jaarlijkse zeiltocht met Christopher, maar niet bij zijn vriend aangekomen. De laatste plek waarvan zij wist dat hij daar was geweest, was bij Chez Nadine, waar hij op zaterdagavond had gegeten. Dat had ze van de eigenaar, Henri Joly, gehoord. Zijn auto stond daar nog geparkeerd. Toen was hij spoorloos verdwenen. Ze had geen idee wat er gebeurd was. Ze was hem achternagereisd, omdat ze ongerust was geworden toen ze geen telefonisch contact met hem kreeg. Bovendien had ze op zondagmorgen na Peters vertrek tegen half elf Christopher opgebeld en gehoord dat hij daar niet was verschenen.

Daarop luidde de logische wedervraag van de inspecteur waarom Christopher háár niet had gebeld; hij had het toch vreemd moeten vinden dat zijn vriend niet was gekomen. Dit was het moment geweest dat ze met de minnares, de vliegtickets en het medeweten van Christopher op de proppen had moeten komen. Waarom kon ze dat niet? Het was wel zeker dat de inspecteur ook met Christopher, wiens naam en adres hij zorgvuldig had genoteerd, zou gaan praten. Christopher zou over Nadine beginnen. Alles zou ongetwijfeld uitkomen, en toch kon zij het op dat moment niet voor elkaar krijgen er zelf iets over te zeggen. Achteraf zouden ze wel denken dat ze zich ervoor schaamde als een bedrogen echtgenote te worden beschouwd. Maar het lag in feite gecompliceerder, besefte ze: het had te maken met die weerloze dode man die ze zojuist had geïdentificeerd. Ze had het gevoel hem na zijn dood te belasteren, als ze over zijn ontrouw en leugenachtigheid begon. Hij kon zich immers niet meer verdedigen.

De inspecteur dacht even na, alsof hij niet wist of hij Laura in alle details van het geval zou inwijden of niet. Hij had zeker intuïtief in de gaten gekregen dat zij niet de hele waarheid vertelde, zonder dat ze precies wist waardoor ze hem dat idee had gegeven.

'Weet u wat wij een paar meter verder, bij de vindplaats van het lijk, hebben ontdekt? Een aktetas.'

'O ja, dat klopt! Daar had Henri het over, de eigenaar van Chez Nadine. Mijn man had een aktetas bij zich. Hij verwonderde zich daar nog over.'

'Eh... weet u wat er in die aktetas zat?'

'Nee.'

'Zwitserse francs. In keurige stapeltjes. In Duits geld omgerekend ongeveer tweehonderdduizend mark.'

Ze staarde hem aan. 'Dat bestaat niet!'

'Jazeker. De tas en het geld zijn vaststaande feiten. Wij zullen de eigenaar van dat restaurant – meneer Joly – vragen of hij de tas kan identificeren, maar ik denk dat we er nu al van uit kunnen gaan dat hij van uw man was.'

'Maar,' zei ze, 'mijn man is... was volkomen failliet! Hij had zeker geen tweehonderdduizend mark meer!'

Ze vertelde hem van de schulden die hij had en die, voor zover zij het kon overzien, zijn bestaan bedreigden. De inspecteur luisterde zeer aandachtig en maakte af en toe een notitie.

'Heel eigenaardig,' zei hij. 'Uw man is failliet en hij verdwijnt van de ene dag op de andere. Daar zou je uit kunnen concluderen dat hij van plan was onder te duiken, om zich te onttrekken aan de moeilijkheden die hij verwachtte. Maar dan wordt hij kort daarop vermoord aangetroffen met een koffer vol geld bij zich. Maar de moordenaar was kennelijk totaal niet in het geld geïnteresseerd. We hebben beslist niet met een roofmoord te maken!' Hij zat een beetje met zijn balpen te spelen en stelde toen volkomen onverwachts een heel andere vraag.

'Zou u zeggen dat u een goed huwelijk had?'

'Een huwelijk met normale hoogte- en dieptepunten.'

Hij keek haar scherp aan. 'Dat is geen antwoord op mijn vraag.'

'Jawel. Ons huwelijk was goed. Maar we hadden ook aldoor problemen.'

Hij was niet tevreden, dat kon ze aan hem zien. Hij beschikte inderdaad over een verfijnde antenne. Hij leek te merken dat er tussen haar en Peter iets niet klopte, maar afgezien van zijn intuïtie had hij daar geen aanwijzingen voor, dus kon hij er niet op inhaken.

'Zegt de naam Camille Raymond u iets?'

'Nee. Wie is dat?'

'Hebt u de naam Bernadette Raymond wel eens gehoord?'

'Nee, ook niet.'

'Camille Raymond,' zei de inspecteur, 'is een vrouw... wás een vrouw uit Parijs. Zij bezat een vakantiehuis in St. Cyr, waar ze regelmatig kwam. Bernadette was haar vierjarige dochtertje. De schoonmaakster van mevrouw Raymond – een zekere Monique Lafond uit La Madrague, maar die naam kent u zeker ook niet? – heeft die twee aan het begin van de week dood in dat vakantiehuis aangetroffen. Ze waren gewurgd met een kort stuk touw. Die moord zelf was overigens eind september al gepleegd.'

'Met een touw gewurgd? Maar dat lijkt op...'

Hij knikte. 'Dat lijkt op wat er met uw man is gebeurd. Het onderzoek is nog niet afgesloten, maar wij hebben het sterke vermoeden dat de moordwapens stukken touw zijn, die van een en hetzelfde lange touw zijn afgesneden. Meneer Simon is bovendien toegetakeld met een mes, maar de doodsoorzaak is duidelijk verwurging. In het geval van mevrouw Raymond heeft de moordenaar haar nachthemd met een mes kapotgesneden. Het mes is een tweede parallel. Het kan zijn dat meneer Simon heftiger is aangevallen omdat hij zich feller heeft verweerd. Het zal zeker moeilijker zijn geweest om hem te doden, dan een vrouw of een vierjarig kind. Ik ben ervan overtuigd dat het om een en dezelfde dader gaat. Dat wil zeggen, dat de wegen van de slachtoffers elkaar ergens kruisen.'

De gedachten joegen wild door haar hoofd, maar er zat nog steeds zo'n gewatteerde stolp om haar hoofd en ze slaagde er maar heel traag in haar gedachten te ordenen.

Ten slotte opperde ze: 'Maar de dader kan zijn slachtoffers toch wel toevallig...'

'... toevallig hebben uitgekozen?' De inspecteur schudde zijn hoofd. 'In de loop van al die jaren dat ik dit werk doe, heb ik geleerd dat er maar zelden dingen toevallig gebeuren. Mocht het zo zijn dat we met een gek te maken hebben die alleenstaande vrouwen met kinderen in hun eenzaam gelegen vakantiewoningen overvalt en wurgt, dan past een Duitse zakenman, die hij bij een restaurant opvangt en ontvoert, niet in dat beeld. Ook de meest perverse dader volgt een patroon dat aan zijn handelingen ten grondslag ligt. Hij volgt een logica die voor hem tegelijk ook zijn daden rechtvaardigt. Ik sluit voor negenennegentig procent uit dat we in dit geval met iemand te maken hebben die zijn slachtoffers lukraak uitkiest en te grazen neemt wie hem voor de voeten loopt, om het zo maar te zeggen. Dat wil zeggen dat er een of ander verband moet bestaan tussen uw man en mevrouw Raymond. Of ze vallen allebei, zonder dat ze elkaar hebben gekend, binnen een bepaald kader dat voor ons op dit moment absoluut niet te achterhalen is, of ze hebben elkaar wel gekend – goed, of zelfs heel goed.'

Ook al werkte haar verstand traag, ze wist wat hij zeggen wilde, en er ging een krampachtige steek door haar lege, hongerige maag. Haar eerste instinctieve impuls was hem zo snel mogelijk van deze denkrichting af te leiden.

'Het kan ook een imitatie zijn. Iemand die over het eerste misdrijf heeft gehoord of gelezen. En die heeft gedacht dat, als hij zijn moord op dezelfde manier zou plegen de politie aan een seriemoordenaar zou denken en hijzelf buiten verdenking zou blijven.'

Ze luisterde verbaasd naar haar eigen stem. Een paar uur geleden had ze vernomen dat haar man was vermoord. Een uur geleden had ze zijn lijk geïdentificeerd. Waarom huilde ze niet? Waarom stortte ze niet in? Waarom had ze geen kalmerend spuitje nodig? Ze zat in de kamer van de inspecteur theorieën over de dader te bespreken en had het gevoel dat ze door iets anders werd bestuurd, alsof ze niet zichzelf was, maar dat een innerlijke stem haar onverbiddelijk influisterde dat ze op moest passen en geen fouten mocht maken.

Ze kon zien dat de inspecteur ook vond dat ze vreemd deed.

'Het verschijnsel waarbij iemand een misdrijf na-aapt bestaat inderdaad,' zei hij, 'maar die theorie gaat natuurlijk niet op als blijkt dat het werkelijk om een en hetzelfde moordwapen gaat, nietwaar? En wat dat andere betreft, die zogenaamde na-aper zou onder deze omstandigheden dus echt een reden hebben gehad om uw man gericht te grazen te nemen. Ik zei het al, roofmoord is uitgesloten. Kan het zijn dat uw man vijanden had?' Ze kreeg het koud. Nee, daarvan was haar niets bekend. De inspecteur pakte zijn oorspronkelijke gedachte weer op. 'Die mevrouw Raymond, het andere slachtoffer...' zei hij omzichtig, 'zou u zich kunnen voorstellen dat uw man haar gekend heeft, zonder dat u daarvan af wist? Zonder dat u het mócht weten?' Hij keek haar nu recht in de ogen. Ze hoefde maar één spiertje te vertrekken en het zou hem niet ontgaan.

'Kan het zijn dat uw man een verhouding met mevrouw Raymond had?'

Dat kon, dat was juist zo erg. Zo ronduit ze het idee van de hand wees, zo goed wist ze ook dat de gedachte van de inspecteur helemaal niet zo vergezocht was. Peter had haar jarenlang met Nadine Joly bedrogen. Wie zei haar dat hij haar niet met nog vijf, zes vrouwen of meer had bedonderd? Misschien was Nadine wel dader en slachtoffer tegelijk, omdat ze gedacht had dat ze de enige was, terwijl ze dat nooit was geweest.

Een agent had haar thuisgebracht, nadat de inspecteur haar had gevraagd voorlopig in Frankrijk te blijven en te zorgen dat ze bereikbaar was. Ze vermoedde dat hij als een jachthond op haar spoor zou blijven. Hij beschikte over een intuïtie die door de jaren heen steeds scherper was geworden. Haar ontwijkende antwoorden op de vragen naar Peters liefdesleven zou hij niet zonder meer accepteren.

De hele rest van die donderdag was ze in bed gebleven, opgerold als een embryo. Ze had het koud, en die kou kwam vanuit haar diepste innerlijk. De telefoon was heel vaak overgegaan, maar ze wilde niemand spreken, en ze vond dat ze er recht op had zich terug te trekken. Haar moeder was vast en zeker wanhopig omdat ze niets van zich liet horen, maar op dit moment kon ze alleen aan zichzelf en haar eigen behoeften denken. In een mum van tijd was ze van een bedrogen vrouw weduwe geworden. Haar man was niet door een hartaanval of een auto-ongeluk geveld, maar door een of andere krankzinnige de bergen in gesleept en daar gewurgd en met een mes bewerkt. Alles wat normaal was, zo leek het, was uit haar leven verdwenen. Van een idylle, al was het blijkbaar een schijnidylle, maar die in ieder geval op vrede, gelijkmatigheid en zeer burgerlijke bestendigheid had berust, was ze in een chaos van niet te overziene schulden, een jarenlange buitenechtelijke verhouding en een perverse moordenaar beland. Ze had geen flauw idee hoe ze dat allemaal moest verwerken, ze had alleen maar de behoefte om weg te kruipen en alle gedachten uit te schakelen. Wegkruipen kon ze wel. Haar gedachten uitschakelen niet.

Deze vrijdag voelde ze zich ziek en krachteloos. Ze stond alleen op om naar de wc te gaan en pepermuntthee te zetten. Ze wist dat ze vies en onverzorgd was, ze had haar kleren zelfs in bed niet uitgetrokken. De telefoon bleef met regelmatige tussenpozen overgaan. Het was vast en zeker Elisabeth, die langzaam haar verstand verloor, en misschien af en toe ook Anne.

Anne! Ze dacht aan wat haar vriendin in het laatste gesprek, het leek wel honderd jaar geleden, had gezegd: 'Zorg dat je je man vindt. En laat hij dan als het even kan dood zijn!'

Er kwam een hysterisch lachje in haar op. Anne, met haar keiharde formuleringen. Binnenkort kon ze haar zeggen dat ze die suggestie trouw had opgevolgd.

Rond half drie stond ze op en ging in de rieten mandstoel op de veranda zitten. 12 oktober. Een zeer zachte, zonnige dag. Binnen bleef de telefoon onverdroten doorgaan. Ze keek naar haar voeten in de vuile, ooit witte sokken. Twee uur lang bracht ze door met het observeren van het spel van haar tenen in de badstof. Heel langzaam braken haar gevoelens door het harnas dat de shock om haar heen had gelegd. Het was alsof een kuiken zichzelf moeizaam maar hardnekkig uit zijn eischaal bevrijdde. Het was tegen vijven toen ze begon te schreeuwen.

Ze huilde niet gewoon, zoals dinsdag, toen ze in Peters auto had gezeten en zich vastklampte aan het stuur. Ze brulde de pijn, de woede, haar gekwetstheid, de vernedering, het afgrijzen en de angst eruit. Haar haat en haar ontgoocheling. Ze boog zich voorover, klemde haar armen om haar knieën en liet alle losgebroken emoties over zich heen komen en uit zich wegstromen.

Op een bepaald moment was ze te uitgeput om ermee door te gaan. Haar keel deed pijn en ze voelde elk gelaatsspiertje, zo had ze haar gezicht vertrokken tijdens die uitbarsting. Maar ze kwam uit de verstarring, en in die beweging lag een eerste tere belofte dat de nachtmerrie niet eeuwig zou duren.

Tegen half zeven, toen het al donker werd, merkte ze dat ze het koud had gekregen. Eigenlijk had ze het al dagenlang koud, maar dat viel haar nu pas als onaangenaam op. Haar waarneming, die zo lang onder die wattendeken had gezeten, begon langzaam weer scherper te worden. Ze ging het huis in, sloot de ramen en de deuren, legde hout en oude kranten in de haard op een stapel en ontstak een vuur. Toen ging ze ervoor zitten, zo dicht bij de vlammen als het maar kon. Langzaam kroop de warmte haar ledematen binnen. Haar maag deed pijn van de honger, ook dat had ze al die tijd niet geregistreerd. Straks, als ze de kracht had gevonden om op te staan, zou ze eens kijken of er iets eetbaars in huis was. Ze had nu beslist ook een slok water nodig. Ze merkte hoe haar lichaam naar vloeistof verlangde.

Na achten ging de bel bij de grote poort. Even dacht ze dat het Elisabeth was, die helemaal overstuur omdat ze haar dochter maar niet aan de telefoon kreeg, op weg was gegaan naar La Cadière. Ze was in de verleiding om gewoon te doen alsof ze er niet was, maar ze besefte wel dat dat niet kon. Ze raapte zichzelf bijeen en drukte op de elektrische opener. Ze hoorde een auto de oprit opkomen en deed de voordeur open. Christopher stond voor haar, met een bleek gezicht en een aarzelende glimlach. Hij had een grote mand in zijn hand.

'Ik heb het in de krant gelezen,' zei hij. 'en ik begreep dat je hulp nodig had. Toen je gisteren en vandaag de telefoon niet opnam, heb ik besloten gewoon maar langs te komen.'

Ze deed een stap achteruit. 'Kom binnen,' zei ze.

Het bleek dat in de mand allerlei ingrediënten zaten om snel eten klaar te maken. Spaghetti, tomaten, uien, knoflook, courgettes en olijven, room en kaas. Christopher zei dat hij wel wilde koken en legde al zijn meegebrachte spullen op de keukentafel neer. Toen keek hij Laura nog een keer aan. 'Wat zou je ervan zeggen als jij intussen een lekker warm bad neemt?'

'Een hete douche is ook goed,' vond ze en liep naar de badkamer.

Ze zag er miserabel uit, stelde ze vast. Haar haren waren vettig en verward, haar gezicht was opgezwollen, haar huid vaal en rondom haar neus zaten schilfertjes. Haar kleren waren vlekkerig en verfomfaaid. Ze maakte een zieke, ellendige en door verdriet getekende indruk. Ze keek naar haar spiegelbeeld en zag daar wat Peter met zijn leugenachtigheid en trouweloosheid binnen een paar dagen van haar gemaakt had, en woedend dacht ze: het ligt aan mij of ik dat toelaat of niet. Om te beginnen zou ze al haar krachten nodig hebben om zich een weg te banen uit de warwinkel van het financiële fiasco, maar ook om voor zichzelf en haar dochtertje een nieuw leven te organiseren. Ze had geen tijd om te treuren om Peter, noch om zijn dood, noch om het feit dat hij haar jarenlang had bedrogen.

Maar hoe graag ze ook sterk en dapper wilde zijn, ze voelde toch dat ze het verdriet niet zomaar kon bevelen haar met rust te laten. Het zou bij haar blijven – op een milde, onbestemde manier wellicht haar verdere leven lang. Het zou voor een deel te merken zijn aan het verlies van haar onbevangenheid. Ze was té wreed bedrogen. Ze zou nooit meer de vrouw met het opgewekte, diepgewortelde vertrouwen in zichzelf en in het leven kunnen zijn.

Ze douchte lang en uitgebreid, en gebruikte veel heet water, douchegel en shampoo. Toen ze klaar was, deed ze mascara op haar wimpers en trok ze met lippenpotlood de contouren van haar mond na, föhnde haar haren en bracht een lichtgetinte crème op haar gezicht aan. Eindelijk trok ze schoon ondergoed aan, een schone spijkerbroek en een zachte trui. Ze zag er beter uit en voelde zich ook zo.

'En nu heb ik honger,' zei ze tegen haar spiegelbeeld.

Toen ze de badkamer uitliep rook het overal naar het heerlijke eten dat Christopher aan het klaarmaken was. Hij stond met zijn rug naar haar toe in de keuken achter het fornuis tomaten en courgettes in een pan te snipperen, waarin al knoflook lag en die een eetlustopwekkende geur verspreidde. Naast zich had hij een glas rode wijn staan en er klonk zachte muziek uit de radio op de plank.

Er kwam een treurig gevoel in haar op. Hoe vaak hadden zij en Peter niet in die keuken staan koken, met muziek en rode wijn, zo vrolijk en verliefd en zo vol vrede.

En zo leugenachtig, dacht ze.

'Hallo, Christopher,' zei ze eindelijk.

'Ik heb een fles rode wijn uit de kelder gepakt,' zei hij. 'Ik hoop dat je er niets op tegen hebt.'

Toen draaide hij zich naar haar om en glimlachte.

'Een nieuwe vrouw,' vond hij.

'Ken jij ene Camille Raymond?' vroeg ze.

3

Monique Lafond dacht dat het beter was geweest als ze zich niet ziek had gemeld, maar gewoon naar haar werk was gegaan. Dan had ze afleiding gehad, in plaats van thuis rond te hangen en overgeleverd te zijn aan de vreselijke beelden die zich met meedogenloze precisie in haar herinnering afspeelden.

Ze zag mevrouw Raymond en haar dochtertje steeds weer dood voor zich liggen. Mevrouw Raymond zag er ook nog zo akelig uit, met die uitpuilende ogen en naar buiten stekende tong, en ze bleef die ontbindingslucht ruiken. Dan dacht ze dat ze opnieuw zou gaan gillen, zo hard ze maar kon.

Ze had op die verschrikkelijke achtste oktober niet de politie gebeld, maar was, nadat ze zich schor had gekrijst, weggerend. Ze viel haar knieën kapot en ze kreeg blauwe plekken, omdat haar benen haar aldoor in de steek lieten, maar daar merkte ze niets van. Ze was als een kip zonder kop doorgerend en had pas in de gaten dat ze bij Isabelle Rosier voor de deur stond en toen ze daar met haar vuisten tegenaan stond te beuken. Ze was er kennelijk op haar gevoel naartoe gegaan, want bij Isabelle maakte ze ook schoon en ze had de weg tussen het huis van mevrouw Raymond en dat van Isabelle heel vaak afgelegd.

Hoewel ze ziek thuis was, had ze de afgelopen week toch twee keer bij Isabelle gewerkt, omdat ze het thuis niet uithield. De flat waar ze woonde lag te dicht bij zee. Ze had weliswaar een schitterend uitzicht op het water, maar het was er erg vochtig, vooral in de herfst. In de winter was het nog erger. Ze vond dat haar beddengoed nu al klam aanvoelde en Monique had er hinder van. Dat was altijd al zo geweest, maar nog niet zo erg als dit jaar. Eigenlijk stoorde sinds die verschrikkelijke gebeurtenis álles in haar leven haar veel meer dan daarvoor. Ze hield niet meer van de Côte de Provence – te heet in de zomer en te nat in de winter – en haar mooie woning aan zee ervoer ze als leeg en benauwend. Het drong opeens tot haar door hoe triest haar leven verliep, tussen het geestdodende makelaarskantoor, waar ze alleen maar aanbiedingen in de computer mocht invoeren en nooit zelfstandig een project mocht afhandelen, en de verschillende schoonmaakadressen, waar ze dan wel een paar aardige mensen had leren kennen, maar in feite ook afgestompt werk deed. Alleen de lange reizen had ze altijd fijn gevonden.

Terwijl ze in haar huis ronddrentelde, probeerde ze zich voor de geest te halen hoe het voelde als ze plaatsnam in het vliegtuig, haar veiligheidsgordel vastmaakte, naar de andere passagiers keek en hevig verlangde naar de start: dat heerlijke, lichte trekken in haar buik, dat ze kreeg als het toestel van de grond kwam. Ze hoopte dat als ze dat verwachtingsvolle vibreren heel sterk in haar herinnering terugriep, de beelden en de stank van ontbinding verdreven zouden worden.

'Van de zomer vlieg ik naar Nieuw-Zeeland,' zei ze hardop tegen zichzelf en staarde naar de stapel catalogi en foto's die op het glazen tafeltje voor de bank lag. 'Ik vlieg naar de andere kant van de wereld!'

Er gebeurde niets. Helemaal niets. Ze had net zogoed kunnen denken: morgen zet ik de vuilnisbak aan de weg.

Dat reizen was het mooiste in haar leven geweest, en nu opeens drong het tot haar door dat het vooral verdovend werkte. Ze was letterlijk gevlucht voor de leegte en de eenzaamheid van haar leven, zo ver als ze maar kon. Bij het kiezen van een vakantiedoel was de afstand tot St. Cyr van doorslaggevend belang geweest. Pas dan had ze zich aan de hand van brochures en fotomateriaal een indruk van het desbetreffende land verschaft en haar belangstelling ervoor gewekt. Maar in feite ging het erom dat er het liefst hele wereldzeeën tussen haarzelf en haar dagelijks leven lagen.

En met wie deelde ze haar belevenissen? Als ze gebruind en met stapels foto's terugkwam, was er niemand die op haar wachtte. Bij haar egocentrische baas op kantoor hoefde ze er niet mee aan te komen; eerder nog vertelde ze Isabelle erover, als ze na het schoonmaken samen koffiedronken. Misschien dat ze Isabelle als een vriendin kon beschouwen, maar alleen met heel veel goede wil, en verder had ze niemand. Een zwakke prestatie voor een vrouw van zevenendertig die heus niet onaantrekkelijk was.

Er was iets helemaal misgegaan in haar leven.

Vreemd genoeg drong die gedachte zich pas sinds de vorige maandag aan haar op. Best mogelijk dat ze er al was geweest, maar dan wel ver weg in haar onderbewuste. Die onverwachtse confrontatie met vreselijk geweld en de dood had alles veranderd. Het verdringingsmechanisme, waarvan ze niet eens wist dat ze het voortdurend toepaste, functioneerde niet meer. Opeens werd ze op een meedogenloze manier gedwongen zichzelf en haar leven helder onder ogen te zien, en wat ze zag was eenzaam en kil.

Ze had vandaag eigenlijk naar de stad gewild, maar kon zich er zelfs niet toe brengen een douche te nemen en zich aan te kleden. Ze bleef tot in de avond in haar nachthemd rondlopen, en omdat ze zelfs geen energie had om eten te koken, at ze alleen een zakje chips en een beker ijs uit de vriezer. Vervolgens werd ze er ook nog misselijk van.

Toen er die avond om half negen aan de voordeur werd gebeld, was ze heel verbaasd. Ze kreeg zelden of nooit bezoek. Misschien was het de buurvrouw weer, die suiker of melk kwam lenen. Met tegenzin kwam ze van de bank, waarop ze in een modeblad had liggen bladeren, en deed open.

Voor haar stond een bleke jonge vrouw, die ogen opzette alsof ze er het liefst meteen weer vandoor ging.

'Bent u Monique Lafond?' vroeg ze.

'Ja. En wie bent u?'

'Ik heet Jeanne Versini. Ik ben vandaag uit Parijs aangekomen. Mag ik binnenkomen?'

Monique aarzelde. Jeanne voegde eraan toe: 'Ik ben een kennis van Camille Raymond.'

'O,' zei Monique, en gebaarde dat ze naar binnen kon gaan.

'Ik kan niet zeggen dat ik echt bevriend was met Camille,' zei Jeanne, toen ze met een glas jus d'orange voor zich in Moniques onopgeruimde woonkamer zat. Ze viel er volkomen uit de toon, met haar elegante, donkerblauwe broekpak. 'Camille liet zich door niemand echt benaderen. Ik heb nog nooit iemand meegemaakt die zo gesloten was als zij.'

'Ja, die indruk had ik ook,' beaamde Monique. Ze had een ochtendjas aangetrokken en zich verontschuldigd voor haar onverzorgde uiterlijk. 'Sinds... sinds die gebeurtenis ben ik op een of andere manier uit het lood geslagen. Ik zit thuis en kan die beelden niet kwijtraken, en ik mis alle energie om iets zinvols te gaan doen.'

'Maar dat is toch heel begrijpelijk!' had Jeanne meteen daarop gezegd. 'Arm mens, dat moet een afschuwelijke ervaring voor u zijn geweest.'

Dat oprechte medeleven deed Monique goed. Ze besefte hoe erg ze de afgelopen dagen iemand had gemist die hartelijk voor haar was en met haar meeleefde.

Toen vervolgde ze: 'Ik had altijd een beetje met Bernadette te doen. Zo'n teruggetrokken leven is niet goed voor een kind. Ik dacht wel eens dat ze uiteindelijk net zo'n depressief mens zou worden als haar moeder, en nog voor ze volwassen was.'

'Dat had ik nou ook,' zei Jeanne. 'Ik woon in Parijs maar twee huizen bij haar vandaan en heb een dochtertje van dezelfde leeftijd als Bernadette. Ze waren vriendinnetjes en ik zorgde ervoor dat ze vaak met elkaar speelden. Ik wilde het kind in ieder geval een beetje uit haar isolement halen. Daardoor had ik uiteraard ook steeds contact met Camille. Dat wilde ze weliswaar niet, maar zij zag ook wel in dat ze voor haar kind toch over haar schaduw moest springen. Zo hebben we elkaar wat beter leren kennen.'

'Ze was drieëndertig toen ze stierf,' zei Monique. 'Te jong om zo ongelukkig te zijn, vind u niet?'

'Ze kon gewoon niet over de dood van haar man heen komen. Hij was haar grote liefde, heeft ze me een keer gezegd. Hij heeft zijn kind niet eens meer gezien. Ze kon gewoon niet meer opgewekt zijn.'

'Ja,' zei Monique, 'terwijl ze zo'n mooie vrouw was. Ze had aan elke vinger tien mannen kunnen krijgen.'

Jeanne werd opeens gespannen leek het, haast onmerkbaar, maar het ontging Monique niet. 'Weet u op dat punt iets?' vroeg ze. 'Van een man, bedoel ik.'

Het verwarde Monique. 'Nee. Hoezo?'

'Om die reden ben ik hier juist,' zei Jeanne. 'Omdat er op dat gebied iets was... nou ja, het blijft maar in mijn hoofd omgaan sinds... sinds ik las van die verschrikkelijke gebeurtenis.'

'Hebt u er in Parijs over gelezen?'

'Het was maar een klein bericht. Hier in het zuiden zal het de krantenkoppen wel hebben gehaald. Maar ook bij ons hebben ze gevraagd of er mensen waren die aanwijzingen konden geven. Camille woonde er immers.'

'Als er, zoals u zegt, íets was, waarom gaat u dan niet naar de politie?'

'Omdat ik onzeker ben... ik wil mezelf niet voor schut zetten,' zei Jeanne. Monique merkte bij haar ook die gevoelsmatige vrees en afkeer die veel mensen hebben als het met de politie te maken heeft.

'Ik ken... kende Camille vier jaar,' ging Jeanne verder. 'Vanaf het moment dat ze met de kinderwagen met haar pasgeboren dochtertje langs mijn huis kwam en ik haar aansprak... en ik heb haar alleen maar depressief en gesloten meegemaakt. Maar vorig jaar, toen ze in september terugkwam naar Parijs, leek ze veranderd te zijn. Ik kan niet exact zeggen wat het was, ze was nog steeds in zichzelf gekeerd en stil, maar toch keek ze niet meer zo droevig, en haar glimlach zag er niet meer zo gekweld uit. Daar was ik blij om, en ik dacht dat de tijd toch langzaamaan de wonden begon te helen.'

Jeanne zat met haar glas te schuiven en concentreerde zich. 'Maar in januari van dit jaar, toen ze na de kerstvakantie uit St. Cyr terugkwam, leek ze terneergeslagen te zijn. Afgezien van haar verdriet leek ze een probleem te hebben. Toen ik erover begon, zei ze dat er niets aan de hand was, en ik nam aan dat ze er niet over wilde praten. Met Pasen ging ze weer hierheen, en daarna maakte ze een opgeluchte indruk toen ze terugkwam. Er was een last van haar afgevallen. Ik durfde haar er niet nog eens naar te vragen. Maar vlak voor ze in juni weer hierheen ging, wist ik haar ertoe te overreden samen met mij en de kinderen een dagje naar Disneyland te gaan. Dat mocht een wonder heten, want normaal gesproken zou ze mij alleen met de kinderen hebben laten gaan en was ze zelf thuisgebleven. Ze vond het een leuke dag, ze ontdooide en 's avonds ging ze zelfs nog met me mee om een glas wijn te drinken. Mijn man was er niet, de kinderen speelden samen en misschien dat de wijn haar tong losmaakte. Ze zei dat ze zich op de zomer verheugde en weer een beetje opgelucht naar haar huis aan zee kon rijden... Ik vroeg haar naar de reden daarvoor, en toen vertelde ze dat ze de zomer daarvoor hier in het zuiden een man had leren kennen. Aanvankelijk had het ernaar uitgezien dat er iets serieus uit voort kon komen... Natuurlijk had ze schuldgevoelens vanwege haar overleden man gehad, maar het was een fijn gevoel geweest, dat ze misschien toch nog weer gelukkig zou kunnen worden.'

'Dat zou je haar hartgrondig toewensen,' zei Monique oprecht. 'Ik mocht Camille Raymond.'

Jeanne zat maar met het glas in haar handen, zonder een slok te drinken. 'Bij god, ik ook. Maar met Kerstmis had ze ontdekt dat er *iets niet in orde was*, zei ze, en ze had de relatie verbroken.'

'En wát was er dan niet in orde?'

'Daar wilde ze niet nader op ingaan. Ze vertelde alleen dat die man naderhand haar beslissing niet had willen accepteren. Hij zou haar constant hebben opgebeld en onder druk hebben gezet. Met Pasen, toen er nog een keer een gesprek onder vier ogen was geweest, scheen hij pas begrepen te hebben dat ze het meende. Daarna had hij niet meer gebeld, en ze ging er dan ook van uit dat hij haar in de zomer met rust zou laten.'

'Hopelijk wist ze wat ze deed,' zei Monique. 'Ik bedoel maar, nu maakt het niet meer uit, maar... nou ja, ze kon ook heel moeilijk doen, dat weet u vast ook wel. Misschien was het een heel aardige man en zag zij alleen maar problemen waar ze niet waren. Aan de andere kant...' Ze ging rechtop zitten en staarde Jeanne aan. 'Denkt u dat híj de dader zou kunnen zijn?'

'Ik weet het niet,' zei Jeanne. Ze zat nogal onrustig heen en weer te schuiven. Ze wilde nog iets zeggen, maar het kostte haar zichtbaar moeite om ermee voor de dag te komen. 'In juni, toen Camille vertrokken was, ben ik een dag later naar haar woning gegaan. Ik moest er de planten water geven en de post uit de brievenbus halen. Het lampje op haar antwoordapparaat knipperde, dus er was na haar vertrek kennelijk een telefoontje gekomen.'

Jeanne zweeg.

En jij was razend benieuwd te horen wie er gebeld had, dacht Monique. Ze zag die kleine, elegante vrouw, met haar remmingen die erop duidden dat ze oorspronkelijk tot een andere laag van de bevolking behoorde dan waarin ze door haar huwelijk terecht was gekomen, door nieuwsgierigheid gedreven in de woning van Camille rondneuzen. Dat wilde ze nu niet toegeven, maar waarom was ze er anders heen gegaan? Camille was nog maar nauwelijks één dag weg! De planten hadden zo snel nog geen water nodig gehad en de brievenbus puilde ook nog niet uit. Jij wilde gewoon je neus een keer diep in de zaken van Camille steken, dacht Monique.

'U moet weten,' zei Jeanne, 'dat ik al jaren op het huis let als ze weg is, en dan knipperde het antwoordapparaat nooit. Camille werd praktisch nooit gebeld. En ze kreeg ook maar zelden post, in ieder geval niet privé. Voornamelijk bankafschriften en rekeningen. Dus was ik verbaasd toen ik dat knipperlichtje zag.'

'U hebt het afgeluisterd,' zei Monique.

'Ja, ik dacht, misschien is het belangrijke informatie, die ik aan Camille moet doorgeven. Op het bandje was de stem van een man te horen. Ik wist meteen zeker dat het die man moest zijn over wie

Camille had verteld. Hij noemde zijn naam niet, hij zei alleen *met mij*, er klaarblijkelijk van uitgaand dat ze dan wel wist wie het was. Hij maakte een geïrriteerde indruk. Wanneer ze weer in St. Cyr zou zijn, en dat ze dan meteen contact met hem moest opnemen. Het klonk nogal heerszuchtig, maar op het laatst werd hij wat milder. Hij vond dat ze hun gezamenlijke droom niet zomaar kon laten verzanden. Hij sprak zijn mobiele nummer in, waarop ze hem altijd kon bereiken. Toen hing hij op.'

'En hebt u toen Camille gebeld?'

Jeanne hield eindelijk op met dat gedraai met het glas, en ze sloeg haar blik neer. 'Ik heb haar niet gebeld. Daar heb ik het nu juist zo moeilijk mee. Snapt u dat? Ik denk steeds maar: misschien is híj het wel geweest! Misschien heeft hij haar omgebracht uit woede, omdat ze hem niet belde. Of omdat ze volgens hem zijn telefoontje gewoon heeft genegeerd. Misschien ben ik nu wel ontzettend schuldig!'

'Waarom hebt u haar dan niets gezegd?'vroeg Monique, met opzet zakelijk, want ze vreesde dat Jeanne elk moment in tranen uit kon barsten. Jeanne trok een gezicht als van een klein, hulpeloos kind. 'Ik dacht... ik was bang dat ze boos zou worden. Ze heeft nooit gezegd dat ik haar antwoordapparaat moest afluisteren. Straks zou ze het als misbruik van vertrouwen kunnen opvatten. Dan zou ik haar vriendschap kwijt zijn... ach, ik werd er gewoon heel onzeker van. Uiteindelijk heb ik het nummer van die man genoteerd en de tekst gewist.'

'Waarom meteen gewíst?'

'Omdat anders te zien zou zijn dat ik had afgeluisterd. Het rode lampje brandt dan nog wel, maar het knippert niet meer. Dat zou Camille bij haar terugkomst hebben gemerkt. Wissen leek mij de enige mogelijkheid.'

Monique vond dat Jeanne zich inderdaad nogal onvolwassen gedroeg. Haar hele gedrag deed denken aan een kind dat zonder na te denken alleen maar probeert de sporen van verkeerd gedrag te verdoezelen. Doordat ze niet in staat was doortastend met zo'n situatie om te gaan, had ze wellicht de mogelijkheid verspeeld om de moord te voorkomen. Wat ze overigens niet had kunnen bevroeden. Wat gebeurd was, ging je voorstellingsvermogen volslagen te boven.

'Ik kan gewoon geen rust meer vinden,' zei Jeanne. 'Ik kan er 's nachts niet van slapen, ik moet steeds maar piekeren over wat ik gedaan heb. En ten slotte dacht ik: laat ik met iemand gaan praten die hier woont en haar in die weken misschien heeft gezien, die eventueel weet of zij en die man elkaar hebben gesproken... Die kan me hopelijk van het idee verlossen dat het niet doorgeven van dat telefoontje de aanleiding was van deze tragedie. Maar ik ken hier niemand, dat is juist zo erg. Camille heeft het wel eens over een buurvrouw gehad die Isabelle heet, maar haar achternaam of adres weet ik niet. Daarom kon ik niet achter een telefoonnummer komen en haar opbellen. Toen ben ik hier maar naartoe gereden.'

Dat vond Monique toch wel heel roerend. Jeanne vatte haar fout van destijds absoluut niet licht op.

'Het adres van Camilles huis had ik wel. Het huis dat ze als de *dichtstbijzijnde buren* had aangeduid, was makkelijk te vinden. Isabelle was niet thuis, alleen haar man. Ik was wanhopig en zei dat ik iemand moest spreken die Camille beter had gekend. Maar Isabelle komt pas morgenavond terug, ze is bij haar zus in Marseille. Toen noemde hij uw naam en adres.' Jeanne haalde diep adem. 'En hier zit ik dan.'

Als er in het leven van Camille al een man was geweest, zij het dan ook door een affaire van voorbijgaande aard, dan had Monique er niets van gemerkt en ze stond er versteld van hoe droevig het haar stemde. Camille had haar inderdaad op geen enkele manier dichterbij laten komen.

'Het spijt me,' zei ze, 'maar ik wist niets van het bestaan van die man af. Camille heeft me niets verteld en ik heb haar nooit met iemand gezien.'

'Denk eens goed na,' drong Jeanne aan. 'U maakte bij haar

schoon. Is er nooit een man geweest? U hebt ook nooit mannenspullen gezien? Een extra tandenborstel, een scheermes, sokken die niet van Camille konden zijn... wat dan ook? Meestal laat iemand sporen achter.'

Monique dacht na, maar schudde ten slotte haar hoofd. 'Ik heb niets gemerkt. In ieder geval niet bewust. U moet wel bedenken hoe Camille was: zo discreet dat ze zelfs volkomen verborg wat zich in haar leven afspeelde. Ze wilde immers niet dat iemand merkte wat er in haar omging of wat haar bezighield. Bovendien zei ze zelf dat ze schuldgevoelens had vanwege haar overleden man. Ik denk dat ze het bijvoorbeeld heel vervelend zou hebben gevonden als ik had gemerkt dat ze een nieuwe relatie had. Ikzelf zou het alleen maar normaal en zeker niet verwerpelijk vinden, maar zij heeft zeker gedacht dat men haar erom zou veroordelen.'

'Dan kan ik alleen maar hopen dat Isabelle iets weet,' zei Jeanne, maar het klonk allesbehalve hoopvol. 'Ik ga morgenavond naar haar toe. Maar ik ben bang dat Camille die affaire voor haar net zo geheim heeft gehouden als voor u.'

'Daar ga ik van uit. Isabelle is een ontzettende kwebbelkous. Als Camille haar iets had verteld, zou ik het beslist ook geweten hebben – en nog tien anderen ook. Isabelle kan niets voor zich houden.'

'Dan moet ik onverrichter zake naar Parijs teruggaan en blijf ik de rest van mijn leven piekeren of ik schuld heb aan de dood van een jonge vrouw en haar dochtertje.'

Monique had met haar te doen. Ze zag er bleek en zorgelijk uit. Alleen maar omdat ze één moment van haar leven een tikje te nieuwsgierig was geweest.

'Waarom belt u hém niet?' vroeg ze plotseling.

Jeanne, die in elkaar gedoken zat, richtte zich op en fronste haar voorhoofd. 'Wie?'

'Nou, die grote onbekende. Mevrouw Raymonds geliefde – of wat hij ook was. U hebt toch zijn mobiele nummer?'

'Maar ik kan hem toch niet zomaar opbellen!'

'Waarom niet? Dat nummer is per slot van rekening het enige aanknopingspunt dat je hebt.'

'Misschien moet ik met dat nummer naar de politie gaan.'

'Dat is nog het allerbeste.'

'Maar dan moet ik daar ook vertellen, dat...'

'Dat u een beetje rondgesnuffeld hebt? Jeanne, daar zal niemand u om veroordelen. Het interesseert in feite ook niemand. Ze zullen alleen maar blij zijn dat u met een belangrijke aanwijzing komt.'

Jeanne nam eindelijk een slokje sap.

'Ik vind dat heel erg. O, god, had ik maar nooit naar dat bandje geluisterd!'

'Dan was het niet anders afgelopen,' zei Monique nuchter. 'Als die man op het antwoordapparaat iets met de dood van Camille te maken heeft en als hij die misdaad heeft gepleegd omdat ze niets van zich heeft laten horen, dan zou dat ook zo zijn geweest als u niet naar dat bandje had geluisterd. Hij heeft haar gewoon te laat gebeld. Ze was al weg. En daar kunt u helemaal niets aan doen.'

Dit inzicht was blijkbaar nieuw voor Jeanne, en het scheen haar een beetje te troosten. Ze leek wat rustiger dan daarvoor.

'Nou ja...' zei ze vaag, en maakte aanstalten om op te staan.

Monique pakte de telefoon die naast haar stond.

'Kom,' zei ze, 'we proberen het gewoon. Ik ga hem nu bellen. Dan weten we allebei meer.'

'Maar als hij nou gevaarlijk is?'

'Om eerlijk te zijn geloof ik niet dat hij er iets mee te maken heeft. Hij is misschien een beetje onsympathiek en opdringerig, maar hij hoeft nog geen krankzinnige moordenaar te zijn. Kunt u me het telefoonnummer voorlezen?'

Jeanne haalde een keurig opgevouwen papiertje uit haar donkerblauwe Hermès-tasje. Ze leek opgelucht te zijn dat iemand de koe bij de horens vatte.

Monique toetste het nummer in. De telefoon ging lange tijd over en toen schakelde de voicemail in. Hij noemde zijn naam niet, maar er klonk een neutrale tekst van het telecombedrijf. Toen die beëindigd was, sprak Monique vrijmoedig een berichtje in.

'Hallo. Mijn naam is Monique Lafond uit La Madrague. Ik ben een kennis van Camille Raymond. Ik zou graag een paar dingen met u willen bespreken. Kunt u mij terugbellen?' Ze sprak haar nummer in en hing op.

'Zo,' zei ze tevreden, 'we zien wel wat er gebeurt. Ik weet zeker dat hij belt. En dan hebt u misschien een zorg minder, Jeanne.'

Jeanne kwam nu echt overeind. Ze had het papiertje weer bij zich gestopt en zag er een stuk minder gespannen uit dan een halfuur geleden.

'Ik ga in ieder geval proberen morgenavond met Isabelle te praten,' zei ze. 'Ik ben hier zeker nog tot zondagmorgen. Ik logeer in Hotel Bérard in La Cadière. Ik zou het heel fijn vinden als u me op de hoogte houdt,' ze wees op de telefoon, 'mocht hij terugbellen.'

'Natuurlijk doe ik dat,' zei Monique. 'Ik bel u op of kom zelf even langs. En denk er alsjeblieft nog eens over na of u niet toch naar de politie gaat. Dat is echt het verstandigste, en dat zouden ze ook van u verwachten.'

'Ik denk erover na,' beloofde Jeanne, maar Monique wist bijna zeker dat ze nog steeds absoluut niet naar de politie wilde.

Toen Jeanne weg was, probeerde Monique de krant van die ochtend te lezen, maar ze kon zich niet concentreren. Er spookten te veel gedachten door haar hoofd. In feite kon zij zich er ook niet meer buiten houden. Als Jeanne niet naar de politie ging, moest ze het zelf doen. Ze kende de wet op dat punt niet, maar ze vermoedde dat ze zich strafbaar maakte als ze meehielp dergelijke essentiële informatie onder het tapijt te vegen.

Maandag, zei ze bij zichzelf, maandag ga ik naar de politie. En misschien heeft de grote onbekende tegen die tijd ook iets van zich laten horen.

Het was kwart over negen. Ze was er de hele dag niet in geslaagd iets zinvols te gaan doen. Nu vatte ze weer moed en ging naar de badkamer om te douchen. Ze was nog altijd een beetje misselijk van de chips en het ijs, en toen ze erover nadacht, bleek ze de hele week niet erg verstandig te hebben gegeten. Dat kon zo niet doorgaan. Morgenochtend vroeg zou ze zich aankleden en naar de markt gaan, veel verse groente halen en 's avonds iets lekkers voor zichzelf koken. Daartussendoor zou ze een strandwandeling gaan maken en een opwekkende café crème in een strandcafé bestellen.

Ze wreef zich zorgvuldig in met bodylotion voor ze een schoon nachthemd aantrok en in bed stapte.

Het werd tijd om zich weer onder de mensen te begeven.

4

'Misschien waren er heel veel Camilles en Nadines in zijn leven. Misschien zie ik alleen maar het topje van de ijsberg en bestond zijn hele leven uit affaires en liefdesavontuurtjes.'

'Dat zou kunnen, maar daar heb je geen aanknopingspunten voor. Ik weet alleen van Nadine. Waarom zou hij me dan niet over Camille of een ander hebben verteld?'

'Omdat hij je opvattingen kent. Hij wist dat je het niet goed zou vinden wat hij deed. Je zou het nog net hebben geaccepteerd als hij je vertelde dat hij me met één vrouw bedroog, met de bewering dat ze nu eenmaal zijn grote liefde was en dat hij reddeloos verstrikt zat in zijn gevoelens. Maar als hij met nog meer zou komen aanzetten, zou hij al je steun verliezen.'

'Die had hij toch al verloren. Zoals ik al zei, heb ik hem vanaf vorig jaar niet meer gedekt.'

'Maar tot die tijd kon hij op je rekenen. Nee, wees niet bang dat ik dat als verwijt bedoel. Ik begrijp heel goed dat de situatie heel moeilijk voor je was. Hij was ooit je beste vriend.'

'Ik heb het op geen enkel moment goedgevonden wat hij deed.'

'Dat weet ik. Misschien heeft hij jou ook wel voorgelogen en bedrogen. Hij heeft tegen je gezegd dat hij die herfstweek met Nadine doorbracht. Maar hoe weet je of dat klopt? Hij kan ook met Camille Raymond samen zijn geweest – of met een derde of een vierde, die we niet kennen.'

'Waarom ga je er zo zeker van uit dat hij Camille Raymond kende?'

'Ze zijn allebei op dezelfde manier om het leven gebracht. Dat kan geen toeval zijn. Er moet een of ander verband tussen hen bestaan. Daar is de inspecteur ook van overtuigd. En na alles wat ik inmiddels over Peter weet, kan dat maar één soort verband zijn.'

'Nee. Er zijn zeker andere mogelijkheden, waar wij misschien helemaal niet opkomen. Maar die er desondanks zíjn.'

'Waarom heeft hij jou of mij dan nooit over die vrouw verteld? Als ze alleen maar een kennis of een zakenpartner was – dan had hij het ooit wel een keer over haar gehad. Maar hij heeft haar totaal verzwegen, en daar kan ik maar één conclusie uit trekken.'

'Maar waarom zijn ze dan ten slotte allebei dood?'

'Misschien was er nog een andere man in haar leven. Ik weet wel dat ze weduwe was. Maar het kan zijn dat er ergens in haar omgeving een man was die hoop koesterde in verband met haar en die door het lint is gegaan toen hij achter haar verhouding met Peter kwam. Eerst vermoordde hij haar en daarna hem. Uit jaloezie, wraak, gekwetste gevoelens. Dat zijn heel vaak motieven voor moord.'

'Dat klinkt allemaal zo vergezocht.'

'Alles wat me de afgelopen dagen is overkomen, klinkt vergezocht. Mijn hele leven is ontspoord. Niets is meer zoals het was.'

'Bijna iedereen komt wel eens op zo'n punt; in zo'n vreselijke situatie waarin niets meer overeind is gebleven, alles op losse schroeven staat en je je nergens meer aan vast kunt houden.'

'Ik weet het. Zo is het met jou ook gegaan.'

'Nu rouw je. Je bent ontdaan, radeloos en wanhopig. Maar het is wel belangrijk om op een gegeven moment in het leven terug te keren en er onbevangen naar te kijken. Zonder bitterheid en pijn. Dan komen andere mensen je tegemoet. Je vindt een nieuwe weg en je zult ook de kracht hebben die te bewandelen.'

'Is dat jouw ervaring?'

'Nog niet. Maar ik geloof er heilig in. Het leven gaat door. Dat is gewoon zo.'

'Het is laat. Ik heb niet eens gemerkt hoe snel de tijd verstreken is.'

'Tien uur.'

'Ik ben ontzettend moe. Fijn dat je hier was, en bedankt dat je voor me hebt gekookt.'

'Graag gedaan. Ik... ik voel me op een of andere manier ook schuldig aan wat Peter je heeft aangedaan. Ik wil je echt helpen. Bel me alsjeblieft als je me nodig hebt. Om te praten of te wandelen, of wat dan ook. Ja?'

'Graag. Dankjewel, Christopher.'

'Welterusten, Laura.'

Zaterdag 13 oktober

1

Nadine hoopte dat Cathérine thuis was en haar binnen zou laten. Ze stond voor het armoedige huis in de donkere, smalle straat en had al twee keer op de bel naast het naambordje van Cathérine gedrukt. Ze was hier al zoveel jaar niet meer geweest, dat ze zelfs de weg niet meer zo goed wist. Ze had haar auto bij de haven geparkeerd en was toen de oude binnenstad ingelopen, met zijn wirwar van donkere straatjes die allemaal eender leken. In La Ciotat was de armoe bijna tastbaar. In een van deze oude huizen wonen moest nog erger zijn dan in die hut waar Marie om onbegrijpelijke redenen al meer dan dertig jaar niet uit te branden was. Nadine merkte dat dit zo'n zeldzaam moment was waarop ze een sprankje medelijden met Cathérine voelde en zelfs diep in haar hart kon begrijpen waarom ze zich zo aan Henri vastklampte en hem niet kon loslaten. Henri was in alle opzichten haar redding. Van de eenzaamheid, van de trieste woning in dit lelijke stadje, waarin ze alleen thuiskwam en waar niemand op haar wachtte. Nadine wist heel zeker dat Henri ook niet voor zijn nicht zou hebben gekozen als zij niét zijn pad had gekruist; dan was gewoon een andere vrouw madame Joly geworden. Maar voor Cathérine was zij degene die haar leven had verwoest.

Wat zal ze me ontzettend haten, dacht ze ongerust.

Toen ze het huis eindelijk had gevonden, ging ze zo dicht bij de deur staan dat ze vanuit de bovenramen niet te zien was. Cathérine zou beslist niet opendoen als ze ontdekte wie er voor de deur stond.

'Kom op,' mompelde Nadine zachtjes, 'wees thuis!'

Het was weer een buitengewoon mooie, heldere dag, warm en zonovergoten, maar in deze straat drong geen straaltje door. Op de dakpannen van het huis aan de overkant lag een vlekje zon; het enige in de wijde omtrek.

Nadine wilde het al opgeven toen de deuropener zoemde en ze het schemerige trappenhuis binnenging. Omdat ze bijna niets zag, struikelde ze de twee trappen meer op dan dat ze liep. Boven stond Cathérine, die meteen terugdeinsde.

'Jíj?' zei ze langgerekt.

'Mag ik binnenkomen?' vroeg Nadine.

Cathérine aarzelde, maar wilde misschien zelfs tegenover haar vijandin niet al te onbeleefd zijn. Ze knikte met tegenzin. 'Kom binnen.'

Er brandde licht in de woning. Nadine zag direct waarom het zo lang had geduurd voor Cathérine had opengedaan: ze had snel haar gezicht vol korstjes met make-up ingesmeerd; je kon zien dat ze het haastig had gedaan, omdat de crème aan de randen en rondom de neus niet goed was uitgewreven.

Dacht ze soms dat er een minnaar op de stoep stond? dacht Nadine hatelijk. Voor mij had ze haar best niet zo hoeven te doen.

'Het is pas de tweede keer dat je hier bent,' zei Cathérine. 'De eerste keer was... toen...'

'Vlak na ons trouwen,' zei Nadine. 'Toen Henri nog absoluut wilde dat we vriendinnen werden.'

Wat had hij toen zoetsappig op haar in zitten praten. Ze moesten en zouden een keer bij Cathérine op bezoek gaan en zíj moest absoluut mee. 'Probeer haar een beetje aardig te vinden, Nadine. Zo'n arme, gedupeerde vrouw. Dat moet toch niet zo heel moeilijk zijn!'

Idioot genoeg had ze zich nog laten ompraten ook. Het was

een verschrikkelijke middag geweest, niet alleen voor haar, maar zeker ook voor Cathérine, die haar lippen had samengeperst en naar de wc was gehold toen Nadine een keer de hand van Henri pakte. Ze had vast staan overgeven, vermoedde Nadine. Later had ze Henri gevraagd of hij nu werkelijk geloofde dat hij met deze actie iemand een plezier had gedaan.

'Ik had gedacht dat we op een redelijke en normale manier met elkaar zouden kunnen omgaan.'

'Zet dat maar uit je hoofd!'

'Ja,' zei Cathérine nu, 'dat zou hij graag hebben gewild. Dat wij vriendinnen zouden worden en dat we heel gezellig met ons drietjes de middagen en de avonden zouden doorbrengen. Een soort familie.'

'Blij vereend rond de pizzaoven,' zei Nadine, en uit haar mond klonk het woord 'pizzaoven' als 'gierput'.

'Hij kan niet zonder harmonie,' zei Cathérine. 'Dat is altijd zo geweest. Helaas maakt hem dat erg kwetsbaar voor mensen die agressiever en strijdlustiger zijn dan hij.' Onzeker en nerveus voelde ze even aan haar gezicht. Misschien was het haar zelf ook duidelijk dat ze er onvoordelig opgemaakt uitzag.

'Wil je... zullen we in de huiskamer gaan zitten?'

Zij had een paar mooie oude meubelstukken in de kamer staan, die niet erg in die trieste sfeer thuishoorden. Nadine vermoedde dat ze die geërfd had, misschien van de tante, wier dood ook voor Henri en haarzelf zo betekenisvol was geweest. Ook hier brandde elektrisch licht, omdat er te weinig licht door de ramen binnenkwam.

Cathérine wees op de bank, maar Nadine had ineens het gevoel dat ze liever bleef staan.

'Laat maar, Cathérine,' zei ze, 'eigenlijk wil ik niet gaan zitten, het is ook geen officieel bezoek. Ik wilde je alleen maar één vraag stellen.'

'Ja?' zei Cathérine, die ook bleef staan.

'Henri heeft me verteld dat jij had ontdekt dat ik met Peter het land wilde verlaten. En nu zou ik graag willen weten op welke manier je daarachter bent gekomen.'

Cathérine werd wit. Ze snoof wat en het scheen haar moeite te kosten normaal te blijven ademen. 'Heeft Henri je verteld...' herhaalde ze lijzig. Toen zweeg ze.

'Verdoe je eigen tijd en die van mij niet met ontkennen dat je een walgelijke verklikker bent. Zeg me alleen maar hóé je het hebt gedaan.'

Cathérines ogen gleden onrustig heen en weer, alsof ze een mogelijkheid zocht om zich zonder schade uit de situatie te redden en hoopte die ergens in deze kamer te vinden. Pas na een poosje richtte ze haar blik weer op Nadine.

'Hoe kón je,' vroeg ze zachtjes, 'hoe kon je Henri zóveel pijn doen? Hem zó bedriegen en misleiden. Vroeger was hij een heel ander mens. Je hebt een angstige, wantrouwige, bedrogen man van hem gemaakt. Hij komt er nooit meer bovenop. Je hebt hem kapotgemaakt.'

Nadine stond naar de neuzen van haar schoenen te staren, alsof daar iets heel interessants te zien was.

'Hoe je het gedaan hebt,' zei ze met een emotieloze stem, 'dat is alles wat ik wil weten.'

'Je weet dat ik van Henri houd,' zei Cathérine. 'Ik heb altijd van hem gehouden en dat zal ik ook blijven doen. Hij zal nooit meer de Henri zijn zoals ik hem heb gekend, maar toch zal ik niet ophouden van hem te houden. Dat begrijp jij niet, hè? Jij weet niet wat liefde is. Jij hebt bewondering, aandacht, geld, een beetje glamour en chique kleren nodig. Jij zoekt een man er alleen op uit of hij die wensen van je kan vervullen. Al het andere interesseert je niet.'

'Ik heb geen zin om een analyse van mijn karakter aan te horen, Cathérine. In feite lap ik jouw mening over mij volkomen aan mijn laars. Maar je hebt ontdekt dat Peter en ik een relatie hadden, en...'

Cathérine begon te lachen, en dat klonk zo schel en cynisch

dat Nadine ervan in elkaar kromp, hoewel ze absoluut onverstoorbaar wilde zijn en hautaine onverschilligheid tentoon wilde spreiden.

'Dat jullie een relatie hadden,' zei Cathérine. Haar vertwijfelde stem droop van sarcasme. 'Je verstaat heel goed de kunst om jezelf belangrijk te maken, Nadine, dat moet gezegd worden. Alles wat met jou te maken heeft wordt direct met vliegend vaandel en slaande trom opgeluisterd. Zelfs als het gewoon om een smakeloze, primitieve affaire gaat. Die man had gewoon een verhouding met je. Hij verveelde zich kennelijk in zijn huwelijk en had behoefte aan een vrouw erbij, met wie hij zo af en toe eens naar bed kon. Leuk, misschien was hij er met jou vandoor gegaan omdat het in zijn kraam te pas kwam. Maar hij was wel dezelfde man gebleven. Op een gegeven moment zou hij zich met jou ook gaan vervelen en dan zou hij jou net zo bedriegen als hij nu met zijn vrouw heeft gedaan. Hij heeft je gebruikt. Maar voor zo'n lage, derderangs affaire heb je Henri verschrikkelijk gekwetst. Het is me een raadsel hoe jij nog in de spiegel durft te kijken!'

Nadine haalde diep adem. Ieder woord van Cathérine deed pijn, juist omdat zij zelf in al die jaren steeds had gevreesd dat het zo zou kunnen aflopen – *laag* en *derderangs*, zoals Cathérine het uitdrukte.

Maar zo was het niet geweest. Hij had met haar willen weggaan, en niet alleen omdat het *in zijn kraam te pas kwam*. Ze hadden op de drempel van een nieuw leven gestaan. Als iemand hem niet met geweld om het leven had gebracht en hoog in de bergen in de bosjes had gegooid...

Het ergste was dat ze maar één persoon kende die een motief had. Als ze daaraan dacht, werd ze duizelig.

Nadat ze haar giftige pijlen had afgeschoten, werd het gezicht van Cathérine heel koel. 'Het was niet moeilijk om achter je geheim te komen,' zei ze. 'Ik heb de brief gelezen die je aan je moeder had geschreven. Die van vorige week vrijdag. Ik was er 's middags om Henri te helpen, want je had hem weer eens in de steek gelaten. In die brief zette je je plannen uiteen.'

Eigenaardig toch, dacht Nadine verbaasd, hoe vaak je in je leven merkt dat je naar die innerlijke stem moet luisteren. Ik wíst dat ik die brief niet had moeten schrijven.

'Die brief lag niet zomaar open en bloot te slingeren,' zei ze. 'Hij lag helemaal achter in de la van mijn bureau. Als je hem gelezen hebt, moet je dus gericht mijn spullen hebben doorzocht.'

'Ja,' zei Cathérine. Ze maakte absoluut niet de indruk dat ze zich ervoor schaamde.

'Deed je dat vaker?' vroeg Nadine perplex.

'Altijd. Ik was er vaak, en jij was er vaak niet. Henri vond het goed dat ik jullie privétoilet gebruikte, dus kon ik zonder probleem naar boven lopen. Twee stappen verder was je kamer. En dan wat steekproeven, in je kasten en je laden. Meestal zonder resultaat, trouwens.'

'Ik kan het bijna niet geloven,' mompelde Nadine.

'Je was heel behoedzaam, Nadine. Ik vond dagboeken, maar die zaten op slot, en her en der brieven, aantekeningen, foto's, wel met een persoonlijke inhoud, maar zonder aanwijzingen dat je een minnaar had. Een keer vond ik pikant ondergoed. Niks bijzonders eigenlijk, zwart kant, een slipje met bijpassende beha. Het bijzondere was alleen dat ze overduidelijk gedragen waren en, zoals ik ontdekte, wekenlang niet gewassen. Alsof dat ding met spermavlekken een kostbaarheid was die onaangeroerd moest blijven. Maar wanneer bewaren vrouwen zulke dingen? Als er een herinnering aan een bepaalde man en een bepaalde nacht mee verbonden is. Vrouwen bewaren dat soort dingen vast niet als het alleen maar om seks met hun echtgenoot ging. Die is zelden zo uniek en kostbaar. En vooral als de belangstelling voor die echtgenoot toch al praktisch niet meer bestaat, zoals in jouw geval.'

'Wat ben jíj ziek,' zei Nadine. 'Wat jij doet en wat je erbij denkt is volslagen ziek. Weet je, ik dacht altijd dat je een arme, alleen gebleven vrouw was en dat we eigenlijk diep in ons hart medelijden met je moesten hebben. Soms voelde ik me echt schuldig, omdat ik je zo weerzinwekkend vond en niet wist waarom. Maar nu is het me wel duidelijk dat ik intuïtief aanvoelde dat je een gevaarlijke gek bent, onbetrouwbaar en in- en ingemeen. Er valt met jou niet in vrede te leven. Je leeft zó in onmin met jezelf dat je zonder gewetensbezwaren dingen doet waar een normaal mens zich op z'n minst voor zou schamen.'

'Ik wist allang dat je een verhouding had,' ging Cathérine verder, alsof Nadine niets had gezegd. 'En Henri wist het ook. Hij heeft er onmenselijk onder geleden. *Er is iets aan de hand, Cathérine*, zei hij telkens, *ik kan het niet bewijzen, ik kan er niet eens de vinger op leggen, maar ik merk het, er is een andere man in haar leven. Ze heeft een verhouding, Cathérine. Mijn vrouw heeft een verhouding!*'

Toen ze over Henri sprak, was er een warme gloed in Cathérines kille ogen gekomen. Het was dezelfde gloed waarmee ze hem aankeek als hij de kamer binnenkwam of het woord tot haar richtte. Nog nooit had Nadine die buitengewone relatie tussen haar man en zijn nicht anders ingeschat dan: ze smacht naar hem, gewoon. Lelijk als ze is, wist ze als jong meisje al dat ze nooit een kerel zou krijgen. Daarom heeft ze zich al zo vroeg op Henri vastgepind. Ze dacht dat als ze maar lang genoeg op hem in kletste, hij wel door de knieën zou gaan.

Op dit ogenblik begreep ze voor het eerst dat wat Cathérine voor Henri voelde echte liefde was. Hij was niet slechts een noodoplossing omdat er verder niemand naar haar omkeek. Hij was de grote, enige, echte liefde van haar leven; dat was hij altijd geweest en hij zou het altijd blijven. Een liefde vol tragiek, want die kon nooit vervuld worden. Maar ze was groot genoeg dat Cathérine oprecht medelijden voor die man voelde als hij leed onder de ontrouw van haar gehate rivale.

Ieder ander zou triomf hebben gevoeld, dacht Nadine, maar zijn verdriet gaat haar werkelijk aan het hart.

'Het was me wel duidelijk dat het klopte,' zei Cathérine. 'Ik wist van het begin af aan dat je niet van Henri hield. Hij paste gewoon goed in jouw levensplan, daarom heb je hem genomen. Toen het vervolgens niet ging zoals jij had gedacht, moest je natuurlijk naar een andere buit uitkijken.'

'Hoe wist je dat het Peter was? Ik heb zijn naam niet in die brief genoemd.'

'Nee, maar je schreef dat je met een Duitser wegging. Zowel Henri als ik kende verder niemand die daarvoor in aanmerking kwam. Henri voelde zich dubbel belazerd; hij dacht dat Peter een vriend was. Voor hem stortte in één klap ongeveer alles in waar hij ooit in had geloofd.'

'Dus jij hebt die brief gevonden,' zei Nadine langzaam, 'nadat je op een heel misselijke manier in mijn spullen had geneusd. Je hebt hem gelezen en je bent er meteen mee naar Henri gegaan. Toch wel gek, vind je niet? Ik bedoel maar, waarom moest je me zwartmaken? Je had de dingen gewoon op hun beloop kunnen laten. Een dag later was ik weg geweest. Jullie zouden me nooit meer gezien hebben, zoals je wist. Eindelijk was voor jou de weg vrij geweest. Na een aantal jaren had Henri ons huwelijk nietig kunnen laten verklaren, en dan had jij eindelijk met hem naar het stadhuis gekund.'

Cathérine glimlachte. Er was niets zachts meer in haar ogen, alleen nog verbittering en frustratie.

'Je weet heel goed dat het niet zo zou zijn gegaan. Hij zou nooit met me zijn getrouwd, van zijn leven niet. Maar misschien zouden we in een soort partnerschap hebben kunnen samenleven. Chez Nadine – als het dan nog zo zou hebben geheten – zou ons kindje zijn geweest, wij zouden ervoor hebben gezorgd en ons er totaal voor hebben ingezet. Er zou nooit een erotische band tussen ons zijn geweest, denk maar niet dat ik zo overmoedig ben om dat te denken, maar we zouden op een bevredigende, intense manier een zinvol leven hebben geleid. Wij zouden elkaar nooit hebben teleurgesteld en geen van ons beiden zou ooit nog eenzaam zijn geweest.'

'Maar dan...'

'Ik wist dat hij nooit zou ophouden met naar je te zoeken, als je zomaar verdwenen was. Hij zou er nooit een streep onder zetten. Hij zou zijn leven vergooien, in de hoop dat hij je terug zou krijgen, en hij zou nooit vrede vinden. Mijn enige kans was hem werkelijk genadeloos de ogen te openen wat jou betreft, en als ik *genadeloos* zeg, dan bedoel ik dat niet melodramatisch maar serieus. Het was een van de afschuwelijkste ogenblikken die ik ooit heb meegemaakt toen ik hem die brief liet zien. Hoewel hij eigenlijk wel wist dat hij je allang verloren had, schrok hij zich dood. Ik heb nog nooit iemand gezien die zó ontzet en zó diep geraakt was. Mijn god, Nadine, hij hield van je. Hij hield zóveel van je. Ooit van je leven zul je begrijpen wat je weggegooid en kapotgemaakt hebt en dan zul je het pijnlijk missen. Misschien merk je het nu al?' Ze bekeek de andere vrouw kritisch en leek tevreden te zijn met wat ze zag. 'Je zult wel vinden dat het mij totaal niet past me geringschattend over het uiterlijk van andere vrouwen uit te laten, maar om je de wind uit de zeilen te nemen, zal ik je zeggen dat je een heel mooie vrouw bent. Dat heb ik van begin af aan moeten toegeven en dat doe ik nog steeds. Maar je ziet er ontzettend slecht uit, Nadine. Er is heel weinig over van de vrouw die je was. Het is aan je te zien dat je urenlang hebt gehuild en het niet meer zag zitten. Het is te zien dat je – waarschijnlijk jarenlang – bang bent geweest dat Peter ten slotte toch voor zijn vrouw zou kiezen en niet voor jou. Je gezicht is de laatste tijd getekend door verdriet en het is verkrampt. Vroeger straalde je een benijdenswaardige zelfverzekerdheid uit en je glimlach was uitdagend, naar de hele wereld gericht, zo leek het. Dat is verdwenen, totaal verdwenen. En het erge is – je hebt het voor niets opgeofferd! Want je staat met lege handen. Je geliefde ligt morsdood in het mortuarium van het forensisch instituut in Toulon en alleen Henri blijft over, wiens liefde je nooit meer terug kunt winnen. Je bent nog niet eens halverwege de dertig, en op een dag als vandaag zie je eruit alsof je een eind in de veertig bent. Je hebt niets meer. Helemaal niets meer.'

Elk woord trof Nadine als een mokerslag, en ze merkte dat ze de benen moest nemen als ze niet op een gegeven moment in tranen wilde uitbarsten. Ze had dit bezoek onderschat. Was ze maar niet naar La Ciotat gegaan.

'Weet je, Cathérine,' zei ze, terwijl ze al dichter bij de kamerdeur ging staan, 'misschien moet je je medelijden liever voor jezelf bewaren. Ik heb een heleboel verloren, dat is waar, maar ook voor jou is alles misgelopen. Want doordat *mijn geliefde morsdood* is, ben ik nu niet in Buenos Aires maar hier. En dat mag dan tragisch voor mij zijn, maar dat is het zonder twijfel ook voor jou. Van dat gezamenlijk koesteren van Chez Nadine komt nu helemaal niets terecht. Geen partnerschap, niet samen oud worden. Jij moet voor altijd en eeuwig in dit gat blijven zitten en je ogen uit je hoofd janken om Henri. Je zult net zo eenzaam sterven als je geleefd hebt. Had nou maar niks gezegd, Cathérine! Dat was zo ontzettend veel verstandiger geweest!'

'Het had er niets aan veranderd dat je plannetjes door een moordenaar zijn verijdeld,' antwoordde Cathérine, maar ze kneep daarna haar ogen samen. 'Of wat bedoel je eigenlijk?'

'Dat ik iemand ken die een verdomd goede reden zou hebben gehad om Peter uit de weg te ruimen,' zei Nadine, 'toen hij hoorde dat dat de man was met wie ik de rest van mijn leven wilde doorbrengen.'

Cathérine deinsde terug en haar gezicht vertoonde een ongelovige verbijstering. Toen begon ze schel en hysterisch te lachen, en wel zo dat het haast op huilen leek. 'Jij gelooft dus in alle ernst dat Henri Peter gedood zou hebben?' riep ze. 'Wat ben jij voor iemand, Nadine! Na zoveel jaren heb je geen idee wie de man is met wie je samenleeft. Geen idee! Te denken dat Henri...'

Ze klapte dubbel alsof ze kramp had, en het was nu wel duidelijk dat ze niet meer lachte maar huilde. 'Henri een moordenaar! Henri een moordenaar!' schreeuwde ze. Nadine hoorde haar op straat nog gillen toen ze het huis ontvlucht was en naar haar auto rende. Hier zou ze nooit meer terugkomen.

2

Op deze zaterdagochtend had eindelijk dat lange telefoongesprek plaats dat ze allang met haar moeder had moeten voeren, en ook alleen maar omdat ze absoluut wilde weten hoe het met Sophie was. Natuurlijk was Elisabeth boos en gekrenkt omdat ze niet eerder iets van zich had laten horen.

'Ik probeer je constant te bereiken. Waarom neem je niet op?'

'Ik heb de afgelopen twee dagen een soort zenuwinzinking gehad, zoiets als een shock, denk ik. Ik heb alleen maar in bed gelegen. Ik kon met niemand praten. Hoe gaat het met Sophie?'

'Goed. Wil je haar spreken?'

'Natuurlijk, graag.'

Elisabeth haalde Sophie aan de telefoon, en Laura voelde zich meteen een beetje beter toen ze het opgewekte gebabbel en hoge lachje van haar dochter hoorde. Ze praatte een tijdje met haar in een kindertaaltje dat alleen zij tweetjes verstonden, en ze verzekerde haar dat ze gauw weer bij haar zou zijn.

Maar daarna kwam Elisabeth natuurlijk nog een keer aan de telefoon. Ze stelde gelijk de hamvraag: 'Heb je hem geïdentificeerd? Was het... Peter?'

'Ja.'

'Dat had je me meteen moeten zeggen. Ik werd hier bijna gek van ongerustheid.'

'Ik weet het. Sorry.'

'In wat voor wereld leven we eigenlijk?' vroeg Elisabeth verontwaardigd. Laura wist heel goed dat haar moeder het noodlot hoogstpersoonlijk kwalijk nam dat het haar in zo'n beschamende situatie had gebracht. Haar dochter bedrogen, en alsof dat nog niet erg genoeg was, wilde die nutteloze schoonzoon van haar ook nog naar het buitenland gaan, met achterlating van een gigantisch faillissement. Als kroon op het werk was hij ook nog vermoord. Hopeloos egocentrisch als ze was, vroeg Elisabeth zich hoofdzakelijk af waarom dat uitgerekend háár moest overkomen. 'Ik bedoel maar, dat is toch niet normaal meer! Weten ze al wie de dader is?'

'Nee, zo snel nog niet.'

'Ik weet zeker dat het met de slet te maken heeft die hij kennelijk al een tijdlang aan de hand had. Weet je al wie het is?'

Dit wilde Laura niet met haar moeder bespreken. Eigenlijk wilde ze helemaal niet met haar spreken. 'Nee. Ik…'

'Maar je hebt de politie hopelijk wel verteld dat er een vrouw in het spel was? Het is niet zo leuk om zo'n vernedering door je eigen man toe te geven, maar ze moeten het wel weten, hoor je me?'

'Natuurlijk, moeder.' Geen debat, alsjeblieft. Laura was toch al doodmoe geworden van dit korte gesprek. 'Ik doe het allemaal zoals het hoort, geloof me maar. Het is alleen… het gaat niet zo goed met me…'

'Ik heb Peter nooit zo gemogen. Maar er viel destijds niet met je te praten.'

Dit is hopeloos, dacht Laura, hopeloos gewoon, om van haar troost of medeleven te verwachten. Ze zal het vast wel erg voor me vinden, maar ze kan het gewoon niet uiten.

'Moeder,' zei ze snel, zonder op het verwijt in te gaan, 'valt het je zwaar om Sophie nog een tijdje bij je te hebben? Ik mag hier op het moment niet weg. Het kan zijn dat de politie me nog nodig heeft.'

'Dat is geen probleem,' zei Elisabeth grootmoedig, 'maar hou je me wel op de hoogte? Ik wil niet steeds voor niks achter je aan bellen.'

'Natuurlijk houd ik je op de hoogte. Geef Sophie nog een kusje van me, ja?'

Nadat ze had opgehangen, bleef Laura een tijdlang peinzend voor zich uit staren. Sophie was nog te klein om te begrijpen wat er gebeurd was. Ze zou steeds vaker naar haar vader gaan vragen, zonder dat ze het haar allemaal kon uitleggen. Maar op een dag zou ze het horen, en begrijpen dat haar vader vermoord was.

Wat een belasting voor haar latere leven, dacht Laura. Op een bepaalde manier, misschien heel onbewust, zal ze toch altijd het gevoel hebben dat ze er niet helemaal bij hoort. Er is in haar verleden iets gebeurd wat haar van anderen onderscheidt. Iets wat in een normaal leven niet thuishoort, maar wat haar helaas wel is overkomen.

Ze nam zich voor er alles aan te doen om te verhinderen dat Sophie ooit te horen zou krijgen dat haar vader van plan was geweest in het buitenland onder te duiken en zijn vrouw en dochter met een berg schulden achter te laten. Hoe moest ze een gezond gevoel voor eigenwaarde ontwikkelen als ze met het idee rondliep dat haar vader een gewetenloze lafaard was?

Ze schrok op dat moment van die betiteling, waarmee ze haar vermoorde man – in ieder geval in gedachten – aanduidde. *Gewetenloze lafaard*. Mocht ze wel zo over een dode denken? Over de man met wie ze acht jaar had samengeleefd en zeven jaar getrouwd was geweest? Met wie ze een kind had en met wie ze oud had willen worden?

'Ik vind van wel,' zei ze zachtjes, 'ik vind van wel, omdat ik het anders niet uithoud.'

Ze moest haar zinnen verzetten en dus trok ze de twee stoelen recht waarin zij en Christopher de vorige avond bij de haard hadden gezeten en schudde de kussens op. Toen pakte ze haar lege wijnglas, dat nog op de grond stond. Het had haar goed gedaan dat Christopher bij haar was geweest. Zonder opdringerig te zijn had hij begripvol met haar over Peter gesproken, over zijn sterke en zwakke kanten, dat hij een goede vriend was geweest en dat hij, Christopher, hem niet had kunnen helpen toen zijn leven uit balans raakte.

'Als dat met het geld er niet bijgekomen was,' had hij met een ongelukkige stem gezegd, 'dan was alles weer goed gekomen. Op den duur zou Nadine Joly hem niet aan zich hebben kunnen binden. Dan was hij bij jou teruggekomen, en ik denk ook dat er daarna niet meer zoiets zou zijn voorgevallen. Dit soort crises hebben mannen nu eenmaal. Als het voorbij is, komt het niet meer terug.'

En later zei hij: 'Ik heb aldoor met hem gepraat. *Je hebt zo'n aardige vrouw*, zei ik, *zo'n knappe vrouw! En zo'n lief dochtertje. Je lijkt wel gek dat je je gezin op het spel zet. Zie je dan niet hoe kostbaar het is wat je bezit? Misschien moet je eerst eens in mijn situatie belanden, zodat je je geluk op waarde weet te schatten.* Ik geloof dat hij echt wel inzag dat ik gelijk had en voor mij was het ook duidelijk dat hij zich er langzaam van losmaakte. Op het laatst snapte ik niet meer waarom hij er eigenlijk nog aan hing. Nu wordt het me duidelijk dat het zijn precaire financiële situatie was die de weg terug naar jou leek te versperren.'

Ze had naar zijn woorden geluisterd maar er weinig troost in gevonden. Want daar had je nog Camille Raymond en misschien nog tal van anderen. Zijn bedrog kon van veel grotere omvang zijn dan Christopher ooit had vermoed.

Terwijl ze de as bij elkaar veegde, dacht ze na of het zinvol was als ze informatie over Camille Raymond inwon om erachter te komen in wat voor soort verhouding ze tot Peter had gestaan. Was het van belang om te weten of ze een verhouding hadden gehad? Het zou gevolgen kunnen hebben voor het beeld dat ze voortaan van Peter zou hebben. Het zou echter bar weinig kunnen veranderen aan haar verdriet, haar gekwetstheid of aan haar verdere leven.

Aan de andere kant, ze zat ze hier nu toch een tijdlang in het zuiden van Frankrijk vast. Ze had geen idee wanneer ze toestemming zou krijgen om naar huis terug te gaan. Aangezien ze iets zinvols moest gaan doen, had ze al besloten maandag een makelaar op te zoeken, die haar kon zeggen hoeveel geld ze van de verkoop van het vakantiehuis kon verwachten. Thuis moest ze dan gaan uitzoeken hoe hoog de hypotheek was die Peter op het huis had genomen. Straks bleef er nauwelijks nog iets voor haar over!

Het weekend lag voor haar. Er spookte aldoor een naam rond in haar hoofd, die de inspecteur tijdens het gesprek met haar terloops had genoemd. *Monique Lafond*. Dat was de vrouw die Camille Raymond en haar dochtertje had gevonden. *Monique Lafond uit La Madrague*. Mevrouw Lafond had bij Camille schoongemaakt. Schoonmaaksters merkten een heleboel op van wat zich in het privéleven van hun werkgevers afspeelde. Als Camille een verhouding met Peter had gehad, dan was Monique daar wellicht van op de hoogte.

Omdat ze steeds weer op die gedachte terugkwam, was het haar duidelijk dat ze mevrouw Lafond op een bepaald tijdstip vast en zeker zou gaan opzoeken. Waarom zou ze het voor zich uit schuiven?

Nadat ze de as in de vuilnisbak in de keuken had gegooid, belde ze Inlichtingen en kreeg het adres van Monique Lafond. Verbluft dat het zo gemakkelijk ging, staarde ze naar het briefje waar ze de informatie op had geschreven. In een impuls verliet ze het huis, deed ditmaal wel alles zorgvuldig achter zich op slot en stapte in de auto. Nadat ze gisteren tot in de middag in bed had gelegen en tot 's avonds in haar badjas had rondgehangen, stond ze verbaasd over de energie die ze vandaag wist op te brengen. Ze vermoedde dat haar strategie was veranderd, hoewel ze nog steeds alle gebeurtenissen ontvluchtte; maar in plaats van het dekbed over haar hoofd te trekken, kon ze er nu niet tegen één tel niets te doen.

Monique Lafond was niet thuis. Laura had het woonblok met het platte dak en de vele balkonnetjes, vanwaar je vast een heel mooi uitzicht op zee had, snel gevonden. Beneden was er alleen maar een draaideur, die overdag niet afgesloten was; je kon on-gehinderd het flatgebouw binnenkomen. Laura belde een paar keer boven bij de woning aan, maar er verroerde zich niets. Het was misschien dom geweest om juist op zaterdagmorgen hier-heen te gaan. Om deze tijd waren de meeste mensen bood-schappen aan het doen. Ze pakte een papiertje en een pen uit haar handtas, schreef haar naam en telefoonnummer erop en verzocht Monique haar te bellen in verband met een dringende kwestie. Ze schoof het papiertje tussen de voordeur en verliet de flat.

3

Pauline zat tijdens het eten vanonder geloken oogleden naar Stephane te kijken. Hij zat tegenover haar, maar wijdde geen blik aan haar. Hij concentreerde zich alleen maar op het gebra-den kippetje dat voor hem op zijn bord lag. Hij proefde van de rijst, het bijgerecht, en merkte – nog steeds zonder zijn vrouw aan te kijken – op: 'Niet bepaald een droge korrel. Je weet toch dat ik niet van papperige rijst houd.'

'Het spijt me,' mompelde Pauline. Ook de kip was niet erg goed gelukt. Normaal gesproken ging ze bij het koken net zo emotieloos en geroutineerd te werk als op de meeste andere le-vensgebieden, en afgezien van het feit dat de rijst bij haar wel vaker kleverig uitviel – wat Stephane dan ook altijd direct liet horen – kon je bij haar altijd op een correcte, gelijkmatige ma-nier van koken rekenen. Maar ze was al een tijdje niet zichzelf. Ze had nooit gedacht dat iets of iemand haar ooit in een ner-veuze, onrustige toestand zou kunnen brengen. Ze had nauwe-lijks geweten wat nervositeit was. Maar nu wel: het betekende dat je niet in staat was je op een of andere bezigheid te concen-treren, dat er geen uur voorbijging zonder dat je alert en overdreven gespannen was, dat je handen trilden en je bij elk geluid-je ineenkromp.

Hoe is het mogelijk, dacht ze, *hoe kan een mens zó uit zijn evenwicht raken?*

Ze had Stephane nog nooit onder het eten – of bij een andere bezigheid – heimelijk zitten opnemen. Het zou niet in haar op-gekomen zijn. Maar nu deed ze het wel, omdat ze in zijn gezicht en zijn manier van doen naar aanwijzingen zocht dat hij in de gaten had hoe het met haar gesteld was en erover nadacht. Ze wachtte op een reactie. Een reactie op de mislukte kip, op het feit dat ze zelf bijna geen hap door haar keel kreeg, dat ze er, zoals ze een uur geleden voor de spiegel nog had vastgesteld, mi-serabel bleek uitzag. Voor het eerst sinds ze met hem samenleef-de, verlangde ze ernaar dat hij een bezorgde vraag stelde, haar aandachtig aankeek of zelfs teder in zijn armen nam. Vroeger zou ze dat onbelangrijk hebben gevonden, en voor zover ze het zich nu herinnerde had Stephane ook nog nooit iets gedaan waar ze nu wel naar verlangde. Hij behoorde tot het soort mannen dat er al een hekel aan had tijdens het wandelen de hand van hun vrouw vast te houden. Laat staan dat hij haar ooit over haar haren had gestreken of had gevraagd hoe het met haar ging.

Het was duidelijk dat ze dat nu ook niet van hem moest ver-wachten. Nu had hij voor niets anders belangstelling dan voor zijn eten. Hij hing dieper over zijn bord dan goede tafelmanie-ren toestonden en had zijn armen breeduit over de tafel gelegd. Omdat het zaterdag was, hoefde hij vandaag niet te werken, en het viel haar voor het eerst op dat zijn gedrag zeer te wensen overliet als hij zijn kostuum en stropdas aflegde en van een bankmedewerker in een privémens veranderde. Zij, en haar ge-voel voor esthetiek, lieten hem kennelijk in ieder geval onver-schillig. Hij had zich niet geschoren en grijze baardstoppels be-dekten zijn gezicht. Hij droeg een wit T-shirt dat hem te krap zat.

Zijn buik is nog veel dikker dan toen wij elkaar voor het eerst leerden kennen, dacht ze, en het verwonderde haar dat ze het nog niet eerder had gemerkt.

'Ik krijg geen hap door mijn keel,' zei ze ten slotte. Kauwend keek Stephane op. 'Smaakt het je niet?'

'Ik weet het niet... ik geloof niet dat het daaraan ligt...'

'De rijst klontert ontzettend,' mopperde Stephane, 'en met de kip is het ook niet zoals anders. Kan het zijn dat je er te veel paprika ingedaan hebt?'

'Dat zou kunnen. *Maar daar ligt het niet aan.*' Zou hij in staat zijn het te begrijpen?

Hij had zijn aandacht weer bij zijn bord. 'Toen we elkaar pas leerden kennen, kookte je beter. Met meer zorg.'

'Het gaat op het ogenblik niet zo goed met me, Stephane.'

Iets in haar toon maakte dat hij luisterde. Hij keek weer op en zag haar ditmaal met toegeknepen ogen indringend aan. 'Je bent toch niet in verwachting, hè? We waren het erover eens dat we zeker geen...'

'Nee. Nee, in godsnaam, dat is het niet.' Ze lachte nerveus. 'Nee, het is iets anders... je zult het wel gek vinden. Waarschijnlijk ís het ook gek...'

Hij dronk luidruchtig van zijn cider en veegde toen met een papieren servetje over zijn vettig glimmende kin. 'Mijn god, wat is er dan? Je moet wel behoorlijk overstuur zijn als je er zelfs zoiets simpels als kip met rijst door verpest. Je ziet er trouwens niet goed uit.' De blik waarmee hij naar haar keek was net zo kritisch als waarmee hij even tevoren de rijst op zijn vork had bekeken. 'Maakte je je vroeger soms op en ben je daarmee opgehouden?'

'Ik heb me nog nooit opgemaakt.'

'Maar je huid was niet zo grauw.'

'Ik slaap slecht. Ik... maak zulke eigenaardige dingen mee...'

Hij leek nu toch een beetje ongerust te zijn. 'Eigenaardige dingen? Die bestaan niet, dat weet je ook wel. Misschien kom je in de overgang. Het schijnt dat vrouwen dan erg vreemd gaan doen.'

'Stephane, ik ben achtentwintig!'

'Bij sommigen begint het gewoon vroeg.' Hij ging weer verder met eten. Om een of andere reden had ze ineens behoefte om te huilen. Ze moest een paar keer slikken om te voorkomen dat ze in tranen uitbarstte.

'Stephane, ik geloof dat ik gevolgd word,' zei ze toen, en haar stem werd bedenkelijk onvast. 'Al een tijdlang. Er is continu iemand bij me in de buurt...'

Ze kon aan hem zien hoezeer ze hem op de zenuwen werkte. Hij had rustig willen eten. Tijdens de maaltijden praatten ze meestal nauwelijks met elkaar, ze reikten elkaar alleen maar met *alsjeblieft* en *dankjewel* de peper en het zout aan, of ze zeiden iets over het weer.

Maar eigenlijk, dacht Pauline, praten we verder ook niet veel.

'Is er *continu* iemand bij je in de buurt?' herhaalde hij, en door zijn toon maakte hij duidelijk hoe absurd hij het vond.

'Nou ja, niet continu...'

'Wat ís het nou? Wel continu of niet continu? Kun je je op z'n minst een beetje helder uitdrukken?'

Ze vertelde hem over de vreemde voorvallen die ze de laatste tijd meemaakte. Over de auto die haar gevolgd was. Over de onzichtbare persoon in de kloostergang bij Bérard. Over de schaduw bij het raam.

'En gisteren...'

'Nou, wat was er gisteren?' klonk het ongeduldig en geïrriteerd.

'Gistermiddag ging ik naar het postkantoor om postzegels te kopen. Op een afstandje reed er langzaam een auto met me mee.'

'Dezelfde auto die volgens jou al eens eerder achter je aan heeft gereden?'

'Een andere. De vorige keer was het een Toyota, geloof ik. Nu was het een kleine Renault.'

'Aha. Deze keer dus een Renault. En wat deed hij, die vijandelijke Renault?'

Ze had wel geweten dat het geen zin had. Hij geloofde haar

niet, nog érger, hij zou agressief worden. Juist dat had ze van tevoren al duidelijk geweten.

'Hij volgde me gewoon. Stapvoets. Verder deed hij niets.'

'Opwindend verhaal,' merkte Stephane ironisch op.

Haar ogen werden vochtig. 'Maar Stephane! Dat is toch niet normáál! En toen ik gisteravond naar de brievenbus liep...'

'Waarom ging je naar de brievenbus? Je was 's middags toch al bij de post, dacht ik?'

'Ik had postzegels gekocht, zei ik toch. Toen heb ik die brief geschreven en hem 's avonds op de bus gedaan.'

'Heel efficiënt! Je bent zeker niet op het idee gekomen om eerst die brief te schrijven en hem dan meteen naar de post te brengen!'

'Stephane, daar gaat het nu toch niet om! 's Avonds werd ik opnieuw door iemand gevolgd.'

'Aha. Weer die kleine Renault?'

'Nee. Deze keer was het iemand te voet. Ik kon de voetstappen horen, hoewel die ander moeite deed om zachtjes te lopen.'

'Misschien was het een totaal onschuldig iemand, die net als jij naar de brievenbus liep. Dat komt wel voor, hoor. Of hij maakte een avondwandeling. Als er buiten jou om nog iemand op straat is, wil dat niet altijd zeggen dat hij je naar het leven staat!'

'Maar hij slóóp!'

Stephane zuchtte diep. Hij schoof demonstratief de laatste restjes eten naar de rand van zijn bord. Dat wilde zoveel zeggen als: *Je hebt mijn eetlust bedorven.*

'Nou. En wie is volgens jou die geheimzinnige onbekende?'

Pauline durfde het haast niet meer te zeggen. Bijna fluisterend zei ze: 'Er staat toch van alles in de krant. Over die moordenaar, weet je wel? Die die vrouw uit Parijs in haar huis heeft vermoord en misschien ook die Duitser, die ze boven in de bergen hebben gevonden. En toen dacht ik... ik dacht, misschien ben ik wel de volgende...'

Stephane deed haar niet eens het plezier te gaan lachen. Misschien, dacht ze, kun je van geen enkele man verwachten dat hij zo'n verhaal – of eigenlijk zo'n raar flutverhaal – serieus nam. Maar hij had kunnen gaan lachen, haar een beetje kunnen opmonteren en haar ten slotte in zijn armen kunnen nemen. Haar verzekeren dat hij bij haar was. Dat niemand haar iets kon doen. Dan had ze op het laatst zelfs een beetje mee kunnen lachen en zich een beetje bevrijd kunnen voelen.

Maar hij keek haar ijskoud aan. En op een manier alsof hij een grote afkeer van haar had.

'Pauline,' zei hij, 'ik wil niet hebben dat je met dat soort dingen aan komt zetten. Snap je dat? Ik heb een hekel aan overspannen vrouwen, en helemaal aan hysterische vrouwen. Ik heb geen zin om met zoiets opgezadeld te worden. Dus als je nou weer door auto's wordt gevolgd of als er killers voor je raam staan, houd het dan alsjeblieft voor je. Los het zelf op. Maar bespaar het mij, alsjeblieft. En al helemaal onder het eten.'

Hij schoof zijn stoel achteruit en stond op. De beweging waarmee hij zijn servet tot een prop balde en op zijn bord smeet, verried hoe kwaad hij was.

'Ik ga ergens koffiedrinken,' zei hij, en liep de kamer uit.

Pauline barstte in tranen uit.

4

'Ik wil weten waar je zaterdagavond was,' zei Nadine. Haar stem had de scherpte terug die door de tragische gebeurtenissen van de laatste dagen verdwenen leek te zijn. 'Ik wil het weten, van minuut tot minuut.'

Henri stond uien te hakken. Het was rond de middag en heet in de keuken. Tweederde van alle tafeltjes in de eetzaal waren bezet, ondanks het feit dat het seizoen voorbij was. Hij had iets dergelijks al vermoed en 's ochtends al overwogen of hij Cathérine zou bellen, maar hij had het vanwege die ontzettend gespannen toestand met Nadine toch niet aangedurfd. Zoals te verwachten was, zat hij er nu mooi mee. Nadine piekerde er natuurlijk niet over hem te helpen, maar ze probeerde hem ook nog tot een gesprek te bewegen.

'Niet nu,' zei hij. Hij hield een ogenblik op en wiste het zweet van zijn voorhoofd. 'Ik moet maaltijden voor ongeveer veertien personen uit de grond stampen. Ik kan niet praten. Als je iets voor me wilt doen, neem dan de bediening van me over.'

'Ik wil niets voor je doen,' zei Nadine.

Ze is weer hetzelfde vervloekte ijsblok als voorheen, dacht hij uitgeput en verbitterd.

'Mij interesseren je gasten en wat je op hun borden wilt leggen geen bal. De man van wie ik hield is vermoord. Vermoedelijk zaterdagavond. En ik wil weten waar jij toen was.'

De man van wie ik hield... Het deed zoveel pijn dat hij zijn best moest doen niet te gaan kreunen. Zo opzettelijk gemeen was ze nog niet eerder tegen hem geweest. Het was alsof ze het startsein gaf voor nieuwe spelregels: voortaan wordt er met scherp geschoten.

Je hoefde niet te vragen wie dat zou winnen. Maar als het eropaan kwam, was het toch geen vraag wie er in principe altijd de winnende partij was.

Hoewel hij had aangegeven dat hij nu niet met haar kon praten, zei hij: 'Wat is dat voor een domme vraag? Het was hier stampvol. Ik had niet eens tijd om naar de wc te gaan. Laat staan dat ik de bergen in kon om je minnaar om zeep te helpen.'

'Dat kan best kloppen, maar net zogoed ook niet.'

'Ik kan niets anders zeggen.'

'Waarom heb je die avond Cathérine niet laten komen? Andere keren stond ze ook zo zeker als twee keer twee vier is in ons huis en deed ze alle moeite om je een handje te helpen!'

'Ik wilde haar niet zien.'

'Hoezo niet? Ze was er vrijdag ook. Ze was er de zondag erna ook. Waarom zaterdag niet?'

Weer wiste hij het zweet van zijn voorhoofd. 'Zij heeft mij vrijdag gezegd dat... jij en Peter... bij god, je weet toch wat er vrijdag is gebeurd!'

'En op zaterdag wilde je er liever geen getuigen bij hebben?'

'Nee, dat is het niet. Maar ik kon haar niet zien. Ik wilde niet met haar praten. Ik wilde niet dat ze me de hele avond zou vragen wat ik nu zou gaan doen. Dat had ik niet volgehouden.'

'Maar de middag daarop hield je het wel vol.'

'Jij was er weer. Ik was je niet kwijt.'

'Omdat Peter dood was.'

'Maar daar heb ik niets mee van doen.'

Er klonken luide stemmen uit de eetzaal. De mensen begonnen te morren. Er was al een hele tijd niemand meer verschenen om hun bestellingen op te nemen, en wie al besteld had, zat al een tijd op zijn eten te wachten. Henri begon nog heviger te zweten.

'We praten wel,' zei hij. 'Vanavond praten we wel. Over alles. Over ons. Over wat je maar wilt. Maar nu moet ik hier verder, anders wordt het een chaos. Dat zie je toch wel in, hè?' Hij keek haar smekend aan. 'Help je me?'

Afgezien van haat kon hij niets anders in haar ogen ontdekken.

'Nee,' zei ze, en liep de keuken uit.

5

Anne vond de telefoongesprekken met Laura inmiddels net een spannende vervolgroman die ze jammer genoeg niet achter elkaar uit kon lezen, maar in afgewogen porties toegediend kreeg.

'Maar ik kan er verzekerd van zijn dat er elke keer als je belt iets nieuws en onverwachts is gebeurd,' zei ze. 'Die beste Peter is echt goed voor heel wat verrassingen. Ik beschouwde hem altijd als tamelijk burgerlijk. En nu laat hij zich ergens in de rimboe vermoorden en presenteert je na zijn dood nog een hele rits geliefden. Nog afgezien van een koffer met geld, waarmee hij rond liep te zeulen. Hij was doortrapter dan ik had gedacht.'

Het was zaterdagmiddag, even na vieren, en Laura had haar vriendin eindelijk te pakken gekregen, nadat ze het twee uur lang tevergeefs had geprobeerd.

'Ik ben wezen eten met een gozer die ik gisteravond heb leren kennen,' verklaarde Anne, 'maar óf hij óf ik was bij die eerste ontmoeting bezopen. Ik vond hem toen in ieder geval erg geestig. Maar dat is hij in werkelijkheid absoluut niet. Bij het aperitief dutte ik al bijna in. En toen de telefoon ging, was ik bang dat hij het zou zijn, die achter me aan zat.'

'Nee, ik ben het maar,' had Laura gezegd, en iets in haar stem had Anne er zeker op attent gemaakt dat er iets ergs was gebeurd, want ze hield meteen op met praten over haar nieuwste verovering en vroeg: 'Wat is er gebeurd?'

Ze had ademloos geluisterd naar het verslag van de moord op Peter, van al het geld dat ze op de plaats van het misdrijf hadden gevonden, van het feit dat Laura nu wist dat Nadine Joly zijn minnares was geweest, van Camille Raymond, die op dezelfde manier vermoord was als Peter, en van de rechercheur die de zaak onderzocht en die er – evenals Laura zelf – van overtuigd was dat er een of ander verband moest bestaan tussen Peter en haar.

'En wat voor verband dat was moge duidelijk zijn,' had Laura eraan toegevoegd. Anne zei ook dat zij een of andere amoureuze affaire vermoedde.

Na haar opmerking over Peters onverwachte doortraptheid dacht Anne even na en ook Laura zei niets, omdat ze zich opeens ontzettend moe voelde.

Toen zei Anne: 'Weet je wat ik gek vind? Jij en die Camille Raymond – jullie hebben veel overeenkomsten.'

'Jij hebt haar toch niet gekend?'

'Natuurlijk niet. Ik bedoel ook geen karakterovereenkomsten of zo. Maar drie feiten – drie niet geheel onbeduidende feiten – stemmen met elkaar overeen: jullie zijn allebei jong, ongeveer midden dertig. Jullie hebben allebei een kleine dochter. En jullie zijn allebei weduwe.'

Laura was verbluft. Wat Anne zei klopte, maar het was haar tot nog toe niet opgevallen.

'Maar... wat concludeer jij daar dan uit?' vroeg ze.

'Voorlopig helemaal niks. Ik kan me nog geen beeld van al die dingen vormen. En misschien is er ook geen beeld. Maar het valt me wel op. Het is een beetje eigenaardig, vind je niet?'

Laura vroeg zich af waarom ze opeens zo'n vreemd gekriebel in haar buik voelde. Een licht vibrerende spanning, alsof haar lichaam veranderde onder invloed van een dreigend gevaar.

'Maar één ding stemt in ieder geval niet overeen,' zei ze. 'Camille Raymond en ik hádden het een en ander gemeen. Want zij is nu dood. En ik niet. En ik denk dat dát een belangrijk verschil is.'

Anne zweeg. Toen zei ze op een toon die niet helemaal echt klonk: 'Ja, natuurlijk. Je hebt gelijk.'

Laura kreeg de indruk dat Anne bezorgd was.

6

Monique had het gevoel alsof ze een theaterstuk opvoerde onder de titel *Mijn terugkeer in het leven*, en alsof ze zich heel erg inspande om maar niet zo duidelijk te hoeven aanschouwen hoe triest dat leven in werkelijkheid was.

Want er ging per slot van rekening weinig bekoring van uit om op zaterdagavond alleen thuis te zitten en te luisteren naar de stemmen op de televisie. Het was een programma met geselecteerde kandidaten die de idiootste dingen moesten doen, waarbij ze zich volkomen belachelijk maakten en waarna een van hen op het eind dertigduizend francs kon winnen. Monique wierp zo af en toe een blik op de buis, deed haar best om te lachen en wat ze zag komisch te vinden, maar diep in haar hart wist ze dat ze nooit naar zo'n stom programma zou kijken als ze niet zo alleen was.

Ze zat overigens niet passief op de bank, maar holde druk door haar woning en dekte de tafel heel mooi – voor één persoon. De Lieve Lita uit een of ander tijdschrift ried alleenwonende vrouwen aan het af en toe *helemaal voor zich alleen* écht gezellig te maken. In de keuken stond zeetong te pruttelen in een zelfgemaakte, knapperige korst en er stond ook al een grote schotel met heerlijk aangemaakte salade klaar.

Weg met de diepvriesmaaltijden, had ze die ochtend streng tegen zichzelf gezegd, voortaan ga je hogere eisen aan je eten stellen.

Ze had een fles wijn geopend en neuriede zachtjes. Op de tv was een kandidaat druk bezig in een klein zwembassin condooms op te duiken die ze hadden laten zinken. Het publiek gierde het uit van plezier.

Af en toe wierp Monique een blik op de telefoon, alsof ze verwachtte dat hij ieder moment kon overgaan. Eigenlijk geloofde ze ook dat hij dat zou doen. Er zou toch wel énige reactie komen? Ze had de hele ochtend boodschappen gedaan, zichzelf daarna getrakteerd op een hapje eten in een restaurant, had haar boodschappen in de auto gezet en nog een lange wandeling langs het strand gemaakt. Het was al bijna half vijf toen ze thuiskwam. Als eerste had ze haar antwoordapparaat afgeluisterd. Er had alleen een buurvrouw gebeld, met de vraag of ze vanavond op de baby kon passen, zodat zij en haar man uit konden gaan. Monique had het een paar keer gedaan, maar er steeds meer een hekel aan gekregen; in haar opvatting was dat iets voor schoolmeisjes of alleenstaande oudere vrouwen. Aangezien ze zich met de beste wil van de wereld niet tot de schoolmeisjes kon rekenen, bleef alleen de andere variant over en daar wilde ze zelfs niet aan denken.

Híj had niet gebeld. Daar verwonderde ze zich over. Hij had er toch zeker belang bij contact met haar op te nemen. En omdat ze het bericht op zijn mobiele telefoon had ingesproken, kon ze zich niet voorstellen dat hij niet terugbelde omdat hij op reis was. Een mobiele telefoon had je immers bijna altijd bij je. Als hij morgen niet belt, dacht ze, probeer ik het nog eens.

In een poging zichzelf aan haar haren uit het moeras te trekken, had ze een jurk gekocht en bedacht opeens dat ze die wel voor het eten aan kon trekken. Waarom niet? Ze had lang genoeg avond aan avond in haar badjas rondgehangen.

Het was een heel sexy jurk, zwart, eenvoudig, met een diep decolleté en smalle schouderbandjes. Een klassieke jurk waarin een vrouw haar minnaar opwacht. Zij vond dat hij haar goed stond. Haar boezem kwam prachtig uit, en dat hij mooi was, daarvan hadden de weinige mannen in haar leven haar in ieder geval unaniem verzekerd.

Toen ze de keuken inging om naar het eten te kijken, werd er aan de deur gebeld. Ze keek verward op haar horloge: kwart over acht. Een ongewoon tijdstip voor een bezoek, zeker in haar leven, waarin nooit iets gebeurde. Misschien was het de buurvrouw, die ze niet had teruggebeld en die nog een keer wilde proberen haar dat jengelmonster in de maag te splitsen. Maar zoals ze er nu uitzag kon ze heel geloofwaardig beweren dat ze een afspraak had.

Ze liep de keuken uit. Een paar stappen scheidden haar van de voordeur, en een ondefinieerbaar geluid – misschien het schrapen van een keel of het geschuifel van een voet – zei haar dat de bezoeker al in het gebouw was. Dat was niet ongebruikelijk. De deur beneden moest eigenlijk altijd afgesloten worden, maar niemand deed daar moeite voor, alleen een paar oudere dames, die wat dat betrof de strijd allang verloren hadden. Niemand in de flat maakte zich serieus druk om eventuele gevaren.

Op hetzelfde moment ging de bel opnieuw. Monique had een hekel aan ongeduldige aanbellers.

'Lieve hemel, ja, ik kom al!' riep ze.

Maar toen ze opendeed was er niemand te zien. Ze keek naar rechts en naar links, maar de gang was leeg. Ze fronste haar voorhoofd. Ze zou toch zweren dat die bezoeker al boven stond. Op de trap hoorde ze voetstappen. Meteen daarop verscheen Jeanne Versini, ditmaal in een perfect op maat gemaakt Chanelpakje in pastelkleuren, met bijpassende lichtblauwe schoenen en een handtas met de bekende gouden ketting. Door die aanblik voelde Monique zich met haar net iets te diep uitgesneden, kleine zwarte creatie, meteen een beetje goedkoop.

'O,' zei Jeanne, 'neem me niet kwalijk. Heb je bezoek?'

Monique voelde even de verleiding om ja te zeggen, om tenminste één keer in haar leven de schijn te wekken dat ze tot de begerenswaardige vrouwen met een sociaal leven behoorde, die in het weekend opwindende kleren aantrokken om al even opwindende mannen te ontvangen. Maar haar nieuwsgierigheid om te horen of Jeanne iets over Camille en haar geheimzinnige vriend had ontdekt, woog zwaarder, dus zei ze in plaats daarvan: 'Nee, nee, ik heb die jurk vandaag gekocht en moest hem gewoon nog een keer passen.' Ze deed uitnodigend een stap terug. 'Kom binnen. Wil je een glas wijn?'

'Ik wil je echt niet storen,' zei Jeanne, maar ze gaf toch gehoor aan de uitnodiging. Ze zag de feestelijk gedekte tafel en deinsde opnieuw terug. Maar toen kreeg ze zeker in de gaten dat er maar voor één persoon was gedekt, want ze ontspande zich meteen weer.

'Ik vind het een beetje lichtzinnig dat je ook 's avonds nog moeiteloos beneden de flat binnen kunt komen,' zei ze. 'Die deur hoort na het donker toch afgesloten te zijn, vind je ook niet?'

'Ik kan me eigenlijk niet voorstellen dat inbrekers het op dit flatgebouw voorzien zouden hebben. Geen mens verwacht hier rijkdommen,' zei Monique.

'Ik heb in ieder geval wel beneden aangebeld,' zei Jeanne, 'want ik kan me voorstellen dat het heel onaangenaam is als je op zo'n laat uur opendoet en er staat zomaar onverwacht bezoek voor je neus.'

Haar opmerking herinnerde Monique aan haar geïrriteerdheid daarstraks, toen ze niemand voor de deur had zien staan. 'Je hebt toch twee keer gebeld?' vergewiste ze zich.

Jeanne keek haar verbaasd aan. 'Nee. Eén keer.'

'Echt waar?'

'Heel zeker. Ik heb één keer gebeld en ben toen meteen naar boven gekomen.'

'Dat is vreemd,' zei Monique, maar daar wilde ze het met Jeanne niet over hebben en schoof het terzijde. 'Heb je iets nieuws ontdekt?' vroeg ze, terwijl ze een tweede glas haalde, wijn inschonk en het aan haar bezoek overhandigde.

'Jawel,' aarzelde Jeanne, 'maar het brengt ons vast niet veel verder.' Ze gebaarde met haar hoofd naar de telefoon. 'Heeft híj zich al gemeld?'

'Nee. En dat vind ik wel raar, maar er is misschien een logische reden voor. Wat denk je, heb je zin om mee te eten? De vis is klaar, ik kan helaas niet wachten.'

Jeanne bedankte, ze at 's avonds nooit. Dan was dat zeker het geheim van haar tengere figuur, dacht ze.

Ten slotte gingen ze aan tafel tegenover elkaar zitten. Jeanne nipte van haar wijn en Monique at vis en salade. Jeanne vertelde dat ze om zes uur naar Isabelle was gegaan en daar een halfuur had moeten wachten. Toen was Isabelle thuisgekomen. Gelukkig had ze meteen tijd gehad om met haar te praten.

'Zíj wist dus wel iets van een man in Camilles leven. Maar ze weet ook niet wie het was, geen naam of verdere aanwijzingen wat zijn persoon betreft. Zij was vorig jaar in de zomer op een ochtend over de weg gekomen die naar het huis van Camille leidt. Daar reed een auto met een man erin. Het was een tijdstip waarop eigenlijk nooit iemand onderweg is, in ieder geval vond

Isabelle dat je een leverancier of monteurs of zo iemand kon uit-
sluiten. Maar het ging te snel om een gezicht in haar geheugen
te prenten. *Olálá,* had ze gedacht, *eindelijk keert er weer een
beetje levensvreugde terug in het droevige bestaan van Camille!*
Daarna had ze met omzichtige vragen een paar keer geprobeerd
iets uit Camille te trekken, maar ze was op een blok beton gestuit. Maar ze had net als ik vorig jaar de indruk gekregen dat
Camille begon te veranderen, wat vrolijker en wat optimistischer werd. Rond Kerstmis had Isabelle Camille op het strand
aangetroffen en was een eindje met haar opgelopen. Het viel
haar toen op dat ze erg terneergeslagen en ongelukkig overkwam. Camille had haar toen, net als aan mij, verteld dat ze een
man had leren kennen en dat ze een eind aan die affaire wilde
maken, maar dat ze niet zo gemakkelijk van hem af kwam. Isabelle is een aanhouder, meer dan ik, en vroeg wat verder door.
Camille schijnt zoiets gezegd te hebben in de trant van dat die
man haar soms bang maakte. Isabelle wilde weten hoe ze dat bedoelde. Het was blijkbaar niet zo eenvoudig om daarachter te
komen, want zoals altijd wilde Camille niet het achterste van
haar tong laten zien. Isabelle had uiteindelijk bij zichzelf gedacht
dat Camille bedoelde dat ze bang was dat hij haar zou verstik-
ken, benauwen, smoren in liefde. Isabelle zei dat ze op dat moment medelijden met die onbekende man had gehad. Vast een
heel normale vent, dacht ze, die Camille op een heel normale
manier avances heeft gemaakt, maar die zijn afgeketst op haar
vreemde manier van doen.'
    Jeanne zuchtte. 'Je weet hoe ze dat bedoelt. Camille kon zo ge-
sloten zijn als een mossel. Isabelle zei dat Camille een man al opdringerig vond als hij bloemen voor haar meebracht of haar
meevroeg naar de bioscoop.'
    'Heeft Isabelle dat aan de politie verteld?' vroeg Monique.
    Jeanne schudde haar hoofd. 'Ze vond het allemaal zo onschul-
dig en onbelangrijk dat ze er totaal niet meer aan had gedacht.
Vooral omdat die liefdesgeschiedenis, of wat het ook was, ge-

woon met een sisser was afgelopen. Het schoot haar pas weer te binnen toen ik ernaar vroeg.'

Monique kreeg opeens het gevoel dat ze allebei nu al een belangrijke fout hadden gemaakt door niet onmiddellijk naar de politie te gaan. Ze kon niet verklaren waarom ze daar zo zeker van was; misschien was het intuïtie, maar zelden drong een gedachte zich zo sterk aan haar op als nu.

'Weet je, Jeanne,' zei ze, 'ik ben er zeker van dat wij datgene wat we weten niet voor ons moeten houden. Ik had me al voorgenomen maandag naar de politie te gaan, en dat ga ik nu in ieder geval doen. Ik denk er zelfs over om het morgen al te doen. Als Camille heeft gezegd dat die man haar bang maakte, kan ze het ook heel anders hebben bedoeld dan zoals Isabelle het interpreteert. Misschien was hij wel een heel onaangenaam type en had Camille volkomen terecht redenen om bang voor hem te zijn. Ze is immers vermoord.'

Jeanne trok huiverend haar schouders op. 'En jij hebt nog wel je naam op het antwoordapparaat van die man ingesproken,' zei ze, 'en gezegd waar je woont. Je moet de komende tijd een beetje voorzichtig zijn, Monique. Als híj het is geweest, moet je er in ieder geval niet mee spotten.'

Monique staarde haar aan en schoof toen haar bord van zich af, hoewel er nog een halve vis op lag.

'Lieve hemel,' fluisterde ze.

Opeens had ze geen trek meer. Ze werd misselijk.

7

Het was kwart over negen en donker, een koude oktobernacht vol sterren. Al sinds de middag brandde er in Laura's kamer een vuur in de open haard. Het was lekker warm en knus in huis. De vlammen wierpen dansende schaduwen op de wanden.

Wat ontzettend jammer dat ik het moet verkopen, dacht Laura.

Ze had brood voor zichzelf klaargemaakt en een glas wijn ingeschonken en ging ermee op een groot kussen voor de haard zitten. Voor het eerst sinds dagen kreeg ze het gevoel dat ze een beetje tot rust kwam. Niet dat ze ontspannen was of rustig en diep adem kon halen, daarvoor was het nog te vroeg. Het was meer een soort uitputting die over haar kwam, een zware vermoeidheid die wat verlichting bracht, omdat ze haar de kracht ontnam de gedachtemolen in haar hoofd alsmaar te laten draaien. Ze verlangde ernaar een tijdje alle gedachten los te laten. Misschien lukte het, al was het maar een halfuurtje, alleen maar naar de vlammen te staren, zonder andere, terneerdrukkende beelden voor zich te zien.

Ze dronk met kleine slokjes van haar wijn en at er wat brood bij. In ieder geval kon ze sinds de vorige avond weer normaal eten. Even voelde ze zoiets als vrede. Ze voelde zich alleen, maar het was een goed gevoel.

Ze schrok ontzettend toen er buiten aan de balkondeur werd geklopt, zó hevig dat haar wijnglas bijna uit haar vingers glipte. Ze had de luiken voor de ramen nog niet gesloten, omdat ze straks nog even naar buiten wilde om naar de sterren te kijken. Nu zag ze een grote schaduw op de veranda, een man waarschijnlijk, die blijkbaar bij haar naar binnen wilde.

Haar eerste impuls was naar boven, naar haar slaapkamer te rennen en de deur achter zich op slot te doen, maar toen bedacht ze dat zoiets raar was, en ze dwong zichzelf langzaam op te staan. Zou hij haar al langer hebben gadegeslagen? Hier, in het schijnsel van het vuur, zat ze eigenlijk op een presenteerblaadje. En er was nog iets dat haar irriteerde, maar ze wist niet wat het was.

Maar terwijl ze daar nog over nadacht, hoorde ze haar naam al roepen. 'Laura, ík ben het, Christopher! Doe je open?'

Enorm opgelucht liep ze naar de deur om open te doen. Christopher kwam handenwrijvend binnen. 'Wat is het koud buiten! Ik heb me veel te dun gekleed.'

Hij gaf haar een snelle, vriendschappelijke kus. 'Hallo, Laura. Sorry, dat ik te laat ben. Ik heb de hele dag achter mijn bureau gezeten en ben op een gegeven moment de tijd vergeten.'

Ze rilde van de koude lucht die hij meebracht en deed snel de deur weer dicht. Ze keek Christopher een beetje verward aan. 'Hoezo, te laat? Hadden we dan iets afgesproken?'

Hij beantwoordde haar verbaasde blik. 'Dat had ik gisteren toch gezegd? Dat ik vandaag tegen half negen hier weer zou zijn?'

Ze greep met een verontschuldigend lachje naar haar hoofd. 'Niet te geloven, zeg. Ik herinner het me echt niet. Ik ben zo in de war na... al die dingen die er gebeurd zijn. Straks weet ik mijn eigen naam niet meer.'

Hij glimlachte. 'Ach, dat is heel begrijpelijk. Maak je daar maar niet ongerust over.'

Hij was toleranter en minder perfectionistisch dan Peter, dacht ze. Die had het niet kunnen laten iets sarcastisch te zeggen.

'Dan heb je zeker ook geen eten klaargemaakt?' zei Christopher.

Ze slikte. 'Was dat ook afgesproken? O, jee...'

Hij lachte warm en hartelijk. 'Ja, maar dat is geen probleem. Ik nodig je gewoon uit om ergens naartoe te gaan. Wat wil je graag?'

Als ze eerlijk was geweest had ze nu gezegd: 'Dat je weer weggaat.' De behoefte om alleen te zijn deed bijna pijn. Maar nu ze die afspraak ook al was vergeten, kon ze hem niet op zo'n manier voor het hoofd stoten. Hij bedoelde het goed, hij wilde haar niet aan haar lot overlaten.

Toch bracht ze wel de moed op om te zeggen dat ze niet weg wilde. 'Ik kan je brood en kaas aanbieden,' zei ze, 'of we kunnen nog iets van gisteren opwarmen. Wijn heb ik genoeg in huis. Maar ik wil me nu niet onder de mensen begeven.'

Dat snapte hij en verdween in de keuken. Ze bleef voor de

haard zitten en hoorde hem in de andere ruimte met een paar pannen en bestek rammelen. Na een tijdje trok de geur van warm eten naar haar toe. Hij scheen in de keuken te eten, misschien had hij gemerkt dat ze niet zoveel zin had in gezelschap. Maar haar kortstondige gevoel van vredigheid was verstoord, ze kon merken dat haar lichaam weer gespannen was. Ze was niet meer met zichzelf alleen.

Hij ruimde de vaat in de afwasmachine, concludeerde ze uit de geluiden. Er was iets dat haar stoorde. Dat had niets met hem te maken, maar met haarzelf. Gisteravond, toen hij voor haar had gekookt en ze samen hadden gegeten, had ze het gezellig gevonden. Dat had vandaag weer zo kunnen zijn. Een warme kamer, dansende vlammen, de rustige handelingen van Christopher hiernaast. Maar het gevoel van gisteravond wilde niet terugkomen. Ze vond zichzelf een ondankbaar misbaksel, omdat ze hem als lastig ervoer.

Hij kwam de kamer binnen met een glas wijn in de hand en ze stelde opnieuw vast dat hij een prettige manier van bewegen had; niets luidruchtigs of onhandigs. Hij was een behoedzaam mens, die zorgvuldig met andere mensen en hun gevoelens omging. Laura kon zich niet voorstellen dat hij zijn vrouw zou aandoen wat Peter haar had aangedaan.

'Neem me niet kwalijk dat ik zo heb zitten bunkeren,' zei hij, 'maar ik had vanaf vanmorgen vroeg niets meer gegeten. Ik had een enorme honger.'

'Neem het míj niet kwalijk dat ik niets heb klaargemaakt. Ik weet er echt niets meer van dat we dat hadden afgesproken.'

Hij ging op het tweede kussen zitten. 'Dat hoeft je niet te spijten, hoor. Maar ik had me er op een heel kinderlijke manier op verheugd, weet je dat? Hiernaartoe te komen en dat jij dan met het eten op me zou wachten. Die situatie heb ik al in jaren niet meer meegemaakt. *Dat iemand me verwacht.* Dat heeft een heel bijzondere bekoring. Een thuis, een vrouw, kinderen. Dat je het huis waarin je woont ook weer als een *thuis* kunt ervaren. Je onderdompelen in een gevoel dat je vanuit je kindertijd vertrouwd was. Voor mij is dat tenminste zo... Ik zie mezelf als kind op koude, donkere herfstavonden thuiskomen, mijn moeder, die blij is me te zien, de hele familie zit om de tafel... Dat was voordat... nou ja, dat weet je wel. Later was me een dergelijk geluk nog een keer vergund met Carolin en de kinderen. Maar ook dat is intussen lang geleden.'

Hij zag er zo treurig uit, dat het haar pijn deed. Ze herinnerde zich dat Peter ooit had verteld dat Christopher buitengewoon onder de scheiding gebukt ging.

'Soms heb ik het gevoel dat hij eraan onderdoor gaat,' had hij gezegd. 'Dat dat stomme rund ervandoor is gegaan maakt hem bijna waanzinnig.'

Laura had het niet leuk gevonden dat Peter Christophers vrouw vanaf de scheiding alleen nog maar als een *stom rund* betitelde. Vóór die tijd had hij haar best graag gemogen. Carolin was met de kinderen in de buurt van Frankfurt neergestreken en had de familie Simon een aantal keren uitgenodigd, maar Peter had aldoor met flinterdunne voorwendsels afgezegd, tot zij het begreep en niets meer van zich liet horen. Ook Laura verbood hij alle contact met haar.

'Als blijk van solidariteit met Christopher,' had hij gezegd. 'Je kunt niet met allebei bevriend zijn.'

Laura had altijd de indruk dat Christopher die solidariteit helemaal niet verlangde.

'Je weet toch helemaal niet wat er precies is voorgevallen,' had ze een keer tegen Peter gezegd. 'Ze had misschien heel aannemelijke redenen om weg te gaan.'

'Onzin!' had hij met een nors gebaar haar commentaar van tafel geveegd. 'Christopher was de trouwste, zorgzaamste echtgenoot en vader die je je maar kunt voorstellen. Alleen al door die traumatische geschiedenis met zijn moeder. Nee, Carolin vond plotseling dat ze op het pad van de zelfverwezenlijking moest gaan. Zelfs ten koste van een heel fatsoenlijk mens, die ze diep kwetste. Maar dergelijke vrouwen laat het koud wat voor brokken ze maken.'

'Wat bedoel je met *dergelijke* vrouwen? Vrouwen die willen scheiden? Jij bent destijds zelf ook van je ex-vrouw gescheiden. Of is dat bij mannen anders?'

Ze herinnerde zich dat hij tamelijk agressief was geworden. 'Dat is bij mannen niet anders. Maar het geval was anders. Tussen mij en Britta was het jarenlang alleen nog maar oorlog; toen heb ik op zeker ogenblik de consequenties getrokken. Maar tussen Christopher en Carolin was alles goed. Daar hoorde je nooit een onvertogen woord!'

'Maar kennelijk was het toch niet allemaal koek en ei. Er is in die relatie iets geweest waardoor ze ongelukkig was. Als je twee kinderen hebt ga je niet zo gauw scheiden. Wat weten wij er nou van, wat zich allemaal tussen die twee afspeelde als ze alleen waren!'

Ook nu dacht ze eraan terug hoe vurig ze Carolin had verdedigd, maar juist op dit ogenblik moest ze Peter achteraf tot op zekere hoogte gelijk geven. Je kon je inderdaad moeilijk voorstellen waarom een vrouw bij een man als Christopher wegging.

'Waarom ben je eigenlijk niet hertrouwd?' vroeg ze nu, en ze schrok er meteen van. Wat een tactloze vraag!

'Neem me niet kwalijk,' zei ze er snel achteraan. 'Het gaat me natuurlijk niets aan. Misschien...'

Hij glimlachte. 'Natuurlijk gaat het je wat aan. We zijn toch vrienden – nietwaar? Ik was graag opnieuw getrouwd, heel graag. Nog een keer kinderen krijgen, een nieuw gezin stichten. Maar het is niet zo makkelijk om iemand te vinden die bij je past. Die dezelfde idealen en dezelfde voorstellingen van het leven heeft. Daar zul jij ook nog wel achter komen, helaas. Jij bent nu ook alleen. Op een gegeven moment ga je ook weer naar een man uitkijken die een nieuwe partner zou kunnen zijn. Dat is niet eenvoudig. Veel pogingen eindigen in een teleurstelling.'

'Maar toch niet allemaal,' antwoordde ze. Ze betrok het meer op hem dan op zichzelf, want ze kon zich op dat moment in de verste verte niet voorstellen dat ze ooit nog behoefte zou hebben aan een relatie. 'Er zal ooit wel eens een gelukstreffer bij zitten. Daar ben ik heel zeker van.'

'Je moet de hoop niet opgeven,' zei hij ontwijkend. Zonder overgang zei hij toen: 'Waarom haal je je dochter eigenlijk niet hiernaartoe?'

Ze keek hem verbluft aan. 'Waarom zou ik? Ik weet helemaal niet hoelang ik hier moet blijven. Bovendien moet ik waarschijnlijk ook nog een paar keer met de politie praten, en ik moet ervoor zorgen dat ik het huis verkoop. Bij mijn moeder is ze veel beter af.'

'Ik kon bijna niet scheiden van mijn kinderen,' zei Christopher, 'daarom vroeg ik dat. Ik wilde altijd het liefste mijn hele gezin om me heen hebben.'

'Een *gezin* heb ik eigenlijk niet meer,' zei Laura. 'Alleen Sophie en ik zijn er nog. Nu moeten wij ons er op een of andere manier doorheen slaan.'

Christopher antwoordde niet, en een tijdlang keken ze alleen maar in de knetterende vlammen.

Alleen nog Sophie en ik, dacht Laura, dat is alles wat er van mijn droomgezinnetje is overgebleven. Ik heb eigenlijk altijd gedacht dat Peter en ik als oude luitjes nog hand in hand onder de bloeiende appelboom in de tuin naar onze spelende kleinkinderen zouden zitten kijken. Ik had nog minstens twee kinderen gewild, en...

Ze onderbrak haar eigen gedachten en verbood zichzelf dieper in die oude droom op te gaan. Dat leverde alleen maar pijn op.

'Ik geloof,' zei ze, 'dat ik graag alleen wil zijn.'

Christopher knikte. 'In orde. Dat kan ik begrijpen.' Hij zette zijn glas neer. 'Zien we elkaar morgen ook niet?'

'Dat heeft niets met jou te maken. Ik heb een beetje tijd helemaal voor mezelf nodig. Mijn leven is ingestort. Ik moet eerst weer tot mezelf komen.'

Hij stond op, en uit de blik waarmee hij haar aankeek spraken warmte en een zekere bezorgdheid. 'Bel je me wel als je je rot voelt?' wilde hij zeker weten. 'Of als je op een of andere manier hulp nodig hebt? Ik sta voor je klaar.'

'Dat weet ik. Dankjewel, Christopher.'

Hij verdween weer door de verandadeur en trok de glazen deur achter zich dicht. Toen hij de oprit afliep, sprong de bewegingsmelder aan. Dat had hij daarnet niet gedaan. Of was het haar alleen maar ontgaan?

Ze was te moe om erover na te denken.

Opeens verlangde ze hevig naar Sophie.

Zondag 14 oktober

1

Voor het eerst sinds dagen at hij als ontbijt weer stokbrood met honing. Hij vond het niet verwonderlijk dat hij daar de afgelopen week geen trek in had gehad. Hij stond er wel van te kijken dat hij nu opeens weer zin had in zijn favoriete ontbijt. Al sinds zijn jeugd verzoende het hem elke ochtend met het feit dat hij moest opstaan: de gedachte aan twee koppen sterke, hete koffie en een stokbroodje met boter en honing.

Klaarblijkelijk keerde er na die traumatische, verlammende dagen iets van het normale dagelijkse leven terug.

Waar dat eerste, nauwelijks merkbare, optimistische gevoel vandaan kwam, was Henri een raadsel, maar het was er wel. Misschien had het ermee te maken dat hij langzaam begon te beseffen dat zijn rivaal dood was. Die lag in de koelcel van het forensisch instituut van Toulon en zou zich nooit meer in zijn of Nadines leven kunnen mengen. Nadine zou vast nog wel een tijdje rouwen, maar ze was er niet de vrouw naar om een leven lang te blijven treuren over een dode en kapot te gaan aan het verdriet om een verloren liefde. Henri was er overigens van overtuigd dat Nadine Peter níét had liefgehad. Volgens hem kon zij helemaal niet liefhebben, wat natuurlijk het inzicht inhield dat ze voor hemzelf dat gevoel ook niet opbracht. Maar daar had hij zich mee verzoend. Als ze maar bij hem bleef. En als ze straks allebei wat ouder werden, zouden ze op een gegeven moment de weg naar elkaar wel weer terugvinden.

Momenteel werd ze beheerst door haar haat jegens hem, dat wist hij wel. Ze verdacht hem er zelfs van Peter vermoord te hebben, maar dat nam hij totaal niet serieus. Dat idee kon door de schok bij haar opgekomen zijn, maar als ze straks een beetje tot rust was gekomen, zou ze inzien hoe absurd het was. Hij was geen killer. Natuurlijk had hij moordgedachten gehad toen hij hoorde wie de man was met wie zijn vrouw hem bedroog en dat die man zelfs stiekem met haar het land had willen verlaten.

'Ik maak hem af,' had hij tegen Cathérine gesnikt en zijn beide vuisten tegen zijn ogen gedrukt, 'ik maak die godvergeten kerel af!'

Maar hoe vaak riep je zulke dreigementen niet? En al was het een van zijn meest emotionele en schokkende momenten geweest, echt *doden* had hij nooit serieus overwogen. Niet eens de avond daarna, toen hij hem in de eetzaal zag zitten en hem een pizza moest brengen. Iemand anders had hem misschien even mee naar buiten genomen en hem achter het huis op z'n minst een paar tanden uitgeslagen. Maar zelfs dat was niet bij hem opgekomen. Tot gewelddadigheid was hij niet in staat.

'Als je het mij vraagt,' had Cathérine die noodlottige vrijdag, toen Nadines brief haar in handen was gevallen, gezegd, 'moet je haar het huis uitzetten. En blij zijn als zij en die fijne minnaar van haar zich nooit meer laten zien.'

Nadine het huis uit jagen... en het risico nemen dat ze zich écht nooit meer zou laten zien... Dat was ondenkbaar, hij kreunde al bij het idee. Hij zou het niet kunnen uithouden zonder haar.

Haar dromen waren op de allerwreedste manier die je maar kon bedenken uit elkaar gespat, en dat was misschien maar goed ook, anders zou ze er wellicht nooit echt afstand van kunnen doen.

Zijn stokbrood met honing smaakte heerlijk, precies zoals hij het zich herinnerde. Warm, en op een of andere manier vertroostend. Het was stil en vredig in de keuken op deze zonnige zondagochtend. De koffie geurde heerlijk, Henri had de nacht alleen doorgebracht en Nadine was naar een van de logeerkamertjes onder het dak verhuisd. Dat had ze een tijdje nodig, dat was duidelijk. Ze zou ooit wel een keer terugkomen.

Hij luisterde naar het tikken van de klok en gaf zich, nog altijd vol verwondering, over aan zijn gevoel van vrede. Het gevaar was geweken. De wonden zouden helen, langzaam uiteraard, dat had tijd nodig. Zijn wonden, maar ook die van Nadine. Maar er kwam een tijd... Die ochtend was hij er zeker van dat er voor hen beiden een nieuw begin zou zijn. En dan zou hij haar vragen... ze waren allebei nog jong genoeg... het zou hen de verloren gegane rust terugbrengen... Hij zou haar vragen, nee, hij zou proberen haar te overreden een écht gezin met hem te stichten. Een kind te krijgen. Een kind zou hun huwelijk redden en het opnieuw zin geven. Ze zouden een vaste kracht in het restaurant aannemen, zodat Nadine niet meer hoefde te bedienen, wat ze haatte, maar zich helemaal aan het kind kon wijden. Als ze het van hem verlangde, zou hij zich ook van Cathérine ontdoen, hoewel deze dan definitief geen vaste grond meer onder de voeten zou hebben. Maar echt moeilijk viel de gedachte om met haar te breken hem niet. Ze had het dan wel voor hem gedaan, maar dat spioneren en verklikken was hem toch onaangenaam geweest.

Langzaam dronk hij zijn koffie op. De hoop breidde zich in hem uit en legde zich over zijn gemoed als een tere, lichte sluier die de scherpe randjes van de werkelijkheid deed vervagen.

2

Laura toetste voor de tweede keer het nummer van Christopher in. Zondagmorgen negen uur was misschien een beetje vroeg, maar ze waren tenslotte goede vrienden. Ze had de behoefte zich te verontschuldigen. Hij meende het goed, had haar willen helpen, en zij had nogal cru gezegd dat ze hem niet om haar heen wilde hebben. Hij was zoals steeds begripvol geweest, maar pas achteraf was het tot haar doorgedrongen wat er schuilging achter de opmerking over het eten en de wens door iemand opgewacht te worden. Hij had zelf ook gehoopt troost te vinden, maar zij was helemaal op haar eigen problemen gefixeerd. Ze had hem nu graag op het ontbijt willen uitnodigen, om haar afwijzende houding goed te maken.

Maar ook bij haar tweede poging werd er niet opgenomen. Hij was blijkbaar al vroeg de deur uit gegaan, misschien maakte hij een strandwandeling. Langzaam legde ze weer op. Ze ging op het balkon staan en keek uit over het dal, waar de herfstkleuren straalden in het licht van de ochtendzon. Aan de horizon glinsterde blauw en spiegelglad de zee.

Het zou een schitterende zondag worden.

3

Hij was er weer. Ze merkte het aan de haartjes op haar armen, die overeind stonden, en aan dat gekke gevoel in haar maag. Misschien had ze ook een beetje tocht bespeurd.

Shit, dacht ze uitgeput.

Ze had zondagdienst bij Bérard, waar ze uiteraard nooit zin in had, maar vanmorgen kwam het haar heel goed uit. Zo ontliep ze Stephanes slechte humeur, waar hij al sinds hun gesprek van gisteren mee rondliep. Ze vroeg zich af waarom hij eigenlijk zo kwaad op haar was, ze had hem uiteindelijk niets gedaan, ze had alleen maar over haar ongerustheid en haar angst gepraat. Dat was blijkbaar al voldoende om hem ontzettend uit zijn humeur te brengen.

Vanmorgen vroeg had ze gehoopt alleen te kunnen ontbijten,

maar tien minuten nadat zij zachtjes naar de keuken was gegaan, kwam hij ook al naar beneden. In de loop van het jaar was de omvang van zijn buik nog meer toegenomen en zijn afgedragen badjas stond strakgespannen om hem heen.

Wat ziet hij er lelijk uit, had Pauline gedacht, en ze kon een gevoel van afschuw niet onderdrukken. En wat is hij walgelijk dik! Zoveel emotie had ze nog nooit jegens haar man gevoeld, noch in goede, noch in kwade zin. Ze stond er versteld van wat die stresstoestand van dit moment bij haar losmaakte. Opeens werden er gevoelens die ze nooit had gekend in haar wakker. En helaas waren ze tamelijk verontrustend van aard.

'Je had nog niet hoeven opstaan,' had ze gezegd, maar hij keek haar gemelijk aan, met de opmerking dat het jammer genoeg onmogelijk was om te slapen als iemand zoveel herrie maakte als zij. Hij had zijn koffiekopje gepakt en was de keuken uitgesloft. Ze dacht na wanneer hij voor het laatst iets liefdevols tegen haar had gezegd. Eigenlijk schoot haar niets te binnen, en ze dacht dat de tijden waarin ze over zulke dingen helemaal niet nadacht heel wat aangenamer waren geweest.

Nu zat ze in die sombere, oude kloostergang bij Bérard op haar knieën het stof uit de hoeken te vegen, precies zo'n situatie als pasgeleden, en ze dacht: hij is hier. Maar ditmaal bespeurde ze zijn aanwezigheid op een subtieler niveau. Ze kon alleen maar vermoeden dat ze tocht had gevoeld, ze wist het niet zeker. Ze registreerde alleen haar hevige lichamelijke reactie.

Je bent hysterisch, zei ze bij zichzelf, je bent volslagen hysterisch.

Vanaf het moment dat ze hier in de gang aan het werk was gegaan, kon ze niet van de angst afkomen. Ze keek aldoor om en hield in om te luisteren. Eén keer was een ouder echtpaar uit een van de kamers gekomen, helemaal gekleed voor een fikse strandwandeling; ze hadden haar vriendelijk gegroet en het hotel verlaten. Verder had zich niets meer verroerd.

En toen, van het ene moment op het andere, gebeurde het; ze

kreeg zomaar opeens een adrenalinestoot die haar hele lichaam in staat van paraatheid bracht, en na een ogenblik van verbijstering en vergeefse pogingen om de paniek eronder te houden, sprong Pauline overeind. Ze vond zichzelf net een dier, met een instinct dat gevaar aankondigt, maar in tegenstelling tot een dier wist zij niet hoe ze erop moest reageren.

Ze luisterde in de stilte, wierp toen met een kordate beweging haar stofdoek op de grond, beende de gang door en de hoek om. De ruimte achter de zware eikenhouten deur was leeg.

Haar knieën knikten en ze liet zich op de onderste tree van de trap zakken, die naar de eerste verdieping leidde. Gebiologeerd staarde ze naar haar trillende handen. Het lukte haar niet ze stil te houden. Ten slotte schoof ze ze onder haar billen, bleef erop zitten en wachtte tot het ophield, maar toen stelde ze vast dat ze over haar hele lichaam beefde en niet alleen haar handen.

Er was niemand geweest. Ze beeldde zich maar wat in. Straks verloor ze nog haar verstand, hoorde ze stemmen die er niet waren, zag ze schimmen, voelde ze vingers die naar haar grepen. Stephane had gezegd dat ze overspannen en hysterisch was, en daar had hij waarschijnlijk nog gelijk in ook.

Maar als er tóch iemand was geweest?

Eén ding was zeker: ze zou niet verdergaan met deze gang schoon te maken. In het schemerige licht zag je toch niet of er wel of niet netjes stof was afgenomen.

Tot haar ontsteltenis begon ze alweer te huilen.

4

Monique ging langs het strand wandelen. Zo vroeg in de ochtend was ze daar nog nooit geweest, en het verraste haar hoe mooi het er om deze tijd van de dag was. De lucht was helder en fris, het zand onaangeroerd, de hemel hoog en als van glas. De oktoberzon was aan de oostelijke horizon gerezen, maar kon nog geen warmte in zijn stralen leggen. Het was koel, op een prettige, tintelende manier. Monique droeg een joggingbroek en een dik sweatshirt.

Normaal zat ze om deze tijd op kantoor, en op zondag kwam ze niet voor half elf haar bed uit. Dan hing ze tot drie uur in haar badjas rond, tot ze zichzelf soms – eigenlijk zelden – zover kreeg om te gaan wandelen. Maar dikwijls ging ze alleen maar het flatgebouw uit naar een van de cafeetjes aan de boulevard, waar ze een *crème* dronk en met ietwat opgezette ogen – meestal had ze de avond daarvoor, zo'n eenzame zaterdagavond, te diep in het glaasje gekeken – de mensen nakeek die voorbijliepen.

Maar bij het nieuwe leven dat ze zich had opgelegd behoorde meer sportiviteit en minder tijd thuis. Ze ging nu minstens een uur lopen. Misschien dat het ontbijt haar dan ook een stuk lekkerder smaakte.

Ze liep straf door met haar gezicht in de zon.

5

Nadine verliet het huis via de achterdeur. Ze was zachtjes de trap afgegaan en had Henri in de keuken heen en weer horen lopen. Als hij dat deed, dat wist ze, was hij bezig zinnen en argumenten te bedenken en bereidde hij een soort toespraak voor die hij tegen iemand wilde afsteken. Op dit moment kon alleen zij maar het slachtoffer zijn – en ze kon wel vermoeden wat hij zou gaan zeggen. Het zou over een nieuw begin gaan, over de weg naar het geluk na de doorstane crisis. Voor Henri was alles schitterend opgelost; de gebeurtenissen van de afgelopen tijd zouden hem nog wel veel pijn doen, maar dat zou hij verdringen tot hij ermee kon leven. Hij was een zwak mens. Een sterk mens zou haar de deur hebben gewezen, echtscheiding hebben aangevraagd en zou er niet over gepiekerd hebben nog één dag langer bij haar te blijven. Henri wist dat ze hem jarenlang had bedrogen en dat ze op het punt had gestaan met haar geliefde de benen te nemen. Hoe kon hij nog serieus in een gezamenlijke toekomst geloven? Maar Henri kon dat, zo goed kende ze hem wel. Dat kon hij nog eerder dan een streep onder hun gezamenlijke geschiedenis trekken. Dat zou daadkracht en moed van hem hebben gevergd en die bezat hij beide niet. Hij was iemand die zich liever schikte in een slechte situatie waarvan alle nare kanten hem bekend waren, dan dat hij zich in een nieuwe situatie begaf waarvan hij de nare kanten niet kende.

Na de lange, slapeloze nacht die achter haar lag, was Nadine tot het inzicht gekomen dat ze zo overstuur en buiten zichzelf was geweest, dat daardoor de gedachte bij haar had postgevat dat Henri de moordenaar van Peter kon zijn. Toen ze tegen het aanbreken van de dag wat rustiger werd en de dingen weer in de juiste proporties kon zien, begreep ze hoe absurd die verdenking was. Henri kon geen vlieg kwaad doen. Het was gewoon te bespottelijk om je voor te stellen hoe hij met een mes op een tegenstander af ging. Inmiddels ging Nadine er ook van uit dat er inderdaad een gevaarlijke gek door de omgeving zwierf en lukraak mensen vermoordde, en dat het een wrede gril van het noodlot was geweest dat Peter een van zijn slachtoffers was geworden – net op een moment dat hij zijn leven en dat van haar had willen veranderen.

Ze liep de weg af en kwam bij de kleine, zanderige open plek waar Peters auto had gestaan. De auto was intussen op last van de politie weggesleept, waarschijnlijk om door de technische recherche onderzocht te worden. Zij keek naar de plek waar het spoor oploste en waar ook haar lot bezegeld was. De rouw om al die mogelijkheden die voor haar verloren waren gegaan deed pijn als een diepe, verse wond, maar daarachter rees een inzicht waarvan ze nu al vermoedde dat het hardnekkig in haar bewustzijn zou blijven hangen en wellicht ook de nodige veranderingen met zich mee zou brengen: dat zij haar hele leven op afhankelijkheid had gebouwd, nooit op zelfstandigheid en daadkracht, en misschien was dat de reden waarom ze nu het gevoel had totaal mislukt te zijn. Omdat ze van glitter en glamour in de dure plaatsen aan de Côte d'Azur had gedroomd, was ze met Henri getrouwd, in de verwachting dat hij die wens van haar zou vervullen. En toen ze merkte dat ze van hem niet zou krijgen wat ze wilde, had ze zich aan Peter vastgeklampt, in de hoop dat hij haar een nieuw en beter leven kon bieden. Nu was Peter dood, en weer was er een man onbetrouwbaar gebleken. Misschien hadden haar eigen benen haar verder gebracht.

Vanaf die zandstrook leidde een steil pad door het dichte struikgewas rechtstreeks naar het strand beneden. Je moest het weten, door al die struiken kon je het niet zien. Nadine begon voorzichtig aan de afdaling. Gelukkig had het al dagenlang niet meer geregend en waren de grond en de bladeren onder haar voeten droog. Het pad kon algauw aanleiding geven voor een glijpartij. Stekelige slingerplanten sloegen tegen haar benen. Ze ademde de rottende herfstlucht in en huiverde in de schaduw van de hoge bomen.

Wat een koude, heldere ochtend, dacht ze.

De wilde begroeiing hield plotseling op en ze stond bij de zee die, evenals de hemel, dat zeer diepe blauw van de herfst had. De golven ruisten met een zacht, parelend geluid dat aan champagne deed denken, op het strand. Het was maar een kleine inham, waar ook in de zomer zelden badgasten kwamen. Er was hier geen zandstrand, er lagen alleen kiezelstenen, en bijna niemand kende het geheime klauterpad. Aan de andere kant van het strandje was een houten trap die naar beneden leidde, maar dat behoorde bij een privéterrein. Verder rezen er steile rotswanden op, die onbegaanbaar waren.

Nadine ging op een grote platte steen zitten, trok haar benen dicht tegen zich aan en sloeg haar armen eromheen. Ze was veel te dun gekleed; het was merkbaar kouder dan gisterochtend, maar ze wilde beslist niet naar huis teruggaan om iets warms op te halen; het gevaar dat ze Henri tegen het lijf liep was veel te groot.

Ze had Peter vanmorgen zo sterk in haar nabijheid gevoeld, dat ze de indruk had helemaal alleen met hem te moeten zijn. Er waren nog zoveel vragen onbeantwoord waarover ze liep te piekeren, vragen die voor haar misschien nog belangrijker en doorslaggevender waren dan wie de moordenaar was geweest. Waarom was hij op de dag van hun afspraak toch nog naar Chez Nadine gegaan? Dat was volkomen tegen de afspraak geweest. Drie dagen geleden hadden ze elkaar aan de telefoon gesproken en had hij gevraagd of hij naar het restaurant moest komen.

'Hemeltjelief, nee,' had ze met een zenuwachtig lachje gezegd. 'Wil je dat ik onder de ogen van Henri mijn koffers oppak en naast je in de auto stap?'

Daarna had hij voorgesteld dat ze in zijn vakantiehuis op hem zou wachten, maar ook dat wilde ze niet. 'Dat is ook haar huis, met al haar spullen erin. Ik denk niet dat ik daartegen kan.'

'God, waar dán?' Zijn stem had scherp geklonken. Door de telefoon kon ze voelen hoe gespannen hij was, hij trilde van de zenuwen. Maar het verging haar immers niet anders. Ze stonden op het punt uit hun voormalige leven, uit hun huwelijk te stappen. Dat deed niemand met een luchtig, onbekommerd hart, maar toch had zij duidelijk bespeurd dat híj, zoals steeds, de onzekere factor was. Jarenlang had ze koortsachtig naar dit moment toegeleefd, en ook al was het zo dat de opwinding haar in de laatste week af en toe bijna de adem benam, geen macht ter wereld had haar tot andere gedachten kunnen bewegen.

Over mijn lijk, had ze een keer gedacht.

Nu was Peter een lijk, met dezelfde consequentie.

Achteraf besefte ze dat de angst dat Peter op het laatste moment uit de boot zou stappen, volkomen terecht was geweest. Want nu alle dromen uiteen waren gespat en ze de realiteit voor zichzelf niet meer mooier hoefde te maken, kon ze erkennen dat Peter net zo zwak was als Henri. Net zo weinig daadkrachtig en vastberaden. Alleen de totale uitzichtloosheid van zijn financiële situatie had hem ertoe gebracht de vlucht met haar zelfs maar in overweging te nemen. Zonder dat, en ook dat gaf ze voor het eerst in alle meedogenloze openheid toe, zou hij er niet over gepeinsd hebben bij Laura weg te gaan en consequent voor haar, Nadine, hebben gekozen. Hoe dan ook: ze zou nooit weten of hij uiteindelijk niet toch door de knieën zou zijn gegaan.

Op zijn geïrriteerde vraag had zij voorgesteld bij de brug af te spreken. 'Daar wacht ik in mijn auto op je en stap ik over in jouw auto.'

'Maar ik kan niet exact zeggen wanneer ik daar ben. Zeker niet vóór zeven uur. Het kan ook half negen worden. Straks zit je daar heel lang te wachten.'

'Dat maakt niet uit. Ik heb al zó lang op je gewacht. Die tijd gaat ook nog wel voorbij.'

Om half zeven, had Henri gezegd, was Peter bij Chez Nadine binnengelopen. Om die tijd had hij er rekening mee moeten houden dat hij haar nog zou tegenkomen; in ieder geval had hij die mogelijkheid kennelijk zonder problemen op de koop toe genomen. Had hij met haar willen praten? Haar willen zeggen dat hij tóch anders had besloten? Het had wel bij Peter gepast, dat hij zou proberen een dergelijk onaangenaam gesprek van een eenzame landweg naar een restaurant te verleggen, een plek waar zij weerloos was en hij de kans had een scène te vermijden.

Ik zal in ieder geval moeten leven met de mogelijkheid dat het zo zou zijn gegaan, dacht ze, terwijl ze over de ijzig blauwe zee uit staarde.

Ze moest aan die herfst denken toen hun relatie begon. Het was vier jaar geleden rond dezelfde tijd geweest. Na die avond in zijn vakantiehuis was hij vertrokken voor de zeiltocht met Christopher, en zij had wel een week in de rats gezeten of hij ooit nog bij haar terug zou komen. Ze had immers tegen hem gezegd dat ze niet zomaar een affaire met hem wilde, maar een echte relatie. Het kon heel goed zijn dat hij daarvoor terugdeinsde.

Maar aan het eind van die week had hij opgebeld en met een schorre stem gezegd: 'Ik wil je zien.'

'Waar ben je?' had ze gevraagd, en hoewel zij boven in het huis was en Henri beneden in de keuken, had ze toch heel zachtjes gesproken.

'In de haven van Les Lecques. We zijn terug.'

'Was het fijn?' Het interesseerde haar helemaal niet of het fijn was geweest, maar wat had ze anders moeten zeggen?

'Ik wil je zien,' had hij in plaats van antwoord te geven herhaald.

'Waar?'

'Op de weg die onder ons huis langsloopt,' had hij gezegd. 'Als je bijna helemaal tot aan het einde doorrijdt, kom je bij een oude kwekerij. Die staat leeg, er komt nooit iemand. Kun je daarheen komen?'

'Wanneer?'

'Nu meteen,' had hij gezegd en opgehangen.

Het was een donkere, koele zaterdagavond in oktober en Henri had er natuurlijk op gerekend dat ze zou meehelpen. Ze had niet gedoucht en meteen haar witte jeans en een blauwe trui aangetrokken, en even een borstel door haar haar gehaald. Ze had haar tasje gepakt en was de trap afgeglipt, maar hoewel ze erg haar best deed om geruisloos te zijn, had Henri haar gehoord en kwam hij de keuken uit.

'Daar ben je. Tot mijn verbazing zitten er tamelijk veel mensen binnen. Kun je gelijk de bestellingen opnemen?' Toen viel zijn blik op haar handtas en fronste hij zijn voorhoofd. 'Ga je weg?'

'Mijn moeder heeft gebeld. Het is niet goed met haar.'

'Mijn god,' zei Henri ontzet, 'wat moet ik nu?'

'Bel Cathérine maar.' Dat was de eerste keer dat ze uit zichzelf dat voorstel deed. 'Die komt meteen enthousiast hiernaartoe.'

'Had me maar wat eerder van je plannen verteld...'

'Ik kon ook niet weten dat mijn moeder plotseling zo beroerd zou worden. Ciao!' En ze was de deur al uit. Hoe hij zich redde moest híj weten. Destijds al had ze innerlijk allang afscheid van hem genomen.

De omgeving waar het vakantiehuis van Peter lag – én dat van Laura, maar voor zichzelf noemde ze het *Peters vakantiehuis* – was Nadine niet zo bekend; vroeger had ze nooit enige reden gehad om daar te komen, en later had ze de omgeving bewust gemeden. Ze reed eerst verkeerd, vond in het donker ook niet meteen de goede weg terug en ze raakte al bijna in paniek, omdat ze plotseling geen flauw idee meer had waar ze eigenlijk was. Ze begon hectisch en zonder overleg rond te rijden, en het was puur toeval dat ze uiteindelijk toch bij het kwekerijbedrijf belandde dat Peter had bedoeld. In het maanlicht en de heldere nacht kon ze de lange rijen kassen zien staan en de dichte onkruidbegroeiing, die langzaamaan het hele terrein overwoekerde. Maar bovenal ontwaarde ze de geparkeerde auto en de man, die als een lange, donkere schaduw tegen het portier geleund naar haar op de uitkijk stond.

Ze kwam naast hem tot stilstand. Peter stapte bij haar in en wreef in zijn handen. 'Hemeltje, wat is het koud,' zei hij, 'maar ik durfde niet in de auto te blijven zitten, want ik was bang dat je me dan niet zou zien. Waarom ben je zo laat?'

'Ik ben verkeerd gereden.' Ze merkte dat haar hart in haar keel klopte. Hij was zo dicht bij haar. Er was niets veranderd in haar seksuele begeerte naar hem. Ze vroeg of hij het net zo voelde.

'O, god, Nadine,' zei hij zacht, 'o, god.'

'Waarom wilde je me zien?' Het klonk nogal onderkoeld, vond ze, maar ze was al blij dat haar stem in elk geval niet beefde.

'Omdat ik je wil,' antwoordde hij.

'Omdat je me wilt?'

'Dat is toch wat je een week geleden wilde weten? Toen we in ons... in mijn huis waren. Toen zei je dat ik helemaal voor jou moest kiezen. Hier ben ik. Ik heb voor jou gekozen.'

Ze had op alles gerekend, maar niet op zo'n klinkklare uitspraak. Dus wist ze in eerste instantie niet hoe ze op deze onverwachte situatie moest reageren. Zwijgend zat ze daar, terwijl hij haar hand pakte, naar zijn lippen trok en hem kuste.

'En wat,' vroeg ze ten slotte, 'betekent gekózen in dit geval?'

In plaats van antwoord te geven boog hij zich helemaal over haar heen en kuste haar op de mond. Ze beantwoordde de kus met alle opwinding die zo lang in haar had liggen smeulen, en hoewel ze niet van plan was geweest met hem te vrijen voor hij duidelijk had uitgelegd hoe hij zich hun gezamenlijke toekomst voorstelde, was ze opeens niet meer in staat om te stoppen. Het was ongemakkelijk en weinig romantisch in de auto, en voor allebei belachelijk moeilijk hun broeken naar beneden te trekken en een houding te vinden waarbij ze zelfs maar tegen elkaar aan konden liggen. Continu stootten ze hun hoofd en hun benen tegen de portieren, het stuur of de versnellingspook, maar geen van beiden begon erom te giechelen, of stelde voor een ander plekje op te zoeken. Ze waren op dat moment bezeten van hartstocht en van het zalige gevoel dat ze eindelijk hun beheersing mochten verliezen. Ze hadden alle twee het gevoel dat ze nog nooit op zo'n eenmalige manier met een ander versmolten waren of opgenomen werden door zulke golven van extase. Ze beminden elkaar eindeloos lang, telkens weer van voren af aan, en ze wisten toen nog niet dat ze het bijzondere van dit uur later nooit meer zouden kunnen herhalen. Dit was het beste, het meest vervullende ogenblik van hun liefde. Het was nog niet voorbij of de langzame weg bergafwaarts begon.

Ze hielden ermee op toen Peter kramp in zijn been kreeg en zijn oncomfortabele houding niet langer kon volhouden. Terwijl hij met een van pijn vertrokken gezicht zijn voet schrap zette tegen de voorruit, glipte Nadine naar buiten en ging plassen achter een oleanderstruik; ze moest opeens heel nodig en was blij dat ze dat blijkbaar niet eerder had gemerkt. Ze kleedde zich helemaal aan, huiverend in de almaar kouder wordende nacht. Toen stapte ze snel weer in de auto. Ook Peter had zich intussen weer aangekleed; zijn kramp was kennelijk over. Op een of andere manier zag hij eruit alsof hij nu naar een sigaret of een dubbele whisky verlangde.

Nadines verstand werkte weer, en ze kon het onbehagen voelen dat van Peter uitging. De vraag naar de beslissing, die even vervluchtigd was, drong nu glashelder de sfeer binnen en eiste de aandacht op. Het was niet te verwachten dat Peter het thema zou aankaarten, dat bleek wel uit zijn mimiek en zijn afwijzende houding.

Eindelijk sprong Nadine in het koude water. 'Had jij het daarstraks over een besluit?'

Hij antwoordde een tijdje niet, maar draaide zich toen eindelijk naar haar om. Ze probeerde in zijn ogen te lezen... liefde, begeerte... ze kon niet bepalen of er iets dergelijks in zijn blik aanwezig was, maar hij keek haar wel heel gevoelig aan, dat leed geen twijfel.

'Het was zo heerlijk met je, Nadine. Ik kan me mijn leven niet meer voorstellen zonder jou. Nee,' schudde hij zijn hoofd, 'dat zou ondenkbaar zijn.'

Ze moest het hem vragen. 'Omdat... komt dat doordat we nu net met elkaar gevreeën hebben?'

Hij aarzelde een ogenblik. 'Ik ben gek op je,' zei hij ten slotte, en dat klonk eerlijk. 'Dat was ik al vanaf het eerste moment dat we elkaar ontmoetten. Ik zag je en ik stelde me voor hoe het moest zijn om je borsten te voelen, die prachtige lange benen van je, je haren... Ik vroeg me af hoe je zou smaken, hoe het zou zijn als ik je adem dicht en heet tegen mijn keel zou voelen... En nu was het nog beter en unieker dan ik had kunnen dromen. Maar dat is het niet alleen. Het is...' Nu keek hij naar buiten in de avond en trok met een hulpeloos gebaar zijn schouders op.

'Mijn god, Nadine, ik geloof dat ik het niet kan beschrijven. Het is gewoon zoals ik gezegd heb: ik kan me mijn leven niet meer zonder jou voorstellen. Jij hoort erin. Zet er alsjeblieft geen streep onder, nu ons verhaal pas begonnen is.'

Ze kon zich nauwelijks onttrekken aan de werking van zijn smekende blik, zijn zachte stem. Desondanks merkte ze hoe ze het steeds kouder kreeg, ergens vanbinnen uit, omdat ze vermoedde dat ze niet zou krijgen wat ze wilde. Hij had er te veel woorden voor nodig. Hij praatte ergens omheen, iets wat hij kennelijk niet graag wilde zeggen.

Weer was zij degene die het onaangename initiatief nam – wat overigens kenmerkend zou worden voor hun relatie: uit zichzelf werd Peter niet concreet, legde hij zich niet vast en sprak hij vooral onaangename waarheden niet uit. Steeds moest Nadine aandringen, doorvragen, het gesprek zoeken, heldere uitspraken eisen. Zij werd degene die aandrong, hij degene die ontweek.

'Hoe zit het met Laura?'

Hij kromp in elkaar. Het was duidelijk dat hij die vraag uiteraard had zien aankomen, maar zich er desondanks niet eenduidig op had kunnen voorbereiden.

'Wat zou jij willen?' vroeg hij, hoewel hij dat heel goed behoorde te weten.

'Ik wil met jou een nieuw leven beginnen. Dat betekent... dat ik wil dat je gaat scheiden.' Ze zag dat hij opnieuw ineenkromp en ze voegde er snel aan toe: 'Ik ga natuurlijk ook scheiden.'

Hij streek met zijn hand over zijn gezicht, een gebaar dat er ontzettend vermoeid uitzag. Later ontdekte ze pas dat hij graag in vermoeidheid vluchtte als hij gesprekken of situaties wilde vermijden, of haar wilde dwingen wat meer consideratie met hem te hebben.

'Het ligt niet zo eenvoudig, Nadine. Echt, ik heb er de hele week continu over nagedacht. Daarvóór eigenlijk al, in feite al toen ik bij Chez Nadine kwam en de vrouw zag van wie ik wist dat ze me niet meer zou loslaten. Het probleem is...' Hij zat een tijdje te stotteren en te hakkelen, maar toen kwam er uiteindelijk uit dat hij financiële zorgen had.

'Het agentschap loopt niet helemaal zoals het zou moeten. Bovendien heb ik een paar... fouten gemaakt met beleggingen. En we hebben net dat huis in de buurt van Frankfurt gekocht. En het huis hier. Ik zit een beetje in het nauw. Dat komt natuurlijk wel weer goed, het is gewoon even krap, daar moet ik doorheen.'

'Wat heeft dat met echtscheiding te maken?'

'Laura en ik zijn niet op huwelijkse voorwaarden getrouwd. Ik moet haar van alles de helft afstaan en dat zou me op dit ogenblik ruïneren.'

'Je kunt die twee huizen toch gewoon verkopen? Wij zouden samen toch helemaal opnieuw beginnen? Dan geef je haar de helft. Er blijft toch genoeg over.'

'Maar die twee huizen zijn zwaar belast. Ik heb schulden bij de bank. Nadine,' hij pakte haar handen vast, 'gun me alsjeblieft een beetje tijd. Eén, twee jaar, dan ben ik gesaneerd. Dan kan ik Laura uitbetalen zonder daarna zelf met lege handen te staan. Geef me die kans, alsjeblieft.'

Wat had ze moeten doen? Doorhebben dat hij tijd wilde winnen omdat hij niet in staat was een beslissing te nemen? Natuurlijk verdacht ze hem daarvan. Zij had niet de mogelijkheid om te controleren of die bewering klopte dat het hem slecht ging. In elk geval was veel later pas, toen hij met haar naar het buitenland wilde, gebleken dat hij niet had gelogen. Het water stond hem werkelijk tot aan de lippen.

Maar, dacht ze nu, hij heeft toen beslist al geweten dat het geen kwestie van één of twee jaar zou worden. En hij had er niet bij verteld dat hij nog tweehonderdduizend mark had, geld dat hij langs de Duitse fiscus heen naar Zwitserland had gesluisd. Daarmee had hij de start in Argentinië voor hen mogelijk willen maken. Waarom zo laat? Waarom niet meteen?

Die avond had ze zich ingelaten met het spel van clandestiene liefde, en daarbij was er altijd een verliezer. En zij had op de koop toe genomen dat zij de verliezer zou kunnen zijn. Sindsdien waren hun ontmoetingen samenzweerderig en romantisch geweest, vaak gehaast, en ze had maar al te vaak dat troosteloze moment van scheiding moeten meemaken. Slechts die ene week in de herfst, als Laura geloofde dat Peter met Christopher op pad was, hadden ze elkaar helemaal voor zichzelf gehad. Dan sliep Peter in het huis van hem en Laura. Hij had er graag een liefdesnestje voor zichzelf en Nadine van gemaakt, maar ze had er slechts drie keer met hem afgesproken, toen het zo hevig regende dat je niet buiten kon zijn. Ze voelde zich niet op haar gemak tussen Laura's meubels, maar ze durfde ook niet naar een hotel te gaan, want ze stond in de omgeving te zeer bekend als de vrouw van Henri. Dus maakten ze meestal tripjes naar de bergen of voeren ze met een huurboot naar een stille baai en bedreven er urenlang de liefde, of ze zaten alleen maar hand in hand in het gras of op de rotsen in de verte te turen. Er waren soms hele middagen waarop ze nauwelijks een woord wisselden. Op een gegeven moment had Christopher verklaard dat hij niet meer bereid was Peter te dekken. Die laatste herfstvakantie was Peter nerveus en ongerust geweest en had Nadine steeds het gevoel gehad dat Laura aanwezig was, althans, in zijn gedachten. Maar ook vóór die tijd had ze dat ene ogenblik, dat iedere avond plaatsvond, gehaat. Dan pakte Peter zijn mobieltje, wierp haar een verontschuldigende glimlach toe en liep het restaurant uit waar ze samen zaten te eten – elke dag in een ander, om niet als een stel op te vallen – en belde vanuit een of ander stil hoekje Laura op, om hoogdravend over zijn heerlijke zeildag met Christopher te vertellen.

Als hij dan bij haar terugkeerde, kon ze meestal een bijtende opmerking niet onderdrukken. 'En? Alles in orde met de lieflijke echtgenote? Of verveelt ze zich dood in haar edele, luxe domicilie dat jij voor haar hebt gefinancierd en waardoor wij niet bij elkaar kunnen komen?'

Soms dacht ze dat ze van woede bijna zou stikken als hij Laura ging verdedigen. 'Nadine, je kent haar. Zij is geen echtgenote die zich verveelt en in haar villa duimen zit te draaien. Ze zou dolgraag haar beroep als fotografe uitoefenen, maar dat wil ík niet hebben. Ze is geen luxepoppetje!'

'Laat haar dan gaan werken. Dan verbetert jullie financiële situatie misschien ook en kun jij sneller scheiden.'

Ze hadden regelmatig ruzie gehad over de kwestie of Laura weer kon gaan werken; heel ironisch, dacht Nadine vaak, want juist daarover zou hij met Laura zelf ook wel vaak ruzie hebben. Peter had een keer gezegd dat hij niet wilde dat Laura haar beroep weer ging uitoefenen, omdat ze dan met veel te luchthartige mensen in aanraking zou komen. 'Kunstenaars, journalisten, fotografen... ik ken dat wereldje toch? Een onbestendig volkje, dat het met de trouw niet al te nauw neemt. En als ik me voorstel dat ze weer met haar vriendin Anne zou gaan samenwerken... Jemig, daar word ik niet goed van. Je zou haar eens moeten zien! Totaal geflipt!'

'Nou, en? Wat kan jou dat nou schelen! Je zegt toch dat je eigenlijk allang niet meer van Laura houdt. Je wilt van haar af. Wat interesseert het je dan nog of ze met lichtzinnige mensen omgaat of zelfs in vreemde bedden belandt? Dat zou je helemaal niet meer belangrijk moeten vinden!'

'Ze is nog steeds mijn vrouw. Als we gescheiden zijn, kan ze doen en laten wat ze wil, maar voor die tijd ben ik niet onverschillig wat haar handel en wandel betreft.'

Nadine had achter zijn woorden nog steeds een duidelijke belangstelling voor Laura bespeurd, en dikwijls escaleerden deze gesprekken in woedende verwijten. Dan dreigde Peter volkomen over zijn toeren en woedend de relatie met Nadine te beëindigen.

'Waarom doe ik mezelf dit aan?' schreeuwde hij dan. 'Ik had in pais en vree met Christopher op een boot kunnen zitten en richting zonsondergang kunnen zeilen! Maar in plaats daarvan moet ik van jou voor de honderdduizendste keer dezelfde verwijten aanhoren. Ik ben hier niet gekomen om nog meer stress aan mijn hoofd te hebben dan op kantoor! Dit is mijn vakantie, en ik wil uitrusten.'

Ze was doodsbenauwd geweest hem te verliezen, en daarom had ze steeds beter geleerd zich in te houden. Maar ze was er almaar slechter uit gaan zien, zodat Henri er vaak op aandrong dat ze naar de dokter ging.

'Laat me met rust!' had ze dan geschreeuwd, was in tranen uitgebarsten en had op zijn indringende vragen alleen maar met haar hoofd geschud.

Het akeligste moment van hun hele verhouding was die dag in maart, tweeënhalf jaar geleden, toen ze hoorde dat Laura in verwachting was. Misschien, dacht ze wel eens, was dat zelfs het vreselijkste moment van haar leven tot dan toe geweest. Laura en Peter waren naar de Provence gekomen voor een vakantie van twee weken. Al op de tweede dag had Peter Nadine opgebeld om een afspraak met haar te maken. Ze had voorgesteld naar het strand te gaan, hetzelfde strandje waar ze vandaag zat te piekeren over haar leven, dat haar verpest en zinloos voorkwam.

Het was een tamelijk warme, zonnige dag geweest en zij had een licht zomerjurkje aangetrokken, zonder ondergoed eronder, omdat dat haar een sexy gevoel gaf. Ze hoopte dat ze de liefde met elkaar zouden bedrijven, want in ieder geval tijdens de lichamelijke vereniging behoorde hij haar toe, en naar die momenten verlangde ze hevig. Ze had rouge en lippenstift opgedaan, meer dan anders, maar ze bleef er desondanks slecht uitzien.

Peter maakte bepaald geen opgewekte indruk. Hij was er al toen zij langs het geheime paadje naar beneden was afgedaald. Hij zat op een platte rots kiezelsteentjes in het water te gooien. Hij had haar niet meteen opgemerkt en zo kon ze even zijn gezicht bestuderen. Zijn mondhoeken stonden naar beneden getrokken en hij had diepe rimpels tussen zijn ogen; hij leek chagrijnig en bijna agressief. Opeens begreep ze dat deze ontmoeting absoluut niet prettig zou verlopen. Maar hóé onprettig kon ze niet bevroeden.

Ze moest dicht bij hem komen staan voordat hij haar in de gaten had. Hij was zó diep in gedachten geweest, dat hij in elkaar kromp toen ze plotseling naast hem stond. Hij kwam overeind, stapte op haar toe en kuste haar op beide wangen. Er zat geen enkele passie in.

'Wat fijn dat je er bent,' zei ze teder, maar ook bang, omdat ze besefte dat er iets was gebeurd.

Hij ging weer op de rots zitten en wees uitnodigend naast zich. 'Kom, ga zitten. Was het een probleem om te komen?'

Ze schudde haar hoofd. 'Henri maakt geen problemen. En ik had me toch niet laten tegenhouden.'

'Laura is thuis. Ze voelt zich niet zo goed. Ik heb gezegd dat ik boodschappen ging doen, maar ik kan niet al te lang wegblijven, dat zou te veel opvallen.'

Ze knikte. 'Maar we hebben dan toch in ieder geval eventjes.'

'Vanavond komen we bij jullie eten. Ik weet dat je dat niet zo graag hebt, maar Laura wilde het absoluut, en ik zou niet weten wat ik daartegenin moet brengen. Ik kan haar niet twee weken lang uit de buurt van Chez Nadine houden.'

'Nee, natuurlijk niet.'

Zij had een gloeiende hekel aan zulke avonden. Peter en Laura met hun tweeën te zien deed haar bijna fysiek pijn. Zeker als Laura zijn hand vastpakte, hem stralend aankeek of zachtjes met haar vinger over zijn wang streek.

'Hoe laat komen jullie?' vroeg ze.

'Tegen achten. Laura zou terwijl ik weg ben Henri opbellen om een tafeltje te reserveren.'

'Zie ik je tijdens jullie verblijf hier nog een keer alleen?'

Hij gaf geen antwoord, maar begon opnieuw steentjes in het water te gooien.

Eindelijk begon hij: 'Ik wil niet dat je vanavond schrikt. Laura is in verwachting.'

Het was alsof hij haar met een zwaar voorwerp op het hoofd had geslagen. Ze was totaal verdoofd. De woorden *in verwachting* vibreerden in haar hoofd, werden langzaam luider en zwollen aan tot gedreun. Tot op de dag van vandaag herinnerde ze zich hoe beroerd en duizelig ze opeens was geworden. En ze had gedacht: dit kan niet. Dit is een slechte, stomme grap. Straks gaat hij lachen en grijpt hij mijn hand; hij zal me uitlachen, omdat ik zoiets doms nog geloofde ook.

Maar natuurlijk lachte hij niet, hij pakte ook haar hand niet. Hij ging door met steentjes over het water te keilen en vermeed het haar aan te kijken.

'Als je het niet had kunnen zien, zou je het me niet hebben gezegd,' zei ze eindelijk met moeite, en ze herinnerde zich dat hij had gezegd: *Ik wil niet dat je schrikt...* 'Wanneer komt de... baby?'

'In juni.'

'Dan is ze...' rekende ze snel uit, 'dan is ze in de zesde maand. Dan hebben jullie... dan is de baby... in september verwekt.' De misselijkheid werd erger. Ze kon elk moment vlak voor zijn neus gaan kotsen. 'En in oktober heb je een week met mij doorgebracht! Je hebt tegen me gezegd dat je het niet meer met haar deed! Je zei dat je het al bijna een jaar niet meer met haar had gedaan! Kun je me uitleggen hoe er dan toch een kind is verwekt? In een reageerbuis soms?'

'Natuurlijk niet. Het is gewoon gebeurd. Mijn god, Nadine!' Het volgende steentje smeet hij woedend in het water. 'We... ik kom vier keer in het jaar hiernaartoe. Daarvan is één week in zijn geheel voor ons. In de overige tijd moeten we elkaar stiekem ontmoeten, heel zelden, en meestal met veel problemen. Dacht je soms dat ik de rest van de tijd als een monnik leef?' Eindelijk keek hij haar aan. 'Jij doet het toch zeker ook met Henri!'

'Nee!' Ze schudde heftig met haar hoofd. 'Al heel lang niet meer. Vóór onze relatie was ik er al mee gestopt. Omdat ik het echt met hem heb gehad. Ik zou niet eens meer met hem kúnnen vrijen. Maar bij jou ligt dat kennelijk anders.'

'Het was meer een ongelukje. Ik had die avond gedronken, en...'

'Daarstraks zei je nog dat je niet als een monnik leeft. Hoe komt het dat je me al veel eerder hebt gezegd dat je het niet meer met haar deed?'

Hij werd steeds kwader. Ze merkte dat hij elk moment kon gaan schreeuwen. Hij háátte momenten als deze, erger nog, hij haatte háár op zulke momenten. *Ondraaglijk gezeik* noemde hij het, als ze verdrietig of jaloers was, als ze hem iets verweet of toezeggingen van hem wilde. Hij had zeker verwacht dat ze dit nieuws over de zwangerschap van zijn vrouw zonder veel commentaar zou accepteren en later, thuis, in de afzondering van haar kamer misschien een woedeaanval zou krijgen, maar hem daar niet mee lastig zou vallen. Hij wilde een verhouding. Geen stress.

Maar, dacht ze hulpeloos, waar haal ik de kracht vandaan om een dergelijk verdriet helemaal in mijn eentje te verwerken?

'Ik zeg dat soort dingen om van dat gezanik van je af te zijn,' antwoordde hij nu boos op haar vraag. 'Jij dramt net zo lang door en dringt er zo op aan dat ik zweer en je ervan verzeker, en wat al niet meer, dat ik niet meer met haar naar bed ga. Ik zeg gewoon wat je horen wilt, alleen maar om te maken dat je eindelijk je mond houdt. Je kunt zo ontzettend vermoeiend zijn! Het gaat aldoor alleen maar om jou, jou, jou! Misschien kun je ook een keer aan mij en mijn problemen denken!'

Ze vroeg zich af hoe hij gereageerd zou hebben als zij hém had verteld dat ze in verwachting was. Maar vermoedelijk zou hij in eerste instantie alleen maar in paniek zijn geraakt dat het kind van hem zou kunnen zijn en vervolgens zou hij hebben bedacht dat ze nu wellicht niet meer altijd beschikbaar zou zijn als minnares. Wat hij wel bijzonder vervelend zou hebben gevonden.

Of dacht ze nu te slecht over hem?

'Het is niet mijn schuld dat wij zo weinig tijd voor elkaar hebben,' zei ze. 'Ik dring al anderhalf jaar op een echtscheiding aan. Ik vind deze situatie verschrikkelijk. Ondraaglijk. En nu ook dit nog...' Haar stem brak, en ze beet op haar onderlip. Ze mocht niet in tranen uitbarsten. De weinige keren dat ze was gaan huilen, was Peter woedend weggerend en had hij haar gewoon laten staan. Zover mocht het niet meer komen.

'Ik heb je uitgelegd waarom ik nu niet kan scheiden. Ik dacht dat je dat had begrepen.'

'Jij had het over twee jaar. *Eén à twee jaar*, zei je. Die twee jaren zijn nu bijna om.'

'In oktober,' zei hij, 'in oktober zijn er twee jaren om.'

'Maar de ontwikkelingen zouden nu zo langzamerhand wel zichtbaar moeten zijn. Hoe staat het er nu voor? Is je financiële situatie verbeterd?'

Hij staarde naar beneden en schuifelde met zijn voeten over de steentjes. Ze kon aan hem zien dat hij daarnet, toen ze hem vanuit de verte had gadegeslagen, niet zomaar even een chagrijnig gezicht had getrokken. De rimpels tussen zijn neus en zijn mondhoeken waren blijvende groeven geworden. Hij had rimpels die niet meer glad zouden trekken, lijnen die over zijn gezicht liepen en het oud maakten. Nog voor hij antwoord gaf, begreep ze al dat zijn zorgen er niet minder op waren geworden. Integendeel, ze hielden hem 's nachts uit zijn slaap en kostten hem overdag zijn gemoedsrust.

Toen hij haar antwoord gaf, klonk zijn stem niet meer boos maar moe. Ontzettend moe, als van een oude man.

'Het is nog erger geworden,' zei hij zacht, 'het is onafzienbaar. Ik heb schulden zonder einde. Als ik het ene gat probeer te dichten, ontstaat aan de andere kant een nieuw gat. En de afgronden worden alsmaar dieper. Ik weet niet waar dat naartoe moet, ik weet alleen dat ik er geen controle meer over heb.'

Deze keer trilde zíjn stem; heel even meende Nadine dat hij op het punt stond te gaan huilen. Hij had zichzelf echter snel weer onder controle, alleen de moedeloosheid en de wanhoop vielen niet van hem af. Die schenen allang deel van hem uit te maken. 'Ik heb het gevoel dat ik in een mallemolen zit die als een gek ronddraait, steeds sneller en sneller. Ik zou eraf willen springen, maar ik weet niet waar ik dan zou belanden en of ik uiteindelijk mijn nek niet zou breken. Dus blijf ik zitten waar ik zit, en mijn situatie wordt met de dag uitzichtlozer.'

Ze voelde de drang om zijn hand te pakken en hem te zeggen dat alles goed zou komen, maar hij had zijn handen stijf in elkaar geslagen en zich half van haar afgewend; het was duidelijk dat hij niet aangeraakt wilde worden. Bovendien zou het een leugen zijn geweest; ze had het met geen enkel argument kunnen onderbouwen. Zonder dat ze zijn financiën kende, hoewel ze hem wél kende; hij was niet iemand die naar hysterie of overdrijving neigde. Als hij zei dat zijn situatie uitzichtloos was, dan was het eerder nog erger dan hij beschreef.

'Het liefst zou ik gewoon verdwijnen. Samen met jou. Ergens heen, waar niemand ons kent. Een nieuw leven, helemaal van voren af aan beginnen... een tweede kans...'

Het was de eerste keer dat hij die mogelijkheid noemde, en Nadine had haar adem ingehouden. Dit beschreef haar droom. *Een nieuw leven... helemaal van voren af aan beginnen... een tweede kans...* Vanwege haar had hij zoiets nog nooit gezegd, maar het besef dat niet zij, maar zijn levensomstandigheden hem tot dergelijke overwegingen voerden, kon ze toen nog verdringen.

'Ik heb nog een... reserve,' zei hij, ' ik heb ongeveer tweehonderdduizend mark op een Zwitserse bankrekening staan. Ik heb dat geld ooit langs de fiscus heen kunnen loodsen. Dat zou een nieuwe start voor ons mogelijk maken.'

Maar het volgende moment brak toch de wanhoop weer bij hem door. 'Maar hoe moet ik dat doen? Ik zou Laura met een berg schulden laten zitten. Ze zou zelfs jarenlang niet aan de levensverzekering kunnen komen die haar door de allerergste ellende heen zou helpen. Tot ze me dood kan laten verklaren, zou er een eeuwigheid voorbijgaan. En bovenop dat alles komt er nu ook nog een baby! O, god, Nadine,' eindelijk keek hij haar aan, 'ik zou mezelf nooit meer in de spiegel kunnen aankijken.'

Ze waagde het erop zijn handen te strelen, en hij liet het toe. Bliksemsnel had zij een tactiek bedacht, de enige die ze had en die ze misschien met succes kon doorvoeren: ze draaide om als een blad aan een boom. Ze zat hem niet meer op de huid. Ze toonde begrip en meegevoel. Ze wist dat zijn schulden erger en zijn zorgen groter zouden worden. Zijn leven zou als een kaartenhuis in elkaar storten. De gedachte aan een vlucht en een nieuw begin zou hem, nu ze eenmaal uitgesproken was, niet meer loslaten. Ze zou steeds meer gewicht krijgen, en naarmate zijn wanhoop toenam, zouden de gewetensbezwaren tegenover Laura en de baby minder worden. Hij moest alleen nog dichter met zijn rug tegen de muur staan. Hoe zwaar het haar ook viel, ze moest geduld oefenen.

Maar ze had in angst en beven geleefd, wat ten slotte haar krachten ver te boven ging en zelfs soms haar lichamelijke gezondheid parten speelde. En nog steeds, op deze koele morgen aan het strand, kon ze de misselijkheid voelen die haar een heel jaar lang, dag in dag uit, had overvallen. En de hoofdpijn, de droge mond, aldoor die trillende handen.

Het was de schuld van dat kind, dacht ze. Hij begon meer van dat kind te houden dan zij van tevoren had kunnen bedenken.

Ze had zich altijd aan zijn woorden vastgeklampt dat het kind een ongelukje was geweest, en ze was er tot nu toe van overtuigd dat die uitspraak tot de weinige ware uitspraken behoorde die hij tegenover haar had uitgesproken. In de absoluut hachelijke situatie waarin hij zich toen bevond, kon hij niet ook nog een kind hebben gewild. Maar toen het er was, een lief, blond meisje, geen jongen, die had hij al, maar een betoverend prinsesje, had het onmiddellijk een plekje in zijn hart bezet. Niet dat hij het tegenover Nadine zo had geformuleerd. Hij hield zich in – op dat punt moest ze erkennen dat hij een zekere tact had gebruikt – wat betreft de berichten uit de kinderkamer. Maar waar het hem betrof, beschikte Nadine over een zeer gevoelige antenne, en de weinige keren dat hij over Sophie sprak, kon ze een speciale warmte in zijn stem horen die hij anders nooit toonde. Zijn gewetensbezwaren om zijn gezin te verlaten werden eerder groter dan kleiner. Ze had hem nooit in staat geacht tot zulke heftige schuldgevoelens.

Op een gegeven moment had ze de strategie van terughoudendheid laten varen, aangezien die op niets uit leek te lopen, en sinds het begin van dit jaar waren de ruzies weer begonnen – haar aandringen, haar smeken, zijn woede – en toen kwam dat verschrikkelijke weekend in Pérouges. En ten slotte, toen zij alle hoop al had opgegeven, viel zijn beslissing.

Maar uiteindelijk was zij de verliezer, en misschien was zo'n affaire, die zich van het begin af aan zo tegenstrijdig en grillig had ontwikkeld, op zich al tot mislukken gedoemd geweest. Ze had iets willen afdwingen wat niet zo had mogen zijn, en het was uitgelopen op een moord, een weduwe en een halve wees, en zij – zij was wederom de vrouw die bedrogen uitkwam wat haar hoop en verlangen betrof.

Op eigen benen staan, dacht ze vaag – want ze had geen flauw benul hoe dat moest – dat is misschien wel de enige kans die ik heb.

Ze had het koud, en niet alleen vanwege de frisse wind. Ze was tot diep in haar binnenste verkild. Het was alsof ze nog wel leefde, maar dat de lijkstijfheid al inzette.

Aan het eind van dit proces zou ze misschien geen pijn of ontgoocheling meer voelen, ook geen begeerte en hoop meer. Ze zou gewoon helemaal niets meer voelen.

Misschien was dat ook een soort innerlijke vrede.

6

Monique had veel verder gelopen dan ze aanvankelijk van plan was geweest, ja, dan ze voor mogelijk had gehouden. Ze was eerst vanuit haar huis in westelijke richting gelopen, bijna helemaal naar Les Lecques. Daar was ze omgekeerd en had, toen ze weer in La Madrague terugkwam, vastgesteld dat ze nog geen zin had om weer naar huis terug te gaan. Dus had ze de stoute schoenen aangetrokken en het pad over de rotsen genomen dat tot aan Toulon leidde en waarvan ze de eerste meters vanuit haar keukenraam kon zien. Scharen wandelaars had ze door de jaren heen zien komen en gaan, zonder echter ooit de lust te voelen die weg zelf ook eens af te lopen. Er moesten schitterende uitkijkplaatsen zijn, maar het ging wel aldoor steil bergop en bergaf, en in dergelijke inspanningen had Monique nooit zoveel zin gehad.

En inderdaad, het wás ook inspannend, op deze ochtend, die een nieuwe levensfase moest inluiden, want met goede wil alleen verbeterde ze haar beklagenswaardige conditie niet. Onder het klimmen snoof ze als een stoomlocomotief en moest ze telkens voorovergebogen blijven staan, met één hand tegen haar pijnlijke rechterzij gedrukt.

Maar ze voelde zich goed. Ze genoot van het prachtige uitzicht, maar nog meer van de uitdaging die ze aan haar eigen lichaam stelde. De frisse, koele lucht was zalig. Haar hoofd voelde helder en vrij.

Sporten, dacht ze, ik ga écht sporten. Ik word slank en fit en goed getraind. Ik kan het niet afdwingen een levenspartner te vinden en een gezin te hebben, maar ik kan wel iets ondernemen om niet voor de buis weg te kwijnen.

Ergens had ze het gevoel dat lichamelijk fit zijn haar op den duur ook bij haar andere problemen zou helpen. Die gedachte kon ze niet logisch onderbouwen, maar haar intuïtie zei dat het zo was.

Toen ze eindelijk thuiskwam, was het half een. Ze had trek in een lekkere lunch, en die had ze eigenlijk ook wel verdiend. Haar benen deden pijn toen ze de trap opliep. Boven aangekomen, diepte ze de sleutel uit haar broekzak op en maakte haar voordeur open.

Waar die man plotseling vandaan kwam, wist ze niet. Opeens stond hij achter haar en duwde haar het huis binnen, volgde haar en sloot de deur. Veel later bedacht ze dat hij haar zeker achter de muur van de volgende trap naar boven had staan opwachten. Het ging allemaal zo snel, dat ze helemaal niet begreep wat er eigenlijk gebeurde en niet eens op het idee kwam te gillen of andere geluiden uit te brengen. In de gang van haar woning draaide ze zich om en keek hem aan.

Hij was groot en slank, en hij zag er goed uit, maar hij glimlachte onaangenaam naar haar en ze vond dat hij een vreemde starre blik in zijn ogen had.

'Monique Lafond?' vroeg hij, maar ze had de indruk dat hij toch al wist wie ze was en dat het geen zin had het te ontkennen.

'Ja,' zei ze.

Zijn glimlach werd breder en daardoor nog weerzinwekkender.

'Wilde u me spreken?' vroeg hij. In een flits, wat niet klopte met de vertraagde werking van haar hersens, drong het tot haar door dat ze een verschrikkelijke fout had gemaakt.

Deel twee

Proloog

Hij beschouwde het als een enorme last dat zij beneden in de kelder van zijn huis zat. Een onopgelost probleem, waarvan hij in de verste verte niet wist hóé hij het zou moeten oplossen. En hij kon het zich niet permitteren, nu minder dan op welk ander tijdstip dan ook. Hij was zó dicht bij zijn doel, bij de verwezenlijking van al zijn verlangens die, dat voelde hij, voor het grijpen lag. Dat met Monique Lafond had niet mogen gebeuren.

Toen hij haar boodschap op de voicemail hoorde, was hij verstijfd van schrik. Hij begon onmiddellijk te peinzen wie die vrouw was en hoe ze aan zijn mobiele nummer was gekomen. De naam kwam hem bekend voor, hij had hem al eens eerder gehoord, maar het duurde een hele tijd voor hij hem kon plaatsen: de schoonmaakster! Die vervloekte schoonmaakster van Camille. Hij had haar nooit zelf ontmoet, maar Camille had haar naam een of twee keer genoemd. Hoe was dat mens aan zijn telefoonnummer gekomen? Het leek hem onwaarschijnlijk dat Camille het haar had gegeven, want ze had geen enkel vertrouwelijk contact met haar schoonmaakster. Ze had het bovendien heel belangrijk gevonden om haar relatie met hem geheim te houden.

Natuurlijk had Camille Jan en alleman over hem kunnen vertellen en hij zou tegenover niemand ontkennen, al helemaal niet tegenover de politie, dat er een verhouding tussen hen was geweest. Maar er was geen enkele diender bij hem op komen dagen, en daaruit had hij de conclusie getrokken dat Camille hem net zo geheim had gehouden als ze met alles deed. De manier waarop zij zich van haar hele omgeving afschermde, vertoonde haast autistische trekken, en hij kon zich goed voorstellen dat ze een totaal stilzwijgen in acht had genomen. Waarom zou hij uit zichzelf naar de politie gaan en slapende honden wakker maken? Toen hij Moniques berichtje hoorde, was het hem duidelijk geworden dat hij het verkeerd had aangepakt. Hij had er rekening mee moeten houden dat er toch iemand kon opduiken, en het zou achteraf vreemd overkomen dat hij zich niet uit zichzelf bij de politie had gemeld. Meer dan dat: het maakte hem buitengewoon verdacht. Hij zou er nauwelijks in slagen een goede verklaring te vinden.

En nu meldde dat mens zich, dat klaarblijkelijk van zijn verhouding met Camille op de hoogte was. Bovendien gebruikte ze zijn mobiele nummer; daar werd hij helemaal nerveus van. Er waren maar heel weinig mensen die zijn mobiele nummer hadden, hij gaf het aan bijna niemand. Camille had het. Had de schoonmaakster het ergens bij haar gevonden? Hij dacht na, pijnigde zijn hoofd af: wanneer was hij zo onvoorzichtig en lichtzinnig geweest? Hij had het nummer één keer op Camilles antwoordapparaat in Parijs ingesproken, maar die Monique kon het daar toch niet vandaan hebben. Toch maakte dit feit hem ineens ongerust, per slot van rekening kon iemand anders het bandje beluisterd hebben. Hoe kon hij er zo zeker van zijn dat Camille altijd alle berichten direct wiste als zij ze had afgeluisterd? Hij had een paar keer gezien dat ze dat hier in haar vakantiehuis deed. Ze luisterde, en wiste het bericht soms al voordat de beller was uitgesproken. Heel typerend voor haar ziekelijke desinteresse in de wereld.

'Waarom heb je eigenlijk zo'n ding?' had hij een keer gevraagd. 'Als je toch nauwelijks luistert naar wat de mensen je te zeggen hebben?'

Ze had hem afwezig aangekeken. 'Jacques heeft het antwoordapparaat geïnstalleerd,' zei ze. En hij wist dat dát gelijkstond met een heiligverklaring van het apparaat. Wat haar overleden man had geïnstalleerd bleef onaangeroerd, tot in lengte van dagen waarschijnlijk. Zelfs als het haar op de zenuwen werkte.

Maar stel dat ze om een of andere reden zijn bericht in Parijs niet had gewist? Destijds had ze ontkend dat ze het überhaupt had gehoord. Hij had haar niet geloofd en gedacht dat het weer zo'n gebruikelijke afweermanoeuvre was waarmee ze zich steeds verder uit de relatie probeerde te laveren. Eigenlijk geloofde hij niets meer van haar, en dat had hem zó woest gemaakt, zo ontzettend woest, dat hij uiteindelijk...

Op dat punt verbood hij zichzelf verder in het verleden af te dalen. Hij wilde er niet aan denken wat er toen gebeurd was. Hij had genoeg aan de reorganisatie van zijn huidige leven. Als hij een fout had gemaakt, moest hij ervoor zorgen dat die hem niet noodlottig werd.

Hij moest nadenken wat er met die Monique Lafond, die hij als een blok aan zijn been had hangen, moest gebeuren. Zij kon heel gevaarlijk voor hem worden.

Ze had hem, goddank, zelfs gezegd in welke wijk ze woonde, dus was het heel simpel geweest om via de telefonische inlichtingen achter haar juiste adres te komen. Op zaterdagmiddag rond drie uur was hij voor de eerste keer naar haar huis gegaan. Ze was er niet, maar tussen haar voordeur zat een briefje geklemd dat hij natuurlijk direct weghaalde. Die troela had kennelijk al heel wat stof doen opwaaien, het werd hoog tijd dat hij ingreep.

Die avond had hij opnieuw naar haar toe willen gaan, maar toen hij bij haar voor de deur stond, hoorde hij dat er beneden, bij de ingang van de flat, bij haar werd aangebeld. Snel was hij een etage hoger gegaan. Aan de stemmen te horen kwam er een vriendin bij haar langs, en omdat de ervaring hem had geleerd dat vrouwen die zaterdagsavonds bij elkaar op bezoek gingen meestal tot diep in de nacht bij elkaar bleven zitten, had hij niet eens overwogen te wachten, maar was hij even zachtjes en heimelijk verdwenen als hij gekomen was.

Vandaag had hij een hele tijd moeten wachten, en dat was hem behoorlijk op zijn zenuwen gaan werken. De andere flatbewoners waren een probleem: zij zouden argwaan krijgen als er urenlang een vreemde man op de gang rondhing, en uiteindelijk zouden ze zich zijn gezicht ook nog herinneren. Zodra hij ergens een voordeur hoorde, was hij elke keer helemaal naar boven gegaan en had hij zich schuilgehouden onder een kleine trap die naar het dak leidde. Daar kwam vast niemand langs. Lastiger was het als hij beneden een huisdeur hoorde opengaan, dan kon hij niet naar de bovenste trap vluchten – het kon Monique zijn, die terugkwam. Hij moest op zijn post blijven en de gang in het oog houden. Het was hem twee keer op het nippertje gelukt naar boven te glippen, voordat de bewoner in kwestie hem in de gaten had.

Toen was ze eindelijk verschenen en kwam hij bliksemsnel in actie. Ze was goddank alleen. Hij was de hele tijd bang geweest dat er weer een vriendin bij haar zou zijn. Gek genoeg was het nooit bij hem opgekomen dat ze een man of een partner kon hebben. Misschien doordat alleen haar naam op de voordeur stond, maar eerder door haar achterlijke manier van doen: een man had nooit zo'n telefoontje gepleegd als zij had gedaan, daar was hij van overtuigd. Wie belde er nou een potentiële moordenaar op en sprak zijn naam en telefoonnummer in? Alleen een vrouw kon zo naïef zijn.

Hij had haar de woning binnengeduwd en de deur dichtgedaan. Het mes dat hij bij zich had, hoefde hij niet eens te laten zien, ze bood geen enkele tegenstand. Ze gilde ook niet, maar keek hem van schrik alleen maar met wijd opengesperde ogen aan.

'Wilde u mij spreken?' had hij gevraagd. Direct daarop had hij van haar gezicht kunnen aflezen dat ze doorhad waar hij heen wilde en dat ze bang werd. Uit voorzorg had hij zijn hand in de zak van zijn jasje gestoken om snel zijn mes te kunnen trekken, mocht ze nu toch nog gaan schreeuwen, maar daar was ze klaar-blijkelijk niet toe in staat. Ze staarde alleen maar, en er schenen wel honderd gedachten door haar hoofd te jagen.

Buiten op de gang hoorde hij iemand voorbijlopen en hij duwde Monique daarom achterwaarts haar huiskamer binnen; echt te duwen hoefde hij niet eens, hij hoefde alleen maar lang-zaam in haar richting te lopen, en zij deinsde vanzelf terug. In de huiskamer vergewiste hij zich er snel van of alle ramen dicht waren en beval Monique toen te gaan zitten, wat ze meteen deed. Gelukkig was ze echt bang voor hem en zou ze zo op het oog geen moeilijkheden veroorzaken. Zelf bleef hij staan, omdat het hem een gevoel van overmacht gaf, want in feite was hij ontzettend onzeker. Hij had geen idee wat hij doen moest. Hij had aldoor maar één gedachte gehad: ik moet haar uitscha-kelen. Ik moet dit gevaar hoe dan ook onschadelijk maken. Nu had hij dat gevaar voor zich en wist hij niet wat hij ermee aan moest.

'Hoe bent u aan mijn telefoonnummer gekomen?' vroeg hij. 'Ik bedoel, dat van mijn mobiele telefoon?'

Ze aarzelde iets te lang. Ze zou dus niet de waarheid zeggen. 'Van mevrouw Raymond,' zei ze.

Hij lachte honend. 'Mevrouw Raymond zou mijn nummer nooit aan haar schoonmaakster hebben gegeven!' Hij spuwde het woord schoonmaakster bijna uit. Hij merkte dat hij wat ze-kerder van zijn zaak werd. Hij moest alleen duidelijk weten of ze echt alleen maar de werkster was, niets bijzonders, en zeker geen groot licht. Bovendien vond hij haar allesbehalve aantrek-kelijk, ze had naar zijn smaak te dikke dijen en een tamelijk rond gezicht. Absoluut zijn type niet.

'Toch heeft ze me dat nummer gegeven,' hield Monique vol.

Waar had ze het echt vandaan? Er waren twee mogelijkheden: óf ze had in de laden van Camille gesnuffeld, het nummer ont-dekt en wilde ze dat niet toegeven omdat ze zich ervoor schaam-de, óf er was een informant die ze probeerde te dekken. Maar wie kon dat zijn, verdomme? Camille had geen goede kennissen of vrienden gehad. En zelfs dan – wat had het voor zin gehad iemand zijn mobiele nummer te geven?

In de loop van de middag vroeg hij het haar nog een paar keer, maar ze bleef bij die ongeloofwaardige versie, en langzaam merkte hij dat hij woedend op haar werd. Had ze nou nog handig gelogen, dan was het wat anders geweest, maar wat ze nu deed was een belediging voor zijn intelligentie, en haar koppigheid maakte hem agressief. Mooi, dat was maar goed ook. Hij had mensen omgebracht, maar hij was zeker niet in staat zomaar iedereen te doden. Zijn slachtoffers hadden het verdiend, het was zelfs dringend noodzakelijk geweest hen te doden, want zij waren degenen die maakten dat de wereld alsmaar slechter, killer en ondraaglijker werd.

Monique Lafond behoorde niet tot dat soort waardeloze schepsels, althans voor zover hij wist. Maar ze had zich ermee bemoeid en probeerde hem nu voor dom te verslijten, en als ze dat bleef volhouden zou hij tot de conclusie komen dat ook zij gestraft moest worden. Dat zou de zaak er heel wat eenvoudiger op maken.

Op een bepaald moment – ze zat nog steeds ingestort op de bank en hij stond nog steeds groot en dreigend voor haar – zei hij: 'Ik ga je slaan, hoor. Ik ga je net zo lang slaan tot je de waarheid spreekt.'

Ze knipperde zenuwachtig met haar ogen en vroeg toen met een angstige stem of ze naar het toilet mocht.

'Nee,' zei hij, en stelde tot zijn voldoening vast, dat ze nog een tikje bleker werd. Dat was een echte marteling en eentje die van minuut tot minuut, van uur tot uur erger werd, zonder dat hij iets hoefde te doen. Misschien dat ze dan een keer zou snappen dat het beter voor haar zou zijn als ze meewerkte.

Gelukkig werd het in dit jaargetijde vroeg donker. Om zes uur besloot hij dat ze het erop konden wagen te vertrekken. Het was niet verkeerd dat hij het mes tot nog toe niet had laten zien, want nu hij het tevoorschijn haalde, schrok ze zich bijna dood en begon ze hevig te bibberen. Hij was ervan overtuigd dat ze geen poging zou doen hem erin te luizen.

'Wij gaan je huis uit en naar mijn auto,' zei hij. 'Ik loop vlak naast je met het mes tegen je rug. Je zult het diep in je nieren hebben zitten als je wat voor rottigheid dan ook uithaalt. Ik hoef je zeker niet uit te leggen dat je daar dood aan kunt gaan of invalide worden. Dat wil dus zeggen dat je je netjes moet gedragen en niets doet wat ik je niet uitdrukkelijk opdraag. Begrepen?'

Hij was zich er nog niet van bewust geweest dat hij in de loop van de middag van *u* op *jij* was overgestapt; hij registreerde het nu pas. Een goed teken – hoe meer hij zijn gewone, beleefde omgangsvormen liet varen, hoe eerder ze een object voor hem zou worden, wat de kwestie op een gegeven moment een stuk gemakkelijker zou maken.

'Mag ik nog wel naar het toilet, alstublieft?' vroeg ze.

'Nee,' zei hij, en joeg haar met een gebaar van zijn hand overeind.

Hij had ontzettend veel geluk. Ze kwamen in het flatgebouw geen mens tegen en ook op straat, in de richting van de haven, liep niemand. Het was een zonnige maar koele dag geweest en de avond was nu echt koud. Hij liep zo dicht naast haar, dat iedereen hen voor een verliefd stel zou houden. Het mes zat in zijn mouw verstopt, maar de punt drukte tegen Moniques rug. Toen ze een keer struikelde, zorgde hij ervoor dat ze meteen het harde, scherpe staal voelde. In het schijnsel van de lantarens bij de haven kon hij zien dat er zweetdruppeltjes op haar voorhoofd en haar neus stonden. Ze was er hondsberoerd aan toe, en dat was haar verdiende loon.

Nadat hij goed om zich heen had gekeken en had vastgesteld dat niemand hen in het oog hield, dwong hij haar in de kofferbak te stappen. Ze rolde zich op als een egel en begon zachtjes te huilen. Daar had ze zeker alle reden toe, dacht hij.

Thuisgekomen, slaagde hij er opnieuw in haar ongezien uit de auto het huis in te brengen. Ze klauterde irritant traag en moei-zaam uit de kofferbak. Ze was blijkbaar een kruk op sportief gebied, en bovendien stond haar blaas waarschijnlijk op knap-pen. Het eerste wat ze dan ook zei toen ze in het huis waren, was: 'O, laat me alsjeblieft naar de wc gaan! Alsjeblieft!'

Hij schudde zijn hoofd, ze mocht best weten dat hij net zo koppig kon zijn als zij. Hij bracht haar naar de kelder. Daar zat geen enkel raam in; het was net een grote, stenen grot. Er was daar een kleine ruimte met een houten plank, waar hij conser-venblikken had opgeslagen. Verder was er niets, hij was er uit-eindelijk ook niet op voorbereid daar een vrouw gevangen te houden. Hij duwde haar de koude duisternis in, vergrendelde de deur en ging toen, achtervolgd door haar geschreeuw, de trap op. Toen hij boven de kelderdeur dichtdeed, was er niets meer te horen. Uitgeput streek hij zijn haren achterover, hij had zich een adempauze verschaft, meer ook niet, dat moest hij wel heel goed onder ogen zien. Uiteindelijk zou hij een oplossing moeten vin-den; hij kon Monique Lafond daarbeneden in dat ijskoude, don-kere graf niet laten wegrotten. Of wel? Eigenlijk hoefde hij ver-der niets te doen, alleen ooit een keer wegwerken wat er nog van haar over was.

Hij ging de woonkamer in en knipte de staande lamp naast de bank aan. Hij hield van het zachte, milde schijnsel. In de grote, gietijzeren kachel gloeiden de houtblokken, die een behaaglijke warmte verspreidden. Hij schonk zichzelf een whisky in, voelde het brandend door zijn keel glijden en genoot van de warmte waarin het zijn lichaam hulde. Hij wist dat hij soms te veel dronk, maar hij was zeker geen typische alcoholicus; er waren maar kleine hoeveelheden voor nodig om hem een sterker en op-timistischer gevoel te geven.

Zijn blik viel op de telefoon. Hij verlangde er hevig naar haar stem te horen, en hoewel hij haar zeker niet wilde lastigvallen, pakte hij hem toen na enig aarzelen toch op en toetste het num-mer in. Zijn hart bonkte terwijl hij wachtte tot ze opnam.

Lieve god, laat haar thuis zijn. Ik moet haar spreken, ik moet weten of ze er nog is. Dat ze er voor mij is, dat ze me mag, dat ze op een dag van me zal houden...

Het duurde zó lang, dat hij al geloofde dat ze niet thuis was, en de teleurstelling maakte zo'n hevig verdriet in hem los, dat hij dacht dat hij het niet kon verdragen.

Hij wilde het al opgeven toen er eindelijk werd opgenomen.

'Ja?' vroeg ze buiten adem.

Ze had de mooiste stem van de wereld, zoet, melodieus, zacht en vol betoverende beloften. Hij werd overspoeld door opluchting, hij merkte hoe hevig zijn verlangen naar haar was en hoezeer hij zich al één met haar voelde.

'O – je bent er tóch, Laura,' zei hij houterig, wat helemaal niet paste bij wat hij voelde, 'ik dacht al... nou ja, het maakt niet uit. Met Christopher. Heb je zin om vanavond ergens met me te gaan eten?'

Maandag 15 oktober

1

'Ik kan u verder helaas echt niet helpen,' zei Henri. 'Mijn vrouw en ik zijn ontzettend geschokt door de dood van een vriend die we al jarenlang kenden. Maar we hebben geen flauw idee wat er gebeurd kan zijn.'

'Hm,' zei de inspecteur. Hij leek niet tevreden. Bovendien had Henri het verontrustende gevoel dat hij die totale onwetendheid niet echt geloofde. Hij merkte zelf ook hoe onecht en uit het hoofd geleerd het klonk. Maar het kon toch ook een normale reactie zijn op die schokkende mate van geweld waar ze opeens allemaal mee werden geconfronteerd.

Het was maandagmorgen half negen toen hij de vensterluiken aan de voorkant van het restaurant openzette. Meteen was hem de grijze wagen met de twee mannen erin opgevallen die aan de overkant van de straat geparkeerd stond.

Zij hadden hem nog maar nauwelijks gezien of ze stapten uit en kwamen op hem toe lopen, en hij kon niet anders doen dan de deur voor hen te openen.

Ze stelden zich voor als inspecteur Bertin en zijn assistent Duchemin en zeiden dat ze hem graag een paar vragen wilden stellen. Hij nodigde hen uit in de keuken en schonk koffie voor hen in, wat ze dankbaar aannamen. Allereerst hadden ze naar Nadine gevraagd.

'Wij zouden het erg op prijs stellen als uw vrouw aan het gesprek zou deelnemen.'

Hij moest verklaren dat zijn vrouw helaas niet thuis was.

'Is ze zo vroeg in de morgen het huis al uitgegaan?' informeerde Bertin met opgetrokken wenkbrauwen.

'Ze heeft hier vannacht helemaal niet geslapen. Ze is bij haar moeder. Daar is ze wel vaker.' Henri vond dat hij iets te snel praatte. 'De gezondheid van haar moeder laat te wensen over,' voegde hij er als verklaring aan toe.

Zoals hij al had verwacht, wisten ze van Laura dat Peter Simon vorige week zaterdag bij Chez Nadine had gegeten. Ze wilden alles over hem horen, wat hij gezegd had, hoe hij zich had gedragen, of er iets opvallends aan hem was geweest, maar Henri zei wat Laura ook al had gezegd: dat Peter een vermoeide, stille indruk had gemaakt, maar wat niet verwonderlijk was geweest na de lange autorit. Dat hij zijn pizza nog niet voor de helft had opgegeten en na ongeveer een uurtje was weggegaan, en dat ze bijna geen woord met elkaar gewisseld hadden.

'U bent vrienden geweest,' zei Bertin, 'en u had elkaar geruime tijd niet gezien. Was het dan niet normaal geweest als u een beetje met elkaar had gepraat?'

'Jazeker,' zei Henri, 'maar ik moest werken. De zaak zat vol en mijn vrouw viel plotseling weer uit omdat ze naar haar moeder moest. Ik was in mijn eentje en rende tussen de keuken en de gasten heen en weer; de mensen klaagden al dat het te lang duurde. Ik kon me niet met Peter bezighouden.'

'Wist u waarom hij naar de Côte was gekomen?'

'Natuurlijk. Hij kwam hier elk jaar in de eerste of tweede week van oktober. Dan ging hij met een vriend zeilen.'

'En hij heeft er helemaal niets van gezegd dat hij deze keer iets anders van plan was?'

Henri merkte dat er een zenuw bij zijn rechterslaap begon te trekken. Hopelijk zagen die twee mannen dat niet. Wat wist Bertin? Wist hij dat Peter Simon inderdaad iets anders van plan was geweest? Dat hij met Nadine de benen had willen nemen en ergens anders een nieuw leven wilde beginnen? Maar hoe zou hij dat moeten weten? Laura had geen idee, anders was ze hier allang komen opdagen om Nadine ter verantwoording te roepen, daar was hij van overtuigd. Hadden ze soms iets in zijn auto gevonden dat op de geplande gezamenlijke vlucht wees, brieven of iets dergelijks? Hij besloot op de ingeslagen weg voort te gaan: hij had geen flauw idee gehad.

'Nee,' zei hij, 'hij had het nergens over. Maar zoals gezegd, veel meer dan *Hallo* en *Hoe gaat het* hebben we niet tegen elkaar gezegd. Ik liep alleen maar te hollen.'

Ze vroegen hem naar de namen van de andere gasten, maar tot zijn spijt kon hij hen niet helpen, niemand was hem bekend.

'In het seizoen zijn hier vaak mensen die ik al jaren ken. Maar deze afzonderlijke groepen in het naseizoen... nee, er was die avond geen enkele bekende bij. Behalve Peter Simon natuurlijk.'

'Heeft meneer Simon nog met iemand anders gesproken?'

'Nee.'

'Mevrouw Simon zegt dat u het over een aktetas had, die hij bij zich had. Dat was u wel opgevallen?'

'Ja. Hij is hier nog nooit met een aktetas binnengekomen. Maar ook daar heb ik niet lang over nagedacht. Ik zei u al dat ik veel te druk bezig was om in alle chaos mijn hoofd boven water houden.'

'Toen meneer Simon wegging, is hij toen door iemand gevolgd? Ik bedoel, heeft iemand direct na hem het restaurant verlaten?'

'Niet dat ik weet. Maar ik ben ook in de keuken bezig geweest. Dat heb ik misschien niet opgemerkt.'

'Men had u wel moeten roepen om af te rekenen.'

'Er zijn ook mensen die betalen en daarna nog rustig hun wijn opdrinken voor ze weggaan. Dat wil niet altijd iets zeggen, maar het is me in ieder geval niet opgevallen.'

Bertin had zich naar voren gebogen en Henri heel indringend aangekeken. 'Wat weet u over Peter Simon? Ik bedoel, hoever ging die vriendschap? Hoeveel vertrouwde u aan elkaar toe en wat vertelde u elkaar over uw zorgen, problemen, alledaagse dingen, verdriet en vreugdevolle dingen? Was het een echte *vriendschap* of was u eerder *goede bekenden*?'

De zenuw in zijn slaap wilde maar niet rustig worden. Het getrek leek inmiddels zó sterk te worden, dat Bertin en Duchemin het zeker in de gaten hadden. Maar hij moest zich daardoor niet in de war laten brengen. Hij moest rustig en bedaard antwoord geven.

'We zagen elkaar niet zo heel vaak,' zei hij. 'De familie Simon kwam met Pasen en in de zomer hiernaartoe. Soms ook met de jaarwisseling, maar dat is... geloof ik, slechts twee keer het geval geweest. In oktober kwam Peter zeilen, dan zag ik hem soms helemaal niet. Ik denk niet dat wij zoveel van elkaar af wisten. Zij aten hier vaak, maar dan moesten Nadine en ik werken, dus dan waren het ook geen lange gesprekken. Nee,' hij slaagde erin Bertin enigszins vast aan te kijken, 'dan zou je eerder van *goede bekenden* moeten spreken, denk ik.'

'Wist u dat Peter Simon in zulke grote financiële moeilijkheden zat, dat zijn bestaan bedreigd werd?'

'Nee, dat wist ik niet.' Hij was oprecht verrast. Daar had hij nooit iets over gehoord.

'Wij hebben zijn economische situatie in het weekend laten onderzoeken door onze collega's in Duitsland. De weduwe heeft nu enorm hoge schulden, je mag hopen dat hij een hoge levensverzekering had afgesloten.'

'Daar hebben ze het geen van beiden ooit over gehad.'

'Hm.' De inspecteur nam een slok koffie voor hij verderging: 'Hoe was die omgang tussen u en het echtpaar Simon precies? Twee echtparen – de vriendschappelijke gevoelens gaan in zulke constellaties vaak niet gelijk op. Dikwijls zijn het de mannen die goed met elkaar overweg kunnen, terwijl de vrouwen elkaar niet zo erg mogen. Of omgekeerd. Of de vrouw van de een heeft meer met de man van de ander... er is een aantal dingen mogelijk. Hoe zou u het in dit geval definiëren?'

Vermoedde hij tóch iets? Hoe moest je die vraag anders interpreteren? Die zenuw trok niet alleen, hij begon nu ook pijn te
doen. Henri dacht er met weemoed aan hoe deze vroege ochtend
er anders uit had kunnen zien. Krantje lezen, koffiedrinken, een
stokbroodje met honing eten... Hij voelde een bijna kinderlijk
verlangen naar zijn stokbroodje met honing. Alsof daar alle
troost in zat die zijn gewonde ziel nodig had.

Hij vroeg zich af waarom hij zich de beklaagde voelde die verhoord werd. Waarom hij er zozeer op lette dat hij zich op de
juiste manier gedroeg. Waarom hij bang was en last van zenuw-
trekkingen had. Hij had niets misdaan. Hij had met de dood van
Peter Simon niets te maken. Maar daar ging het ook helemaal
niet om. Hij was gewoon bang dat die twee mannen daar voor
hem, met hun koele, intelligente gezichten, zouden ontdekken
wat voor slappeling hij was, iemand die al jarenlang met horen-
tjes op liep, die door zijn vrouw werd bedrogen en zelfs nog aan
de hoop op een gezamenlijke, gelukkige toekomst vasthield toen
hij hoorde dat ze van plan was hem voor altijd te verlaten. Heel
vluchtig vroeg hij zich af wat zo'n Bertin in zijn situatie zou hebben gedaan. Dat mens eruit gooien? Maar hij zou waarschijnlijk
niet eens in zo'n toestand terechtkomen. Hij zag er niet uit als
iemand die zich door zijn eigen vrouw een oor liet aannaaien.

'Ik geloof niet,' deed hij zijn best om antwoord op de vraag van
Bertin te geven, 'dat in ons geval een bepaalde verdeling bestond...
Wij mochten elkaar alle vier graag. We deden af en toe wel iets gezamenlijk, maar eigenlijk zelden, want als de familie Simon vakantie had, was het hier in de pizzeria hoogseizoen. En kennelijk
wisten wij niet zoveel van elkaar. Ik weet wel zeker dat mijn
vrouw ook geen idee had van Peter Simons financiële problemen.'

'Praatte uw vrouw misschien wel eens wat vaker met Laura
Simon?'

'Ik geloof het niet, nee.'

En toen sprak hij die zin uit, dat hij en Nadine zo ontzettend
geschokt waren over de dood van een vriend die ze jarenlang

hadden gekend, en dat ze geen idee hadden wat er gebeurd kon zijn. En daarna kreeg hij de indruk dat hij op een of andere manier argwaan bij de inspecteur had gewekt.

De mannen stonden op, en voor het eerst nam Duchemin het woord. 'Wij zouden graag ook met uw vrouw willen praten. Wanneer zou dat kunnen?'

'Ik weet niet precies wanneer ze vandaag terugkomt... Het kan ook zijn dat ze nog een nacht bij haar moeder blijft. Vandaag is het onze vrije dag, en...'

Duchemin gaf hem zijn kaartje. 'Laat haar mij maar bellen. Dan maak ik een afspraak met haar.'

'In orde.'

Hij begeleidde de twee mannen naar de deur. Deze morgen was even stralend als zijn voorganger, maar nog kouder. Hij dacht erover na Cathérine op te bellen en haar voor het middageten uit te nodigen. Hij had de laatste tijd alleen iets van zich laten horen als hij haar nodig had en erg aardig was hij ook niet altijd geweest. Hij zou een keer iets extra lekkers voor haar koken, en het hielp haar ook door de lange, eenzame dag heen. Nadine zou waarschijnlijk niet vóór morgenmiddag terug zijn.

2

'Ik dacht meteen al dat die naam me op een of andere manier bekend voorkwam,' zei Marie. 'Peter Simon! Natuurlijk. Jullie Duitse vrienden. Je hebt het wel eens over hen gehad.'

'Het is wel een schok,' zei Nadine.

Ze zat tegenover haar moeder aan de houten keukentafel, op haar oude plekje, waar ze als kind had gezeten. De rand zat aan die kant vol kerven en krabbels. Ze had wel duizend keer van woede, frustratie of machteloosheid met mesjes in het hout zitten snijden of er kartels en bliksemflitsen op getekend om zich te uiten. Nu, als volwassen vrouw, voelde ze zich niet anders, ze had het liefst haar vingernagels in de tafel geslagen, wat aangaf dat ze sinds toen nog geen stap verder gekomen was. Ze zat weer in dezelfde val en ze had nog steeds geen idee hoe ze zich eruit moest bevrijden.

Een blik omhoog uit het ravijn toonde haar het lichtende blauw van de hemel, wat erop duidde dat het een zonnige, onbewolkte dag was, maar in dit jaargetijde slaagde de zon er geen enkel momentje van de dag in door te dringen tot in het smalle dal tussen de rotsen. Het elektrische licht moest aan en het bleef aan, tot 's avonds aan toe.

'Dat kan ik me voorstellen!' Marie trok huiverend haar schouders op. 'Als je iemand persoonlijk kent die zo gruwelijk wordt vermoord... wat ontzettend! Heb jij enig idee wat er gebeurd kan zijn?'

'Nee, dan had ik het allang aan de politie verteld.'

Marie knikte. Toen keek ze discreet op de keukenklok. Het was tien over negen. Ze zuchtte. Ze vond het eigenlijk best spannend dat een goede kennis van haar dochter het slachtoffer van moord was geworden, maar ze was op dit moment meer geïnteresseerd in het leven van haar dochter, of liever gezegd, in het huwelijk van haar dochter. Nadine liet Henri te vaak alleen, en dat kon op den duur niet goed blijven gaan. Het was om wanhopig van te worden, dat Nadine maar niet wilde inzien hoe gelukkig ze het met Henri had getroffen. Je moest zeker zo'n troosteloos huwelijk als zijzelf hebben gehad om een man als Henri te kunnen waarderen. Marie kon zich best voorstellen dat hij een beetje saai was, met zijn zachte stem en zijn evenwichtige temperament, niet een man die raasde en tierde, of razend jaloers was, of voortdurend door nieuwe hartstochten werd gedreven. Maar wat was het alternatief dan? Een charmeur als Michel, die geen enkele vrouw voorbij kon laten gaan? Henri was betrouwbaar en goedhartig. Maar op een dag zou ook zijn geduld opraken.

'Ik denk wel eens,' begon ze voorzichtig, 'dat het lot van anderen jou meer interesseert dan dat van jezelf. Natuurlijk is het tragisch dat jullie vriend op zo'n vreselijke manier om het leven is gebracht, maar dat heeft uiteindelijk niets met jou te maken. Jouw leven bestaat uit Henri en Chez Nadine, je zou je daar intensiever mee bezig moeten houden.'

'Wat probeer je me te zeggen?'

Marie zuchtte opnieuw. Ze vond dit soort gesprekken ontzettend moeilijk.

'Je weet dat ik eenzaam ben en ook hoe blij ik ben met je gezelschap. Maar het is niet goed dat je Henri zo vaak aan zijn lot overlaat. Gisteravond was hij alleen, vanmorgen is hij alleen. Hij houdt van je en hij is je heel erg... toegewijd. Maar zelfs liefde en toewijding kunnen niet alles verdragen. Nadine,' ze pakte over de tafel heen de handen van haar dochter vast en streelde ze even, 'het wordt tijd dat je teruggaat.'

Nadine trok haar handen terug en verstopte ze onder het tafelblad, alsof ze bang was dat haar moeder nog verder zou gaan.

'Er is geen weg terug,' zei ze.

Marie staarde haar aan. 'Wat zeg je nou? Hoe bedoel je dat?'

'Zoals ik het zeg. Wat is daar onduidelijk aan?'

'Er is geen weg terug? Wil je niet naar Henri terug?'

'Nee.' Nog altijd hield ze haar handen onder tafel. 'Ik wil niet terug. Ons huwelijk is aan zijn eind, en al heel lang ook. Het heeft geen zin om te proberen me ervan te overtuigen dat hij een fantastische man is, en dat ik mezelf moet vermannen en weet ik veel wat nog meer. Het is voorbij. Ik wíl niet meer.'

Marie was volkomen verbouwereerd en zei een tijdlang helemaal niets. Toen zei ze met een zachte stem: 'Dat heb je wel vaker laten doorschemeren. Maar ik dacht aldoor...'

'Nou, wat dacht je dan?'

'Ik dacht dat je in een dalletje zat en dat het ook wel weer voorbij zou gaan. In alle huwelijken heb je crises. Maar daarom

gooi je niet meteen alles weg. Je doorstaat het, en op een gegeven moment komen er ook weer andere tijden.'

'Het gaat bij ons niet om een crisis of een dalletje. Mijn gevoelens voor Henri zijn al jarenlang dood. Die krijgen geen we-
deropstanding, net als iets wat dood is niet meer opstaat. Als ik
het nu nog in stand zou houden, zou het een kwelling zijn, voor
mij en uiteindelijk ook voor hem.'

Marie knikte, overdonderd door de gedecideerdheid in de
stem van haar dochter. 'Wat wil je nu gaan doen?' vroeg ze.

'Ik moet zien,' zei Nadine, 'dat ik op eigen benen kom te
staan. Ik heb geen geld, geen beroep, geen eigen dak boven mijn
hoofd.' Haar stem brak even. De hopeloosheid van haar situatie
daalde over haar neer als een deken die haar dreigde te verstik-
ken. Toen vermande ze zich weer. 'Ik vind wel een manier. Tot
die tijd... zou ik je willen vragen of ik voorlopig weer bij jou
mag komen wonen.'

Het was Marie aan te zien dat ze geschokt was door het dra-
matische verloop van de gebeurtenissen, maar ze slaagde erin
zich te beheersen – wat haar nog maar zelden in haar leven was
gelukt.

'Maar natuurlijk,' zei ze. 'Dit is net zogoed jouw huis als het
mijne. Je mag hier wonen zolang je wilt. Al is het voor altijd.'

Bij die laatste woorden ging Nadines zelfbeheersing onderuit.
Ze had zó besloten niet te gaan huilen en de capitulatie, het mislukken van al haar plannen en dromen waardig te doorstaan,
maar het gemak waarmee haar moeder incalculeerde dat het
voor altijd zou kunnen zijn, benam haar de laatste krachten.

'O, mam toch,' zei ze, en de tranen liepen over haar gezicht,
net als bij haar vorige bezoek. En als Marie één tel mocht denken dat het tranen van ontroering of opluchting waren, dan besefte ze het moment daarop meteen dat ze zich vergiste: ze had
nog nooit iemand zó vertwijfeld en ontroostbaar zien huilen, dat
had ze niet eens bij zichzelf meegemaakt. En dat terwijl ze meer
tijd van leven in tranen had doorgebracht dan zonder. Ze vroeg

zich af wat ze verkeerd had gedaan, nu en in Nadines jeugd, en zoals meestal kwam ze tot de conclusie dat het eigenlijk allemaal de schuld van Michel was.

Verbitterd staarde ze in haar koffie, hoorde de smart van haar dochter aan, en begreep dat ze niets kon doen om die te verzachten.

3

Ze begon gemengde gevoelens van benauwdheid én schuld te krijgen, wat ze ontzettend vermoeiend en ingewikkeld vond. Christopher had de vorige avond opgebeld en haar uitgenodigd ergens met hem te gaan eten, maar zij had zo sterk de behoefte om alleen te zijn, dat ze had gezegd dat ze al bezig was iets voor zichzelf te koken.

'Maak dan meteen een dubbele portie klaar,' had hij vergenoegd geantwoord, 'ik ben over een kwartiertje bij je. Ik neem een mooie rode wijn voor ons mee.'

'Nee, doe maar niet, alsjeblieft,' had ze haastig en ook met een zekere scherpte in haar stem geantwoord, want in de stilte die erop volgde bespeurde ze iets van onthutstheid en gekwetstheid – zelfs door de telefoon heen.

Zo behoedzaam mogelijk had ze eraan toegevoegd: 'Dat heeft niets met jou te maken, Christopher. Ik heb gewoon tijd voor mezelf nodig. Er is zóveel gebeurd... Ik ben heel intensief aan het nadenken over mezelf en over dingen uit mijn verleden. Het spijt me.'

Hij was een en al begrip en medeleven, zoals altijd, zonder zich echter zomaar te laten afschepen. 'Natuurlijk, Laura, dat kan ik begrijpen. Je hele wereld is door elkaar gegooid en je moet eerst heel langzaam het evenwicht in je leven terugvinden. Maar toch is het niet goed om té veel te piekeren, en het is ook niet goed om je te verschuilen. Op een gegeven moment draaien je gedachten alleen nog maar in een kringetje rond en dan kunnen dingen proporties aannemen die ze helemaal niet hebben. Dan is het beter om er met een vriend over te praten.'

Daar had hij gelijk in, dat wist ze wel, maar ze wist ook dat zij gelijk had met de behoefte op zichzelf te zijn. Ze vond zichzelf ondankbaar, omdat ze niet blij was met de vriendschap die ze aangeboden kreeg en in plaats daarvan juist geïrriteerd raakte, omdat hij aandrong en niet gewoon nee accepteerde.

Ik had waarschijnlijk helemaal geen verklaring moeten afleggen, dacht ze later, dat is zó principieel fout in gesprekken met mannen. Voor mannen staat een verklaring gelijk aan een rechtvaardiging, en een rechtvaardiging is een teken van zwakte. En daar gaan ze op door.

En zo was ze weer terug bij de fouten die ze ook met Peter had gemaakt, en dat was zo'n groot gebied, dat ze er vervolgens de hele avond over door bleef piekeren.

Maar nu, de ochtend daarop, had ze wel het gevoel dat ze een eind verder was gekomen. Ze wilde zichzelf en haar huwelijk met Peter niet tot in alle eeuwigheid blijven analyseren, maar wel op een paar wezenlijke punten helderheid hebben, en bovendien had ze de indruk dat dit proces haar hielp de dingen die ze nu meemaakte te verwerken.

Ze was in alle vroegte een wandeling door de velden gaan maken, had de zon zien opkomen en van de heldere, koele lucht genoten. Thuisgekomen, zette ze thee en dronk die staande op de veranda op, terwijl ze uitkeek over zee en de diepe vrede, die deze aanblik haar verschafte, in zich opnam. Dit was het bewijs dat ze ooit weer gezond zou worden en een nieuw leven zou beginnen.

Ten slotte bedacht ze dat ze Christopher moest bellen, maar dat vond ze geen prettige gedachte, en ze stelde de gang naar de telefoon uit. Toen het apparaat opeens overging, schrok ze zich een hoedje, maar toen zei ze bij zichzelf dat het misschien Monique Lafond was. Zaterdag had ze het briefje tussen haar voordeur geklemd met het verzoek haar terug te bellen. Als ze niet op reis was, had ze dat ook allang moeten doen.

Natuurlijk was het Christopher. 'Goedemorgen, Laura. Ik hoop dat ik niet te vroeg bel?'

Ze lachte onecht. 'Nee hoor. Ik sta altijd vroeg op, zoals je weet.'

En meteen dacht ze: wat doe ik raar. Hoe moet hij dat weten?

'Jammer,' zei hij dan ook prompt, 'dat wist ik niet. Er zijn heel wat dingen aan jou en je leven die ik nog moet ontdekken.'

Ze werd huiverig. Of ze praatten langs elkaar heen, of zij had in de afgelopen dagen signalen afgegeven die hij niet goed had begrepen. Maar ze kon niets van dien aard bedenken. Of bedoelde hij die opmerking volkomen onschuldig en hoorde ze er dingen in waar hij niet eens aan had gedacht?

'Heeft gisteravond nog iets voor je opgeleverd?' ging hij verder. 'Ik was namelijk ongerust. Sommige mensen worden echt depressief van dat gepieker. Zo ging het met mij ook nadat Carolin me verlaten had. Ik ging in gedachten alle gesprekken die we ooit hadden gevoerd nog eens na en ik zat maar te denken wat voor fouten ik had gemaakt, en wat ik had kunnen doen om ze te vermijden. En op een gegeven moment was ik totaal in de war en wanhopig. Er waren maanden voor nodig om weer uit die gedachtemolen in mijn hoofd te stappen.'

'Denk je dat je eraan verslaafd kunt raken?' vroeg ze. Dit vond ze een interessant aspect van het probleem.

'Ik denk het wel, ja. In ieder geval komt het gepieker op zichzelf te staan en wordt het een doel op zich. Zodra je 's morgens je ogen opendoet, springt de machine aan en die stopt er pas weer mee als je inslaapt. Je loopt dwangmatig te tobben, zonder dat het enig nut voor je heeft. Dan denk ik dat je wel van een verslavend karakter kunt spreken.'

'Maar zover ben ik nog lang niet. Ik ben nog maar net weduwe. Ik heb nu pas ontdekt dat mijn man me heeft bedrogen. Dat moet ik verwerken, en dat doe ik niet door het te verdringen.'

'Natuurlijk,' zei hij zachtmoedig, 'ik bedoel ook niet dat je het moet verdríngen. Ik wil je alleen aanraden je niet helemaal over te geven aan gepieker, maar daartussendoor ook de rest van de wereld en de andere mensen te zien. Scherm je niet af van alles en iedereen.'

Zijn stem klonk warm en rustig, en Laura merkte hoe dat agressieve gevoel, dat de laatste dagen jegens hem bezit van haar had genomen, zich in lucht oploste. Hij was begripvol, hulp- vaardig en zorgzaam. Hij wilde haar niet zomaar aan haar lot overlaten, maar haar helpen en er voor haar zijn. Eigenlijk deed hij alleen maar wat je in zo'n situatie als de hare van een vriend mocht verwachten.

'Kom vanavond bij me langs,' stelde ze spontaan voor. 'Deze keer kook ik voor jou – wat je laatst zo graag wilde. Om acht uur?'

'Heel graag,' zei hij plechtig, en toen ze had opgehangen, dacht ze dat ze het toch wel weer fijn vond om niet een hele avond al- leen te zijn.

Via Inlichtingen vroeg ze het telefoonnummer van Monique Lafond op en belde haar toen, maar ze kreeg alleen het ant- woordapparaat. Wederom verzocht ze de vreemde vrouw con- tact met haar op te nemen, hoewel ze er sinds gisteravond aan begon te twijfelen of ze dat spoor echt wilde volgen. Speelde het wel een rol wat voor soort relatie er tussen haar man en die mysterieuze Camille Raymond had bestaan? Was het belangrijk of hij haar met één vrouw of met twee of drie vrouwen had be- drogen? Het antwoord was dat het de affaire met Nadine zou re- lativeren. Ze zou er dan achter komen of Nadine zijn grote lief- de was geweest of alleen maar één bedgenote van de velen. Dat te weten zou het voor haar gemakkelijker maken te leven met de zekerheid dat ze bedonderd was.

Ze schreef de woorden M. *Lafond* op het papiertje met het telefoonnummer en legde het naast de telefoon. Vanavond zou ze het nog eens proberen.

4

Op een gegeven moment was Monique eindelijk ingedommeld, maar toen ze uit haar onrustige slaap wakker werd, had ze niet de indruk dat haar een lange sluimer vergund was geweest. Het scheen haar toe dat het maar een paar minuten waren, hoewel de verstijfde, pijnlijke botten in haar lijf erop duidden dat ze een hele tijd op die koude, harde cementvloer van haar kerker had gelegen.

Luttele seconden dacht ze dat ze een nachtmerrie had gehad, die nu zou oplossen en haar opgelucht ademhalend in de werkelijkheid zou laten terugkeren, maar het volgende moment werkte haar verstand weer helder. Het besef dat de verschrikking voortduurde, gaf haar zo'n dreun, dat ze zachtjes begon te kermen. Ze was ontvoerd. Ze bevond zich in de kelder van een vreemd huis. Om haar heen heerste een totale duisternis. En ijzige kou. Ze kon niets zien, ze had de afmetingen van de ruimte slechts op de tast ontdekt. Haar gevoel voor tijd was geheel in de war, ze wist niet of het midden in de nacht was of de volgende morgen, of al de middag van de volgende dag. Ze had honger, maar nog meer last van de dorst. De man die haar gevangen hield, was de moordenaar van Camille en Bernadette Raymond.

Zij had Camille en Bernadette gevonden en gezien wat hij met hen had gedaan. Tot op de dag van vandaag rook ze nog de lucht van de ontbindende lijken. Toen de beelden van de dode vrouw en het dode kind – nog vóór ze insliep – weer in haar bewustzijn drongen en ze zich voor het eerst heel duidelijk had gerealiseerd dat het hun moordenaar was die haar in zijn macht had, moest ze overgeven. Omdat ze de hele dag nog niet had gegeten, spuwde ze alleen een beetje gal, maar ze bleef minutenlang kokhalzen, overmand door ontzetting en angst. Toen probeerde ze rustig te worden en deed ze haar best om haar verstand aan het werk te zetten. Hij had haar gelijk kunnen doden, in haar huis al. Dat had hij niet gedaan, maar in plaats daarvan allerlei vragen op haar afgevuurd. *Hoe kwam ze aan het telefoonnummer?* Hij vermoedde blijkbaar dat er nog iemand op de hoogte was.

Zolang ik hem die naam niet zeg, zal hij me niet doden. Hij heeft me levend nodig. Hij moet weten of er nog iemand is die overal van op de hoogte is, of die in ieder geval de politie op zijn spoor kan zetten.

Aan deze hoop klampte ze zich vast, maar hij maakte tegelijk de weg vrij voor nieuwe vrees: wat zou hij allemaal in zijn hoofd halen om haar aan het praten te krijgen? Hij was krankzinnig en gewetenloos. Hoeveel pijn kon ze verdragen?

Ze mocht de naam van haar informante niet noemen. Niet alleen om haar te beschermen – ze zou daarmee tegelijk ook haar eigen doodvonnis tekenen.

In haar hoge nood had ze 's avonds, niet lang nadat hij haar de kelderruimte ingeduwd had en verdwenen was, in een hoekje van haar gevangenis geplast. Voor die tijd had ze bevend en huilend rondgekropen en gezocht of er ergens een emmer stond. Ze was op een plank gestuit, blijkbaar in elkaar gezet van ruwe houten latten, waarop glazen potten en blikken schenen te staan, maar verder was er niets in die ruimte, die ze op drie bij drie meter schatte, niets, helemaal niets. Geen mogelijkheid om te liggen, geen deken, geen flesjes water, niets. En zeker niet iets wat ze als toilet kon gebruiken.

Ze probeerde die hoek te onthouden, zodat ze daar steeds naartoe kon gaan en haar behoefte niet over de hele vloer hoefde te doen, maar nu, nadat ze geslapen had, was ze alweer volslagen gedesoriënteerd. Ze had het ontzettend koud, er steeg een ijzige kou uit de betonnen vloer op. Ze mocht niet te lang blijven liggen, anders liep ze straks nog een ontsteking aan de blaas of de nieren op, en naar wat ze van hem had gezien, zou het hem niets kunnen schelen of ze pijn had of ziek werd. Misschien kon helemaal niets hem schelen. Eén ontstellend moment dacht ze dat hij van plan was haar in die kelder te laten creperen, gewoon niet meer te verschijnen, maar haar honger, dorst en kou te laten lijden en haar onder die martelende omstandigheden te laten sterven. Toen probeerde ze zich weer moed in te spreken: hij wil informatie van me. Als ik dood ben, heeft hij geen kans meer om iets te weten te komen.

Waarschijnlijk was dit, wat ze nu doormaakte, de marteling al. Hij wilde haar laten smoren. Hij liet haar honger en kou lijden en dreef haar haast tot waanzin in die ondoordringbare duisternis, om haar stilzwijgen te breken. Hij zou haar natuurlijk niet écht laten doodgaan.

Maar kon hij haar eigenlijk wel in leven laten? Hij had niets gedaan om onherkenbaar voor haar te blijven. Ze had een hele middag oog in oog met hem in haar woonkamer gezeten en ze kende zijn gezicht, ze zou het altijd kunnen omschrijven. Hij kon onmogelijk van plan zijn haar de vrijheid terug te geven.

Ze mocht niet in paniek raken, dat wist ze. Eigenaardig genoeg was het vooral het gevoel van tijdloosheid, dat haar telkens de adem benam en haar op het randje van hysterie bracht. Ze kwam het moment dat ze haar verstand zou verliezen iedere keer heel nabij, en terwijl ze daar tegen vocht, meende ze dat het allemaal een stuk eenvoudiger zou zijn als ze maar wist hoe laat het was.

Ze had een horloge om, maar dat had geen lichtgevende wijzerplaat, dus kon ze absoluut niets zien. Telkens dacht ze erover na het glas in te drukken, om de stand van de wijzertjes te kunnen voelen, maar ze was bang dat ze dan ook het uurwerk kapot zou maken en dan had ze helemaal niets meer. Nu hoorde ze, wanneer ze haar pols tegen haar oor legde, tenminste nog het troostende getik dat haar het gevoel van een laatste contact met de wereld gaf.

Af en toe probeerde ze ook geluiden in het huis te horen, maar er was niets. Geen deur die in zijn scharnieren piepte, geen telefoon, niet eens het geruis van een wc die werd doorgespoeld. Het had een volkomen verlaten huis kunnen zijn waar hij haar naartoe had gebracht, maar bij het uitstappen uit de kofferbak zag ze dat ze midden in een dorp of een kleine stad was, en de ingang van het huis zelf, die smalle gang waar je als eerste binnenkwam, zag er volledig ingericht en bewoond uit.

Hij woonde in dit huis.

Maar zij bevond zich in de verst verwijderde hoek van de kelder in een hermetisch afgesloten ruimte, dus kreeg ze niets mee van datgene wat er boven haar gebeurde.

Ze stond tegen de muur geleund, met beide armen om haar lichaam geslagen, dat bibberde van de kou en wachtte. Ze wachtte op iets waarvan ze niet wist wat het zou zijn, maar wat op een of andere manier beslissend zou zijn voor haar leven. Ze wachtte op hem, op informatie over zijn volgende stappen. Ze wachtte op iets wat de zwartheid, de leegte en de tijdloosheid om haar heen zou doorbreken. Misschien wachtte ze ook wel op een slok water.

Als hij haar niet wilde laten doodgaan, moest hij haar spoedig, heel spoedig, een glas water komen brengen.

5

Christopher had verwacht dat de politie bij hem langs zou komen; hij was er zelfs verbaasd over dat er niet al veel eerder een rechercheur bij hem op de stoep had gestaan. Natuurlijk maakte de gedachte aan die vrouw in de kelder hem nerveus toen hij tegenover Bertin en Duchemin in de huiskamer zat, maar toch waren de dienders blijkbaar niet van plan in zijn huis rond te kijken, en hij wist ook dat ze hen niet op haar opmerkzaam kon maken. Die oeroude kelder zou nooit een geheim prijsgeven.

Bertin zei dat hij met mevrouw Simon en met meneer Joly had gesproken, en dat er in die gesprekken iets over hem, meneer

Heymann, ter sprake was gekomen dat hem alert had gemaakt.

'Peter Simon had, zoals elk jaar in oktober, met u afgesproken om te gaan zeilen,' zei Bertin, 'maar hij is niet bij u komen opdagen. Zijn vrouw vertelde dat zij u op zondag 7 oktober 's morgens heeft opgebeld en hoorde dat haar man niet op de afspraak was verschenen. Klopt dat?'

'Ja,' zei Christopher. Hij vermoedde al dat Laura tegen de politie niets over Nadine Joly had gezegd, en hij had deze vraag wel verwacht.

'Had u afgesproken dat u elkaar zaterdagavond al zou treffen, of pas zondagmorgen vroeg? Ik vraag dat omdat ik het verwonderlijk vind dat ú mevrouw Simon niet hebt opgebeld. Mevrouw heeft gezegd dat zij u zo tegen,' Bertin keek even in zijn aantekeningen, 'half elf had opgebeld. U had vóór die tijd uw vriend toch al moeten missen en op onderzoek moeten uitgaan?'

Christopher schoof op zijn stoel heen en weer en hoopte dat hij zijn verlegenheid en aarzeling goed speelde.

'Nou ja...' zei hij vaag.

Bertin keek hem scherp aan. 'Wat bedoelt u? Miste u hem al toen mevrouw Simon u belde?'

Christopher vermande zich en keek de rechercheur recht in de ogen. 'Nee. Ik heb hem niet gemist. Want ik meende te weten waar hij was.'

Bertin en Duchemin brachten allebei hun hoofd wat naar voren en zagen er gespannen en aandachtig uit.

'U meende te weten waar hij was?' herhaalde Bertin ongelovig.

'Laura... ik bedoel, mevrouw Simon, heeft het u zeker niet gezegd?'

'Ik zou niet zo erg in het duister tasten als ze het me wel had gezegd,' zei Bertin ongeduldig.

'Ze zal het wel te pijnlijk hebben gevonden... ze wilde het voor zich houden... maar ik denk dat ik het beestje maar bij de naam moet noemen.'

'Dat raden we u dringend aan,' antwoordde Duchemin grimmig.

Christopher wrong zijn krampachtig in elkaar geslagen handen. 'Ik wist dat Peter Simon helemaal niet van plan was om met mij te gaan zeilen. Onze van oudsher gebruikelijke zeiltocht in de herfst diende voor hem al geruime tijd alleen maar als uitvlucht. Een uitvlucht tegenover zijn vrouw. In werkelijkheid bracht hij de tijd met... Nadine Joly door.'

De twee mannen slaagden er niet in hun totale verbluftheid te verhullen.

'Met Nadine Joly?' vroeg Bertin vol ongeloof, terwijl Duchemin tegelijkertijd verbijsterd vroeg: 'Nadine Joly van Chez Nadine?'

Christopher knikte. 'Peter was mijn vriend,' zei hij hulpeloos en ongelukkig, 'ik kon hem niet verraden. Hoe ontzettend verkeerd ik het ook vond wat hij deed – maar ik kon hem niet in de rug aanvallen.'

'Wij willen dat u ons nu het naadje van de kous laat weten,' zei Bertin. Christopher ging iets relaxter achteroverzitten, in afwachting van alle bekende vragen die nu gingen komen: Sinds wanneer? Wie wist daarvan? Hoe wist hij het? Had Laura Simon iets vermoed? En, en, en...?

En tot slot, ook daar had hij iets onder kunnen verwedden, zouden ze naar Camille Raymond vragen. Zijn voorsprong bestond daaruit, dat hij altijd precies van tevoren wist wat er ging komen.

6

Pauline wist zeker dat er iemand voor het raam van de woonkamer had gestaan. Ze keek op de klok: het was bijna twaalf uur. Ze had de strijkplank voor de televisie gezet, omdat ze voor Stephane een berg overhemden moest strijken, en dan keek ze ondertussen graag naar een of andere onderhoudende talkshow, die je overdag op iedere zender wel kon vinden. Het was meer vanuit haar ooghoek dat ze de schaduw bij het raam schuin achter haar gewaarwerd. Na een seconde van schrik had ze zich met een ruk omgedraaid, bereid het gevaar onder ogen te zien en de confrontatie aan te gaan, maar er was niemand. Er bewoog slechts een tak van de oleanderstruik in de wind. Ze vroeg zich af of dat het was, wat ze voor een menselijke schaduw had aangezien. Maar die tak bewoog constant, dat was niet wat ze had opgemerkt.

Met onbeheerste bewegingen – als een idioot, vond ze zelf – stormde ze de deur uit, het terras op. Het was koud, en de plek waar ze 's zomers zwijgend naast elkaar zaten te lezen of af en toe barbecueden – wat een schijn van huwelijksgeluk wekte, maar daar had ze nog niet eerder over nagedacht – lag stil en leeg in het herfstzonnetje. Wijd en zijd geen mens te zien.

Woest, maar eigenlijk misschien wel wanhopig, trok Pauline aan de tak van de oleander die voor het raam stond te knikken en die ze juist daarom zo graag mocht. Ze brak hem met één ruk af en slingerde hem de tuin in. Toen ging ze terug naar de woonkamer, staarde naar de tv, waar een echtpaar elkaar over en weer van ontrouw stond te beschuldigen en er door de presentatrice maar met moeite van weerhouden kon worden elkaar naar de strot te vliegen, en barstte in tranen uit. Óf ze stond op de lijst van een krankzinnige moordenaar en was ze al zo goed als dood, óf ze verloor langzaam haar verstand, en dat was ook niet veel beter.

Wat het ook mocht zijn, ze stond er helemaal alleen voor. Helemaal alleen. En dat besef was misschien nog wel het ergste van alles.

7

Henri had Cathérine gevraagd of ze om half een bij Chez Nadine wilde zijn, en ze was, zoals altijd, stipt op tijd. Maar ze had zich behoorlijk gehaast, naar het scheen, want ze rukte hijgend de keukendeur open en maakte een bezwete indruk: haar haren plakten op haar voorhoofd en de dunne katoenen trui die ze droeg vertoonde vochtige plekken onder de oksels. Bovendien rook ze naar zweet, stelde hij vast, en hij merkte dat er een zekere afkeer in hem naar boven kwam. Natuurlijk, de natuur had haar stiefmoederlijk behandeld en de mogelijkheden om nog een enigszins redelijk uitziende vrouw van zichzelf te maken, bleven beperkt, maar waarom liet ze zich de laatste tijd zo afglijden? Hij meende toch dat het vroeger beter was geweest. Ze had in ieder geval naar zeep en soms zelfs naar parfum geroken, ze had haar haren gekamd en af en toe ook lippenstift opgedaan. Maar tegenwoordig zag ze er onverzorgd en onappetijtelijk uit. Hij had haar graag willen zeggen dat dit beslist geen goede manier was om op de frustraties en nederlagen in haar leven te reageren, maar eigenlijk had hij er geen zin in. Het was zijn zaak niet. Ze was zijn vrouw niet. Uiteindelijk ging het hem niet aan.

'Ben ik te laat?' vroeg ze hectisch. 'Ik heb mijn horloge thuis laten liggen en me alleen op mijn tijdgevoel georiënteerd.'

'Dan functioneert dat gevoel dus perfect,' vond Henri geforceerd monter, 'je bent op de kop af op tijd.'

Cathérine zuchtte opgelucht en streek de plakkerige haren van haar voorhoofd. Toen ze haar arm optilde kwam er weer een wolk van zweetlucht vrij.

Misschien is de deodorant op, dacht hij, en koopt ze morgen nieuwe.

Hij had de tafel vooraan in het restaurant gedekt, met een wit laken, verse bloemen, linnen servetten en de beschilderde keramiekborden die ze zo mooi vond. Hij had een groentesoep met croutons bereid, daarna zelfgemaakte ravioli met kaasvulling en romige tomatensaus, een licht visgerecht en als toetje crème caramel. Maar ofschoon hij er met een zekere mate van toewijding en een goed humeur aan had gewerkt, had hij er opeens helemaal geen plezier meer in en hoopte hij dat ze snel zou eten en weer zou weggaan.

'Ik was net nog bij een makelaar,' verklaarde ze, 'daarom...'
Ze liet haar zin onaf, alsof hij zou moeten weten waarom het bezoek aan de makelaar een verklaring was, maar dat wist hij niet
en dus keek hij haar vragend aan.

'Ik bedoel, ik ben niet rechtstreeks van huis uit hiernaartoe gekomen,' voegde ze eraan toe, 'anders was het geen probleem geweest dat ik mijn horloge was vergeten.'

'Wat? O, ja. Ach, dat was toch geen probleem geweest, je bent
precies op tijd, dat zei ik toch al?' Wat zaten ze toch op een verschrikkelijk krampachtige manier te praten, vond hij. Alsof ze
elkaar niet al sinds hun babytijd kenden, maar mensen waren
die elkaar weinig te zeggen hadden en om een of andere reden
beleefd en voorkomend met elkaar om moesten gaan.

'Ga nou maar lekker zitten, dan breng ik gelijk de soep.'

Hij schepte de soep in de borden en schonk wijn in.

De zon scheen fel genoeg, zodat hij de kaarsen niet aan hoefde
te steken. Hoewel hij ze daarnet juist om die reden op tafel had
gezet, was hij nu blij dat ze overbodig waren.

'Waar is Nadine?' vroeg Cathérine, nadat ze allebei vijf minuten zwijgend soep hadden zitten lepelen.

'Bij haar moeder,' antwoordde hij bijna automatisch, want ze
zat immers praktisch altijd bij haar moeder. Maar de volgende
seconde schoot hem te binnen hoe vaak het in de afgelopen jaren
misschien was voorgekomen dat hij dácht dat ze bij haar moeder was, terwijl ze in werkelijkheid in de armen van haar minnaar lag. Hij kreunde even.

'Komt ze nog terug?' Cathérine deed alsof het een heel normale vraag was, of het inderdaad nog maar de vraag was of Nadine ooit nog terug zou komen, en dat maakte hem boos. Wat
eigengereid was ze, wat aanmatigend. Alsof zij bij hun gezin
hoorde.

Er schoot hem iets te binnen wat Nadine vaak zei als ze – weer
eens – ruzie hadden vanwege Cathérine: 'Het gaat haar om de
macht. Om de macht over jou! Zij zal altijd alles op alles zetten

om bij ons een voet tussen de deur te houden. Ze zal altijd proberen mee te praten, ze zal zich altijd met ons bemoeien.'

'Natuurlijk komt Nadine terug,' zei hij met een scherpe klank in zijn stem. 'Zij is mijn vrouw. Ze woont bij mij in huis. Waarom zou ze níét terugkomen van het bezoek aan haar moeder?'

Cathérine was bij die woorden ineengekrompen. Ze hief haar hoofd op en wilde iets terugzeggen, maar slikte het in. Ze legde haar lepel weg, hoewel haar bord nog niet leeg was, en vroeg: 'Wil je niet weten waarom ik bij een makelaar ben geweest?'

Inderdaad had hij het woord makelaar wel opgevangen, maar er verder niet over nagedacht. Nu pas viel het hem op dat het vreemd was: wat deed Cathérine bij een makelaar?

'En?' vroeg hij.

'Ik heb hem opdracht gegeven mijn huis te koop te zetten.'

Dat verraste hem dermate dat ook hij zijn lepel weglegde. 'Wil je je huis verkopen?'

'Ja. Ik krijg er jammer genoeg niet veel voor, maar de makelaar denkt dat het toch wel iets meer zal zijn dan ik er zelf ingestoken heb. Dan heb ik een beetje kapitaal.'

'Ja, maar – waarom?'

Ze keek langs hem heen naar de muur en vestigde haar blik op een arrangement van strobloemen dat er hing en onder een laag stof een gelijkmatige grauwe tint had aangenomen.

'Ik wil daar niet meer wonen. Het is een lelijke, trooteloze woning, en ik heb me er geen minuut prettig gevoeld. Bovendien wordt het tijd dat ik...'

'Wat?'

'Dat ik mijn leven verander,' zei ze, en de mistroostige toon waarop ze dat zei, verried dat ze heel goed wist dat het met de verkoop van haar huis alleen niet gedaan was, dat er bovendien maar heel weinig mogelijkheden voor haar waren om een werkelijke verandering door te voeren, 'dat wordt hoog tijd.'

Een ogenblik lang was hij echt in paniek. Wat was ze in godsnaam van plan? En wat was het verband met die vraag die ze zo-even had gesteld? *Komt Nadine nog terug?*

Wilde ze... geloofde ze soms...?

Maar het volgende moment bevrijdde ze hem van het schrik-beeld dat zich aan hem had opgedrongen.

'Ik ga weg.'

'Weg?'

'Ja, weg. Ergens naartoe. Misschien naar Normandië, naar het dorp waar onze tante heeft gewoond. Ik voel me daar immers...'

'Ja?' Hij werd zich ervan bewust hoe kortaf en stupide hij moest klinken met zijn voortdurende *waarom?, wat?, weg?, ja?*, maar hij was om een of andere reden momenteel niet in staat een logische, samenhangende zin te vormen.

'Ik voel me daar immers niet helemaal verloren; ik ben er vaak geweest en ik ken er de weg een beetje. Ik ken de pastoor tame-lijk goed en een paar vrienden van onze tante herinneren zich mij misschien nog, en ik... nou ja, ik zou er niet helemaal alleen zijn.'

Ze beet zich op haar lippen, want ook zij was zich er, net als Henri, natuurlijk van bewust dat de vrienden van die tante, áls ze nog leefden, zo rond de negentig moesten zijn en zeker niet waren wat een vrouw van voor in de dertig zich van vrienden voorstelde.

'O, Cathérine toch,' zei hij hulpeloos, en het volgende moment schaamde hij zich diep, want er stroomde een gevoel van op-luchting door hem heen en hij vond zichzelf onfatsoenlijk, koud en egoïstisch. Hij zou vrij zijn! Bevrijd van die vrouw, die dik, le-lijk en door het leven gedupeerd aan hem vastkleefde sinds hij zich kon heugen, en die hij niet van zich af kon schudden, omdat ze niemand anders had dan hem. Natuurlijk was ze trouw en ij-verig geweest, was ze hem zodra hij maar belde bijgesprongen, maar wat had ze er niet allemaal voor terugverlangd? Toewij-ding, aanspraak, erbij willen horen. Wat had Nadine weinig met haar opgehad – en was dat niet heel begrijpelijk? Welke vrouw vond het leuk om niet alleen met haar man, maar ook met zijn nicht te zijn getrouwd?

Op dit moment vielen hem de schellen van de ogen en zag hij dat Cathérine de stoorzender in zijn huwelijk met Nadine was geweest, verantwoordelijk voor alles wat er misgegaan was. Haar terugtrekking betekende dé grote kans op een nieuw begin.

'Cathérine,' zei hij, en hij hoopte maar dat ze niet kon zien wat er absoluut in zijn ogen te lezen moest zijn, 'wil je dat werkelijk?'

Ze nam hem op met een vreemd soort koelte die hij nog nooit van haar had gezien, en hij vermoedde dat ze heel goed doorhad wat er in hem omging. Zijn gevoel van schaamte werd nog sterker, maar ook zijn gevoel van hoop.

'Ik weet heel zeker dat ik dat ga doen,' antwoordde ze, 'want wat heb ik verder nog voor mogelijkheden? Het zogenaamde leven dat ik hier leid is geen leven. Het is een erbarmelijk bestaan, eenzaam, onvervuld en nu, na alles wat er is gebeurd, ook nog zonder hoop. Jij zult Nadine nooit laten gaan, en ik kan er niet meer tegen langer bij je in de buurt te leven. Je weet dat ik altijd naar jou heb gesmacht, maar wat me nu wegdrijft is niet dat verschrikkelijke verlangen, waarvan ik me nooit zal kunnen bevrijden, maar de pijn om aan te moeten zien hoe de man die alles voor mij betekent zich vastklampt aan een vrouw die...' Ze verbeet zich en maakte de zin niet af, heel goed wetend dat hij een afkeurend oordeel over Nadine nog steeds niet zou accepteren.

'Daar hoeven we het niet meer over te hebben,' zei ze. 'Je kent mijn gedachten en mijn gevoelens goed genoeg.'

Nou en of hij die kende! Hoe vaak had ze niet over Nadine gepraat en haar meestal op een heel subtiele, ongrijpbare manier aangeklaagd. Daartussendoor was ze ook wel eens heftig geworden en had ze hem heel duidelijk laten weten hoe ze over zijn vrouw dacht. Wat een verschrikkelijke, ondraaglijke toestand eigenlijk. Hij vroeg zich nu vol radeloosheid af waarom het hem vroeger niet was opgevallen. Waarom had hij gewacht tot zíj er een streep onder zette?

'Ik zal je komen opzoeken,' zei hij, maar hij wist dat die intentieverklaring op zich al een leugen was, en dat wist Cathérine ook.

'Net zo vaak als je bij onze tante op bezoek ging, zeker,' antwoordde ze spottend, en hij boog zijn hoofd, omdat ook dat een nalatigheid in zijn leven was, en bovendien een, waarvoor hij geld had gekregen en aangenomen. Maar ondanks dat terechte verwijt kon hij niet ophouden met blij te zijn, en terwijl ze langzaam, zwijgend en met ernstige gezichten verder aten, verbreidde zich in hem een jubelstemming en verheugde hij zich nu al op een nieuw leven met Nadine. Hij diende de volgende gang op en ging helemaal op in zijn verbeelding van toekomstige harmonie, toen hij ruw uit zijn dromen werd opgeschrikt door een dringend geklop op de deur.

'Wie kan dat zijn?' vroeg Cathérine.

Het waren Bertin en Duchemin. Ze wilden weten waar Henri op zaterdagavond 6 oktober was geweest.

En wie hij kon aanwijzen om zijn alibi te bevestigen.

8

Uiteindelijk was het de dorst die het meest ondraaglijk werd. Hoewel Monique het idee had dat het verlies van het besef van tijd haar vroeg of laat stapelgek zou maken, zou ze vóór die tijd vast al van de dorst het loodje hebben gelegd. Uur na uur – zonder te weten hoelang een uur duurde of wanneer er een om was – leefde ze in hoop en vrees dat haar kwelgeest zou komen opdagen om haar iets te eten en te drinken te brengen, maar op het laatst moest ze toch aan het gruwelijke idee gaan wennen dat hij niet zou komen voor ze dood was en hij haar lijk moest laten verdwijnen. Haar theorie dat hij haar tenminste in leven zou laten tot hij wist wie haar zijn mobiele nummer had gegeven, leek niet bewaarheid te worden. Hij wilde haar ombrengen, maar had om een of andere reden besloten haar niet te wurgen, zoals Camille en Bernadette. Hij zou gewoon wachten tot ze gecrepeerd was.

Op dit punt in haar overwegingen aangekomen, was ze gaan huilen en vroeg ze zich af waarom het juist nu had moeten gebeuren, net nu ze aan een nieuw leven had willen beginnen. Ze herinnerde zich hoe gelukkig en ontspannen ze zich die morgen had gevoeld – vanmorgen, gistermorgen? – en het was zo onrechtvaardig dat er nu zoiets verschrikkelijks moest gebeuren, maar meteen daarna begon ze nog harder te huilen, want datgene wat haar nu overkwam ging ieder voorstellingsvermogen zover te buiten, dat het altijd verschrikkelijk en onverdraaglijk was.

Op het laatst lieten de tranen het afweten, omdat ze er geen kracht meer voor had. Ze had tegen de muur staan leunen, maar was langzaam naar beneden gegleden en merkte dat ze opgerold als een embryo op de grond lag, half verstijfd van de kou en met een gevoel in haar mond alsof er watten in zaten – alsof met de tranen het laatste restje vocht uit haar lichaam was verdwenen. Ze krabbelde overeind, snoof wat in het donker en hield zichzelf voor dat ze haar ontvoerder in de kaart speelde als ze haar zenuwen niet in bedwang hield en zich overgaf.

'Ik moet goed nadenken wat ik ga doen,' zei ze hardop.

Het schoot haar te binnen dat ze potten en blikken op de houten plank voelde staan, en bij het idee dat daar ingemaakte vruchten in zouden kunnen zitten waarvan ze het sap kon *drinken*, begon ze meteen in de richting te kruipen waar ze meende dat de plank zich bevond. Omdat de ruimte zo klein was, stootte ze algauw haar hoofd onzacht tegen een van de planken. Ze kwam op haar knieën overeind en begon haastig de vakken af te tasten, smachtend, zoals iemand in de woestijn die een oase vermoedt. Haar trillende vingers sloten zich om een glazen pot en ze tilde hem op. Hij woog te zwaar om leeg te zijn.

Ze slaagde erin de rubberring van het deksel los te trekken en de pot te openen. Ze hoorde het geklots van een of andere vloeistof en vergat daardoor alle voorzichtigheid. Ze zette het glas aan haar lippen en kiepte de halve inhoud in haar mond – om die het volgende moment sputterend en kokhalzend weer uit te spugen. Azijn. Ze had ingelegde augurken te pakken, walgelijk zure, ingelegde augurken.

Ze liet zich op de grond zakken, hoestte en hijgde en veegde met een krachteloze beweging de azijn van haar kin.

Misschien was hij een nog grotere sadist dan ze dacht. Misschien had hij de hele plank met dit soort verschrikkingen gevuld, omdat hij wist dat ze in haar vertwijfeling zou proberen de potten open te maken.

Daar kwam ze alleen maar achter als ze het bleef proberen.

Langzaam en kreunend kwam ze weer overeind.

9

'Het allerergste was nog dat ik de kinderen kwijtraakte,' zei Christopher. 'Ik wist zeker dat er andere vrouwen in mijn leven zouden komen, maar deze kinderen nooit meer. In de eerste weken dacht ik dat ik knettergek werd. De ontzetting waarmee ik in die lege kamers keek, deed bijna lichamelijk pijn. Ik liep in kringetjes rond en dacht op een gegeven moment dat ik met mijn kop tegen de muur zou lopen.'

'Ik zou het niet kunnen verdragen, om Sophie te verliezen,' zei Laura. 'En dat is voor mannen misschien niet veel anders. Het moet een zware tijd voor je zijn geweest.'

'Het was een hel,' zei hij zacht.

Ze zaten voor de haard, waarin een vuurtje brandde, dronken

313

rode wijn en keken in de vlammen, de enige lichtbron in de kamer.

Toen Christopher kwam hing er een gespannen sfeer. Die middag was inspecteur Bertin bij Laura geweest en had haar rechtstreeks meegedeeld dat hij wist dat Peter en Nadine Joly een verhouding hadden gehad.

'En ik weet ook dat u daar al een aantal dagen van op de hoogte was. Waarom hebt u dat in ons gesprek niet vermeld?'

Ze had geprobeerd uit te leggen wat er in haar omgegaan was en het idee gekregen dat hij er begrip voor opbracht – hoewel hij haar gedrag niet goedkeurde. 'Het gaat om een geval van moord, mevrouw, en dan is er geen plaats voor schaamte en gekwetstheid. Als u belangrijke feiten achterhoudt, beschermt u in feite de moordenaar van uw man.'

Hij had nog een aantal dingen van haar willen weten, en reageerde met een schok toen hij hoorde dat Peter samen met Nadine de benen had willen nemen naar Argentinië.

'Wanneer kwam u daarachter?' vroeg hij onmiddellijk, maar ze was er niet zeker van of hij geloofde dat ze het pas had ontdekt nadat Peter al verdwenen en dood was. Natuurlijk had ze zich verdacht gemaakt, maar dat schoot haar later pas te binnen. Ze had een goed motief gehad om haar echtgenoot te doden. Toen Bertin wegging, had ze gevraagd wie hem had ingelicht over Peter en Nadine, maar hij had de naam van zijn informant voor zich gehouden. Laura wist nagenoeg zeker dat Christopher hem klare wijn had geschonken en ze vroeg het hem dan ook toen ze een aperitief zaten te drinken. Hij ontkende het niet.

'Laura, hij is rechercheur. Ik neem het risico niet om tegen hem te liegen. Op een dag komt het uit en wat voor figuur sla ik dan? Trouwens – wat had ik anders moeten zeggen op de vraag waarom ik niet ongerust werd toen Peter wegbleef?'

Ze begreep het wel, maar ze vond het toch niet loyaal van hem.

'Je had me kunnen bellen om me te waarschuwen.'

Hij toonde zich berouwvol, en zwijgend waren ze gaan eten. Maar op een of andere manier – ze kon niet precies zeggen hoe het hem was gelukt – had hij het gesprek op zijn eigen levensverhaal gebracht. De manier waarop hij erover vertelde, maakte dat ze medelijden met hem kreeg en de behoefte had hem te troosten.

'Het gezin,' vervolgde Christopher nu, 'was altijd het belangrijkste in mijn leven. Vanaf de dag dat mijn moeder... bij ons wegging, toen die hel begon, heb ik het alleen uitgehouden door telkens tegen mezelf te zeggen dat het ooit anders zou worden. Later, als student, toen mijn vrienden nog vol waren van de vrijheid en hun zelfverwezenlijking, droomde ik er al van thuis te komen en begroet te worden door een vrouw en een schare kinderen...' Hij grijnsde weemoedig. 'Nou ja, een schare was het niet, maar die twee hielden me ook wel in touw.'

'Dat kan ik me voorstellen,' zei Laura. 'Ik heb maar één dochter, en die slaagt er ook in me de hele dag bezig te houden.'

'Ik geloof dat ik het je al een keer gevraagd heb: waarom haal je haar niet hiernaartoe? Hoe houd je het uit zonder haar?'

'Ik weet dat ze in goede handen is. En in m'n eentje ben ik mobieler. Ik kan momenteel gewoon niet zo goed voor haar zorgen als mijn moeder.'

Hij knikte, maar overtuigd was hij niet, leek het. Met zijn voorgeschiedenis, dacht ze, kan hij blijkbaar niet begrijpen hoe je ook maar een uurtje vrijwillig van elkaar gescheiden kunt zijn.

'In de meeste echtscheidingsgevallen worden de gevoelens van de vaders gewoon heel cru buiten beschouwing gelaten,' zei Christopher. 'Ik heb destijds contact opgenomen met een belangenvereniging in Duitsland van vaders van wie de kinderen ook weggenomen waren. We probeerden elkaar met raad en daad terzijde te staan. Sommigen streden al jaren voor een uitbreiding van het omgangsrecht en zelfs om de kinderen toegewezen te krijgen. Maar ze kregen nauwelijks een poot aan de grond, en toen me dat duidelijk werd, heb ik me uit de groep teruggetrokken. Ik accepteerde dat het gezin dat ik had voor mij niet meer bestond. Maar ik zei ook tegen mezelf dat ik nog altijd jong genoeg was om opnieuw te beginnen.'

'En dat is ook zo,' antwoordde Laura met een warme stem. 'Ik denk dat je het beste hebt gedaan wat je kon doen: de situatie accepteren en vooruitkijken, in plaats van je krachten te verspillen in een uitzichtloze strijd en daarmee het heden en de toekomst te vergeten.'

'Zie jij dat echt zo?'

'Natuurlijk. En ik ben ervan overtuigd dat je opnieuw het geluk zult vinden.'

Hij keek haar op een vreemde, doordringende manier aan. 'Het gaf me een heel bijzonder gevoel... daarnet,' zei hij. 'Hierheen te komen... en 's avonds de lichtjes door het raam te zien stralen. Het was zo warm en verwachtingsvol, om te weten dat er een vrouw op me wachtte. Dat ze het eten had klaargemaakt, de haard had aangestoken en een fles wijn had opengetrokken... Nog fijner was het geweest als ik ook door de kleine Sophie was begroet en had meegemaakt dat ze enthousiast een toren van blokken wilde laten zien, of een vogel die ze geschilderd had... Dát zou volmaakt zijn geweest...'

Plotseling kreeg ze het verontrustende gevoel dat hij te dichtbij kwam, en met ironie probeerde ze hem weer wat op afstand te krijgen.

'O, maar het zou nog véél volmaakter zijn geweest als ik wat minder zout in de courgettes had gedaan,' giechelde ze, want ze hadden bij het eten veel water moeten drinken.

Christopher pikte die ironie niet op. 'Je weet toch wel wat het betekent als er met zout wordt gemorst?'

Bijna onmerkbaar ging ze een beetje bij hem vandaan. 'Ik vind niet,' zei ze stijfjes, 'dat je zulke wijsheden moet veralgemeniseren.'

Christopher keek haar recht in de ogen. Ze probeerde onder zijn blik stand te houden, maar sloeg ten slotte haar ogen neer.

'Laura,' zei hij heel zacht, 'kom, kijk me eens aan.'

Met tegenzin keek ze op. 'Ik geloof,' weerde ze zwakjes af, toen zijn gezicht dichter bij het hare kwam, 'ik geloof dat ik niet...'

Hij kuste haar heel zacht op de lippen. Het verraste haar hoe aangenaam die aanraking was. Wanneer was ze voor het laatst zo gekust? Peter had haar al heel lang alleen nog maar bij het komen en gaan een nietszeggende kus op haar wang gegeven, zoals verre kennissen bij elkaar doen.

'Wat geloof je niet?' vroeg hij, en kuste haar nog een keer.

Ze geloofde dat ze niet wilde wat hij deed, maar ze was om een of andere reden niet in staat om dat tegen hem te zeggen. Zijn woorden bevielen haar niet, maar ze reageerde op zijn aanraking. Haar hoofd wilde het niet, maar haar lichaam werd wakker en reageerde er warm, meegevend en verwachtingsvol op.

Ze stond snel op. 'Ik ga de glazen naar de keuken brengen,' zei ze.

Christopher liep haar met de halflege wijnfles achterna. Terwijl ze besluiteloos bij de gootsteen stond, ging hij achter haar staan en sloeg beide armen om haar heen. Ze keek neer op zijn zongebruinde polsen en het verlangen kwam bij haar op om zich te laten vallen. Al kon ze maar een paar minuutjes aan die nachtmerrie ontsnappen – het leek haar een heel groot geschenk om even los te kunnen laten en te worden opgevangen, zwak te mogen zijn en bescherming te vinden tegen alles wat haar opjoeg en op haar afkwam. Eén momentje maar, één kort momentje maar...

'Je bent zo mooi,' fluisterde hij in haar oor, 'je bent zo prachtig...'

'Dit kan niet,' zei ze, toen ze zijn handen langzaam tussen haar benen voelde schuiven.

'En waarom niet?'

'Je bent... je was Peters vriend... hij is net een week dood... ik... dit kunnen we niet doen...'

De stem bij haar oor werd er niet minder zacht en verleidelijk door. 'Peter was een klootzak. Hij heeft je jarenlang bedrogen. En jou niet alleen. Hij heeft ook je kind bedrogen en jullie gezin kapotgemaakt. Hij is het niet waard dat je om hem rouwt. Hij heeft alles gehad en hij heeft alles verspeeld...' Hij streelde haar heel zacht tussen haar benen, en van het ene moment op het andere ontwaakte haar begeerte. Aan de plotselinge scherpe ademhaling bij haar hals merkte ze dat hij het getintel van haar huid en het feit dat alle fijne haartjes opeens overeind stonden, had opgemerkt en juist had geïnterpreteerd.

'Doe wat je fijn vindt,' fluisterde hij, 'je hebt het al zo lang niet meer gedaan. Doe eindelijk wat je fijn vindt...'

Ze wilde door die sterke handen vastgehouden worden. Ze wilde vergeten. Ze wilde oplossen. Ze wilde de pijn niet langer voelen en ook de vernedering en de angst niet meer.

Ze draaide zich langzaam naar hem om, liet toe dat hij haar broek naar beneden trok en heel voorzichtig haar slipje over haar dijen naar beneden schoof. Hij liet zijn handen over haar buik glijden en het was alsof ze een gloeiend heet spoor trokken. Met zijn vingers omsloot hij haar borsten, die zich hadden opgericht en schenen op te zwellen.

Zonder enige moeite tilde hij haar op en zette haar op het aanrecht. Ze leunde achterover, raakte met haar achterhoofd het keukengerei dat aan de muur hing maar merkte nauwelijks dat de randen ervan in haar huid drongen. Christopher legde haar benen over zijn schouders en drong met zoveel haast en heftigheid bij haar naar binnen, dat ze een kreet slaakte – van verrassing, van pijn en van lust.

En terwijl zij er zo bijlag, in die ongemakkelijke, verdraaide houding en – naar ze vermoedde – zeer ongunstig beschenen door het licht van de afzuigkap, wist ze dat ze niet de beste maar wel de belangrijkste seks van haar leven had. Het was vooral triomf die haar vervulde, en de gedachte dat de vernedering die Peter haar had aangedaan op dat moment van haar werd afgenomen, alleen al door het feit dat ze zich door zijn beste vriend op haar eigen keukenaanrecht liet neuken en dat hij het afgrijslijk zou hebben gevonden hen beiden zo te zien.

'Ik hou van je,' fluisterde Christopher, toen hij zwaar ademend over haar heen zakte en zijn natte, bezwete gezicht tegen haar borst drukte.

Zij had geen hoogtepunt gehad, maar in plaats daarvan haar wraak, en dat was een veel beter gevoel. Ze wilde niet reageren op zijn liefdesverklaring, maar kroelde alleen in zijn vochtige haar en hoopte maar dat hij dat als tederheid ervoer. Ze wilde dat hij nu meteen wegging, want ze wilde alleen zijn met haar overweldigende gevoelens, maar ze kon hem natuurlijk niet meteen wegsturen. Intussen voelde ze duidelijk het keukengerei tegen haar hoofd en haar wervelkolom tegen de harde tegels drukken. Lang hield ze die houding niet meer vol.

'Christopher,' fluisterde ze, en bewoog een beetje, om te laten merken dat ze graag weer van het aanrecht af wilde glijden.

Hij tilde zijn hoofd op en keek haar aan. Ze schrok haast van de uitdrukking op zijn gezicht, van zijn vlammende ogen en de smalle, bleke lippen.

'Christopher,' zei ze nog eens, en nu klonk het ongerust.

Hij hield haar hand zo hard vast dat het pijn deed.

'Wanneer trouwen we?' vroeg hij.

Ze sperde haar ogen wagenwijd open en staarde hem verbijsterd aan.

Dinsdag 16 oktober

1

Hij had de hele nacht niet geslapen en alleen maar liggen woelen. Om zes uur 's morgens hield hij het niet meer uit en stond hij op. Buiten was het nog pikdonker, maar voor zover hij het kon bekijken hield het koude, droge weer aan. Wat mooi. Een zonnetje paste bij het begin van een nieuw leven.

Hij was graag bij Laura blijven overnachten. Het liefst had hij haar na die haastige vrijpartij in de keuken nog een keer in haar bed willen beminnen, tederder en rustiger ditmaal. Daarna zou ze in zijn armen in slaap zijn gevallen en dan had hij haar in haar slaap kunnen gadeslaan, naar haar ademhaling luisteren en haar gezicht kunnen bekijken, als het zacht en ontspannen was. Ze zouden samen, tegen elkaar aan gevlijd, wakker zijn geworden, in bed koffie hebben gedronken en door het raam naar het ochtendgloren hebben gekeken.

Maar zij wilde alleen zijn en hij had geaccepteerd dat deze ontwikkelingen misschien te snel voor haar waren gegaan en dat ze een beetje tijd nodig had om eraan te wennen.

Maar nu hij zijn doel voor het grijpen had, kon hij het bijna niet meer uithouden. Eindelijk was hij weer geborgen, eindelijk zou hij weer in gezinsverband leven. Hij had het zo lang gemist en er zo naar verlangd, dat hij zich nu afvroeg hoe hij al die jaren eigenlijk had kunnen bestaan. Het was de vreselijkste tijd van zijn leven geweest, maar die was nu voorbij en hij zou er alles aan doen om hem te vergeten.

Hij dacht aan haar verraste gezicht toen hij vroeg wanneer ze zouden trouwen. Ze was sprakeloos geweest en was daarna onder hem vandaan van het aanrecht gekronkeld. Ze had zich met hectische bewegingen aangekleed en met beide handen geprobeerd haar verwarde haren weer glad te strijken, en er was in hem zo ontzettend veel tederheid voor haar ontwaakt. Ze was er verlegen mee, natuurlijk, ze was geen lichtzinnige vrouw en ze schaamde zich ervoor dat ze haar zelfbeheersing had verloren. Daarom moest ze ook meteen weten hoe serieus hij het meende, dat hij geen goedkope affaire met haar wilde, geen terloopse seks. Ze moest weten dat hij voor haar dezelfde gevoelens koesterde als zij voor hem en dat hun liefde voor de eeuwigheid was geschapen.

Omdat ze zich emotioneel overbelast scheen te voelen en hem geen antwoord had kunnen geven, had hij ten slotte heel zachtjes over haar haren gestreken.

'Wil je alleen zijn?' had hij gevraagd. Natuurlijk hoopte hij dat ze nee zou zeggen, maar ze had tamelijks snel *ja!* gezegd, en toen was hij gegaan – met verende tred, gedreven door de wens zijn geluk in de koude oktobernacht uit te schreeuwen, zijn geluk over het feit dat een lange tijd van lijden voorbij was en dat het leven weer voor hem openstond.

Het liefst belde hij haar nu meteen op, maar hij hield zich in; het was per slot van rekening nog heel vroeg in de morgen en misschien lag ze nog heel diep te slapen.

Hij ging de keuken in en zette het koffiezetapparaat aan. Hij pakte yoghurt uit de koelkast en mixte die in een schotel met müsli. Toen hij daarmee klaar was, stelde hij vast dat hij waarschijnlijk niet in staat zou zijn iets te eten en gooide alles in de afvalbak. Hij was veel te rusteloos. Kon hij nou maar opbellen en eindelijk haar stem horen! Hij keek op de klok. Het was tien voor half zeven. Om zeven uur zou hij bellen. Langer hield hij het niet uit.

Hij dronk zijn koffie staande in de huiskamer, met zijn hoofd tegen de gordijnen voor het raam geleund. Hij staarde naar buiten in de donkere straat, waar nog geen enkel leven te bekennen was. Er knaagde iets in zijn onderbewustzijn, iets wat hem een gevoel van onbehagen gaf en niet paste bij alle vreugde en geluk die hij voelde. Toen schoot het hem te binnen: o ja, dat *mens* daarbeneden, in zijn kelder! Hij was haar volkomen vergeten. Nerveus beet hij op zijn nagels. Hij moest bedenken wat hij met haar zou doen.

Maar nu niet. Nu was hij veel te opgefokt. Weer keek hij op de klok. Schoven die wijzers altijd zo irritant traag vooruit? Wanneer werd het eindelijk zeven uur?

2

Laura stond om half zeven op, nadat ze bijna twee uur lang tevergeefs moeite had gedaan om weer in slaap te vallen. Ze kon die rusteloosheid niet goed verklaren. Ze had de vorige avond een triomf gevoeld en ze was lange tijd niet met zo'n licht gemoed in bed gekropen. Het was ook niet zo dat ze bij het wakker worden op dat vroege ochtenduur opeens spijt had gekregen, integendeel, ze had geen enkele spijt van wat ze gedaan had. Het was meer een soort ondergronds gevoel van dreiging dat in haar rondspookte, het idee dat ze misschien iets in gang had gezet wat ze niet onder controle kon houden.

Misschien kwam het door Christophers huwelijksaanzoek.

Ze was zelden zo verrast geweest en had zich ook zelden zo onbehaaglijk gevoeld in een situatie. Omdat het duidelijk was dat een dergelijke essentiële beslissing als trouwen bepaald niet in een paar hartstochtelijke minuutjes op het aanrecht werd geboren, moest ze er wel vanuit gaan dat Christopher zijn genegenheid al een tijdje met zich meedroeg. Al in de tijd vóór Peters dood? Dat vond ze geen prettige gedachte, evenmin als de herinnering aan zijn gedrag van de laatste paar dagen. Hij had heel duidelijk haar nabijheid gezocht, hoewel ze hem ettelijke keren had laten blijken dat ze liever alleen was. Ze had het als vriendschap geïnterpreteerd en zich geschaamd dat ze hem zo afwijzend had bejegend. Maar nu begreep ze dat hij zélf behoefte aan haar nabijheid had en dat het wel degelijk gezonde intuïtie was geweest die haar liet terugdeinzen.

En nu, dacht ze, moet ik absoluut rechtsomkeert maken, zonder hem pijn te doen.

Ze ruimde de afwasmachine met de vaat van de vorige avond uit, zette de glazen, de borden en het bestek in de kast en keek ondertussen telkens op de klok. Ze moest nodig met Anne praten, maar durfde haar niet voor zevenen te storen. Ze veegde zelfs nog de keuken en zette de oven aan om een oud stokbrood voor het ontbijt op te bakken.

Om een minuut voor zeven belde ze Anne.

3

Ze was in gesprek!

Hij staarde naar de telefoon in zijn hand, alsof die hem antwoord kon geven op zijn brandende vraag.

Het was *zeven uur in de morgen.*

Met wie belde ze in godsnaam om deze tijd van de dag?

Hij drukte de telefoonhaak in en toetste opnieuw Laura's nummer in. Misschien had hij zich vergist.

Nog steeds in gesprek. Er leek iets van hoon in mee te klinken, alsof er de spot met hem werd gedreven.

Hij voelde zijn vingertoppen tintelen, de voorbode van de woede die hem zo vreselijk te grazen kon nemen. De woede waarvan hij had gehoopt dat hij hem nooit meer zou overvallen.

Hopelijk had ze een verdomd goede verklaring voor dit gesprek op de vroege ochtend!

4

Anne klonk slaperig toen ze opnam, maar ze was gelijk klaarwakker toen ze Laura's stem herkende. Ze luisterde aandachtig en geconcentreerd naar haar verhalen.

'Het is niet te geloven,' zei ze ten slotte, 'die vorige vent ligt amper onder de groene zoden of de volgende huwelijkskandidaat staat al op de stoep! Weet je wel dat er in mijn hele bestaan nog nooit een man met zo'n aanzoek bij mij is gekomen?'

Laura moest lachen. Anne op het stadhuis, wat een gek idee. 'Jij verkondigt constant hoe burgerlijk je het vindt als mensen met elkaar trouwen,' zei ze. 'Welke man durft het dan nog aan je dergelijke onzedelijke voorstellen te doen?'

Ook Anne begon te grinniken, en Laura merkte dat het alweer beter met haar ging. Het was telkens weer verbijsterend hoe goed het haar deed om Annes stem en haar enigszins rokerige lach te horen, waarmee ze zelfs grote problemen binnen een mum van tijd van hun scherpte kon ontdoen.

'Die Christopher,' zei Anne, 'komt wat jou betreft dus niet in aanmerking, als ik je goed begrijp.'

'Nee, echt niet. Op dit moment komt geen enkele man in aanmerking. Ik wilde alleen...'

'Je wilde gewoon weer eens een lekker potje neuken, verder niet,' zei Anne vol begrip, want dat was in feite exact wat zijzelf van mannen wilde. 'Maar dat kun je hem toch duidelijk maken!'

'Natuurlijk. Maar ergens vind ik het toch vervelend. Ik geloof dat hij in mij een vrouw zag die nooit... nou ja, zomaar, zonder diepere gevoelens met een man naar bed gaat.'

'Dan heeft hij zich gewoon vergist en dat moet hij dan maar begrijpen. Laat je vooral geen slecht geweten aanpraten! Je hebt hem tenslotte geen trouwbelofte gedaan. Als hij het anders ziet, is dat zíjn probleem.'

'Dat is zo.' Laura wist dat Anne gelijk had, maar was er toch op een of andere manier van overtuigd dat ze een enorm probleem had, zonder te kunnen verklaren waar dat uit bestond. Anne kende Christopher niet. Anders had ze vast meteen begrepen dat...

Wat nou? vroeg Laura zich af. Wat zit ik het toch te dramatiseren! Christopher is verliefd op me geworden, maar ik niet op hem. Zulke dingen komen duizenden keren voor. Als ik had geweten wat voor gevoelens hij voor me had, dan had ik het niet met hem gedaan, maar het is nu gewoon gebeurd. Hij overleeft het wel.

'Ach, Anne,' zuchtte ze, 'op het moment zie ik waarschijnlijk overal spoken. Ik hoop dat ik gauw mag vertrekken van de politie. Ik wil naar huis. Ik heb mijn kind nodig en ik heb jou nodig. Afgezien daarvan heb ik een heleboel dingen te regelen.'

'Als je het prettig vindt, regelen we die dingen samen,' bood Anne aan. 'Ik ben er voor je, dat weet je. En mijn oude aanbod van die gezamenlijke fotostudio staat nog steeds. Overigens, je kunt ook met liefde onderdak bij mij krijgen als je uit je mooie huisje in de villawijk moet vertrekken. Ik heb plaats genoeg voor jou en Sophie, en dan kun je in alle rust naar iets anders zoeken.'

'Dankjewel,' zei Laura zacht, 'als jij er niet was, zou ik me heel wat ellendiger voelen. Je geeft me gewoon de hoop dat alles weer verdergaat.'

'Het gaat niet alleen verder, het wordt een heel nieuw en een veel beter leven,' voorspelde Anne. 'Je wordt weer jong. Dat kan ik je beloven.'

Ze namen afscheid, en Laura registreerde opgelucht hoeveel rustiger en optimistischer ze zich voelde. Wat had Peter Anne gehaat! Maar het was hem nooit gelukt haar uit het leven van zijn vrouw te verwijderen. En nu bleek ze haar reddingsboei te zijn.

Laura had nog maar nauwelijks opgehangen of daar ging hij

alweer. Ze kromp in elkaar. Dat was zeker haar moeder; wie anders zou haar zo vroeg bellen?

Zoals altijd wanneer ze een gesprek met Elisabeth voor de boeg had, voelde Laura zich bedrukt. Ze nam op met een stem die een beetje klonk alsof ze watten had ingeslikt. 'Ja, hallo?'

Maar op hetgeen er nu volgde, was ze absoluut niet voorbereid. Er stond iemand tegen haar te schreeuwen op een schelle, overslaande en – een beetje vreemd was het wel – wanhopige toon.

Eerst wist ze ook absoluut niet wie ze aan de lijn had.

'Met wie zat je daarnet te praten? Met wie zit jij op deze tijd van de dag te praten? Geef antwoord! Geef nu onmiddellijk antwoord!'

5

Monique werd wakker door de brandende dorst, zo leek het althans, maar het kon ook de kou zijn geweest of de pijn in haar verstijfde ledematen. Automatisch hield ze haar horloge tegen haar oor en luisterde naar het regelmatige getik. Ze had nog steeds geen enkel benul hoeveel tijd er sinds haar ontvoering was verstreken, of het dag of nacht was, of de zon of de maan buiten scheen, alleen het tikken van haar horloge hielp haar tegen het steeds sterker wordende gevoel dat ze gek werd.

Na de schok van de in azijn ingelegde augurken was het haar even later gelukt een pot met ingemaakte perziken te openen. Nog nooit van haar leven had ze iets zo verrukkelijk en opwekkend gevonden als dat ingedikte, zoete, koude sap dat door haar uitgedroogde keel gleed en de stevige, vochtige stukken perzik, die tenminste een tijdje de allerergste, kwellende honger stilden.

Ik overleef dit, had ze bijna euforisch gedacht, ik overleef dit!

Het zoeken naar de pot in de ondoordringbare duisternis had haar enorm uitgeput, en toen ze in de hoek was gaan zitten, was ze bijna meteen ingeslapen. Hoeveel uren haar slaap had geduurd wist ze niet. Maar ze schrok ervan toen ze merkte hoe erg de dorst alweer brandde.

Suiker, dacht ze, de perziken waren zwaar gezoet.

Maar ja, ze had geen keus, ze moest hopen opnieuw een pot met vruchten te pakken te krijgen, met of zonder suiker.

De honger veroorzaakte kramp in haar maag, terwijl ze in de richting kroop waarvan ze dacht dat de plank zich bevond.

Een keer stopte ze, omdat ze meende een geluid in het huis te horen, maar het bleef helemaal stil en ze nam aan dat ze zich had vergist. Misschien ging ze straks dingen horen en zien die er helemaal niet waren. Ze had ooit eens gelezen dat langzaam verhongeren en verdorsten gepaard ging met steeds heviger wordende waanvoorstellingen. En intussen was het haar duidelijk dat haar ontvoerder dát nu juist met haar voorhad.

Toen ze bij het rek kwam, begon ze, net als de vorige keer, de vakken af te tasten. Het duurde een hele tijd voor haar vingers zich opnieuw om een voorwerp sloten, maar toen ze beter voelde stelde ze vast dat ze een blik te pakken had. Geen kans om dat open te krijgen. Ze onderdrukte de plotsklaps opkomende, overweldigende paniek. Stel dat ze de enige weckfles had gevonden die er was! Stel dat er verder alleen nog maar blikken waren! Dan kon ze alle hoop meteen laten varen.

Verder zoeken, beval ze zichzelf, en houd in godsnaam je zenuwen onder controle.

Ze rommelde en tastte, en de dorst werd almaar heviger. Ze moest continu aan een blikje cola denken, dat beslagen uit de koelkast werd gepakt en waarlangs een druppel liep. Drinken, drinken, drinken. Wat was ze daar vroeger achteloos mee omgegaan. Hele flessen water had ze weggegooid omdat het koolzuur eruit was, en soms had ze uren niets gedronken omdat ze te lui was om naar de keuken te lopen. Maar toen had ze ook de zekerheid gehad dat ze haar hand maar hoefde uit te steken om water, cola en limonade in overvloed te hebben. En ze had nooit kunnen dromen nog eens in een situatie terecht te komen waarin ze het condenswater van de muur zou hebben gelikt, als dat er was geweest.

Ze vond een pot en trok met trillende vingers aan de rubberen sluitring. *Lieve god, laat het geen augurken in azijn zijn, alsjeblieft! Laat het fruit zijn. Fruit met veel sap!*

Nog nooit had ze zo'n tomeloos, wanhopig verlangen beleefd. Een verlangen dat je lichaam liet beven, je hart liet bonzen en je oren deed suizen.

Haar mond was als met stof gevuld, warm en kurkdroog. Haar keel brandde en haar lichaam gloeide.

Het rubber ging los en verdween ergens in het duister. Het glazen deksel gleed uit haar trillende vingers en viel kapot op de grond. Op dat moment kon het gevaar dat de rondzwervende glassplinters opleverden haar niets schelen. Over dat soort dingen kon ze later nog nadenken, later, als ze ervoor had gezorgd dat ze overleefde.

Het waren perziken. Iemand in dit huis, de moordenaar zelf misschien, had een voorliefde voor perziken, en ze kon wel janken van dankbaarheid daarvoor. Ze dronk met grote, dorstige teugen en stak tussendoor de sappige, zoete plakken in haar mond.

Als ik hieruit kom, dacht ze opeens, dan wil ik een huisje met een tuin. Ergens ver weg op het platteland. Ik wil een perzikboom hebben en nog heel veel ander fruit en kippen en katten.

Ze wist niet waardoor dat idyllische beeld juist nu door haar hoofd schoot, maar het vervulde haar met kracht. Het was een mooi levensplan. Ze moest volhouden, wilde ze dat verwezenlijken.

6

Het verbaasde Henri niet dat hij zijn schoonmoeder 's morgens om negen uur nog in haar nachthemd en badjas aantrof. Hij had aangeklopt en nadat ze 'Binnen!' had geroepen, was hij de keuken ingelopen, waarin je kwam zodra je door de voordeur liep. Ze zat aan de tafel met een leeg koffiekopje te spelen. Op de tafel stonden een doosje suikerklontjes, een pakje toast en een halflege pot aardbeienjam. Het zag er niet naar uit dat ze die had aangeraakt, en er scheen hier ook geen tweede persoon te hebben ontbeten. Het elektrische licht brandde, wat de somberheid van dit smalle bergdal nog versterkte.

Nu zijn zintuigen gescherpt en zijn gemoed gevoeliger waren geworden, begreep Henri voor het eerst waarom Nadine zo geleden had onder deze behuizing, en daagde het hem dat hier ook de oorzaak lag van heel wat problemen die later zo zwaar op hun huwelijk hadden gedrukt.

'Goedemorgen, Marie,' zei hij, liep naar haar toe en kuste haar op beide wangen. Hij had haar lang niet gezien en schrok ervan hoe mager ze was geworden en hoe koud haar gezicht aanvoelde. 'Hopelijk stoor ik niet?'

Ze glimlachte. 'Waarbij zou je me storen? Ziet het ernaar uit dat ik druk bezig ben?' Haar glimlach was warm en deed hem aan de glimlach van Nadine denken, zoals die in de eerste jaren van hun huwelijk was geweest. Die had hij al zo lang niet meer van haar gezien. Intussen bekeek ze hem alleen nog maar kil en vol weerzin.

Maar Marie mocht hem graag, dat was altijd zo geweest.

'Ik ben gekomen om Nadine naar huis te halen,' zei hij.

Ze keek hem niet aan, maar bleef met haar kopje zitten spelen. 'Nadine is er niet.'

'Maar ze zei dat ze naar jou toe wilde.' Hij hoopte dat ze zijn angst niet in de gaten had. Had Nadine alweer tegen hem gelogen? Hing ze opnieuw ergens rond, nu met een andere vent? Was Marie eigenlijk wel op de hoogte van het liefdesleven van haar dochter?

'Wat bedoel je,' voegde hij er nerveus aan toe, 'dat ze er niet is?'

'Ze is boodschappen doen,' zei Marie. 'In Toulon. Het kan wel even gaan duren, want ze wilde daarna nog naar de politie gaan.'

'Naar de politie?'

'Er was gisteren een rechercheur aan de deur. Hij heeft een halfuur met haar gepraat en zei dat ze vanmorgen nog een keer bij hem moest komen. Ze heeft mij er niets naders over verteld. Het zal wel over die kennis van jullie gaan, die vermoord is.'

'Peter Simon. Ja, bij mij zijn ze ook geweest.' Hij zei er niet bij dat ze op die dag wel twee keer bij hem waren geweest en dat ze bij hun tweede bezoek duidelijk hadden laten merken dat ze hem verdachten, met de vraag waar hij die avond van 6 oktober was geweest. Hij had naar waarheid antwoord gegeven, maar hij kon geen getuigen met name noemen. Bovendien was hij zowat door de grond gezakt van schaamte, omdat ze nu alles wisten en hij als een slappeling te kijk stond, die niet in staat was zijn vrouw ervan te weerhouden vreemd te gaan. Of was hij daar in hun ogen wel degelijk toe in staat? Geloofden ze werkelijk dat hij zijn rivaal ten slotte omgebracht had om zijn vrouw terug te krijgen? Ze verzochten hem in ieder geval zich beschikbaar te houden en zich niet buiten de regio te begeven.

Hoewel hij zich ongerust maakte, voelde hij zich nu toch opgelucht. Nadine had werkelijk onderdak bij haar moeder gezocht. Peter Simon was dood, en verder had ze niemand in haar leven. Intussen was ze ook niet meer de vrouw die iedere man om haar vinger kon winden.

'Heeft het zin om te wachten?' vroeg hij. Het ontging hem niet dat Marie hem niet had uitgenodigd te gaan zitten, en ergens voelde hij dat ze dat niet uit nalatigheid had gedaan. Ze wilde niet dat hij bleef.

'Marie,' zei hij zachtjes, 'ik kan niet bevatten hoe het zover heeft kunnen komen. Ik zweer je, ik heb al die jaren geprobeerd Nadine gelukkig te maken. Het is me blijkbaar niet zo goed gelukt als ik graag had gewild. Maar ik denk dat jij me best goed kent en dat je weet dat ik nooit willens en wetens iets heb gedaan of zou doen om haar kwaad te doen. Ik houd van Nadine.

Ik wil graag oud met haar worden. Ik wil haar niet verliezen.'

Marie keek hem eindelijk aan. Ze had tranen in haar ogen. 'Ik weet het, Henri. Je bent een prima vent, en dat heb ik Nadine ook steeds gezegd. Die rusteloosheid van haar... en die ontevredenheid... die hebben niets met jou te maken. Misschien zit het gewoon in haar genen. Haar vader was net zo. Hij kon niet met ons binnen een gezinsverband samenleven. Hij dacht altijd dat het geluk heel ergens anders lag. Hij joeg altijd iets na waarvan ik denk dat hij niet eens precies wist wat het was. Een dergelijke geaardheid is mij volkomen vreemd, maar ik heb het noodlot getroffen dat ik het twee keer binnen mijn gezin meemaak.'

'Nadine wordt ouder,' zei hij.

'Ja, en daarin zie ik ook nog hoop. Zelfs haar vader heeft op een gegeven moment een zekere stabiliteit in zijn leven gevonden. Het zou kunnen dat dit ook bij Nadine gebeurt. Geef haar een beetje tijd. En stop niet met van haar te houden.' Ze veegde de tranen weg die over haar wangen liepen. 'Ze is een doodongelukkig mens, en er is weinig wat een moeder meer pijn doet dan haar kind zo te zien en haar niet te kunnen helpen. Ik zou niet willen dat ze zo eindigt als ik.' Ze maakte een gebaar waarmee ze de troosteloze ruimte, de liefdeloos gedekte ontbijttafel, het lege koffiekopje en zichzelf in haar versleten badjas aanduidde. 'Ik zou niet willen dat zij er net zo bij komt te zitten als ik nu.'

De helderheid waarmee ze zichzelf en haar leven beoordeelde, ontroerde hem diep. Hij moest aan Cathérine denken.

Wat zijn er toch veel eenzame mensen, dacht hij, en wat moeten Nadine en ik dankbaar zijn dat wij elkaar hebben. Dat is absoluut niet vanzelfsprekend.

De gedachte aan Cathérine herinnerde hem aan iets belangrijks.

'Ik zal Nadine de tijd geven,' zei hij. 'Ik blijf hier niet op haar zitten wachten en zal haar niet in een hoek drijven.'

Hij zag hoe de opluchting zich op het gezicht van zijn schoonmoeder aftekende.

'Maar ik wil je wel verzoeken iets tegen haar te zeggen. Zeg

tegen haar dat Cathérine weggaat. Dat ze haar woning in La Ciotat verkoopt en in het noorden van Frankrijk gaat wonen. Zij verdwijnt uit ons leven.'
'Denk je dat het enig verschil maakt?' vroeg Marie. Hij knikte. 'Dat máákt verschil. Ik had het jaren geleden al moeten inzien. Maar nu keert alles ten goede, en...' Hij maakte zijn zin niet af en draaide zich om naar de deur.
'Ik ga nu weg,' zei hij. 'Zeg maar tegen Nadine dat ik op haar wacht.'

7

Hij was te ver gegaan, verdomme. Hij had niet zo tegen haar mogen schreeuwen. Dat was fout, overduidelijk fout, en hij kon alleen maar bidden dat hij de kans kreeg om het weer goed te maken.

Hij had maar staan brullen, en toen hij even moest stoppen om adem te halen, had ze meer verbaasd dan kwaad gevraagd: 'Christopher?'

'Ja. Inderdaad. Wat een pech, hè? Je had zeker niet gedacht dat ik om deze tijd zou bellen!'

'Lieve hemel, waar heb je het over?'

'Ik vraag je wat. Met wie heb je gebeld? Wil je misschien antwoord op mijn vraag geven, voordat je tegenvragen stelt!'

Een stemmetje in zijn achterhoofd had hem gewaarschuwd. *Sla niet zo'n heftige, felle toon tegen haar aan; eerst staat ze verbijsterd te kijken en dan wordt ze woest. Dat laat ze niet over haar kant gaan. Je bent bezig alles te verpesten!*

Maar het was ontzettend moeilijk een andere koers in te slaan. Hij was zó buiten zichzelf van woede. Zo verontwaardigd en een en al angst, maar bij hem ontlaadde angst zich altijd in agressie. Hij kon er niet op een andere manier mee omgaan.

Toen had Laura zich van haar verbazing hersteld. 'Ik weet niet waar je het recht vandaan haalt om rekenschap van mij te eisen,' zei ze koel.

Nu hij in de loop van de ochtend het gesprek nog een keer door zijn hoofd liet gaan, herinnerde hij zich dat hij op het moment dat hij die klank in haar stem hoorde, meteen al aanvoelde dat deze geschiedenis met Laura hetzelfde verloop zou hebben als alle vorige, en dat voorgevoel vervulde hem met ontzetting en een groot verdriet. Maar hij dwong zichzelf daar voorlopig niet aan te denken.

Er is geen reden om de hoop op te geven.

Hij was aan de telefoon al een beetje bijgedraaid en had zijn best gedaan om een zachtere toon aan te slaan. 'Ik vind dat je, na alles wat er is gebeurd, zo eerlijk moet zijn het me te zeggen als er een andere man in je leven is.'

Ze was perplex geweest. 'Na alles wat er is gebeurd? Bedoel je... dat van gisteravond?'

'Ja, natuurlijk. Ik... nou ja, voor mij betekent het iets als ik met een vrouw vrij. Misschien is dat bij jou anders...'

En toen had hij haar in de verdediging.

'Het betekent voor mij ook iets als ik met een man vrij,' antwoordde ze treurig. Het klonk niet meer zo koel en wat inschikkelijker. 'Maar misschien gaan de... conclusies die jij eruit trekt mij een beetje te snel...'

'Wat voor conclusies bedoel je?'

'Nou ja, je...' Ze probeerde zich eruit te draaien, en hij merkte dat hij de telefoon bijna fijnkneep, zo vast had hij zijn hand eromheen geklemd. 'Je begon over trouwen, en... dat is mij een beetje al te plotseling...'

Hij kende dat soort vrouwen, met hun hulpeloze pogingen om onder bindingen en verantwoordelijkheden uit te komen, en dat maakte altijd wanhoop en haat in hem los. Onstandvastige, lichtzinnige wezens, die hun leven leidden zoals het kwam, die pakten wat hun werd aangeboden en dat zonder scrupules ook

weer weggooiden als het in hun kraam te pas kwam. Het vervloekte liberalisme en de vrouwenbeweging hadden hen volkomen gek gemaakt. Sinds die tijd leefden ze met het idee dat ze
konden doen en laten wat ze wilden en dat ze zich niets hoefden
aan te trekken van de gevoelens en behoeften van anderen. En
tussendoor herinnerden ze zich af en toe dat mannen *ook mensen* waren, en vervielen ze in dat stomme gestotter dat Laura nu
bezigde – in plaats van gewoon ronduit te zeggen dat ze het *just
for fun* met hem had gedaan...

Die heilloze woede was verwoestend over hem gekomen, maar
hij had hem nog kunnen intomen.

Het hoefde niet zo te zijn als hij dacht. Hij moest rechtvaardig
blijven, hij mocht haar niet zo overhaast veroordelen. Misschien
was ze werkelijk in de war en overrompeld. Het was gisteravond
allemaal heel snel gegaan, daar had ze gelijk in.

'Nou,' zei hij, en hij kreeg de indruk dat hij in ieder geval
rustiger klonk dan hij in werkelijkheid was, 'ik denk dat we dezelfde ideeën hebben over gezin en samenleven. Misschien heb jij
een beetje meer tijd nodig dan ik om je op onze situatie in te stellen. Je hebt de afgelopen weken heel veel meegemaakt.'

'Ja,' zei ze, en het klonk alweer zo treurig. Hij voelde zich als
iemand die hulpeloos om een glimlachje smeekt en het niet krijgt.

'Mag ik je vanavond weer bellen?' had hij deemoedig gevraagd. Natuurlijk had hij haar veel liever gezien dan gebeld,
maar zijn intuïtie zei hem dat ze vandaag geen afspraak meer
zou willen maken en dat hij zichzelf nog meer frustratie be-
spaarde als hij het niet eens vroeg.

'Jawel,' had ze gezegd, en daarna hadden ze allebei een paar
tellen gezwegen. Er golfde veel tussen hen heen en weer dat niet
werd uitgesproken, heel onaangenaam en benauwend, zodat hij
het niet meer uithield en opeens alleen nog maar het gesprek
wilde beëindigen.

'Ik bel wel,' had hij gezegd, waarna hij haastig had opgehangen. Toen was hij in zijn kamer rond gaan lopen en had gepro-

beerd zijn overhoopgehaalde en opgewonden emoties weer tot bedaren te brengen.

Dat had wel even geduurd, en hij had daarbij iets tussen zijn handen fijngeknepen, zonder te weten wat het was. Later stelde hij vast dat het een doosje met foto's was geweest dat hij tot een hard balletje had samengeknepen.

Nadat hij zijn agressie eronder had gekregen kwamen de schuldgevoelens, en de angstige vraag: *Wat heb ik toch gedaan?* en: *Ik had niet zo mogen schreeuwen!*

Ook dat beleefde hij opnieuw, en hij draaide het gesprek nog eens helemaal af, heen en terug, zijn woorden, haar woorden, zijn toon, haar toon, en uiteindelijk kwam hij tot de slotsom dat het allemaal zo slecht nog niet was afgelopen, dat hij helemaal niet zo ontzettend hard had geschreeuwd en niet echt agressief was geweest, dat hij haar niet had aangevallen. Zij van haar kant had hem niet ontweken, ze had alleen maar de gebruikelijke terughoudendheid betracht die een vrouw nu eenmaal behoort te tonen als ze ten huwelijk gevraagd wordt; een zekere aarzeling hoorde bij het spelletje tussen de geslachten en dat gunde hij haar best.

Toen hij zover gekomen was, werd hij voelbaar minder gespannen en kreeg hij zelfs honger. Hij ging de straat op om op het marktplein een café crème te gaan drinken. Daarna bestelde hij nog een quiche en een lichte witte wijn. Hij zat in het zonnetje dat nu, het liep tegen de middag, wat meer warmte verspreidde en dat ervoer hij als zacht en aangenaam. Er liepen een paar honden door het smalle straatje en vlak voor de ingang van Hotel Bérard lag een dikke, grijze kat te slapen.

Wat is het leven toch mooi, dacht hij een beetje slaperig, en toch in het volle bewustzijn dat er iets groots en prachtigs op hem af kwam, altijd weer vol nieuwe mogelijkheden.

Er waren maar weinig mensen te zien. Twee vrouwen van middelbare leeftijd zaten aan het tafeltje naast hem opgewonden te kletsen over een derde vrouw, die zichzelf en haar huis heel erg ver-

waarloosde. Twee mannen met dikke buiken stonden in de deuropening van hun respectievelijke kroegen te praten en te lachen.
Een paar kinderen maakten ruzie om een bal. Een vrouw kwam
naar buiten en ging met een zucht op haar stenen stoep zitten en
stak een sigaret op. Een andere vrouw kwam Hotel Bérard uit. Ze
maakte een gejaagde, nerveuze indruk en struikelde bijna over de
vette kat. Hij bekeek het allemaal vol welwillendheid, vol genegenheid zelfs, als hij er goed over nadacht. Hij hield van mensen.
Weldra zou hij er ook weer bijhoren, een van hen zijn. Hij zou een
vrouw en een kind hebben. Een gezinnetje. Wat zou het heerlijk
zijn om hier 's middags met Laura en Sophie te zitten. Met hen
langs het strand te wandelen. Sophie te leren zwemmen en fietsen.
Hij dacht aan een picknick in de bergen, aan de geur van salie en
pijnbomen en hoog, droog gras, en Bernadette sloeg haar armpjes
om zijn hals en... ho! Hij fronste zijn voorhoofd. Het verkeerde
beeld, de verkeerde naam. De vorige zomer was er zo'n picknick
geweest, en de kleine Bernadette had vol vertrouwen met hem gespeeld en geknuffeld, maar daar *wilde hij nu niet aan denken*!
Zijn dochter heette Sophie. Er was nooit een andere geweest.
Als hij aan een andere dacht, kreeg hij daar uiteindelijk alleen
maar hoofdpijn van en dat wilde hij niet. Het waren lelijke beelden die in zijn bewustzijn bovenkwamen.
Ik hoef die beelden niet te zien als ik dat niet wil!
Hij dacht eraan dat ze natuurlijk in zijn huis zouden gaan
wonen. Na alles wat Laura hem over Peters financiële misère
had verteld, kon hij erop rekenen dat ze haar huis in Quartier
Colette zou moeten verkopen. Maar dat was geen probleem, bij
hem was plaats genoeg voor hen allemaal, een mooie kinderkamer voor Sophie en een tweede, als God zijn grootste wens in
vervulling liet gaan en hem nog een eigen kind schonk.
Hij fronste even opnieuw zijn voorhoofd toen hij aan dat ongedierte in zijn kelder dacht. Wanneer had hij haar daar opgesloten? Gisteren? Eergisteren? Ze had niets te eten, niets te drinken, ze zou algauw... ho!

Hij ging rechtop in zijn stoel zitten. Verdomme, hij was die spullen in de kelder vergeten! Ingemaakt fruit, perziken, mirabellen, kersen... sap genoeg om zich een tijdje mee in leven te houden. En ook nog augurken in azijn tegen de ergste honger... op den duur niet zo heel voedzaam, maar als zíj die spullen vond – en dat was waarschijnlijk zo – kon ze tijdrekken. En dat kon problematisch voor hem worden, want binnenkort, héél binnenkort al, wilde hij Laura haar nieuwe thuis laten zien. En dan wilde ze vast ook de kelder zien...

Hij stond haastig op, legde wat geld onder zijn bord en verliet met snelle passen het marktplein.

8

'Niet dat ik iets van dat krankzinnige geleuter serieus neem,' zei Stephane, 'maar ik vrees inmiddels dat je me niet meer met rust laat. En ik kan het niet meer horen, eerlijk gezegd. Afgezien daarvan laat je je steeds meer gaan. Ik kan er niet eens meer op rekenen dat je de huishouding behoorlijk doet.'

Hij stond zich in de keuken woedend en ongeduldig tegen Pauline op te winden. Een kwartiertje eerder was hij van de bank thuisgekomen, om zoals gewoonlijk tussen de middag met Pauline te eten. Nou ja, gewoonlijk – in ieder geval op dagen als deze, als zij 's middags vrij had. Anders at hij bij Les Deux Sœurs in Les Lecques, en nu wenste hij dat hij daar vandaag ook naartoe was gegaan.

Want er wachtten hem geen heerlijke etenslucht en een mooi gedekte tafel toen hij het huis binnenkwam, maar een vrouw die midden in de keuken huilend op een bankje was ingestort en nog geen vin had verroerd. Ze trilde en snikte, en het had er geen enkele schijn van dat hij erin zou slagen haar achter het fornuis te krijgen. Er lag een opengescheurde zak met aardappelen voor haar, wat erop wees dat ze wel degelijk had willen koken en boodschappen had gedaan.

Het had even geduurd voor ze in staat was iets te zeggen, maar hij vermoedde toch al wat er ging komen. Het was weer die enge stalker. De persoon die haar schaduwde. De killer.

'En?' vroeg hij geïrriteerd. 'Wat nou weer?'

Naar verluidt was ze ditmaal niet gevolgd, maar had iemand haar *opgewacht*. Ze was de tuin ingekomen, vertelde ze in tranen, en daar was iemand geweest. Op het achterterras. Ze had diegene nog net om de hoek zien verdwijnen, maar hij had voor die tijd waarschijnlijk nog aan het raam gezeten.

'Snap je?' snikte ze. 'Die wilde naar binnen! Hij wilde me vast in huis opwachten. Wie weet wat hij van plan was. Hij...'

'Nou, ik denk dat je precies weet wat hij van plan was,' zei Stephane, 'hij wilde je wurgen met een touw en daarna je kleren met een mes opensnijden. Dat is intussen wel duidelijk.' Hij werd altijd hatelijk als hij honger had, en hij had nu wel verdómd veel honger.

Ze staarde hem met grote ogen aan. Haar gezicht was krijtwit. 'Stephane,' stamelde ze, 'Stephane, ik kan het niet meer...'

'Onzin. Drink eerst eens een borrel en dan gaan we kijken of we bij Arlechino nog een portie spaghetti kunnen krijgen. Ik moet absoluut wat eten.'

Hij waggelde met zijn dikke buik de woonkamer in en kwam terug met een glas perenjenever. Ze verzette zich er eerst tegen, maar hij stond erop dat ze het opdronk. Hij wilde voorkomen dat ze hysterisch werd, en bovendien moest ze eindelijk opstaan om met hem te gaan eten.

Toen verklaarde hij dat hij haar absoluut niet serieus nam, maar het zo zat was dat niets meer normaal functioneerde, dat hij haar beloofde iets met haar af te spreken. Onderweg naar Arlechino – zij een halve pas achter hem en nog steeds lijkbleek – legde hij haar zijn plan voor.

'Wanneer moet je weer bij Bérard werken?' vroeg hij. 'Vandaag nog?'

'Nee, morgenmiddag weer.'

'Goed. Dan ga je daar 's avonds dus weer vandaan. Hoe laat?'

'Om tien uur.'

'Mooi. Ik kom je afhalen.'

Ze stond volkomen versteld van zijn aanbod. 'Kom je me afhalen?' Ze scheen niet te weten hoe ze zijn voorstel moest verklaren. 'Waarom kom je me afhalen?' Toen daagde het haar blijkbaar, en ze zette nog grotere ogen op. 'Denk jij dan ook dat de killer het op mij voorzien heeft? Ben je bang als ik alleen op straat loop?'

'God, wat een onzin! Ik kom je overigens niet zozeer áfhalen. Ik ga daar in de buurt van Bérard staan, natuurlijk zo dat niemand me ziet. En als jij naar buiten komt, volg ik je. Draai je alsjeblieft niet om en doe gewoon zoals altijd...'

'Maar als ik doe zoals altijd, draai ik me voortdurend om! Ik heb constant het gevoel dat iemand me volgt.'

Hij zuchtte diep en theatraal. 'Draai je dan gewoon om. Maar roep niet mijn naam en kijk ook niet naar me uit. Ik bén er gewoon.'

'Maar...'

'Er zijn maar twee mogelijkheden. Of je grote onbekende bestaat inderdaad. Dan krijg ik hem in de gaten en zoek ik uit wie hij is en wat hij in zijn schild voert. Of er is niemand, en dan geloof je hopelijk van mij dat ík je ben gevolgd en dat je verder gewoon aan hersenspinsels lijdt. Ik ben er trouwens praktisch zeker van dat het laatste het geval is.'

'Maar het kan toch ook zijn dat hij wel bestaat en toevallig morgen níét opduikt. Dan denk jij dat alles in orde is, maar is het in werkelijkheid...'

'Dan word je in werkelijkheid een dag later om zeep geholpen. Dit is allemaal pathologisch gedoe, Pauline. Weet je, in het begin van onze relatie dacht ik altijd over je: ze is niet mooi, maar ze is een nuchter mens en staat met beide benen op de grond. Intussen kan ik dat helaas niet meer van je zeggen. Ik bedoel, mooi ben je nog steeds niet, maar inmiddels wél overspannen en steeds hysterischer.'

Haar ogen schoten vol tranen. 'Stephane...'

Hij vreesde dat ze weer ging huilen.

'Doe het alsjeblieft niet in je broek. Zo nodig herhalen we dat stomme kiekeboe spelen nog twee of drie avonden. Ofschoon ik me, godbetert, wel iets amusanters kan voorstellen. Maar ik zeg je één ding: als we dan nog steeds niemand hebben ontdekt, wil ik er nooit meer iets over horen. Begrepen? Nooit meer. Anders word ik nog veel vervelender dan jij je in je gestoorde dromen kunt voorstellen!'

9

Ze verliet het huis waar ze zoveel jaren had gewoond, maar toen ze de deur achter zich dichttrok, kon ze nog steeds niet zeggen dat het voor het laatst was. Er waren nog te veel spullen die ze niet had kunnen inpakken en in haar auto laden; ze zou zeker nog één keer terug moeten.

Ze had lang met inspecteur Bertin gesproken, en vreemd genoeg had dat gesprek – of moest ze het een *verhoor* noemen? – haar opgelucht. Voor het eerst had ze alles aan iemand verteld. Over haar jarenlange verhouding met Peter Simon. Over haar huwelijk, dat voor haar geen huwelijk meer was. Over hoe ondraaglijk haar leven bij Chez Nadine was. Over alle hoop die ze op Peter had gevestigd. Ze had verteld dat ze van plan waren naar Argentinië te vluchten en daar van voren af aan hadden willen beginnen. En ze had hem gezegd dat haar leven verwoest was sinds ze Peter dood in de bergen hadden gevonden.

Bertin had haar licht vermanend toegesproken, omdat ze niet eerder met die feiten op de proppen was gekomen, en hij had haar opgedragen zich beschikbaar te houden. Ze mocht in ieder geval de regio niet verlaten. Ze had hem het adres van haar moeder gegeven, en toen ze wegging, had ze zich afgevraagd of ze nu een verdachte was.

Ze was verbaasd dat ze Henri niet aantrof, en nog vreemder had ze het gevonden dat er een bordje op de voordeur hing waar nogal slordig op gekrabbeld stond dat Chez Nadine vandaag gesloten was. En dat op een normale dinsdag! Dat was heel ongebruikelijk voor Henri's doen. Chez Nadine was zijn kindje, zijn allerliefste bezit, een deel van hem. Nadine kon zich niet herinneren dat er in al die jaren één dag was geweest waarop hij buiten de gewone orde om de zaak had gesloten; zelfs op maandag, hun officiële rustdag, draaide alles om het restaurant en deed hij alle dingen waar hij anders geen tijd voor had.

Misschien, dacht ze, toen ze naar het bordje staarde, hadden we een dag in de week voor onszelf nodig gehad. Waarop je samen leuke dingen kon gaan doen en alles vergeten wat met die vervloekte tent te maken had.

Maar tegelijkertijd wist ze ook dat ze zichzelf alleen maar een illusie voorhield als ze nu achteraf ging denken aan alle over het hoofd geziene mogelijkheden om haar huwelijk te redden. Want het had er niet aan gelegen of ze wel of geen tijd voor elkaar hadden gehad. Gedurende de wintermaanden kwamen er dagenlang geen gasten. Dan hoefden ze niet te koken en voorraden in te slaan, de boekhouding was gedaan, de dakgoot was gerepareerd, de tuinstoelen waren ingeklapt... Op een gegeven moment was er niets meer te doen geweest en zaten ze aan de keukentafel met een kop koffie tegenover elkaar – mogelijkheden te over om met elkaar te praten, elkaars hand te pakken, goed naar elkaar te luisteren en in de gaten te hebben of de ander ergens mee zat... Maar er was niets geweest. Alleen maar zwijgen, onbegrip en – in ieder geval van haar kant – animositeit en een hevige tegenzin om wat voor intimiteit dan ook toe te laten laten.

Ze zette de gedachte aan wat had kunnen zijn van zich af; het was zinloos om daar dieper op in te gaan, want het punt waarop een ommekeer mogelijk was geweest, waren ze allang voorbij. Ze had de deur geopend, vastgesteld dat Henri er niet was en haar koffers van zolder gehaald. Ze pakte een eerste lading kleding en ondergoed in en ook de belangrijkste brieven, dagboeken en foto's uit de la van haar bureau. Die ontwijde la, waar Cathérine zich aan had vergrepen om haar te bespioneren, teneinde bewijzen tegen haar te vinden en om haar te vernederen... Alleen daarom al kan ik hier niet meer leven, dacht ze. Het gevoel dat haar meest intieme sfeer was aangetast zou nooit meer overgaan.

Ze had er de tijd voor genomen, want ze hoopte dat Henri zou komen opdagen. Ze dacht weliswaar vol afschuw aan dat gesprek met hem, maar ze had het toch maar het liefst achter de rug. Zij wilde hem helder en duidelijk onder ogen brengen dat hun huwelijk voorbij was, zodat hij het begreep en zij er zeker van kon zijn dat hij haar in de toekomst niet meer onder druk zou zetten. Ze wilde het duidelijk en op niet mis te verstane wijze afsluiten, waardoor ze allebei voor eens en voor altijd van elkaar af waren.

Ze bracht de koffers naar de auto, maar moest er een terugslepen naar het huis omdat hij er niet meer in paste. Wat had ze altijd van een mooie, grote, representatieve auto gedroomd, maar ook dat behoorde vermoedelijk tot de onvervulde wensen, en het was, dat moest ze wel toegeven, bij lange na niet het ergste van alles.

Toen ging ze in de keuken zitten en rookte een sigaret, nam een kop koffie, rookte nog een sigaret, keek naar buiten, naar de stralende dag en voelde nog geen sprankje optimisme of hoop. Maar in ieder geval de zekerheid dat het goed was wat ze deed.

En misschien is dat al iets waar je dankbaar voor moet zijn, dacht ze.

Verbaasd stelde ze vast dat het al één uur was. Ze zat hier nu al de hele ochtend te treuzelen. *Zou Henri op reis zijn?*

Ach, het maakt ook niet uit, vond ze, dan praat ik later wel met hem. Of helemaal niet. Hij had op het laatst zelf dus al begrepen hoe de zaken ervoor stonden.

Ze stapte in haar volgeladen auto en reed weg. Ze was gedwongen om langs de plek te rijden waar Peters verlaten auto had gestaan en dat gaf haar weer een steek.

Niet aan denken, beval ze zichzelf, en ze hield haar ogen strak op de weg gericht en haar lippen op elkaar geperst. Het is voorbij. Niet meer aan denken.

Ze zou vanavond of anders morgen nog een keer terugkomen om de rest van haar spullen op te halen.

En dan was dat hoofdstuk onherroepelijk afgesloten.

10

Opeens hoorde ze een geluid dat de doodse stilte van de kelderruimte verbrak. Een soort gekraak of geschuifel dat ze niet kon thuisbrengen. Het irriteerde haar, omdat het zo onverwachts kwam na dat eindeloze zwijgen, en het duurde een paar tellen voor ze begreep dat er iemand de keldertrap afkwam. Hij kwam eraan.

Zo graag als ze in het begin had gewild dat die beul zich liet zien en zou zeggen wat hij van plan was, zodat ze van haar kant de gelegenheid kreeg iets tegen hem te zeggen, zo angstig vond ze het nu dat hij in de buurt was.

Die kerel was gevaarlijk. In een flits schoten de beelden van Camille en Bernadette haar te binnen, hoe ze eruitzagen nadat hij hen had afgemaakt, en haar hart begon als een gek tekeer te gaan. Instinctief verlangde ze ernaar, volslagen absurd, zich hier ergens in de ruimte te verstoppen. De stappen kwamen steeds dichterbij, en tot haar grote schrik scheen hij ook nog luid te hijgen; toen merkte ze dat zijzelf degene was die zo luid ademde.

Toen werd de deur opengerukt en scheen er een licht naar

binnen dat haar verblindde, zodat ze meteen haar handen voor haar gezicht sloeg. Fel als een mes was die lichtstraal in haar ogen gedrongen, en ze kon een jammerkreet niet onderdrukken. 'Akelig kreng,' hoorde ze zeggen, 'verdomd akelig kreng dat je bent. Heb je enig idee wat voor rottigheid je me bezorgt?'

Ze dook nog meer in elkaar en gaf een zachte kreet toen hij haar een schop tegen haar dijbeen gaf.

'Kijk me aan als ik met je praat, kréng!'

Moeizaam knipperend keek ze op. Heel langzaam konden haar ogen aan het licht wennen, hoewel het maar een tamelijk zwak schijnsel van een zaklantaren was. Hij hield de lamp omlaag, zodat ze hem kon aankijken. Ja, het was de ontvoerder die voor haar stond.

Hij droeg een spijkerbroek en een grijze coltrui en hij liep op blote voeten. Hij was echt een knappe man, stelde ze vast, en hoe vreemd was het dat ze in deze situatie zoiets kon denken.

'Je hebt je hier zeker zitten volvreten. Ja, hè?'

Het had geen zin dat te ontkennen, dus knikte ze, waarvoor ze opnieuw met een schop werd bestraft.

'Waarom denk je dat je hier zit? Om je van mijn voorraden te bedienen?'

Ze wilde antwoord geven, maar ze kon alleen maar een zacht krassen uitbrengen. Ze had al heel lang niet meer gesproken, maar misschien kwam het ook doordat honger en dorst en de angst haar keel dichtknepen.

'Wou je wat zeggen?' vroeg hij dreigend.

Eindelijk slaagde ze erin te articuleren. 'Ik... dacht... dat... die spullen... voor mij... waren.' Haar stem klonk haar vreemd in de oren. 'Anders... anders had u mij... hier... niet naartoe... gebracht.'

'Slim hoor,' zei hij, en hij richtte de zaklantaren omhoog om haar te verblinden. Gepijnigd sloot ze haar ogen. Toen ze merkte dat hij de lamp weer liet zakken, opende ze haar oogleden en zag ze dat hij zijn rechterhand ononderbroken opende en tot een vuist balde. Er straalden nervositeit en agressie van hem af die haar deden beseffen dat ze er slecht voorstond.

'Ik kan je hier niet voor eeuwig vasthouden,' zei hij, 'dat snap jij ook wel. En als je uitgebreid gaat zitten eten en drinken, duurt het langer. Daarom gaan we die voorraden maar weghalen.'

Hij wil dat ik doodga. Hij wil echt dat ik doodga.

Nu pas kreeg ze de mand in de gaten die hij naast zich had neergezet. Daar wilde hij de potten en blikken zeker in meenemen en dan zou zij hierbeneden ellendig en langzaam en onopgemerkt creperen.

'Alstublieft,' zei ze. Haar stem gehoorzaamde haar weer, maar hij klonk iel en ontzettend angstig. 'Laat me alstublieft vrij. Ik... heb u toch niets gedaan...'

Ze wist dat het kinderachtig was wat ze zei, maar ze had niet de kracht om iets anders te doen dan te kermen en te bedelen als een kind, want zo klein voelde ze zich ook, en hulpeloos overgeleverd.

Hij scheen die woorden inderdaad een moment door zijn hoofd te laten gaan, maar weigerde toen.

'Nee, want je zou me helemaal kapotmaken.'

'Maar ik beloof u...'

Hij onderbrak haar met een handgebaar. Toen stelde hij een vraag die haar verraste: 'Ben je getrouwd?'

Ze dacht even na of er iets kon afhangen van het antwoord op die vraag, haar leven wellicht, maar omdat ze er geen touw aan vast kon knopen, leek het haar verstandig de waarheid te zeggen – die kende hij misschien toch al. Misschien wilde hij alleen maar testen of ze loog.

'Nee,' zei ze dus.

'Waarom niet?'

'Ik... nou ja, het is er nooit van gekomen...'

'Is er ooit een man geweest die met je wilde trouwen? Die met jou samen een *gezin* wilde stichten?' Hij sprak het woord *gezin* met vreemd veel nadruk uit, alsof hij het over iets speciaals, bijna heiligs had.

345

Ik had moeten zeggen dat ik familie heb, dacht ze intuïtief, dan was ik in zijn achting gestegen.

'Nee,' zei ze, 'zo'n man is er nooit geweest. Maar ik had niets liever gewild dan kinderen... een gezinsleven hebben...'

Hij keek haar honend aan. 'Als je dat echt zo graag had gewild, dan had je dat allang gedaan. Jij hoort zeker tot de vrouwen die hun vrijheid hoger aanslaan dan welke vorm van binding ook. Die denken dat hun leven bestaat uit van die idiote dingen als *zelfverwerkelijking* en *onafhankelijkheid*. Dat zijn die godvergeten geëmancipeerde kutwijven die het gezin in diskrediet brengen en alles kapotmaken!'

Praat met hem, dacht ze. Ze had ergens gelezen dat ontvoerders er meer moeite mee hebben hun slachtoffers te doden als ze met hen praten en hen daardoor beter leren kennen.

'Wat hebben ze dan allemaal kapotgemaakt?' vroeg ze.

Zijn ogen stonden vol haat, en ze was bang dat dit thema straks nog zou maken dat hij zijn zelfbeheersing verloor. Maar hij zou er op dit moment bijna niet van af te brengen zijn.

'Alles,' antwoordde hij op haar vraag, 'alles waar ik ooit van gedroomd heb. Wat ik ooit in mijn leven had willen hebben.'

Verbaasd zag ze hoe de haat week voor een bijna aangrijpende gekwetstheid, en op dat moment begreep ze dat die man diep gekwetst was en niet in staat eroverheen te komen. In zekere zin was ook hij een slachtoffer, dat zich met dezelfde overlevingsdrift tegen de wreedheden van het leven verweerde als elk ander schepsel.

'En waar droomde u dan van?' vroeg ze. *Maak jezelf tot een bondgenoot. Laat hem merken dat je hem begrijpt. Dat je net zo bent als hij.*

In plaats van antwoord te geven, stelde hij zelf een vraag. 'In wat voor gezin ben jij opgegroeid?'

Ze had geen idee waar hij naartoe wilde, maar ze had op dat gebied in ieder geval iets goeds te melden.

'Het was een goed gezin,' zei ze met warmte, en ze merkte hoe er bij de herinnering aan haar geborgen kinderjaren tranen in haar ogen kwamen, 'mijn ouders hielden heel veel van elkaar en ze aanbaden mij als het ware. Ze hebben heel lang op me moeten wachten, ze waren al betrekkelijk oud toen ik ter wereld kwam. Daarom heb ik hen helaas ook al vroeg verloren. Mijn vader is acht jaar geleden overleden, mijn moeder vijf jaar geleden.'

Hij keek haar honend aan. 'Vroeg noem je dat? *Vroeg?*'

'Nou ja, ik denk...'

'Weet je wanneer ik mijn moeder heb verloren? Toen ik zeven was. En kort daarop mijn vader.'

In haar situatie konden die traumatische ervaringen uit zijn kindertijd haar geen donder schelen, maar ze spande zich ontzettend in om meelevend en belangstellend te doen.

'Waaraan zijn ze gestorven?'

'Gestorven? Ja, wat er met mijn vader gebeurde kun je inderdaad wel *sterven* noemen. Mijn moeder ging gewoon weg. Een vriendin, een gewetenloze vriendin, had haar op het idee gebracht dat er fantastische talenten in haar sluimerden, die ze verspilde door haar saaie bestaan in het gezin. Dus bevrijdde ze zichzelf, liet haar man en vier kinderen in de steek en ging er met die vriendin vandoor. Ze deed pogingen om schilderes en zangeres te worden. Haar successen waren zeer matig, maar dat maakte niet uit, het ging er vooral om vrij te zijn, creatief te zijn en zich te ontplooien... Nou ja. Toen ik negentien was, is ze in Berlijn door een dronken chauffeur aangereden. Ze overleed aan haar verwondingen. Maar toen hadden we allang geen contact meer met elkaar.'

'Dat... dat moet echt verschrikkelijk voor u zijn geweest...'

'Nadat ze weg was heeft mijn vader het nog een tijdje volgehouden, maar hij kon er niet mee leven dat hij haar verloren had. Hij begon te drinken, raakte zijn baan kwijt... ik zie nog voor me hoe hij, als ik 's middags uit school kwam, in de woonkamer van onze kleine huurwoning zat; met een opgezet, ongeschoren gezicht en rode ogen... net uit bed gekropen en alweer

met de jeneverfles aan zijn mond. Vóór die tijd was hij een flinke man vol levensvreugde. Nu raakte hij voor de ogen van zijn kinderen aan lager wal. Hij is later aan levercirrose gestorven.'
Ze hoopte dat hij begrip en medeleven op haar gezicht las.
'Ik begrijp het,' zei ze, 'ik begrijp het heel goed. U hebt het allemaal niet kunnen verwerken.'
Hij keek haar bijna verrast aan. 'Toch wel,' zei hij, 'ik heb het kunnen verwerken. Toen ik Carolin leerde kennen en we trouwden. Toen de kinderen kwamen. Maar toen ging ze weg en was alles kapot. Alles.'
'Maar u bent nog niet oud. U ziet er goed uit. U hebt alle kans om...'
Hij praatte gewoon door, alsof hij die opmerking helemaal niet had gehoord. 'Het drong tot me door dat je die wijven moet uitroeien. Ze maken de wereld kapot. Twee jaar geleden heb ik de vrouw gedood die mijn moeder er destijds toe aanzette ons te verlaten.'
Hij zei het heel terloops, alsof het iets vanzelfsprekends was. Monique slikte met een droge keel.
'O god,' fluisterde ze.
'Het heeft zelfs in de krant gestaan. In een Berlijnse krant.' Het klonk bijna trots. 'Maar ze weten tot op de dag van vandaag niet wie het heeft gedaan. Het was zo eenvoudig. Ik zei wie ik was en ze liet me binnen. Het was nog dezelfde woning als waar ze met mijn moeder had gewoond. Dat oude mens vond het leuk de zoon van haar overleden vriendin te zien. Ze had er niets van begrepen. Helemaal niets. Ze snapte het nog niet toen het touw al om haar hals zat en ik het aantrok. Ik heb het heel langzaam gedaan. Het heeft lang geduurd. Maar niet zo lang als mijn verdriet.'
Hij is krankzinnig. Hij zit gevangen in zijn waanideeën.
Ze praatte voor haar leven.
'Ik kan het begrijpen, echt hoor. Ik heb nooit zo diep over dit probleem nagedacht, maar nu zie ik het met andere ogen. Vrou-

wen als uw moeder of als de vriendin van uw moeder hebben een groot onrecht begaan. Daar hebt u volkomen gelijk in. Maar niet alle vrouwen zijn zo. Ik heb ook altijd heel erg naar een gezin verlangd, dat moet u van me aannemen. Maar soms zijn het de mannen die geen echte binding willen. Ik heb alleen maar zulke mannen ontmoet. Die mij gebruikten en daarna weer lieten vallen. Intussen heb ik de hoop bijna opgegeven.'

Omdat hij nog steeds geen antwoord gaf, ging ze verder met haar pogingen.

'Maar natuurlijk denk ik ergens nog steeds dat... dat er misschien op een dag iemand komt die...'

Eindelijk keek hij haar aan. Zijn gezicht was ondoorgrondelijk.

'De prins op het witte paard, bedoel je?'

'Ik... ach...' zei ze onzeker.

Hij straalde niet de geringste kwetsbaarheid meer uit, alleen maar kilte en minachting.

'Wat zit je toch uit je nek te zwammen,' zei hij. 'Dat hou je niet voor mogelijk. Moet je goed luisteren, ik weet niet wat je op je kerfstok hebt en of je ooit een gezin kapot hebt gemaakt of een man hebt afgewezen die het oprecht met je meende. Daarom leef je nog, maar het is wel duidelijk dat je niet kunt blíjven leven. We begrijpen elkaar toch zeker?'

Ze begon te bibberen. De angst vloog haar met alle macht naar de keel. Het draaide op haar dood uit, alleen daarop.

'Ik zou het liefst hebben dat je hierbeneden crepeert. Dat je verhongert, of van dorst omkomt, of wat dan ook. Maar als dat niet snel genoeg gaat, kom ik een handje helpen. Je bent gewoon een idioot dat je je ermee hebt bemoeid. Maar ik laat het door jou niet kapotmaken. Ik sta op het punt mijn dromen te verwezenlijken. Het is mijn laatste kans, en die pak ik, en zo'n stom stuk ongedierte zal me niet dwarszitten!'

Hij pakte de mand, zette twee stappen in de kelderruimte en trapte toen met zijn blote voeten in de scherven van de glazen pot die ze daarstraks had laten vallen.

Het bloed spoot tussen de tenen van zijn linkervoet vandaan. Hij keek er verbijsterd naar en kreunde. De mand viel uit zijn hand en hij liet zich op de grond zakken.

Met zijn handen omklemde hij zijn voet en probeerde het bloeden te stoppen. 'O god! Kijk nou eens wat een bloed!' Zijn lippen trokken wit weg. 'Zoveel bloed!'

Ze zag dat hij een paar tellen buiten gevecht gesteld was. Het zien van zijn bloed vervulde hem met ontzetting en verlamde hem.

Ze krabbelde overeind. Op het eerste moment dreigden haar benen door te knikken. Ze had zo lang alleen maar gezeten, gelegen of gekropen, dat er geen kracht meer in haar spieren scheen te zitten. Bovendien was ze duizelig van de honger en de angst. De muren en de grond kwamen op haar af.

Maar toen overwon haar vastberadenheid het en vloog ze de kelderruimte uit, gevolgd door zijn geschreeuw. 'Wat is dit? Wat is dit, verdomme!'

Al heel snel kreeg ze in de gaten dat ze een grote fout had gemaakt. Ze had hem moeten insluiten en dan de weg naar buiten moeten zoeken. Maar daar had ze niet aan gedacht, ze had helemaal geen tijd gehad om te denken, ze wilde alleen maar weg... en nu kon ze de uitgang niet vinden. Ze vond de trap die naar boven leidde niet... Voor haar lag de kelder, die wel enorm groot moest zijn, verlicht door een paar peertjes die naakt aan de zoldering hingen en blijkbaar door een centrale schakelaar werden aangeknipt. Ze hoorde hém achter zich, hij was blijkbaar opgestaan en volgde haar nu.

'Blijf staan, ellendig kreng! Blijf onmiddellijk staan!'

Hij was weliswaar gehandicapt door de wond aan zijn voet, maar hij zou haar te pakken krijgen, want ze zag dat ze de verkeerde kant op was gerend, naar het einde van de kelder toe. De trap lag klaarblijkelijk aan de andere kant. Maar daar kon ze niet komen, want intussen stond híj daar, vastbesloten om haar nu zonder te aarzelen om zeep te helpen.

Ze zag de laatste deur voor zich, aan het einde van de gang. Er stak een sleutel aan de buitenkant. Ze greep hem met trillende vingers vast en trok hem eruit. Toen deed ze de deur open...

Hij was bijna bij haar. Hij hinkte, en ze kon even een blik werpen op zijn van pijn en woede vertrokken gezicht. Toen glipte ze naar binnen, knalde de deur achter zich dicht en hield hem uit alle macht tegen toen hij probeerde hem van de andere kant open te trekken. Ze vocht als een leeuwin en wist op een of andere manier de sleutel in het slot te krijgen. Ze verloor het gevecht nog bijna – de deur ging op een kier open – maar ze slaagde erin hem nog een keer helemaal dicht te trekken en de sleutel om te draaien.

Buiten ging hij tekeer, terwijl zij langzaam, met haar rug tegen de deur, op de grond zakte. Ze dacht dat ze moest huilen, maar dat kon ze niet. Ze trilde en kokhalsde.

Ze zat weer gevangen, maar nu had zij de sleutel.

Als hij haar wilde doden moest hij de deur intrappen.

11

Henri was om vier uur 's middags bij Chez Nadine terug. Het duurde niet lang voor hij begreep dat Nadine in alle ernst had besloten bij hem weg te gaan. Ten eerste struikelde hij bijna over de ingepakte koffer die ze niet meer in de auto had kunnen laden en die nu vlak achter de voordeur stond. Die wilde ze later zeker nog komen ophalen. Toen liep hij naar de eerste verdieping, ging haar kamer binnen en deed iets wat hij nog nooit had gedaan: hij opende alle kasten en laden om te zien wat ze allemaal had ingepakt en meegenomen. En dat waren echt niet alleen maar spullen die ze nodig had om een paar dagen bij haar moeder door te brengen, zoals ondergoed, een paar truien, broeken en haar tandenborstel. Nee, ze had zo goed als alle kleren meegenomen, haar winterkleding én haar zomerkleding, haar badkleding en haar katoenen kleren, haar skipak, en zelfs haar twee avondjaponnen. Maar nog schrikbarender: ze had haar bureauladen leeggehaald en haar dagboeken, foto's, brieven en aantekeningen meegenomen. Hij wist van Cathérine dat die spullen in haar laden hadden gezeten, dat had ze hem verteld toen ze die noodlottige brief had gevonden. Vol walging en schaamte had hij het resultaat van haar spionagewerk ter kennis genomen en in een hoek van zijn geest begraven, maar nu herinnerde hij het zich met een flits, en hij besefte dat die lege laden niets meer te raden overlieten. Ze was niet van plan om terug te komen. Hoogstens om haar laatste koffer op te halen en de weinige dingen die nog in haar kasten lagen of hingen, en waar ze zeker geen plaats meer voor had gehad in een tas of een koffer.

Hij ging naar de keuken. In de gootsteen stond een onder water gezet schoteltje met twee sigarettenpeuken erin en een leeg koffiekopje ernaast. Ze had dus koffie gezet en twee sigaretten gerookt. Ze had op hem zitten wachten. Ze had met hem willen praten, en hij wist wat zij van plan was geweest om tegen hem te zeggen.

Hij ging aan de tafel zitten en maakte een stokbroodje met honing klaar, maar hij vond er geen troost in. Hij staarde uit het raam en stelde zich voor hoe zij enkele uren geleden misschien wel precies op deze plek had gezeten en door hetzelfde raam naar buiten had zitten staren. Had ze op een bewuste manier afscheid genomen? Of had ze alleen maar vol walging gezeten en hevig naar het moment verlangd waarop ze dit huis voor altijd kon verlaten?

Geen gezamenlijke toekomst. Geen baby van hen beiden. Cathérine ver weg, en ook Nadine zou weggaan. Hem restte slechts Chez Nadine. Die naam kwam hem absurd voor. Moest hij het Chez Henri gaan noemen? Dat zou terecht zijn, want buiten hem om was er niemand meer.

Hij was alleen.

Met de euforie na het gesprek met Cathérine en na het tweede gesprek met de rechercheurs, die openlijk hadden laten merken dat ze hem niet vertrouwden, was zijn kracht verbruikt. Na het bezoek aan Marie Isnard van die ochtend had hij urenlang door de omgeving gereden. Hij had als een snelheidsduivel over de lange trajecten geraasd, zoals men van hem kende toen hij nog zelfbewust en sterk was, daarna was hij weer langzamer gaan rijden om het gesprek met Nadine te oefenen, waarbij hij in een vurig betoog hun gezamenlijke toekomst beschreef en haar met prachtige, goedgekozen zinnen de affaire met Peter S. – want sinds alles wat er gebeurd was noemde hij hem zo – vergaf.

Nu viel zijn luchtkasteel in duigen, en opeens bleef alleen nog een verlammend soort moeheid over, een uitputting tot in het diepst van zijn ziel, en angst voor een lege, troosteloze toekomst. Hij, de sunnyboy, was nog niet eerder op zo'n hevige manier overweldigd door het verlangen naar het gezelschap van iemand. Hij wilde dat iemand hem in de armen nam, hij wilde huilen, en iemand moest hem over zijn haren strijken en troostende woorden influisteren.

Hij verlangde naar zijn moeder.

Hij moest zich schamen, dacht hij, maar daarvoor ontbrak hem de energie. Hij wilde zich niet met de vraag bezighouden of hij een dergelijk verlangen mocht hebben of niet. Of dat smadelijk was, of een nederlaag. Hij wilde niets anders dan dat verlangen vervuld zien.

Hij vroeg zich af of hij de kracht kon opbrengen zijn koffers te pakken en op weg te gaan naar Napels. De inspecteur had hem verboden de regio te verlaten, en door zijn verdwijning zou hij de verdenking, die ze toch al jegens hem koesterden, beslist nog versterken, maar dat kon hem niet schelen. Het ging hem alleen maar om Nadine. Misschien kon hij een brief voor haar achterlaten. Hij zou daarin verklaren dat hij het begrepen en geaccepteerd had. Ze mocht niet het gevoel hebben dat ze zich voor hem moest verbergen.

Hij bleef uit het raam zitten kijken tot het donker werd, toen deed hij het licht aan en keek in de ruit naar het spiegelbeeld van de eenzame man aan de keukentafel, die naar zijn moeder in Napels zou gaan om de ineenstorting van zijn leven te verwerken.

12

Vlak voor ze naar bed wilde gaan, bedacht Laura ineens dat ze de vorige avond Monique Lafond had willen bellen. Dat was ze door het bezoek van Christopher en de daaropvolgende gebeurtenissen helemaal vergeten, hoewel ze toch een briefje bij de telefoon had gelegd.

Ze had het briefje kennelijk over het hoofd gezien tijdens de telefoongesprekken die ze vandaag had gevoerd.

Het lag er ook niet meer, stelde ze nu vast. Ze zocht tussen haar andere papieren en keek ook op de grond of het misschien gevallen was, maar ze kon het nergens ontdekken.

'Wat vreemd is dat,' mompelde ze.

Ze overwoog of ze Monique Lafond op dit tijdstip – kwart over tien – nog kon bellen. Ze vond van wel. Ze moest opnieuw Inlichtingen bellen, maar ze kreeg bij mevrouw Lafond alweer geen gehoor, en het antwoordapparaat ging aan. Ditmaal sprak ze geen bericht in op het bandje, het vorige moest er nog op staan, en ooit zou Monique het te horen krijgen. Ze was zeker op reis.

Daar kwam bij dat Laura er steeds minder van overtuigd was dat dit spoor belangrijk voor haar was.

Die middag was inspecteur Bertin nog een keer op bezoek geweest en had willen weten of haar nog iets te binnen was geschoten wat voor het onderzoek van belang kon zijn, maar ze had hem moeten teleurstellen. Ze kreeg de indruk dat de inspecteur en zijn mensen behoorlijk in het duister tastten. Ze was er bijna zeker van dat Bertin haar als onschuldig beschouwde, dus waagde ze het erop hem te vragen wanneer ze naar huis mocht. 'Mijn kind is in Duitsland. De schuldeisers van mijn man staan al te dringen. Ik moet een heleboel dingen in orde brengen en mijn toekomst helemaal opnieuw opbouwen. Ik zit hier alleen maar duimen te draaien!'

Hij had geknikt. 'Dat begrijp ik, u zit in een heel onaangename situatie. We hebben uw adres en telefoonnummer in Duitsland, en ik denk dat u Frankrijk wel mag verlaten. Het kan overigens wel zijn dat u hier nog een keer terug moet komen – als er nieuwe sporen zijn gevonden en wij u persoonlijk nodig hebben.'

'Dat is echt geen probleem, voor mij in ieder geval het kleinste probleem van allemaal.'

Hij had haar peinzend aangekeken. 'U bent een dappere vrouw,' zei hij. 'Veel andere vrouwen zouden in uw omstandigheden heel wat meer klagen en de moed opgeven. U gaat de problemen te lijf. Dat vind ik zeer bewonderenswaardig.'

Ze was ontzettend blij geweest met die lof. Toen hij weg was, ging ze voor de spiegel in de badkamer staan en bekeek zichzelf eens heel goed. Was die verandering aan haar te zien? Er was niet veel tijd overheen gegaan, en toch scheen het dat ze een lange weg had afgelegd – van de onderdanige Laura, die thuis op haar man wachtte en almaar nieuwe gordijnen en tapijten kocht om de tijd te doden, tot de vrouw die haar vermoorde man bij het forensisch instituut van de politie had geïdentificeerd, achter zijn jarenlange verhouding was gekomen, die een enorme hoop schulden had en ook nog de kracht en het lef had gehad om een korte affaire met de beste vriend van haar man te beginnen.

Ze vond dat ze er wat minder zacht en wat minder verlegen uitzag. Ze had het schuchtere uit haar gelaatsuitdrukking gebannen.

'Je doet het allemaal heel goed,' zei ze tevreden tegen zichzelf.

Ze had die avond naar muziek geluisterd en een fles champagne geopend, en ze zou zich ontspannen en vrij hebben gevoeld,

als er niet die onrust was geweest die ze eerst niet kon thuisbrengen, tot het haar daagde dat het met Christopher te maken
had. Ze verwachtte aldoor dat de telefoon zou gaan en dat hij
het was, om een volgende afspraak met haar te maken. Ze deed
zelfs de luiken voor de ramen, wat ze anders nooit deed, maar
ze had continu het akelige gevoel dat hij zomaar daarbuiten kon
staan en naar binnen wilde of – nog vervelender – dat hij daar
gewoon kon staan om haar te observeren.

Hij heeft je niets gedaan, zei ze telkens bij zichzelf. *Het is tenslotte ook geen misdaad dat hij verliefd op je is. En als hij een
beetje snel en direct van stapel is gelopen, dan is dat nog geen
reden om bang voor hem te zijn.*

Want dat was nu juist het idiote: ze was bang voor hem, zonder precies te weten waarom. Haar ratio zei dat het onzin was,
maar haar intuïtie, dat nare gespannen en argwanende gevoel,
wilde zich niet het zwijgen op laten leggen. Toen in de loop van
de avond inderdaad de telefoon ging, schrok ze zó hevig dat je
haast zou denken dat ze dat geluid nog nooit eerder had gehoord.
Toen ze opnam had ze hartkloppingen en maakte zichzelf in stilte voor hysterica uit. Het was haar moeder, die er – natuurlijk –
weer over klaagde dat ze nóóit werd gebeld en die vooral wilde
meedelen dat het goed ging met Sophie, maar dat ze wel al een
aantal keren om Laura had gehuild; bovendien zou ze nu toch wel
eens willen weten wanneer Laura eindelijk eens naar huis kwam.

'Mocht je het nodig vinden om me dat mee te delen,' voegde
ze er vinnig aan toe.

'Mam, ik heb vandaag – vandaag pas – gehoord dat ik het land
uit mag. Ik denk dat ik overmorgen vertrek. Morgen wil ik nog
met een makelaar praten. Die moet me zeggen wat het huis hier
waard is. Het is waarschijnlijk tot aan de nok van het dak met
hypotheek belast en er zal na de verkoop wel niets voor me overblijven, maar ik wil op z'n minst weten wat de marktwaarde is.'

'Het wordt overigens hoog tijd dat je je met de toestand hier
gaat bemoeien,' zei Elisabeth. 'Ik kom immers regelmatig bij jul-

lie thuis om de planten water te geven, maar ik kan de stapels brieven die er liggen nauwelijks de baas. Hoofdzakelijk van banken. Jullie antwoordapparaat staat roodgloeiend. Op Peters kantoor is iedereen ingestort, en die dames schijnen geen van allen te weten wat ze moeten doen.'

'Weten ze daar al dat Peter dood is?'

'Geen idee. Dat kon ik uit de boodschappen niet opmaken. Ze zullen toch wel door de Duitse politie zijn verhoord, nietwaar? In ieder geval moet iemand hier de zaken afhandelen.'

'Dat ga ík doen. Zoals ik al zei, donderdagavond ben ik weer thuis.'

'Peters ex-vrouw staat overigens ook continu op het antwoordapparaat te krakelen, over alimentatie die nog betaald moet worden.'

'Bel haar maar op en zeg dat ze het in haar je-weet-wel kan steken. Degene die haar moet betalen, ligt in het forensisch instituut van Toulon en al zijn aardse goederen gaan onder de hamer. Ze moet in het vervolg zelf maar zien hoe ze rondkomt.'

'Ik heb erover nagedacht,' zei Elisabeth, 'dat jullie het beste bij mij kunnen komen wonen, jij en Sophie. Het huis zal wel verkocht moeten worden en geld zul je voorlopig wel niet hebben. Mijn huis is toch veel te groot voor mij. Jullie kunnen de twee achterkamers nemen.'

Laura slikte.

'Dat is heel lief van je. Maar… ik denk dat het voor ons allebei, voor jou en voor mij, niet zo goed zou zijn. Ik ga bij Anne wonen. Dat betekent dat Sophie en ik altijd bij je in de buurt zijn, maar we zitten elkaar dan niet zo op de lip dat we problemen met elkaar kunnen krijgen.'

Het bleef een tijdje stil aan de andere kant van de lijn.

'Zoals je wilt,' zei Elisabeth scherp. 'Iedereen moet zelf maar weten wat het beste voor hem is.'

Ze zeiden elkaar koeltjes gedag, maar naderhand was Laura opgelucht; alweer een punt opgehelderd.

Toen ze ten slotte naar bed ging, had ze haar evenwichtigheid weer een beetje hervonden. Christopher had sinds vanochtend niets meer van zich laten horen. Hij besefte inmiddels vast wel dat hij met zijn jaloerse geschreeuw zijn boekje ver te buiten was gegaan. Misschien was het ook tot hem doorgedrongen dat hij die hele affaire tussen hen verkeerd had ingeschat en dat hij zich louter eenzijdig iets in het hoofd had gehaald. Elk mens kon zich vergalopperen. Klaarblijkelijk wilde hij nu de afstand scheppen die het voor hen beiden mogelijk maakte straks weer zonder verlegenheid met elkaar om te gaan.

Ze bleef nog een tijdje in bed liggen lezen, tot ze te moe was om zich nog op het boek te concentreren. Toen ze het licht uitdeed, keek ze op de klok: het was tien over elf.

Vijf minuten later ging de telefoon.

Ze ging rechtop zitten, van het ene moment op het andere klaarwakker. Haar hart bonkte. Ze wist meteen wie dat om deze tijd zou zijn.

Ze liet de telefoon overgaan tot hij ophield, maar de beller had schijnbaar meteen opnieuw het nummer ingetoetst, want na een korte pauze begon het weer. Bij de derde ronde hield ze het niet meer uit, liet zich uit haar bed glijden en liep naar de galerij voor de slaapkamer, waar een telefoon stond.

'Ja?' zei ze. Haar stem klonk gejaagd, stelde ze vast.

'Laura? Ik ben het, Christopher! Waar zat je? Waarom duurde het zo lang voor je aan de telefoon kwam?'

Stommeling! Er is niets veranderd! Je hebt volkomen gelijk gehad met dat rotgevoel! Die gozer spoort niet!

Ze probeerde hem kalm en zeer beslist antwoord te geven. 'Christopher, het is al na elven. Ik lag te slapen. Ik probeerde de telefoon te negeren, maar je gaf me de kans niet. Eerlijk gezegd vind ik dat je op deze manier behoorlijk over de schreef gaat.'

'Laura, ik wil je zien.'

'Nee. Het is laat. Ik ben moe.'

'Morgenvroeg dan?' Het was nu anders dan bij het vorige

gesprek, geen geschreeuw en geen gedreig. Hij klonk wanhopig.

'Ik weet het niet, ik...'

'Alsjeblieft, Laura! Ik wil je de hele dag al bellen. Ik sterf bijna van verlangen naar je. Ik dacht, je vindt misschien dat ik je lastigval, daarom heb ik gewacht... Het was een hel... En ik hield het niet meer uit. Alsjeblieft...'

Verdomme nog aan toe, dit loopt uit de hand! Hij lijkt wel bezeten. Het is maar goed dat ik overmorgen vertrek.

Ondanks haar boosheid had ze ook medelijden met hem. Ze stelde zich voor hoe hij urenlang gekweld om de telefoon heen had lopen draaien en zich had beheerst. Ze wist hoe die bezetenheid aanvoelde.

Ze probeerde aardig tegen hem te zijn.

'Morgenvroeg gaat niet. Dan heb ik het nodige te doen.' Ze verzweeg dat ze van plan was naar de makelaar te gaan; een inwendig stemmetje adviseerde haar niets te vertellen over haar plan om alle schepen in dit land achter zich te verbranden. 'We kunnen samen gaan lunchen.'

Zijn opluchting was door de telefoon heen hoorbaar.

'Ja. Ik moet je gewoon zien. Zal ik je komen afhalen?'

'Nee. Ik ben in de stad... We treffen elkaar om half een op de parkeerplaats bij het strand in La Madrague. Is dat goed? Dan bespreken we daar wel waar we heen gaan. Tot morgen!'

'Ik hou van je, Laura.'

Ze hing op. Ze stond bij de telefoon en merkte dat haar lichaam nat was van het zweet.

De angst die ze verdrongen meende te hebben, was duidelijker aanwezig dan ooit.

Hij was niet normaal.

En morgenmiddag moest ze hem zeggen dat er geen toekomst voor hen was.

Woensdag 17 oktober

1

Het regende die morgen.

In de nacht was er bewolking komen opzetten die een einde maakte aan het heldere, bijna laatzomerse weer. Het stortregende niet, het was een fijn motregentje. Gisteren straalde de wereld nog van herfstkleuren, nu verzonk hij in eentonig grijs. Het vocht kroop in ieder hoekje, naar het scheen.

Nadine was al heel vroeg opgestaan en had zich zo zacht als ze kon gewassen, aangekleed en koffiegezet. Ondanks het vuur in de faïencekachel, dat de hele nacht had gebrand en nu door Nadine weer werd opgestookt, heerste er een kille klamheid in het huis. Zo was het altijd geweest. Nadine kon zich niet heugen dat het hier in de herfst en de winter ooit lekker warm was geweest.

Ze stond bij het raam geleund met haar handen om een hete kop koffie geklemd en keek hoe de duisternis in schemer overging. Ze bedacht dat het verderop, aan het eind van de kloof, ondanks het slechte weer, op een bepaald moment dag zou worden, terwijl het hier schemerig bleef en laat in de middag weer zou overgaan in duisternis.

Peter had over het mooie huis gesproken dat ze in Argentinië zouden hebben, groot en licht, omgeven door weidegronden.

'Met een houten veranda langs de hele voorkant,' had hij gezegd, 'waar we op zomeravonden hand in hand over ons land uitkijken.'

Aangezien ze zijn financiële rampspoed kende, had ze niet echt in een huis met land eromheen geloofd, want hoe konden die laatste tweehonderdduizend mark toereikend zijn voor dergelijke hoogdravende plannen, maar ze had er graag naar geluisterd als hij het erover had. Het was een mooie droom, en die moest hij ook behouden. Zij had stilletjes voor zichzelf aan een woning ergens in Buenos Aires gedacht, een kleine, zonnige woning met drie kamers en een balkon op het zuiden. Ze zou Spaans gaan leren, felgekleurde kleren kopen en 's avonds zouden ze samen rode wijn drinken.

Verdomme, dacht ze, en weer sprongen de tranen in haar ogen. Ze keek omhoog, om te voorkomen dat ze over haar wangen zouden lopen en zwarte sporen van de mascara zouden achterlaten. Marie kon ieder moment binnenkomen, en als ze haar dochter zag huilen, dan huilde ze onherroepelijk mee. En het zou ondraaglijk voor Nadine zijn om op zo'n troosteloze morgen hier samen met haar moeder te zitten snikken.

Ze was ontdaan geweest toen ze hoorde dat Henri hier geweest was om met haar te praten. Daarmee had hij een stilzwijgende regel overtreden, namelijk dat Le Beausset háár territorium was, waar hij niet behoorde te komen. Hoezeer ze die kloof en het huis ook haatte, het was ook de enige mogelijkheid die ze had om zich terug te trekken, en ze had gedacht dat Henri dat wist en respecteerde. In plaats daarvan overschreed Henri de grenzen door hier naar binnen te komen om haar terug te halen. Hij leefde in de veronderstelling dat, nu Cathérine van plan was weg te gaan, tussen hen alles weer koek en ei was. Hoezo klampte hij zich aan zo'n absurde illusie vast? Dat betekende dat hij moeilijk zou doen als ze hem zou zeggen dat hun huwelijk voorbij was.

Desondanks wilde ze toch met hem praten, maar niet hier, in haar territorium, maar op een plek waar zij niets mee had en die ze te allen tijde kon verlaten.

Ze besloot die avond naar Chez Nadine te gaan, haar laatste

spullen op te halen en Henri voor altijd vaarwel te zeggen. De avond leek haar gunstig: er zouden niet veel gasten zijn, niet om deze tijd van het jaar, zodat ze de gelegenheid zouden hebben een paar woorden met elkaar te wisselen. Maar een of twee tafeltjes zouden wel bezet zijn, en Henri zou zich niet lang van zijn werk kunnen laten houden, en hij zou haar al helemaal niet achterna kunnen gaan als ze wegging. In ieder geval zou de kwestie daardoor binnen een beschaafd, en wat tijd betrof, beperkt kader blijven.

Het begon harder te regenen. Het dal was in een bijna ondoordringbare nevel gehuld. De wereld zakte weg in een droeve mistroostigheid. Marie kwam met verwarde haren en de badjas strak om zich heen getrokken de keuken binnensloffen. Haar gezicht zag er heel oud en vermoeid uit.

'Wat is het koud,' zuchtte ze.

Nadine draaide zich smekend en hoopvol om naar haar moeder. 'Moeder, laten we het huis verkopen. Alsjeblieft! We gaan een aardig huisje aan zee zoeken, met veel zon en een ruim uitzicht!'

Marie schudde haar hoofd.

'Nee,' zei ze, 'nee, je vader heeft me tot dit leven verdoemd en zo leef ik ook. Tot het einde aan toe.'

'Maar moeder, dat is... dat is toch waanzin! Waarom doe je jezelf dit aan? Waarom doe je míj dit aan?'

Marie schudde opnieuw haar hoofd, nu heftiger en gedecideerder. 'Jóú doe ik helemaal niets aan. Jij moet je eigen leven leiden.'

Toen ging ze aan de tafel zitten, trok de koffiekan en een kopje naar zich toe, schonk in, steunde haar hoofd in haar handen en begon te huilen. Zoals ze iedere ochtend deed, zolang Nadine haar moeder kende.

Mijn eigen leven, dacht Nadine. Ze draaide zich weer om naar het raam.

Hoe moet ik eigenlijk weten wat dat is?

2

Meneer Alphonse was kennelijk heel geïnteresseerd in de verkoop van het huis, want hij deed zeer ijverig en voorkomend. 'Quartier Colette,' zei hij, 'is een buitengewoon mooi plekje. Het komt niet vaak voor dat daar iets vrijkomt. En de hele omgeving wordt steeds gewilder. Ik denk niet dat de verkoop een probleem zal zijn.'

'Ik wil eerst alleen maar de waarde laten taxeren,' zei Laura terughoudend. 'Daarna moet ik alles nog eens goed overwegen.'

'Uiteraard. Heel vanzelfsprekend,' verzekerde meneer Alphonse. Zijn makelaarskantoor was in St. Cyr, recht tegenover het gedeelte van het strand waar Laura en Peter in de voorgaande zomers altijd gingen zwemmen. Vandaar dat Laura dit kantoor met de hoge glazen ramen altijd had gezien als ze naar de auto terugliepen. Ze vond het dan ook het eenvoudigste om zich in deze situatie tot hem te wenden.

Meneer Alphonse pakte een agenda uit zijn la, begon wat te kuchen en te bladeren, en deed volgens Laura heel overdreven alsof hij drukbezet was. Zij zag nauwelijks iets in zijn agenda staan, en toch deed de makelaar alsof hij maar met moeite een uurtje vrij kon maken.

'Ik zou dan vandaag nog moeten komen kijken, zegt u? Nou... wat dacht u van vier uur? Dat zou kunnen, wat mij betreft.'

'Graag. Om vier uur dan.' Laura stond op en draaide zich om, teneinde weg te gaan. Daarbij viel haar oog op het tweede bureau in het kantoor, dat schuin achter in de hoek stond. Er stonden een computer en een telefoon op, en er lagen wat dossiers, papieren en een balpen. Er stond ook een kleine bloeiende cactus, maar vooral viel haar blik op een bescheiden naambordje in een kunststoflijstje: *Monique Lafond*.

'Werkt Monique Lafond bij u?' vroeg ze verrast.

'Zij is mijn secretaresse,' zei meneer Alphonse met een diepe zucht. 'Tot nog toe was ik heel tevreden over haar. Ik kon in ieder geval altijd op haar rekenen. Maar ze is vandaag al voor de derde achtereenvolgende dag niet verschenen, zonder zich ziek te melden of een verklaring te geven. Thuis neemt ze de telefoon niet op. Het is me een raadsel.'

'De derde opeenvolgende dag, zegt u?'

'Ja. Ze liep tot het einde van de vorige week in de ziektewet, maar ze had maandag weer aan de slag moeten gaan. Of in ieder geval laten weten dat ze nog niet beter is. Ik rekende tenslotte vast op haar.' Meneer Alphonse liet zijn stem zakken en zei op een vertrouwelijke toon: 'U hebt zeker wel van de moord op die Parijse vrouw in haar vakantiehuis gelezen? Monique was schoonmaakster bij haar, en zij is degene die haar gevonden heeft. Gewurgd, met opengesneden kleren. Een zedendelict, als je het mij vraagt. En haar kleine dochtertje ook nog! Geen wonder dat Monique een shock had en thuisbleef, hoewel ik eigenlijk denk dat het helemaal niet goed is om je in zo'n geval thuis op te sluiten. Maar ja, iemand moet doen wat hij het prettigst vindt. Maar als ze zegt dat ze op maandag weer komt, dan had ze ook moeten komen. Of me opbellen!' Toen scheen het tot hem door te dringen dat Laura zo verbaasd had gereageerd op het naambordje. Nieuwsgierig vroeg hij: 'Kent u Monique?'

'Alleen in verband met deze kwestie,' antwoordde Laura. 'Daarbij is haar naam een keer gevallen.' Ze wilde hem niet zeggen dat zij zelf belangstelling voor Monique had. Ze was al blij dat hij haar niet had herkend toen ze zich voorstelde; de naam Peter Simon was door de media genoemd, en meneer Alphonse had haar daardoor kunnen identificeren. Ze mocht die man niet, ze vond hem opdringerig en sensatiebelust.

'Bent u bij haar thuis geweest?' vroeg ze. 'Misschien is er iets met haar gebeurd.'

'Dat is toch zeker niet mijn zaak,' wees meneer Alphonse die mogelijkheid onmiddellijk van de hand. 'Er zullen ook nog wel vrienden en familieleden zijn!'

'Weet u of die er zijn?'

'Hoe moet ik dat weten? Ze is mijn secretaresse, en geen vertrouweling. Maar,' probeerde hij op een ander thema over te gaan, 'daar hoeven wij ons nu niet druk om te maken. Wij treffen elkaar om vier uur?'

Laura kon het gevoel niet van zich afzetten dat er iets helemaal niet in de haak was, maar dit was niet het moment om zich daarmee bezig te houden.

'Ja, om vier uur,' zei ze.

Tegen die tijd zou ze een van de ingewikkeldste lunches van haar leven achter de rug hebben.

3

Ze moest zichzelf aldoor voorhouden dat haar situatie was verbeterd. Haar nieuwe onderkomen had een lichtschakelaar en er bungelde een lelijk, naakt peertje aan het gepleisterde plafond. Ze kon dus zien. Ze kon zien hoe laat het was en ze hoefde niet gedesoriënteerd in haar eigen uitwerpselen rond te kruipen. Ze kon haar armen en benen en haar handen en voeten bekijken. Het deed haar bij uitzondering goed iets van zichzelf te kunnen zien.

En ze had een sleutel. Niet haar kwelgeest had haar opgesloten, maar zijzelf. Dat hield in dat ze zich ook zelf uit haar gevangenis kon bevrijden.

Aan de andere kant had ze niets meer te eten en te drinken. De ruimte waar ze zich bevond was leeg, afgezien van twee kartonnen dozen, die in een hoek stonden. Ze had erin gekeken en cosmetica gevonden; opgedroogde tubes crème, oude lippenstiften die muf roken, shampoos en een half opgebruikte poederdoos.

Zeker spullen die van Carolin geweest waren, zijn vrouw, over wie hij had verteld dat ze hem had verlaten. De tweede vrouw in zijn leven die was weggegaan. Daarna was hij krankjorem geworden. Hij had de vriendin van zijn moeder gedood, daarna de arme Camille Raymond en de onschuldige Bernadette, en god mag weten wie nog meer.

Ze moest hier weg, dat was wel duidelijk.

Wist ze maar waar die man was!

Hij was meteen na haar vlucht weggegaan, ze had hem horen hinken en schuifelen. Zijn voet bloedde hevig, dat had ze nog wel gezien, en hij had zich vast en zeker eerst met die verwonding moeten bezighouden. Daarna was hij niet meer verschenen, hoewel er inmiddels bijna een etmaal verstreken was – zij had er tenminste niets van gemerkt.

Maar stel dat hij daarbuiten in de gang op de loer lag? Dat hij er alleen maar op wachtte dat ze naar buiten kwam?

Hij kon afwachten. Hij wist dat de honger en de dorst haar er op een gegeven moment toe zouden dwingen iets te ondernemen. Ze kon nu al af en toe aan niets anders meer denken dan aan de potten met perziken, een paar deuren verderop. Het was niet waarschijnlijk dat hij die nog had weggehaald. Als ze erin slaagde er even naartoe te glippen, iets te drinken...

Maar als hij nou toch daar in die donkere gang stond?

Daar kwam ze alleen maar achter als ze eropaf ging, en dan kon het ook te laat zijn.

Ze zat hopeloos en fataal in de val.

4

Hij zag zó bleek, dat ze bijna ongerust werd. Zijn lippen waren grauw en een ongezonde laag transpiratie bedekte zijn huid. Ze hoopte dat het niet alleen met haar te maken had, maar ook met zijn voet. Hij was uit zijn auto gestapt en hinkend over de parkeerplaats gelopen, en ze had het dikke verband gezien. Toen zag hij al bleek, maar niet zo bloedeloos als nu in het restaurant. Ze zaten aan een tafeltje, en ze had hem zojuist verteld dat zij geen gezamenlijke toekomst voor hen zag weggelegd.

'Wat heb je eigenlijk met je voet gedaan?' had ze als eerste gevraagd, blij dat ze een thema had en niet verlegen zwijgend tegenover hem in de regen stond. De zee klotste grijs en traag tegen de havenmuur. Een eenzame wandelaar met rubberlaarzen en een oliejas aan liep voorbij. De wolken schenen zich steeds lager boven het land te laten zakken, en de regen, die vanochtend vroeg nog een soort nevelig motregentje was geweest, kwam nu hevig en gestaag naar beneden. Laura had een paraplu bij zich, en omdat Christopher er geen had, moest ze hem wel onder die van haar laten schuilen. Zo moest ze hem veel dichter bij zich dulden dan ze wel wilde.

'Ik ben met mijn blote voet in een glasscherf getrapt,' legde hij uit, 'en ik heb me kennelijk op een heel vervelende plek gesneden. Het wilde maar niet ophouden met bloeden.'

'Is het pijnlijk?'

'Het gaat wel. Nu is het toch niet meer zo erg.' Hij pakte haar arm en drukte die tegen zich aan. 'Want nu ben jij bij me.'

Ze had zelden zo sterk de behoefte gehad om gewoon weg te lopen.

Ze belandden in een bistrootje waar, behalve zij, alleen nog twee oudere dames zaten, die het ene borreltje na het andere zaten te pimpelen en luidkeels klaagden over het slechte weer. Een slechtgehumeurd jong meisje rommelde wat achter de bar en vond het duidelijk te veel gevraagd op een dag als deze ook nog te moeten werken.

Laura en Christopher bestelden hun lunch, waarbij Christopher afwachtte wat Laura bestelde en zich bij haar aansloot. Gewoonlijk dronk Laura 's middags nog geen alcohol, maar ze beschouwde het in een situatie als deze geoorloofd om een uitzondering te maken, dus besloot ze een kwartliter witte wijn te nemen. Christopher volgde dat voorbeeld niet; hij hield het bij mineraalwater.

Ze praatten wat over koetjes en kalfjes, en Christopher werd almaar onrustiger. Uiteindelijk begreep Laura dat het aan haar was om de brandende kwestie aan te snijden, omdat hij het niet voor elkaar kreeg er zelf over te beginnen.

Zo invoelend en omzichtig als ze maar kon, legde ze uit dat er geen hoop was op een gezamenlijke toekomst.

Toen ze klaar was, was het laatste beetje kleur uit zijn gezicht geweken en zag hij eruit alsof hij elk moment kon flauwvallen.

'Waarom neem je geen borreltje?' opperde Laura bezorgd, maar hij negeerde haar woorden en vroeg: 'Waarom? Waarom dan?'

Ze snapte wel dat hij niet het borreltje bedoelde.

'Dat heb ik je toch uitgelegd?' Ze had hem al haar redenen duidelijk uiteengezet, maar er wel op gerekend dat hij door zou vragen.

'Het is allemaal te snel gegaan. Ik weet niet eens hoe mijn toekomst eruit gaat zien. Op dit moment kan ik me niet voorstellen dat ik ooit nog een relatie met een man aan zal gaan.'

'Maar...'

'In de jaren dat ik met Peter getrouwd was, ben ik mezelf volkomen uit het oog verloren. Ik heb zijn leven geleid, geen moment dat van mezelf. Ik moet eerst weer eens ontdekken wie ik ben, wat ik wil en hoe ik me het leven voorstel. Hoe kan ik me aan iemand binden zonder te weten hoe het met mezelf zit?'

Er kwam een glinstering in zijn ogen die ze geen plek kon geven. Als ze niet zou weten dat dát op dit moment nauwelijks het geval kon zijn, dan zou ze denken dat het haat was.

'Jezelf ervaren,' mompelde hij. 'Zelfverwezenlijking. Jij dus ook.'

'Is dat zo gek? In mijn toestand?'

De chagrijnige serveerster kwam het eten brengen, twee borden met dampende uiensoep en gegratineerde schijven witbrood erin. Het zag ernaar uit dat Christopher geen hap door zijn keel zou kunnen krijgen.

Toen het meisje weer weg was, vervolgde Laura: 'Dat zijn kreten, dat weet ik ook wel. Soms kun je ze niet meer horen. Het gaat mij er helemaal niet om trendy te zijn. Maar hoe denk je dat de afgelopen jaren er voor mij hebben uitgezien? Ik moest mijn beroep opgeven. Ik moest in een huis in een buitenwijk gaan wonen waar ik helemaal niet wilde zijn. Mijn man heeft me compleet uit zijn leven buitengesloten, en met goede redenen, dat weet ik inmiddels. Hij wordt vermoord, ik kom erachter dat ik voor een financiële puinhoop sta, dat hij naar het buitenland wilde verdwijnen en dat hij me al jaren met een gemeenschappelijke kennis heeft bedrogen. Hij had mij en ons kind ijskoud in de ellende laten zitten die hijzelf heeft aangericht. Hoe moet ík me voelen? Kun je je dat voorstellen? Kun je niet accepteren dat ik mijn vertrouwen in mannen, een partnerschap of een huwelijk in het algemeen heb verloren? En dat ik een hele tijd nodig zal hebben om dat weer op te bouwen?'

Hij boog zich naar haar toe en er kwam weer wat kleur op zijn wangen. 'Maar dat ís het juist! Daar wil ik je bij helpen. Ik wil je dat vertrouwen weer teruggeven. Je moet het kwade in je leven vergeten en begrijpen dat er andere mannen bestaan dan Peter!'

Ze schudde haar hoofd. 'Die weg moet ik zelf gaan. Ik heb tijd nodig, en die wil ik mezelf geven ook. Ik kan niet zomaar zonder overgang onder de vleugels van een andere man kruipen.'

'Ik ben toch heel anders dan Peter. Ik zou je nooit bedriegen. Nooit iets achter je rug om doen. Je nooit verlaten.'

'Dat weet ik wel. Maar op jouw manier...' ze zocht behoedzaam naar de juiste woorden, '... maar op jouw manier zou ook jij mij in m'n mogelijkheden beperken.'

'Nooit!' Hij greep over de tafel haar hand en hield hem vast. Zijn ogen hadden een koortsige glans gekregen. 'Ik zou je nooit in je mogelijkheden beperken! Ik wil je niet vormen, onderwerpen, niet tot een marionet maken, of wat je ook denken mag. Als dat het is waar je bang voor bent, dan moet je dat vergeten. Ik hou van je zoals je bent, zonder mitsen of maren. Er is helemaal niets wat ik aan je zou willen veranderen. Ik wil alleen maar gelukkig met je zijn, aan je toebehoren en een gezin met je vormen. Met jou en Sophie. Je moet ook aan je dochter denken. Het is niet goed voor een kind om zonder vader op te groeien. En ze is klein genoeg om mij zonder problemen als haar vader te accepteren. Haar omgeving zou veel gezonder zijn dan wat jij haar ooit kunt bieden!'

Hij praatte snel en staccato op haar in en hij kwam alweer te dichtbij. Letterlijk, doordat hij haar hand vasthield, maar ook door de indringendheid waarmee hij ieder woord in haar hoofd leek te hameren. Nu wist ze hoe het kwam dat ze zich niet zo prettig voelde met hem in de buurt: hij was opdringerig, altijd, wát het ook was dat hij zei of deed. Hij leek haar in zich op te zuigen, te verslinden, tot een deel van zichzelf te maken. Hij benam haar de adem en wekte aldoor het verlangen bij haar op zich terug te trekken, afstand te scheppen, zich in te graven. Maar dat liet hij niet toe.

Misschien was dat het, wat zijn vrouw bij hem vandaan had gedreven.

Ze wist niet meer wat ze doen moest, en ze kreeg de indruk dat er geen einde aan dit uitputtende gesprek zou komen.

'Ik hou niet van je, Christopher,' zei ze zachtjes, en ze staarde in haar bord met soep alsof daar iets te ontdekken viel.

Hij trok zijn hand terug. 'Hoe bedoel je dat?'

Ze keek hem nog steeds niet aan. 'Zoals ik het zeg. Ik hou niet van je.'

Bij de tweede keer ging het haar al wat gemakkelijker af. *Ik hou niet van je.* Ze voelde opluchting. Het was eruit, ze had het gezegd. Ze hoefde niet langer meer te praten, te argumenteren en te proberen om zijn tegenargumenten te ontzenuwen. Het klopte wat ze gezegd had: dat het belangrijk was dat ze weer tot zichzelf kwam en onafhankelijk werd, dat ze zich zo snel niet kon binden en tijd voor zichzelf nodig had. Maar van essentieel en doorslaggevend belang was dat ze niet van Christopher hield. Ook niet van hem zou gaan houden, en dat verdere gesprekken daarom overbodig waren.

Ze ging achterover zitten en ademde diep door, van een zware last bevrijd. Ze keek hem eindelijk aan. Hij was – en dat hield ze eigenlijk niet voor mogelijk – nóg bleker geworden. Zijn gezicht had de kleur van krijt aangenomen. Hij zweette hevig en zijn handen beefden. Hij hield zijn glas met water zó stevig vast dat het ieder ogenblik tussen zijn trillende vingers kon versplinteren.

'Mijn god,' zei ze zacht, 'dat had je toch moeten wéten.'

'Mag ik je wat vragen?' Zijn stem klonk, vergeleken met zijn uiterlijk, verbazingwekkend vast en zakelijk. 'Waarom heb je je dan aan me gegeven? Eergisteravond?'

In andere omstandigheden zou ze zijn gaan giechelen om zo'n ouderwetse formulering, maar in dit geval was het natuurlijk ongepast om je vrolijk te maken. Het was bovendien beter om hem niet de waarheid te zeggen; ze had Christopher gebruikt voor een late wraakoefening op haar echtgenoot en daarmee als therapie voor haar ontgoochelde en vernederde ziel. Dat mocht hij echt niet weten.

'Begeerte,' zei ze, 'behoefte aan nabijheid en warmte. Dat moet jij toch kennen? Iedereen heeft wel eens alleen om die reden seks met iemand gehad.'

Hij schudde zijn hoofd. 'Ik niet. Ik heb het altijd alleen uit liefde gedaan. En altijd alleen maar omdat ik binding en een gemeenschappelijke toekomst wilde.'

Ze haalde hulpeloos haar schouders op. 'Dan spijt het me ontzettend. Als ik had geweten dat jij er zoveel meer in zag, zou ik het niet hebben gedaan. Dat heb ik gewoon te laat begrepen.'

De humeurige serveerster verscheen aan hun tafeltje.

'Is er wat mis met de soep? U eet helemaal niet.'

Christopher kromp ineen, alsof hij helemaal vergeten was dat er nog andere mensen op de wereld waren. Hij keek het meisje verbijsterd aan. Laura schoof het bord opzij. 'Alles is prima in orde,' zei ze, 'we hebben alleen wat laat in de gaten gekregen dat we geen trek hebben.'

Beledigd bracht het meisje de borden terug naar de keuken.

Christopher streek zijn haren uit zijn gezicht. De haargrens was kletsnat.

'Je hebt mijn leven verwoest,' mompelde hij. 'Mijn toekomst. Mijn hoop. Alles kapot.'

Ze merkte dat ze boos begon te worden. Zij was geen moment verantwoordelijk geweest voor zijn leven, zijn toekomst en zijn hoop. Ze had een fout gemaakt door met hem te vrijen, maar daar kon hij geen verplichting aan vastknopen om met hem te trouwen.

Goddank dat ik morgen kan vertrekken, dacht ze, maar hoedde zich er wel voor dat hardop te zeggen.

Hij keek haar heel doordringend aan en wekte de indruk met zijn ogen in haar te willen duiken.

Nou wordt hij me alweer té intiem!

'Kan het zijn,' vroeg hij, en hij sprak ieder woord heel zorgvuldig en met nadruk uit, 'dat je er nog anders over gaat denken? Dat je nu in de war en overdonderd bent en daarom dingen zegt waar je eens... nou ja, anders tegenaan gaat kijken?'

Ze schudde haar hoofd. Intussen wilde ze alleen nog maar aan hem ontsnappen. Ze wilde niets voorkomends of troostends meer zeggen, of hem vage hoop geven om de hardheid van het moment te verminderen. Ze wilde weg. Het liefst zou ze hem nooit meer terugzien.

'Nee. Ik ben niet in de war en ook niet overdonderd. Ik heb gezegd wat ik te zeggen heb en dat verandert niet.' Ze schoof haar stoel een stuk achteruit om aan te geven dat ze de ontmoeting als beëindigd beschouwde.

Ze vond dat hij nu wel een heel vreemde blik in zijn ogen had, zonder dat ze precies zou kunnen zeggen waar het hem in zat. Op een of andere manier leek hij niet meer alleen bedroefd, kapot of teleurgesteld, maar haast alsof ze medelijden in zijn gelaatstrekken ontwaarde – medelijden, met haar? *En wat dan nog? Als hij mij beklagenswaardig vindt omdat ik de eer zijn vrouw te mogen worden heb afgeslagen, dan moet hij dat maar vinden. Wat mij betreft, mag hij een kaarsje voor me opsteken. Het belangrijkste is dat ik heelhuids uit de penarie ben gekomen.*

Ze diepte haar portemonnee op, telde wat papiergeld uit en legde het op tafel. Ze stond op. Christopher maakte geen aanstalten om ook op te staan en haar een afscheidskus te geven. En voor de eerste keer vandaag was ze hem dankbaar.

'Nou, dan ga ik maar. Het beste met je, Christopher. Het ga je goed!'

Zijn blik veranderde niet, en er was iets mee wat haar kippenvel bezorgde. 'Het ga je goed, Laura,' zei hij.

Ze verliet het restaurant met rasse schreden, en buiten, toen ze diep ademhaalde, merkte ze pas dat ze de laatste minuten niet meer goed had kunnen ademhalen. En dat ze dat in de aanwezigheid van Christopher nooit goed had gekund.

Het is voorbij; gauw vergeten, zei ze bij zichzelf.

Maar dat benauwde gevoel liet haar nog niet los.

5

Cathérine legde de brief weg. Ze had hem al voor de tiende keer vandaag gelezen. Hij deed haar goed, en daarom greep ze er waarschijnlijk telkens naar. De pastoor van het dorpje waar ze naartoe wilde verhuizen had haar teruggeschreven. Ze had hem vroeger vaak bij haar tante ontmoet, met hem gepraat en zelfs wel eens met hem gewandeld. Hij was de enige voor wie ze zich niet schaamde vanwege haar slechte huid en vormeloze figuur. Hij was toen een man van middelbare leeftijd geweest, maar moest inmiddels een bejaarde heer zijn. Gelukkig was hij nog steeds pastoor in het dorp, en hij had zich onmiddellijk herinnerd wie ze was toen hij haar brief kreeg. Dat schreef hij tenminste.

Zij had hem gevraagd of hij haar kon helpen bij het zoeken naar een woning en ook laten doorschemeren dat ze over een beetje geld beschikte uit de verkoop van haar huis. Veel zou ze voor dat uitgewoonde krot uiteraard niet krijgen, maar ze stond in ieder geval niet helemaal met lege handen. Misschien kon ze ook nog ergens een baan vinden, want het was zeker niet goed voor haar de hele dag alleen maar thuis te zitten.

De pastoor schreef dat er in het dorp een huisje leegstond, 'tamelijk dicht bij het huis van uw tante'. De eigenares was naar een verzorgingstehuis verhuisd en wilde het verhuren, en hij wilde graag een goed woordje voor Cathérine doen. Aan het eind voegde hij er nog aan toe: 'Ik denk dat het een goede beslissing van u is om hiernaartoe te komen. Ik had altijd de indruk dat u op een bepaalde manier aan onze landstreek gehecht was, misschien meer dan aan de kust, waar u nu woont. U volgt vast een innerlijke stem, en ik weet uit mijn eigen levenservaring dat een mens altijd moet luisteren naar wat zijn hart hem ingeeft. Wij verheugen ons in ieder geval op u!'

Die laatste zin bezorgde haar bijna tranen. Ze las hem nog eens en nog eens, en voor het eerst sinds een heel lange tijd voelde ze iets van hoop, dat het leven nog een zekere mate van geluk of tenminste tevredenheid voor haar in petto had.

Ze was van plan geweest vandaag thuis te blijven en was er, gesteund door de brief van de pastoor, ook van overtuigd geweest dat het haar zou lukken.

Maar nu, halverwege de middag – het was bijna drie uur – werd ze rusteloos. Ze miste iets – het was kennelijk veel meer een bestanddeel van haar leven geworden dan ze wilde toegeven. Het was bijna dwangmatig.

Ze liep in haar woning heen en weer, las steeds weer de brief van de pastoor en probeerde van haar nieuwe toekomst te dromen. Dat lukte haar steeds slechter, en op een bepaald moment gaf ze de strijd die ze niet kon winnen op. Ze zou hier toch niet lang meer zijn, en in de weken die haar nog restten kon ze doen en laten wat ze wilde. Het had allemaal geen gevolgen meer voor haar verdere leven.

Ze pakte haar tas en haar autosleuteltjes en verliet het huis.

6

Hij had het heet en koud tegelijk. Zijn benen voelden aan als rubber. Zijn gewonde voet deed pijn, zijn hoofd deed pijn en af en toe meende hij dat hij stemmen hoorde. Alsof er iemand achter hem stond die tegen hem sprak, maar als hij zich omdraaide was er niemand. Op een gegeven moment besefte hij dat die stemmen alleen in zijn hoofd bestonden, maar hij kon maar niet verstaan wat ze zeiden.

Na het middageten – *nadat ze hem gevonnist, kapotgemaakt en met voeten getreden had, die vervloekte hoer* – was hij rustig naar huis gereden en had zich ervan vergewist dat de bovenste kelderdeur nog altijd gesloten was. Want daar zat nog steeds dat schepsel, dat zich beneden had gebarricadeerd. Gelukkig zaten er in die kelder nergens ramen, ze kon er dus alleen boven uit en daar had hij de sleutel drie keer omgedraaid. Wat hem echt kwaad maakte, was dat hij niet meer zomaar zijn kelder in kon, want hij moest er rekening mee houden dat zij daar ergens, gewapend met een metalen pijp of iets van dien aard, om een hoek op hem loerde. Ze kon daar beneden nu voedsel en water vinden; naast het vertrek met de weckflessen, waar ze had gezeten, was een echte voorraadruimte met pakken mie en kant-en-klaar-sausen – want daarmee hield hij zichzelf hoofdzakelijk in leven – en een diepvrieskist. Daar had ze overigens voor het grootste deel niets aan, omdat ze niet kon bakken, koken of grillen, maar ze zou er ook kratten met mineraalwater en cola vinden. En niet te vergeten zijn wijnkelder. Die sloerie zou het er wel goed van nemen. Als ze zich tenminste buiten haar schuilplaats waagde.

Hij had geluisterd, maar beneden niets gehoord. Hij moest dat probleem natuurlijk oplossen, al moest hij gifgas in de kelder pompen, maar daar hield hij zich later wel mee bezig. Er was iets dat voorrang had.

Hij ging er enorm onder gebukt en anderhalf uur lang deed hij niets anders dan in zijn huis rondlopen, trap op, trap af, alle kamers in en uit, behalve de kelder. De kloppende pijn in zijn voet werd steeds heviger, maar in zijn opwinding voelde hij dat niet als iets wat werkelijk bij hem hoorde. In de vroegere kinderkamers, waar hij sinds die verschrikkelijke dag nooit iets aan had veranderd, schoten hem de tranen in de ogen. Kleine Sophie zou hier weer zoveel leven en zoveel warmte hebben binnengebracht. Wat een heerlijke kindertijd zou hij haar hebben gegeven! Op een dag mocht ze haar moeder wel bedanken dat ze zonder vader en zonder gezin was opgegroeid. Hij bleef staan, want hij bedacht ineens dat ze haar moeder waarschijnlijk nooit meer zou kunnen bedanken. Weer overviel hem de vertwijfeling, omdat hij zelf gruwde van wat hij moest doen, hoewel hij wist dat er geen alternatief was. Dat had zij hem zelf niet geboden.

Na verloop van tijd merkte hij dat hij boven in tranen op de rand van de badkuip zat. Steeds maar weer diezelfde strijd, dat geworstel, het zoeken naar een andere oplossing, en steeds faalde hij, omdat hij uiteindelijk capituleerde en deed wat hij moest doen. Tegen vier uur hield hij het niet meer uit. Hij had de kelderdeur nog een keer gecontroleerd – wanneer crepeerde zij beneden nou eens! – en was met de auto naar Quartier Colette gereden. Hij had de wagen aan het begin van de weg die naar háár huis leidde, laten staan en was tot de laatste bocht doorgelopen. Vandaar kon hij het huis zien, en hij merkte hoe hij zich er letterlijk aan vastzoog, hoe diep hij vervuld was van gedachten aan de vrouw die daar nu in de woonkamer bij de haard zat of de keuken opruimde, of misschien in bed over haar leven na lag te denken. Hij voelde liefde voor haar, maar ook verachting, want ze was niet beter dan alle anderen, en uit ervaring wist hij dat die verachting langzaam, uur na uur, in haat zou omslaan en dat die haat vervolgens onverbiddelijk werd en door niets meer kon worden verzacht. Aan het eind van de week. Hij was er bijna zeker van dat het aan het eind van de week zou gebeuren.

En daarmee kwamen de kou en de hoofdpijn opzetten en werden zijn benen slap. De stemmen begonnen tegen hem te praten en hij besefte dat hij weer op het punt was aangekomen waarop hij zijn leven als één grote berg scherven beschouwde en geen hoop meer had.

Wat vreemd is dat toch, dacht hij, dat het me steeds weer overkomt, alsof er een duister en onvermijdelijk noodlot over me ligt. Hij probeerde te ontdekken of de stemmen daar iets over zeiden, of ze hem antwoord gaven, maar hij kon ze nog steeds niet verstaan.

Even na half vijf begon hij dichter naar het huis toe te lopen, inmiddels slepend, vanwege de ontketende pijn in zijn voet. Het was opgehouden met regenen, maar er stond geen wind die het dikke wolkendek kon opentrekken.

De mooie nazomer was definitief voorbij.

Hoe treurig, dacht hij, en zo passend.

Pas op honderd meter afstand van het huis zag hij de auto staan, die vlak voor de grote poort van de oprit geparkeerd was. Vanaf de plek waar hij eerst had gestaan was hij niet te zien geweest. Het was een auto met een Frans kenteken. Hij fronste zijn voorhoofd.

Had ze een andere man in haar leven?

Voordat deze gedachte zich werkelijk meester van hem kon

maken, verliet de man het terrein en stapte in de auto. Eén korte blik was voldoende om Christopher gerust te stellen – tenminste, wat de mogelijkheid van een minnaar in Laura's leven betrof. Hij kende makelaar Alphonse, in ieder geval van gezicht, want hij was vaak langs zijn kantoor gekomen. Andersom kon hij er trouwens tamelijk zeker van zijn dat meneer Alphonse hem niet kende.

Toen de auto eraan kwam, hield hij hem aan. Meneer Alphonse draaide zijn raampje naar beneden. 'Ja, wat kan ik voor u doen?'

Christopher zette zijn vriendelijkste glimlach op en hoopte dat de ander niet in de gaten had hoe hevig hij zweette. 'U bent toch van het makelaarskantoor verderop in St. Cyr?'

'Ja.'

'Ik zag u daarnet dat huis uitkomen en dacht bij mezelf, vragen kost immers niets... Er wordt toch niet toevallig iets verkocht? Ik ben namelijk op zoek naar een geschikte plek...'

Meneer Alphonse haalde zijn schouders op. 'Die mevrouw wil alleen maar de waarde laten taxeren. Ze moet nog een aantal zaken afhandelen en wil dan beslissen of ze het verkoopt. Mocht dat zo zijn, dan ga ik dat voor haar regelen. U kunt mij...' hij diepte een visitekaartje op en gaf het aan Christopher, '... u kunt mij de volgende week bellen, dan weet ik misschien iets meer.'

Christopher pakte het kaartje aan. Zijn handen beefden erg. 'Bedoelt u dat die beslissing volgende week al gevallen kan zijn?'

Ze praat al met makelaars. Ze wil hier echt de boel opbreken.

'Geen idee. Die mevrouw vertrekt in ieder geval morgen naar Duitsland – zij is namelijk Duitse, weet u. Dit is alleen maar haar vakantiehuis. Nou ja, er zijn daar wat problemen, en hoelang ze daarmee bezig is, weet ik niet.'

Christopher deed een stap opzij en de wagen van de makelaar reed langzaam de berg af. Of meneer Alphonse nog gedag had gezegd wist Christopher niet meer. Hij stond er als versteend bij, en het kaartje dat hij zojuist had gekregen, dwarrelde langzaam richting grond.

Morgen. Morgen vertrok ze.

Daar had ze met geen woord over gerept. Ze vond het niet eens de moeite waard hem dit soort dingen mee te delen. Ze wilde zich stiekem uit de voeten maken en hem afschudden als een lastige vlieg.

Maar nu was hij haar een stap voor. Hij kende haar plannen en zij wist niet dat hij die kende.

Het eind van de week kon hij vergeten.

Het kon alleen vanavond nog.

7

Het was even over half negen, maar Monique wist niet of het ochtend of avond was. Als ze ervan uitging dat de man die haar gevangen hield overdag bij haar was gekomen en niet midden in de nacht rondspookte, moest het volgens haar berekening nu avond zijn. Maar in principe was alles mogelijk, en de ene noch de andere variant maakte het risico minder fataal. Ze had niets anders dan de vage hoop dat hij om deze tijd van de dag – naar ze aannam – misschien niet thuis was. Hij woonde klaarblijkelijk alleen, en alleenstaande mannen gingen vaak 's avonds buiten de deur eten. Of naar de kroeg.

Of ze zitten voor de televisie, dacht ze. Ze besefte dat alles aan een zijden draadje hing. De dood lag aan alle kanten op de loer.

Toen ze de deur van haar schuilplaats opende en in de gang stond, hield ze er rekening mee dat ze elk moment te pakken genomen en neergeslagen kon worden. Of een mes in haar buik kon krijgen. Of gewoon tegenover hem zou staan en in zijn krankzinnige gezicht zou kijken. Want gek was hij. Aan zijn ogen had ze gezien dat hij een psychopaat was.

Maar ze had geen andere keus dan in ieder geval een poging

te wagen. Hij kon wachten tot ze hierbeneden stierf. Hij trok aan het langste eind.

Ze hoopte een raam in de kelder te vinden dat ze kon openmaken. Misschien slaagde ze erin via een lichtschacht te ontsnappen. Ze dacht heel intens aan het huisje op het land en aan de tuin met de perzikboom. Aan de katten en de kippen. Aan al die dingen waarvoor ze tot elke prijs wilde overleven.

De gang lag donker en dreigend voor haar. Ze durfde het licht niet aan te doen; als hij thuis was, merkte hij dat misschien. Ze liet alleen de deur naar haar schuilplaats een stukje openstaan, zodat er vandaar wat licht in de gang viel en ze in ieder geval in de schemering haar weg kon zoeken.

Het was een enorme kelder vol hoeken en er zat geen enkel raam in, zoals ze na ongeveer een eeuwigheid gedeprimeerd vaststelde. Ze had in alle ruimten gekeken, een enkele keer zelfs een paar tellen het licht aangedaan om het zeker te weten, maar ze ontdekte niets anders dan massieve stenen muren. Geen ramen en geen luchtkokers in deze kelder. Ze zag wel een goed gevulde voorraadkamer en een paar kratten met frisdrank, waar ze in de dagen daarvoor God op haar knieën zou hebben gedankt. Maar nu nam ze alleen snel een paar slokken uit een fles water. Ze was te nerveus om zich daar langer op te houden. Hij kon elk moment achter haar staan.

In zo'n situatie zou een mens niet verzeild mogen raken, dacht ze.

Er restte haar niets anders dan de weg via de keldertrap. Hij had natuurlijk de deur boven op slot gedraaid, dat kon niet anders, maar de vraag was of het haar zou lukken hem open te breken. Dat zou een enorm kabaal veroorzaken, en de toch al geringe kans van slagen hing er dus helemaal van af of de dader thuis was of niet. En daar kon ze dan weer niet achter komen.

Wat moet ik doen? Ik word gek als ik nog langer hierbeneden moet zitten wachten zonder te weten waarop eigenlijk, want mijn situatie verandert niet. Die is morgen nog net zoals vandaag en de volgende week ook nog.

Ze ging op een van de kratten met drank zitten en begon te huilen.

8

Om tien over negen kon Christopher niet langer meer wachten. Hij had eigenlijk pas om half elf of elf uur willen gaan, maar de rusteloosheid was met het vroege invallen van de duisternis steeds heviger geworden, en nu het buiten pikdonker was, kon hij zich nauwelijks meer in toom houden. Hij was overvallen door een merkwaardige vrees: stel dat ze eerder vertrekt, dat ze de hele nacht wil doorrijden... Dan kon ze al weg zijn. Misschien was het inmiddels de hoogste tijd dat hij ging.

Hij had twee glazen rode wijn gedronken om zich te ontspannen, maar het had niet veel uitgehaald. Zijn gewonde voet werd een steeds groter probleem. Hij was opgezet en klopte, en zijn been voelde bijna tot aan de knie verhit aan. Natuurlijk kon hij daar in zijn situatie geen rekening mee houden, maar hij vreesde wel dat hij in de loop van de volgende dagen nodig naar een dokter moest en dan iets heel onaangenaams te horen zou krijgen.

Daar moet ik later maar over nadenken, zei hij bij zichzelf.

Hij had maar één schoen aangetrokken, en over de opgezette voet had hij in plaats van een schoen een aantal sokken over elkaar heen gestroopt. Heel vervelend met dat natte weer buiten, maar het zou wel gaan, en het was uiteindelijk ook niet belangrijk. Zijn leven was toch al naar de filistijnen. Daarbij vergeleken waren natte sokken van geen enkele betekenis.

Hij monsterde zijn uitrusting: een zaklantaren van het merk Dietrich. Op de avond dat hij voor Laura en zichzelf had gekookt, was hij, terwijl zij douchte, naar de kelder gegaan om wijn te halen en had toen de deur die naar buiten leidde onderzocht. *Had hij toen al een voorgevoel gehad dat hij wederom zou moeten doen wat hij zo verafschuwde?* Hij verbood zichzelf daarover na te denken. Hij had meteen al gezien dat die deur heel gemakkelijk open te breken was. Hij had dus geen sleutel hoeven te ontvreemden en een duplicaat te laten maken. Bij Camille, wier huis zo goed beveiligd was dat het wel Fort Knox leek, was dat zo geweest. Maar in haar geval had hij ook meer tijd gehad, wel een hele zomer lang, om alles voor te bereiden. Bij Laura drong de tijd.

Het touw waarmee hij de daad zou uitvoeren, móést uitvoeren, lag in de auto. Hij was er klaar voor, waarom nog langer gedraald?

Hij wilde juist de huisdeur opendoen en in de donkere, regenachtige avond naar buiten gaan, toen hij een krassend geluid hoorde. Hij kon het niet meteen thuisbrengen, maar toen begreep hij dat het van de keldertrap kwam. Er zat iemand voorzichtig aan het deurslot te morrelen.

Dat schepsel! Dat walgelijke mormel dat hij beneden had opgesloten, probeerde naar de oppervlakte te komen. Dat mens was wel het minste dat hij kon gebruiken. Dat verantwoordelijk was voor die razende pijn in zijn voet.

Heel zachtjes ging hij bij de kelderdeur staan, althans, zo zacht als hij kon met die slepende voet. Dat schepsel moest wel vlak achter de deur staan en ze werd in haar wanhoop ook wat stoutmoediger, want ze begon harder en duidelijker aan het slot te morrelen. Ze probeerde het open te breken. Naar de geluiden te oordelen, gebruikte ze niet alleen maar haar nagels. Ze had iets in de hand, een stuk ijzer, in ieder geval een stuk blik. Niet moeilijk om zoiets uit die kelder op te diepen. Hij moest voorzichtig zijn.

De kelderdeur ging naar binnen toe open. En de bovenste tree waar je op kon staan voordat de trap begon, was erg smal. De trap zelf was steil en ongelijk, gemetseld van grove stenen en er was geen leuning. Hij herinnerde zich dat Carolin er aldoor over klaagde: 'Op een dag maakt iemand daar een doodsmak,' zei ze dikwijls.

Hij draaide de sleutel in het slot om en stootte zonder lang na te denken of te aarzelen met kracht de deur open. Hij zag nog net haar geschrokken gezicht en wijd opengesperde ogen. Ze begon wild met haar armen te maaien, maar ze grepen in het niets. Hij hoorde hoe de krik met veel kabaal uit haar handen viel en de trap afkletterde. Tree voor tree.

Ze worstelde om haar evenwicht te bewaren, en hij wist dat ze het zou verliezen. Hij had haar te hard en te onvoorbereid geraakt. In een paar seconden zou ze de krik volgen in de diepte van de kelder.

Hij zag haar vallen, over de kop gaan en hoorde de doffe dreunen waarmee haar hoofd tegen de stenen treden sloeg. Hij hoorde haar gillen en hij wist dat ze zou sterven.

Het enige wat hij niet wist, was dat zij in de seconde waarin ze het bewustzijn verloor aan een tuin met een perzikboom had gedacht.

Maar dat zou hem absoluut niet hebben geïnteresseerd.

9

Tot haar verrassing trof Nadine, toen ze om tien over half tien bij Chez Nadine aankwam, de zaak wederom gesloten aan. Het had haar een geschikt tijdstip geleken; in deze tijd van het jaar kwamen er hoofdzakelijk mensen uit de streek eten, en die aten meestal laat, vanaf negen uur. Tussen negen en half elf zou het niet zo moeilijk zijn om van Henri af te komen. Een kort, verhelderend gesprek in de keuken – ze wilde hem nu ook meteen om een snelle scheiding met wederzijdse instemming verzoeken – en daarna zou ze haar laatste spullen inpakken en verdwijnen.

Tot zover haar plan. Maar nu moest ze accepteren dat hij zich opnieuw aan een gesprek had onttrokken. Nergens in huis brandde licht en ook zijn auto stond niet op het plaatsje achter het huis. Hij was weg, misschien wel voor langere tijd. Dit frustreerde haar. Ze had gehoopt die zaak eindelijk te kunnen regelen en van tafel te hebben. Ze vroeg zich af of hij doelbewust tijdrekte en wat hij daarmee wilde bereiken. En waar zat hij eigenlijk?

Bij nicht Cathérine – ondanks haar plannen om weg te gaan?

Op het laatst was hij door beide vrouwen in zijn leven verlaten, dacht ze, terwijl ze de deur van de zaak opendeed en naar de lichtschakelaar tastte, maar zo gaat dat meestal. Ze werd begroet door de bekende lucht van strobloemen, houten tafels en Provençaalse kruiden. Ondanks alles vertrouwde geuren, die haar leven voortaan niet langer zouden begeleiden. Zou er een vlaag van weemoed bij haar zijn binnengeslopen? Die gedachte schoof ze snel terzijde. Als alles was gegaan zoals het had moeten gaan, was ze allang weg geweest en lag de hele Atlantische Oceaan tussen haar en Chez Nadine.

Haar koffer stond nog waar ze hem had achtergelaten. Ze had van haar moeder twee reistassen meegenomen, waar ze nog wat kleding, schoenen en persoonlijke spullen in kon meenemen.

Toen ze de trap wilde opgaan, ontdekte ze een kleine envelop die tegen de derde tree op stond. Er stond geen naam op, maar ze nam aan dat hij voor haar bedoeld was en dus haalde ze de keurig opgevouwen brief eruit. Ze herkende meteen Henri's handschrift. In korte bewoordingen deelde hij haar mee dat voor hen allebei het einde gekomen was en dat hij die ontwikkeling accepteerde. Hij vond deze situatie heel moeilijk te dragen, dus ging hij nu 'naar de enige vrouw die ooit van me heeft gehouden en die me begreep'. En of Nadine dat alsjeblieft wilde respecteren.

Daar keek ze even van op, maar toen begreep ze dat hij natuurlijk zijn moeder bedoelde. Een man als Henri had geen minnares. Hij ging naar zijn moeder, en dat hield in dat hij op weg was naar Napels of daar misschien al was aangekomen. Hij was ver weg en zou ook zo gauw niet terugkomen.

Ze stak de brief weer in de envelop, legde hem op de trap en ging op een tree zitten.

Ze vroeg zich af wat ze voelde. Vreemd genoeg voelde ze zich een beetje alleen. Peter dood, Henri weg. Ze voelde zich krachteloos.

Ze bleef op de trap zitten en staarde naar de muur tegenover haar.

10

Laura was al om negen uur naar bed gegaan en had nog een halfuurtje liggen lezen. Daarna had ze heel moe het licht uitgedaan. Ze was van plan om de volgende morgen om half zes op te staan, de bederfelijke levensmiddelen weg te gooien, het huis af te sluiten en om half zeven in de auto te stappen en op weg te gaan naar huis. Dan zou ze tegen vier uur in de middag thuis aankomen. Tijd genoeg om Sophie bij haar moeder af te halen en nog wat met haar te spelen, en dan de hele avond telefoontjes af te luisteren en de post door te nemen. Ze had veel te doen, maar ze zat ook vol dadendrang. Dit was beter dan nog langer zinloos in Zuid-Frankrijk te blijven hangen.

Zo uitgeput als ze was, lukte het haar niet om de slaap te vatten nu het donker was. Er ging ook zoveel in haar hoofd om. Ze verheugde zich nu al op Sophie, maar ook drongen zich beelden uit haar leven met Peter aan haar op. Gedachten aan alle leugens en halve waarheden die haar de afgelopen jaren hadden begeleid, en ze wist niet eens of dat alles was. Waar zou ze nog meer tegen aanlopen? Hoeveel afgronden lagen er nog op haar te wachten?

En dan, hoe zou haar nieuwe leven eruitzien? Zou dat goed

gaan, zij en Sophie bij Anne in huis? Anne en zij waren allebei geen twintig meer. Ze hadden ieder een totaal eigen leven geleid, jarenlang al. Het was iets anders of je het aan de telefoon goed met elkaar kon vinden of dat je onder een en hetzelfde dak woonde.

Het zou in ieder geval een voordeel zijn als ze zelf op korte termijn geld ging verdienen, dacht ze. Dan ben ik onafhankelijk en kan ik gauw voor Sophie en mij een eigen woning huren.

Het gesprek met meneer Alphonse had haar goed gedaan. Hij dacht dat ze omgerekend algauw tegen de negenhonderdduizend mark zou kunnen krijgen voor het huis en de grond eromheen. Een heleboel geld, maar de vraag was hoe hoog Peter het bezit met hypotheek had belast. En in hoeverre zouden ze haar aansprakelijk stellen voor zijn schulden? Ze waren destijds in gemeenschap van goederen getrouwd.

Ik heb allereerst een goede advocaat nodig, bedacht ze.

Heel langzaam dommelde ze weg. De gedachte aan een advocaat stelde haar gerust. Afgelopen met dat gespeculeer. Eindelijk zou iemand haar kunnen zeggen hoe haar situatie ervoor stond. Ze kon gaan slapen. Ze had de wekker gezet. Ze kon gewoon rustig gaan slapen.

Het geluid – een vreemd gekraak, dat niet paste bij de gewone avondgeluiden in het huis – vervlocht zich bijna met een beginnende droom. Maar meteen daarop klonk het nog eens, iets luider dan daarvoor, en het maakte dat ze in haar bed overeind schoot. Ze staarde in het donker en vroeg zich af of ze zich vergiste. Om haar heen heerste een totale stilte.

Er was niets, zei ze bij zichzelf, maar de slaap was volkomen verdwenen en haar hart was sneller gaan kloppen. Ze had kippenvel op haar armen gekregen. Ze was in de hoogste staat van paraatheid en hoopte dat het alleen maar op hysterie stoelde en niet op een juist instinct.

Ze stond op, maar besloot het licht niet aan te doen en sloop op blote voeten naar buiten, waar ze vanaf de galerij in de grote woonkamer kon kijken. De kamer lag stil voor haar. Ze had de luiken niet gesloten en een paar tellen lang viel het bleke maanlicht door het raam naar binnen. Af en toe trok de wind de bewolking uiteen, maar het regende nog altijd flink. De bewegingsmelder in de tuin was niet aangegaan. Er kwam iets in haar herinnering naar boven... heel vaag slechts... iets wat met de bewegingsmelder te maken had, maar ze kon er niet opkomen.

'Onzin,' zei ze hardop, 'er is niets aan de hand. Ik heb het gedroomd.'

Maar ze wíst dat ze het niet had gedroomd.

Omdat ze er zeker van was dat ze nu niet in slaap zou vallen, aarzelde ze om naar haar slaapkamer terug te gaan. Misschien zou een kop warme chocola haar goed doen.

Ze knipte nu toch de staande lamp op de galerij aan en wilde net de trap aflopen toen ze weer iets hoorde. Een soort gekraak, maar het klonk anders dan het geluid waarmee de wind aan de vensterluiken rammelde. De geluiden van het huis zelf kende ze goed en kon ze onmiddellijk thuisbrengen, maar dit hoorde er niet bij.

Het klonk alsof er iemand in de kelder was.

'Flauwekul,' zei ze weer, maar ze fluisterde bijna, omdat haar keel opeens was dichtgesnoerd en ze moeite had met slikken.

De kelderdeur, die aan de zijkant van het huis zat, had ze nooit vertrouwd. Het was een tamelijk gammele houten deur met een heel eenvoudig slot. Ze had Peter er al een paar keer op aangesproken en hem gevraagd er een beveiliging aan te brengen, maar het raakte telkens in het vergeetboek, en omdat ze met Peter erbij niet echt bang was, had ze er niet meer zo op aangedrongen. Nu bedacht ze dat het voor iedereen een eitje moest zijn om via die deur in huis te komen. En om er te komen, kon je de buitenlamp omzeilen, die meteen aansprong zodra je de huisdeur naderde. Daarom kon het heel goed zijn dat ze zich niet vergiste.

Er was iemand in de kelder.

Haar volgende gedachte was onmiddellijk het huis te verlaten, maar ze durfde de trap niet af te gaan en via de woonkamer naar de deur te lopen, want beneden kon die vreemdeling elk ogenblik voor haar staan. Als ze zich in de slaapkamer barricadeerde, won ze weliswaar tijd, maar niet voor lang, want als hij de kelderdeur had opengebroken, lukte hem dat ook met de slaapkamerdeur. En daarbinnen was geen telefoon waarmee ze om hulp kon bellen.

Nu hoorde ze dat vreemde geluid in de kelder opnieuw en ze was er nu zeker van dat het de houten treden waren die van beneden naar boven leidden.

Een paar tellen was ze totaal verlamd van angst. Ze kon haar voeten niet bewegen, haar hoofd niet draaien, niet slikken en niet ademen. Ze stond daar maar op haar noodlot te wachten en dacht dat ze zich in een of andere waanzinnige nachtmerrie bevond.

Toen kwam er plotseling leven in haar. Met twee passen was ze bij de telefoon en pakte de hoorn op.

De politie. Ze moest de politie bellen. Wat was in godsnaam het alarmnummer van de Franse politie?

Haar hoofd was helemaal leeg, maar het kon ook zijn dat ze het nummer nooit geweten had. Wanneer hadden ze ooit de politie nodig gehad? Wanneer hadden ze zich ooit om zulke dingen druk gemaakt? Het briefje met het nummer van inspecteur Bertin lag wel ergens, maar waarschijnlijk bij de telefoon in de woonkamer, of het zat in haar handtas, en waar die lag wist ze niet.

Lieve god, help me. Laat me een nummer te binnen schieten.

Er was maar één nummer in de hele omgeving dat ze uit haar hoofd kende. Omdat ze het in betere tijden zo vaak had ingetoetst.

Het nummer van Chez Nadine.

Er bleef haar niets anders over. Met trillende vingers tikte ze de nummers in.

Als er niemand thuis was, kon ze het wel schudden.

11

Nadine wist niet hoelang ze op de trap had gezeten. Het konden minuten zijn geweest, maar het kon ook langer hebben geduurd. Ze had voor zich uit zitten staren en er waren beelden aan haar voorbijgetrokken; herinneringen uit de afgelopen jaren, herinneringen aan Henri, aan hun gezamenlijke leven in dit huis, aan de zee van tranen die ze in deze ruimten had vergoten. Met een afstandelijkheid die haar vreemd voorkwam, was ze die beelden gevolgd, zij waren de balans van haar leven tot nu toe. De kalmte waarmee ze het debacle aanschouwde was voor het eerst een stap weg van de gewoonlijke zelfdestructie waarmee ze zichzelf altijd pijnigde. Misschien een stap in de richting van het vermogen om het gebeurde zonder franje, maar ook zonder zelfhaat te aanvaarden.

Toen opeens heel schel de telefoon overging, kromp ze van schrik in elkaar en was ze bijna overeind gesprongen. Klonk dat apparaat altijd zo luid? Of leek het maar zo, omdat het bij Chez Nadine nog nooit zo stil was geweest als op deze avond?

Ze had geen zin meer om op te nemen, want ze beschouwde zich niet meer thuis in dit huis, maar toen bedacht ze dat het vast Marie was, die zich ongerust maakte omdat haar dochter nog niet terug was en zich nog heviger zou opwinden als er niemand aan de telefoon kwam, dus kwam ze traag overeind en nam op.

'Ja?' vroeg ze.

Aan de andere kant hoorde ze gefluister, dat ze niet verstond en waarvan ze niet kon uitmaken wie het was. Op het eerste gehoor dacht ze dat het Henri was, bezopen en jankerig, en ze vloekte bijna hardop van boosheid omdat ze had opgenomen. Maar toen vernam ze tussen al het gestamel een hele zin.

'Ik ben het. Laura.'

'Laura?' Dat was wel de laatste met wie ze wilde praten. Nog minder dan met een doorgedraaide Henri. 'Laura, ik versta je heel slecht.'

Ze wilde al opleggen. Gewoon opleggen en niet meer opnemen als de telefoon weer ging. Maar iets hield haar tegen. Later dacht ze dat ze misschien Laura's angst en vertwijfeling had aangevoeld.

'Help me, alsjeblieft.' Ze fluisterde alleen maar. 'Er is iemand in huis.'

'In jouw huis? Wie dan? Laura, kun je niet wat harder praten? Heb je gedronken?'

'Je moet...' Het vreemde gesprek werd midden in een zin afgebroken.

Nadine bleef nog even in de hoorn luisteren en hing toen op. Was dat werkelijk Laura geweest? Ze had haar stem op die fluistertoon niet kunnen herkennen, maar het was in ieder geval een Duits accent geweest. Ze keek op de klok: het was tien over tien. Waarom belde Laura haar om deze tijd op? En waarom gedroeg ze zich zo vreemd? Waarom praatte ze niet luid en duidelijk?

Dronken, dacht Nadine. Ze is gewoon dronken.

Zou ze iets weten?

Ze wist waarschijnlijk alles. De rechercheur die haar had verhoord, was vast ook bij Laura geweest. Misschien dat Laura vandaag, op deze dag, had gehoord dat haar man een verhouding had gehad en dat hij op het punt had gestaan met een andere vrouw in een ander land een nieuw leven te beginnen. En dat die vrouw een goede bekende, bijna een vriendin was geweest.

Zoiets moest wel ontzettend pijn doen.

Of had ze het al eerder geweten?

Voor het eerst stelde Nadine zichzelf die vraag. Peter had altijd beweerd dat Laura geen flauw idee had, maar het kwam in feite zelden voor dat een echtgenote door de jaren heen niet in de gaten kreeg dat haar man vreemdging. Hoewel de afstand tussen

Peter en haar ook weer te groot was geweest om het mogelijk te maken dat ze elkaar vaak troffen. Maandenlang kwam Peter 's avonds keurig op tijd thuis van kantoor. Hij was nooit een typische vreemdganger geweest met overuren en zakendiners.

Als ze het niet heeft geweten dan weet ze het nu, dacht Nadine, en heeft ze zichzelf helemaal laten vollopen en was het laatste wat ze nog kon mijn nummer intoetsen. Het is geen wonder dat ik door haar hoofd spook.

Ze stak een sigaret op en liet zich weer op de trap zakken.

12

Pauline kon pas om kwart over tien uit het hotel weg. Er waren problemen geweest; in de waskamer ontbrak een flink aantal handdoeken en de cheffin zelf had zich ermee bemoeid. De kamermeisjes werden vermaand dat ze heel goed op moesten letten of ze altijd hetzelfde aantal handdoeken uit de kamers haalden als ze er eerder hadden neergelegd. Pauline had op hete kolen gezeten. Stephane stond buiten in de regen te wachten en had vast een verschrikkelijk humeur; elke minuut die hij langer moest wachten, raakte hij meer doorweekt en straks zou ten slotte nog blijken dat alles toch verbeelding van haar was geweest. Ze kon zich goed voorstellen hoe hij de halve nacht op haar zou blijven hakken. Dat had hij vroeger ook wel eens gedaan als iets hem niet zinde, als ze het eten niet tot zijn tevredenheid had gekookt of de wijn 's avonds niet koud genoeg had geserveerd, maar dat had haar nooit zo heel veel uitgemaakt. Dan had ze een knop omgedraaid en hij was ook wel weer tot bedaren gekomen. Maar de laatste tijd had ze het gevoel dat ze in tranen zou uitbreken als hij haar maar even scheef aankeek. Verbijsterend wat er in korte tijd met haar zenuwen was gebeurd.

Ze was Bérard nog niet uit of ze twijfelde al of Stephane er echt wel was. De hele tijd had ze voor zich gezien hoe hij in de regen stond en haar met de seconde meer ging haten, en nu was ze er plotseling van overtuigd dat hij niet eens was gekomen. Ze kende hem, hij was bijzonder gemakzuchtig, en zijn vrije avond met een fles wijn bij de televisie was heilig voor hem. Waarom zou hij op een koude avond in oktober in de regen gaan staan vanwege de hersenspinsels van zijn vrouw?

Op straat was geen mens te bekennen, het motregende gestaag door. De wind nam langzaam toe en werd fris; het zou vannacht nog behoorlijk stormachtig kunnen worden. Het zwarte asfalt glom van de nattigheid. Pauline zette haar paraplu op. Zij had tien minuten nodig om thuis te komen. De route leidde door smalle steegjes, langs inritten en uitspringende muren. Duizend mogelijkheden voor een dader om zich schuil te houden en haar op te wachten. Ze merkte dat ze over haar hele lijf kippenvel kreeg en er een akelig gevoel in haar maag op kwam zetten. Misschien had ze nog maar een paar minuten te leven.

Het liefst zou ze nu luidkeels om Stephane gaan roepen en hem smeken zich te vertonen en met haar mee te lopen. Haar te laten zien dat hij er werkelijk was.

Maar ze durfde niet. Want áls hij er was en hier ergens stond te wachten en te verkleumen, zou hij buiten zichzelf raken van woede als ze alles bedierf. Zijn plan doorkruiste. Dan zou hij niet voor een tweede keer bereid zijn haar te helpen.

Daar ging ze. Haar hakken klikten op de straat. Iets anders dan dat kon ze niet horen, alleen het geluid van de regen, natuurlijk, het geruis en gemurmel. Dat bood een geweldige gelegenheid om onopgemerkt naderbij te sluipen. Ze zou het niet merken. Niet voordat hij een hand om haar keel...

Ze versnelde haar tred. Stephane zou haar vervloeken, maar haar zenuwen stonden op het punt het te begeven. Het liefst zou ze gaan rennen. Als ze thuis was – áls ze daar ooit aankwam – zou ze gaan overgeven, dat voelde ze nu al. Haar maag gedroeg zich alsof ze in een achtbaan zat.

De laatste paar honderd meter rende ze inderdaad. Ze gooide de poort open, liep het tuinpad op en zocht tegelijk hectisch in haar tas naar haar sleutels. Ze zag hoe de voordeur opengerukt werd en een gestalte, die in het tegenlicht alleen als een schaduw zichtbaar was, naar buiten stapte en om het huis heen in de tuin verdween. Ze begreep niet wat er zich afspeelde, ze wist alleen dat ze het toilet niet meer zou halen.

Haar handtas gleed uit haar hand en viel op het natte pad. Ze boog zich naar opzij en braakte in de oleanderstruiken. Telkens opnieuw.

Ze kotste haar angst, haar frustratie en de troosteloosheid van haar bestaan uit. Ze zakte op haar knieën, braakte opnieuw en voelde een vreemd soort opluchting.

'Dit gelóóf je toch niet!' zei Stephane. 'Als ik hier iemand had verwacht – dan toch zeker jou niet!'

Pauline, die met knikkende knieën over het tuinpad schuifelde, kreeg iets heel vreemds te zien: Stephane, die uit het achterste deel van de tuin opdook met een enorme, kletsnatte gestalte, die hij half meetrok en half voor zich uit duwde. Toen ze beiden in het lichtschijnsel van de openstaande deur kwamen, bleek het een dikke vrouw in een regencape te zijn. De capuchon, die ze diep over haar ogen had getrokken, was juist van haar hoofd gegleden. Het haar van de vrouw zat in de war en ze had een bleek, door lelijke littekens ontsierd gezicht. Het leek erop dat ze zich dood was geschrokken.

'Stephane,' vroeg Pauline, 'wat is hier aan de hand?'

'Dat zou ik ook wel eens willen weten,' antwoordde Stephane grimmig. Hij had het grijze gebreide vest aan dat hij op koude avonden aantrok en hij was op zijn vilten pantoffels. Pauline probeerde deze feiten op een rijtje te zetten. Hij had toch achter haar gelopen? Maar toch zeker niet op zijn *vilten pantoffels*?

'En dat wil ik graag van jóú weten!' ging hij verder. Hij stootte

393

vervolgens de grote, dikke vrouw aan. 'Wat heb jij verdomme in onze tuin te zoeken?'

De vrouw gaf geen antwoord. Ze stak alleen haar hand op om tevergeefs haar weerbarstige haren glad te strijken.

'Ik neem aan dat dit je moordenaar is,' zei Stephane, nu tegen Pauline, 'Cathérine Michaud. Of heet je nu anders? Je was toch getrouwd?'

De vrouw deed voor het eerst haar mond open. 'Nee. Ik ben niet getrouwd.'

'Maar je zei toch...'

Ze schudde haar hoofd.

'Wie is dit?' vroeg Pauline.

'Een oude bekende,' zei Stephane, 'die zich ooit in het hoofd haalde dat ik met haar zou trouwen. En in de tussentijd zijn kennelijk de stoppen doorgeslagen. Of heb je,' nu keek hij Cathérine weer aan, 'soms echt een goede verklaring voor je optreden hier?'

'Heb jij voor Bérard staan wachten, Stephane?' vroeg Pauline. Ze had hoofdpijn en een vieze smaak in haar mond.

'Natuurlijk niet,' zei Stephane verontwaardigd, 'dacht je soms dat ik met dit weer voor een hotel ga staan en me een longontsteking op de hals haal?'

'En als ik werkelijk de moordenaar was tegengekomen?' Ze voelde zich heel eenzaam. Heel koud. Heel leeg.

'Hier, je ziet de *moordenaar* toch! Ik zag opeens een schaduw bij het raam, ben naar buiten gestormd en heb haar nog net te pakken gekregen. Ze wilde al achter door de tuin over de muur. Heel niet zo eenvoudig met die lichaamsomvang. Maar we weten nu in ieder geval dat jij niet aan waanvoorstellingen leed, Pauline. Er sloop echt iemand om ons huis. Want het was vandaag zeker niet de eerste keer, hè, Cathérine?'

Pauline keek Cathérine aan. 'Bent u mij vandaag gevolgd?'

'Nee. Ik heb hier gewacht. Op het terras.'

'Ik heb veel zin om je bij de politie aan te geven, Cathérine,' bulderde Stephane. 'Wat moet je hier in 's hemelsnaam?'

Cathérine wendde langzaam haar hoofd naar hem toe. Pauline vond dat ze er tragisch uitzag, kapot, verslagen. 'Ik wilde alleen maar weten hoe jullie leefden.'

'Hoe wij léven?'

'Ik had haar kunnen zijn,' zei Cathérine met een blik op Pauline, 'en ik probeerde een beetje met jullie mee te leven. Ik ben hier iedere dag geweest.' Ze boog haar hoofd. 'Ik wilde niemand kwaad doen.'

'Ze is echt volslagen krankjorem!' zei Stephane. 'Je wilde niemand kwaad doen? Weet je wat je met Pauline hebt gedaan? Zij dacht al dat die gek, die mensen wurgt, achter haar aan zat. Ze deed 's nachts geen oog meer dicht, één bonk zenuwen was ze. Wij hadden niets dan ruzie... allemaal vanwege een idioot die zelf geen kerel kan krijgen en dan maar denkt dat ze er iets bij wint als ze bij andere mensen door de ramen gluurt en zich voorstelt dat ze erbij hoort! Mijn god, Cathérine. Ik sla nog drie kruisjes dat ik me destijds zo snel uit de voeten heb gemaakt!'

'Het spijt me,' zei Cathérine tegen Pauline, 'ik wilde u niet bang maken. Het is alleen zo dat ik... ik heb gewoon niemand.'

'En dat is ook geen wonder,' smaalde Stephane, 'moet je toch eens kijken!' Hij rilde van afschuw. Pauline vond dat hij wel heel verwaand deed, met zijn dikke buik en verontwaardigde manier van kijken. 'Je was toen al zo lelijk als de nacht, maar je bent er werkelijk in geslaagd om het nóg erger te maken. Je bent een gedrocht, daar moet je eindelijk eens mee leren leven. Tegen mij zeggen dat je getrouwd bent! En ik, sufferd, tuin er nog in ook! Zo'n hoge nood kan een man niet hebben dat hij zich met jou inlaat!'

Pauline zag dat de slapen van de vrouw begonnen te kloppen. Ze had nooit zo'n verfijnd vermogen bezeten om zich in andere mensen te verplaatsen, maar op dit moment stelde ze zich voor wat er in Cathérine moest omgaan als er zulke dingen tegen haar werden gezegd, en ze kon niet anders dan medelijden met haar hebben. Ook omdat het vast en zeker niet de eerste keer was; misschien niet zo direct en grof als nu, maar het was wel zeker dat ze haar leven lang spottende of neerbuigende blikken en tactloze, vernederende opmerkingen had moeten verdragen. Zou ze zo'n leven eigenlijk wel de moeite waard vinden?

Hoe wanhopig moest je zijn om te doen wat zij gedaan had: wekenlang in de tuin van vreemde mensen zitten, door hun ramen gluren en onzichtbaar het leven van anderen gadeslaan, om je eigen niet geleefde leven te compenseren? En met wat voor een vrouw had ze zich op die manier geïdentificeerd? Een vrouw, wier handtas op het tuinpad lag, waar ze hem had laten vallen om over te geven tussen de oleanders, omdat ze de laatste weken door angst werd opgevreten. Een vrouw die continu door haar eigen man in de steek werd gelaten, vanavond nog, tegen zijn vaste belofte in.

'Mag ik gaan?' vroeg Cathérine met een iel stemmetje. Ze was gebroken, vernederd en zonder hoop.

'Ga maar,' zei Stephane, 'ga naar de duivel en laat je nooit meer in onze buurt zien! Heb je dat begrepen? De volgende keer laat ik je opsluiten.' Toen brulde hij opeens: 'En flikker nou op!'

Ze wierp Pauline nog een korte blik toe en haastte zich toen over het natte tuinpad. Ze hoorden de poort in het slot vallen.

'Dat die me nog een keer voor de voeten loopt, zeg!' zei Stephane. 'Ik zeg altijd weer: voor iedere fout die je in je leven maakt, moet je ooit een keer betalen. Ik ben toen veel te goedhartig geweest. Ik had haar na de eerste avond al moeten laten staan!' Huiverend haalde hij zijn schouders op. 'Ach, nou ja. In feite moet je gewoon medelijden met haar hebben.'

Het gevoel van kou en leegte was nog erger geworden en dreigde Pauline te overweldigen.

Waarom had hij haar niet bij Bérard opgewacht? Waarom had hij dat niet gedaan?

Ze keek in de nacht waarin Cathérine verdwenen was.

'Waarom eigenlijk?' vroeg ze. 'Waarom zou je medelijden met

háár moeten hebben? Zíj is per slot van rekening aan jou ontkomen.'

Ze liep langs hem heen het huis binnen.

13

Nadine was om precies half elf bij Chez Nadine weggegaan en
had zorgvuldig afgesloten. Ze vroeg zich af waarom ze daar zo
lang gebleven was. Misschien was het toch een afscheid geweest
en kon ze nu zeggen dat ze het in alle plechtigheid had gedaan.
Voorbij. Uit. Ze zou nooit meer terugkomen. Ze had zelfs Henri's brief laten liggen. Ze wilde niets van hem meenemen in haar
nieuwe leven.

Haar nieuwe leven. Als ze er nu maar enigszins een voorstelling van had hoe het eruit moest gaan zien.

Terwijl ze over de donkere weg reed, schoot het telefoontje
van Laura haar weer te binnen. Het liet haar op een of andere
manier niet los. Wat moest ze daar nou mee: *Er is iemand in
huis.* Was ze zo bezopen dat ze geluiden, voetstappen en stemmen hoorde? Sommigen zagen beestjes lopen. Misschien dacht
Laura dat er een horde inbrekers was.

Niet een horde. *Er is iemand in huis.* Dat klonk niet schrome-
lijk overdreven.

Nadine had echt geen zin om zich uitgerekend met Laura
bezig te houden. Laura was een constante beproeving voor haar
geweest. Ze had haar gehaat, want ze stond tussen haar en Peter
in. En toch had ze moeten huichelen dat ze bevriend waren om
geen argwaan te wekken. Dodelijk vermoeiend was dat geweest;
ze wilde Laura van haar leven niet meer terugzien.

Ze reed over de grote rondweg om St. Cyr heen en sloeg af in
de richting van La Cadière. Het regende gestaag door en ze liet
de ruitenwissers sneller over de voorruit glijden. Als ze Laura's

telefoontje negeerde, hield ze er de hele nacht een rotgevoel aan over, maar als ze erheen ging, had ze waarschijnlijk een straalbezopen, jankende, ruziemakende vrouw op haar dak, die wilde weten waarom zij vier jaar lang een verhouding met haar man had gehad en op het laatst met hem naar het buitenland had willen vluchten. Want ze zou háár natuurlijk de schuld geven. In dit soort situaties praatten echtgenotes zichzelf graag aan dat hun trouweloze echtgenoot in feite alleen maar een machteloos slachtoffer van een geraffineerde verleidster was geweest.

'Verdomme nog aan toe,' zei ze, en sloeg met haar vuist op het stuur, 'ze bezorgt me nog steeds ellende. Ze blíjft me dwarszitten. Houdt het dan nooit op!'

Ze was nu intussen vlak voor La Cadière. Ze kon rechtdoor gaan, om het plaatsje heen rijden en aan de andere kant het viaduct over de snelweg nemen, om op de weg naar Le Beausset te komen. Deze weg nam ze al jaren, want de alternatieve route, hier meteen links afslaan en de snelweg oversteken, bracht haar heel dicht in de buurt van Quartier Colette en dus ook in de buurt van Peters huis. Sinds de verhouding met hem had ze dit traject gemeden en na zijn dood had ze een nog grotere hekel aan deze omgeving gekregen.

Rechtdoor dus.

Op het allerlaatste moment gooide ze het stuur om, en omdat ze vlak daarvoor nog gas had gegeven, nam ze de bocht veel te snel. Ze kwam op de natte rijbaan bijna in een slip terecht en knalde op een haar na tegen de vangrail. Een tegenligger, die uit de richting van La Cadière kwam, werd verrast door het feit dat ze niet rechtdoor ging maar links afsloeg, en hij kon nog net met piepende banden remmen.

Nadine kreeg de auto onder controle en reed de brug over.

Beter dit dan een hele nacht geen oog dichtdoen.

Ze zou gaan kijken wat er met Laura aan de hand was en daarna zo snel mogelijk naar haar moeder rijden.

Ze zou zeker geen gesprek met haar beginnen.

14

Als kind, twaalf was ze misschien, had ze een keer in haar dagboek geschreven: *Ik ben zo blij dat ik Henri heb. Hij is mijn enige vriend. Hij begrijpt mij. Ik geloof niet dat er iets is wat ik niet tegen hem kan zeggen. En hoe slecht het ook met me gaat, hij zegt altijd wel iets wat me het gevoel geeft dat het allemaal niet zo erg is.*

Dit is het dieptepunt, dacht ze, het absolute dieptepunt van mijn leven tot nog toe. Alle vernederingen en klappen in de afgelopen jaren waren slechts een voorspel. Nu ben ik op het dieptepunt aangekomen.

Haar handen trilden en alle dingen leken vanuit de verte te komen: het stuur, de versnellingspook, de achteruitkijkspiegel, waaraan een stoffen aapje bungelde, de ruitenwissers die piepend over de voorruit gingen. Iedereen zou haar aangeraden hebben nu niet in de auto te stappen, maar dat kon haar niet schelen. Als ze een ongeluk veroorzaakte, wat dan nog? Mismaakter dan ze al was kon ze niet worden.

Zodra die scène in de donkere tuin weer naar boven kwam, probeerde ze de beelden onmiddellijk te stoppen.

Ik wil er niet over nadenken. Ik hoef er niet over na te denken. Het is gebeurd en het is voorbij.

Het erge was dat ze de stem van Stephane niet kon uitschakelen. Die dreunde in haar oren.

Je bent een gedrocht. Lelijk was je toen al. Zo'n hoge nood kan een man niet hebben dat hij zich met jou inlaat!

'Ik wil dat niet horen!' zei ze hardop.

Het irriteerde haar dat haar handen steeds erger begonnen te trillen en dat alles nog steeds heel veraf leek te zijn. Op een bijna onderbewust niveau voelde ze wel dat ze een zenuwinstorting nabij was en dat ze dan niet alleen mocht zijn. Ze had al eens eerder over zelfdoding nagedacht, als de acne haar weer zo kwelde, het gesmiespel van de mensen heel erg werd, en als de eenzaamheid van haar woning haar bijna verpletterde. Op een gegeven moment had ze gevoeld dat ze ertoe in staat was, als de aanleiding daarvoor de normale mate van lijden te boven ging. Misschien was het nu zover.

Terwijl ze zich door de regen naar haar auto haastte en ze de stem van Stephane achter zich '*en flikker nou op!*' had horen brullen, had ze geprobeerd het te bagatelliseren. Ze was nog bijna uitgegleden en gevallen, en toen kreeg ze het sleuteltje niet in het slot. Ze zei bij zichzelf dat het natuurlijk dom was geweest wat ze had gedaan had, en dat de reactie van Stephane daarom ook zo heftig was uitgevallen. Zijn vrouw had kennelijk in grote angst geleefd.

'Ze dacht dat ik de moordenaar was!' zei ze hardop en lachte schel, maar dat lachen zat veel te dicht op het randje van huilen en ze stopte er maar gauw mee. Eindelijk had ze het portier opengekregen en was ze in de wagen gaan zitten – *een grote, dikke rups kruipt in zijn cocon*, was de gedachte die haar daarbij inviel – en toen had ze weer even tijd nodig gehad om het contact te vinden.

Het lijkt wel of ik dronken ben, dacht ze.

Als hoe ziek zou een psychiater haar inschatten na wat ze had gedaan? Ze was destijds genadeloos door Stephane afgeserveerd, en daarna had ze zich zo sterk geïdentificeerd met de vrouw met wie hij ten slotte getrouwd was, dat ze verslaafd was geraakt aan het dagelijks bespioneren en gadeslaan. En ineens was het een vaste gewoonte geworden, waar ze niet meer buiten kon. Het was tot haar dagelijks leven gaan behoren en gaf het een structuur, vooral op de momenten dat ze niet naar Chez Nadine kon gaan. Gewoon even kijken wat Pauline zo allemaal deed... thuis, op haar werk... Na een tijdje was ze behoorlijk op de hoogte geweest van haar gewoonten en kende haar dagindeling, de tijden waarop ze bepaalde dingen deed. Ze was zelfs een paar keer met de auto achter haar aan gereden en had verschillende auto's gehuurd om niet geïdentificeerd te kunnen worden.

Ze was Paulines schaduw geweest, en als schaduw had ze voor een deel het gevoel gehad dat ze erbij hoorde. Niet meer en niet minder. Ze had een beetje in het leven meegeleefd dat ze had gedacht aan de zijde van Stephane te zullen leiden. Niet dat hij de man was van wie ze ooit had kunnen houden. Maar hij was de enige redding waar ze ooit, heel kort, aan had mogen snuffelen.

Ze herinnerde zich dat ze vandaag helemaal niet had willen gaan, maar dat ze het ten slotte toch niet had volgehouden.

Ze was vast en zeker behoorlijk ziek. Behoorlijk gestoord. Het was waarschijnlijk maar het beste er gewoon een eind aan te maken.

Ergens in haar achterhoofd tikte het credo van haar kindertijd. Henri maakte alles in orde. Henri was haar bron van troost en vertrouwen. In Henri's armen kon ze huilen en snikken en voelen hoe de kou om haar heen langzaam minder werd. Bij hem voelde ze zich thuis. Hij was haar toevlucht.

En hij zou haar begrijpen. Hij had haar altijd begrepen.

Ze had tegen hem gezegd dat ze weg zou gaan en nooit meer terug zou komen, en de opluchting bij hem was niet mis te verstaan geweest. Het had pijn gedaan, maar ze besefte best dat het daarbij niet om haar ging, maar om die duivelin met wie hij getrouwd was. Hij was opgelucht geweest omdat hij zichzelf daardoor een belofte op verbetering in de relatie met Nadine kon voorhouden. En daarin vergiste hij zich, dat wist ze heel goed, maar die weg moest hij alleen gaan en zijn vergissing zelf in de gaten krijgen.

Ze hoorde iemand snikken en had er even voor nodig om te begrijpen dat zij het zelf was die die treurige geluiden maakte. Alles had zich van haar verwijderd, ook zij zelf.

Hoe heb ik zoiets kunnen doen? Hoe heb ik me zo diep kunnen vernederen?

Ze kon nog op het allerlaatste nippertje op de rem trappen, en later zou ze zich erover verwonderen dat ze nog zoveel tegenwoordigheid van geest had gehad om te reageren. Ze was bij het kruispunt onder aan de berg van La Cadière aangekomen, en waarom ze had gedacht dat de auto die haar tegemoetkwam rechtdoor zou gaan, wist ze eigenlijk niet. Waarschijnlijk had hij geen richting aangegeven, hoewel ze het niet met zekerheid kon zeggen. Maar de chauffeur gaf volkomen onverwachts een ruk aan zijn stuur en sloeg vlak voor Cathérine linksaf. De auto slipte op de natte weg, maar kwam tot stilstand.

Haar handen begonnen nog erger te trillen.

Dat was de auto van Nadine, die daarnet zo onverantwoord hard door de bocht scheurde; ze herkende het kenteken. Die manier van rijden leek overigens meer op die van Henri; dergelijke manoeuvres waren typisch iets voor hem en ze hadden er al heel wat keren hevige ruzie over gehad.

Maar wat deed Henri hier om deze tijd? Of Nadine? De richting waarin de auto verdwenen was, wees ondubbelzinnig op Quartier Colette, waar de man met wie Nadine Henri zo had laten lijden zijn huis had. Maar waarom reed een van hen daarheen? Na alles wat er gebeurd was?

Haar gezicht was nat. Ze merkte dat ze zat te huilen.

15

Nadine reed over de weg vol bochten naar Peters huis en zei bij zichzelf dat ze stapelgek was dat ze dit deed. Ze had niet eens meer in de buurt van deze plek willen komen, en ze merkte dan ook algauw dat het haar geen goed deed. Eigenlijk moest ze haar best ervoor doen dit hoofdstuk van haar leven te vergeten en eindelijk vooruit te kijken. Het zou alle wonden weer openrijten als ze in zíjn territorium kwam. Bovendien was deze plek voor zijn huwelijksleven gereserveerd. En wat had ze er al die jaren niet onder geleden dat hij getrouwd was en niet wilde scheiden. Waarom zou ze ook maar één vinger voor die trut van een Laura uitsteken? Bijna was ze van gedachten veranderd, omgekeerd en naar Le Beausset gereden. Dat ze het níét deed, kwam alleen maar door de slingerende weg, die het onmogelijk maakte zomaar te keren. De eerstvolgende gelegenheid kreeg ze pas verderop, bij de inrit van Peters huis.

Ze vloekte zachtjes. Het begon harder te regenen en het was donker. Het was volslagen absurd dat ze hier rondspookte.

Ze had Laura gewoon nog eens terug moeten bellen om zich ervan te vergewissen wat er aan de hand was. Haar schroom en onbehagen jegens de vrouw in wier huwelijk ze was binnengedrongen, had haar daarvan weerhouden, en ze had haar mobiele telefoon niet bij zich. Ze moest óf rechtstreeks de confrontatie aangaan óf die hele kwestie vergeten en rechtsomkeert maken.

De poort naar hun terrein stond slechts op een kier, en ze kon hem openen door er zacht met de bumper van haar auto tegenaan te duwen. Op de ruime, met kiezelstenen bedekte oprit voor het huis kon ze keren en dan maken dat ze wegkwam.

Ze wierp een blik op het huis. Het was er bijna donker, maar ergens in de woonkamer moest licht branden. Waarschijnlijk boven op de galerij. Ze herinnerde zich de avond dat ze daar op Peter had zitten wachten. Het was hetzelfde jaargetijde geweest. Dat was het begin van alles.

Nu was Peter dood. En hij was niet gewoon aan een infarct of bij een verkeersongeluk overleden. Hij was in handen van een waanzinnige gevallen. Hij was naar de bergen ontvoerd, daar op de gruwelijkste manier afgeslacht en als een hoop afval in een struik gegooid. Geen mens snapte waarom dat was gebeurd, maar iemand had hem uitgezocht en daar een reden voor gehad.

Er bekroop haar een akelig gevoel, terwijl ze zo in de auto zat en door de regen naar het donkere huis staarde. Zijn vrouw had haar opgebeld en gefluisterd: 'Er is iemand in huis...'

Vastberaden stapte ze uit en deinsde alleen even terug voor de wind, die intussen veel harder was gaan waaien. Ze kon tenminste proberen door een van de ramen naar binnen te kijken. Misschien zag ze Laura wel gewoon stomdronken op de bank hangen, dan kon ze altijd nog ongemerkt wegsluipen. Wat ze moest doen als ze iets anders zag, wist ze niet. In feite verwachtte ze dat ook niet. Het was alleen maar ongerustheid... ze moest zekerheid krijgen.

Ze was algauw doorweekt van de regen toen ze door de tuin naar het huis liep. Ze had geen jack aangetrokken en ze kreeg het vreselijk koud. Toen de bewegingsmelder aanging en de schijnwerpers de nacht om haar heen in een fel licht dompelden, schrok ze en bleef ze staan. Ze was vergeten dat ze hier zo'n melder hadden. Nu moest ze wachten tot ze weer uitgingen, anders stond ze op een presenteerblaadje als ze in de woning probeerde te turen. Was ze vanavond nou maar niet naar Chez Nadine gegaan. Dan had ze van dit alles niets geweten en was ze ook niet verantwoordelijk.

Ze haalde opgelucht adem toen het weer donker om haar heen werd. Eindelijk was ze bij het overdekte terras, waar ze kon schuilen tegen de regen. Ze bewoog zich zo geruisloos mogelijk en bedacht dat ze minder bang was voor een inbreker dan om door Laura ontdekt en overladen te worden met beschuldigingen en verwijten. Andere angsten die ze had schoof ze opzij.

Ze was bijna bij de grote glazen voorpui gekomen toen ze een geluid achter zich hoorde. Dat geloofde ze tenminste, maar even later dacht ze dat het getrommel van de regen op het dak in feite te luid was om iets anders te kunnen horen. Het kon zijn dat ze vanuit haar ooghoek een beweging had opgemerkt.

Het was te laat om te reageren.

Van achteren werd er een hand op haar mond gelegd en haar armen werden vastgeklemd als in een bankschroef. Iemand probeerde haar het huis in te slepen.

16

Laura meende een auto te hebben gehoord, maar ze was er niet helemaal zeker van; het gekletter van de regen en de gierende wind, die langzaam aanwakkerde tot stormachtig, maakten het haast onmogelijk andere geluiden waar te nemen. Ze leunde uit het raam en gilde, maar ze kon zelf merken hoe haar stem onmiddellijk in het nachtelijke geraas werd opgeslokt. Als dat Nadine was, die eraan kwam, dan liep ze regelrecht in de val.

Laura had het korte, gefluisterde telefoongesprek op de galerij gevoerd, en toen ze voorzichtig en stilletjes de kelderdeur open zag gaan, had ze de hoorn zenuwachtig op de haak gegooid. Verrast hapte ze naar adem toen ze Christopher in het oog kreeg. Op datzelfde moment merkte hij het zwakke lichtschijnsel op en keek naar boven. Zwijgend keken ze elkaar een paar tellen aan.

Laura geloofde aanvankelijk niet eens dat er echt gevaar dreigde, het was vast een tweede poging van Christopher om met haar te praten en haar ertoe te bewegen toch tot een gezamenlijke toekomst te besluiten. Wel een poging die absoluut te ver ging. Hij kon niet 's nachts via de kelder binnendringen en een gesprek afdwingen dat ze zelf niet vrijwillig met hem wilde voeren.

'Ga weg,' zei ze, 'en doe dat niet nog eens. Er is voor ons geen toekomst. Dat heb ik je vanmiddag al gezegd, en dat is sindsdien niet veranderd.'

Hij kwam langzaam en zwaar hinkend naar de trap toe. 'Er is voor jóú geen toekomst, Laura,' zei hij. 'Helaas. Het spijt me werkelijk heel erg.'

Toen merkte ze voor het eerst zijn waanzin op. Niet alleen in wat hij zei, maar ook in zijn stem.

Ze was een stap achteruitgedeinsd.

'Kom niet naar boven,' zei ze.

Hij stond nu onder aan de trap.

'Jawel,' zei hij, 'dat doe ik wel. Ik kom naar boven.'

Ze was haar slaapkamer binnengevlucht, had de deur dicht-geslagen en de sleutel omgedraaid. Ze wist dat ze daar maar wei-nig tijd mee won. De deur openbreken zou hem weinig moeite kosten. En hierbinnen had ze geen telefoon en het raam zat te hoog. Als ze naar beneden sprong, zou ze een been breken.

'Doe open,' zei hij aan de buitenkant. Hij had wel heel lang over de trap gedaan. Daaruit maakte ze op dat hij werkelijk heel veel last had van zijn gewonde voet en dat ze, mocht zich een ge-legenheid voordoen om weg te lopen, waarschijnlijk sneller zou zijn dan hij. Maar daar had ze in de situatie van nu geen enkel voordeel van.

'Laura, ik kom om je te doden, en dat weet je,' zei hij. 'Als het niet nu is, dan toch over tien minuten of een halfuur, afhanke-lijk wat van ik ga doen. Maar gebeuren zal het. Je kunt ons alle-bei een hele strijd besparen.'

Ze leunde tegen de muur en wenste wanhopig dat ze wakker zou worden om te beseffen dat ze een afschuwelijke nachtmer-rie had gehad, maar die volstrekt niet met de werkelijkheid over-eenkwam.

Lieve god, dacht ze, wat moet ik nu doen? Wat moet ik nu doen?

In paniek liep ze nu toch naar het raam, deed het open, schreeuwde om hulp en wist tegelijkertijd dat niemand haar kon horen. De huizen stonden hier veel te ver van elkaar, gescheiden door enorme, parkachtige tuinen, en haar woorden en klanken woeien weg met de wind. Ze keek naar beneden. De regen sloeg haar in het gezicht. Diep onder haar lag zwart en zwijgend de tuin. De berghelling waar het huis op stond, liep op deze plek steil naar beneden.

Hij had gehoord dat ze het raam opendeed.

'Doe dat maar niet,' zei hij, bijna verveeld. 'Je breekt geheid een paar botten. Dan heb ik straks buiten een heel eenvoudig karweitje met je, maar voor jou is het dan allemaal nog veel erger.'

Ze keek naar boven. Het was de vraag of ze erin zou slagen vanaf de vensterbank op het dak te klimmen. Met zijn gewonde voet zou het vast heel moeilijk voor hem zijn achter haar aan te klauteren. Bovendien kon ze van boven af verhinderen dat hij zijn handen zelfs maar op de dakpannen kon leggen. Maar ik kom zelf niet omhoog, dacht ze vertwijfeld. Het dak was nat en glibberig, en de vensterbank ook. En het zou betekenen dat ze een klimoefening moest doen waarbij ze haar hele lichaamsgewicht omhoog moest hijsen tot ze minstens tot haar middel boven het dak uitstak. Dat was hopeloos. Ze besefte dat ze daar niet in zou slagen.

Haar enige, piepkleine kansje bestond eruit dat Nadine iets ondernam. Als ze het al had begrepen had. *Ik versta je heel slecht,* had ze gezegd, en *kun je wat harder praten?* En ze had gevraagd of ze soms dronken was. Als ze die conclusie had getrokken, zou ze helemaal niets doen. En buiten dat: belde iemand op grond van een onheilspellend telefoontje meteen de politie? Misschien stuurde ze Henri. Of sprak ze met inspecteur Bertin. Was Bertin om deze tijd te bereiken?

'Doe die deur nou eens open,' zei Christopher daarbuiten.

Aan de praat houden, dacht ze, ik moet hem aan de praat houden. Misschien komt er toch iemand. Ik heb gewoon geen andere mogelijkheid.

Ze stond er versteld van dat haar stem haar nog gehoorzaamde. 'Heb jij Peter gedood?' vroeg ze.

'Ja. Het was noodzakelijk. Ik had het al veel eerder moeten doen.'

'Waarom?' Wat ze nog het schokkendst vond, was de vanzelfsprekendheid waarmee hij dat zei. Naar zijn gevoel had hij niets verkeerds gedaan. Hij had iets gedaan wat gewoon gedaan had móéten worden.

'Hij maakte jullie gezin kapot. Hij was een verhouding begonnen. Maar hij bleef tenminste al die jaren nog bij jou en Sophie. Hij kwam steeds weer bij jullie terug. Maar toen...'

'Je wist dus dat hij van plan was naar het buitenland te gaan?' Ze herinnerde zich hoe verbaasd hij deed toen ze het hem vertelde. Hij kon goed acteren. En op een heel schizofrene manier beschouwde hij zijn handelingen enerzijds als gerechtvaardigd, terwijl hij anderzijds heel goed wist dat hij ze moest verdoezelen en geen verdenking op zich mocht laden.

'Ik hoorde het die avond. De avond waarop ik hem heb gedood, bedoel ik.'

'Hoe ben je erachter gekomen?' *Laat hem praten. Houd hem bezig, zolang als je kunt.*

'Hij belde op. Hij was bij Chez Nadine aangekomen en wilde daar naar binnen gaan. Ik vroeg: "Moet je nou meteen als eerste naar háár toe?" En hij antwoordde dat ze daar misschien al niet eens meer was. Dat ze elkaar die avond ergens anders zouden ontmoeten. Toen zei ik: "Aha, maar vóór die tijd mag haar man nog wel voor je koken. Kan het niet wat smaakvoller?" En opeens begon hij te roepen dat hij het niet meer wist, dat hij gewoon naar de plek moest waar hij haar voor het eerst had ontmoet, of ze daar nog was of niet; hij moest die plek zien, om te weten of het juist was wat hij deed. Maar dat het misschien toch allemaal verkeerd was, dat hij misschien aldoor het verkeerde had gedaan, maar dat zijn leven nu toch al niet meer deugde en dat het hem allemaal niet meer kon schelen. En toen werd hij heel kalm en zei dat hij alleen maar afscheid van me had willen nemen. Dat hij met Nadine het land zou verlaten en nooit meer terug zou komen.'

'En dat wilde je voorkomen?' Ze keek nerveus in de slaapkamer om zich heen. Was er iets wat ze als touw kon gebruiken om uit het raam te klimmen? In films en boeken scheurden ze in zulke gevallen de lakens kapot en knoopten de uiteinden aan elkaar. Jammer genoeg zou hij het horen als ze daarmee begon. Hij zou haar niet de tijd geven die ze ervoor nodig had. 'Waarom interesseert het je nog?' vroeg Christopher. 'Dat kan je nu toch zeker allemaal niet meer schelen!' 'Hij was mijn man. We hebben jarenlang ons leven gedeeld. Ik wil weten hoe zijn laatste uren zijn geweest.' Dat scheen hij plausibel te vinden.

'Ik zei tegen hem dat hij er nog een keer over na moest denken, maar hij zei dat hij geen keus had. Toen verbrak hij het gesprek. Ik kon het niet bevatten. Hoe kan een man bij zijn gezin weggaan? Ik liep door mijn huis te ijsberen en dacht aan jou en Sophie. Aan dat heerlijke gezinnetje...' het klonk nu werkelijk wanhopig, 'en ik besefte dat ik dat niet mocht laten gebeuren. Daarom reed ik naar Chez Nadine.'

'Wilde je het voor mij doen?' Er was in deze vervloekte kamer niets geschikts om zich mee naar beneden te laten zakken. Wat was ze toch trots geweest op haar talent om een huis in te richten! Helemaal fout. Voor de toekomst moest ze zich inprenten: in elke kamer een telefoon en een klimtouw. En een pistool.

Voor welke toekomst?

'Wat bedoel je?' vroeg Christopher. 'Wat bedoel je met: *Wilde je het voor mij doen?*

'Wilde je hem voor mij doden?'

'Ik wilde met hem praten. Ik wilde dit gezin intact houden. In wat voor wereld leven we? Waar zijn we in beland? Overal echtscheidingen. Een op de drie huwelijken strandt. Ze doen er ook geen enkele moeite voor. Het is zo gemakkelijk tegenwoordig. Je trouwt, je gaat weer scheiden. Geen probleem. Vroeger kon je je na zoiets niet meer in de maatschappij vertonen. Vroeger hadden zulke gebeurtenissen consequenties. Toen hadden de mensen ook wel eens een crisis. Maar ze holden niet meteen naar een advocaat. Ze hielden het vol, ze probeerden het opnieuw met elkaar. En vaak lukte het dan ook nog!'

'Natuurlijk. Dat ben ik met je eens.'

'De wereld in het groot is zoals hij in het klein is opgebouwd.

En de kleinste cel is het gezin. Als dat kapotgaat, gaat ook de wereld kapot.'

'Ja, daar kan ik me wel iets bij voorstellen.' Ze vroeg zich af of ze erin zou slagen zich tot een bondgenoot van hem te maken. Ze moest haar zenuwen in bedwang houden. Ze merkte dat de binnenkant van haar hand bloedde, zo diep had ze haar nagels erin gedrukt.

'Daar kun jij je helemaal niets bij voorstellen,' zei hij sarcastisch, 'anders had je niet besloten je kind alleen groot te brengen en op de zelfverwezenlijkingstrip te gaan. Jezelf vínden. Erachter komen wie je éígenlijk bent! God, wat ken ik die zinnetjes goed! En ik haat ze! Je bent geen haar beter dan mijn moeder.'

'Dat is niet waar. Het ging me veel te snel allemaal. Het is maar nauwelijks tot me doorgedrongen dat ik weduwe ben, en dan wil je dat ik alweer ga trouwen. Dat kan geen mens zomaar even verwerken, Christopher!'

'Ik heb het je gevraagd. Weet je wel? Vanmiddag, in het restaurant, vroeg ik je of je er ooit anders over zou gaan denken. Je antwoord was dat het niet zou veranderen.'

Ze kreunde zachtjes. Wat moest ze daarop zeggen, zonder ongeloofwaardig over te komen?

'Christopher, als je me nu doodmaakt, groeit mijn kind op als volle wees. Je hebt Sophie al van haar vader beroofd...'

Ze had iets verkeerds gezegd. Plotseling begon hij te brullen.

'Nee! Je hebt er niets van begrepen! Helemaal níéts! Haar vader wilde haar verlaten. Hij wilde jou verlaten. Hij gaf geen barst om jullie. Het kon hem geen moer schelen wat er van jullie zou worden. Ik heb geen onschuldig iemand gedood!' Zijn stem sloeg bijna over. *'Ik heb geen onschuldig iemand gedood!'*

'Natuurlijk niet. Dat weet ik ook wel. Dat heb ik ook niet gezegd.'

'Toen ik aan kwam rijden, stapte hij net bij Chez Nadine naar buiten. Hij wilde naar zijn auto lopen. Ik zei tegen hem dat hij bij mij moest instappen en dat we moesten praten. Daar was hij meteen toe bereid. Ik merkte dat hij dringend behoefte had om met iemand te praten. Hij wilde zijn geweten ontlasten, hij wilde absolutie krijgen... En dat ik tegen hem zou zeggen: ja, ouwe jongen, dat snap ik, doe maar, ga maar met haar weg. Ik vroeg hem of hij haar in de pizzeria had gezien en hij zei nee, ze stond hem waarschijnlijk al op de afgesproken plek op te wachten. Ik ging met hem rijden. Hij praatte maar en praatte maar, over zijn verpeste leven, over die kloterelatie en over het recht van een mens om op een gegeven moment overnieuw te durven beginnen. Hij merkte niet eens dat ik de bergen inreed, dat we plotseling ver weg van alles en iedereen waren en helemaal alleen. Ik zei: "Kom, laten we een eindje gaan lopen, dat zal je goed doen", en hij draafde achter me aan, met de aktetas met zijn laatste geld in zijn hand, zo panisch was hij dat die van hem gestolen kon worden. En hij praatte nog steeds, en ik dacht bij mezelf: je kletst je steeds verder naar je eigen dood toe. De omgeving werd steeds eenzamer, en ten slotte wilde hij omkeren. Hij werd zenuwachtig vanwege zijn liefje, die ergens stond te koukleumen terwijl ze op hem wachtte, en bovendien begon het te regenen. We keerden om en nu liep hij voor me uit. Ik had het touw in de binnenzak van mijn jas. Ik wist wat me te doen stond, ik heb het vast aldoor al geweten, anders had ik het niet meegenomen. Het was niet eenvoudig. Hij verzette zich hevig. Hij was een heel sterke man. Ik zou er misschien niet in geslaagd zijn hem te doden, maar gelukkig had ik het mes nog bij me. Met dat mes heb ik die hoeren hun kleren opengesneden. *Zodat je kon zien wie en wat ze zijn, snap je dat?'*

Zijn stem was na verloop van tijd steeds rustiger geworden, en Laura werd er koud en beroerd van. Hij was ziek, volslagen gek. Met bidden en smeken zou ze hem niet bereiken en argumenteren hielp ook niet.

'Ik snap het,' zei ze, en het klonk alsof ze een wattenbal had ingeslikt.

'Ik stak het mes in zijn onderlichaam en in zijn buik. Steeds weer. Toen verzette hij zich niet meer. Daarna was hij dood.' Klonk daar iets van spijt in zijn woorden? Ze kon het niet met zekerheid zeggen. Maar zijn stem veranderde alweer. Hij werd koud en bijtend. 'En nou kom je naar buiten. Anders sta ik in tien minuten bij je binnen.'

Ze bleef haar best doen om met hem te praten, maar de grote moeilijkheid was dat ze kalm moest blijven en niet in tranen uitbarsten. Ze besefte dat ze verloren was. Wat ze van hem wist, was dat hij het heerlijk vond om over zijn theorieën van het familieleven uit te weiden, alsof dat het allerhoogste goed en onaantastbaar was. Ze slaagde er nog een keer in hem over zijn moeder te laten praten, die hem verlaten had, en over zijn kinderen, en over de schandalige manier waarop de rechters bij echtscheidingen aan de gevoelens van vaders voorbijgingen als het op de toewijzing van de kinderen aankwam. Ze merkte dat daar de wortels van zijn waanzin lagen, dat hij beheerst werd door leed, en door de gedachte dat hij van kind af aan slachtoffer was geweest van een groot, wereldomvattend onrecht. Hij vertelde over Camille Raymond, hoe hij er voor haar dochtertje had willen zijn, en hoe zij hem had afgewezen en zijn verlangen met voeten had getreden. Ze besefte dat zij en Sophie hem zijn innerlijke vrede hadden kunnen teruggeven, zoals Camille Raymond en haar dochtertje dat hadden gekund, en dat hij het haar net zomin zou vergeven als Camille, dat ze hem die troost onthield. Het schoot haar te binnen dat Anne haar op de parallellen tussen haar en Camille had gewezen, en nu had ze pas in de gaten hoe belangrijk vrouwen met kinderen voor hem waren, vooral *vrouwen die weduwe* waren. Gescheiden vrouwen niet, want op grond van een of andere idiote erecode zou hij vaders hun kinderen niet hebben ontnomen.

'Dus Peter had in ieder geval geen verhouding met Camille Raymond?' vroeg ze. Wat onbelangrijk eigenlijk, om hem op dit punt nog te willen rehabiliteren, dacht ze.

'Nee. Hij kende Camille helemaal niet.'
'Ik was bang dat hij mij ook met haar had bedrogen.' *Praten,*
praten, praten! Als je stopt met praten ben je dood! 'Ik heb geprobeerd met haar schoonmaakster te praten, maar die heeft
niet gereageerd.'
'Dat weet ik,' zei hij onverschillig, 'die ligt met een gebroken
nek bij mij in de kelder. Ik heb het papiertje dat laatst bij je telefoon lag weggegooid. Ze had haar neus te diep in zaken gestoken die haar niets aangingen.'
Ze begon te klappertanden. Als niemand die gek overleefde,
hoe kon ze dan denken dat het haar zou lukken?
'Maak nou die deur open,' zei hij.
En op dat moment merkten ze allebei dat er iemand het huis
naderde.

17

Na de eerste schok van ontzetting verzette Nadine zich uit alle
macht. Ze geloofde dat het Laura was die haar van achteren had
aangevallen, een dronken, woedende Laura, die door het lint
ging nu ze eindelijk achter die hele affaire tussen Nadine en Peter
was gekomen. Maar ze merkte al snel dat ze met een man te maken had; haar tegenstander was te groot en te sterk voor een
vrouw. Eindelijk vernam ze een hijgende stem bij haar oor: 'Hou
je stil, sloerie. Hou je stil, of je bent er geweest!'
Hij sleepte haar naar de voordeur. Ze trapte om zich heen,
spuugde, beet en probeerde haar handen vrij te krijgen. Zeker
een inbreker. Een inbreker, verdomme nog aan toe. En zij liep
hem voor de voeten. Hij had kennelijk het licht van de bewegingsmelder aan zien gaan. Een koud kunstje voor hem om haar
hier op te wachten. Wat een idioot was ze geweest. Wat oliedom.
De woede op zichzelf verleende haar meer kracht. Ze trapte

uit alle macht op zijn voet en hoorde hem kreunen van de pijn. Het lukte haar één hand los te trekken. Ze kronkelde als een slang in zijn armen. Ze had haar autosleuteltjes in de hand en probeerde die in zijn oog te rammen.

Ze zat vlak naast zijn oog, maar het metaal haalde wel zijn slaap open en veroorzaakte een bloedende wond. Hij liet ook haar andere hand los en greep naar zijn gezicht. Eén tel was hij buiten gevecht gesteld. Ze rende langs hem heen de tuin in.

Het licht sprong weer aan en verlichtte het spookachtige tafereel.

Ze nam het risico om te kijken. Hij volgde haar, maar het ging allemaal te snel en ze werd verblind door het licht, dus kon ze niet herkennen wie hij was. Hij was een opvallend grote, sterke man, zeker sterker en sneller dan zij, maar hij scheen problemen te hebben met lopen. Hij sleepte met zijn ene been en kon schijnbaar nauwelijks op die voet staan. Had ze hem met haar trap zó zwaar geblesseerd?

Ze rende verder. Een keer gleed ze uit op de kiezelsteentjes en viel bijna, maar ze kon nog net haar evenwicht bewaren. Als ze op de grond lag, was ze verloren. Ondanks zijn handicap haalde hij haar in. De afstand tussen hen in werd steeds kleiner.

Ze kwam bij haar auto, rukte het portier open en viel op haar plaats. Ze hoorde de regen op het metaal van het dak trommelen, maar haar gehijg was nog luider. Ze morrelde aan het contact.

Ze merkte dat ze het sleuteltje niet meer had.

Het moest uit haar hand gevallen zijn toen ze haar aanvaller ermee sloeg.

Hij was al bij de auto. In paniek drukte ze op het slot van haar portier en leunde naar de andere kant om dat ook op slot te doen, maar ze had er meer handen en een halve minuut langer voor nodig. Hij trok al een van de achterportieren open, graaide naar binnen en sleurde haar aan haar haren terug op haar plaats. Hij deed dat met zoveel geweld, dat ze dacht dat haar nek zou breken. Hij maakte het slot van haar portier los, rukte het open en trok haar naar buiten. Toen belandde er een vuist in haar gezicht. Nadine viel op de grond, voelde een felle pijn aan haar neus en voorhoofd en proefde bloed op haar gebarsten lippen. Hij boog zich over haar heen, trok haar aan de voorkant van haar trui omhoog en liet voor een tweede keer zijn vuist op haar gezicht neerkomen. Ze zag sterretjes, viel tegen de grond en voelde dat ze opnieuw omhoog werd getrokken.

Hij zou haar nog doodslaan. Wat ze voelde, was een haast ongelovige verbazing, dat het einde dat voor haar bestemd was er dus zo uitzag.

En terwijl ze zijn gebalde vuist voor de derde keer op zich af zag komen, verloor ze het bewustzijn.

18

Het duurde een hele tijd voor Laura het waagde haar kamer uit te komen. Ze kon nu niets meer horen en wist bijna zeker dat Christopher naar buiten was gegaan en nog niet was teruggekomen. Ze had het vreselijke vermoeden dat Nadine inderdaad hiernaartoe gekomen was om te zien wat er met haar aan de hand was, en ze durfde zich bijna niet voor te stellen wat hij nu in de tuin met haar deed. Ze moest meteen de politie bellen. En dat betekende dat ze de trap af moest om het telefoonboek te pakken.

Eindelijk deed ze zo zachtjes mogelijk de deur open. Ze werd bijna gek van de harde wind en de regen buiten, want die maakten het onmogelijk de geluiden in het huis te horen. Ze huiverde bij de gedachte dat als Christopher een uur later in de kelder zou zijn binnengedrongen, zij met dat geraas van de storm niets zou hebben gehoord en waarschijnlijk niet meer wakker zou zijn geworden. Hij zou haar in bed hebben verrast, en dan had ze geen schijn van kans gehad om zich te verdedigen.

De galerij en de hal lagen leeg voor haar. Buiten in de tuin brandde het licht. Christopher scheen niet in het huis te zijn, maar ze wist wel dat hij ieder moment weer kon opduiken. Ze speelde heel even met de gedachte via de kelder te vluchten, maar omdat ze geen idee had waar hij zich in de tuin bevond, verwierp ze dat idee weer. Het gevaar dat ze hem dan recht in de armen zou lopen was te groot. Ze moest nu absoluut de politie bellen, zich daarna weer in haar slaapkamer barricaderen en hopen dat de agenten op tijd zouden arriveren voor Christopher de deur had opengebroken.

Ze glipte de trap af en hield daarbij angstvallig de deur in de gaten. Hij was dichtgevallen, maar één blik op het haakje dat er vlak naast was aangebracht, zei haar dat hij de sleutels mee naar buiten had genomen. Hij had niet het risico genomen dat ze hem zou buitensluiten. De tweede huissleutel had Peter. Die lag zeker nog bij zijn persoonlijke eigendommen, die door de politie in beslag waren genomen.

Met trillende vingers bladerde ze in het telefoonboek. Het gleed zelfs een keer op de grond, zo hevig beefden haar handen. Op de eerste bladzij... eigenlijk moest de politie op de eerste bladzij te vinden zijn...

Het licht in de tuin ging uit. Daar schrok Laura zó van dat ze bijna het telefoonboek weg wilde smijten en de trap op rennen. Maar ze dwong zichzelf bij haar verstand te blijven. Als hij nu naar het huis terugkwam, zou hij in ieder geval bij de voordeur weer langs de bewegingsmelder moeten, waardoor ze op tijd gewaarschuwd zou worden.

Ze had de magische woorden *samu*, *police* en *pompiers* ontdekt, de ambulance, de politie en de brandweer, maar helaas stonden er geen nummers bij. Wel kruisjes in verschillende tinten grijs, die er kennelijk op duidden dat je ergens op deze pagina de nummers in de desbetreffende kleuren of in een gearceerd vlak kon aantreffen.

Laura vloekte zachtjes. Degene die dit systeem had uitgevonden, had er blijkbaar niet bij stilgestaan dat het bij noodoproepen meestal om *noodgevallen* ging, dat voor menigeen dan elke seconde telde en dat het moeten oplossen van een vrolijk zoekplaatje bepaald misplaatst was. In panische haast dwaalden haar ogen over de pagina. Eindelijk zag ze een cirkel die in verschillende grijze vlakken was onderverdeeld en waarvan de middelste grijze kleur overeenkwam met het woord *police* en waarin een grote 17 stond. Ze had het nummer gevonden.

Toen zag ze dat hij de telefoonkabel uit de muur had getrokken, en tegelijkertijd ging buiten het licht van de bewegingsmelder aan.

In een reflex schoot de herinnering door haar heen die ze al die tijd niet had kunnen thuisbrengen: de bewegingsmelder! Die avond, toen hij plotseling voor haar raam had gestaan. Nu begreep ze pas waarom ze toen zo geïrriteerd was. Nu wist ze het. Het licht had aan moeten gaan. Hij had alleen maar via de achterkant door de tuin kunnen komen *om haar ongehinderd te kunnen gadeslaan*. Had ze daar nou maar wat beter over nagedacht! Dan had ze eerder in de gaten gehad dat hij niet spoorde.

Ze had geen tijd om zich daar nu mee bezig te houden! Haar mobieltje! Waar had ze verdorie haar mobieltje? Het zat vast en zeker in haar handtas. En waar was haar handtas?

Haar blik schoot door de kamer. Ze had hem zoals gewoonlijk ergens weggelegd en klaarblijkelijk niet in de woonkamer. Ze hoorde hem aan de deur en bedacht hoe lichtzinnig ze al die jaren waren geweest. Waarom hadden ze nooit een veiligheidsketting aangebracht? Waarom hadden ze altijd gedacht dat hun niets kon overkomen?

Ze rende de trap op. Ze zag hem door de deur naar binnen komen. Hij was volkomen doorweekt van de regen en hijgde luid. Zijn gezicht was van pijn vertrokken, en iedere beweging moest een kwelling voor hem zijn. Hij liep heel mank en sleepte zich meer voort dan dat hij liep. Hij staarde naar haar omhoog.

'Hou daar toch eindelijk eens mee op, laag-bij-de-grondse hoer die je bent.'

Ze vermoedde dat hij Nadine had omgebracht, wat betekende dat ze geen hoop meer kon hebben. Ze rende haar slaapkamer binnen, deed de deur op slot en probeerde met al haar krachten de zware commode in beweging te krijgen, om die aan de binnenkant tegen de deur te schuiven. Het ging met millimeters tegelijk en steeds moest ze van uitputting stoppen. Daartussendoor luisterde ze naar de gang. Twee keer hoorde ze traptreden kraken, hij kwam dus naar boven, maar het scheen heel langzaam te gaan. Wat had hij ook alweer over zijn voet gezegd, 's middags op de parkeerplaats in La Madrague? Hij was in een glasscherf getrapt. Ze nam aan dat de wond ontstoken was en misschien had hij zelfs bloedvergiftiging. Hij had vast enorm veel pijn, en daar kwam misschien nog koorts bij ook. Hij had niet zo heel veel kracht meer, dat had ze kunnen zien; wát hij ook met Nadine had gedaan, het had zijn laatste reserves uitgeput. Hij zou er drie keer zo lang over doen dan hij normaal gesproken nodig had om de kamer binnen te dringen, maar hij zou er uiteindelijk in slagen.

Hij was bij de deur aangekomen. Ondanks de wind kon ze hem horen ademhalen. Hij moest er wel heel slecht aan toe zijn, maar dat scheen hem er niet van te weerhouden zijn waanzinnige plan uit te voeren.

Terwijl zij tergend langzaam de commode verschoof, was hij begonnen met een of ander voorwerp – met een mes, vermoedde ze – aan het slot te morrelen. Hij stopte telkens om naar lucht te happen. Maar Laura hijgde inmiddels niet minder dan hij. Moeizaam tilde ze de zware laden eruit en kon de commode toen wat gemakkelijker verschuiven. Ze schoof hem onder de deurklink en stelde toen vast dat die te laag zat om hem te kunnen blokkeren. Ze had maar één kans: dat Christopher niet in staat zou zijn de commode weg te duwen. Haastig begon ze de laden er weer in te schuiven. Het zweet liep in straaltjes van haar af.

Ze was nog niet klaar of ze hoorde het slot rinkelend loskomen. De commode wankelde. Christopher drukte er aan de andere kant tegenaan.

Zo slecht als het met hem ging, was hij bereid tot het uiterste te gaan, en dat verschafte hem de kracht om tot op de bodem te gaan. Maar ook Laura, beheerst door doodsangst, wilde niet van wijken weten. Ze duwde uit alle macht de tweede la op zijn plaats en verhoogde daarmee het gewicht waartegen Christopher moest vechten aanzienlijk. Nu de derde nog, al stortte ze erbij in. Ze zou het hem zo moeilijk maken als ze maar kon.

Ze had er niet op gelet hoeveel tijd er was verstreken nadat hij uit de tuin was teruggekomen, maar ze had de indruk dat het minstens veertig minuten waren geweest. Een kleine eeuwigheid. Toch had ze de eindeloze nachtelijke uren nog voor zich. Ze wist niet wat ze kon verwachten als het eenmaal dag werd, maar ze verlangde ernaar alsof dat haar nieuwe hoop zou brengen.

De derde la zat op zijn plaats, en desondanks merkte Laura dat het gewicht niet voldoende was. Zij duwde er zelf tegenaan, maar haar krachten namen langzaam af. De commode begon steeds meer te bewegen. Eén keer kon ze zelfs Christophers vertrokken gezicht zien, zo groot was de kier van de deur al geworden.

'Het is nu heel gauw met je gebeurd,' perste hij moeizaam tussen zijn tanden door, 'akelig loeder, ik ben zo bij je!'

De tranen sprongen in haar ogen. Ze was volkomen uitgeput; ze was aan het eind van haar Latijn. Ze zou het loodje leggen.

Ze zou Sophie nooit meer terugzien.

Toen ze het geluid van automotoren boven de storm uit hoorde, had ze het al opgegeven en zat ze ineengedoken op het bed. Ze had geen kracht meer.

Ze zag de blauwe zwaailichten op de muren van haar slaapkamer weerkaatsen.

De politie. Eindelijk de politie.

Ze waren er op het laatste nippertje. Zoals later bleek, had Christopher de sleutel in het slot laten steken en hadden ze zonder enige moeite de huisdeur kunnen openen. Ze kwamen toen hij al bijna in de kamer was. Hij vocht nóg door toen ze de trap al opkwamen.

Een agent stak zijn hoofd in de kamer. 'Bent u ongedeerd, mevrouw?'

De tranen liepen over haar gezicht, en ze kon er niets aan doen, ze kon alleen maar op bed blijven liggen en huilen. Toen ze eindelijk haar mond open kon doen, vroeg ze: 'Waar is Nadine?'

'Bedoelt u de vrouw die we in de tuin hebben gevonden? Ze is bewusteloos, maar ze leeft nog. Ze is al in de ambulance op weg naar het ziekenhuis.'

Wat werkte haar hoofd traag, wat ging het allemaal moeizaam. Toen ze na een tijdje weer iets kon zeggen, vroeg ze: 'Wie heeft u dan opgebeld?'

'Dat was een zekere mevrouw... eh, hoe heet ze ook weer? O ja, Michaud. Mevrouw Michaud. Cathérine Michaud. Kent u die?'

Ze probeerde zich te herinneren wie Cathérine Michaud was, maar in haar hoofd functioneerde niets meer. Ze had zelfs geen antwoord kunnen geven als hij haar naar haar eigen naam had gevraagd. Stemmen en geluiden raakten op de achtergrond. Ze hoorde nog dat iemand zei – waarschijnlijk de aardige agent die bij haar in de kamer was gekomen: 'Is de dokter er nog? Ik geloof dat ze zo meteen in elkaar zakt.'

Toen werd alles donker om haar heen.

Donderdag 18 oktober

1

'U mag maar heel even met mevrouw Joly praten,' zei de verpleegster. 'Het gaat nog niet goed met haar, en de politie is daarstraks ook al geweest. Ze moet eigenlijk rusten.'

'Ik blijf niet lang,' beloofde Laura, 'maar ik moet haar toch heel even spreken.'

De verpleegster knikte en deed de deur open.

Nadine lag alleen op een kamer in het ziekenhuis van Toulon. Haar gezicht zag er heel vreemd uit, stelde Laura vast toen ze naderbij kwam. Rondom haar rechteroog was alles pimpelpaars. Onder haar neus zat nog een bloedkorst. Haar bovenlip was dik opgezet. Bovendien had ze een zware hersenschudding, had Laura van de verpleegster gehoord.

Nadine draaide voorzichtig haar hoofd om, maar trok meteen een pijnlijk gezicht.

'Beweeg je maar niet,' zei Laura toen ze bij het bed kwam.

'O, ben jij het,' mompelde Nadine.

'Ik kom net bij de politie vandaan. Ik had vannacht al heel lang met Bertin zitten praten, maar toch had hij vanmorgen nog steeds vragen. Maar goed, ik mag nu eindelijk weg. Ik moet voor het proces tegen Christopher zeker terugkomen, maar in de tussentijd mag ik naar huis.'

'Er was daarnet iemand van de politie bij me,' zei Nadine. Het spreken ging moeilijk en haar woorden klonken een beetje onduidelijk. Ze haalde haar hand onder het dekbed vandaan, raakte haar gezwollen lip aan en kromp in elkaar. 'Je zult me wel slecht kunnen verstaan. Maar het gaat niet anders...'

'Ik versta je heel goed. Maar je hoeft ook niets te zeggen. Je zult wel veel pijn hebben.'

'Ja,' zei Nadine. Ze zag er opeens heel uitgeput uit. 'Heel veel pijn. Hoofdpijn vooral.' Maar ze scheen toch absoluut te willen praten.

'Die agent vertelde dat... Christopher... Ik kan het bijna niet geloven. Hij was de beste vriend van...' Ze maakte haar zin niet af. Maar die onuitgesproken naam hing opeens tussen hen in en leek de ruimte te vullen met spanning en haast ondraaglijke emoties.

'Van Peter,' zei Laura.

Nadine zweeg. Laura keek naar het raam, waarachter het gestaag doorregende. Toulon, met zijn lelijke flatgebouwen en huurkazernes, zag er nog mistroostiger uit dan anders.

Na een tijdje zei Nadine: 'Die agent zei dat Cathérine de politie had gealarmeerd. Maar ik begrijp niet zo goed hoe zij er iets van heeft geweten.'

'Zij is vanmorgen vroeg ook op het politiebureau geweest. Voor zover ik weet, heeft zij toevallig jouw auto zien rijden toen je naar mij toekwam. Maar ze dacht dat het Henri was – waarschijnlijk vanwege je manier van rijden. Ze wilde absoluut naar Henri toe, maar de reden daarvoor wilde ze zelfs niet tegen de politie zeggen.'

Nadine probeerde cynisch te glimlachen, maar dat mislukte faliekant, waardoor haar toch al zo toegetakelde gezicht er nog vreemder uitzag. 'Misschien had ze helemaal geen reden. Ze wilde altijd al naar Henri. Haar hele leven lang al.'

'In ieder geval zette ze haar auto voor onze poort neer en wist niet goed wat ze moest doen. Ze hoopte dat Henri weer naar buiten zou komen. In plaats daarvan zag ze jou. En dankzij het licht dat vlak daarvoor was aangegaan, kon ze precies volgen hoe je in elkaar werd geslagen. Ze reed de berg weer af en belde met haar mobiele telefoon de politie.'

Nadine vertrok haar opgezette mond opnieuw tot een grimas. 'Wedden dat ze geaarzeld heeft? Er zal best wat tijd overheen gegaan zijn. Het zou haar goed uitgekomen zijn om me daar te laten sterven. Ik stond haar altijd al in de weg.' 'Ik stond jou ook in de weg,' zei Laura, 'en toch heb je me willen helpen.'

Nadine probeerde haar hoofd op te tillen, maar zakte kreunend weer in het kussen terug.

'Blijf liggen,' zei Laura. 'Je maakt het alleen maar erger als je je beweegt.' Ze zag dat Nadine haar mond opendeed en voorkwam dat ze iets zei. 'Zeg er alsjeblieft niets over. Ik weet alles van jou en Peter. En ik wil er niet over praten, niet met jou.'

En in ieder geval niet op deze manier, voegde ze er in gedachten aan toe. Tegen zo'n zwaargewonde vrouw kon ze geen woede opbrengen. Ze hadden allebei haast het loodje gelegd. Ze voelde zich leeg en moe, niet in staat om te haten, maar ook niet in staat tot enige andere emotie. Het feit dat de dood zo nabij was geweest en dat ze het ternauwernood hadden overleefd scheen alles te relativeren. Ooit zou ze weer woedend zijn op Nadine, zou ze alle pijn van het verraad en de vernedering opnieuw voelen. Maar ze zou Nadine niet terugzien en ze zouden elkaar ook niets uitleggen. Eigenlijk wilde ze dat ook niet. Ze wilde geen tekst en uitleg van Nadine. Geen rechtvaardiging en geen verontschuldiging. Dan hoefde zij ook geen begrip te hebben. Ze wilde het hier gewoon bij laten.

'Dank je, dat je vannacht naar me toegekomen bent,' zei ze. 'Dat is eigenlijk de reden waarom ik nu naar jou gekomen ben. Om je te bedanken.'

Nadine zei niets terug.

Laura was opgelucht toen de verpleegster in de deuropening verscheen en aangaf dat ze moest weggaan.

Er viel niets meer te zeggen.

2

Cathérine keek ervan op dat ze de makelaar, die ze opdracht had gegeven haar woning te verkopen, samen met een jong stel voor haar huis zag staan.

'U moet zeker bij mij zijn?' zei ze.

Verongelijkt zei de makelaar: 'Ik heb gisteren de hele middag geprobeerd u te bellen. Maar u nam niet op! Ik ben nu maar op goed geluk met de aspirant-kopers naar u toegekomen.'

Cathérine ontsloot de deur. 'Komt u maar binnen.'

Door de regen en het sombere weer zag de woning er nog havelozer en akeliger uit dan anders. Maar het stelletje scheen het nauwelijks op te merken. Ze waren allebei niet veel ouder dan twintig, schatte Cathérine, en ze leken enorm verliefd te zijn en opgetogen bij het idee dat ze een eigen huis konden betrekken.

'We gaan voor het eerst samenwonen,' zei het meisje tegen Cathérine.

Cathérine liep niet mee bij de bezichtiging en liet het aan de makelaar over om al die afzichtelijkheid op een of andere manier recht te praten. Ze trok haar schoenen uit en hing haar druipnatte jack over de rand van de badkuip. Ze was moe. Ze had die nacht geen oog dichtgedaan en vanmorgen vroeg was ze door twee politieagenten opgehaald om op het hoofdbureau van politie in Toulon een getuigenverklaring af te leggen. Daar had ze ook Laura aangetroffen, die er lijkbleek uitzag. De verschrikkingen van de afgelopen nacht stonden in haar ogen te lezen.

'Dank u wel,' had ze gezegd. 'Heel erg bedankt. Ik heb mijn leven aan u te danken.'

Dat had Cathérine ontzettend goed gedaan. Er was nog nooit iemand geweest die zoveel aan haar te danken had gehad. Wat zou Henri wel zeggen als hij het allemaal hoorde? Want Nadine zou ook dood zijn geweest als zij niet had ingegrepen. Ze was eigenlijk niet eens goed in staat uit te leggen waarom ze de auto van Nadine was gevolgd. Vast vanwege die idiote rijstijl waarmee de wagen door de bocht was gescheurd. Het had een herinnering aan jaren geleden bij haar opgeroepen, aan iets in hun vroege jeugd, uit de tijd vóór Nadine. Henri, die bij zijn vrienden te boek stond als de *grootste wegpiraat van de Côte*, had haar vaak in de auto meegenomen Dan spraken ze een of ander doel af, Cassis of Bandol, en ze trapte er bijna altijd in wanneer hij zogenaamd de juiste afslag voorbijreed.

Als ze riep: 'Ho, we moeten rechtsaf!', zei hij: 'O ja – da's waar ook!' Dan gooide hij in volle vaart het stuur om en scheurden ze de bocht door. Dan lachte hij en zij gilde het uit. Soms lachte ze met hem mee, maar soms hadden ze ook hooglopende ruzie gekregen. En dan riep ze dat ze nooit meer bij hem in de auto zou stappen. Maar dat deed ze natuurlijk wél en hij ging gewoon door met zijn kunststukjes.

Ze was er in feite van overtuigd geweest dat híj in Nadines auto had gezeten, misschien ook omdat ze in haar wanhoop zó ontzettend naar hem verlangde, dat ze wilde dat hij het was. Ze was naar Quartier Colette gereden, helemaal naar boven, naar het huis van die Duitsers. Daar had ze de auto zien staan. Zij was blijven wachten – niet wetend wat ze moest doen. En ook niet wat Henri hier om deze tijd deed. Met zijn vroegere rivaal kon hij niet meer praten, die was dood. Had hij soms behoefte aan een gesprek met diens vrouw?

En terwijl zij daar zo stond en zich afvroeg wanneer hij een keer naar buiten kwam, dook opeens Nadine op. Ze kwam de helling van het huis af rennen, gevolgd door een man die kennelijk een mank been had. Zonder de situatie werkelijk te begrijpen, had ze onmiddellijk in de gaten dat Nadine in groot gevaar verkeerde. Het licht van de schijnwerpers in de tuin bood een felverlicht schouwspel, waarvan ze het hele verloop precies kon volgen. Nadine kwam bij haar auto, sprong erin, maar startte niet. De man trok een achterportier open, boog zich naar binnen, kwam weer omhoog, opende het portier aan Nadines kant en sleurde haar naar buiten.

En toen begon hij haar bijna systematisch en met grof geweld af te tuigen. Toen ze op de grond lag, trok hij haar omhoog en ramde zijn vuist in haar gezicht. Eén, twee, drie, wel vier keer. Van Nadine kwam geen enkel verweer meer en ze verroerde zich verder ook niet meer. Cathérine had de indruk dat ze bewusteloos was.

Er was geen mens ter wereld die ze zó had gehaat als Nadine. Er was bijna niets lelijks of gemeens dat ze haar niet hartgrondig had toegewenst. En nu was alles voorbij, ze zat hier in haar woning, hoorde ongeïnteresseerd het gebabbel van dat jonge stelletje aan en ze vroeg zich af of ze die nacht in de verleiding was geweest om de dingen op hun beloop te laten. Om weg te rijden en zich er niet druk om te maken. Laat hij haar maar doodslaan. Laat haar maar sterven, daar in die koude, regenachtige nacht. Wat had zij ermee te maken?

Ze kon die vraag eigenlijk niet beantwoorden. Ze had even tijd nodig gehad om de auto te keren en van de berg af naar de hoofdweg te rijden. Daar had ze roerloos in de nacht zitten turen. Kostbare minuten, besefte ze nu, die de Duitse vrouw het leven hadden kunnen kosten. Maar ze kon nog steeds niet zeggen wat er met haar aan de hand was. Was het de schok van die avond die haar verlamde, de ontdekking door Stephane en zijn vernederende scheldpartij? Of had ze tijd nodig gehad om zelfs maar te begrijpen wat ze daar had gezien?

Of had ze Nadine helemaal niet willen helpen?

Bij de politie hadden ze haar gevraagd of ze die noodoproep meteen had gedaan.

'Dat weet ik niet precies,' had ze geantwoord. 'Eerst leek het wel alsof ik verstard was. Er zullen vast wel een paar minuten voorbij zijn gegaan... Ik kon bijna niet bevatten wat ik had gezien.'

Dat vond niemand gek, ze schenen het een normale reactie te vinden. In ieder geval kon voorlopig ook nog niemand iets zeggen over het tijdstip waarop Nadine was mishandeld; de gewonde Nadine niet, en de geschokte, verwarde Duitse ook niet. De dader deed zijn mond helemaal niet open.

Maar Cathérine wist wel dat er tussen het moment waarop Nadine tegen de grond werd geslagen en de komst van de politie meer dan drie kwartier verstreken was. De politiemensen hadden een klein kwartier nodig gehad om er vanuit St. Cyr te komen. En ergens daartussenin was er in het duister van de nacht een halfuur verloren gegaan.

En ook in het duister van haar herinneringen.

Want Cathérine wist het echt niet meer.

Ze had aan de politieman die haar daarnet uit Toulon naar La Ciotat had teruggebracht, gevraagd of hij haar aan het begin van de stad, onder aan de kade wilde afzetten. Ondanks de hevige regen had ze een eind willen lopen om na te denken. Maar ontdekt had ze niets.

Natuurlijk had ze de politie niet de waarheid verteld over de avond in La Cadière. Ze had verklaard dat ze binnenkort zou vertrekken en in de namiddag en avond wat in de omgeving had rondgereden om afscheid te nemen.

'Ik zat in La Cadière in de auto. Ik heb er gewoon gezeten en een plekje vaarwel gezegd waar ik altijd van heb gehouden.'

'Het was pikdonker,' had de inspecteur verbaasd gezegd, 'het regende en het was koud. En u zat daar zomaar in de auto?'

'Ja.'

Hij geloofde haar niet helemaal, dat kon ze wel merken, maar het was voor deze zaak zeker niet relevant, want hij was er niet op doorgegaan.

Ze dacht nu zelf dat haar lange getreuzel misschien ook wel met die vreselijke ervaring in La Cadière te maken had. La Cadière was niets bijzonders geweest, dat was de climax in een keten van vernederingen die ze door de jaren heen had moeten leren verdragen. Eigenlijk was het als een soort balsem op haar wonden geweest om de vrouw, die zij tot elke prijs had willen zijn, in elkaar te zien zakken onder de vuistslagen van een man. Om die mooie, verwende, begeerlijke Nadine als een weggesmeten vuilniszak in de regen te zien liggen.

Ze had eindelijk haar verdiende loon gekregen.

De makelaar stak zijn hoofd om de hoek van de woonkamer. 'Ze zijn behoorlijk happig,' siste hij tegen haar, 'als we de prijs nog een beetje laten zakken...'

'Doe maar,' zei Cathérine. Ze vond het allemaal best, als de zaak maar snel beklonken was.

Het jonge stel kwam er nu ook bij. Zelfs in de nauwe ruimten met al hun hoekjes bleven ze elkaars hand vasthouden.

'Ik denk dat we het hier best heel knus kunnen maken,' zei het meisje, en ze keek haar vriend aldoor met stralende ogen aan. 'Wij hebben namelijk een beetje geld geërfd, weet u, en dat willen we graag in een eigen home steken.'

De verliefdheid van die twee en hun gelukkige uitstraling gaven de woning een lichtere en vriendelijker sfeer.

Misschien was het hier niet eens zo akelig als het mij leek, dacht Cathérine. Misschien hingen er gewoon te veel eenzaamheid en zwaarmoedigheid tussen de muren.

'Over de prijs gesproken...' begon de jongeman.

'Daar worden we het vast wel over eens,' zei Cathérine.

Eén ding wist ze nu in ieder geval zeker: nu, op de dag erna, was ze opgelucht dat Nadine bleef leven. Ze was blij dat ze uiteindelijk toch had ingegrepen en de politie had gebeld. Voor het eerst sinds ze haar kende, dacht ze niet vol haat aan Nadine, maar met een gevoel van voldoening. Het was alsof ze daardoor na jaren een deel van haar vrijheid had teruggekregen.

'Waar gaat u naartoe?' vroeg het meisje.

Cathérine glimlachte. 'Naar Normandië. Naar een alleraardigst dorpje. De pastoor is een vriend van me.' En terwijl ze dit zei, dacht ze: Wat zal dat oubollig klinken voor zo'n jonge, verliefde vrouw. Dat ik me verheug op de pastoor in een of ander dorp dat ver buiten de gewone wereld ligt! Maar ze reageerde er heel lief op: 'Wat heerlijk,' zei ze. 'Dat vind ik ook,' zei Cathérine.

3

Het was een hele overwinning voor Laura om de sleutel om te draaien en het huis binnen te gaan waar nog geen twaalf uur geleden zulke verschrikkelijke dingen waren gebeurd. De politieman die haar thuis had gebracht, merkte haar aarzeling op en bood aan met haar mee te lopen, maar dat had ze afgewezen. Ze had opeens het gevoel dat de aanwezigheid van een agent het alleen maar erger zou maken.

De technische recherche was tot de ochtend bezig geweest, maar had nauwelijks rommel achtergelaten. De commode stond nog half voor de deur, en Laura besloot hem zo te laten staan. Zodra het haar duidelijk was wat er met het huis ging gebeuren, moest ze toch weer hierheen komen om haar meubels te laten afhalen. Daarna zou meneer Alphonse pas aan het werk gaan. Ze zou de schoonmaakster vragen iemand te laten komen om het kapotte slot in de kelder te vernieuwen.

'Hij had het in een handomdraai open,' had een agent gezegd. 'Het slot was zó slecht dat u de deur eigenlijk gewoon open had kunnen laten staan.'

Zou Christopher die mogelijkheid om in te breken al onderzocht hebben toen hij bij haar op bezoek kwam? Hij was in ieder geval één keer naar de kelder gegaan om een fles wijn te halen. Maar het kon ook zijn dat zij en Peter er in de afgelopen jaren wel eens over gepraat hadden terwijl hij erbij was. Ze dacht aan de verbijstering waarmee Nadine had gezegd: 'Maar hij was Peters beste vriend!' In die hoedanigheid had hij aan hun gezinsleven deelgenomen en was hij van veel dingen op de hoogte geweest.

De politie had Monique Lafond dood in zijn huis aangetroffen. Dat hadden ze Laura die ochtend verteld. Hij had dus niet gelogen: Ze had haar nek gebroken toen ze van de steile keldertrap viel.

'Het zag ernaar uit dat ze in de kelder gevangen was gehouden,' had Bertin gezegd, 'maar hoelang en waarom weten we niet. Ze werkte voor Camille Raymond. Ik neem aan dat ze iets wist wat gevaarlijk kon worden voor meneer Heymann. Dus moest hij haar aan het sociale leven onttrekken.'

Christopher zelf had nog geen uitspraken gedaan. Bertin zei dat hij hardnekkig op alle vragen bleef zwijgen. Zijn voet was ontzettend ontstoken geraakt, er was bloedvergiftiging bijgekomen en hij had hoge koorts. Evenals Nadine lag hij ook in het ziekenhuis van Toulon, maar wel op een andere afdeling en onder strenge bewaking.

'Onze mensen hebben scherven en bloed in de kelder gevonden,' had Bertin gezegd, 'daar zal het ongeluk wel gebeurd zijn. Misschien tijdens een handgemeen met juffrouw Lafond.' Hij had Laura heel ernstig aangekeken. 'U hebt ongelooflijk veel geluk gehad. Zonder die zware verwonding was de zaak waarschijnlijk anders afgelopen. Hij had pijn en koorts, en alleen daardoor heeft mevrouw Joly zich kunnen losrukken en in de tuin kunnen ontkomen – en alleen daardoor heeft Cathérine Michaud er getuige van kunnen zijn dat er iets heel ergs aan de hand was. Bovendien zou hij veel sneller in uw kamer binnengedrongen zijn. Als hij niet zo gehandicapt was geweest, zou de politie te laat zijn gekomen.'

Laura moest nu aan die woorden denken terwijl ze haar koffer uit de slaapkamer naar beneden bracht, door het huis liep, de luiken sloot, de planten water gaf en zich ervan vergewiste dat alles in orde was. Bij alles wat haar de afgelopen weken was overkomen, had ze toch een beschermengel gehad. Misschien ook wel in de persoon van die arme Monique Lafond. Zonder haar toedoen had Christopher die verwonding misschien nooit opgelopen. En natuurlijk ook in de gedaante van Nadine en Cathérine. Met afgrijzen keek ze naar het aanrecht in de keuken en dacht aan de avond dat zij en Christopher hier hadden staan vrijen. Een moordenaar. Ze had met de moordenaar van haar man gevreeën.

Ze leunde tegen de gootsteen en ademde moeizaam. Ze draaide de kraan open en spetterde wat water in haar gezicht. Ze was opeens duizelig, maar na een paar minuutjes ging het wat beter en kon ze weer normaal kijken. Vanuit het raam kon ze de zee zien die egaal grijs in de lucht overging. Het regende nog steeds.

Ze had Bertin gevraagd wat er eigenlijk met Christopher zou gebeuren. Bertin ging ervan uit dat hij in een psychiatrische instelling terecht zou komen, eerder dan in een gevangenis.

'En wordt hij dan ooit weer vrijgelaten?' had ze gevraagd.

Bertin had zijn schouders opgehaald. 'Jammer genoeg kun je dat nooit met zekerheid zeggen. Het erge is dat zulke mensen maar al te vaak door deskundigen worden beoordeeld die veel te veel begrip hebben. Zij schrijven dan een advies waarin ze hen als genezen verklaren – in mijn optiek is dat heel riskant, spelen met vuur. En het houdt in dat ik u niet kan beloven dat hij voor altijd achter slot en grendel blijft.'

Deze woorden galmden nog na toen ze vanuit de keuken over het verregende dal met de vele wijnstokken en Provençaalse huisjes uitkeek. Wat had ze van deze omgeving gehouden en wat was die snel veranderd in een oord van afgrijzen. Een afgrijzen dat misschien nog niet eens voorbij was. Er zouden jaren overheen gaan. Maar misschien zou ze ooit toch weer in angst moeten leven.

Nu niet aan denken, vermaande ze zichzelf. Ze moest de komende weken sterke zenuwen hebben. Ze moest die gigantische puinhoop van haar oude leven op gaan ruimen en op die puinhoop een nieuw leven opbouwen. Ze moest de nachtmerrie vergeten. Dan zou ze haar dochter misschien ooit nog iets goeds over haar vader kunnen vertellen. Bijvoorbeeld dat het zo fijn was geweest om samen met hem hier een huis te zoeken, dat ze er een hadden gevonden, hadden ingericht en dat ze hier hadden gewoond.

Plotseling merkte ze dat ze stond te huilen. Ze legde haar warme gezicht tegen het koele glas van de vensterruit en liet haar tranen de vrije loop. Ze liet de pijn, de teleurstelling en het verdriet over zich heen spoelen. Ze had voor het eerst zo hevig gehuild toen ze in Peters verlaten auto bij Chez Nadine zat, maar nu dacht ze dat ze nooit meer zou ophouden.

Toen ze hoorde bellen, had ze eerst geen idee waar het vandaan kwam. Pas na een tijdje drong het tot haar door dat het haar mobiele telefoon was, die in haar handtas zat. Wat had ze daar de afgelopen nacht dringend naar gezocht! Hier stond hij dus, op een stoel in de keuken.

De tranen droogden even plotseling op als ze gekomen waren. Ze haalde haar mobieltje tevoorschijn en meldde zich.

'Dát duurde lang,' zei Anne. 'Waar ben je nu? Ik hoop dat je al een flink stuk op de snelweg zit. Ik heb je moeder gesproken. Ze zei dat je vandaag wilde vertrekken, hè?'

'Ik ben er nog.'

'O, god, nee toch! Heb je je verslapen?'

'Ik heb een nogal onrustige nacht gehad.'

'Nou, maak dan gauw dat je op gang komt!' zei Anne, en ze voegde er achterdochtig aan toe: 'Ben je soms verkouden? Je klinkt zo raar.'

Laura veegde met de mouw van haar trui over haar natte gezicht. 'Nee. Het zal wel aan de verbinding liggen.'

'En nou meteen wegrijden, hoor! Ik wil je vanavond zien. Ik verheug me erop!'

'En ik verheug me erop jou te zien!' Laura wreef nog één keer over haar ogen. 'Ik ben al bijna bij je.'